一四年楚辞与东亚文化国际学术讨论会论文

中国楚辞学

第二十四辑

中国屈原学会 编

主办

北京市哲学社会科学北京语言大学首都国际文化研究基地

江苏高校哲学社会科学重点研究基地南通大学楚辞研究中心

协办

北京艺术传媒职业学院

北京载道文化发展有限公司

北京国学时代文化传播股份有限公司

学苑出版社

图书在版编目（CIP）数据

中国楚辞学．第二十四辑/中国楚辞学会编．—北京：
学苑出版社，2016.11

ISBN 978-7-5077-5123-9

Ⅰ.①中⋯　Ⅱ.①中⋯　Ⅲ.①楚辞研究-中国-丛刊
Ⅳ.①I207.223-55

中国版本图书馆 CIP 数据核字（2016）第 260000 号

责任编辑： 战葆红
出版发行： 学苑出版社
社　　　址： 北京市丰台区南方庄 2 号院 1 号楼　100079
网　　　址： www.book001.com
电子信箱： xueyuan@ public.bta.net.cn
销售电话： 010-67675512、67678944、67601101（邮购）
印　刷　厂： 保定市彩虹艺雅印刷有限公司
开本尺寸： 787×1092　1/16
印　　　张： 21.25
字　　　数： 415 千字
版　　　次： 2016 年 11 月北京第 1 版
印　　　次： 2016 年 11 月北京第 1 次印刷
定　　　价： 100.00 元

编　委　会

目　录

楚辞学史研究

东亚楚辞文献研究的历史和前景

——国家社科基金重大项目开题报告①

南通大学 周建忠

【摘 要】 东亚的楚辞文献极其丰富，具有重要的研究价值。南通大学楚辞研究中心今年将研究重点转向东亚楚辞文献的挖掘、整理和研究，为申请本课题准备了充分的条件。本课题是针对东亚各国现有的与楚辞有关的文献，在调查并摸清东亚各国现藏楚辞文献的数量、藏地、版本特点的基础上，对东亚地区的楚辞文献作系统性的研究。内容涉及编纂书目、撰写提要、点校影印等文献整理工作，以专题形式对楚辞文献在东亚的传播与影响作系统的研究，东亚楚辞文献的数据库建设等应用性研究。预期构建一个包括东亚地区楚辞文献的古籍整理、学术研究、语义化智能检索在内的研究平台；为楚辞学研究建立一个全新的研究模式；调查并披露一批楚辞文献的稀见版本。

【关键词】 东亚 楚辞文献 社科基金 开题报告

文化是民族的血脉，是人民的精神家园。中国优秀的历史文化在中国特色社会主义事业和实现民族复兴中国梦中，占有十分重要的地位与作用。以屈原辞赋为杰出代表的楚辞，是中华民族优秀传统文化中一份极为丰厚、极其珍贵的遗产，对中国社会发展和世界的文明进步，产生过巨大影响。屈原是中国的，亦是世界的，其伟大的人格曾在东亚历史上影响过一大批学者和仁人志士，成为人类崇高精神的符号。为了深入推进楚辞研究，在更高的学术平台对其全面探索，同时积极响应国家新时期下的文化战略，充分体现"走出去"与"请进来"的学术思想，提升国际学术交流质量和水平，增强中国学术的国际影响力，我们将受到楚辞文化影响较深的整个东亚作为研究的新视阈，力求采用新的模式、新的方法，对东亚日本、韩国、朝鲜、越南、蒙古等

① 基金项目：国家社科基金重大项目"东亚楚辞文献的发掘、整理与研究"（13&ZD112）。

国的楚辞文献进行全面发掘、整理和研究，通过构建新的文献基础，进一步挖掘与弘扬中国优秀传统文化，推进楚辞研究获得全面的发展。

一、楚辞文献研究的学术史梳理

楚辞在古代就流传到东亚的朝鲜半岛、日本和越南等国，在地缘文化相近的东亚国家甚为历代学人所宝重，因此东亚的楚辞文献也极其丰富。

《楚辞》最迟在公元 703 年已经传入日本，这在奈良时代正仓院文书《写书杂用帐》中有明确记载。到 9 世纪末，藤原佐世奉召编纂《日本国见在书目录》，这是日本现存最早的一部敕编汉籍目录，著录有关《楚辞》的著作共有六种，其中《楚辞集音》注明"新撰"，可见此时的日本学者在接受、传播楚辞文本的同时，已经开始从事对楚辞的研究工作。据日本学者石川三佐男先生统计，江户时期与《楚辞》相关的汉籍"重刊本"及"和刻本"达 70 多种。

近代以来，日本也出现了为数颇众的译注和论著。代表性的楚辞译注有：桥本循《译注楚辞》（东京岩波书店，1941），牧角悦子、福岛吉彦《诗经·楚辞》（东京角川书店，1989），目加田诚《楚辞译注》（东京龙溪书社，1983）等。相关论著有藤野岩友《巫系文学小考：楚辞を中心として》（1950），赤塚忠《楚辞研究》（东京研文社，1986）。日本当代著名楚辞学者竹治贞夫不仅撰写了《忧国诗人屈原》，编了《楚辞索引》，还出版了分量很重的论文集《楚辞研究》，集中阐述了他对楚辞的一系列精辟见解。

高丽王朝时期，骚体文学盛行一时。当时有很多文人模仿楚辞创作辞赋，圃隐郑梦周《思美人辞》就是一首骚体诗歌。朝鲜王朝时期掀起了一股研读楚辞的热潮，当时著名诗人金时习曾模拟《离骚》写了《拟离骚》《吊湘累》《汨罗渊》，以此来讽刺当朝的奸佞之臣。

韩国的楚辞代表性译本有：宋贞姬《楚辞》（韩国自由教养推进会，1969）、高银《楚辞》（서울：民音社，1975）等。相关论著有柳晟俊《楚辞选注》（萤雪出版社，1989）、《楚辞与巫术》（김인호 저，서울：신아사，2001）等。在论文方面，范善君博士论文《屈原研究》、宣钉奎博士论文《楚辞神话研究》、朴永焕《当代韩国楚辞学研究的状况和展望》、朴承姬《15 世纪朝鲜朝文人楚辞接受研究》影响较大。

据初步调查，东亚的越南和蒙古亦存有楚辞文献，有待发掘与研究。

楚辞在东亚的广泛传播以及研究的兴盛也引起了国内学者的高度重视。新中国成立后，越来越多的国内学者开始研究楚辞在东亚的传播和研究情况。如，闻宥《屈原作品在国外》（《光明日报》，1953 年 6 月 13 日），马茂元主编《楚辞资料海外编》（湖北人民出版社，1986）是对海外楚辞学术史综合研究的著作。国内学者对日本楚辞学研究的主要成果有：崔富章论文《二十世纪以前的楚辞传播》《大阪大学藏楚辞类稿本、稀见本经眼录》《西村时彦对楚辞学的贡献》；王海远论文《论日本古代的楚辞研究》《日本近代楚辞研究述评》等。在韩国楚辞学研究方面，徐毅《楚辞在东国的传播与接受》、郑日男《楚辞与朝鲜文学之关联研究》、琴知雅《历代朝鲜士人对楚辞的接受及汉文学的展开》等都是比较有影响的学术论著。

近年来，南通大学楚辞研究中心将研究重点转向东亚楚辞文献的挖掘、整理和研究。中心主任周建忠先后赴日本、韩国访问调研，搜集到数百种楚辞文献，并形成论文《大阪大学藏"楚辞百种"考论》《屈原的人格魅力与中国的端午情结》。中心特聘研究员兼学术委员会副主任徐志啸也数次赴日本考察，并于2003年主持国家社科基金项目"日本楚辞研究论纲"，出版著作《日本楚辞研究论纲》（学苑出版社，2004），发表学术论文《中日文化交流背景与日本早期楚辞研究》《竹治贞夫对楚辞学的贡献》《赤塚忠的楚辞研究》《星川清孝的楚辞研究》《竹治贞夫对楚辞学的贡献》《中日现代楚辞研究之比较》等。中心特聘研究员兼学术委员会副主任朴永焕现任韩国东国大学中文系教授，长期致力于韩国楚辞文献的搜集整理和研究，取得的代表性成果有：专著《文化韩流与中国、日本》（韩国东国大学出版社，2008）、《宋代楚辞学研究》（北京大学1996年博士学位论文），论文《洪兴祖的屈骚观研究》《当代韩国楚辞学研究的现况和展望》《韩国端午的特征与韩中端午申遗后的文化反思》等。中心成员徐毅博士曾任韩国国际交流财团高丽大学访问学者，千金梅博士先后获得韩国延世大学文学硕士学位和文学博士学位，贾捷博士由国家留学基金委公派至韩国延世大学攻读博士学位，他们都曾长期在韩国从事东亚楚辞文献的搜集和整理工作。中心成员陈亮博士在英国伦敦大学亚非学院攻读联合培养博士项目期间，调查东亚楚辞文献在欧美传播的版本情况。

本课题组调查东亚楚辞文献的范围共包括以下五种情况：其一，中国出版，东亚国家收藏的楚辞学文献；其二，中国出版，但在中国大陆及港台地区均已失传，东亚国家仅存的楚辞学珍本；其三，东亚国家的刻本、抄本；其四，东亚国家出版的该国学者楚辞研究著作；其五，中国出版的东亚国家楚辞学著作。

据初步调查统计，日本楚辞学文献共有313种，其中中国版本218种，中国版本仅存于日本者10种，日本和刻本47种，日本出版本国学者的研究著作38种；期刊论文291篇，学位论文18篇。韩国楚辞学文献394种，其中中国版本204种，朝鲜版本166种（抄本117种、木刻版23种、木活字本19种、金属活字本19种），韩国—朝鲜出版楚辞学著作24种；期刊论文122篇，学位论文26篇。越南楚辞学文献37种，蒙古楚辞学文献12种。

总之，楚辞流传两千余年，相关文献研究与之相始终。两千多年的楚辞文献研究在文本的辑录、校注、音义、论评、考证、图绘、绍述等方面都取得瞩目的成就，新时期的多学科综合研究也有了一定的学术积淀。这都为我们在东亚文化圈内对楚辞文献进行更深层次的挖掘、整理和研究搭建了一个很好的学术平台，奠定了坚实的学术基础。就东亚楚辞文献研究而言，已有的相关研究存在以下不足：

（1）以往的研究往往侧重于楚辞文献的某一个方面，呈现出相对零碎、分散、粗浅的状态，缺乏全面性和系统性。

（2）对东亚楚辞文献发掘不够深入，对一些楚辞文献的孤本、善本和同一著作的不同版本的发掘亦嫌不足。

（3）除中国外，东亚楚辞文献整理和研究欠缺。日本、韩国、朝鲜有所涉及，越南、蒙古等国文献研究几乎还是空白。

由此可见，东亚楚辞文献有着广阔的再研究空间。如对东亚楚辞文献进一步的调查、搜集、挖掘、整理，并精选珍本重新点校，对重要批评资料的汇集和品评，对代表性楚辞著作进行统计、标引、著录、提要，对楚辞文献按类别进行学术史梳理，构建东亚楚辞文献语料库和注释知识库等等。因此，对整个东亚文化圈内的楚辞文献进行系统全面的整理和研究有着更为重要的学术史和文化史意义。

二、东亚楚辞文献研究的意义

（一）学术价值

第一，文本价值。本课题发掘、考释中国散逸的留存在东亚的楚辞版本，汇集日、韩、朝、越、蒙等东亚各国的楚辞注本及批评资料等，所收作品不仅有楚辞文本，还有作家的注释、研究、品评、鉴赏、考证等，所采版本涉及中国刻本、和刻本、朝鲜本、越南本、翻刻本以及稀见的抄本等。课题预期成果，较之已有的楚辞汇编性学术著作，规模更为宏大，搜罗更为广泛，研究更为深入，具有集大成的价值。

第二，文化传播学价值。收集整理东传楚辞文献，可以了解古代东亚文化的交通，探寻文化交流可能的策略，增进相互理解，推进文化互信和繁荣。如，1972 年中日恢复邦交，日本首相田中角荣访华，毛泽东主席将《楚辞集注》作为国礼赠送。本选题作为一种全新的楚辞研究方法的尝试，旨在整个汉文化圈大背景下对楚辞学进行重新审视与定位，以期客观探索屈原及楚辞对世界文学的影响。同时，研究成果也为今后中华文化如何更为有效地推广到世界提供一个经验借鉴。

第三，阐释学价值。东亚楚辞文献的诠释传统和话语模式不断强化了楚辞的经典地位，以文献来源为架构梳理东亚历代楚辞学文献，揭示楚辞研究可能涵盖的领域，可以帮助理解不同历史阶段知识、观念状况与经典的互动，理解文献的构成、话语方式、体制特征，进而准确地描述出经典生成的原理和发展脉络。

（二）应用价值

第一，为楚辞研究提供新材料、新思路、新方法，为以后的深入研究提供更高的学术平台。正如傅斯年所言，海外学者"作学问不是去读书，是动手动脚到处寻找新材料，随时扩大旧范围，所以这学问才有四方的发展，向上的增高。……我们很想借几个不陈的工具，处治些新获见的材料"。

第二，对楚辞教学亦有重要意义。楚辞研究的视域超越了一乡一国而扩大到整个汉文化圈，其所得出的结论自然不同凡响，这将有利于厘正以往的偏颇结论，更好地还原楚辞在东亚文化圈中的作用与影响，同时，亦能更好地引导学生如何采用新鲜的学术方法与学术理念去观照中国传统文化。

第三，东亚楚辞数据库的系统构建，一是基于资料的全面，二是充分利用现代信息技术的便捷优势，从而有利于楚辞研究的便利和深入，并极大地促进作为中华文化精华之一的楚辞的普及。

（三）社会意义

第一，珍视人类文明重要遗产并扩大中华传统文化的世界影响。屈原是中国的，亦是世界的，其伟大的人格曾在东亚历史上影响过一大批学者和仁人志士，成为人类崇高精神的符号。因而，对于载录其精神的文本文献和研究文献，我们应怀有强烈的历史使命感去抢救性地发掘和整理那些珍本和稀见本，从而有利于中华优秀传统文化的世界流传，并强有力地呈现屈原对世界文化的贡献。

第二，激发对中华传统文化的自豪感，增强国人的民族自信。东亚楚辞文献的价值不只是中国典籍的域外延伸，不只是本土文化在域外的局部性呈现，不只是"吾国之旧籍"的补充增益，它们是汉文化之林的独特品种，是作为中国文化的对话者、比较者和批判者的"异域之眼"。本课题以东亚楚辞文献为侧重点，能够更为客观、翔实地展现屈原及楚辞在东亚文化中的地位和影响，从而进一步增强我们的民族自豪感，也将为中华民族在传统文化基础上实现"中国梦"培育更强有力的民族自信。

第三，增强中华文化的软实力，掌握跨文化交流中的学术话语权。屈原及楚辞对东亚文化的发展作出过重要贡献是不争的事实，本课题作为集合性、综合性、实证性的研究，以无可置疑、有理有据的成果，建立起与世界对话的平台，从而掌握国际学术交流的主动权、主导性，实实在在推进中国学术的国际化进程。

三、总体框架

（一）总体问题、研究对象和主要内容

东亚作为一个地理概念，其范围并没有一个十分明确的规定，本课题所说的东亚主要包括日本、韩国、朝鲜、蒙古与越南等——即古代以中国为中心的汉文化圈，不涉及中国（含港、澳、台地区）。本课题研究的总体问题就是对东亚地区楚辞文献作综合性的搜集、整理与研究。研究对象就是针对东亚各国现有的与楚辞有关的文献，如历代楚辞的注家及版本、楚辞图谱、研究评论与学术札记等。研究的主要内容包括在调查并摸清东亚各国现藏楚辞文献的数量、藏地、版本特点的基础上，对东亚地区的楚辞文献作系统性的研究。内容涉及编纂书目、撰写提要、点校影印等文献整理工作，以专题形式对楚辞文献在东亚的传播与影响作系统的研究，东亚楚辞文献的数据库建设等应用性研究。

（二）总体框架和子课题构成

课题的总体目标是对东亚地区的楚辞文献作综合性的整理与研究，子课题按照"文本""研究""应用"的原则对总课题进行分解：

子课题之一

"东亚楚辞文献总目提要"，将东亚地区各国所藏的楚辞文献书目编成"东亚楚辞文献知见书目"，内容包括：书名、卷数、撰者、撰作方式、版本、存佚、丛书项等基本信息，争取将东亚地区目前可见的所有的有关楚辞学的注释、考证、评点、图谱与研究等著作全部收入，以"总书目"的面貌出现。以"知见书目"为基础，选取其中有代表性的著作撰写提要。

子课题之二

"东亚楚辞文献选刊"，主要针对东亚地区各国所藏重要的楚辞文献的注本、音义、考证、图谱、札记等著作，对东亚楚辞文献进行分类整理。精选东亚地区稀见的楚辞版本予以影印，对目前尚未有点校本的楚辞文献予以点校，精选外文楚辞研究著作翻译成中文。影印、点校、译介形成系列成果。

子课题之三

"东亚楚辞学研究集萃"，拟对东亚汉籍中的楚辞批评资料以及东亚楚辞研究论文进行整理研究。一是对东亚各国的楚辞研究资料进行全面汇编。二是对楚辞研究的学术论文进行全面收集，编订目录索引。精选重要的楚辞研究论文撰写提要，展现东亚楚辞研究的趋势和流变。三是甄选有代表性的东亚楚辞研究论文，评骘得失，编订出版。

子课题之四

"东亚楚辞学研究丛书",研究楚辞在东亚地区的传播及其对东亚文化的影响。对楚辞作家中的"专人"(屈原、宋玉、贾谊等)进行评价与研究;对东亚各国学者对楚辞作品的中"专篇"(如《离骚》《九歌》《天问》《九章》《九辩》等)进行翻译、介绍与研究;对东亚各国藏楚辞注本中的"专书"(如《楚辞补注》《楚辞集注》《楚辞韵读》等)收藏、翻刻与流传等进行研究;对楚辞史上的热点"专题"(屈原生平、端午风俗与韩国江陵端午祭等)等进行研究。

子课题之五

"东亚楚辞文献数据库建设及应用研究",利用现代信息技术手段,将东亚楚辞文献进行数字化加工处理,使之既有利于东亚楚辞文献的永久保存,有利于楚辞文献的便捷传播,也有利于学者的深入研究与利用,有利于普通受众学习楚辞了解楚辞。开发东亚楚辞文献系列数据库、语料库和注释知识库、智能检索系统,以满足不同用户的学习研究需求。这些研究成果将以东亚楚辞文献网络数据库和智能检索平台展现。

四、预期目标

(一)本课题研究将达到"构建平台,承前启后"的学术思想目标

即构建一个包括东亚地区楚辞文献的古籍整理、学术研究、语义化智能检索在内的研究平台,这个研究平台将发挥承前启后的作用,既对此前东亚楚辞研究作一个系统的总结,也为后来的楚辞研究者以这个平台为基础将楚辞研究继续推向深入。

(二)学科建设发展上的预期目标

即为楚辞学研究建立一个全新的研究模式,这个模式就是包括中国文学,中国历史,语言学,图书馆、情报与文献学等在内跨学科的综合研究模式。这个模式可以为诗经学、唐诗学等文学研究借鉴。

(三)资料文献发现利用上的预期目标

即调查并披露一批楚辞文献的稀见版本,将结集出版系列点校本,将系统推出楚辞各相关领域的研究史,将公布东亚楚辞文献的数据库和注释知识库。这些预期成果都将对中国古代文学与文化的研究提供重要的基础文本与研究资料。

五、研究思路、视角和路径

(一)总体思路

第一,在对国内楚辞研究充分把握的基础上,对国内外楚辞文本全面比对的基础上,对这些流传在东亚地区的楚辞的珍本、稀见本等进行抢救性发掘和整理,以期更

好地保存中华优秀传统文化。

第二，对东亚的楚辞学成果进行全面调查和研究，探寻楚辞作为中华精华文化在东亚一直得以流传的原因等，从而更为客观地描述中华文化对东亚文明的贡献，唤起国人更强的民族自豪感，进一步加强国人把优秀文化传承下去的责任感。

第三，对楚辞文献进行深入的数字化工作，力求理论研究与社会应用并重。

（二）研究视角

课题将以古代东亚汉文化圈为背景，赋予楚辞文献研究一个整体意义。研究视野超越国别、语言、民族的限制，以中国现存的楚辞文本文献、楚辞学研究为重要基础和主要参照，以现存的日本、韩国、越南的楚辞文献为侧重点，形成不同于传统文献研究的新视野。因为东亚楚辞文献是一个庞大而丰富的学术资源，它会提出许多新鲜的学术话题，与之相适应，必须用新鲜的学术方法和理念去解决楚辞在东亚流传的实质原因、楚辞在汉文化圈的作用和影响等重要问题。

（三）研究路径

第一，利用多种途径调查和搜集国内外楚辞文献。

（1）利用各种书目搜集现存东亚各国的楚辞文献；

（2）利用现代信息技术进行搜索；

（3）实地考察东亚各国的各大图书馆、著名文库以及私人藏书楼等，进行发掘和搜集；

（4）利用各种文集、诗话等古籍文献，进行查阅、精选；

（5）对发掘和搜索到的楚辞资料，采用购买、复印、拍照等方法收集。

第二，对收集到的楚辞文献以编目、影印、点校等形式进行整理。

（1）将搜集到的楚辞文献编成详细书目，以作为现存东亚楚辞文献的统计和梳理；

（2）精选东亚地区楚辞文献的善本、孤本以及有价值的抄本等予以影印，给学者提供真实的原始参考文献；

（3）对没有整理过的典籍甄选并予以点校出版，为今后的楚辞研究提供便利。

第三，对收集整理的楚辞文献及东亚学者的楚辞研究论著，进行系统的专题研究。如楚辞发生学研究、楚辞经典著作研究、东亚楚辞代表作家作品研究、楚辞在东亚的传播时间、途径、方式以及对东亚文学、文化的影响研究等。

六、研究方法

（一）整理与研究同步进行

进行编目、精选、点校等整理工作的同时，还将撰写提要，发表专题学术论文，撰写系列研究丛书等，形成"边整理边研究"的模式。涉及到的研究路径有目录编制、版本考辨、辑录散佚、影印点校、专题研究等。

（二）以文献为基础的综合研究

首先，立足载录楚辞文献的大量域外汉籍，有书目、史书、日记、文集、诗话、笔记、序跋、书信等，其中还包括课题组发掘的未曾公之于世的朝鲜文人使行的日记（燕行录）、文集、诗牍帖等。其次，重视中国典籍中关于楚辞文献的记载，并与域外汉籍中的记载进行参证、互证、补证等。既重视域外文献，也不忽略中国典籍，最大范围地收集和整理东亚楚辞文献，是本课题研究的一个基本原则。最后，在充分调研这些材料的基础上，对东亚楚辞学的新现象、新问题、新特征等展开分析和研究。综合采用调查、统计、演绎、归纳等研究方法以及整理、例证、比较、阐述等多种分析方法。

（三）涉及多学科领域的综合研究

本课题研究涵盖的学科领域有中国文学，外国文学，图书馆、情报与文献学，考古学，语言学，世界历史等。

（四）以汉文化圈为背景的比较研究

本课题超越传统的楚辞本体研究，放眼东亚，对楚辞在东亚的传播、东亚古代学者对楚辞的批评与接受、近现代东亚楚辞学史、楚辞及楚文化对东亚各国文化的影响等进行研究。

七、重点和难点

（一）资料的调查与获得

本课题涉及庞大的资料调查工作，各地公私藏书的调查与获得任务艰巨，尤其是域外楚辞文献中的善本和稀见本的影印涉及到知识产权，其复本获取和得到允许影印有较大难度。此外，珍贵的稿本、抄本和孤本等，获取复本的经济成本也较高。课题组拟采用各种合理方法努力调查、获取，与各大藏书机构建立密切合作关系，争取得到已建立合作关系的海外研究机构以及中国驻外政府机构的大力帮助等。同时，加大文献资料购买的经费投入。

（二）东亚楚辞文献的整理与校注

东亚楚辞文献中的一些抄本、稿本虽然珍贵，但整理与校注有一定难度。首先，有些版本本身的源流系统，由于证据缺乏，其版本刊刻、流传过程等难以考辨。其次，有些版本中的文字为草书，在辨识上有一定困难。再次，一些文木正文为汉字，疏解为韩语或日语等，多语种的文献亦给整理带来一定难度。最后，校注域外楚辞版本时，整理者亦需谙熟中国楚辞学、东亚汉文学、训诂学等。子课题负责人均为一流的古代文学、古典文献学专家。课题组成员大多受过域外汉籍研究的专业训练，均为博士或正、副教授，熟悉东亚各国的历史文化，通晓日语、韩语、英语等，完全有能力协助子课题负责人，共同完成整理与校注工作。

（三）楚辞研究新模式的构建

以整个汉文化圈为背景，突破传统楚辞研究的既有模式，利用多学科的研究力量，对东亚楚辞进行首次全面的调查、整理与研究。楚辞作品中的"专篇"、作家中的"专人"、注家中的"专家"、楚辞学史中的"专题"研究以及楚辞的东亚传播与影响研究是楚辞研究新模式的重要标志。本课题拟通过多种层面的学术探索，为楚辞学的发展构建一个更高的学术起点。

（四）数据库建设和语义化平台建设

多语种数据库结构和规范的设计与建立，多语种语义标注和智能检索系统的开发是"东亚楚辞文献语义化"的重点难点问题。目前各种基于本体的语义检索系统，多停留在理论研究和部分领域实验阶段，对于古汉语，尤其是先秦文学作品的语义检索，尚无成熟案例。实现字词的语义半自动切分，设计基于规则的语义标引系统是拟解决的关键问题。本课题将利用现有的分词技术结合楚辞作品语义语法规则，开发基于楚辞语义标引训练集的楚辞语料库，构建楚辞注释知识库，建成多语种楚辞文献系统平台，利用最新技术方法和手段推进楚辞研究领域的信息技术应用。

八、创新之处

（一）在问题选择上，具有东亚文化交流史的视阈

首次将楚辞研究置于东亚汉文化圈背景，以现有的楚辞文本和研究成果为基础和参照，比较研究东亚其他国家楚辞文本的存在情况及价值，揭示楚辞作为中华传统文化精华在汉文化圈的作用与影响。

（二）在文献收录上，做到"全"与"新"的突破

对东亚各国所藏楚辞文献作全面系统的收集整理，调查足迹遍布东亚各国的大小藏书馆所，同时，亦重视日、韩、越、蒙、朝鲜等国的私人藏书，如韩国的雅丹文库、日本的藤田文库等。目前，本课题组已经掌握韩国楚辞文本394种，日本楚辞文本313种，越南、蒙古等国楚辞文本49种。其中不乏一些珍本和稀见本，如韩国国立中央图书馆藏《楚辞》光海君年间木活字本，日本京大人文研本馆藏《楚辞》庆安四年刊本等。

（三）在研究方法上，综合运用多学科交叉的方法

研究方法涵盖文献学、考古学、历史学、统计学、文艺学、美学、文化学、比较

文学、图书情报学、软件工程学等诸多学科的理论方法。此外，因为本课题的研究理念是实证与研究，在具体操作上，注重将缜密的实证上升到综合研究，在确定事实的基础上，发现事实与事实之间，甚至事实以外、事实背后的因果或联系，做到出土文献与传统文献互证，考据与义理并重，体现出综合性、系统性与学理性。

（四）在技术路线上，建立"一体两翼"的研究模式

即以文献整理为"一体"，以研究与运用为"两翼"。本课题的研究成果不仅是东亚楚辞文献的整理汇编，而且对东亚楚辞研究史进行分类研究，并开发东亚楚辞文献数据库，开创了文献整理研究的新路径。特别是东亚楚辞文献数据库建设，这是先贤整理和研究楚辞尚未涉及的全新领域，基于语义化上的数据库建设，将对楚辞研究的深入与普及提供一个更为便捷的信息平台，亦有利于楚辞文本及研究资料的永久传承。

关于《楚辞》训诂史的几个相关问题①

东华理工大学　黄建荣

【摘　要】　文章共涉及五个方面的问题。其一，提出了构建《楚辞》训诂史的意义和价值；其二，说明如何选择研究对象；其三，明确了专属《楚辞》训诂的历史分期；其四，简述了《楚辞》训诂与传统语言学科的关系；其五，确立了三个研究原则。

【关键词】　楚辞　训诂

一、构建《楚辞》训诂史的意义和价值

以屈原为代表所创作的《楚辞》，是中国古代文学史上的一座丰碑。它的诞生，对后代文学的发展产生了十分深远的影响。自汉代以来，历代都有一些学者根据个人的理解为《楚辞》进行校勘、注释、考证、评论等方面的研究工作；而与之相对应的是，训诂学也在缓慢发展，这都使得研究或注释《楚辞》的专著不断增多，从一定程度上极大地丰富了训诂的内容，扩大了训诂的范畴。实际上，古代众多的《楚辞》注本，已构成了一部《楚辞》训诂史，它与其他子部、史部等古籍的注本一起，皆是传统训诂学中的重要内容。然而综观中国训诂史，由于训诂一直被认为是经学的附庸，现当代的大多数专家与学者在从事训诂学研究时较多注重的是经部书籍及其注疏本，而对其他部类的书籍及注疏本，其专门考察研究的论文和论著都十分有限，目前的大部分训诂学著作也只是有部分章节提及。

由此可知，无论是训诂学还是楚辞学，在《楚辞》训诂与传统训诂的交叉结合研究方面已经出现了空白点。这种空白点无论是对于当今训诂学研究的深入探讨，还是楚辞学研究视野的开拓，显然是一种缺憾。笔者不揣冒昧而欲弥补这一缺憾，即从训诂学和"史"的角度，对《楚辞》训诂产生、发展、繁荣的全过程进行整体描述，反映《楚辞》古代诸注本之间的传承与创新关系以及它们所具有的训诂学价值；同时在

---

① 本文为教育部人文社会科学研究一般项目"《楚辞》训诂史"（10YJA740035）的最终成果（专著）之"绪论"部分。

对《楚辞》古注运用训诂学的原则和方法进行详细的剖析、比较和综合论述的基础上，论述《楚辞》古注与传统训诂学之间在注释出发点、注释篇目、注释体例、注释方法等诸多方面的异同以及它们之间的相互联系，进而归纳《楚辞》训诂所体现出来的集部书注特点，以及它们在传统训诂学、现代楚辞学中的价值和重要地位。

目前，国内的训诂学专著大致有二三十部，其中较有影响的有齐佩瑢的《训诂学概论》、洪诚的《训诂学》、胡朴安的《中国训诂学史》、赵振铎的《训诂学史略》、陆宗达、王宁的《训诂与训诂学》、周大璞的《训诂学初稿》、冯浩菲的《中国训诂学》、李建国的《汉语训诂学史》等，但他们对《楚辞》训诂的情况皆没有专章专节叙述而只是有所提及；至于训诂学界专题探讨《楚辞》训诂的论文更是寥若晨星。

再从近两千年来的楚辞学史来看，按照姜亮夫先生和崔富章先生的观点，自汉代到 20 世纪初的楚辞研究大致有四种模式：辑注、音义、考证、论评①。这四种模式是古代楚辞研究的主流并为一些现当代学者所沿袭，只不过其间有些许变化和发展。如在明中叶之前，王逸、郭璞、洪兴祖、钱杲之等大多数学者是以小学（文字、音韵、训诂）为主体的考证型；明中叶以来，既有汪瑗、黄文焕等一些学者的著述把重心转向文学特点评价、分析的倾向，又有蒋之翘、沈云翔、陈深、来钦之等诸家注本以评点为重心。而到了清代，又出现了如王念孙、俞樾、孙诒让等学者的札记类著述。20 世纪 20 年代开始，学者们借鉴西方文艺观点和方法研究楚辞之风兴起，使得现当代的楚辞研究开始进入百花齐放时期。如梁启超《屈原研究》从文艺学、文化研究的角度，李翘的《屈宋方言考》从方言的角度，饶宗颐的《楚辞地理考》从地理考证的角度，闻一多引入民俗学、宗教学、神话学进行的文化综合研究，游国恩的《楚辞概论》从民间文学和地域性方面溯源的探讨，郭沫若尝试用唯物史观的研究并利用今译、话剧创作等形式对屈赋的传播，姜亮夫的《屈原赋注》则以语言、历史为主并结合多学科知识的综合研究，等等。20 世纪 80 年代以来，随着中国屈原学会的成立，《楚辞研究集成》《楚辞学文库》《屈原学集成》《中国楚辞学》等百余部专著（丛书、期刊）和三千多篇论文的相继推出，虽然表明学术界在"楚辞学"这一学科研究上的不断深入，但尚无从训诂学的角度来探讨《楚辞》训诂的专著，其针对历代《楚辞》著述的相关的论文也大都是孤立地讨论其中的一二注本（或王逸，或朱熹，或洪兴祖，或汪瑗……）的特点，较少以训诂学的原则、特点、方法等方面作整体的观照和全面、系统的归纳分析。

由上所述，可知无论是训诂学还是楚辞学，如果仅从各自的角度出发，其研究的

---

① 姜亮夫：《楚辞书目五种·总目》，上海：上海古籍出版社 1993 年版；崔富章：《楚辞研究史略》，《语文导报》1986 年第 10 期。

视野将显得相对狭窄。而在当今时代，各学科之间的交叉结合研究已成为一种趋势，笔者则是顺应这一趋势，拟从传统训诂学角度出发，以集部书的代表作《楚辞》为例，在吸收古今《楚辞》研究成果和研究方法的基础上，通过对《楚辞》训诂产生、发展过程的一般性叙述，并通过对古代具有代表性的《楚辞》著述在注释出发点、注释特点、注释方法等方面的解剖、比较和分析，从中既归纳和总结出传统训诂学的原则和方法在《楚辞》训诂中的运用特点，也归纳和总结作为集部书注的《楚辞》注本体现的自身注释特点，进而比较出传统训诂与《楚辞》训诂之间的异同，从而一方面较为清晰地展示《楚辞》训诂本身产生、发展的全过程，一方面较为全面地反映出《楚辞》训诂在传统训诂学中的重要地位和对现代楚辞学的重要启示。

二、《楚辞》训诂史研究对象的选择

在众多的《楚辞》古代著述中，如何选择研究对象是一个颇需斟酌的问题。

《楚辞》作为一部文学作品，其正式结集以汉代刘向编辑的十六卷本《楚辞》为标志。据不完全统计，从汉至清约两千年来，有数以千计的学者从事《楚辞》的辑集、注释、考订、评论等工作，留下了二三百种专著、专论和札记①。就一百多种专著来说，现当代学者多按类划分，如游国恩先生分为训诂、义理、考据、音韵四类②，姜亮夫先生和崔富章先生分为辑注、音义、考证、论评四类，张来芳先生分为考据、辑佚、韵读、训诂、词章、义理六类③，等等。这几种分类皆能自成其说，然笔者以为姜、崔二位先生的分类更为合理些。那么，这四类《楚辞》古代要籍中，哪一类与传统训诂学的渊源关系更密切些呢？回答应该是首推辑注类，其次是考证类。至于音义类和论评类，虽然其侧重点分别是对《楚辞》音韵的探讨和对屈原及其作品的评价，但其中也有一些牵涉到训诂。此外，还有一些札记类著述与《楚辞》训诂有一定关系。即便如此，按姜亮夫先生编著的《楚辞书目五种·总目》之第一部的"楚辞书目提要"所定，属于辑注类的共有 124 种，属于考证类的共有 26 种。属于辑注类的《楚辞》要籍，还包括三十多种存目本、辑集本和近现代注本，考证类中还包括古今十五六种的

---

① 　按：二三百种只是一个约数，因为笔者至今尚未统计也没有看到楚辞学者统计的确切数目。如姜亮夫《楚辞书目五种》第一部"楚辞书目提要"中共录四大类著述 218 种（含近现代学者 20 余种），第四部又录札记类 25 种；周建忠、李大明《楚辞学通典》之五录典籍 453 种，其中截至清末民初其昶为 113 种；洪湛侯《楚辞要籍解题》附录的"楚辞专著目录"列 235 种，其中标明为清代之前的有 138 种。

② 　游国恩：《楚辞概论》，王云五主编《国学小丛书》本，上海：商务印书馆民国十七年（1928）版，第 280 页。

③ 　张来芳：《现代楚辞学鸟瞰——〈楚辞学史〉之五》，《赣南师院学报》1988 年第 4 期，第 30 页。

附录本①。存目本由于已失传而无法见其全貌，辑集本由于是《楚辞》作品的汇编而其价值主要是版本方面，近现代注本由于不属于古代的范畴，附录本由于多为附录于辑注类注本之中，故均不宜以专节讨论或概要分析。这样选择后，剩下的专著还有100种左右，数量仍较多。考虑再三，又依照姜亮夫先生的分类和本文所选注本的要求来考察洪湛侯先生主编的《楚辞要籍解题》。洪先生所编之书介绍古今《楚辞》注本共62种，按上述要求可以剔除其中的22种，还剩40种。这40种注本加上姜先生所定的部分他类注本10种左右，就是本书所选择的基本研究对象。

那么，对这些基本研究对象应如何进行分析呢？这也是一个需要认真考虑的问题。笔者以为，对这50种左右的注本全部进行全面、详细的解剖分析虽有必要但却要有所侧重。说其必要，是因为要全面考察《楚辞》训诂史，则要有一定范围和一定数量的相应著述作为涵盖面；说其侧重，是因为不需要对每部著述都予以详尽解剖分析却必须突出其代表性或独特之处。不过，从必要性和侧重性这一原则出发，至少还有三方面的情况拟加以考虑：

其一，尽管每部注本都有它的自身特点，但一个时代或一个时期常常是有多部类似的注本出现，只要选择同时代中较具代表性的几部注本予以解剖分析，就可以类推本时代其他同类型注本的大体情况；

其二，传统训诂学是有着鲜明特色的一门学科，既然是从训诂学的角度来研究《楚辞》要籍，那么所选择的研究对象则应尽可能地显现出训诂学所具有的原则和方法，但其中有些《楚辞》注本虽然整体上属于传统训诂学的范畴，却只是在论评中夹有简单注释而缺乏训诂学的本身特色，所以此类注本只要举其少数代表作分析或概说之；

其三，汉、宋、明、清是传统训诂学兴起、发展、繁荣过程中的四个重要朝代，《楚辞》训诂与传统训诂虽有一定差异，但总体上却是以同步发展为主，因此对这四个朝代的《楚辞》训诂著述可以作为重点描述和分析的对象。

---

① 附录本是笔者所命名，主要指一些本来是古代注本中的一些附录，而姜先生抽出另列于考证类，如将朱熹《楚辞集注》中的《楚辞辩证》、汪瑗《楚辞集解》中的《楚辞蒙引》和《楚辞考异》、蒋骥《山带阁注楚辞》中的《楚世家节略》、戴震《屈原赋注》中的《通释》等归于考证类。另外，其他类别中也有一些附录被姜先生归于他类的情况，如将黄文焕《楚辞听直》中的《合论》、陆时雍《楚辞疏》中的《杂论》、蒋骥《山带阁注楚辞》中的《余论》等归于论评类，将洪兴祖的《楚辞考异》和《山带阁注楚辞》中的《说韵》、戴震《屈原赋注》中的《音义》归于音义类，等等。

三、《楚辞》训诂史的分期

既名《〈楚辞〉训诂史》，那么就必须有一个合适分期，以符合"史"的要求。上文说到汉、宋、明、清是《楚辞》训诂史上的重要朝代，但并非说可依据这四个朝代来确定其分期。《楚辞》训诂既是一部专题史，那么它的兴起、发展和繁荣的过程，尽管与整个中国历代王朝相伴随，但更重要的，是它又与传统训诂学史和楚辞学史息息相关。因此，我们在考虑其分期的时候，既不能完全按照中国历代王朝的更替，也不能完全依附于传统训诂史的兴衰，而应该在充分考虑到本书主要是描述历代《楚辞》训诂这一特点的基础上，为《楚辞》训诂史找到一种相对合理的划分依据。

汉代是训诂学和楚辞学的共同兴盛时期，但东汉和西汉有所差异。西汉已出现《尔雅》《方言》，以及《诗经》毛传等训诂要籍，但却没有《楚辞》训诂专书；东汉有以郑玄为代表的一批训诂学家，也出现了以王逸《楚辞章句》为代表的《楚辞》训诂专书。魏晋至隋唐五代，时代跨越七百多年，但训诂学与楚辞学的发展却不大同步。一方面是训诂学的不断深入发展，不仅有一批训诂工具书的出现，对佛、道、史等典籍的注释也使训诂范围得以扩大，也出现了"义疏"这种新的注释格式；另一方面，虽有晋郭璞《楚辞注》和隋智骞《楚辞音》，以及唐代李善、五臣、陆善经注《文选》时附带的《楚辞》选本可值一提，但《楚辞》训诂却整体显得萧条，没有出现可作为代表性的典型专书。宋元时期，训诂学与楚辞学的发展基本同步，但宋与元有所不同。宋代由于学术风气渐变，尤其是程朱理学的影响而使训诂学呈现一种继承传统之"汉学"与阐释义理之"宋学"交织在一起的风貌。这种新旧交织的现象反映在《楚辞》训诂中，是既产生像洪兴祖《楚辞补注》、杨万里《天问天对解》和钱杲之《离骚集传》这样的继承汉学传统之作，又开始出现如朱熹《楚辞集注》渗透义理之书。元代由于学术风气紧随南宋余绪而与宋代联系密切，其中训诂学主要是沿着朱熹开创的道路前行但渐趋笃实，而楚辞研究领域除已失传的刘庄孙《楚辞补旨音释》之外，尚无其他《楚辞》训诂专书传世。明代的训诂学和楚辞学的发展也基本同步。不过，明代的学术风气呈现出前、后期两种不同的特点。明中叶之前，训诂学领域基本上是承袭宋元以来疑古创新之风的余绪，而《楚辞》注释和研究则仍以朱熹的《楚辞集注》为尊。明中叶以后，王阳明倡导的"心学"既促使了求变创新风气的形成，也助长了空疏臆说等治学陋习。这种风气也渗透于楚辞学领域，使《楚辞》注释与研究呈现出多样性：既有在继承传统训诂学原则与方法基础上开始注意探讨《楚辞》文学性特点的专书，也有偏重探讨《楚辞》思想、结构之类的专书，还有以朱熹注本为基础的较显空疏的评点类专书。

清代无论是训诂学还是楚辞学，都属于繁荣期，其繁荣的明显标志之一就是由于学术流派很多而使训诂学著作和《楚辞》训诂著作皆数量众多。在训诂学方面，仅据《清史稿·艺文志》所载统计，经、史、子、集四大部类的训诂著作分别大约为1248部、617部、425部和270部。在楚辞学方面，据崔富章《楚辞书录解题》所载，仅与训诂学较密切相关的辑注类著述就有40余种，超过以往历代同类著述的总和。如此众多的楚辞类著作，不仅因为时代、学术氛围、著者个性等不同而出现差异，而且也难以用一两个章节就能较全面地描述，故对清代的《楚辞》训诂期加以细分是必要的。明末清初是一个特定的时期，时间跨度约五十年，训诂学总体上虽无大的变化，也开始寻求平正务实，开清代朴学先河。然由于朝代更迭这一特定因素，以至于《楚辞》训诂也成为较为特殊的时期。尤其是周拱辰、李陈玉、毛奇龄、王夫之、钱澄之等由明入清的遗民学者，因为大都经历了国破家亡的变迁而对屈原不幸遭遇有深深的同感，故能将国家的沦亡之痛和个人的身世感慨融入《楚辞》注释和研究中。康熙中叶至雍正年间的训诂学，是在提倡程朱理学的同时兼收汉唐训诂成果，其补阙疑、寻平正、求实证的学风逐渐盛行。然就楚辞著述而言，则与明代一样显出其多样性，其类别大致包括：以阐述儒家性理、清廉节操、忠孝大义为中心；增补前人阙释或去凿说为主；着重从文学角度注释分析；沿袭明代评点方法且兼用传统训诂；专门探讨前代《楚辞》注家得失。从乾隆到道光前期（1820），训诂学和楚辞学均为古代鼎盛，但它们在大致同步发展的同时却有所不同。就训诂学而言，以清初学者倡导的经世致用学风被削弱，乾嘉学派为代表的朴学占据学术主导地位。从楚辞学来看，研究和注释之作亦呈现多类别特点，其著述数量约有40部，其中仅辑注类著述就有十多部。它们基本上可分为两大类：一是有乾嘉学派之风而较重考据训诂的著述；二是承袭明末以来较重视别立新说学风和偏重于文学分析的著述。道光中叶至清末民初，是时代转型过渡期，训诂学与楚辞学出现新动向。一方面，训诂学领域受阐发《春秋公羊》微言大义的今文经学复兴影响，使得《楚辞》训诂也出现了以疑古求异和阐发微言的著述；另一方面，是继续沿着前一时期道路前行的乾嘉学派朴学之作和偏重宋学义理和文学分析之作。

基于上述简要梳理，笔者认为《楚辞》训诂史大致可划分为八个时期：汉代、魏晋至隋唐五代、宋元、明、明末清初、康熙中叶到雍正、乾隆到道光前期、道光中叶到清末民初。

四、《楚辞》训诂与传统语言学科的关系

言及《楚辞》训诂，我们不能不提到它与其他一些传统语言学科的相互关系和相互影响。从传统小学的三个分支——文字学、音韵学和训诂学来看，《楚辞》训诂与训

诂学的关系应该是最为密切的，笔者将在具体分析中不断地涉及，兹不赘述。《楚辞》训诂除了与传统小学关系密切之外，与方言、文献、校勘、考据、历史、民俗等学科之间也存在一定程度的相互关系或相互影响。考虑到历代训释古籍的重点是字词注释，且字词注释与语言文字学的关系尤其密切，这里主要简单地谈一下《楚辞》训诂与文字学、音韵学、方言学之间的相互关系或相互影响。

从文字学来说，汉字发展到战国时期，还是带有古文字的色彩，这从古代已发现的孔壁中书、汲冢竹书，以及现代已出土的包山楚简、九店楚简、郭店楚简、上海博物馆藏楚竹书等战国文字都可以明显地看出来。战国文字上承春秋，下启秦汉，是中国古文字发展中的一个很关键的阶段，楚文字即为其中之一。我们不难推测屈原写作楚辞时是用古文字，但由于楚文字在汉代就难以辨识，即使演变为小篆、隶书后也多传抄之误，故后人在为《楚辞》作注时，有时就必须考虑到某一字词是否存在讹误。遗憾的是，因为迄今还没有出土的战国时期的《楚辞》写本或抄本为证，所以后人为《楚辞》作注时有时只能凭借上下文来作文字上的拟测。可见，假如能看得到战国末或秦代的《楚辞》抄本，那无论是对《楚辞》训诂或是对于文字学研究本身，都将极具价值。另外，从汉字的运用来看，由于众所周知的原因，汉字一直存在异体字、通假字、通用字、古今字、同音字、多音字、同义字（词）、多义字（词）等多种状态，这不仅迫使注释古书者进行文字上的比照或校勘，而且这种比照和校勘自然也为后人分析汉字的运用情况提供了极好的书证材料。循复往之，则形成研究文字运用者与训诂者、校勘者之间的良性互动效应。《楚辞》历代注本甚多，不少注家运用文字学知识为之校勘或分析也甚勤，以至于形成了《楚辞》训诂中一个很重要的内容——异文校订。就目前笔者所了解的情况，这种异文校订在晋代郭璞《楚辞注》中就已见端倪，随后又有隋代智骞《楚辞音》继承发扬，宋代洪兴祖《楚辞补注》所融入的《楚辞释文》、明代汪瑗《楚辞集解》所附的《楚辞考异》、明末清初王夫之《楚辞通释》的异文校勘、清代林云铭《楚辞灯》的异文点明及辨误、王邦采《离骚汇订》中的专列"考异"之例、王远《楚辞评注》的异文标注、朱骏声《离骚赋补注》的异文校订，最后到清末民初刘师培撰《楚辞考异》专书等，皆可看作是《楚辞》异文校订的典型代表。反过来看，后代研究汉字运用现象者，也常常从前代《楚辞》注本中选取材料进行归纳分析，其例则不胜枚举。

从音韵学来说，《楚辞》属于上古诗歌，不仅因其多楚语而难以诵读，且所牵涉到的诗歌押韵，对后人研究上古语音系统具有重大的参考作用，这已被事实所证明。纵览《楚辞》古代书目要籍可知，历代研究《楚辞》音读的专书有十多部，较早的应是晋代徐邈的《楚辞音》（已佚），而现存最早的是隋代智骞的《楚辞音》（残卷），现存最完整的是明代屠畯的《楚辞协韵》，较完整而较有价值、有影响且力斥"叶音"之弊的是明代陈第的《屈宋古音义》；清代有关《楚辞》音韵的著述则有邱仰文的《楚辞韵解》、方绩的《楚辞正音》、王念孙的《毛诗群经楚辞古韵谱》、江有浩的《楚辞韵读》等。这些研究《楚辞》音读的要籍和宋代以来《楚辞》注本中所包括的字词注音，以及清代以来所附录的音义专论，如徐焕龙《屈辞洗髓》所附的《屈辞简明音释》、张德纯《离骚节解》所附的《离骚本韵与正音》、蒋骥《山带阁注楚辞》所附《说韵》一卷、戴震《屈原赋注》中所附《音义》三卷等，由于都是伴随着音韵学研究的发展而共生的，因而对于音韵学的研究无疑有着较重要的参考价值。反之，《楚辞》训诂著述中，还有许多是受当时音韵学研究进程的影响或利用了音韵学方面的知识或成果。如在宋代，洪兴祖《楚辞补注》中的二十几个"叶音"例，其理论基础明显是源于北周沈重等人所创立的"叶韵"说，而稍后的朱熹之《楚辞集注》中的大量叶音，则是《楚辞》注本中大力实践"叶韵"说的最早标本。如在明代，由于古音学仍不发达，故略早于陈第的汪瑗在《楚辞集解》中分析洪、朱等人的"叶音"例时，无法跳出"叶音"的窠臼；略晚于陈第的毛奇龄之《古今通韵》，也仍不以古韵求古义。如在清代，由于陈第大破"叶音"说和顾炎武等古音学家的影响，徐焕龙、张德纯、蒋骥等人在其注本中专附关于《楚辞》音韵的说明；戴震不仅在音韵学研究上卓有成效，而且也将其研究成果运用于自己的《屈原赋注》中；其他如王念孙、江有浩等学者相关《楚辞》古韵之书，则在通"三古"旧音和证《楚辞》年代等方面颇见成效。

从方言学来说，研究汉语方言史的学者不能不提到东汉王逸的《楚辞章句》。这是因为王逸生于楚地，又离屈原时代未远，更重要的是他对《楚辞》中的方言字词首先予以指出并加以了解释。自王逸之后，还有郭璞、洪兴祖、朱熹、王夫之、戴震等诸家注本都注意了对方言字词的注释。这种情况相沿到民国时期，则出现了研究《楚辞》方言的首部专书——李翘的《屈宋方言考》。《楚辞》训诂中的方言训释，不仅在一定程度上扫除了阅读、理解《楚辞》的文字障碍，也使研究汉语方言者大受其益。从另一方面说，历代不少《楚辞》注本在字词注释时不仅或多或少吸收了如扬雄《方言》一类的方言词典解读，还汲取了方言研究的一些成果和古籍中的相关方言材料。其中，较早引《方言》一书为证的应是郭璞《楚辞注》，较为典型的则是洪兴祖的《楚辞补注》和戴震的《屈原赋注》。

五、《楚辞》训诂史的研究原则

《楚辞》训诂史的研究主要遵循三个原则。

首先，历时性和共时性的原则。这一原则实际上是纵向发展和横向比较的原则，它可分为总体和具体两个方面。总体而言，即在阐述每个时期传统训诂发展及特点等背景的基础上，概述本时期《楚辞》训诂的总体情况；既注意考察某一注本在历代《楚辞》注本中的地位以及对他注本的继承或产生的影响，也注意把某一注本与同时代《楚辞》其他注本作横向的比较，体现该注本的训诂特色。具体而言，即在对历代《楚辞》重要注本的解剖与分析中，既注意考察某一注本的某一方面（如注音、释词、析句等）对《楚辞》重要注本的同一方面的继承或产生的影响，也注意考察某一注本的某一方面与同时代《楚辞》重要注本相比而体现出的具体特征和创新特征。

其次，传统训诂和《楚辞》训诂相结合的原则。这一原则实际上是考虑到《楚辞》注本既属于传统训诂学的范畴，那么它们必将体现传统训诂学的一般原则和方法；而《楚辞》注本又属于集部书注，可能同时呈现其集部书注的独特性——尽管这种独特性也会因时代环境和学术氛围的不同而有所变异。诚然，每部《楚辞》注本在注释方法上所呈现的侧重点会不一致，有的是因袭传统而侧重以传统训诂的方法，有的因需要体现《楚辞》的文学特征而较多采用集部书注的方法，还有的是把两种方法交叉运用。因此，笔者则根据某一注本所具体采用的注释方法进行分别叙述或结合叙述。

最后，详尽举证分析与归纳比较分析相结合的原则。详尽举证分析是指在较充分占有资料的基础上，对某一注本在篇目选择、体例安排、注音格式、词语训释、句意分析、章旨归纳、篇旨说明等细节方面的特点和方法予以较详细举证并作具体分析；归纳比较分析既是指对不需要展开分析的方面，如历代《楚辞》注本的简介、某一注家的作注原因的概述等进行的一般性归纳，又是指在较详尽举证分析的基础上，对诸注本中各方面的异同情况进行综合性的归纳和比较。

近代公羊学与楚辞研究①

南通大学　李　文

【摘　要】　公羊学导源于《春秋》,《公羊传》与历代对《公羊传》的阐释一起构成了公羊学。清代中叶以后,以公羊学为代表的今文经学复兴,与古文经学割席分尊,成为学术思想的主流。公羊学在近代的风靡,影响了一代学者的学术研究,楚辞研究亦不例外。公羊学对楚辞研究的影响在史不在论,其对后世的影响主要有两个方面:其一是近代楚辞研究的大家诸如王闿运、廖平,其注骚著作均可见公羊学的影子;其二是公羊学派为改制而疑古变古,形成清末民初的疑古之风,为廖平否定屈原提供了适宜的土壤,致使"屈原否定论"在楚辞学界引起经久的震动。

【关键词】　春秋　公羊学　楚辞

韩非子有言:"孔墨之后,儒分为八",自孔子殁后,《春秋》亦分而为五,有左氏之《春秋》、公羊氏之《春秋》、穀梁氏之《春秋》、邹氏之《春秋》、夹氏之《春秋》。《汉书·艺文志》中记载:"邹氏无师,夹氏未有书。"遂此二家未能流传,而其他三家则流传后世。在西汉,董仲舒的《春秋繁露》标志着公羊学的形成,由于董提出"大一统""君权神授"等学说,适应了专制统治的需要,汉武帝立五经博士,其中便有公羊《春秋》,公羊学遂被立为官学,成为统一意识形态的官方哲学。东汉何休的《春秋公羊传解诂》对公羊家法进行了翔实完备的总结,至此公羊学建立起一套完备的体系。但是公羊学并没有因此而发展更劲,而是因为古文学派的盛行,今文经学随之落败。公羊学遂沉寂了千年,在清代由孔广森揭起复兴的旗帜,至常州公羊派而"大张其军"。近代康有为、梁启超更是将其与西方理论相结合,成为维新变法的思想武器。公羊学遂得以大放异彩,并风行天下。

---

①　基金项目:国家社科基金重大项目"东亚楚辞文献的发掘、整理与研究"(13&ZD112)、国家社科基金一般项目"中国楚辞学史"(13BZW098)、国家社科基金一般项目"大型历时语文辞书音义关系研究"(14BYY129)、江苏省社会科学基金项目"清代楚辞著述论考"(12ZWD019)。

一、公羊学在近代的勃兴

乾嘉年间，考据学日臻成熟，马、郑之学如日中天，汉学家批驳宋学空谈义理，而驳驳于训诂名物、考据传注，自此汉学大盛。但是汉学末流积弊已露，戴门后学凌廷堪在乾隆年间就痛击当时学风："读《易》未终，即谓王韩可废；诵《诗》未竟，即以毛郑为宗；《左氏》之句读未分，已言服虔胜杜预；《尚书》之篇次未悉，已云梅赜伪古文。甚至挟许慎一编，置《九经》而不习；忆《说文》数字，改六籍而不疑。"① 至嘉道年间，汉学末流更是失之繁琐，桐城派方东树颇能切中汉学弊病："汉学诸人，言言有据，字字有考。只向纸上与古人争训诂形声，传注驳杂，援据群籍，证佐数百千条。反之身己心行，推之民人家国，了无益处。"② 为学不通世务，不切实用，成为汉学一大弊病。时值时运时风之变，学者忧心于国势渐衰的命运，欲通经以致用。因《春秋》在诸经中独备人事，故由治群经渐治《春秋》，如常州公羊学家刘逢禄谓："圣人之道，备乎五经；而春秋者，五经之管钥。"③ 常州公羊学的开山庄存与亦认为："法可穷，《春秋》之道则不穷。"④ 治《春秋》而渐摒汉宋笺注之学，求义理于语言文字之外，常州公羊学派在这种学风下渐趋兴盛。常州之学虽致力于治《春秋》以救治时病，但于时政却少有议论；虽菲薄考据，实未能脱离考据的桎梏，庄存与、宋翔凤、刘逢禄等人虽深谙汉学之流弊，但是又恐脱离考据会流于空疏，终未能撼动汉学之独尊的地位。至龚自珍、魏源时，砭时论世之风渐起，二人发挥公羊学以经术通时政的精神内核，为学主经世致用。龚、魏二人虽唱言变法之论，振臂一呼却未引起更多学者的回应。

道咸以降，国势衰象毕现，洪、杨之乱使满清统治元气大伤，虽有"咸同中兴"，但苟延残喘，加之外族不断入侵，终难以为继。越来越多的学者意识到藏身书阁，沉湎于考据无益于家国身心，经世实学思潮高涨。于是今文经学异军突起，公羊学亦是一鞭先着。王闿运与戴望是此时兼通古今的过渡学者，他们虽治公羊，但是并没有发挥公羊学进化变异的思想，戴望将"通三统"当作历法的变易，"改制"则是爵位的的改易。王闿运则从礼制和义例上理解《公羊春秋》，与董仲舒"《春秋》无达例"相悖。王闿运的高足廖平在其后成为影响一时的公羊学者，廖平"尊今抑古"的思想直

---

① 凌廷堪：《与胡敬仲书》，见《校礼堂文集》（卷二十三），北京：中华书局 1998 年版，第206 页。

② 方东树：《汉学商兑》，上海：商务印书馆 1937 年版，第 39 页。

③ 刘逢禄：《春秋公羊经何氏释例》，北京：北京大学出版社 2012 年版，第 2 页。

④ 庄存与：《春秋正辞》（卷十）；见阮元编：《皇清经解》（卷三七五至卷三八五），道光九年学海堂刻本。

接影响了康有为，使其将晚清今文经学推向高峰。陈寅恪就对当时的学术风尚有过评论："曩以家世因缘，获闻光绪京朝胜流之绪论。其时学术风气，治经颇尚《公羊春秋》，乙部之学，则喜谈西北史地。后来今文公羊之学，递演为改制疑古，流风所被，与近四十年间变幻之政治，浪漫之文学，殊有联系。"① 梁启超也指出："有清一代学术，卓然成一潮流，带有时代运动色彩者，在前半期为考证学，后半期为今文学。"② 钱穆先生也言："清代二百年经学复有轩然大波起为最后之一浪者，厥为公羊今文学之说。"③ 可以窥见当时公羊学风之盛。

公羊学在近代的风行，不仅在经学领域惊起千层浪，也影响了楚辞研究。公羊学对楚辞研究的影响在史不在论，其对后世的影响主要有两个方面：其一是公羊学的改制进化的观点，成为当时学术的主流。楚辞学者在注骚解骚的过程中或多或少地受到公羊学的影响，诸如王闿运、廖平、蒙文通等，其中以公羊学者王闿运、廖平的楚辞研究最为显著。其二是公羊学派为改制而疑古、变古，形成清末民初的疑古之风，为廖平否定屈原提供了适宜的土壤，致使"屈原否定论"在楚辞学界引起经久的震动。另外需要指出的是，近代公羊学认为上古史"茫昧无稽"的观点，影响了古史辨派。虽然古史辨派有疑古过头的弊病，但是对古史不无贡献，徐旭生先生就曾指出："他们最大的功绩就是把在古史最高的权威，《尚书》中的《尧典》《皋陶谟》《禹贡》三篇的写定归还在春秋和战国时候。"④ 古史辨派对古史的廓清，一方面对证实楚辞中历史文化的可靠性有力，另一方面，对古史的清理与重建，还原了楚辞所记载的古史的本来面目。此为公羊学对于楚辞研究间接之影响。

二、王闿运《楚辞释》的公羊学特色

王闿运作为公羊学大师，酷爱楚辞，其少时既酷爱楚辞，在其诗《忆昔行，与胡吉士论诗，因及翰林文学》中云："我年十五读《离骚》，塾师掣卷飘秋叶。"王闿运初字"纫秋"就是取自《离骚》："纫秋兰以为佩"其对楚辞的喜爱可见一斑。《楚辞释》是他研究注释《楚辞》的专著，与他治公羊学一样，可谓兼通古今，在训释大义上虽有所本，但又求新尚奇，附会时事。姜亮夫先生在《楚辞书目五种》中评介《楚辞释》说："清人《楚辞》之作，以戴东原之平允，王闿运之奇邃，独步当时，突过前

① 陈寅恪，朱延丰：《〈突厥通考〉序》，见《寒柳堂集》，上海：上海古籍出版社 1980 年版，第114 页。
② 梁启超：《清代学术概论》，台北：台湾商务印书馆 1985 年版，第 3 页。
③ 钱穆：《中国近三百年学术史》，北京：九州出版社 2011 年版，第 704 页。
④ 徐旭生：《中国古史的传说时代》，桂林：广西师范大学出版社 1985 年版，第 22 页。

人，为不可多得云。"① 王闿运注释《楚辞》所表现出的"奇邃""突过前人"之处，正是公羊学风对其楚辞研究沾染之深入的结果。

（一）《楚辞释》对楚辞微言大义的阐扬

公羊学源于《春秋》而专讲"微言大义"。《公羊传》昭公十二年云："春，齐高偃帅师纳北燕伯于阳。伯于阳者何？公子阳生也。子曰：'我乃知之矣。'在侧者曰：'子苟知之，何以不革。'曰：'如尔所不知何？《春秋》之信史也，其序则齐桓、晋文，其会则主会者为之也，其词则丘有罪焉耳。'"② 由这段文字可以看出，《公羊传》强调了孔子用不同的笔法表示褒贬大义。另，《公羊传》隐公元年曰："元年者何？君之始年也。春者何？岁之始也。王者孰谓？谓文王也。曷为先言王而后言正月？王正月也。何言乎王正月？大一统也。"③ 由"元年"而生发出"大一统"的观念，公羊学对《春秋》义理的发挥可以窥见。

王闿运注骚亦承袭了公羊学风，注重从语言文字之外求得楚辞的微言大义。王闿运对楚辞义理的阐发看似奇诡，实际仍有迹可循。正如"大一统"贯穿《公羊传》对《春秋》的阐释中，王闿运注骚始终围绕着"兴楚返王"这一命题展开。王氏认为屈原楚辞二十五篇的大义在于"兴楚返王"，在《楚辞释》中，与顷襄王约返怀王、欲怀王返、恐怀王不返的新释，在注《离骚》中有十处、注《九歌》中十二处、注《天问》中三处、注《九章》中十一处。欲返怀王和不得返怀王成为屈原人生悲剧的诱因。在《九章·涉江》中"吾与重华游兮瑶之圃"一句中注云："重华，谓怀王也。顷襄背约，放原江南。自甘远徙，故与游瑶圃。言不愿事新王也。"④ "与天地兮同寿，与日月兮同光"下注："忠于先君，与同生死，心光明如日月也。"⑤ 王氏以为屈原因执意要救怀王回楚国而遭贬，又不能更改此志，忠于不贤不孝的顷襄王，正如在"览余初其犹未悔"一句的注中云："新君初立，起用旧臣，于此悔则立致贵也。"⑥ 但是屈原仍是"虽九死其犹未悔"。

王闿运认为"兴楚"是屈原最高的政治理想，在《楚辞释》中结齐抗秦、与齐联姻、假意款秦的谋略更是比比皆是。如在《离骚》："驷玉虬以乘鹥兮"句下注："鹥，总后饰车者，喻婚齐女也。"⑦ "饮余马于咸池兮，总余辔乎扶桑。"注云："咸池、扶

---

① 姜亮夫：《楚辞书目五种》，上海：上海古籍出版社1993年版，第247页。

② 王维堤，唐书文撰：《春秋公羊传译注》，上海：上海古籍出版社2004年版，第459—460页。

③ 王维堤，唐书文撰：《春秋公羊传译注》，上海：上海古籍出版社2004年版，第1页。

④ 王闿运撰，吴广平点校：《楚辞释》，长沙：岳麓书社2013年版，第85页。

⑤ 王闿运撰，吴广平点校：《楚辞释》，长沙：岳麓书社2013年版，第85页。

⑥ 王闿运撰，吴广平点校：《楚辞释》，长沙：岳麓书社2013年版，第18页。

⑦ 王闿运撰，吴广平点校：《楚辞释》，长沙：岳麓书社2013年版，第19页。

桑，皆在东方，以喻齐也。饮马、总辔，言欲结齐为援。"① "折若木以拂日兮，聊逍遥以相羊"注云："若木，日入所拂木，以喻秦也。逍遥、相羊，有所待也。怀王在秦，不可遽绝秦。" "前望舒使先驱兮，后飞廉使奔属。"注云："望舒、飞廉，皆喻诸侯也。欲合纵摈秦，故曰前驱后属。"② 等。这些注释可谓前无古人，王闿运将屈原"兴楚"的政治理想，附会于楚辞字词、章句中，归根究底是公羊学家宗经淑世的路数。王闿运一生历经鸦片战争、太平天国、甲午海战、戊戌维新、庚子国难、辛亥革命、洪宪帝制等一系列重大事件，与屈原一样是一位怀朕情而不得发的志士，遂借楚辞发其欲通经淑世的理想。

（二）《楚辞释》中的"大一统"观、"存三统"观

王闿运认为："凡楚辞二十五篇皆作于怀王客秦之后"，其用意是突出屈原"怨君"怨的是顷襄王并不是怀王，怨顷襄王背弃"返怀王"的盟约，怨其不孝。中和了历代楚辞学者对屈原怨君思想的争论，同时也是王闿运"大一统"观和"存三统"观的体现。王闿运在《春秋公羊传笺》中解释"大一统"：

> 《春秋》记："元年春王正月。"
>
> 《春秋公羊传笺》："二王之后，得改元，自用正朔。成王绌杞广鲁，鲁宋俱有元年，故可托王者，法也！诸侯无元年，故不曰公之始年……大谓推而大之也，书春三月，皆有王，存三统也！不先自正，则不足治人。故以王正月见一统之义，而三统仍存矣！"③

王闿运在这里将"大一统"和"存三统"的思想融会在一起，用"大一统"巩固王权，以示尊王，又用"存三统"遏制王权，刘向就曾上疏奏云："王者必通三统，天命所授者博，非独一姓"④，即是王闿运所说的"不先自正，则不足治人"。王闿运在注《离骚》中便体现了这一观点，在"日月忽其不淹兮，春与秋其代序"下注："春秋代序，言新君代故君也。忽然不留，无念故王者。"⑤ "彼尧舜之耿介兮，既遵道而得路"下注："顷襄受父命，如受禅而立，光明正大，无所嫌疑，如循大道。"⑥ 可见此时屈原对顷襄王的态度是尊的，并视其为正统。但在"初既与余成言兮，后悔遁而有

---

① 王闿运撰，吴广平点校：《楚辞释》，长沙：岳麓书社 2013 年版，第 20 页。
② 王闿运撰，吴广平点校：《楚辞释》，长沙：岳麓书社 2013 年版，第 20 页。
③ 王闿运：《论语训·春秋公羊传笺》，长沙：岳麓书社 2009 年版，第 141 页。
④ （汉）班固：《汉书》，北京：中华书局 1962 年版，第 1950 页。
⑤ 王闿运撰，吴广平点校：《楚辞释》，长沙：岳麓书社 2013 年版，第 5 页。
⑥ 王闿运撰，吴广平点校：《楚辞释》，长沙：岳麓书社 2013 年版，第 6 页。

他"两句中王闿运认为："成言，顷襄约原返王之谋也。"① 王氏认为顷襄王背弃了与屈原共返怀王的约定，更是对怀王不孝，使屈原有欲废王的举动。在"望瑶台之偃蹇兮，见有娀之佚女。"下注："言欲更求出宗室贤者立之。"② 在《九章·悲回风》"惟佳人之永都兮，更统世而自贶"下注："都，美也。佳人，怀王也。统，谓三统，有天下者也，世传国及子孙也。贶，赐也。言嗣子自当继统受赐，怀王长美亦必无不慈之意，深恨顷襄也。"③ 在"见伯夷之放迹"下注："以自喻伯夷让国，望顷襄仿其迹也。"④ 初还视顷襄为正统，至此已恨其更统自贶，认为顷襄王"不返怀王，同于弑君自立"，愿其可以效仿伯夷让贤，对顷襄王的怨尤为深切。王闿运将忠君爱国的屈原释为大逆不道的权臣，实是受了公羊学三统说的影响。公羊大师董仲舒曾云："（《春秋》）贬天子，退诸侯，讨大夫，以达王事而已。"⑤ 即使是天子，《春秋》依然要贬。西汉谷永在灾异尤数时曾激言："方制海内，非为天子；列土封疆，非为诸侯，皆以为民也。垂三统，列三正，去无道，开有德，不私一姓。明天下乃天下之天下，非一人之天下也……失道妄行，逆天暴物……则卦气悖乱，咎征著邮，上天震怒，灾异屡降……终不改寤，恶洽变备，不复谴告，更命有德。"⑥ 在公羊学者面前，天子不是不可以贬低的，天下亦不是一个人的天下，天子德行完备，嗣风于先王，则是至高无上。若天子无道，则天子再也不是天命所授。王氏说屈原欲废顷襄王，实则是以公羊派的思想观照楚辞的结果。在晚清特殊的政治环境中，可能蕴藏着王闿运对时风的影射。陈子展先生曾在《楚辞直解》中谓："（王闿运）凡所云云，则近凿矣。彼盖自伤其一生纵横计不就，而有托焉者也。"⑦ 可谓剀切。

三、廖平解骚的公羊学特色

廖平被誉为古典经学的最后一位大师，廖平初治《穀梁春秋》，蒙文通有云："廖师既通《谷梁》，明达礼制，以《谷梁》《王制》为今文学正宗。而《周官》为古学正宗，以《公羊》齐学为消息于今古学之间，就礼制以立言。此廖师根荄之所在。"⑧ 后

---

① 王闿运撰，吴广平点校：《楚辞释》，长沙：岳麓书社 2013 年版，第 8 页。
② 王闿运撰，吴广平点校：《楚辞释》，长沙：岳麓书社 2013 年版，第 23 页。
③ 王闿运撰，吴广平点校：《楚辞释》，长沙：岳麓书社 2013 年版，第 111 页。
④ 王闿运撰，吴广平点校：《楚辞释》，长沙：岳麓书社 2013 年版，第 115 页。
⑤ 司马迁：《史记》（卷一三〇），北京：中华书局 1959 年版，第 3297 页。
⑥ 班固：《汉书》，北京：中华书局 1962 年版，第 3467 页。
⑦ 陈子展：《楚辞直解》，南京：江苏古籍出版社 1988 年版，第 217 页。
⑧ 蒙文通：《井研廖季平师与近代今文学》，《经史抉原》，成都：巴蜀书社 1995 年版，第 106 页。

兼治《公羊》。《公羊》为齐学，《穀梁》为鲁学，齐学恢齐驳杂，鲁学纯谨。观廖平一生经学六变，"十年一大变，三年一小变。"实与鲁学纯谨之精神相悖。廖平一生经学虽六变，但未脱孔子改制的藩篱，实则是公羊学改制思想的变异。

廖平解骚嗣风于其师王闿运而更为奇邃。廖平注楚辞，不是"我注六经"而是"六经注我"，借注楚辞而倡言其学术观点，在廖平笔下楚辞面目全非，只剩下令人回皇炫惑的经学奇论。在《楚辞新解》里，其思想核心即为"素王改制"说。（案：廖平解骚主要集中于其著作《楚辞新解》与《楚辞讲义》中，由于《楚辞讲义》是其授课的讲稿，内容较之《楚辞新解》则简略、缺乏系统，片段言论居多。所以本文主要分析《楚辞新解》的公羊学特色，兼论《楚辞讲义》）"素王"说是从公羊学"亲周，故宋。以《春秋》当新王"而来，"以《春秋》当新王"即为"《春秋》托新王受命于鲁"。董仲舒根据周朝初建时，曾封夏之后于杞、封殷之后于宋。他认为新王受命以后，必须封前两代之后为王，推前五代为帝。《春秋》之世，《春秋》代行新王之事，周是《春秋》新王的前代，故曰："亲周"，殷时代稍远，故曰："故宋"，夏的后代已不受封，夏改称为"帝"，所以称"绌夏"。汉儒认为孔子作《春秋》是为汉制法，又称孔子为素王。董仲舒将素王推衍为"王鲁"。强调的是历史和制度的演化，而廖平又将"王鲁"退为素王，强调的是以孔子为尊。他在《主素王不主王鲁论》一文中说：

> 若孔巽轩之去王鲁而主时王，则诚俗学。若今之去王鲁而主素王，则主王鲁者多年积久而悟其非，诚为去伪而存真。
>
> 盖尝以经例推之，则鲁为方伯……《春秋》仍君天王而臣诸侯也。且《春秋》改制作，备四代，褒贬当世诸侯，皆孔子自主。鲁犹在褒贬中，其一切改制进退之事，初不主鲁，则何为王鲁乎？若以为王鲁，则《春秋》有二王，不惟伤义，而且即《传》推寻，都无其义，此可据《经》《传》而证其误矣。①

廖平用训诂的方法，"以经例推之"以"素王"说代替"王鲁"说，此说在其经学初变期。至其二变期，则强调素王改制，代表作为《知圣篇》。廖氏认为孔子不仅是为汉制法，孔子改制是为中国万世立法。《楚辞新解》即作于廖氏经学的四变期，此时以将素王改制变为为全宇宙立法。从《楚辞新解》中可以窥见廖氏素王改制的这一变化。

---

① 廖平：《主素王不主王鲁论》，《何氏公羊解诂三十论》，清光绪十二年成都廖氏四益馆经学丛书刻本。

《楚辞新解》中素王改制思想主要表现为三个方面。

其一，廖平认为楚辞"为孔子天学，《诗》之传记。"① 其"名物典训与《诗》相发明者，以百数十。"② 廖平认为："人学专言六合之内，天学则在本世界之外。"③ "《楚辞》天学已离脱世界，专言诸天矣。"④ 这里的"天学"是指孔子为全宇宙制法，而不是专于世界之内。此时廖氏经学已不言"今、古""大、小"。而言"天、人"。廖平的天人学把《春秋》《尚书》二经列为人学，以《诗》《易》二经列为天学。人学二经分别以《王制》《周礼》为传，天学二经则以《中庸》和《大学》中引《诗》《易》的部分、《楚辞》《灵枢》《素问》《山海经》《穆天子传》《庄子》《列子》等书为传。廖氏在其另一部楚辞研究著作《楚辞讲义》中也将楚辞视为天学。如：在第一课《卜居》《渔父》中阐述"辞赋之学出于诗学，皆天学。神鬼事与人学史事，一实一虚。故汉以后赋诗有全指天学言者，为楚辞之嫡派。有人事杂举者为别派。"⑤ 在"指彭咸以为仪"下解为："二巫即天学。"⑥ 在第九课《天问》中认为《天问》"本言天上人物史事，如佛经之华严世界，所用典故全出于《山经》《淮南》二书，皆详于天学也。"⑦ 由此可见，无论是《楚辞新解》还是《楚辞讲义》廖氏解骚的落脚点在于楚辞为孔子天学。

其二，廖氏将楚辞看作《诗经》的传，其曰："人学专言六合以内，天学则在本世界以外。在上为天神，在下为地祇，居四方者为人鬼。所谓周游六漠，尤以上征下浮为大例。《诗》以鱼鸟飞沉、山水陟降为上下之标目。《楚辞》于此例甚详。"⑧ 将《诗经》和《楚辞》里的鱼、鸟意象都看作上天下地、周游六漠的标目。又认为诗骚在名物典训可以互相发明。如："《诗经》以地比车轮，所谓皇舆毂辐。《易》曰：黄帝垂

---

① 廖平：《楚辞新解》，见吴平，回达强主编：《楚辞文献集成》，扬州：广陵出版社 2008 年版，第 12495 页。

② 廖平：《楚辞新解》，见吴平，回达强主编：《楚辞文献集成》，扬州：广陵出版社 2008 年版，第 12493 页。

③ 廖平：《楚辞新解》，见吴平，回达强主编：《楚辞文献集成》，扬州：广陵出版社 2008 年版，第 12498 页。

④ 廖平：《楚辞新解》，见吴平，回达强主编：《楚辞文献集成》，扬州：广陵出版社 2008 年版，第 12503 页。

⑤ 廖平：《楚辞新解》，见吴平，回达强主编：《楚辞文献集成》，扬州：广陵出版社 2008 年版，第 12531 页。

⑥ 廖平：《楚辞新解》，见吴平，回达强主编：《楚辞文献集成》，扬州：广陵出版社 2008 年版，第 12545 页。

⑦ 廖平：《楚辞新解》，见吴平，回达强主编：《楚辞文献集成》，扬州：广陵出版社 2008 年版，第 12555 页。

⑧ 廖平：《楚辞新解》，见吴平，回达强主编：《楚辞文献集成》，扬州：广陵出版社 2008 年版，第 12498 页。

衣裳而治天下。《书》曰：弼成五服。故又以衣服比版土，冠、衣、带、裳、履，《诗》以为五服。《楚辞》所言服饰，亦如《诗》之衣裳为五服起例"①。又如："《诗》多详于鸟兽草木，盖借木之根本、条干、枝叶以喻疆域。《楚辞》以花草为衣裳，则衣裳非衣裳，花草非花草，皆借以比疆域。"② 等。将楚辞《诗经》之传，是将楚辞纳为孔子的经学系统，认为其中的微言大义是孔子为宇宙立法，实际还是为了宣扬尊孔、主孔子改制的理念。

其三，廖平认为在楚辞中以"西皇"为尊。"《诗》以鸟名官，主西皇之意。《楚辞》于四灵详于鸟，即以鸟名官之义。"③ "主西皇即佛之西天，为素统，西方美人以鸟名官之义。故《诗》详于鸟官，楚辞以西皇为归宿。"④ 在释《九歌·东皇太一》篇名中，廖氏认为"东皇当作西皇，西皇见《经》，为素统。"⑤ 西皇为西方少皞帝，以鸟名官，本是氏族图腾崇拜的残留，廖氏却将《诗经》里的鸟意象看作以西皇为尊之意。又将《楚辞·离骚》里："麾蛟龙使梁津兮，诏西皇使涉予"中的西皇认为是尊西皇之意，以比附《诗经》。少皞氏主要生活于鲁地，遂尊西皇即是尊孔之意。廖氏认为孔子是有德无位的素王，所代表的是素统。为了证明楚辞以素统为主，廖氏极尽附会之能事，如"嫋嫋兮秋风"下注："素统以秋为主"⑥；"绿叶兮素枝"下注："素统枝叶"⑦ 等，均是廖平借楚辞而倡言其素王改制说的例证。

四、近代公羊学与"屈原否定论"

公羊学倡言改制在最初只是"改正朔，易服色，制礼乐。"⑧ 至廖平、康有为而发展出为改制而疑古、变古的思想。廖平主张古文家师说为刘歆据《周官》所伪，康有

---

① 廖平：《楚辞新解》，见吴平，回达强主编：《楚辞文献集成》，扬州：广陵出版社 2008 年版，第 12498 页。

② 廖平：《楚辞新解》，见吴平，回达强主编：《楚辞文献集成》，扬州：广陵出版社 2008 年版，第 12499 页。

③ 廖平：《楚辞新解》，见吴平，回达强主编：《楚辞文献集成》，扬州：广陵出版社 2008 年版，第 12499 页。

④ 廖平：《楚辞新解》，见吴平，回达强主编：《楚辞文献集成》，扬州：广陵出版社 2008 年版，第 12502 页。

⑤ 廖平：《楚辞新解》，见吴平，回达强主编：《楚辞文献集成》，扬州：广陵出版社 2008 年版，第 12508 页。

⑥ 廖平：《楚辞新解》，见吴平，回达强主编：《楚辞文献集成》，扬州：广陵出版社 2008 年版，第 12511 页。

⑦ 廖平：《楚辞新解》，见吴平，回达强主编：《楚辞文献集成》，扬州：广陵出版社 2008 年版，第 12514 页。

⑧ 董仲舒撰，凌曙注：《春秋繁露》，北京：中华书局 1991 年版，第 105 页。

为更是作《新学伪经考》力主刘歆伪《周官》以助王莽篡汉。姚际恒、崔述等的考信、辨伪精神，到了公羊学家里而成了疑古，而未能真正做到辨伪。廖平的"屈原否定论"即产生于此。

廖平的《楚辞讲义》是"屈原否定论"的嚆矢之作，其主要观点为：

> 《秦本记》始皇三十六年，使博士为仙真人诗，即《楚辞》。《楚辞》即《九章》《远游》《卜居》《渔父》《大招》诸篇。著录多人，故词重意复，工拙不一，知非屈子一人所作。当日始皇有博士七十人，命题之后，各有呈撰，年湮岁远，遗佚姓氏。①

> 旧说以楚辞为屈原作。予则以为秦博士作，文见《始皇本纪》三十六年。（《楚辞》为词章之祖。汉人恶秦，因托之屈子。《屈原列传》多驳文不可通，后人删补，非原文。）②

> 秦博士借屈子之名，以明《易》"咸或"之义。文非屈子作。凡古人文中人名，皆属寓言，且二义相反，如水火，如冰炭。一人行事不能如此相反……③

廖氏这一论点诚可谓石破天惊，但是这一论点不是平地而起、无端忽出的，穷竟源委其落脚点仍在于其素王改制说。闻一多先生在《廖季平论离骚》中指出廖平否定屈原的逻辑过程："须知廖氏的出发点是经学，首先认定了《诗经》是所谓'天学'，苦于《诗经》本身没有证据，乃借《楚辞》——《诗》的旁支以证实其主张。这是论证发展的第一步。然而这样讲来，又与《史记》所载《离骚》作者的性格行为皆不合，适逢《史记》这篇传是一笔糊涂账，有隙可乘，就判定屈原本无其人，其所有事实，皆史公杜撰。这是第二步。屈原的存在既经勾消，乃以《离骚》为秦始皇所作，并以其他相传屈原诸作品归之秦博士。这是第三步，说法确乎是新奇得出人意表！④ 廖平的观点发表后并没有引起巨大的反响，"犹如春鸟秋虫，自鸣自已"⑤。

继廖平而起的是胡适，胡适将屈原视为"箭垛式"的人物，"与黄帝周公同类，与

---

① 廖平：《楚辞新解》，见吴平，回达强主编：《楚辞文献集成》，扬州：广陵出版社 2008 年版，第 12529 页。

② 廖平：《楚辞新解》，见吴平，回达强主编：《楚辞文献集成》，扬州：广陵出版社 2008 年版，第 12431 页。

③ 廖平：《楚辞新解》，见吴平，回达强主编：《楚辞文献集成》，扬州：广陵出版社 2008 年版，第 12531-12533 页。

④ 闻一多：《廖季平论离骚》，见《神话与诗》，上海：古籍出版社 1956 年版，第 335-336 页。

⑤ 黄中模：《现代楚辞批评史》，武汉：湖北教育出版社 1990 年版，第 15 页。

希腊的荷马同类。"① 对楚辞的著作权产生怀疑。虽然同样都否定屈原，胡适的落脚点在于打倒旧文化，摒弃王化政教的因子，恢复楚辞的文化价值。胡适的观点一经发表便引起了楚辞界的震动。陆侃如、闻一多、郭沫若、谢无量等人纷纷发文批驳。庞大的学者群对屈原有无其人的论争，引发了 20 年代楚辞研究的高潮。廖、胡二人的"屈原否定论"之所以在 20 年代引起巨大反响，与古史辨派的疑古风气不无关系。近代公羊学的疑古思想，尤其是康有为的《新学伪经考》《孔子改制考》中否定上古史的观点，影响了以顾颉刚为代表的古史辨派，继而为"屈原否定论"提供了适宜的土壤。有关"屈原否定论"的论争不止于 20 年代，在 1935 年许笃仁发表的《楚辞识疑》中，提出"刘安作《离骚》"说；在抗战前后，先有何天行《离骚》为刘安所作说，继有卫聚贤认定伪造屈原之名者为贾谊；20 世纪 50 年代初，朱东润先生发表《离骚》等篇为刘安及门客所作的观点。"屈原否定论"不仅在国内掀起了巨浪，与我国一衣带水的日本在 60 年代也掀起了"屈原否定论"的研究热潮。先有玲木修次认为："《楚辞》是从宋玉以后才一开始有个人之作的。屈原名下的那些作品，则是围绕着屈原的传说。"② 80 年代日本学者三泽玲尔将《天问》《桔颂》与古代以色列《旧约》中的《约伯纪》相联系，说《天问》是上帝对《离骚》主人公的告诫，《桔颂》为《离骚》主人公复活的赞歌，把这两首作品当作类似宗教教义的东西。③ 其观点与廖平将楚辞视为天学异曲同工。而德国汉学家孔好古则认为，"《天问》是由屈原对宗庙祠堂的壁画铭文再加工而成。"④

　　关于"屈原否定论"的论争持续了近一个世纪，其最初孕育于公羊学疑古改制的思想，近代公羊学可谓是屈原研究的罪人，但若不是廖平、胡适的"屈原否定论"却也不会有 20 年代的楚辞研究高潮，正是在这场论争中楚辞学得以重获生机，许多学者也因此成为楚辞研究的魁杰。从推进楚辞学发展来看，近代公羊学又为楚辞发展的功臣。

---

① 胡适：《读〈楚辞〉》，《胡适全集》，北京：北京大学出版社 1998 年版，第 74 页。
② 黄中模：《与日本学者讨论屈原问题》，武汉：华中理工大学出版社 1990 年版，第 293 页。
③ 黄中模：《与日本学者讨论屈原问题》，武汉：华中理工大学出版社 1990 年版，第 244 页。
④ 陈亮，徐美德：《德国汉学家孔好古的〈天问〉研究》，《中国文学研究》2014 年第 24 辑，126 页。

中国当代楚辞图谱研究综述①

南通大学　　何继恒

【摘　要】　本文从文献著录、考据、美学、画家研究及图谱与文学
的观照研究等五方面对中国当代楚辞图谱的研究情况进行分类述评，
简要分析了这一课题研究发展缓慢的原因，以期引起学界的重视。

【关键词】　楚辞　图谱　综述

中国当代楚辞研究，历经单一到多元的嬗变，不但在古典文学研究领域取得了举
世瞩目的成就，还在跨学科综合研究上呈现出蓬勃发展的生机。早在 90 年代初期，周
建忠先生便在专著《当代楚辞研究论纲》中极富创见地将当代楚辞学界定为九个分支
学科②，其中多数为交叉型研究学科，楚辞再现学③便是其一。然而，相较于其他几个
分支学科的发展，学界对楚辞再现学的研究，除在戏剧、影视方面予以一定关注外，
别处均甚少涉足。图谱作为楚辞再现学领域的一个重要组成部分，千百年来与文学文
本一样，承载着楚辞诠释与传播的重任，构成了另一种楚辞接受史。可惜 60 余年来，
中国（包括台湾地区）有关楚辞图谱的研究始终发展缓慢，鲜有卓越成果。本文拟对
中国当代楚辞图谱研究情况作一初步述评，以期引起学界的重视。

一、楚辞图谱的文献著录

最早涉足楚辞图谱著录的是郑振铎。1953 年，郑氏将多年收集整理的楚辞图交付
人民文学出版社影印出版，题名《楚辞图》④。是书凡 197 图，其中屈原像 4 图、传宋

---

①　基金项目：国家社科基金重大项目"东亚楚辞文献的发掘、整理与研究"（13&ZD112）、国
家社科基金一般项目"中国楚辞学史"（13BZW098）、国家社科基金青年项目"欧美楚辞学文献搜
集、整理与研究"（15CZW012）、江苏省社科基金项目"中国辞赋海外传播研究"（13ZWC014）。
②　周建忠在《当代楚辞研究论纲》中提出："将当代楚辞学界定为九个分支学科，其中包括三
个大型学科：楚辞文献学、楚辞文艺学、楚辞社会学；四个中型学科：楚辞美学、楚辞学史、楚辞比
较学、海外楚辞学；两个小型学科：楚辞传播学、楚辞再现学。"
③　周建忠在《当代楚辞研究论纲》中指出，所谓"楚辞再现学"，主要指"诗歌、音乐、舞
蹈、电影、电视、戏剧、绘画、建筑、雕刻、书法等姊妹艺术再现楚辞所引起的评论与争鸣"。
④　郑振铎：《楚辞图》，北京：人民文学出版社 1953 年版。

李公麟作《九歌图卷》14 图、元张渥作（徐邦达临本）《九歌图卷》11 图、明文徵明作《湘君湘夫人图》1 图、明陈洪绶作《九歌图》12 图、明萧云从作《离骚图》64 图、清门应兆作《补绘离骚图》91 图。后附郑振铎《楚辞图解题》一文，从作者、尺寸、内容、文献著录等方面对上述图谱逐一进行了说明、考订。郑氏对楚辞图谱的辑录影印，确有筚路蓝缕之功。

1956 年香港苏记书庄出版的饶宗颐《楚辞书录》① 为最早之楚辞专著书目。全书凡三部分，分别为书录、别录与外编。其中书录部分专设图像一类，共收录楚辞图 21 种，对每一种图谱的版本从尺寸、图式、历代著录、题跋等方面进行详细介绍，并予以一定的品评、考证。饶氏将楚辞图谱于文字上进行整理著录，实有首创之功。

此后，阿英《屈原及其诗篇在美术上的反映》② 李格非《以屈原为题材的古代绘画概述》③ 两篇论文也对历代楚辞图谱做了整理介绍。阿英将自己所见所知的以屈原及其诗篇为题材的美术作品，按照艺术表现的不同进行了分类描述。着重介绍了李公麟、陈洪绶和萧云从三位画家的作品，从版本、艺术等方面展开全面考察，结合历代画论、序跋，对上述画家的绘画成就作了精辟论道。可贵的是，作者搜集到了一些其他论作所没有提及的楚辞图谱，如有关屈原戏曲的插图、屈原碑、元织绣等，补充了前人著录的不足。李格非以历史朝代为分期，对著录可知的屈原题材绘画进行了梳理统计，并时予详细的说明介绍。其文章指出，"时跨南北朝至清末的约一千五百年间内，屈原及其诗篇绘画，现存有画幅或见诸著录的画家，南北朝有一人，宋三人，元三人，明九人，清十人，共二十六人。其中以宋·李公麟、元·张渥、明·陈洪绶、肖（"萧"字之误）云从及清·门应兆影响较大，作品最多。"文章后附录一表，对历代此项绘画的存失情况作了一个详细的统计。

值得一提的是，姜亮夫《楚辞书目五种》④ 和崔富章《楚辞书录解题》⑤ 两种目录学著作。姜氏在论著的第二部分"楚辞图谱提要"中将楚辞图谱分为法书、画图、地图、杂项四类，著录图谱凡 47 种，且作者基本可考，并于每种图谱下逐一叙录作者、出处、版本、相关记载文献、序跋、图式等内容，同时予以一定的考证、评议。崔氏对楚辞图谱的著录，体例一仍姜氏之旧，共辑入图籍 49 种，较《楚辞书目五种》新增 32 种，可见两者间之互见互补关系。与前人相比，姜、崔二人扩大了图谱的著录范围，为后学研究提供了更为丰富的资料。

① 饶宗颐：《楚辞书录》，香港：苏记书庄 1956 年版。
② 阿英：《屈原及其诗篇在美术上的反映》，《阿英文集》，北京：三联书店 1981 年版。
③ 李格非、李独奇：《以屈原为题材的古代绘画概述》，《云梦学刊》1992 年第 2 期。
④ 姜亮夫：《楚辞书目五种》，《姜亮夫全集（五）》，昆明：云南人民出版社 2002 年版。
⑤ 崔富章：《楚辞书录解题》，北京：高等教育出版社 2010 年版。

上述学者从文献著录角度出发，对楚辞图谱进行了较为系统的编排整理，其重点在于客观性的介绍图谱，虽偶有考证、评议，但都极为简略。值得肯定的是，这些论文、著作，富含大量的图谱信息，若将它们结合起来考察，可以较为清晰地看出历代楚辞图谱的发展面貌，因而具有很高的文献价值。

二、楚辞图谱考据

目前所见论文可分为两类：

一是通过图谱考证画家的生平、籍贯，薛永年《谈张渥的〈九歌图〉》① 是这方面的代表作。文章通过对张渥《九歌图》题款的辨识及相关文献的分析，考订了张氏的籍贯和从事艺术活动时期的上下限，认为张渥"是一位在民族矛盾和阶级矛盾十分尖锐的元顺帝至元到至正间从事艺术活动的画家"，其淮南籍更为可信。从构图、技法、人物塑造、背景处理等方面进行深入的艺术探讨，认为张渥的创作是在吸收李公麟绘画长处的基础上，融入了自己的理解与创造，其《九歌图》的主题思想格外突出。薛氏还结合文献记载和时代背景，指出张渥对屈原及其作品的理解存在着不可避免的阶级局限性和历史局限性，其借屈原《九歌》所抒发的忧国之情，"恰恰是建立在没有也不能看到的屈原悲剧性结局的阶级根源，从而正确评价古人的基础上"。关于薛氏的考证，徐邦达于次年发表《有关何澄和张渥及其作品的几点补充》② 一文，与之进行商榷。徐文对薛文在考证张渥为淮南籍时所引证据提出疑异，认为该引证极可能是作伪之物，无足证明张渥的籍贯；指出上海博物馆藏本吴睿小篆书楚辞张画《九歌图》的题款有待进一步考证辨识；同时，根据自己的所闻所见，详细补充了薛文中所提到的关于李公麟《九歌图》明清以来传世之本的情况。

二是对图谱的刊刻年代进行考证。如罗宝才《〈钦定补绘萧云从离骚全图〉刊刻的年代》③，将作者所藏宣纸线装的三卷《钦定补绘萧云从离骚全图》与四种据《四库全书》文渊阁影印的《全图》进行比较，利用版本学知识，通过对画卷上印章和字体的研究分析，认为是图的刊刻年代应在清中后期，民国之前。

---

① 薛永年：《谈张渥的〈九歌图〉》，《文物》，1977 年第 11 期。

② 徐邦达：《有关何澄和张渥及其作品的几点补充》，《文物》，1978 年第 11 期。

③ 罗宝才：《〈钦定补绘萧云从离骚全图〉刊刻的年代》，《收藏》，2010 年 4 月刊（总第208 期）。

三、楚辞图谱美学研究

长期以来，从绘画美学角度出发，对楚辞图谱进行研究，是学界关注的热点所在。薛永年《气韵生动笔笔着意的湘夫人图》①，将南京大学收藏的一件《湘夫人》图与波士顿博物馆藏传张敦礼《九歌图》中"二湘"及黑龙江博物馆所藏《九歌图》中湘夫人进行对比研究，从构图、背景、技法、人物情态等多方面，品鉴了该图在艺术上的非凡成就。柯恩《九歌图之研究与个人创作方法》②，认为文学领域的九歌研究并未对历代九歌图的创作产生重大影响，九歌图的发展是以李公麟之风格为核心而自成体系的。柯氏在借鉴前人绘画成就的基础上，结合现代情感和自身体会，对个人《九歌》创作的方法在立意、考据、造型、构图、色彩、技法等方面进行了艺术探讨。吴同玲《试论仇英〈九歌图〉的艺术特色》③，分析总结了仇英《九歌图》的艺术特色，认为此图是在前人创作的基础上融合了画家自己的创造。同时，根据相关文献记载，对是图历代的流传情况作了简要描述。马孟晶《图文交织的神异世界——院藏三种与萧云从相关之离骚图》④通过对清萧云从绘著《离骚图》（清顺治二年刻本）、清门应兆补绘萧云从《离骚图》（乾隆四十七年）和钦定补绘萧云从《离骚图》（清乾隆间文渊阁四库全书写绘本）的比较，认为这三件作品是相互承继关连的系列，同时分析了三个版本的风格差异。这方面的论文还有吴哲夫《萧云从的离骚图》⑤ 刘书好《画魂与诗魂——屈原及相关艺术形象的文学与绘画演绎》⑥ 黄朋《〈九歌图〉图式的流变》⑦ 汪平《仇英〈九歌图〉辨识》⑧ 黄凌梅《历代〈九歌图〉探美》⑨ 和陈池瑜《张渥的〈九歌图〉与神话形象》⑩ 等。

用西方接受美学理论来考察楚辞图谱，是美学研究的一个新视角。张克锋《屈原及其作品在绘画创作中的接受》⑪ 是这方面的代表作。文章认为，古今以屈原及其作品

① 薛永年：《气韵生动笔笔着意的湘夫人图》，《社会科学战线》，1980 年第 3 期。
② 柯恩：《九歌图之研究与个人创作方法》，台湾师范大学美术硕士论文，1994 年 6 月。
③ 吴同玲：《试论仇英〈九歌图〉的艺术特色》，《文物研究》，总第 12 辑（1999 年 12 月）。
④ 马孟晶：《图文交织的神异世界——院藏三种与萧云从相关之离骚图》，《故宫文物月刊》，第 19 卷第 2 期。
⑤ 吴哲夫：《萧云从的离骚图》，《故宫文物月刊》，第 4 卷第 11 期。
⑥ 刘书好：《画魂与诗魂——屈原及相关艺术形象的文学与绘画演绎》，《中华文化画报》，2006 年第 12 期。
⑦ 黄朋：《〈九歌图〉图式的流变》，《上海文博论丛》，2007 年第 4 期。
⑧ 汪平：《仇英〈九歌图〉辨识》，《书画世界》，2008 年 9 月号（总第 129 期）。
⑨ 黄凌梅：《历代〈九歌图〉探美》，曲阜师范大学硕士论文，2009 年。
⑩ 陈池瑜：《张渥的〈九歌图〉与神话形象》，《上海文博论丛》，2010 年第 3 期。
⑪ 张克锋：《屈原及其作品在绘画创作中的接受》，《文学评论》，2012 年第 1 期。

为题材的绘画，其特点主要表现在六方面：一是以屈原、《九歌》尤其是其中的《湘君》《湘夫人》和《山鬼》为主要创作题材；二是多感于时事、寄托情怀之作；三是具有明显的程式化倾向；四是具有图、文与书法相结合的特点；五是构思立意和形象塑造受到学术观点的影响；六是近现代以来，"楚辞画"出现了世俗化、艳俗化倾向。张氏还对历代画家以屈原及其作品为绘画题材的原因提出了自己的看法，认为屈原人格精神的感召力和作品本身的绘画美是其主要因素，而画家对"二湘""山鬼"题材的偏爱，则与绘画题材的因袭性及男性画家偏爱女性题材有关。必须指出的是，张氏认为近现代画家将"二湘"画成仕女、将山鬼画成裸女，是低级趣味的表现，这种批评太过极端。我们应当将此现象置于时代背景中全面考察，客观分析其原因与成败。

四、楚辞图谱画家研究

目前，关于楚辞图谱的画家研究，成果散见于一些专著的部分章节和少数论文。专著方面，较具代表性的有裘沙《陈洪绶研究——时代、思想和插图创作》①。是书简要介绍了陈洪绶的生平与思想，着重考察了陈洪绶各时期版画创作的艺术特色及成就，见解新颖而独特。第二章《陈洪绶〈九歌图〉的创意和艺术结构》，认为陈洪绶的《九歌图》是以行吟的屈子为中心，围绕屈原"既莫足与为美政兮，吾将从彭咸之所居"的呐喊而进行的艺术构思，无论是诸神的造型设计还是十二幅图画的版面设计，都淋漓尽致地体现了屈原思想的最核心内涵。裘氏还通过将陈洪绶的《九歌图》与萧云从的《离骚图》在创作经验上进行对比，指出有别于萧云从忠于原著的创作方式，陈洪绶是将自己的"寥天孤鹤之感"融入屈原的心灵，与之交流、默契而进行的创作。樊波《中国画艺术专史（人物卷）》②，从艺术史角度出发，分析了诸如李公麟、张渥、赵孟頫、仇英、陈洪绶、冷枚、丁观鹏、华嵒、罗聘、徐悲鸿、傅抱石、张大千等十多位大家在人物画创作上的独特风格，考察了历代画家在技法上的师承关系及创新之处，虽未对其楚辞图谱的创作进行专门探讨，但却为后学研究楚辞画家提供了较为丰富的背景资料。此外，王伯敏《中国绘画通史》③、陈传席《陈洪绶》④、《明末怪

① 裘沙：《陈洪绶研究》，北京：人民美术出版社 2004 年版。
② 樊波：《中国画艺术专史人物卷》，南昌：江西美术出版社 2008 年版。
③ 王伯敏：《中国绘画通史》，北京：三联书店 2008 年版。
④ 陈传席：《陈洪绶》，石家庄：河北教育出版社 2003 年版。

杰——陈洪绶的生涯及艺术》①、顾平《萧云从》②、高居翰《山外山》③、萧平《傅抱石》④、张明远《张大千》⑤、范曾《范曾自述》⑥ 等专著，对楚辞图谱的画家研究均略有涉足。

论文方面，萧芬琪《傅抱石和屈原》⑦ 详细介绍了傅抱石多年来以屈原及其作品为题材的绘画创作的全过程，从对屈原的敬慕、日本画家的影响、政治背景和与郭沫若的关系等方面分析了他的创作动机，并对此项绘画的技法、人物塑造进行了艺术探讨，认为傅抱石在创作中融入了他对屈原及其诗篇的深刻理解，从而使作品充满了独特的诗意韵味。胡艺《画家萧云从》⑧ 通过对萧云从生平的考察，结合时代背景，分析了其创作《离骚图》的动机，高度肯定了该图在绘画史中的成就及地位。

五、楚辞图谱与文学的观照研究

将楚辞图谱放在广阔的时空背景下，与文学文本进行相互观照，是图谱研究的趋势所在。目前，笔者所见这方面的论文有 5 篇。

马孟晶《意在图画——萧云从〈天问〉插图的风格与旨意》⑨，追溯了萧云从版画《天问》的图像来源，认为萧氏的创作虽是对前人图绘模式的继承转换，但其中却注入了丰富的创造力与想象力。通过萧氏图绘注文与以前诸家对《天问》注释、评论的对比，指出萧云从的图绘版本对《天问》的诠释具有崭新的视野，区别于以往的"经史教化"和"文学抒情"之解，而是依循图像自身逻辑与传统所构筑出来的具有诡奇想象力的另类诠释。

衣若芬《〈九歌〉、〈湘君〉、〈湘夫人〉之图象表现及其历史意义》⑩，归纳整理了历代《九歌》《湘君》《湘夫人》图绘的基本型制，以此窥探出王逸、朱熹、王夫之等人之楚辞评注对画家创作的影响。此外，衣氏还对各时期的《九歌》图绘题跋进行历

---

① 陈传席：《明末怪杰——陈洪绶的生涯及艺术》，杭州：浙江人民美术出版社 1992 年版。

② 顾平：《萧云从》，石家庄：河北教育出版社 2006 年版。

③ 〔美〕高居翰著，王嘉骥等译：《山外山》，北京：三联书店 2009 年版。

④ 萧平：《傅抱石》，杭州：西泠印社出版社 2009 年版。

⑤ 张明远：《张大千》，石家庄：河北教育出版社 2002 年版。

⑥ 范曾：《范曾自述》，北京：文化艺术出版社 2010 年版。

⑦ 萧芬琪：《傅抱石和屈原》，《其命唯新——傅抱石百年诞辰纪念文集》，河南美术出版社 2004 年版，第 161–180 页。

⑧ 胡艺：《画家萧云从》，《安徽史学》，1960 年第 3 期。

⑨ 马孟晶：《意在图画——萧云从〈天问〉插图的风格与旨意》，《故宫学术季刊》，2001 年第 18 卷第 4 期。

⑩ 衣若芬：《〈九歌〉、〈湘君〉、〈湘夫人〉之图象表现及其历史意义》，台湾辅仁大学第四届先秦两汉学术国际研讨会——上下求索：《楚辞》的文学艺术与文化观照，2005 年 11 月。

史审视，指出文人画家在图画中寄寓了或对自身或对国家遭遇的深刻体认，观点新颖独特，是一篇很见研究功力的论文。

许结《一幅画·一首歌·一段情——张曾〈江上读骚图歌〉解读及思考》①，结合古代楚辞学史的演进与发展，从内容与层次两方面对张曾《江上读骚图诗》进行了细致梳理与解读。文章深入探讨了"读图"的意义内涵、"语象"与"图像"在读骚传统与心境下的表现及二者之间的关系、读骚图歌所体现的楚骚批评思想和审美趣味三个重要问题，认为"现实的'主情'思想对历史的'词赋祖'观念的支撑，宜为此'读骚图诗'之精髓"，诚为卓识之论。

潘啸龙、陈欣《萧云从〈离骚图〉及序跋注文研究》②，通过对萧云从《离骚图》及其注文和序跋的研究，从画面构图和人物形象两方面入手，指出《九歌图》是萧云从不愿沿袭前人画作，具有创新性质的独特追求；结合时代背景和文艺思潮对《离骚图》题跋进行深入探讨，认为基于绘画的诫世功能，《天问图》在寄托遗民之思的同时，还蕴含规劝鉴诫的思想内涵，体现了笔之所到，思之所远的人文关怀。

胡友慧《观德与审美：古代湘君、湘夫人主题绘画的艺术诉求》③，结合社会艺术观的历史发展，通过对不同时期湘君、湘夫人主题绘画的艺术分析，将宋元时期和明清时期作为该主题绘画发展的两个重要转折点，认为此类绘画的艺术诉求经历了由观德为主，审美为辅到审美为主，观德为辅直至观德与审美并行的转化过程，同时指出明清时期"观德"的内涵已发生了本质变化，即由"仰德"向"示德"的转移。

综上所见，中国当代楚辞图谱研究长期以来发展缓慢，成果屈指可数。究其原因，笔者认为有三方面：一是由于时间的、历史的原因，许多图谱或有目无图或有图无目，或流散海外或为私人所藏，踪迹难觅，导致了资料搜集上的困难；二是部分图谱没有题款，其创作者和创作年代难以考订；三是图谱研究涉及广泛的学术领域，要求研究者既要具备一定的美术鉴赏能力，又要拥有深厚的文学素养。目前所见已发表的论文，多数是从美术欣赏角度切入而进行的研究，且热点主要集中于少数大家及其作品身上。厚古薄今的倾向明显，对于现当代楚辞图谱的研究少之甚少，且分析浅显，有失偏颇。然而，值得肯定的是，近年来已有少数学者开始将视角逐渐转向图谱与文本相观照的研究领域，并取得了一定成绩，为后学在这块新园地上继续耕耘指引了方向。依笔者

---

① 许结：《一幅画·一首歌·一段情——张曾〈江上读骚图歌〉解读及思考》，《文艺研究》，2011 年第 2 期。

② 潘啸龙、陈欣：《萧云从〈离骚图〉及序跋注文研究》，《安徽师范大学学报（人文社会科学版）》，2012 年 5 月。

③ 胡友慧：《观德与审美：古代湘君、湘夫人主题绘画的艺术诉求》，《艺术教育》，2012 年 7 月刊。

浅见，今后对这一课题的研究可以汇通宏观与微观两方面，以图谱与文学文本的历史发展为经，两者间的相互关系为纬，考察在"文学文本——图谱——围绕图谱产生的新的文学作品"的发展过程中，历史所赋予图像的时代意义和新的文学解读所体现的时代思潮。相信学界在楚辞图谱研究领域还有相当大的探索空间。

中国楚辞学著作及楚辞学者研究

《渔父》的韵文注

——《楚辞章句》韵文注研究之一

香港中文大学 黄耀堃

【摘 要】 通过对《渔夫》的"韵文注"的详细分析，发现《楚辞章句》的"韵文注"不仅有音乐和文学的功能，还对作品的语气停顿、句逗，以至篇章结构，都起着解读功能。这种正文、注释之间的文本互涉，又以用韵作为引导的释解方式，仅见于中国古典文学批评，甚至是楚辞学的一个特色。本文最后通过对韩愈作品的分析，发现韩愈模仿"韵文注"的意图十分明显。

【关键词】 楚辞章句 王逸 韩愈 史记 小南一郎

一、楔 子

有韵与无韵是一个二元对立的概念，中国文学之中有不少二元对立的概念，比如说古文和时文、骈体和散体之类，以及格律之有无。作品又因韵的有无，分成韵文与非韵文。然而，一般人视为"无韵"的部分是否真的没有用韵，或者这些"无韵"的部分又是否与声律无干，问题极为复杂。这些固有的二元对立的概念，在古典文学批评之中行之甚久，可惜现代的批评方法又难以厘清。更麻烦的是，这些概念又互相缠绕渗透。单就有韵与无韵这对概念而言，不单缠绕在古文和时文、骈体和散体这些概念之中，最特别的是还渗透在正文和注释的文本互涉之中，明显的例子是《楚辞章句》（下简称《章句》）之中的韵文注，所谓韵文注指以一定形式的韵文来作注，相对于不押韵的散文注释。① 现在一般人论到《章句》的韵文注，都引用《四库全书总目提要》

---

① 参阅业师小南一郎（Kominami Ichirou，1942-）《王逸"楚辞章句"と楚辞文艺の伝承》，那里对《章句》中的注释形式有详细说明［小南一郎（2003：301-326）］。按：该文两度翻译成中文，全译本题为《王逸〈楚辞章句〉研究——汉代章句学的一个面向》，后来廖栋樑（1948-）《出位之诗——王逸《楚辞章句》的韵体释文》［廖栋樑（2008：369）］，以及施盈佑（1976-）《再探王逸〈楚辞章句〉之注释形态》［施盈佑（2009：35）］，大致依从小南一郎对《章句》韵文注的分类。

（下称《四库提要》）的说法：

> ……逸注虽不甚详核，而去古未远，多传先儒之训诂。……《抽思》以下诸篇，注中往往隔句用韵，如"哀愤结縎，虑烦冤也；哀悲太息，损肺肝也；心中诘屈，如连环也"之类，不一而足。盖仿《周易象传》之体，亦足以考证汉人之韵。而吴棫以来谈古韵者，皆未征引，是尤宜表而出之矣。①

李大明（1949-）批评《四库提要》的说法"甚为疏略"。② 至于闻一多（1899-1946）认为《章句》"……有隐括句义，自铸新词，大都为四言韵语者，此王氏自创之变体"，③ "王氏自创之变体"即指韵文注创自王逸（89？-158？），这个说法可能是针对《四库提要》认为韵文注传自先儒。

陈澧（1810-1882）《东塾读书记》最早把《章句》的韵文注连同《尔雅》及其郭璞（276-324）注，以至《周易》王弼（226-249）注中有韵的部分一起讨论，认为《尔雅》中有韵的部分："此必是一篇古人文字而取入《尔雅》也"。④ 不过周大璞（1909-1993）不大同意陈澧的说法，认为："……《尔雅》中这一段是否取古人文字，虽难断言，但是它继承了古代字书用韵的传统，则是无可怀疑的，后来郭璞注《尔雅》承袭了这个传统，在对这一段的注解中，也尽可能地采用韵语"，⑤ 只把韵文注视为字书用韵的传统。段玉裁（1735-1815）也注意到《说文解字》的说解有韵，⑥ 并认为有些韵语是许慎（58？-147？）有意为之。⑦ 就《说文解字》而言，说解有韵，只是偶一为之，并不是个"传统"，有些韵语却是他故意做出来，沿古和创新两个方面都有。然而，《章句》既不是字书，内容也不尽是说解字词，因此《章句》的韵文注似乎与《尔雅》并不能相提并论，甚至跟郭璞注、王弼注作比较也有

---

① 影印文渊阁四库全书本（第4册页3）。

② 李大明（1997：356）。李大明认为此段《四库提要》有三个错误："一是不能说'《抽思》以下诸篇注中'用韵"；"二是不能说'往往隔句用韵'，……王逸注是连句韵，不是隔句韵"；"三是王逸注韵句很复杂"［李大明（1997：356-357）］。按：《四库提要》依四字一句的方式分句，而《抽思》的韵文注多为八字一韵，因此就成了隔句韵。

③ 闻一多（1993：187）。

④ 《东塾读书记》卷十一（《续修四库全书》本第1160册页603）。按：王弼注《老子》也有韵语，特别是《老子指略》［王弼（1980：195-199）］。

⑤ 周大璞（1984：121）。

⑥ 《说文解字注》十篇上"黿"［段玉裁（1981：478）］；十一篇下"龙"［段玉裁（1981：582）］。

⑦ 段玉裁（1981：784）。又参阅十四篇下"亥"字注［段玉裁（1981：752）］。

点勉强。

业师小南一郎详细讨论了《章句》的韵文注，他认为"散文注释是出于王逸之手，而韵文注释则是王逸保留前人古本之注文"，① 廖栋梁更认为"我们又不宜全然推翻《四库全书总目提要》和小南一郎等人的宏观见解"。② 然而又有人反对这个说法，③ 因此《章句》的韵文注，似乎还有探讨的空间。

二、韵文注的来源及其文学音乐功能

否定王逸韵文注是保留前人古本的人，在讨论时似乎忽略了一些资料，首先是韵文注之中有避秦讳。拙稿《〈老子道德经河上公章句〉音韵文字札记》曾讨论了"贞臣"这个词语，《惜往日》的韵文注有用"忠"组成的语词，包括"忠良、忠正、忠节"，用来注释"贞臣"，拙稿指出："正文和章句的底本都有写作'正臣'的部分，但两者分别流传并经过避秦讳的阶段，于是分别以'贞'和'忠（中）'来代替讳字"，拙稿更比较《七谏·沈江》，证明《惜往日》正文和注经过秦讳的阶段。④ 既然出于先秦，则纯为汉人的传统或者为汉人推广解读《楚辞》之说，⑤ 不攻而破。

此外，大部分学者没有注意《章句》的散文注释和"解题"里面夹杂韵文注，⑥

---

① 施盈佑（2009：34）。

② 廖栋梁（2003：71）。

③ 《再探王逸〈楚辞章句〉之注释形态》认为："此种分判方式，虽然可以解决《章句》中出现不同注释形态之问题，然而却非楚辞研究者皆可认同之定论"［施盈佑（2009：34）］。

④ 黄耀堃（2004：216-218）。

⑤ 施盈佑（2009：44）。

⑥ 小南一郎（2003：313）。按：小南一郎也有注意到散文注释中夹杂韵文注，他举《离骚》注中"度、数、海"押韵［小南一郎（2003：319）］，但例子有误，"度"属鱼部或铎部，"数"属屋部或侯部（汉代入鱼部），"海"属之部，"度、数"还可算通押，但"海"似乎不入韵。又按：本文主要参考"汉字古今音数据库"（网址：http：//xiaoxue.iis.sinica.edu.tw/ccr/）的"先秦/王力系统"和两汉的古韵分部，并参考赵彤（1973-）《战国楚方言音系》的附录一《"屈宋庄"及郭店楚简《老子》《语丛四》韵谱》［赵彤（2006：129-149）］。

如《离骚》①《九歌》②《天问》③《惜诵》、④《怀沙》⑤《橘颂》⑥《招魂》⑦《大招》，⑧这几篇同属《章句》中早期作品。⑨ 因此可能是王逸编订注释时无意中把前人的韵文注吸收进去。为什么一般人没有注意到《离骚》《天问》《招魂》等这些所谓屈宋的作品

①《离骚》的解题："……故善鸟香草，以配忠贞；恶禽臭物，以比谗佞；灵脩美人，以媲于君；宓妃佚女，以譬贤臣。……"［洪兴祖（1983：2-3）］，"贞、佞"属耕部；"人、臣"属真部，"君"属文部，真文合韵。

②《九歌·云中君》："蹇将憺兮寿宫"，注："……歆飨酒食，憺然安乐，无有去意也"［洪兴祖（1983：58）］，"食"属职部，"意"属之部，职之合韵；"与日月兮齐光"，注："……云藏而日月明，故言齐光也"（同上），"明、光"属阳部；"龙驾兮帝服"，注："……兼衣青黄五采之色，与五帝同服也"（同上），"色、服"属职部；"聊翱游兮周章"，注："言云神居无常处，动则翱翔，周流往来，且游戏也"（同上），"处、戏"属鱼部（汉字古今音数据库中"先秦/王力系统"将"戏"归鱼部，西汉归歌部）；"灵皇皇兮既降"，注："言云神来下，其貌皇皇，而美有光明也"（同上），"皇、明"属阳部；"焱远举兮云中"，注："……焱然远举，复还其处也"（同上），"举、处"属鱼部。按：原文是连续的几句。

③《天问》的解题："……及古贤圣怪物行事。周流罢倦，休息其下，仰见图画，因书其壁，何而问之，以泄愤懑，舒泻愁思……"［洪兴祖（1983：85）］，"事、之、思"属之部，而"下"属鱼部，之鱼合韵。

④《惜诵》："羌众人之所仇"，注："言在位之臣，营私为家，己独先君后身，其义相反，故为众人所仇怨"［洪兴祖（1983：122-123）］，"臣、身"属真部，"反、怨"属元部，真元合韵；"曰君可思而不可恃"，注："言君诚可思念，为竭忠谋，顾不可怙恃，能实任己与不也"［洪兴祖（1983：124）］，"谋、恃、不"属之部。

⑤《怀沙》："孔静幽默"，注："……言江南山高泽深，视之冥冥，野甚清净，漠无人声"［洪兴祖（1983：142）］，"冥、净、声"属耕部；"大人所盛"，注："言人质性敦厚，心志正直，行无过失，则大人君子所盛美也"［洪兴祖（1983：142）］，"直、失"属质部，"美"属脂部，质脂合韵。

⑥《橘颂》："青黄杂糅，文章烂兮"，注："言橘叶青，其实黄，杂糅俱盛，烂然而明。以言己敏达道德，亦烂然有文章也"［洪兴祖（1983：154）］，"青、盛"属耕部，"黄、明、章"属阳部，耕阳合韵；"精色内白，类可任兮"，注："……言橘实赤黄，其色精明，……"［洪兴祖（1983：154）］，"黄、明"属阳部。按：原是连续的几句。

⑦《招魂》："何为四方些"注："……夫人须魂而生，魂待人而荣。二者别离，命则寘零也"［洪兴祖（1983：198）］，"生、荣、零"属耕部；"长人千仞，惟魂是索些"注："……言东方有长人之国，其高千仞，主求人魂而食之也"［洪兴祖（1983：199）］，"国、食"属职部；"流金铄石些"，注："……言东方有扶桑之木，十日并在其上，以次更行，其热酷烈，金石坚刚，皆为销释也"［洪兴祖（1983：199）］，"上、行、刚"属阳部。

⑧《大招》："螭龙并流，上下悠悠只"，注："……复有螭龙神兽，随流上下，并行游戏，其状悠悠，可畏惧也"［洪兴祖（1983：216）］，"兽、悠"属幽部，"下、戏、惧"属鱼部（"戏"在西汉属歌部，东汉属支部），幽鱼合韵；"白皓胶只"，注："……冬则凝冻，皓然正白，回错胶戾，与天相薄也"（同上），"白、薄"属铎部。

⑨ 刘永济（1887-1966）《屈赋释词》的《释句例》运用袭用《离骚》和《九辩》的句子这个方法，证明这两篇成篇较早［刘永济（1983：441-444）］。闻一多也从因袭的角度，证明《九章》出于汉以前［闻一多（1993：641）］。

中韵文注呢？直接来说就是很少人愿意花气力把章句逐一按古音学的角度来加以分析。

　　拙稿《论楚辞与万叶集的反歌》曾讨论到《抽思》的韵文注，指出《抽思》"乱曰"以前的注释都用韵，而"乱辞"的大部分没有韵，①而且"乱辞"的部分大致可以跟前文对应，而"道思作颂，聊以自救兮。忧心不遂，斯言谁告兮"可能就是"解题"的韵语。因此，推论《抽思》的"乱辞"可能由两个部分组成，一是其他部分的韵文注，一是"解题"。②

　　如果上述的说法成立的话，《章句》的韵文注可能源于先秦，既不是王逸首创，更不是他一个人做出来。韵文注与正文的文本互涉非常密切，这又可以作怎样的解释呢？拙稿《论楚辞与万叶集的反歌》提出这些韵文注并不是客观的注释，而是重新创作，甚至可以说是一种相和的形式，与其说是注释，不如说是隔代的回应。拙稿提出韵文注跟音乐上"卡农"（canon）或者"对位"（counterpoint）的形式相类。③后来廖栋梁认为：

　　……王逸徘徊于学术理性与审美感性之间，既有散体释文的"论"体，又被"论"之体而以"诗"的方式言说，二者回环互补。④仍然把韵文注的功能放在"诗"的文学批评。除了音乐和文学的功能之外，韵文注还有什么功能呢？

三、《渔父》的韵文注

　　现在看看《渔父》。《渔父》和《怀沙》是最早出现在传世文献中的楚辞作品，《章句》的文本往往跟《史记》有不同，拙稿《从〈史记〉论〈怀沙〉的文本与韵读》提出《史记》中《怀沙》的文本差异，可能保留了一些原始状态。⑤可惜《史记·屈原贾生列传》只是"节录"了《渔父》的一部分，所谓"节录"指《屈原贾生列传》没有引录见于现存的《章句》的《渔父》全文，即"渔父莞尔而笑"以下未见于《屈原贾生列传》，而且《史记》只把《渔父》这篇作品当作叙事的一部分，没有处理成一个独立的篇章，⑥跟《怀沙》不同。王力（1900-1986）曾据《史记》的异文，把《章句》的"而蒙世俗之尘埃乎"改为"而蒙世之温蠖乎"，更动了《渔父》

---

　　① 按：《抽思》"乱辞"的章句并非完全无韵，只不过没有格式整齐的韵文注。如"超回志度，行隐进兮"的注："……隐行忠信，日以进也"［洪兴祖（1983：140）］，"信、进"同为真部；又如"烦冤瞀容，实沛徂兮"的注"言己忧愁思念烦冤，容貌愤乱，诚欲随水沛然，而流去也"［洪兴祖（1983：141）］，"冤、乱、然"同为元部。
　　② 黄耀堃（2001：71）。
　　③ 黄耀堃（2001：68-69）。
　　④ 廖栋樑（2003：399-400）。
　　⑤ 黄耀堃（2011：187）。
　　⑥ 司马迁（1959：2486）。

的韵脚，① 后经汤炳正（1910－1998）、黄灵庚（1945－）等再加补充考订。② 现在把《渔父》其中一段列成表格：

《史记》的正文	韵部	《章句》的正文	韵部	王逸章句	韵部
渔父曰	月	渔父曰	月	隐士言也	元
夫圣人者不凝滞于物	物	圣人不凝滞于物	物	不困辱其身也	真
而能与世推移	歌	而能与世推移	（歌）	随俗方圆	元
举世混浊	屋	世人皆浊	屋	人贪婪也	侵
何不随其流	幽	何不淈其泥	脂	同其风也	侵
而扬其波	歌	而扬其波	（歌）	与沈浮也	幽
众人皆醉	物	众人皆醉	物	巧佞曲也	屋
何不餔其糟	幽	何不餔其糟	幽	从其俗也	屋
而啜其醨	歌	而歠其醨	（歌）	食其禄也	屋
何故怀瑾握瑜	侯	何故深思高举	鱼	独行忠直	质
而自令见放为	歌	自令放为	（歌）	远在他域	职

为了配合韵文注，《史记》的文本中句子的切分略加调整。各句末字都标以韵部（"也"字除外），加上括号的韵部表示王力《楚辞韵读》（下称《韵读》）所标示的韵脚。

（一）《渔父》的异文跟韵文注的关系

先看看异文，"夫圣人者不凝滞于物"跟"圣人不凝滞于物"没有很大的差异，《史记》的标点本在"者"下加逗；而《章句》在"物"下才有韵文注，表示不读断。相反在"渔父曰"有韵文注，明显是作一句，相对于"曰子非三闾大夫与""屈原曰举世皆浊""屈原曰吾闻之""歌曰沧浪之水清兮"，这几组句子"曰"字后面都没有韵文注，因此可见韵文注存在与否，不单是起了一种语气停顿标示的作用，还有特别标示作用。韵文注似乎是要强调这一段的"渔父曰"，突出渔父对世间的疑问。③《史记》的"者"字，可能是司马迁（前145？-前86？）或传抄者加上去，强行做成语气停顿，进一步散文化。同样《渔父》最后一句"遂去不复与言"，一般标点成："遂去，不复与言"，看作两句；不过"去"下没有韵文注，因此是个连动短语句，突出了渔父遽然离去而主角楞楞立在泽畔的情景。

---

① 王力（1980：63）。

② 黄灵庚（2007：1914）。

③ 按：其他几句"曰"后没有韵文注，因此这些"曰"连同"曰"的主语，可能只是对话的提示。

　　以韵文注来切分语词的做法，也出现在《章句》的其他地方，如现代的标点往往把《九辩》标点成很长的句子，《韵读》把开始两韵标作："悲哉秋之为气也，萧瑟兮草木摇落而变衰。憭栗兮若在远行，登山临水兮送将归"；① 然而按韵文注，标点则为："悲哉秋之为气也，萧瑟兮，草木摇落，而变衰。憭栗兮，若在远行，登山临水兮，送将归"。《九辩》这两韵之间的字数，在《章句》中可以算做比较多，韵文注似乎起了节奏切分的作用（有关《九辩》的问题，拟在另文讨论）。

　　《史记》的"何不随其流"和"何故怀瑾握瑜"，而《章句》作"何不淈其泥"和"何故深思高举"，如果论意义而言，似乎《章句》为胜。不过如果结合文本和韵文注，则有讨论余地。首先"何不淈其泥"的"泥"是脂部字，而"何不随其流"的"流"是幽部字，表面上来看这两句不是韵脚，因此古韵的归属似乎没有多大意义。不过，下面"何不餔其糟"的"糟"也是幽部，而且"何不随其流"和"何不餔其糟"句式相同，令人怀疑是否有句中韵，如果是句中韵的话，那么作"何不随其流"较为合宜。而这一句的韵文注是"同其风也"，似乎是对"随其流"的阐释，因此《史记》更接近原本。至于"何故怀瑾握瑜"或作"何故深思高举"，"瑜"是侯部而"举"是鱼部，在汉代侯、鱼两部合流，没有多大的分别，不过由于"怀瑾握瑜"见于《怀沙》，② 因此一般倾向依从《章句》作"何故深思高举"。然而黄灵庚根据这一句的韵文注"独行忠直"，说："……瑾、瑜，并美玉名，喻忠直之行。……若作'深思高举'，无'忠直'义"，而认为"旧作'怀瑾握瑜'"。③ 从这两个句子的分析，可以得出一个推论，就是韵文注所注的并不是注"淈其泥"和"深思高举"，而是注释（或者说是回应）《史记》所传的文本，这可以作为韵文注并不可能完全由王逸编撰出来的一个旁证，而是来自刘向（前77-前6）以前的本子，甚至是更早的本子。

　　（二）韵文注与《渔父》的篇章解读

　　上面表格所列的一段韵文注中只有"与沉浮也"一句不入韵，疑当作"与浮沉也"，"沉"属侵部字，与上面两句韵文注押韵。"浮沉"这个语词，并不见于《章句》，《章句》里面只有"沉浮"，不过这个语词集中出现在《九叹·忧苦》的章句里。④ 如果作"浮沉"的话，这一段韵文注可以划出四个部分，虽然这四部分大致就是《韵读》所分四个韵句，不过如果仔细再加区分，又可以分出两个类别。小南一郎把韵

---

① 王力（1980：64）。

② 《怀沙》："怀瑾握瑜兮，穷不知所示"［洪兴祖（1983：43）］。

③ 黄灵庚（2007：1909）。

④ 洪兴祖（1983：301-302）。按："浮沈"一词见于《尔雅·释天》："祭川曰浮沈"（《尔雅注疏》卷六。页200），与《章句》不同；《史记·袁盎晁错列传》："袁盎病免居家，与闾里浮沉，相随行，斗鸡走狗"［司马迁（1959：2744）］，其中"浮沉"之意与《渔父》韵文注相同。

文注称为I式，而散文注称为II式，I式又分成两类：Ia和Ib。Ia类是指两句共八言的韵文注，最末为韵脚和"也"字，如果是连成一句的话，倒数第五字多作"而"或"之"；Ib类是指一句四言的，末为韵脚和"也"字。①《渔父》的韵文注基本上是Ib。

无论如何，如果仔细分析起来，"渔父曰"这一段，并不是完全符合I式的句式。"不困辱其身也""随俗方圆""独行忠直""远在他域"这几句，都不合小南一郎的分类。②虽然不排除传抄的讹误，但这些格外的韵文注在这一段中所占的比例很高，因此可能跟韵文注的编者或者是后世传抄者的想法有关。首先把这一段按韵文注重加裁切：

    A. 渔父曰（入声）：圣人不凝滞于物（入声），而能与世推移（歌部）。

    B. 世人皆浊（入声），何不随其流（幽部）而扬其波（歌部）。

    C. 众人皆醉（入声），何不餔其糟（幽部）？而歠其醨（歌部）。

    D. 何故怀瑾握瑜（侯部）自令放为（歌部）。

正文除了依《韵读》切分出四个歌部的韵脚之外，按韵文注还可以切分两组隐含的韵脚，第一组是入声混押，第二组是幽侯（鱼）合韵。B. 和C. 的句式和押韵相近，而韵文注的形式也是标准的Ib类；A. 和D. 的韵文注多不是Ib类。A. B. C. 三句所说到人的三个类别：圣人、世人和众人，一般来说"世人"和"众人"的意义没有很大的区分。然而这样的划分，正是《楚辞》的特征，在《离骚》里面的人物有很多类别，但当女嬃责备主角时，以"众"和"世"并举："众不可户说兮，孰云察余之中情。世并举而好朋兮，夫何茕独而不予听"，而作者回应说："依前圣以节中兮，喟凭心而历兹"，③《离骚》把"众（人）""世（人）"与"圣（人）"分别开来。《渔父》可以说依着《离骚》的思维模式，④当然《离骚》的"圣人"跟《渔父》所指的不一样，《离骚》指的是主角追慕的"圣人"，而《渔父》是希望主角成为"不凝滞于物，而能与世推移"的圣人。而D. 的"何故怀瑾握瑜"，正是反讽在《怀沙》里自称"怀瑾握瑜"的主角。韵文注以不同的形式巧妙地把"圣人"和主角相连起，而把"世人"和"众人"分别开来，表现出《楚辞》的主题思维。因此蒋天枢（1903-1988）

---

    ① 小南一郎（2003：305-306）。

    ② 小南一郎（2003：313）。

    ③ 洪兴祖（1983：20）。

    ④ 按：除思维模式之外，还有对话体。《楚辞概论》曾经从问答体来分析《渔父》［游国恩（1928：201-202）］，其实《离骚》中女嬃"申申其詈予"一段［洪兴祖（1983：20）］，也是一段对话，正开《渔父》之先河。

《论〈楚辞章句〉》所谓"倘非依傍全部正文，直不知所谓"，①正从反面说明韵文注跟解读正文的关系。②

《渔父》的韵文注和异文对比之下，发现韵文注不单是对作品的回应和对位，而是对作品整体，从语气的停顿、句逗，以至篇章结构，都起着解读的功能。这种正文、注释之间的文本互涉，又以用韵作为引导的注解方式，窃以为这仅见于中国古典文学批评，甚至是楚辞学的一个特色。

四、赘语：韩愈与韵文注

二十多年前，陈新雄（1935-2012）老师来讲声韵学，耀堃有幸旁听，老师说到苏轼（1037-1101）把声韵的知识运用到诗句里头去，提醒诸生时刻注意古人文章声律用韵。③自此之后，无论读到有韵之文还是无韵的作品，耀堃不时用音韵学的常识来加以分析，教诲终身受益。

研究《章句》的韵文注时，记起陈老师的教导，读韩愈（786-824）的作品时也如此，竟发现韩愈可能模仿韵文注，他的《潮州祭神文》（其二）开始的部分：

> 稻既穗矣，而雨不得熟以获也；蚕起且眠矣，而雨不得老以簇也。岁且
> 尽矣，稻不可以复种，而蚕不可以复育也。……④

有些句子跟《章句》的 Ia 类韵文注非常相似。特别值得注意的是有句中韵的出现，如"眠（先韵）、尽（轸韵）"（平上通押）。⑤因此，"而雨不得熟以获也""而雨不得老以簇也""稻不可以复种，而蚕不可以复育也"，好像是"稻既穗矣""蚕起且眠矣""岁且尽矣"的韵文注。到了文章接近结束：

> ……充上之须，脱刑辟也。选牲为酒，以报灵德也。吹击管鼓，侑香洁
> 也。拜庭跪坐，如法式也。……⑥

---

① 蒋天枢（1982：216）。

② 闻一多虽然认为《抽思》的韵文注："……故《注》与正文间，不能字栉句比，一一印合"，然而闻一多举"何毒药之謇謇兮"的韵文注为例，以韵文注校正此句"毒药"当为"独乐"之误［闻一多（1993：187）］，正说明韵文注与正文的解读关系密切。

③ 按：后来陈老师将有关部分写在《声韵学的效用》之中［陈新雄（2010：259-272）］。

④ 阎琦（2004：上 482）。

⑤ 本文所用中古音，依泽存堂本《广韵》分韵，不另注出。

⑥ 阎琦（2004：上 482）。

"须（虞韵）、鼓（姥韵）"平上通押，"辟（昔韵）、洁（屑韵）"和"德（德韵）、式（职韵）"遥韵，双数句好像是单数句的注释，而双数句和单数句又各自押韵，就跟《渔父》的正文和章句形式极为相似。韩愈似乎是在模仿《章句》之中的韵文注，因此韵文注的"发现权"可能是韩愈，而不是《四库提要》的纂修官。

冯绍祖校刊《楚辞章句》考论

复旦大学　罗剑波

【摘　要】　明万历十四年（1586）冯绍祖校刊《楚辞章句》，在《楚辞》评点史乃至《楚辞》学史上地位都颇为重要。该本以王逸《楚辞章句》为底本，又借助于评点形式，吸纳了洪兴祖《楚辞补注》、朱熹《楚辞集注》有"裨益"之处，从而融三家注于一本之中，体现了刊刻者冯绍祖的独特思考。该本之问世，对于打破朱熹《楚辞集注》的垄断，推进《楚辞》诠释学多元化走向有重要的贡献和意义。冯绍祖从前世诸家著作中选取相关评语，以眉批、旁批、总评等评点形式置于该书之中，这种评点与文人随阅随批之批点有很大差异。该本评点形态所承载的"注""评"杂糅的内容，是其较为特殊的地方。冯绍祖对于评语的选择，与其对屈子、屈赋的思考和认识紧密相关。该本所确定的评点形态、评家以及评点，对后世产生了广泛而深远的影响。

【关键词】　冯绍祖　王逸　楚辞章句　三家注　评点

　　冯绍祖校刊《楚辞章句》（以下简称冯本），在《楚辞》评点史乃至《楚辞》学史上地位都颇为重要。在评点方面，该本确立的评点形态及对于评家的遴选、确定，对后世《楚辞》评点影响深远，直至民国六年刻俞樾辑评《百大家评点王注楚辞》，仍可见该本的影子在其中。在《楚辞》学史方面，明代前中期由于朱子学的兴盛，这时期的《楚辞》学也基本上笼罩在朱熹《楚辞集注》之下，冯本的问世对于进一步打破这种垄断，推进《楚辞》学多元化走向有重要的贡献和意义。正因如此，台湾艺文印书馆于 1974 年即将该本影印出版。大陆除姜亮夫、崔富章等先生之相关著录外，专门研究较少，似未引起学界的足够重视。笔者已撰《早期〈楚辞〉评点校刊者冯绍祖考论》[①]

---

① 罗剑波：《早期〈楚辞〉评点刊刻者冯绍祖考论》，载《武汉大学学报（人文科学版）》，2014 年第 4 期。

与《论冯绍祖校刊本〈楚辞章句〉对〈楚辞补注〉的择取与接受》①两文，分别对冯绍祖家世、交游、论《骚》思想，以及冯本对于洪兴祖《楚辞补注》的接受等问题作了考察。本文拟在此基础上，就冯绍祖对于前世《楚辞》注本的认识、刊刻此本的思考，以及该本所收评点等重要问题作全面谈讨。

一、冯本产生的背景与冯绍祖对前世《楚辞》注本的认识

冯绍祖，浙江海宁人，生卒年不详，亦少有作品传世，其所校刊王逸《楚辞章句》，是我们得以探知其人的主要资料。绍祖有《校楚辞章句后序》，末题"万历丙戌月轨青陆朔盐官冯绍祖绳武父书于观妙斋"，"丙戌"为明万历十四年（1586），"月轨青陆"，"青陆"指三月，颜延之《三月三日曲水诗序》："日躔胃维，月轨青陆。"吕向注："青陆，东道也。言立春、春分月从东道也，言月行于此也。"②《逸周书·周月》："春三月中气：惊蛰，春分，清明。"③由此知序成于万历十四年（1586）三月初一。绍祖又请黄汝亨作序，末署"万历柔兆阉茂之岁夏且朔"④，"柔兆"为"丙"，"阉茂"为"戌"。综合来看，该书或成于是年春夏之际，书成之时，又请黄氏为序，以广声势。

在冯本出现之前的明前中叶，社会上广泛流传的是朱熹《楚辞集注》。这除朱注自身之优点外，更多则是在于官方的大力提倡与推崇。明初为了加强思想文化控制，朝廷大力提倡孔孟之道及程朱理学，并将其作为科举考试的阐释标准，朱子学与日俱兴，成为权威，朱熹《楚辞集注》亦成为《楚辞》学界的标杆和准则。如时人何乔新《楚辞集注序》云：

> 《三百篇》后，惟屈子之辞最为近古。……汉王逸尝为之《章句》，宋洪兴祖又为之《补注》，而晁无咎又取古今词赋之近《骚》者以续之。然王、洪之注，随文生义，未有能白作者之心。而晁氏之书，辨说纷拏，亦无所发于义理。朱子以豪杰之才、圣贤之学，当宋中叶，阨于权奸，迄不得施，不啻屈子之在楚也。而当时士大夫希世媒进者，从而沮之排之，目为伪学，视子兰、上官之徒，殆有甚焉。然朱子方且与二三门弟子讲道武夷，容与乎溪云

---

① 罗剑波：《论冯绍祖校刊本〈楚辞章句〉对〈楚辞补注〉的择取与接受》，《古籍研究》2007年卷下；后又收入中国屈原学会编：《中国楚辞学》第14辑，北京：学苑出版社2011年版。
② 《六臣注文选》，影印文渊阁四库全书本。
③ 《逸周书·周月》，影印文渊阁四库全书本。
④ 黄汝亨：《楚辞序》，冯绍祖校刊《楚辞章句》，明万历十四年（1586）刻本。

山月之间。所以自处者，盖非屈子之所能及。……嗟夫，大儒者著述之旨，岂末学所能窥哉？然尝闻之，孔子之删《诗》，朱子之定《骚》，其意一也。①

这代表了当时的主流观念，即通过否定前世《楚辞》诸家注，以推尊朱子注，并将其"定《骚》"提升至与孔子"删《诗》"等同的高度。同时由于王逸《楚辞章句》、洪兴祖《楚辞补注》原本刊刻即少，人们得览不易，而朱注自问世后多有刊行，流布甚广，因而主导此时期之《楚辞》学也就成为势之必然。明代著名学者、曾任太子太傅兼户部尚书武英殿大学士的王鏊，曾描述当时王逸《楚辞章句》之境遇："自考亭之注行世，不复知有是书矣。余间于《文选》窥见一二，思睹其全，未得也。何幸一旦而读之。人或曰：'六经之学至朱子而大明，汉、唐注疏，为之尽废，复何以是编为哉？'"②自从朱注行世，就不再知有王注，而王鏊自己也只能从昭明《文选》中窥见一二，而无法找到《章句》全书，即使得见，亦被旁人奚落。③"六经之学至朱子而大明，汉、唐注疏，为之尽废"，延及《楚辞》之前世注疏，遂为世人所不齿，身份、名望显赫的王鏊尚且如此，王逸注之境遇自然可以想见。

也正是为了打破朱注一统天下的境况，王逸《楚辞章句》的刊刻开始出现。④如上引王鏊所论，即见于他在明正德十三年（1518）为黄省曾、高第刻《楚辞章句》所作序中，在这篇序中，他还对逸注、朱注作了客观比较和评价：

余尝即二书而参阅之，逸之注，训诂为详；朱子始疏以《诗》之六义，援据博，义理精，诚有非逸之所及者。然予之懵也，若《天问》《招魂》，谲怪奇涩，读之多未晓析。及得是编，恍然若有开于余心。则逸也岂可谓无一日之长哉！章决句断，事事可晓，亦逸之所自许也。予因思之：朱子之注《楚辞》，岂尽朱子说哉，无亦因逸之注，参订而折衷之？逸之注，亦岂尽逸之说哉，无亦因诸家之说，会粹而成之？盖自淮南王安、班固、贾逵之属，转相传授，其来远矣。然则注疏之学，可尽废哉？若乃随世所尚，猥以不诵绝之，此自拘儒曲学之所为，非所望于博雅君子也。其《七谏》《九怀》《九叹》《九思》，虽辞有高下，以其古也，存而不废。虽然，古之废于今，不

---

① 何乔新：《楚辞集注序》，见吴原明刊：《楚辞集注》，明成化十一年（1475）刻本。

② 王鏊：《重刊王逸注楚辞序》，见黄省曾校，高第刊：《楚辞章句》，明正德十三年（1518）刻本。

③ 可详参罗剑波：《明代〈楚辞〉评点所取底本考》，《复旦学报（社会科学版）》，2011年第6期。

④ 这背后还有随着心学兴起，人们逐渐反思、质疑朱学的学术背景，可详参罗剑波：《明代〈楚辞〉评点所取底本考》，《复旦学报（社会科学版）》，2011年第6期。

独是编也，有能追而存之者乎？高君好尚如是，则其为政可知也已！①

由此我们可细绎出其中主要论点稍作阐释：经仔细对读，王鏊认为，王、朱二家俱有优势，皆不乏可取之处；之所以如此，是因其并非都是自己发明，而是遵循了古代注疏"转相传授"的传统与原则，"会粹"众说而成，如"随世所尚，猥以不诵绝之"，也即"拘儒曲学之所为"，而"非所望于博雅君子也"。基于此，对古本应当充分尊重，而绝非使之"废于今"，因而朱熹对《章句》之删改，这在王鏊看来有很大问题。既然古代注疏传统、古本面貌应当予以尊重，正确的做法就应让读者对此有全面地了解，由此王鏊对高第刊刻此本大加赞赏。王鏊对于《楚辞章句》的肯定及其"崇古"之主张，对于打破朱注的笼罩、推进《楚辞》学的多元走向有着重要而积极的意义。

黄省曾、高第刊本之后，又有隆庆五年（1571）豫章朱多煃夫容馆仿宋刻本问世，该本精善，又约请时贤王世贞作序，王逸《楚辞章句》遂有了更为广泛的传播和影响。冯本就是在这种背景下，于万历十四年（1586）刊刻问世的，冯绍祖在"观妙斋重校《楚辞章句》议例"中，详细阐述了他对于前世诸家注的认识，兹摘录相关者如下：

第一印古

《楚辞》先辈称王逸本最古，盖去楚未远，古文不甚流滥脱轶耳。后人人各以意撺易，若晦翁所次《九辩》诸章，固自玢齮，要非古人之旧矣。今一意存古，故断以王氏本为正。

第二铨故

《楚辞》解当汉孝武时，已令淮南王安通其义矣。惜乎言湮世远，今不复存。东汉王逸汇其故为《章句》，盖其详哉！至宋洪兴祖、朱晦翁，俱有补注，总之不离王氏者居多，兹颛主王氏《章句》。洪、朱两家，间有裨益处，为标其概于端，俾读者得以详考，亦毋混王氏之旧焉。

第三遴篇

《楚辞》编于刘子政者十六卷，《章句》于王叔师者十七卷。至唐宋而下，互有编次。而《楚辞后语》，则朱子仍晁无咎氏之故云。今主《章句》，则仍《章句》，即莫赡《后语》不论矣。

① 王鏊：《重刊王逸注楚辞序》，见黄省曾校，高第刊：《楚辞章句》，明正德十三年（1518）刻本。

第五译响

　　屈、宋楚材，故音多楚，而间韵语，亦必寻声。《章句》弗详考，欲一通其响难。兹取洪、朱二氏者谓为绅绎焉，务宣其音响而已。至与他本相证，若一作某某云者，节之并从大文，为治古文者要删焉。①

　　王、洪、朱三家注，绍祖以王注为底本，其意在"存古"，并从"印古""铨故""遴篇"三方面作了详细阐述。在他看来，"王逸本最古"，"去楚未远"，因而讹滥较少，其诂训、篇次在三家注中亦最为可靠，应予以重视和遵循。《集注》因朱熹之改易，已"非古人之旧"，故而为绍祖摒弃，但值得注意的是，绍祖在客观指出朱注缺点的同时，其实并没有对其完全否定。《楚辞章句》未及音训，对于其中之楚声、韵语的解读，绍祖就多从洪、朱二家注中择出。同时，洪、朱注中于篇章脉络、题解等训释仍有可取之处，绍祖亦加以吸收、利用。因此，绍祖对待三家注的态度是客观的，并非简单地肯定或否定哪一家，而是融合三家之长，来重新打造一种精善之本。这一点与王鏊客观评价王注、朱注之长处，可谓一脉相承，且论述更全面，持论更公允。

　　对于洪、朱二家注，冯绍祖以为，"间有裨益处，为标其概于端，俾读者得以详考"。对于二家注的择取标准，是对读者之阅读应"有裨益处"。何谓"裨益"？绍祖未作具体说明。笔者曾就其对于洪注的接受，撰写《论冯绍祖校刊本〈楚辞章句〉对〈楚辞补注〉的择取与接受》一文，归纳了他的处理标准，即对于同一对象的注解，《楚辞补注》与《楚辞章句》意见基本一致的地方，即使《补注》更详细、更准确，绍祖也不引录。其所引录者则主要包括语词、语句及篇章大旨的训释，文章行文脉络的揭示，《楚辞》在后世文学创作中所产生影响的说明，以及对于前世评屈者论点的批评与纠正等。值得注意的是，在这其中，多为《章句》未涉及者，如已涉及，则定是《补注》与之相异，甚至是对《章句》的纠正。② 同者不取，异者才录，由此可见绍祖之识见，因相异者才正是《补注》的价值与亮点所在，将其引录，"俾读者得以详考"，则又可见绍祖之用心以及对读者的尊重。

　　绍祖对于朱注的择取，同样也是遵循上述准则，即同者不收，且取其"有裨益处"。这主要包括以下几个方面：

　　其一，对于相关语句、篇章所隐含屈子意旨的揭示。《离骚》"何昔日之芳草兮，

---

① 冯绍祖校刊《楚辞章句》卷前附录，明万历十四年（1586）观妙斋刻本。

② 具体内容可参罗剑波：《论冯绍祖校刊本〈楚辞章句〉对〈楚辞补注〉的择取与接受》，《古籍研究》2007年卷下；后又收入中国屈原学会编：《中国楚辞学》第14辑，北京：学苑出版社2011年版。

今直为此萧艾也"句眉上，引朱熹曰："世乱俗薄，士无常守，乃小人害之，而以为莫如好修之害者，何哉？盖由君子好修，而小人嫉之，使不容于当世。故中才以下，莫不变化而从俗，则是其所以致此者，反无有如好修之为害也。东汉之亡，议者以为党锢诸贤之罪，盖反其词以深悲之，正屈原之意也。"① "陟之皇之赫戏兮，忽临睨夫旧乡"句眉上，引曰："屈原讬为此行，而终无所诣，周流上下，而卒返于楚焉，亦仁之至而义之尽也。"

其二，关于《楚辞》作品篇章主旨的阐说。如《九歌·东皇太一》眉上引曰："此篇言其竭诚尽礼以事神，而愿神之欣说安宁，已寄人臣尽忠竭力、爱君无己之意，所谓全篇之比也。"《九歌·山鬼》"既含睇兮又宜笑，子慕予兮善窈窕"眉上，引曰："以上诸篇，皆为人慕神之辞。此篇鬼阴而贱，不可比君，故以人况君，以鬼喻己，而为鬼媚人之辞也。"②《九章·惜诵》"所作忠而言之兮，指苍天以为正"句眉上，引曰："此篇全用赋体，无他寄托，其言明切，最为易晓。而其言作忠造怨，遭谗畏罪之意，曲尽彼此之情状，为君臣者不可以不察。"

其三，对于屈子行文脉络的关注，这主要集中在《离骚》篇。如"乘骐骥以驰骋兮，来吾导夫先路"句眉端，引朱熹曰："自'汩余'至此同一韵，意亦相承。"③ "伏清白以死直兮，固前圣之所厚"句眉端，引曰："自'怨灵修'以下至此一意，为下章回车复路起。"④ "虽体解吾犹未变兮，非余心之可惩"句眉端，引曰："自'悔相道'至'可惩'，又承上文'伏清白以死直'之意，而下为女媭詈予起也。"⑤

其四，论及屈子之用语特色者。如《九章·涉江》文首眉上，引曰："此篇多以'余'、'吾'并称，详其文意，'余'平而'吾'倨也。"《九章·抽思》"善不由外来兮，名不可以虚作"眉端，引曰："'善不由外来'四语，明白亲切，虽前圣格言不过如此，不可但以词赋观之。"⑥

---

① 冯绍祖校刊《楚辞章句》，明万历十四年（1586）观妙斋刻本。以下所引该本，不再一一注明。

② 朱熹《楚辞集注》原文作："以上诸篇，皆为人慕神之词，以见臣爱君之意。此篇鬼阴而贱，不可比君，故以人况君，鬼喻己，而为鬼媚人之语也。"见朱熹撰、蒋立甫校点《楚辞集注》，上海：上海古籍出版社、合肥：安徽教育出版社2001年版，第44页。

③ 朱熹《楚辞集注》原文作："自'汩余'至此，三章同一韵，意亦相承。"（第8页）因朱子已交代自"汩余"始至此，清楚明了，绍祖就将"三章"删去，以求简洁。

④ 朱熹《楚辞集注》原文作："自'怨灵修'以下至此，五章一意，为下章回车复路起。"（第13页）处理与上例同。

⑤ 朱熹《楚辞集注》原文作："自'悔相道'至此五章，又承上文'清白以死直'之意，而下为女媭詈予起也。"（第15页）

⑥ 朱熹《楚辞集注》原文作："此四语者，明白亲切，不烦解说，虽前圣格言，不过如此，不可但以词赋读之也。"（第84页）

最后，绍祖所引《集注》，亦有纠正《补注》或《章句》者。如《九歌·河伯》篇题眉上，引曰："河伯旧说以为冯夷，其言荒诞，不可稽考，大率谓黄河之神耳。"①"旧说"指洪兴祖《补注》所论。②于此可见绍祖对于洪、朱二注的取舍、判断，关于"河伯"之释解，他认为朱注更可信，遂摒弃洪注，而不是二者兼取供读者判断。《天问》卷末引朱子云："此篇所问，虽或怪妄，然其理之可推、事之可鉴者尚多有之。而旧注之说，图以多识异闻为功，不复能知其所以问之本意，与今日所以对之明法。"此处"旧注"则指《章句》，《章句》云："屈原放逐，……见楚有先王之庙及公卿祠堂，图画天地山川神灵，琦玮谲诡，及古贤圣怪物行事。"③朱熹所指"多识异闻"者，应即指此。综合来看，绍祖对于洪、朱两家的择取，所遵循的标准大致相仿无差。

综上所述，冯绍祖校刊此本之时，朱熹《楚辞集注》仍有极大影响，而洪兴祖《楚辞补注》自问世后刊刻甚少④，得览不易。绍祖遵循"去古未远"之理念，以《楚辞章句》为本依，又广泛吸收洪、朱二注之精华，从而汇就一本。对于三家注的这种定位和认识，在当时并非轻易即可形成，绍祖背后必定做了较多的比较等研究工作。绍祖于"议例"第四则中称"兹悉发家乘"，虽然这是就所引评家而言，其家中即藏有三家注亦属可能。另须指出的是，对于洪、朱二家之择取，绍祖并非随意，每处均经过其仔细辨识，背后付出之心血，当为后人珍视。总三家注之长而于一本之中，贡献给读者，这在《楚辞》传播史上前所未闻，堪称独创。何以能做到这一点，则在于绍祖巧妙地借鉴了当时已近于流行的评点方法，评点本中的评点形式、评点形态是他得以成功的不二法宝。

二、冯绍祖的评点观念与冯本之评点

冯本另一值得我们关注的地方，是在于它在《楚辞》评点史上的重要地位。由于问世较早，据现有资料看在此之前尚未有严格意义上的《楚辞》评点本出现，因而该本地位颇为特殊。如前所述，绍祖以《章句》为底本，并将择取出的洪、朱二家注与之融为一体，就是借用了评点的形式。绍祖称："洪、朱两家，间有裨益处，为标其概于端，俾读者得以详考，亦毋混王氏之旧焉。""标其概于端"，即指将二家注作择选、删改等处理后，使其以眉评等面目出现。冯本"观妙斋重校《楚辞章句》议例"还有

---

①　朱熹《楚辞集注》原文作："旧说以为冯夷，其言荒诞，不可稽考，今阙之。大率谓黄河之神耳。"（第44页）

②　详见洪兴祖撰、白化文等点校：《楚辞补注》，北京：中华书局2002年版，第78页。

③　洪兴祖撰、白化文等点校：《楚辞补注》，北京：中华书局2002年版，第85页。

④　据崔富章先生著录，自该本问世至明前，也仅见三种。见崔富章：《楚辞书录解题》，北京：高等教育出版社2010年版，第48-51页。

"核评"一则，透露出他对评点的认识，兹引录如下：

第四核评

《楚辞》评先辈鲜成集，即抽绪论，亦咸散漫。兹悉发家乘，若张氏《楚范》、陈氏《楚辞》、洪氏《随笔》、杨氏《丹铅》、王氏《卮言》等集，一一搜载。而先王父小海公间有手泽，随列之。要以佐《章句》及洪、朱二氏所不逮。

基于对前世《楚辞》评家较少汇辑的事实，绍祖以家中藏书为依托，对这一工作进行尝试。其中所举六家，"张氏"为张之象，"陈氏"为陈深，"洪氏"为洪迈，"杨氏"为杨慎，"王氏"为王世贞，"先王父小海公"，为冯觐，乃绍祖之祖父。核书中所引评家较多，绍祖在此仅举六家，或意在特加标显，以括其余。六家之中，陈深①、冯觐都曾批点《楚辞》，"小海公兼有手泽"即指此而言，其余四家之论评则由其著作中择取而成。这就透露出一个重要信息，"核评"之"评"，其实并非专指后世意义上之评点，绍祖对于陈深、冯觐之批（评）点与诸家评论是等同视之的，他并未专门从学理上对评点予以认定或阐释，因为在他看来两者实无二致。钱钟书先生在《管锥编》评论陆云《与兄平原书》云："什九论文事，着眼不大，着语无多，辞气殊肖后世之评点或批改，所谓'作场或工房中批评'（workshop criticism）也。……苟将云书中所论者，过录于（陆）机文各篇之眉或尾，称赏处示以朱围子，删削处示以墨勒帛，则俨然诗文评点之最古者矣。"② 张伯伟先生据此考察了自《左传》《论语》、毛诗序、魏晋以下专门论文之作，至唐代诗格、选集、宋人诗话与评点之间的渊源联系，以为"评点之'评'就是在这样的基础上发展起来的"。③ 按钱钟书先生的说法，张伯伟先生所举例子，若以相应评点形式呈现出来，与后世评点应几无差别。而就冯本来看，绍祖即是这样处理的，他从前世诸家著作中选取相关评语，以相应评点形式置于该书之中。由此可见，绍祖更多是借用了眉批、旁批、总评等评点形式，来赋以其品评的内容，这与文人随阅随批之批点是有很大差异的。如果再结合前论对于洪、朱二家注同样的处理方式，则更可以理解绍祖的这种认识。在冯本问世之前，万历四年（1576）凌稚隆辑评《史记评林》、万历十一年（1583）凌稚隆辑评《汉书评林》二书，即以评点形式载录所选相关注、评，且评点形态较为完备，包括评家姓氏、眉批、旁批、篇首

---

① 可详参罗剑波：《陈深及其〈楚辞〉评点的价值》，《吉林大学社会科学学报》，2013 年第 1 期。

② 钱钟书：《管锥编》第四册，北京：中华书局 1986 年版，第 1215 页。

③ 张伯伟：《评点溯源》，章培恒、王靖宇主编：《中国文学评点研究论集》，上海古籍出版社 2002 年版，第 13-14 页。

总评、篇末总评等多种样式。据现有材料，在冯本之前未见有严格意义上的《楚辞》评点本出现，冯本一问世即以较成熟的评点形态出现，这应当是受到了《史记评林》《汉书评林》等书的影响，绍祖直接吸收了其中的评点形态。冯本与《史记评林》《汉书评林》等书相同的处理方式，应当反映了明前中期评点刻本的基本情况，即评语与评点形式的结合，多是辑刊者有意为之，而并非原本文人品评之时即手批于书上。文人手批或对多人批点集中收辑后所刊刻的集评本，才应当是严格意义上的评点。但在明前中期，文人评点尚有待于进一步生发与积累，于是刊刻者就较多地来择取前世诸家的相关内容。

冯绍祖所选评家，依出现先后，共有扬雄、曹丕、沈约、庾信、刘勰、刘知几、皮日休、苏辙、葛立方、洪兴祖、朱熹、祝尧、高似孙、汪彦章、陈传良、李涂、叶盛、何孟春、姜南、张时彻、唐枢、茅坤、王世贞、刘凤（以上见"楚辞章句总评"）、钟嵘、冯觐、陈深、王应麟、张凤翼、刘次庄、沈括、洪迈、楼昉、杨慎、吕向、张之象（以上为眉评增益）、刘安、贾岛、宋祁、苏轼、严羽、张锐、吕延济、姚宽（以上为卷末总评增益）44 人。就所处朝代看，44 家中，多在明以前，明人仅有 14 位。所录评语由各家著作抽取而成，有些绍祖作了改动和调整。如《九辩》"登山临水兮，送将归"句眉上，引洪迈曰：

"憭栗兮，若在远行。登山临水兮，送将归。"潘安仁《秋兴赋》引其语，盖畅演厥旨，而下语之工拙，较然不侔也。

洪氏此语见《容斋续笔》卷三"秋兴赋"条，原文作：

宋玉《九辩》词云："憭栗兮，若在远行。登山临水兮，送将归。"潘安仁《秋兴赋》引其语，继之曰："送归怀慕徒之恋，远行有羁旅之愤。临川感流以叹逝，登山怀远而悼近。彼四戚之疚心，遭一涂而难忍。"盖畅演厥旨，而下语之工拙，较然不侔矣。①

两例相较，冯绍祖删去《秋兴赋》具体内容，或因其着眼于揭示《九辩》对潘岳所产生的影响，再加上眉端空间的限制，至于"畅演厥旨"之具体内容，则不必烦录。

又如，冯本《招魂》卷末总评引洪迈曰：

---

① 洪迈：《容斋随笔》，济南：齐鲁书社 2007 年版，第 192 页。

《毛诗》所用语助之字，以为句绝者，若之、乎、焉、也、者、云、矣、尔、兮、哉，至今作文者皆然。他如只、且、忌、止、思、而、何、斯、旃、其之类，后所罕用。《楚词·大招》一篇，全用"只"字，至于"些"字，独《招魂》用之耳。

洪氏此语见《容斋五笔》卷四"毛诗语助"条，原文作：

毛诗所用语助之字，以为句绝者，若之、乎、焉、也、者、云、矣、尔、兮、哉，至今作文者皆然。他如只、且、忌、止、思、而、何、斯、旃、其之类，后所罕用。只字如"母也天只"，"不谅人只"。且字如"椒聊且"，"远条且"，"狂童之狂也且"，"既亟只且"。忌字如"叔善射忌"，"又良御忌"。止字如"齐子归止"，"曷又怀止"，"女心伤止"。思字如"不可求思"，"尔羊来思"，"今我来思"。而字如"俟我於著乎而"，"充耳以素乎而"。何字如"如此良人何"，"如此粲者何"。斯字如"恩斯"，"勤斯"，"鬻子之闵斯"，"彼何人斯"。旃字如"舍旃舍旃"。其字音"基"，如"夜如何其"，"子曰何其"，皆是也。"忌"惟见于郑诗。"而"惟见于齐诗。《楚词·大招》一篇全用"只"字。《太玄经》："其人有辑，抗可与过其。"至于"些"字，独《招魂》用之耳。①

绍祖于此亦删去洪迈所举具体例证，仅取其中言及《楚辞》者，此例于冯本位置在卷末，并不受空间的限制，不录或亦欲避免琐细。由此来看，绍祖对于诸家评语，亦是经过认真思索和考虑的，当详则详，该略则略，其所征引，无论繁富，抑或简略，皆有其如此之然的理由和考虑。

也有未经过删改与加工者。如"《楚辞章句》总评"所引刘勰《文心雕龙》《辨骚》全篇，《诠赋》《比兴》《时序》《物色》诸篇，则是直接摘取了大段内容。如此之类，还有沈约《宋书·谢灵运传论》、祝尧《古赋辨体》、叶盛《水东日记》、王世贞《楚辞序》、洪兴祖《离骚·后序·补注》等。或许是不满于绍祖的这种做法，后世评点本刊刻者在因袭相关材料时，有的作了删改。如冯本引叶盛语，自"昔周道中微，《小雅》尽废"始，至"如此，则原之本意，又将复亡矣"一大段，意在指出屈原"笃君臣之义，愤悱出于思泊（《水东日记》作"至诚"），不以污世而二其心"、《离骚》亦为承《诗》之作，同时亦对后世班固、扬雄等人之质疑进行辩驳。绍祖全引此

---

① 洪迈：《容斋随笔》，济南：齐鲁书社2007年版，第674页。

文，意在让读者了解屈子心志、《楚辞》成就以及前世这一争论过程。后来蒋之翘仅摘录其中一句，"《离骚》源流于六义，兴远而情逾亲，意切而辞不迫"①，极为简练，评《骚》主旨也更为突出。此外，如上列冯本中刘勰等诸家评语，蒋之翘也均作了删节和改动，抽出其中精练之语，消除或在他看来冯本引文繁冗的弊病。但如上例来看，绍祖是旨在让读者更深切、周详地理解屈子、屈赋，因而两种引录着眼点不同，均有合理之处，似又不能简单以优劣论之。

冯本所引诸家评语，就其大要而言，有以下几个方面值得注意：

（一）强调屈赋对于《诗经》传统的继承，并完全符合儒家诗教规范

《诗》《骚》关系，始终是《楚辞》批评史上一个永恒不变的话题。围绕它，千百年来人们一直争论不已，众说纷纭。对这一问题绍祖倾向于摘引强调《诗》《骚》一脉相承的材料：

祝尧曰：《骚》者，《诗》之变也。《诗》无楚风，楚乃有《骚》，何耶？愚按，屈原为《骚》时，江汉皆楚地。盖自文王之化行乎南国，《汉广》《江有汜》诸诗，已列于二南、十五国风之先。其民被先王之泽也深。风雅既变，而楚狂"凤兮"之歌、沧浪、孺子"清兮浊兮"之歌，莫不发乎情，止乎礼义，而犹有《诗》人之六义，故动吾夫子之听。但其歌稍变于《诗》之本体，又以"兮"为读，楚声萌蘖久矣。原最后出，本《诗》之义以为《骚》。但世号《楚辞》，初不正名曰赋，然赋之义实居多焉。

（《楚辞章句》总评）

姜南曰：文章自六经、《语》《孟》之外，惟庄周、屈原、左氏、司马迁最著。后之学者，言理者宗周，言性情者宗原，言事者宗左氏、司马迁。周之言，出于《易》，原出于《诗》，左氏、司马迁，出于《尚书》《春秋》。

（《楚辞章句》总评）

王世贞曰：三闾家言，忠爱悱恻，怨而不怒，悠然《诗》之风乎？

（《楚辞章句》总评）

冯觐曰：历叙至此方说出被逸，何婉而切也，然于荃略无怨言，又见其怨诽而不乱矣。

（《离骚》"荃不揆余之中情兮，反信谗以齌怒"眉评）

葛立方曰：此与孔子"和而不同"之言何异？

（《渔父》"举世皆浊我独清，众人皆醉我独醒"句眉评）

---

① 蒋之翘评校：《楚辞集注》，明天启六年（1626）刻本。

（二）揭示《楚辞》的艺术特色及感染力

关注《楚辞》所达到的高度，强调非后人可及。关于这一点，冯本所录评语中亦有不少材料论及：

> 扬雄曰：或问："屈原、相如之赋孰愈?"曰："原也过以浮，如也过以虚。过浮者蹈云天，过虚者华无根。然原上援稽古，下引鸟兽，其著意于虚，长卿亮不可及。"
>
> （《楚辞章句》总评）
>
> 魏文帝曰：优游按衍，屈原尚之；穷侈极妙，相如之长也。然原据托譬喻，其意周旋，绰有余度，长卿、子云不能及。
>
> （《楚辞章句》总评）
>
> 刘凤曰：词赋之有屈子，犹观游之有蓬阆，纵适之有溟海也。
>
> （《楚辞章句》总评）
>
> 宋祁曰：《离骚》为词赋之祖，后人为之，如至方不能加矩，至圆不能过规矣。
>
> （《离骚》卷末总评）
>
> 冯觐曰：《离骚经》断如复断，乱如复乱，而绵邈曲折，读者莫得寻其声，而绎其绪，又未尝断，未尝乱也。至其才情艳发，则龙矫鸿逸；志意悱恻，则啼猩啸鬼，浓至惨黯，并臻其妙。盖由独创，自异规仿耳。
>
> （《离骚》卷末总评）
>
> 冯觐曰：《九歌》情神惨惋，词复骚艳。喜读之，可以佐歌；悲读之，可以当哭。清商丽曲，备尽矣。
>
> （《九歌》卷末总评）

（三）指出《楚辞》对于后世创作所产生的深刻影响

《楚辞》作为中国文学传统的一个重要源头，对后世文人创作所产生的影响是广泛而深远的，绍祖对此亦较为留意，多有征引：

> 刘知几曰：作者自叙，其流出于中古。《离骚经》首章上陈氏族，下列祖考，先述厥生，次显名字，自叙发迹，实基于此。降及司马相如，始以自叙为传，至马迁、扬雄、班固自叙之篇，实烦于代。
>
> （《离骚》"帝高阳之苗裔兮，朕皇考曰伯庸"句眉评）

沈括曰："吉日兮辰良"，盖相错成文，则语势矫健。如杜子美诗云："红豆啄余鹦鹉粒，碧梧栖老凤凰枝。"韩退之云："春与猿吟兮，秋鹤与飞。"皆用此体也。

（《九歌·东皇太一》"吉日兮辰良"句眉评）

洪迈曰：唐人诗文，或于一句中自成对偶，谓之当句对，盖起于《楚辞》"蕙蒸""兰藉""桂酒""椒浆""桂櫂兰枻""斫冰积雪"。自齐梁以来，亦如此。王勃《宴腾王阁序》一篇皆然。

（《九歌·东皇太一》"蕙肴蒸兮兰藉，奠桂酒兮椒浆"句眉评）

刘次庄曰：《楚词》曰："新沐者必弹冠，新浴者必振衣。"又曰："与女沐（注）兮咸池，晞汝发兮阳之阿"，皆洁濯之谓也。李白亦有此作，其词曰："沐芳莫弹冠，浴兰莫振衣。处世忌太洁，至人贵藏晖。"与屈原意同。

（《九歌·云中君》"浴兰汤兮沐芳"句眉评）

王世贞曰："入不言兮出不辞，乘回风兮载云旗。"虽尔恍忽，何言之壮也；"悲莫悲兮生别离，乐莫乐兮新相知"，是千古情语之祖。

（《九歌·少司命》"悲莫悲兮生别离，乐莫乐兮新相知"句眉评）①

王世贞曰：今人以赋作有韵之文，为《阿房》《赤壁》累，固耳。然长卿《子虚》已极曼衍，《卜居》《渔父》实开其端。

（《卜居》卷末总评）

（四）训释屈子意旨、屈赋语句及篇章大意

王应麟曰："闺中既以邃远兮，哲王又不悟。"以楚王之暗，而犹曰"哲王"，盖屈子以禹汤望其君，不忍谓不明也。太史公曰："王之不明，岂足福哉！"非屈子意。

（《离骚》"汤禹俨而祗敬兮，周论道而莫差"句眉评）

楼昉曰：此篇反复曲折，言己始以志行之洁、才能之高，见珍爱于怀王。己亦爱慕怀王，纳忠效善，而终困于谗，不能使之开悟。君虽未忍遽忘，卒为所蔽，而己拳拳终不忘君也。

（《九歌·山鬼》"若有人兮山之阿，被薜荔兮带女罗"句眉评）

楼昉曰：末章盖言神能驱除邪恶，拥护良善，宜为下民之所取正，则与

---

① 其中沈括、刘次庄二人语，由洪兴祖《楚辞补注》转引而来。

前篇意合。

（《九歌·少司命》章首眉评）

吕延济曰：每篇之目，皆楚之神名。所以列于篇后者，亦犹毛诗题章之趣。

（《九歌》卷末总评）

姚宽曰：《九歌章句》名曰九，而载十一篇，何也？曰：九以数名之，如《七启》《七发》，非以其章名。

（《九歌》卷末总评）

王应麟曰：屈原楚人而曰"哀南夷之莫吾知"，是以楚俗为夷也。淫邪之类，谗害君子，变于夷矣。

（《九章·涉江》"哀南夷之莫吾知兮，旦余济乎江湘"句眉评）

冯觐曰：记云：狐死正丘，首仁也。屈子之词，前极愤懑，至乱而每以非其罪而自安，其亦仁人之用心也。

（《九章·哀郢》"鸟飞反故乡兮，狐死必首丘"句眉评）

（五）纠正在绍祖看来《楚辞章句》的错误释解

张凤翼曰：以上望舒、飞廉、鸾凤、雷师，但言神灵为之拥护耳，初无善恶之分也。旧注牵合，且以飘风、云霓为小人，然则《卷阿》之言"飘风自南"，《孟子》之言"若大旱之望云霓"，亦皆象小人耶？

（冯本《离骚》"飘风屯其相离兮，帅云霓而来御"句眉评）

张凤翼曰：此言"兰""椒"，指贤人之改节者。旧注以为指子兰、子椒，然则下文"揭车""江离"又谁指哉？

（冯本《离骚》"椒专佞以慢慆兮，樧又欲充夫佩帏"句眉评）

杨慎曰：旧注："揭，去也。"又按，《吕氏春秋》："膠鬲见武王于鲔水，曰：西伯揭去，无欺我也。武王曰：不子欺，将伐殷也。膠鬲曰：揭至？武王曰：将以甲子日至。"注："揭，何也。"然则揭之为言，盍也。若以解《楚辞》，则谓车既驾矣，盍而归乎以不得见，而心伤悲也。意尤婉至。

（冯本《九辩》"车既驾兮揭而归，不得见兮心伤悲"句眉评）

以上是冯本所载评点的基本情况。其中训解语句、篇章意旨及纠谬与绍祖对于洪、朱二注的择选，颇相一致。绍祖有"校楚辞章句后序"，从中又可见其两种基本倾向：一是《诗》《骚》相较，绍祖称："读'伤灵修''从彭咸'语，见谓庶几《谷风》

《白华》之什，而哀怨过之。"再者是认为屈子以情统文，非后世模拟者可比："盖不佞居恒谓屈子生于怨者也，故罄悦不胜其呻吟。宋、景诸人，生于屈子者也，故呻吟不胜其罄悦。要以情文为统纪，岂可过乎！"绍祖之祖父冯覲在批点中，强调屈赋对于儒家诗教传统的继承、屈子情志、屈赋对于后世影响，以及屈赋之艺术特色及感染力。如称《离骚》"婉而切""怨诽而不乱"；称屈子"至其才情艳发，则龙矫鸿逸；志意悱恻，则啼猩啸鬼，浓至惨黯，并臻其妙"；评价《国殇》"此篇叙殇鬼交兵挫北之迹甚奇，而辞亦凄楚，固知唐人吊古战场文，为有所本"；认为《九章》"古今之能怨者，莫若屈子。至于《九章》而凄入肝脾，哀感顽艳，又哀怨之深者乎"。而与绍祖交善，并为该本作序之黄汝亨，亦认为屈子之情文，远过后世"雕刻""模拟"者："文生于情，……而屈子以其独醒独清之意，沉世之内，殷忧君上，愤懑混浊。六合之大，万类之广，耳目之所览睹，上极苍苍，下极林林，催心裂肠，无之非是。辟之深秋永夜，凄风苦雨，郁结于气，宣畅于声，皆化工殴，岂文人雕刻之末技，词家模拟之艳辞哉！"① 持论亦与绍祖颇相近似与一致。因此，绍祖对屈子、屈赋之认识，以及对前世评家之择取，其实并非空穴来风，而是受到其祖父冯覲的深刻影响；黄汝亨、冯绍祖间有无直接影响限于资料不易考证，但由其相近的审美取向，亦可推知二人间的相互认可与默契。②

　　冯本所录评点，实有品评而无圈点，所引诸家，皆以某某曰的形式注明，如"刘知几曰""张之象曰"之类。就篇章分布来看，评语主要集中于屈、宋作品，且从全书整体来看，评语数量大致呈逐渐递减的趋势，尤其是至东方朔《七谏》以下几篇拟骚作品，仅有张之象一处眉评。关于该本评点，还有一点值得注意。"兹悉发家乘，若张氏《楚范》、陈氏《楚辞》、洪氏《随笔》、杨氏《丹铅》、王氏《卮言》等集，一一搜载。而先王父小海公间有手泽，随列之。要以佐《章句》及洪、朱二氏所不逮。""佐《章句》及洪、朱二氏所不逮"，一"佐"字清晰表明了绍祖关于三家注与评点地位高低的判断，《章句》及洪、朱二氏，是该本的主体部分，诸家评点则是使该本更为完备的补充。如果具体来看，亦可说明这一点。《楚辞章句》作为底本自不必言，《楚辞补注》《楚辞集注》的相关内容，分别以卷首总评、眉批、旁批及卷末总评的形式存在，数量较多，与绍祖所引评点相较，比例亦较大，尤其是眉批和旁批，旁批则全部都是。虽然洪、朱二注借助于评点形式，且亦以"洪兴祖曰""朱熹曰"的面目与诸家评语并列，但依绍祖本意，是将其视为注而非评的，这样冯本之评点形式所承载的也

---

① 黄汝亨：《楚辞序》，冯绍祖校刊：《楚辞章句》，明万历十四年（1586）刻本。

② 对于冯绍祖论《骚》及与黄汝亨交游，可详参罗剑波：《早期〈楚辞〉评点刊刻者冯绍祖考论》，《武汉大学学报（人文科学版）》，2014年第4期。

就是"注""评"并存的内容，冯本评点中这种"注评合一"的现象，是其作为评点本较为特殊的地方。

三、冯本价值及其对后世评点本的影响

冯觐喜爱《楚辞》并加以批点，这种家学渊源对绍祖有重要影响。绍祖自言"譊譊慕《骚》"，对屈子、屈赋当精熟且有深切体认，这从前引其所作"校楚辞章句后序"中亦可见出。故其校刊此本，就格外用心，除了却"慕《骚》"之情愫外，亦有欲使屈子、屈赋能流传千古之心志。绍祖称："是编也，不佞非以益《骚》，而聊以毕其所慕，繁起穷愁而揄伊郁也。若曰或印之而或抑之，则不佞乌敢开罪灵均，而为叔师引咎哉！嗟乎！子云《反骚》，至其论《玄》也，则谓千载之下有子云。谓千载之下有子云者而知《玄》，毋乃谓千载之下，有屈子者而知《骚》乎哉！"① 基于这种情愫，该本择选周切、校刻精审，也即在情理之中了。由此该本之价值，主要体现在以下三个方面：其一，给予王逸、洪兴祖、朱熹三家注以客观评价，并将三者融于一本之中，这在《楚辞》传播史上堪称独创，对于促进三家注尤其是《楚辞章句》《楚辞补注》的传播，以及《楚辞》阐释多元化走向都有重要意义和积极作用；其二，绍祖有浓厚的读者本位意识，其所做努力旨在为读者提供一种校刻精审、注评贴切的《楚辞》读本，这正是其得以成功的原因所在；其三，绍祖对于前世诸评家的择选、汇辑，透露出他已经具有了《楚辞》学史或曰《楚辞》批评史的意识，同时其所辑录作为重要材料基础，对于推进相关研究有着重要价值和意义。也正因此，他得到了好友黄汝亨的称赞："绳武博物能裁，搜自刘、王讫于近代，齿间合文，要于神情，斯不亦符节骚人，而升之风雅之堂哉。"②

其中有的评家，因其相关著作后来亡佚，幸赖于绍祖的征引，我们才可借以对之有所了解。如张之象《楚范》，今已亡佚，《千顷堂书目》《四库全书总目》有著录，其中《四库全书总目》云："《楚范》六卷，明张之象撰。之象有《太史史例》已著录。是编割裂《楚词》之文，分标格目，以为拟作之法。分十二编，曰辨体，曰解题，曰发端，曰造句，曰丽词，曰叶韵，曰用韵，曰更韵，曰连文，曰叠字，曰助语，曰余音。屈宋所作，上接风人之遗，而下开百代之词赋。性情所造，音律自生，所谓文成而法立者也。之象乃摘其某章某句，多立门类，限为定法，如词曲家之有工尺，以是拟骚，宁止相去九牛毛乎。"③ 尽管四库馆臣多所贬斥，但张氏此书对于《楚辞》之

① 冯绍祖：《校楚辞章句后序》，冯绍祖校刊：《楚辞章句》，明万历十四年（1586）刻本。
② 黄汝亨：《楚辞序》，冯绍祖校刊《楚辞章句》，明万历十四年（1586）刻本。
③ 纪昀等：《四库全书总目》，北京：中华书局1997年版，第2772页。

阅读赏鉴，仍有重要的价值。今核绍祖所引，《楚范》多论及《楚辞》诸篇用韵特色。兹举数例：

> 长篇长句如《离骚经》，一篇中转换反覆，凡更七十余韵。其间有八句为一韵者五段，十句为一韵者一段，十二句为一韵者二段，余则四句为一韵也。
>
> （《离骚》卷末总评）

> 短句如《九歌》诸篇，或二三句为一韵，或四五句为一韵，或六七八句为一韵。惟《国殇》更韵最多。《东皇太一》自首至尾不更他韵，全篇十五句为一韵，皆阳韵也。
>
> （《九歌》卷末总评）

> 长篇长句如《九章·惜往日》篇：自"惜往日之曾信兮"至"身幽隐而備之"二十二句为一韵；自"临沅湘之云渊兮"至"因缟素而哭之"二十四句为一韵；自"前世之嫉贤兮"至"惜廱君之不識"二十句为一韵；一篇止更三四韵而已。中句如《九章·涉江》之"乱"及《橘颂》全篇，率皆四句为一韵，其余损益间亦有之。
>
> （《九章》卷末总评）

冯本自问世之后，曾连年刊印，甚为畅销，以至于射利之徒蜂起，版片屡易他手，对此崔富章先生称："绍祖刊《楚辞》，以王逸《章句》为主干，又辑各家评说于一本，连年版行，堪称畅销书。射利之徒蜂起，版片一再易手，招牌换了又换，直至清代，仍在印行。"[①] 更有甚者，为促销路，则随意变换其名目。如金陵益轩唐氏刊"新刻釐正离骚楚辞评林"、金陵王少塘刊"新刻评注离骚楚辞百家评林"、复古斋印"楚辞句解评林"等，皆属此类。如前所言，冯本之所以如此畅销，归根结底还是在于绍祖兼取众长于一书的特有优势，其对后世的影响也是在于此。

由于传播广泛、且历时时间较长，该本对后世产生了较大影响，其中尤其须注意的就是它对后世《楚辞》评点本的影响。这种影响具体体现在评点形态、所选评家及评点内容等方面。如前所述，由于受《史记评林》《汉书评林》的影响，冯本在评点形态上一问世就较为完备，包括"卷首总评""眉批""旁批""卷末总评"等多种形式，后世评点本刊刻者有所依傍，根据喜好及刻本具体情况，多有借鉴。[②] 而在所选评家及

---

① 崔富章：《楚辞书目五种续编》，上海：上海古籍出版社 1993 年版，第 24-25 页。
② 可详参罗剑波：《明代〈楚辞〉评点形态及其研究价值》，《文学评论》2015 年第 1 期。

具体的评点内容方面，这种影响则更为明显。如随后的凌毓枏校刊《楚辞》①，在所录评家与品评内容上就与冯本大量雷同。如以《离骚》为例，凌本共有眉批 42 条，其中有 33 条即来自冯本。在这些评语中，有的全同冯本，有的则通过变换位置、删节等方式作了改动。例如，由于只有眉批一种形式，对于冯本"卷首总评"及《离骚》卷末总评中的相关内容，该本则调至王逸《离骚》小序眉端。如苏辙语"吾读《楚辞》，以为除书"、李涂语"《楚辞》气悲"、刘凤语"词赋之有屈子，犹观游之有蓬阆，纵适之有溟海也"、宋祁语"《离骚》为词赋之祖，后人为之，如至方不能加矩，至圆不能过规矣"等。

另外，在凌本中，有的因为与冯本所载完全相同，乃至于一错俱错，从而成为该本因袭冯本的有力证据。如《离骚》"众女嫉余之蛾眉兮，谣诼谓余以善淫"句眉上，冯本引洪兴祖曰："《反离骚》云：'知众嫭之嫉妒兮，何必扬累之蛾眉。'此亦班孟坚、颜推之以为'露才扬己'之意。夫冶容诲淫，目挑心与，孟子所谓'不由其道'者。而以污原，何哉？"文中"颜推之"显系"颜之推"之误，而凌本所录与冯本全同。

凌本之后，受冯本影响的评点本较多，如万历间问世的就有《二十九子品汇释评·屈子》②、万历间刊《楚辞集注》③、《古文奇赏·屈子》④、闵齐伋校刊套印本《楚辞》⑤ 等。再以天启间问世的蒋之翘校刊《楚辞集注》（《七十二家评楚辞》）为例稍作说明。蒋本是明代较为重要的评点本，后世如沈云翔《楚辞集注评林》（崇祯十年，1637）、听雨斋"八十四家评点朱文公楚辞集注"（清初）等，皆由此本而来。该本所载评语，不少都是转录自冯本。如卷首"《楚辞》总评"所列 46 家中，就有 20 家来自冯本，而冯本"《楚辞章句》总评"中所载自扬雄至刘凤 24 家，其中仅有苏辙、葛立方、张时彻、唐枢 4 人，蒋本未转录。正文中所录评语，大量也都是显系由冯本而来。类似蒋本的这种情况，一直延续至民国六年俞樾辑评《百大家评点王注楚辞》中。

为了更直观地了解冯本对于后世评点本的影响，笔者特举一个较典型的例子。洪兴祖《楚辞补注·离骚》"启《九辩》与《九歌》兮"句下有一段话，文曰："《离骚》《天问》多用《山海经》，而刘勰《辨骚》以'康回倾地'、'夷羿弊日'为'谲怪之谈'、'异乎经典'。如高宗梦得说，姜嫄履帝敏之类，皆见于《诗》《书》，岂诬

① 凌毓枏校刊：《楚辞》，明万历二十八年（1600）朱墨套印本。
② 《二十九子品汇释评·屈子》，明万历四十四年（1616）刻本。
③ 《楚辞集注》，明万历间刻本，复旦大学图书馆、北京师范大学图书馆皆有藏。
④ 陈仁锡选评：《古文奇赏·屈子》，明万历四十六年（1618）刻本。
⑤ 闵齐伋校刊：《楚辞》，明万历四十八年（1620）刻本。

也哉。"① 这段话于冯本则见于《天问》"康回凭怒，地何故以东南倾"句眉端。自绍祖将其位置由《离骚》调至《天问》后，后世凌毓枏校刊《楚辞》、万历间刻《楚辞集注》《诸子汇函·玉虚子》皆承袭之，一直到崇祯十一年（1638）刊来钦之《楚辞述注》录此语，位置亦同于冯本。

　　总之，冯绍祖以王逸《楚辞章句》为底本，又择取洪兴祖《楚辞补注》、朱熹《楚辞集注》之"裨益"处，再广泛搜集前世评家品评之辞，精心校刻，遂成为《楚辞》评点史乃至《楚辞》学史上至为重要的著作之一种。关于它的地位和价值，尚有待学界同仁作更深入地挖掘和梳理。

---

① 洪兴祖：《楚辞补注》，北京：中华书局1983年版，第21页。

班固屈原研究创新性探析①

南通大学 纪晓建

【摘 要】 班固是汉代继刘安、司马迁之后又一位楚辞研究大家。他长期从事屈原研究，既博采众长又自成一家。班固评屈有诸多独创性见解。他首次对汉初楚辞学以人格美为主的特征进行淡化甚至提出质疑，转而强调其文采美，推崇屈原为辞赋之宗师。这是对刘安《离骚传》、司马迁《屈原列传》中对屈原评价的新突破。班固对屈原性格特征和人生模式选择的论述、对《离骚》思想内容的评判都引起广泛的学术争鸣，具有相当的学术史意义。

【关键词】 班固 屈原研究 创新

一、班固评屈引起的学术争鸣

班固是汉代继刘安、司马迁之后又一位楚辞研究大家，他对屈原和《离骚》的评价，形成楚辞楚辞学史上一次规模较大的学术争论，也使班固在楚辞学史上遭到较多也较为严厉的批评。人们对班固的批评，源自他在《离骚序》中对屈原"露才扬己""数责怀王"② 等个性品格的评价；对屈原违背《诗经》"既明且哲，以保其身"③ 的立身原则，而选"沉江殉国"人生选择的不认同；认为淮南王刘安对《离骚》兼《诗》风雅，光争日月的评价有过分拔高之嫌等等。

对于屈原的个性品格，刘安《离骚传》云："蝉蜕浊秽之中，浮游尘埃之外，皭然泥而不滓。推此志，虽与日月争光也。"班固认为："斯论似过其真。"又云："今若屈原，露才扬己，竞乎危国群小之间，以离谗贼。然责数怀王，怨恶椒兰，愁神苦思，强非其人。忿怼不容，沉江而死，亦贬洁狂狷景行之士。"④

---

① 基金项目：国家社科基金重大项目"东亚楚辞文献的发掘、整理与研究"（13&ZD112）、国家社科基金一般项目"中国楚辞学史"（13BZW098）。

② （宋）洪兴祖：《楚辞补注》，北京：中华书局1983年版，第50页。

③ 《十三经注疏》，杭州：浙江古籍出版社1998年版，第568页。

④ （宋）洪兴祖：《楚辞补注》，北京：中华书局1983年版，第50页。

　　班固对屈原的评价，立即遭到王逸的挞伐。王逸《楚辞章句·叙》云："今若屈原：膺忠贞之质，体清洁之性，直若砥矢，言若丹青，进不隐其谋，退不其命，此诚绝世之行，俊彦之英也。而班固谓之露才扬己；竞于小之中，怨恨怀王，讥刺椒兰，苟欲求进，强非其人，不见容纳，忿恚自沉，是亏其高明，而损其清洁者也。"① 王逸认为班固对屈原的评价有损其高尚伟岸的形象，损害了屈原出污泥而不染的品格。他认为作为臣子就应该像屈原那样，具备坚贞的信念、洁身自好的品格、刚正直谏的精神。屈原的个性品格和人生选择旷世罕见，堪为世人楷模。王逸之后，洪兴祖认为班固的见解"无异妾妇儿童之见"。② 明代赵南星干脆骂班固是"靳尚之知己"。③ 即使在当今学术界，对班固评价屈原"露才扬己"说严厉批评者也不乏其人，他们认为班固在《离骚序》中的相关评价是指责屈原为人，贬低了屈原的精神，否定了屈原代表作品《离骚》在文学史上的崇高地位。

　　陆侃如先生认为，两汉楚辞学者对屈原及其作品的评价可以分为三派，第一派以司马迁为代表，淮南王刘安也属于这一派，他们对屈原人格进行颂扬，对《离骚》的思想内容和表现手法予以充分肯定。第二派以班固为代表，扬雄的早期也属于这一派。他们完全不同意刘安、司马迁给予屈原及其作品的崇高评价，对《离骚》只从形式上去评论和估价，而对其中所反映的屈原为斗争精神予以否定。第三派以王逸为代表，扬雄的后期也属于这一派。王逸继承了刘安、司马迁的看法，特别是扬雄后期的主张，进而全面地论述了《楚辞》，热情赞颂了屈原，从写作动机、表现手法方面对《离骚》进行了分析和充分肯定。扬雄后期肯定了屈原作品能够继承《诗经》的优秀传统，同时也反对了与《离骚》不同的汉赋。④ 黄中模先生认为"班固不责难群小，反而非议屈原，不分正义与邪恶，颠倒是非，在客观上是为丑恶势力御罪责。其二，他认为屈原不该谴责恶势力，尤其是不该怨君"，"照班固的说法与要求去做，屈原就只有委曲求全，与群小同流合污，更不必去追求'美政'了；或者逆来顺受，苟且偷安，以换取楚怀王的信任。如果像这样做了，屈原迁有什么高贵品质可言？"⑤ 王运熙、顾易生二位学者认为班固的评论"发展了扬雄明哲保身的观点，并对屈原的格作出了不正确的批评"，"反映出儒家正统思想的落后性和保守性"⑥。李泽厚、刘纲纪也认为班固的

---

① （汉）王逸：《楚辞章句（卷一）》，明隆庆五年朱氏芙蓉馆刻本，第33页。
② （宋）洪兴祖：《楚辞补注》，北京：中华书局1983年版，第51页。
③ 黄中模：《屈原问趁论争史稿》，北京：十月文艺出版社1987年版，第31页。
④ 陆侃如：《汉人论〈楚辞〉》，《山东大学学报》，1963年第2期。
⑤ 黄中模：《屈原问趁论争史稿》，北京：十月文艺出版社1987年版，第54-55页。
⑥ 王运熙、顾易生：《中国文学批评史》（上册），上海：上海古籍出版社1981年版，第69、97页。

楚辞学成就"不论在思想的深刻性创造性和批判精神上，他既比不上他之前的扬雄，也比不上与他同时代的王充"①，因为其"主要方面是平庸保守的"。② 尽管这些古今学者在观点上不尽相同，但有个非常一致的立场，那就是对班固评屈是基本否定的。

与此同时，也有为数不少的学者对班固评屈持肯定态度。宋代朱熹在《楚辞集注·序》中说：

> 原之为书，其辞旨虽或流于跌宕怪神，怨怼激发而不可以为训……虽其不知学于北方以求周公、仲尼之道，而独驰骋于变《风》、变《雅》之末流，以故醇儒庄士或羞称之。然使世之放臣屏子，怨妻去妇，抆泪讴吟于下，而所天者幸而听之，则于彼此之间，天性民彝之善，岂不足以交有所发。而增夫三纲五典之重！③

朱熹作为宋代理学的集大成者，虽然他对屈赋的评价没有超脱自西汉刘安以来的诗教原则，甚而至于还引用毛诗序的典故，最终仍落脚于儒学的"三纲五典"，然而他和班固一样，批评了屈赋，责之以儒家经典，认为屈原之作品"流于跌宕怪神，怨怼激发而不可以为训"。可见朱熹对班固的评骚是持有一定的赞同态度的。

今人王从仁、骆玉明二位先生也认为屈原性格也是其悲剧的原因之一。他们说："屈原的性格，也是造成他的悲剧的重要原因。从屈原的作品中，可以清楚地看出，他是一个感情激烈、正直袒露而又非常自信的人，这种性格加上少年得志，使他缺乏在高层权力圈中巧妙周旋的能力，因而也就难以在这个圈子里长久立。还在屈原受到重用的时候，上官大夫就轻而易举地使怀王疏远了他，这不能说是完全由于怀王的昏庸（否则无法解释怀王当初怎么重用他）。应该说屈原的性格，以及他在政治上的理想主义态度，同实际的政治环境本来是难以协调的，何况当时楚国又正呈现衰乱状态。"④ 朱家亮也认为："班固对屈原的人格批评，虽然带有汉代尤其是后汉明、章之世儒家思想的特点，但准确地揭示了屈原悲剧命运的原因，对于屈原研究具有一定的参考价值；他对屈骚所做的伦理道德批评，没有因循前人，人云亦云，以敏锐的审美感受，廓清了《离骚》与儒家经典的分野，对于从文学的意义上认识《离骚》具有重要作用。"⑤ 孙玉婷也认为："'露才扬己'说"，揭示了屈原悲剧的性格原因，是班固作为楚辞学

① 李泽厚、刘纲纪：《中国美学史·先秦两汉编》，合肥：安徽文艺出版社1999年版，第537页
② 李泽厚、刘纲纪：《中国美学史·先秦两汉编》，合肥：安徽文艺出版社1999年版，第348页。
③ （宋）朱熹：《楚辞集注》，上海：上海古籍出版社1979年版，第2页。
④ 章培恒、骆玉明：《中国文学史》，上海：复旦大学出成社1996年版，第143页。
⑤ 朱家亮：《班固评屈的文学批评价值》，《学术交流》2008年第10期。

者有独到的贡献。① 姚静波则认为：班固以为屈原"露才扬己"，虽不无微辞，客观看来，他仍是敏锐地发现了屈原行事及其作品之独特之处，这是更近于文本本来特征的把握。② 蒋芳认为：班固并没有否认屈原的忠贞，而他之批评屈原"露才扬己"，是因为屈原置身于"危国群小"而诤谏不已，终至不容于朝，沉江而死，故谓之"非明智"。班固所讨论的问题是士在不遇明君而遭贬黜之时当如何处世？ 他的评论是沿袭了自西汉贾谊司马迁以来士人阅读屈原的价值取向而得出的新结论。③ 吴瑞霞认为，在对屈原的人格评价上班固虽有贬抑，却区分了诗人的屈原与政治家的屈原，更接近屈原的本来面目；在对《离骚》的评价上，班固则更多地看到了相异之处，并认定屈原在政治上虽"非明智之器"，但在创作上却是"妙才"。相比之下，班固叙评的《离骚》也许更符合被大多数学者称之为浪漫主义杰作的《离骚》。班固笔下的屈原更符合历史真实的屈原。④

二、班固的屈学思想及其创新

班固长期从事屈原研究，研究内容及其广泛而全面。从《通幽赋》对屈原《离骚》的模拟，到《上东平王苍奏记》《离骚赞序》对屈原人格精神及作品的推重和敬仰；在《汉书·古今人表》中将屈原排在仅次于帝王和孔子的位置，并且屡屡将屈原作为对两汉人物品评的参照；同时，素不为章句的班固还曾著《离骚经章句》，继承和发扬了从刘安、司马迁经刘向到扬雄都极其重视研究《离骚》文本研究的传统。在《离骚序》中，班固能够博采众说、勇于创新，对从贾谊、刘安到司马迁、扬雄等人对屈原事迹和作品的评价从实际出发作出客观评价，别具慧眼地指出屈原的悲剧性格，推崇屈原为辞赋之宗。班固之屈原研究不乏诸多独到见解，主要见之于以下数端：

（一）评屈原文学地位——祖骚宗屈

首先，班固高度评价屈原在辞赋史上的地位，揭示其创作在文学史上深远影响。

《两都赋序》是班固为其汉大赋代表之作《两都赋》写的序文，是一篇汉赋宗论。该文系统、全面地阐明了辞赋发展史。对于赋与诗的辩证关系，《两都赋序》云："赋者，古诗之流也""亦雅颂之哑也"。《艺文志》亦云："楚臣屈原离谗忧国，皆作赋以风，咸有恻隐古诗之义。"可见，班固认为，屈原辞赋指出辞赋是古诗的支流，是从从《诗经》发展而来的。

---

① 孙亭玉：《对班固"露才扬己"说的再认识》，《湖南社会科学》，2001 年第 3 期。

② 姚静波：《试析班固对屈原之批评》，《中国典籍与文化》，2001 年第 4 期。

③ 蒋方：《王逸与班固的屈原评价之争》，《江汉大学学报》，2006 年第 4 期。

④ 吴瑞霞：《关于司马迁与班固对屈原批评的思考》，《华中理工大学学报》，1999 年第 2 期。

对于屈原作品在辞赋史上的地位与影响，《离骚序》云："其文弘博丽雅，为辞赋宗。后世莫不斟酌其英华，则象其从容。自宋玉、唐勒、景差之徒，汉兴，枚乘、司马相如、刘向、扬雄，骋极文辞，好而悲之，自谓不能及也。"由此可见，尽管班固对屈原的个性品格和人生选择也许有所保留，但对他的文学成就却极其推崇是无容置疑的。

虽然班固从经学家的身份和角色出发否定了刘安关于《离骚》"兼诗风雅，而与日月争光"的评论，但他却能从文学家的角度，充分肯定《离骚》的艺术成就及其在文学史上的地位，在文学史上第一个敏锐地觉察到并作出屈赋是"词赋宗"的评价。班固将"将屈赋的文学价值与政治伦理功能分而论之，在惯于将作家、作品，将作品的社会政治功用与文学价值过分混为一谈的中国文学史批评长河中，班固无疑是识见卓绝者。"① 班固的祖骚宗屈论被后世王逸、皇甫谧、刘勰、宋祁、刘熙载等人发扬光大，例如刘勰在《文心雕龙·辨骚》中称屈原"衣被词人，非一代也"便是班固"祖骚宗屈论"的直接继承和诠释。

（二）评屈原个性品质——辩证客观

对于屈原的个性品质，班固强调其忠君爱国与"露才扬己"的冲突，既赞扬屈原"上陈尧、舜、禹、汤、文王之法，下言羿、浇、桀、纣之失"的直谏精神，又指出其"露才扬己，竞乎危国群小之间，以离谗贼"，以及"责数怀王，怨恶椒、兰"，"忿怼不容，沉江而死"率性而为、耿直孤高的个性特点。"露才扬己"作为屈原最主要的悲剧性性格特征，虽然完全不符合中庸之道的处事准则，但却揭示了屈原人格层面中最本质的一面，此等评价显得辩证而客观，也表现出作为一位文学史家应有的严谨和实事求是的治学态度，应该说也较能更加符合历史真实。

汉代屈原研究的一个重要内容是评论屈原为人，"屈原之历史形象反映的是被摧残而又敢于抗争的人格美，经刘安《离骚传》的弘扬，到司马迁为其立传，构成汉初楚辞学以人格美为主的特征。"② 班固首次对汉初楚辞学以人格美为主的特征进行淡化甚至提出质疑，这是他对于刘安《离骚传》、司马迁《屈原列传》中对屈原评价的新突破，是班固评骚的创见。

刘安《离骚传》称赞《离骚》兼具风雅之长，可与日月争光，司马迁在《屈原列传》中全面赞同的刘安的评骚观点，也认为其"上称帝喾，下道齐桓，中述汤武，以刺世事，明道德之广崇、治乱之条贯，靡不毕现"，而且"其文约，其辞微，其志洁，其行廉。其称文小而其指极大，举类迩而见义远"。这种把屈赋完全等同于儒家经典的

① 李诚：《论班固评屈》，《四川师范大学学报》1992 年第 2 期。
② 许结：《汉代文学思想史》，南京：南京大学出版社 1990 年版，第 35 页。

评价确有对屈骚以偏概全、过度拔高之嫌。班固同样是以儒家诗教为准则评价《离骚》的，但他清楚地看到了《离骚》包含有"多称昆仑、帝阍、宓妃，虚无之语，皆非法度之政，经义所载"等不同于《风》《雅》的思想内容与艺术特色，实为的论。

朱家亮先生认为：班固对于屈原及《离骚》的批评，包含了人格批评、伦理道德批评。"露才扬己"是班固对屈原的人格批评，它准确地指出了屈原悲剧命运的原因，揭示了屈原人格层面中最本质的一面；班固认为《离骚》的创作动因是忧愁幽思，文本内容又多虚无之语，道德内涵不合经义法度，故不可与《诗》《书》等儒家经典等量齐观等见解，他廓清了《离骚》与儒家经典的分野，对于从文学的意义上认识《离骚》具有重要作用。①

（三）评屈原作品——弱谏颂美

班固对屈原作品的评价，有弱化讽谏、强调颂美的倾向。这首先表现在能够指出《离骚》奇崛浪漫的文学特征，充分肯定的艺术成就，表现出自觉的文学审美批评意识。

班固在《离骚赋》中指出屈赋"多称昆仑、冥婚宓妃虚无之语，皆非法度之政，经义所载"，并极力赞赏"其文弘博丽雅，为辞赋宗。后世莫不斟酌其英华，则象其从容。"他准确而清楚地看到了《离骚》不同于《风》《雅》的思想内容，指出其之所以能够泽被后世是在于奇谲浪漫的文学特征，充分肯定的艺术成就，表现出自觉的文学审美批评意识。

虽然班固对《离骚》中不同于《风》《雅》的思想内容特色尚不能完全理解和全面肯定，但却热情地肯定了它的艺术成就。"应该承认，班因所说的'弘博丽雅'四个字，是对《离骚》颇为中肯的很高的评价。特别是其中的那个'丽'字，并非儒家评诗论文的标准，也没有其他人以此作为评文标准，是班固第一个用'丽'来衡量文学作品，而且确乎揭示了《离骚》的突出艺术特征。"②　"为辞赋宗"则是对文学地位和影响的最好肯定。"其文弘博丽雅，为辞赋宗"是从艺术上对屈赋的审美评价和定位，在楚辞学史上确为创见。《离骚序》云：

> 其文弘博丽雅，为词赋宗。后世莫不酌其英华，则象其从容。自宋玉、唐勒、景差之徒；汉兴，枚乘、司马相如、刘向、扬雄，骋极文辞，好而悲之，自谓不能及也。虽非明智之器，可谓妙才者也。③

---

① 朱家亮：《班固评屈的文学批评价值》，《学术交流》，2008 年第 10 期。
② 吴瑞霞：《关于司马迁与班固对屈原批评的思考》，《华中理工大学学报》，1999 年第 2 期。
③ 洪兴祖：《楚辞补注》，北京：中华书局 1983 年版，第 50 页。

这是班固给屈原作品价值意义所下的结论。他没有像之前的刘安、司马迁和其后的王逸那样完全是以儒家诗教为尺度，仅仅从伦理道德和社会功能的要求出发去评价屈赋的价值意义，而是转而赞扬其文有恢宏的结构、广博的内涵、华美的辞藻、雍容的气度，令当世及两汉辞赋大家均自愧不如、无人能及，从而当之无愧地成为辞赋的创始者，成为后世辞赋家学习的楷模和效仿的典范。班固以"丽"论屈赋，抓住了文学形式美的特征，是较早以"丽"论骚的批评家。虽然，稍前的扬雄也注意到屈原作品中充满幻想色彩的神话传说和夸张的铺排与修辞等最具浪漫主义的艺术特色，并说："原也过以浮，如也过以虚。过浮者蹈云天，过虚者华无根。"但仅仅指出其外在的形式，没有准确地肯定其价值。相反，扬雄的这个论述还被众多的学者解读成是批评《离骚》华而不实、虚无缥缈。同时，扬雄《法言·吾子》云："诗人之赋丽以则，辞人之赋丽以淫。"可见，虽然扬雄是最早以"丽"论屈骚的大家，但他还没有脱离儒家诗教的原则。可见，班固对屈赋较为自觉的审美批评当属首创。此后，直到建安时期，中国文学自觉时代的来临，曹丕才在《典论·论文》中提出用提倡"美"的标准来衡量文学作品，提出"诗赋欲丽"的评价原则。因此可以说，在一定程度上，班固对魏晋南北朝这个文学自觉时代的到来功不可没。司马迁在《史记·屈原列传》中曾说："屈原既死之后，楚有宋玉、唐勒、景差之徒者，皆好辞而以赋见称，然皆祖屈原之从容辞令，终莫敢直谏。"两相比较不难发现，司马迁对屈原及其作品的肯定重点在于其"敢于直谏"的儒家经世致用精神及特色，在于其具有强烈的社会政治功用，这也是司马迁批评自宋玉至扬雄等众多辞赋大家之作品远逊于屈原之作的关键之所在。班固这段话显然祖自司马迁此语，不过论述的重点和所得的结论却正好相反。班固在批评刘安称《离骚》兼诗风雅、光争日月有拔高其儒学价值后，用"弘博丽雅"来赞扬其文学美特质；用"为辞赋宗"来肯定屈原的文学史地位；用"后世莫不酌其英华，则象其从容"指出其对中国文学广泛而永恒的影响；用"可谓妙才"作为对其评价的最终结论。显然，屈原之所以伟大，不在于他具有敢于直谏的政治品格，而在于其具有文学的"妙才"，在于其"为辞赋宗"的文学史地位；屈赋之所以流芳百世，不是因为它能够"兼诗《风》《雅》"，而在于它具有"弘博丽雅""英华""从容"等文学审美特点。可见，班固评屈赋，改变了以往仅仅从政治学、伦理学角度进行评价的方法，从文学的角度，毫无保留地充分肯定了屈赋，在《楚辞》研究史上，明确地指出了屈赋在文学上作为"词赋宗"的地位。表现出了班固重视屈赋的文学色彩与价值的评屈观。"就文学批评史而言，这也就意味着在屈赋的政治、伦理批评之外，开展了屈赋的文艺学批评，因而大大拓宽了屈赋评论的空间，增加了新的剖析角度。"①

---

①　李诚：《论班固评屈》，《四川师范大学学报》，1992 年第 2 期。

然而，无容讳言，班固评骚也有其不可忽视的局限性。

这首先表现在他用消极的宿命论和苟合取容的庸人哲学去评价屈原投江殉国的人生选择。《离骚序》云："且君子道穷，命矣，故潜龙不见是而无闷，《关雎》哀周道而不伤。蘧瑗持可怀之智，宁武保如愚之性，咸全命避害，不受世患，故《大雅》曰'既明且哲，以保其身'，斯为贵矣。"这和扬雄在《反离骚》中主张的"君子得时则大行，不得时则龙蛇，遇不遇命也，何必湛身哉!"① 的观点完全一致，虽然其中包含着对屈原未能保身守道、全身避祸，而选择沉江殒身的做法的痛惜，但也不可否认包含有宿命论的思想，是一种消极的人生态度。这不仅在一定程度上影响了积极入世、誓死抗争的屈原的光辉形象，甚而至于也对几千年来中国传统的知识分子的人生观产生一定的影响。虽然班固评骚不乏诸多真知灼见，但这种宿命论思想与"婉娈以顺上，逡巡以避患"的苟合取容的庸人哲学显然是不足为训的。

其次，班固虽然看出了《离骚》中登昆仑、扣帝阍、求宓妃、"灵氛占卜""巫咸降神""升天远游"等不同于风雅等儒家经典的思想内容和艺术特色，并以此称屈原是"妙才"，但却没有看出正是这些奇异的想象、大胆的夸张全面而深刻地表现了屈原追求美政强烈的个体生命意识和高昂的主体人格精神，反而认为这些都是"非法度之政、经义所载"的"虚无之语"，可见，班固虽然对屈原的作品的浪漫主义特色具有明确而强烈的审美感受，但还没有具备准确评价屈原作品奇崛浪漫之美的能力。

三、班固屈学研究贡献及影响

在《楚辞》研究史上，班固有其独到的楚辞学贡献，是一位公认的重要的《楚辞》研究者。他少年时精读《离骚》，得其神韵，效《离骚》作《幽通赋》；青年时极其推重屈原之人格才情，充分肯定屈原的诗篇；在《汉书》中，班固置屈原于"上中"（仁人）之列，屡次将其作为评价汉代历史人物的参照，记载了西汉楚辞学的部分成果，对楚辞兴起的地域和时代原因作出剖析，为后世的楚辞研究留下诸多宝贵的资料。班固不仅在其诗赋中，在奏记中，在《汉书》中，每每念及屈原，赞赏其为人和才情。作为历史学家、辞赋家的班固，虽素不为章句之学，却罕见的有《离骚经章句》一卷，正面阐释屈原大夫的代表作品，纠正前人诸多误说，此书虽然早已遗失不存，然而留下《离骚赞序》和《离骚序》两文，对屈原之个性品格和《离骚》的思想内容及艺术成就作出比较全面且一定创见的评价，在楚辞学史上产生较为久远的学术影响，成就了其阻碍楚辞学史上独特的贡献。

班固尊敬屈原人格和才情，长期从事屈原研究，既博采众长又自成一家，其中不

---

① 　班固：《汉书》，北京：中华书局 1962 年版，第 3515 页。

乏诸多独到的见解。论屈原事迹与个性特征能够从实际出发，别具慧眼地指出屈原性格的悲剧特征；他论屈原创作能博采众说，高度评价《离骚》之艺术成就，推崇屈原为辞赋之宗师，富有创见。其对屈原性格特征和人生模式选择的论述、对《离骚》思想内容的评判引起两汉及后世颇有规模的争论，引起学界长久学术争鸣，具有相当的文学史意义。

　　班固用"美"的标准评价，称《离骚》弘博丽雅，堪为辞赋之宗，体现了班固自觉的审美批评意识，这不仅意味着班固对文学的独立性及作品的审美特性有了清醒的认识，更对中国古代文学审美批评规范的建立具有重要影响。①

　　同时，班固的这种文学批评二元论思想在汉赋研究史上产生了深远的影响。比如，在"文学自觉的时代"的魏晋南北朝时期，刘勰在《文心雕龙·辨骚》中批评刘安、班固、王逸等人对屈赋的评价都是"褒贬任声，抑扬过实"，并且列举屈原作品中"同于《风》《雅》"与"异乎经典"事例各四为证，最终得出"《雅》《颂》之博徒而词赋之英杰"的结论。这种轻儒学价值而重文学审美的评价方法和结论都是源自班固。

---

　　① 章培恒、骆玉明：《中国文学史》，上海：复旦大学出版社 1996 年版。

取镕经意而自铸伟辞

——以文学批评的方法细究《文心雕龙》所见之《楚辞》学

国立中兴大学　洪国恩

【摘　要】　《文心雕龙》一书包罗万象，收摄自魏晋以降的文论著作，自成一系统，《文心雕龙》虽然用大篇幅针砭历代文学作品，分散于上古至梁代，使每个作家或是作品分配篇幅并不多。然而，在仅有五十章这么言简意赅的批评之作里，《楚辞》竟被写入十六个章节中，还有其中一章节是特别抽出来论诠《楚辞》，《楚辞》不仅是在当时时代的接受有高度重要性，对于文学史与文学批评的重要性，亦是可见一斑，绝不容等闲视之。笔者试图使用文学批评的方式，细究《文心雕龙》所见之《楚辞》学，并将之分为文学根源论、文学创作论、文学影响论，希望能逐步梳理《楚辞》学之要，以期有朝一日，得窥《楚辞》学之全廓。

【关键词】　楚辞学　文心雕龙　文学批评　文学根源论　文学创作论　文学影响论

一、前　言

魏晋南北朝可说是一个文论盛行的时代，无论是单篇论文，或是自成系统地以书论文，都远较其他时代为多，也承先启后，树立了文学批评的典范，如同穆克宏所言："在中国古代文学理论批评史上，魏晋南北朝的文论有着新的独到的发展，这不仅表现在单篇文学论文增多，而且内容也扩大了。……魏晋南北朝文学理论的这些光辉成就，表明它是中国文学理论批评史的重要发展阶段。"[1] 而纪昀等人亦在《四库全书总目提要·诗文评类一》言道："文章莫盛于两汉。浑浑灏灏，文成法立，无格律之可拘。建安、黄初，体裁渐备。故论文之说出焉，《典论》其首也。其勒为一书传于今者，则断

---

① 穆克宏、郭丹编著：《魏晋南北朝文论全编》，南京：江苏教育出版社 2004 年版，第 1 页。

自刘勰、钟嵘。"纪昀等人此言，正是说所谓文盛于两汉，虽然随着文章完成而法度渐立，但却尚无风格、声律拘束，而至建安、黄初，逐渐体裁趋向完备，始有评论文章的文论出现。子桓所著之《典论论文》，正是文论之首，然今天仍能以书本姿态出现，而非散佚或是单篇的片段之作，大抵只有刘勰《文心雕龙》，以及钟嵘《诗品》两本书。吕武志在《魏晋文论与〈文心雕龙〉》中也应和纪昀等人的看法，说："先秦两汉的文学理论，散见于群经子史，虽然片言足宝，毕竟难成系统。真正专门论文的篇章，一直到魏晋才正式出现。"① 魏晋南北朝的文学批评论著是现今中国古典文学理论相当重要的一环，虽文学理论早已散见于先秦两汉的书籍，并没有专论，而是散布在文章中，然而文学理论虽非首见于魏晋时期，却在魏晋时期有系统的集中于篇章里。

是以，王更生引《文心雕龙·时序篇》，发微道："《文心雕龙》时序篇说：'时运交移，质文代变，古今情理，如可言乎！'又说：'歌谣文理，与世推移，风动于上，而波震于下者。'可见有怎么样的文学，必有怎么样的时代，有怎么样的时代，自必产生怎么样的文学。"② 每个时代都有每个时代的时代风气，也有每个时代的文风，而各时代的文风就被记录在文学作品之中。而魏晋南北朝最特殊的文学风格，正是系统化的文学理论，也就反映在魏晋南北朝著论甚丰伟这个现象上。而《文心雕龙》在整个魏晋南北朝论文的风气中，实属特别重要者，吕武志认为，文心雕龙和魏晋时期诸家文论都是有密切关系的，他说："（魏晋文论）去其琐碎，共得三十一家。……其中魏代的曹丕、曹植、桓范，西晋的傅玄、佐斯、皇甫谧、陆机、陆云、挚虞，东晋的葛洪、李充十一家，立论和《文心雕龙》密切相关、斑斑可考。"③ 其又言："其他二十家，或有相关，而缘于资料湮阙不传，或得传而简括零散。"④ 是以，我们可以知道，魏晋文论三十一家中，《文心雕龙》与十一家的内容有密切相关。其余二十家，并非无关，而是或有亡佚，或是零散，实难论断有关与否。我们亦可以拿王运熙、杨明之言印证："《文心雕龙》产生以前，特别魏晋以来，已经陆续出现不少文论著作，为刘勰写作这一体大虑周，带有总结性的巨著，提供了许多有益的资料和经验。"⑤ 细究引文之言，我们可以知道，《文心雕龙》一书实包罗万象，收摄了自魏晋以降的文论著作，而自成一系统，我们更可将《文心雕龙》视为魏晋南北朝时期的文论荟萃。

《文心雕龙》是文论荟萃，并不仅传于当时，而是源远流长，也因如此，《文心雕龙》学也蔚显学，回顾《文心雕龙》的文献，颜崑阳如此说："《文心雕龙》虽早著录

① 吕武志：《魏晋文论与〈文心雕龙〉》，台北：乐学书局 2006 年版，第 40 页。
② 吕武志：《魏晋文论与〈文心雕龙〉》，台北：乐学书局 2006 年版，第 16 页。
③ 吕武志：《魏晋文论与〈文心雕龙〉》，台北：乐学书局 2006 年版，第 65 页。
④ 吕武志：《魏晋文论与〈文心雕龙〉》，台北：乐学书局 2006 年版，第 65 页。
⑤ 吕武志：《魏晋文论与〈文心雕龙〉》，台北：乐学书局 2006 年版，第 327 页。

于《隋志》，自梁代沈约、萧绎以下，历代品评、采撷、因习、引证、考订、序跋、校记、笺注者超过百家，实有其影响力。……《文心雕龙》以其应和西方系统性理论的知识型（épistème），乃为学者众所同趋而发扬为"显学"，历经百年，论著篇章数以万计。"① 而在这些数以万计的篇章之中，无论是针对《文心雕龙》本身的注疏，或是对于《文心雕龙》的研究，都为前人研究《文心雕龙》的奠基，不能轻易忽视之。颜崑阳亦将《文心雕龙》文献资料归为三类："（一）全书或部分篇章文本的考校、注解、笺释、翻译等。②（二）针对部分文本的理论意义，随阅读所见而诠评。③（三）针对刘勰的生平、文学思想，或《文心雕龙》某些篇章的理论涵义，或跨越多数篇章而提出综合性的专门议题，进行现代化的系统性论述。④"⑤ 然而，《文心雕龙》亦有所谓批评之法，在这批评之法下，《楚辞》的身份地位就可说是相当卓然。沈谦这样说："彦和'文心雕龙'五十篇，批评作家作品，自上古迄南朝，笼罩广远，几无所不包。然寥寥数语，片言见褒贬者居多，鲜有详尽之评析，盖篇幅有限，且当时批评时尚所致也。"⑥虽然《文心雕龙》为中国文学批评的重要专著，但尺有所长，寸有所短，如沈谦所言，《文心雕龙》在品评人物或作品时，碍于篇幅有限，常常以只言片语品评，虽未必只是浅尝辄止，但总是字数寡薄。王运熙、杨明亦如此说：

《文心雕龙》全书用很大篇幅评论历代的文学。自《明诗》以下二十篇中的原始以表末、选文以定篇部分，系统介绍了各体文章的源流和作家作品，带有分体文学史性质。《时序》《才略》两篇，更是概括评述了历代文学的发展和重要作家，是简要的文学史和作家论。⑦

———————————

① 颜崑阳：《〈文心雕龙〉作为一种"知识型"对当代之文学研究所开启知识本质论及方法论的意义》，《长江学术》2012 年第 1 期。

② 例如范文澜《文心雕龙注》、王利器《文心雕龙校证》、陆侃如、牟世金：《文心雕龙译注》、詹锳：《文心雕龙义证》、李曰刚：《文心雕龙斠诠》、赵仲邑：《文心雕龙译注》、王更生：《文心雕龙读本》、周振甫：《文心雕龙注释》、杨明照：《增订文心雕龙校注》等。这是继明代王惟俭、梅庆生，清代黄叔琳、李详等，最基础也是最传统的学术形态。成果既丰，往后恐怕已难有突破。

③ 例如黄侃：《文心雕龙札记》、罗宗强：《读文心雕龙手记》。这也是一种随文诠评的传统学术形态，可简述，也可详说；于《文心雕龙》而言，乃明代杨慎、曹学佺及清代纪昀之余绪。其深浅精粗全系于诠评者的学养、识见功力。

④ 例如沈谦：《文心雕龙批评论发微》、王元化《文心雕龙创作论》。或以单篇论文呈现，例如王运熙《文心雕龙风骨论诠释》、徐复观《文心雕龙的文体论》、张少康《〈文心雕龙〉的物色论》、颜崑阳《论〈文心雕龙〉"辩证性的文体观念架构"》等。此一形态的研究成果数量非常庞大，恐难精确详计。

⑤ 颜崑阳：《〈文心雕龙〉作为一种"知识型"对当代之文学研究所开启知识本质论及方法论的意义》。

⑥ 沈谦：《文心雕龙之文学理论与批评》，台北：华正书局 1990 年版，第 239 页。

⑦ 王运熙、杨明：《魏晋南北朝文学批评史》，上海：上海古籍出版社 1989 年版，第 378 页。

王运熙以及杨明亦如沈谦，归纳出《文心雕龙》用很大篇幅针砭历代的文学，包含各体文章以及作家作品，并将《文心雕龙》用现代文学批评的方式，认定具有分体文学史性质和作家论。然而，结合王运熙、杨明以及沈谦所言，我们可以发现《文心雕龙》虽然用大篇幅针砭历代文学作品，但其实分散于上古至梁代，使得每个作家或是作品分配的篇幅并不多。然而，我们必须注意到一个很重要的问题，也就是在仅有五十章这么言简意赅的批评之作里，《楚辞》竟被写入十六个章节中，还有其中一章节是特别抽出来论诠《楚辞》，《楚辞》不仅是在当时时代的接受有高度重要性，对于文学史与文学批评的重要性，亦可见一斑，绝不容等闲视之。

《楚辞》向来与传统的"经"有极大歧异，却又有着不逊于"经"的重要性，也因此，研究《文心雕龙》中的《楚辞》学是相当重要且有价值的。廖栋梁认为："屈原离骚并不是儒家的经典，也从来没有被官方认可为经。……楚辞经典的永恒性不是仅仅凭借楚辞作品自身的安然自得，这是属于建构主义的经典观，认为经典是外部的因素所塑造出来的。"① 《楚辞》的重要并不只是在《楚辞》本身，更多在其影响后世的文学，更有甚者，影响幅度从文体，一直到文学语法、句式，甚至到美学，甚至于到文化的层次。虽然《楚辞》本身并没有被官方认可为经，但在文化、美学等方面的传播上并不亚于经。是以，《楚辞》学本身就是一种美学的传承、文化的传递，我们更可以看到在各时代的人是如何接受、诠释《楚辞》的。廖栋梁亦心有戚戚焉，认为："（楚辞学）成绩斐然，蔚为一门学问，足堪与'《诗经》学'比肩。然与'《诗经》学'不同的是，'《楚辞》学'又绝非单纯的学术兴趣所致，实有审美意趣和思想情感的共振。"② 《楚辞》学之卓然，蔚然成章，并不只是在于学术研究上，而是有着审美意趣和情感思想层次的，甚至可以与《诗经》学比肩。而在这方面，《文心雕龙》更是早有洞见《楚辞》之美，镕裁于全书五十篇，是以，本论文将透过文学批评的方法，试图将《文心雕龙》中的《楚辞》接受与批评尽列于此，详细地将《文心雕龙》对《楚辞》之所见闻爬梳整理，并用文学根源论、文学创作论、文学影响论等系统化的方式分门别类，借以辨清《楚辞》在《文心雕龙》中所见的文学流别与文化价值。

二、《文心雕龙》中的《楚辞》文学根源论

根源论在古代文学理论之中，是绝对无法避谈的，因为每个时代有各自的继承，

---

① 廖栋梁：《伦理·历史·艺术：古代楚辞学的建构》，台北：里仁书局 2008 年版，绪言：本质与建构。

② 廖栋梁：《灵均余影：古代楚辞学论集》，台北：里仁书局 2008 年版，序言。

也有各自的影响，因而有"时运交移，质文代变"①之说。而在《文心雕龙》的观察下，《楚辞》亦是上有所承，下以为继的情形。而在《文心雕龙》之中，刘勰援引了其他诸家对《楚辞》在根源论上的理解，重新阐发，并作出推断。因此，我们可以用几个切入角度，来看刘勰对于《楚辞》在根源论上的理解，可以拆分成"《楚辞》根源接受史""《楚辞》的背景论"，以及"《楚辞》的依经论"。

（一）四家举以方经：《楚辞》根源接受史

首先，自《楚辞》出，《楚辞》渐颂于天下，也因此，《楚辞》的根源以及接受就能成就一个接受史的脉络。而刘勰也自是《楚辞》接受者之一，更有甚者，他援引了诸多《楚辞》接受者对于《楚辞》的想法，或者叙述的话语，摘其要者，罗列于文章之中。尤其在于《辨骚》一篇，更是深阐《楚辞》之妙，还有接受之广。他说：

> 昔汉武爱《骚》，而淮南作《传》，以为："《国风》好色而不淫，《小雅》怨诽而不乱，若《离骚》者，可谓兼之。蝉蜕秽浊之中，浮游尘埃之外，皭然涅而不缁，虽与日月争光可也。"②

刘勰先论及汉武时，因为汉武帝喜欢《离骚》，使刘安作《离骚传》，在《离骚传》中，刘安认为，《离骚》兼有《国风》和《小雅》之长，喜欢文辞华丽却不过分使用动荡之辞，喜欢用讥刺之语抱怨却有所节制。《离骚》摆脱污秽的大环境，却能如蝉蜕或是浮尘，超脱于物外。也因此，《离骚》之高洁清雅，是纵使放到黑色染剂之中，也难以污染的，更有甚者，是可以与日月争光的。

刘安此言，不只是将《离骚》放置到一个极高的文学位置上，更有几点是值得注意的。首先，我们可以注意到，刘安将《楚辞》与《诗》放在并称之位，代表对于两者，刘安甚至是大时代是并列两者的，并没有后世的经典至上的观念。其次，《诗》与《楚辞》在此段文字之中，看不出先后继承关系，只能依稀看到《楚辞》与《诗》的一些部分相似。再次，我们可以看到，大环境之下刘安认为是污秽的，而《楚辞》却凭空而生，不被时代染黑。而这个污秽可能是政治环境，可能是文学环境，且容本章第二小节再述。最后，刘安于《楚辞》中，看到了华丽文辞以及讥讽之语的使用，但也说有所节制。在汉武帝的倡导之下，刘安将《楚辞》在文学地位上说得相当清楚，然而，对于《楚辞》之崇高，亦有不同意见，刘勰援引班固之语，说：

---

① 刘勰著，周振甫注：《文心雕龙注释》，台北：里仁书局1984年版，第813页。
② 刘勰著，周振甫注：《文心雕龙注释》，台北：里仁书局1984年版，第63页。

　　班固以为："露才扬己，忿怼沉江。羿浇二姚，与左氏不合；昆仑悬圃，
非《经》义所载。然其文辞丽雅，为词赋之宗，虽非明哲，可谓妙才。"①

　　班固认为，屈原过分显露才华、以自我为中心，因而愤然怨怼，终于沉于汨罗江
水之中。作品之中所提及的后羿、过浇、二姚等记载与《左传》并不相符。而提及崑
仑和悬圃，又不能与各经典中的核心思想相吻合。但在辞赋上，确实是文辞丽雅，为
一代之宗。因此，班固认为，屈原并非是明白天地所含哲理之人，却是才艺卓群之士。

　　班固所说揭示了几个对于《楚辞》的想法。首先，是《楚辞》有绝对性的个人色
彩，无论在前面露扬处、忿怼处，或是辞赋之雅处，在在显露班固对于楚辞的认知，
是以作者为中心的接受论，而不是文本为主的接受论。其次，班固肯定屈原在文学上
的成就，以及文体学上的宗师地位。再次，班固提出了明哲与妙才的分判，我们可以
这样说，明哲是深谙哲理之人，也就是说其为文有其逻辑性或是思辨性，而其认为
《楚辞》没有。最后，班固提及《左传》，以及经意所载，我们也会发现班固观察《楚
辞》，是将经作为核心来论述的。班固此言，使得刘勰在后面不得不对《楚辞》是否符
合经意做一个辩正，也就是《楚辞》是否依经立意的辨明。

　　刘勰接着提到王逸，"王逸以为：'诗人提耳，屈原婉顺。《离骚》之文，依《经》
立义。驷虬乘鹥，则时乘六龙；崑仑流沙，则《禹贡》敷土。'"② 王逸认为，《诗》
耳提面命，讽谏教训，而《离骚》则无。然《离骚》虽没有耳提面命，却是符合经意，
如《易》中驾驭六龙之说，或是《书》中的崑仑之说皆如是。王逸所说，最重要的地
方就是《楚辞》是依经而作，并非信笔撰搠。刘勰又引汉宣帝言，说："及汉宣嗟叹，
以为'皆合经术'。"③ 术就是方法，也就是说，是符合这些经典治世或是为文之学的
方法。《楚辞》依经而作已有定见，而已经进入功能论的部分，也就是在符合经意之
下，亦是符合经术的。刘勰援引扬雄之语，云"扬雄讽味，亦言'体同诗雅'。"④ 在
此，我们要特别注意，虽是探讨与经典之关系，但三者是不同层次的。扬雄是从经体
切入《楚辞》，也就是体制、格式，偏向外在的成分；刘安、班固、王逸是与经典相
较，进而提到经意的部分，也就是辨明《楚辞》和其他经典核心意义与价值部分，是
否相同或相似；宣帝是提到经术的部分，将经作为一种使用方式，开发出《楚辞》功
能论的新境地。而这三者正是楚辞根源接受史中，与经相关的三个层次。其中，比较
需要检审的，就是刘安、班固、王逸对《楚辞》经意的不同想法，刘安的态度是较为

---

① 刘勰著，周振甫注：《文心雕龙注释》，台北：里仁书局1984年版，第63页。
② 刘勰著，周振甫注：《文心雕龙注释》，台北：里仁书局1984年版，第63页。
③ 刘勰著，周振甫注：《文心雕龙注释》，台北：里仁书局1984年版，第63页。
④ 刘勰著，周振甫注：《文心雕龙注释》，台北：里仁书局1984年版，第63页。

开放的，并没有对于《楚辞》是否继承经意有特别意见，认为《楚辞》跟《诗》是并列的，没有所谓谁含涉谁的问题。班固的态度则是从史学传统以及儒学传统切入，认为《楚辞》并不符合儒学之思、史学之实。王逸和班固的切入角度不同，一个是从《左传》进而推及外在的史实言，一个是从经典内的文字言，因而王逸反驳班固，用《诗》与《书》在《楚辞》中的例子，认为《楚辞》仍是依经立意的。

在《楚辞》根源接受史的部分，我们发现刘勰自汉武始，刘安、班固、王逸、扬雄，以及汉宣帝，虽然刘勰自言"褒贬任声，抑扬过实，可谓鉴而弗精，玩而未核者也。"① 虽是观察的不精细，论述的没有系统，虽然有过其实，但是却还是于文中征引出来，也代表刘勰在《楚辞》的接受上，受到了此数家的影响，也因为此数家论述上并未周全，刘勰部分接受了他们的说法，并重新论述成一《楚辞》根源的系统。

（二）兰陵郁其茂俗：《楚辞》文体论与背景论

刘勰相当清楚地呈现出了四家影写《楚辞》，以及对于《楚辞》根源上的接受想法。然而，刘勰并不仅止于援引诸家论《楚辞》而已，自己亦出来写自己认为的《楚辞》的根源论。首先，就是受到背景影响的部分，每个作家都有每个作家的生活时代，而《楚辞》也不例外，受到当时时代风气还有当时时代背景的影响，刘勰如此说：

> 齐开庄衢之第，楚广兰台之宫，孟轲宾馆，荀卿宰邑，故稷下扇其清风，兰陵郁其茂俗，邹子以谈天飞誉，驺奭以雕龙驰响，屈平联藻于日月，宋玉交彩于风云。②

刘勰认为，《楚辞》之所以能够争辉于日月，得归功于楚国兰陵对于学术的开放态度，归功于荀子作为兰陵令，广开学风，当时诸多国家之中，仅有楚国和齐国有此态度。在这里，我们可以看到的是，刘勰提及《楚辞》受时序之影响，而这个时序仅是概论为何当时有这个风气，也就是说，在这里提及的时序是继承论之下的，而非当时风气。在继承前人的前提之下，我们就可以发现，刘勰将《楚辞》划分，并非汉代诸家所说的"依经立意"，却也不违背经意，而是对于经有部分继承，尤其是对于《诗》，刘勰将其视为《楚辞》最为重要的根源，他这样说："自《风》《雅》寝声，莫或抽绪，奇文郁起，其《离骚》哉！"③ 在这段话里面，刘勰继承论的角度并没有那么明显，仅是点出《楚辞》是承继《诗》之后，最重要的奇文。但是在《诠赋》篇里面，

---

① 刘勰著，周振甫注：《文心雕龙注释》，台北：里仁书局1984年版，第63页。
② 刘勰著，周振甫注：《文心雕龙注释》，台北：里仁书局1984年版，第813页。
③ 刘勰著，周振甫注：《文心雕龙注释》，台北：里仁书局1984年版，第63页。

刘勰就说的很清楚了，他说："及灵均唱《骚》，始广声貌。然则赋也者，受命于诗人，而拓宇于《楚辞》也。"① 引文中，我们可以看到三件事情。首先，从"始广声貌"而言，刘勰认为《楚辞》具有音律性，与乐不分离，这在第三章将有所述，就不在此多言。其次，《楚辞》在影响论的部分，是赋的拓宇，这在第四章会提及。最后，我们可以看到文学史论的部分，从《诗》到《楚辞》到赋，这是有相互继承关系的，《文心雕龙》中也多次提到《楚辞》中所继承的《诗》，正是此言所述。

王更生在《文心雕龙导读》中，将《辨骚》归在文学本质论中，与《原道》《征圣》《宗经》《正纬》并列，正代表着在刘勰眼中，《楚辞》有与经并列的地位。而《辨骚》又是文体论的首篇，承接的是《明诗》《乐府》……《书记》等二十篇，因此，我们可以推知，《楚辞》对于刘勰而言正是介乎两者之间，刘勰亦将《楚辞》承继《诗》扩及当时背景，他说："楚襄信谗，而三闾忠烈，依《诗》制《骚》，讽兼'比'、'兴'。"② 虽然这是刘勰较为主观的认定，但还是提出了两个重点，第一，当时社会环境与屈原难以相契，楚襄王与屈原有隔阂，这是当时历史的背景条件。第二，"依《诗》制《骚》"，明显点出《诗》跟《楚辞》的传承关系。

在《文心雕龙》里，我们将《楚辞》根源论分成两个部分，第一个部分是《文心雕龙》这本书所援引的诸家，对于《楚辞》根源上的不同诠释。第二个部分则是刘勰自己的看法，认为《楚辞》在根源论的部分，是源自于楚国兰陵之风、楚襄信谗之事，但是，却并提及《诗》，我们可以明显看出，刘勰所论之《楚辞》并非只是"依经立意"而已，而是更有甚者，是镕铸经意，进而自铸伟辞的。

三、《文心雕龙》中的《楚辞》文学创作论

文学创作论是在文学批评系统中相当重要的范畴，也是一个含涉甚广的批评方法，包含了作品的三个面向，一个是从作者出发的创作思维、创作思考、创作设计等等，一个是文本本身的创作形式，一个则是读者从中看到的创作思维，以及文体分辨等等。张少康对文学创作论，这样说道："尤其是对文艺创作中的一系列基本问题，从总结实际创作经验出发，作出了重要的理论概括。这是我国古代文艺理论遗产中的精华部分，对我们今天文艺创作实践有着现实的借鉴意义。"③ 张少康所言，正是文学创作论的精华所在，《文心雕龙》观察到的《楚辞》文学创作论，正是归结屈原的实际创作经验，连带着背景，以及连带着影响层面的。刘勰《文心雕龙》将《楚辞》在文学创作论上

---

① 刘勰著，周振甫注：《文心雕龙注释》，台北：里仁书局 1984 年版，第 137 页。
② 刘勰著，周振甫注：《文心雕龙注释》，台北：里仁书局 1984 年版，第 677 页。
③ 张少康：《中国古代文学创作论》，台北：文史哲 1991 年版，第 1 页。

的成就充分地说明清楚，并且相当系统地分析《楚辞》在文学创作上的手法。《楚辞》在文学创作论的部分，我将之分为创作因革论、创作方法论、创作风格论等三个面向，并分别说明刘勰所见之《楚辞》的文学创作论。

（一）同于《风》《雅》而异乎经典：《楚辞》创作因革论

首先，我们要看到的就是《楚辞》的创作因革论部分。因革论，顾名思义，正是因循且变革。也就是前有所承，传承自先人的文学创作方式或是精神，转换成自己的创作方式或创作思维。然而，在《楚辞》之中，不仅同我们前面所论的，对于经有所承继，更有甚者，刘勰重新检核《楚辞》原文，找出了四件事是同于经者的，刘勰说：

> 将核其论，必征言焉。故其陈尧舜之耿介，称禹汤之祗敬，典诰之体也；讥桀纣之猖披，伤羿浇之颠陨，规讽之旨也；虬龙以喻君子，云蜺以譬谗邪，比兴之义也；每一顾而掩涕，叹君门之九重，忠恕之辞也：观兹四事，同于《风》《雅》者也。①

从上述引文之中，我们可以知道，刘勰自四个角度，分别观察《楚辞》对于经的继承。首先，陈述尧舜的耿直，赞美夏禹、商汤之兢兢业业，是属于承继经中的典诰体，也就是对于文体上的继承。其次，讥讽夏桀、商纣的狂乱放纵，痛心过浇和后羿的自取灭亡，是继承经的讽谏的旨趣，也就是着墨在经意的部分。再次，用虬和龙来比喻君子，用云和蜺来譬喻谗邪之人，是使用了经的比和兴，也就是继承了经的创作手法。最后，每次回望祖国城门，都忍不住掩面流泪，难以见君王，是忠而怀怨的言辞，也就是承继经的语言词汇部分。所以我们可以知道，刘勰将《楚辞》继承经典分成四个面向，分别是文体、经意、创作手法，以及语言词汇。从此四方面观之，我们可以知道，《楚辞》接受经典是海纳甚广的，然而，接受上亦有歧异之处。刘勰认为从四个方面而言，《楚辞》是与经典有相当大歧异的，他说：

> 至于托云龙，说迂怪，丰隆求宓妃，鸩鸟媒娀女，诡异之辞也；康回倾地，夷羿彃日，木夫九首，土伯三目，谲怪之谈也；依彭咸之遗则，从子胥以自适，狷狭之志也；士女杂坐，乱而不分，指以为乐，娱酒不废，沉湎日夜，举以为懽，荒淫之意也：摘此四事，异乎经典者也。②

---

① 刘勰著，周振甫注：《文心雕龙注释》，台北：里仁书局 1984 年版，第 63-64 页。
② 刘勰著，周振甫注：《文心雕龙注释》，台北：里仁书局 1984 年版，第 64 页。

在刘勰论述《楚辞》异乎经典的部分，我们可以注意到，刘勰一样从四个角度观察。首先，假托云旗和龙，讲一些荒诞奇怪之语，如请雷神丰隆寻找宓妃，或是请鸩鸟作媒，去向佳人求婚，刘勰认为都是诡异之辞。其次，共工使地面倾斜，后羿射下了太阳，拔木的男子有九个首级，土地神有三只眼睛，这些都是诡谲离奇的说法。再次，想依照彭咸的榜样，想要追随伍子胥以安顿自己生命，都是急躁狭隘的想法。最后，认为男女杂坐调笑为乐，以日夜狂饮不止为娱，都有荒淫想法的表现。

执刘勰论，我认为并非《楚辞》草创之意，因为无论是诡异之辞或是谲怪之谈，其实都带有一种北方中心论和北方信仰的想法，因为无论是诡异之辞，或是谲怪之谈，都是创作题材的面向，与《诗》等经典之作，也就是在选择的创作媒材上，与北方正统文学不相符。《楚辞》部分篇章更接近于神歌或是神曲，这是早有定见的，而刘勰忽略了此一根源，以题材作为经与《楚辞》之异，是较主观的判定。而在狷狭之志处，《楚辞》展现了较为强烈的个人性成分存在，相较于其他经典而言，《楚辞》无异展现了更多个人主义的色彩。而在刘勰指出有荒淫之意的部分，其实亦是其来有自，《楚辞》源于俗曲，而在雅化之后，仍不失其淫祀色彩。从上述观之，刘勰论《楚辞》的创作论，还是不脱经意，但明显包容性高，使得《楚辞》并非只是接受经意后发微，而是熔铸经意之后，重新锻冶，将经意熔裁成伟辞。

（二）取熔《经》旨自铸伟辞：《楚辞》创作方法论

"自铸伟辞"是《楚辞》创作方法论中最重要的一环，也是《楚辞》最为人称的一环。虽然《楚辞》受经典影响甚大，但却能不囿于经典，而是别出心裁，以至于影响到后世对于文学创作的思考，虽未必能够"依经立意"，至少务求"自铸伟辞"。刘勰这样说：

> 观其骨鲠所树，肌肤所附，虽取熔《经》旨，亦自铸伟辞。……故能气往轹古，辞来切今，惊采绝艳，难与并能矣。①

刘勰观察《楚辞》之内容意旨、表象所现，发现不仅将经意熔铸进《楚辞》之中，更重新锤炼，使得《楚辞》在文辞上自出机杼。这正是《楚辞》的收与放，也就是对于经典的接受与重诠。所以刘勰将《楚辞》的地位提升，认为能够气势凌驾于古人、辞语文采能超越今人，惊艳决采，难以让后人达到相同的境地。然而，"自铸伟辞"亦有其方法，《楚辞》尤是，在刘勰的眼中，《楚辞》用了许多创作方法以自铸伟辞，譬如在《事类》中提到："然则明理引乎成辞，征义举乎人事，乃圣贤之鸿谟，经籍之通

---

① 刘勰著，周振甫注：《文心雕龙注释》，台北：里仁书局1984年版，第64页。

矩也。《大畜》之《象》：'君子以多识前言往行'，亦有包于文矣。观夫屈宋属篇，号依诗人，虽引古事，而莫取旧辞。"① 包即苞，丰富也。刘勰认为，为了说明道理而使用成语，为了证明自己的义理而举过去的人事佐证，是圣贤经籍的叙述方式。《易经·大畜》的象辞说，君子要多加留意前人的言论和行事，而这亦有益于文。《楚辞》征引古人之事，而未取陈旧之辞。我们可以注意到几件事情，首先，从接受论的观点观之，提及《楚辞》征引诗经之中的古事。其次，从创作论的角度观之，虽征引古事，但却能自出新语。这跟圣贤经籍是很不一样的，代表这是《楚辞》独特的创作手法之一。刘勰所观察到的《楚辞》创作论的部分并非仅是如此，更有甚者，观察到表现手法的部分，他说："及《离骚》代兴，触类而长，物貌难尽，故重沓舒状，于是'嵯峨'之类聚，'葳蕤'之群积矣。"② 《楚辞》接替《诗》而起，对于别开蹊径有所长，但物貌却难以完全描绘、刻画，因此就出现了以同义副词的方式描绘景物之貌。于是"嵯峨""葳蕤"等词汇就逐渐多了。透过引文，我们可以知道，刘勰认为《楚辞》是接替《诗》而起的，然而却在创作方法论的部分别出心裁，使用同义副词作为物貌景观的描写，使其描写能够更为生动。而这样的使用并非没有限度的，刘勰说："至如《雅》咏棠华，'或黄或白'；《骚》述秋兰，'绿叶'、'紫茎'。凡攡表五色，贵在时见，若青黄屡出，则繁而不珍。"③ 《诗》咏棠花，说其黄白交杂；《楚辞》描绘秋天之兰，用绿叶和紫茎来描述。举凡颜色，都贵在合时宜的时候出现，如果不断的用颜色描写，就显得繁杂而不珍贵了。所以，我们可以看到，刘勰认为《楚辞》的创作手法里，贵在合时宜，而并不啰嗦繁杂。而《楚辞》在于声律的部分，刘勰也有所论述，他说："又诗人以'兮'字入于句限，《楚辞》用之，字出于句外。寻兮字承句，乃语助余声。"④ 刘勰发现，《诗》的作者将"兮"放在句中，而《楚辞》继承了"兮"字的使用，却放在句外。考察"兮"字的用途，乃是辅助语气来延长声音。首先，我们还是论及继承论的部分，刘勰推断《楚辞》中的"兮"是从《诗》继承而来的。其次，《楚辞》虽继承《诗》的"兮"字用法，却没有联袂使用，而是用自己的方式将"兮"融入句子。最后，透过第一点和第二点，我们可以知道，《楚辞》使用"兮"字并非单纯的继承，而是有自己的使用考量，也因此，声律其实是《楚辞》安排的创作手法之一。在外在形式方面，刘勰还这样说："重出者，同字相犯者也。《诗》《骚》适会，而近世忌同，若两字俱要，则宁在相犯。"⑤ 重出即是三者以上偏旁、部首相同，

---

① 刘勰著，周振甫注：《文心雕龙注释》，台北：里仁书局1984年版，第705页。
② 刘勰著，周振甫注：《文心雕龙注释》，台北：里仁书局1984年版，第845-846页。
③ 刘勰著，周振甫注：《文心雕龙注释》，台北：里仁书局1984年版，第846页。
④ 刘勰著，周振甫注：《文心雕龙注释》，台北：里仁书局1984年版，第648页。
⑤ 刘勰著，周振甫注：《文心雕龙注释》，台北：里仁书局1984年版，第722页。

《诗》和《楚辞》都能很适当的应用这些字，后世却有所禁忌。因为后世无法适当应用重出之字，而使得重出之字变成近乎字典，是以刘勰认为，应该效法《诗》和《楚辞》，学习如何适当的用这些字。然而，《楚辞》并不只对于外在形式有所要求而已，对于内在的创作手法部分，亦有所长。刘勰说：

> 故其叙情怨，则郁伊而易感；述离居，则怆怏而难怀；论山水，则循声而得貌；言节候，则披文而见时。是以枚贾追风以入丽，马扬沿波而得奇，其衣被词人，非一代也。故才高者菀其鸿裁，中巧者猎其艳辞，吟讽者衔其山川，童蒙者拾其香草。①

在引文之中，刘勰提到，《楚辞》所书写的情感，能使人心情抑郁而深受感动。山水则是能够依附作品的声音而仿佛亲历其境。叙述时令节气，则是能在遍览文字之间，感受时令的变迁。枚乘、贾谊、司马相如、扬雄等人欲随遗风，却只能追随文字之华丽、词藻之卓美。窥其创作手法，刘勰注意到了《楚辞》并非只是经营于外在的创作手法，而是对于内在的创作手法也汲汲营营，终做到内外皆有所成，文质彬彬之境。

（三）衔灵均之余声：《楚辞》创作风格论

每个时代都有其风气，如同《时序》所言："蔚映十代，辞采九变。枢中或动，环流无倦。质文沿时，崇替在选。终古虽远，僾焉如面。"② 是以在创作之中，我们往往不能忽略时代的影响，纵使辞采变化再如何复杂，时代都是文风的枢纽。而我们应该掌握文学和时代的关系，如此一来，仿若文学的风格就近在眼前。因此，我们在谈创作论的时候，必不可以忽略风格论的存在。

首先，刘勰论及《楚辞》谐律的部分，认为《楚辞》和音乐是无法相隔的，从《九歌》言，本就是祭神之曲，因此诗、乐、舞三合一。然而，就《楚辞》全篇言，并非全为祭神之曲，是以乐化于诗中，无法切分。刘勰说："按《召南·行露》，始肇半章；孺子《沧浪》，亦有全曲。"③ 又说："又诗人综韵，率多清切，《楚辞》辞楚，故讹韵实繁。及张华论韵，谓士衡多楚，《文赋》亦称不易，可谓衔灵均之余声，失黄钟之正响也。"④ 刘勰认为《楚辞》和音乐性是不相分离的，而这个音乐性，无论是前所提及的五言体诗歌，或是后面提及的楚音难移，前面是形式，后面是声律，都是紧贴着音乐性而言的。刘勰又言："五言见于周代，《行露》之章是也。六言七言，杂出

---

① 刘勰著，周振甫注：《文心雕龙注释》，台北：里仁书局1984年版，第64-65页。
② 刘勰著，周振甫注：《文心雕龙注释》，台北：里仁书局1984年版，第817页。
③ 刘勰著，周振甫注：《文心雕龙注释》，台北：里仁书局1984年版，第84页。
④ 刘勰著，周振甫注：《文心雕龙注释》，台北：里仁书局1984年版，第630页。

《诗》《骚》。"① 综前三者言，《楚辞》参杂了五言、六言、七言，却不失其音乐性，甚至与音律的关系仍是紧密。除了音律之外，在文学风格上面，《楚辞》更绍继了当时时代的氛围，并依其所需，使用不同风格。于是，刘勰细数《楚辞》之文学风格，分别胪列出下列几者：

> 故《骚经》《九章》，朗丽以哀志；《九歌》《九辩》，绮靡以伤情；《远游》《天问》，瑰诡而慧巧，《招魂》《大招》，耀艳而采深华；《卜居》标放言之致，《渔父》寄独往之才。②

刘勰将《楚辞》中的各个篇章，分别安置上一个适当的文学风格的词汇。《离骚》《九章》清朗艳丽，却借此抒发自己哀愁的心意。《九歌》《九辩》词句华美，表现出伤感缠绵的情绪。《远游》《天问》内容灵巧奇异，而文辞聪慧机巧。《招魂》《大招》绚烂艳丽，文采相当华美。《卜居》显示旷达之情，《渔父》寄托遗世独行的情志。细究刘勰所体认的《楚辞》之学，我们可以发现其可用"华丽"一言以蔽《楚辞》的风格，却又不仅仅华丽，而是有着内容上与文辞上的相辅相成，构成外在华丽，而内在情感丰富的特殊现象。刘勰又这样说："若夫《楚辞·招魂》，可谓祝辞之组丽也。"③我们更能佐证《楚辞》之特殊，虽不一而足，但相较于后世而言都是华丽无比的。然而，刘勰透过创作风格论，看到了什么？他说："摧而论之，则黄唐淳而质，虞夏质而辨，商周丽而雅，楚汉侈而艳，魏晋浅而绮，宋初讹而新。从质及讹，弥近弥澹，何则？竞今疏古，风昧气衰也。"④ 正如同前面所说的时代风气，在这则引文中又再度提及，也就是在写作风格上，《楚辞》是相当奢靡而华丽的。而刘勰透过探讨创作风格的流变史，他看到了时代风气的变化，也看到了时人亲近近代，而远离古代的写作风格。

　　《文心雕龙》所见《楚辞》中的文学创作论，大抵可以用一句话归结，就是"（《楚辞》）虽取熔《经》旨，亦自铸伟辞。"⑤刘勰认为，《楚辞》是对于经的意义有所承继，并且重新创造殊伟之文辞。虽然仅是寥寥数语，内容却是相当丰富，我们可以从几个面向观察，首先，"取熔经旨"这句话就是刘勰认为《楚辞》对于经的接受，也可以说是选择性的部分。取是撷取、吸取，有接受的含义；熔则是熔炼、熔造之意，有重新铸造的意思；而经旨正是我们前面所论及的，也就是经的意义层次。而

---

① 刘勰著，周振甫注：《文心雕龙注释》，台北：里仁书局 1984 年版，第 648 页。
② 刘勰著，周振甫注：《文心雕龙注释》，台北：里仁书局 1984 年版，第 64 页。
③ 刘勰著，周振甫注：《文心雕龙注释》，台北：里仁书局 1984 年版，第 179 页。
④ 刘勰著，周振甫注：《文心雕龙注释》，台北：里仁书局 1984 年版，第 569 页。
⑤ 刘勰著，周振甫注：《文心雕龙注释》，台北：里仁书局 1984 年版，第 64 页。

"自铸伟辞"的部分，就可以说是载体的变形，不再是之前的载体。所以合起来说，就是对于经的接受，并依照经的深层意义，重新铸造经的载体。也可以说，刘勰认为《楚辞》是经的载体，对于经是有相当独特的选择与接受与诠释的，也因此，《楚辞》文学创作论的部分我们就切分成三者，一是对于经的接受与取舍，就是创作因革论的部分，二是对于载体转变的部分，就是创作方法的部分，三是时代风气与风格之差异，就是风格论的部分。透过三者，我们可以很清楚地看到，《楚辞》在创作论上阐发甚详，亦殊有伟迹，于我们后面要谈的影响论，可以说是密不可分。

四、《文心雕龙》中的《楚辞》文学影响论

《楚辞》为一代之学宗，蔚为文风，势必要注意到其文学影响论的层次。尤其在于后人多有继承《楚辞》之优劣、《离骚》之韵谐，是以在文学影响论的层次来说，是更为重要的。尤其《楚辞》虽异乎经典，却自成体系，亦有人将《离骚》视为经，文学影响的重要性可见一斑。是以，我们分别探究其几个特殊之处，例如文体流别论还有文学影响论，借以探究《楚辞》在刘勰所思之中，到底后代诸家文学怎么接受以及诠释《楚辞》，而《楚辞》又要怎么影响后代诸家，不论在写作上，或是想法上，或者《楚辞》对于后世有没有什么正向影响或负面影响，这都是我们在这章中要讨论的。

（一）衔灵均之余声：《楚辞》文体流别论

刘勰在《辨骚》中说道："名儒辞赋，莫不拟其仪表，所谓金相玉质，百世无匹者也。"① 《楚辞》在文学史中的重要性，已是相当清晰的，是一个百代词家模仿的典范，而且是前无古人后无来者的。而如同前面章节中所述，《楚辞》其实楚瑜相当特殊的状况，介乎诗与赋之间，是以《文心雕龙》在其《明诗》《诠赋》皆有提及楚辞之影响，以及将楚辞作为例子提及。是以，在探究《楚辞》在文学上的影响论之前，我们要先探究流别论，也就是《楚辞》在《文心雕龙》的理解之中，占了中国文学发展文学史中的哪些个位子？首先，刘勰先分判经与《楚辞》之异，他说：

> 是以模经为式者，自入典雅之懿；效《骚》命篇者，必归艳逸之华；综意浅切者，类乏蕴藉；断辞辨约者，率乖繁缛：譬激水不漪，槁木无阴，自然之势也。②

刘勰认为，效法经者所做的文章，容易如同经一样，趋向于典雅的风格；而效法

---

① 刘勰著，周振甫注：《文心雕龙注释》，台北：里仁书局1984年版，第63页。
② 刘勰著，周振甫注：《文心雕龙注释》，台北：里仁书局1984年版，第585页。

《楚辞》所做的文章，则会向华美奔放的风格靠拢。命意比较浅显的，大多没有丰富的内涵。措辞较为明白简练者，容易背离丰富的色彩。所以，就像有着大浪之水不会激起涟漪，干枯的树不会有树荫，这就是自然之理势。

从《定势》之文，我们可以知道，首先，我们可以将这段文字分成前后理解，前面是在分判《楚辞》与经之异，后者是在论及接受者或是学习者，若是没有深厚的底蕴和内涵，是没有办法取法两者的，只能远观而难登大雅之堂。其次，分判《楚辞》与经之异，最重要的就是学习者在接受两者之后，分别会造成文章风格、文章词汇等的迥异。然而，刘勰并没有告诉我们，如果两者皆有取法，或是两者皆不为我所用，文章所展现的样貌会是怎么样？不仅是这样而已，我们可以着墨在文体流别论上，刘勰说："至于序志述时，其揆一也。暨楚之骚文，矩式周人；汉之赋颂，影写楚世；魏之篇制，顾慕汉风；晋之辞章，瞻望魏采。"① 刘勰此言，基本勾勒了一个文学史论的框架，从周朝的诗歌，到《楚辞》，到汉赋的继承，到魏之篇什，是一个层层相扣的文学史观，而《楚辞》位于其中，为其枢纽，正是其文体流别论之价值所在。

（二）后进锐笔，怯于争锋：《楚辞》文学影响论

承继著文体流别论，对于《楚辞》这部经典之作，更为重要的是对于后世文学的影响，也因此，刘勰讨论《楚辞》的文学影响论相应而生。《楚辞》堪称为辞赋之宗，亦是辞赋之祖，刘勰这样说："辞人九变，而大抵所归，祖述《楚辞》，灵均余影，于是乎在。"②

然而，一部经典的诞生，对后世的研究者来说自然是福，但对于后世的创作者而言，却未必是福，代表着可能难以超越，或者说想象空间被压缩。譬如在李白《鹦鹉州》，李白就曾经提及崔颢之《黄鹤楼》所作，与其对于同题材题目的空间压缩和比较。刘勰自也有注意到这个问题，他说：

> 然物有恒姿，而思无定检，或率尔造极，或精思愈疏。且《诗》《骚》所标，并据要害，故后进锐笔，怯于争锋。莫不因方以借巧，即势以会奇，善于适要，则虽旧弥新矣。③

刘勰认为，事物都有相同的姿态，或可说是本质，然而思虑却没有恒定的想法与固定不变的法则，有的时候信手拈来却能描绘极细，有的时候虽然是苦苦吟索，却离

---

① 刘勰著，周振甫注：《文心雕龙注释》，台北：里仁书局1984年版，第569页。
② 刘勰著，周振甫注：《文心雕龙注释》，台北：里仁书局1984年版，第814页。
③ 刘勰著，周振甫注：《文心雕龙注释》，台北：里仁书局1984年版，第846页。

事物的想法甚远。《诗》经和《楚辞》所书写的标的物，都抓住了景物最准确突出的刻画描写方向，是以后世之人，纵使文笔犀利，能够点破其要，却难以跟《诗》经和《楚辞》争锋。从上文我们可以看到几点，首先，是刘勰面对创作者的态度，认为事物虽有恒定的姿态，但随着切入角度的不同，思考的方式也就不同。其次，认为《诗》经和《楚辞》是两大标杆，而这两大标杆虽非无法超越，但在文学地位上，堪称两大巨头，而且两者并列齐头，并没有孰优孰劣之判。再次，文学影响论的部分，后世依循这两部经典的方法，借以生巧，顺着发展的形势，来达到新奇的效果。最后，在文学影响论的部分，并非好的影响。后世之人并非没有新秀，却因为这两部经典的文笔之精妙，或是地位之崇高，而使得后世难以与之争锋，甚至怯于与之争锋。

是以，我们看到在文学影响论的部分，刘勰认为《楚辞》其实虽说影响后世甚广，但有时我们从另一个角度观之，其实是双刃剑，是对于后世文学家的栽培，却也是对后世文学家的限制，虽不到拔苗助长的地步，但也是影响甚巨的，值得我们省思。

五、结　语

《楚辞》之要者，刘勰早替我们发声，他说：“固知《楚辞》者，体宪于三代，而风杂于战国，乃《雅》《颂》之博徒，而词赋之英杰也。”[①] 在《文心雕龙》中，《楚辞》的重要性并不亚于《诗》，其原因正是虽然其继承《诗》，却能别出心裁，以至于跟《诗》时时放在相同的位阶，相互比较，以不同风格却同样高度的文学成就，取得了与经相齐的地位。不仅是与诗相齐，更是辞赋之宗，刘勰如此说：“自《九怀》以下，遽蹑其迹，而屈宋逸步，莫之能追。”[②]《楚辞》纵有后继者众，却难以达到此高度，亦为宗、亦为师、亦是其中翘楚者，达到后人难以企及的文学风景。

廖栋梁在《灵均余影：古代楚辞学论集》中，说道：“探讨人们对于《楚辞》是如何进行理解的，尤其要关注人们对其进行诠释的历史性、此在性，探悉其中各种意义理解的生成原因，既有美学的，也有历史的内涵。”[③] 而我们今天以文学批评的方式，论述《文心雕龙》中的《楚辞》学，正如其言，是关注了刘勰对于《楚辞》的诠释学，也是关注了刘勰对于《楚辞》是如何理解的，包含其中的根源论、创作论、影响论，广涉诸如背景等历史意涵、接受美学等美学意涵。然而，刘勰之所以如此钟意于《楚辞》，并非只是如此，而是因为《楚辞》与《文心雕龙》有足够的连结性在，刘勰说：

① 刘勰著，周振甫注：《文心雕龙注释》，台北：里仁书局1984年版，第64页。
② 刘勰著，周振甫注：《文心雕龙注释》，台北：里仁书局1984年版，第64页。
③ 廖栋梁：《灵均余影：古代楚辞学论集》，台北：里仁书局2008年版，序言。

　　若能凭轼以倚《雅》《颂》，悬辔以驭楚篇，酌奇而不失其贞，玩华而不坠其实，则顾盼可以驱辞力，欬唾可以穷文致，亦不复乞灵于长卿，假宠于子渊矣。①

　　以《诗》为准则，以《楚辞》作为驾驭的方法，酌取特殊的想象，却不失其正大光明之道，玩味其华美辞藻，而不抛下其情感，我们就可以丝毫不费丁点力气的控制自己的文章，也就可以达到《文心雕龙》所说的"有心之器，其无文欤?"②、"夫'文心'者，言为文之用心也。"③ 的文心观。因此，刘勰透过《楚辞》，来阐述这种"文心"的概念，借批评前者以勉励后者，应该如同《楚辞》，绍继正道、经典，而自成一家之言。

　　细究刘勰《文心雕龙》论《楚辞》之钥，我们可以归结出"取镕经意""自铸伟辞"两个核心部分。这两部分在《文心雕龙》中，有什么重要性呢? 其之要者正是借由书写《文心雕龙》，达到树立标竿，使后世之创作者能够依循标竿，不至于走向歧路。因此《楚辞》作为重要的标杆之一，或者说可以说是最为重要的标杆，兼具了文学性与经典的接受继承，正是后世在文学史、诸作家值得模仿的典范，也值得时常搦笔而书的我们接受并且效法。

　　《楚辞》的研究已经行之有年，蔚为显学而独领风骚，而且诸多学者已经作出了丰硕的成果，不仅是古代的研究者将《楚辞》用各种方式抽丝剥茧，而现代学者亦加入了各式西方研究的方法学。然而，《楚辞》学的研究上，还有很多可以发微之处，笔者透过这篇论文，希望能逐步梳理《楚辞》学之要，以期有朝一日，得窥《楚辞》学之全廓。

---

① 刘勰著，周振甫注：《文心雕龙注释》，台北：里仁书局 1984 年版，第 65 页。
② 刘勰著，周振甫注：《文心雕龙注释》，台北：里仁书局 1984 年版，第 1 页。
③ 刘勰著，周振甫注：《文心雕龙注释》，台北：里仁书局 1984 年版，第 915 页。

楚辞研究史上的一个另类

——评汪瑗的《楚辞集解》

职大学报　周秉高

【摘　要】　汪瑗《楚辞集解》一书尽管有若干新奇之见可资借鉴，但其中很多观点，特别是一些根本观点，则是错误的，且对后代影响甚大。为了扫除楚辞研究中的垃圾，保证楚辞研究正常进行，对汪氏此类观点，必须予以驳斥。

【关键词】　楚辞　研究史　汪瑗　楚辞集解　另类

学术研究强调创新，这是毫无疑问的。然而，创新的前提是实事求是，观点必须建立在扎实的充分的证据之上。创新，不是一味地提倡"悖论"——凡是你赞成的，我就反对；凡是你反对的，我就赞成。作为一个严肃的学者，对待前人或他人的观点，首先应该是尊重，尊重前人或他人的劳动成果，然后是分析，分析前人或他人的观点与证据之间的逻辑关系，分析前人或他人各种证据的真实性。倘非如此，只凭自己的胡乱猜测或者堆积一些模棱两可、似是而非的所谓材料，就随意否定前人的劳动成果，那就不可能真正创新，顶多是增加一些离奇的观点，给学术研究无端设置一些障碍或垃圾，浪费自己和他人的宝贵时间。明人汪瑗的《楚辞集解》就是这样的一个另类。

还有，清人刘大櫆说得好，"理当则简"①。意思是说，只要道理正确，三言两语就能把事情说清楚。反之，理歪则繁，因为观点牵强，却要固执己见，必然要强词夺理，百般解说，欲使读者堕入五里雾中而接受自己的谬说。汪瑗《楚辞集解》就是这样，他的基本观点是错误的、臆测的，他为了圆谎，就千方百计地找"理由"，他自己标榜说"宁为详，毋为简"②，有时候实际是不讲道理，胡搅蛮缠，所以，汪氏此书很不好读。

当然，不能说汪瑗的《楚辞集解》一无是处，他的有些观点还是确有见地，值得

---

① 郭绍虞、罗根泽：《中国古典文学批评专著选取辑·刘大櫆论文偶记》，北京：人民文学出版社1959年版。

② 汪瑗：《楚辞集解》，北京：北京古籍出版社1994年版，第4页。

借鉴的。如，他认为"屈子《九歌》之词，亦惟借此题目，漫写己之意兴"，"其文意与君臣讽谏之说全不相关"，"瑗亦谓解楚辞者，句句字字为急君忧国之心，则楚辞扫地矣。"① 又如，他对《国殇》"出不入兮往不返"一句的解读，确实超乎前人，其云："出不入往不返，'易水之歌'其意盖如此。此句表壮士从军之初心，自誓之志便若是了。"② 还如，对《悲回风》一诗，朱熹攻讦其为"临绝之音，以故颠倒重复，倔强疏卤"云云，而汪瑗则赞颂《悲回风》为"词气浑雄悲壮，骤而读之，虽若稠迭可厌，而熟读详玩之余，则旨意实各有攸归，条理脉络灿然明白，真作手也!"③ 凡此类看法，合乎实际，也确有新意，值得肯定。

尽管汪瑗《楚辞集解》有一些新颖之见，但是我们考察一位学者或一本著作的价值，不能专注其若干细节，而罔顾其基本的、主要的观点。从这个角度说，《四库全书总目》对汪瑗此书的评价基本准确。其云："瑗乃以臆测之见，务为新说，以排诋诸家……亦可为疑所不当疑，信所不当今矣。"④ 因为汪瑗《楚辞集解》更多的观点，特别是一些根本观点，是错误的，且对后代影响甚大。为了扫除楚辞研究中的垃圾，保证楚辞研究正常进行，对汪氏此类观点，必须予以驳斥。

一

汪瑗《楚辞集解》一书反反复复宣传的一个最基本观点，也是他自以为最有"创新"价值的一个观点，是说屈原未尝自沉。其在《惜诵》最后注曰："屈子投汨罗之事，相传千载，而予独断断然不信者。"此"独"字并不准确，因为如《四库全书总目》指出的那样，此观点"盖掇拾王安石《闻吕望之解舟》诗李璧注中语也。"⑤ 汪氏还在《楚辞蒙引》中写了一个专题《屈原投水辨》，全面、系统地阐述了他的"屈原未尝自沉"论。在这个专题中，汪氏为支持自己的观点，提出了两个"根据"，一是以为汉初文人关于屈原自沉的记载不足信，二是以为屈原诗中多次表达的要"自沉"的句子都是反话，亦不足信。实际上，汪氏这两个"根据"才不足信。

先驳其"汉初记载不足信"说。贾谊《吊屈原赋》开篇曰："恭承嘉惠兮，俟罪长沙。侧闻屈原兮，自沉汨罗。造托湘流兮，敬吊先生。遭世罔极兮，乃殒厥身。"⑥《史记·屈原列传》之"太史公云"："余读《离骚》《天问》《招魂》《哀郢》，悲其

① 汪瑗：《楚辞集解》，北京：北京古籍出版社 1994 年版，第 108 页。
② 汪瑗：《楚辞集解》，北京：北京古籍出版社 1994 年版，第 143 页。
③ 汪瑗：《楚辞集解》，北京：北京古籍出版社 1994 年版，第 233 页。
④ 《四库全书总目》，北京：中华书局 1965 年版，第 126 页。
⑤ 《四库全书总目》，北京：中华书局 1965 年版，第 126 页。
⑥ 司马迁：《史记》，北京：中华书局 1982 年版，第 2493 页。

志；适长沙，观屈原所自沉渊，未尝不流涕，想见其为人。"① 这两位汉初著名的学者，均根据屈原作品所示，亲赴屈原当年自沉之地长沙（汨罗），经过实地调查，然后将他们的调查结果载入自己的作品，客观性很强，并无主观臆测。他们没有必要造假。而 1600 多年后的汪瑗仅凭一己猜测，企图否认贾谊、司马迁待汉初学者的考察结果，这才是他人"断断然不信者"。

再驳其"屈子自沉之言为反话"说。汪氏标谤"不信诸家之说，而信屈子之自言。"但《渔父》篇明言："宁赴湘流，葬于江鱼之腹中，安能以皓皓之白，而蒙世俗之尘埃乎？"《怀沙》篇亦明言："知死不可让，愿勿爱兮。明告君子，吾将以为类兮。"《惜往日》篇更明言："宁溘死而流亡兮，恐祸殃之有再。不毕辞而赴渊兮，惜壅君之不识！"而汪瑗偏要说，这些统统都是"反言"②（反话）！对于这样一个不信事实，只信自己的偏执狂，严肃的学者还能说什么呢？他可以永远生活在自己想当然的小天地中，但绝大多数正常的人是不会去理睬这种主观臆测的。

二

汪瑗不仅说屈原没有自沉，而且还说屈原不是一个坚持原则，宁折不弯的大丈夫，反倒是一个明哲保身，一味"隐遁""避祸"的胆小鬼。其《离骚》注中云："是屈子……其终去楚者，又将隐遁以避祸也。孰谓屈子昧《大雅》明哲之道而轻身投水以死哉？"③ 其在《惜诵》注中云："屈原欲奉身远遁以避害也。此二句言隐居乐道而敛行避难，不可荣以禄也……孰谓屈子无明哲保身之道耶？孰谓屈子宁肯自沉流而死耶？"④ 汪瑗此说是否正确，请看屈原自己的回答。屈子在《离骚》中反复声明："謇吾法夫前修兮，非世俗之所服；虽不周于今之人兮，愿依彭咸之遗则！""固时俗之工巧兮，偭规矩而改错；背绳墨以追曲兮，竞周容以为度……宁溘死而流亡兮，余不忍为此态也！""伏清白以死直兮，固前圣之所厚。""亦余心之所善兮，虽九死犹未悔！"屈子在《渔父》篇中大声宣告："举世皆浊我独清，众人皆醉我独醒，是以见放。"当渔父劝他与世推移从而明哲保身时，屈子则毫不犹豫地回答道："宁赴湘流，葬于江鱼之腹中，安能以皓皓之白，而蒙世俗之尘埃乎？"此类句子在屈原作品中不胜枚举。如此斩钉截铁，如此明白无误，但汪瑗还要喋喋不休地说屈原是个明哲保身、隐遁避祸之人，他究竟是在研究屈原，还是在诋毁屈原？是在客观地评论屈原，还是在以小人之心度

---

① 司马迁：《史记》，北京：中华书局 1982 年版，第 2503 页。
② 汪瑗：《楚辞集解》，北京：北京古籍出版社 1994 年版，第 33—34 页。
③ 汪瑗：《楚辞集解》，北京：北京古籍出版社 1994 年版，第 35 页。
④ 汪瑗：《楚辞集解》，北京：北京古籍出版社 1994 年版，第 161 页。

君子之腹？

三

汪瑗还有一个对后代颇有影响的观点，就是对《哀郢》创作背景的另类解释。其云："当顷襄王之二十一年，（秦）又攻楚而拔之，遂取郢……秦又赦楚罪人而迁之东，屈原亦在罪人赦迁之中。悲故都之云亡，伤主上之败辱，而感己去终古之所居，遭谗妒之永废，此《哀郢》之所由作也。"① 汪氏此说是后代屈原投江"殉国说"的源头。但汪氏此说确实是不能成立的。

首先，屈原第二次被逐之时间、背景，史籍有明载，由不得汪瑗胡说。《史记·楚世家》载曰："（顷襄王）三年，怀王卒于秦，秦归丧于楚。楚人皆怜之，如悲亲戚。诸侯由是不直秦。秦楚绝。"② 《史记·屈原列传》载曰："（怀王）竟死于秦而归葬……楚人既咎子兰以劝怀王入秦而不反也……令尹子兰闻之大怒，卒使上官大夫短屈原于顷襄王。顷襄王怒而迁之。"③ 刘向《新序·节士》载曰："（怀王）客死于秦为天下笑。怀王子顷襄王亦知群臣谄误怀王，不察其罪，反听群谗之口，复放屈原。"④ 史籍记载如此明白，但汪瑗非要说是顷襄王屈原第二次被逐是在顷襄王十三年，而且还是"秦人"将他作为"罪人""赦迁"之东的，这不是臆测又是什么？

又，《哀郢》诗中云："惟郢路之辽远兮，江与夏之不可涉。忽若不信兮，至今九年而不复。"这是说，在空间上，他离开郢都已经很远，而且远隔江水、夏水；在时间上，他被逐出郢都已经九年了，但朝廷仍不让他返回。但汪瑗却注曰："按秦拔郢在顷襄王二十一年，今曰九年不复，则见废当在顷襄王十三年，但无所考其因何而废卫。"⑤ 既然早在顷襄王十三年就已经被废离郢，为什么在顷襄王二十一年屈原又突然出现在郢都、且被秦人当作"罪人""赦迁"之东呢？如此前后矛盾，后代居然还有人相信！后人如马茂元先生，为了替汪瑗圆谎，他解释说："但郢都被围时，屈原恰巧回到郢都，郢都城破，他和难民一同逃出，独自南下沅、湘，这一点是可以肯定的。"⑥ "秦人赦迁"说过于离谱，马先生只好回避，但还是要说顷襄王二十一年，只是他要"严谨"一点，所以加上此前"屈原恰巧回到郢都"的说明，那么，马先生又是根据什么"可以肯定"此事的呢？一直到马先生离世，人们也未见其对此有何说明。没有根据，就

---

① 汪瑗：《楚辞集解》，北京：北京古籍出版社 1994 年版，第 172 页。
② 司马迁：《史记》，北京：中华书局 1982 年版，第 1792 页。
③ 司马迁：《史记》，北京：中华书局 1982 年版，第 2484-2485 页。
④ 卢元骏注译：《新序今注今译》，天津：天津古籍出版社 1988 年版，第 241 页。
⑤ 汪瑗：《楚辞集解》，北京：北京古籍出版社 1994 年版，第 178 页。
⑥ 马茂元：《楚辞选》，北京：人民文学出版社 1958 年版，第 133 页。

是臆测。总之,《哀郢》作于顷襄王二十一年说,纯属虚构妄言,不可信据!

四

汪瑗关于《九歌·礼魂》为"前十篇之乱辞"的观点,对后代影响很大,笔者亦曾一度表示认同。然近年来反复研究,觉得汪氏此说不一定正确。如果说《礼魂》是前10篇唱毕最后的"乱辞"——大合唱,这是有道理的,但若说《礼魂》是"每篇歌后当续以此歌",则就不一定了。汪氏此说的出发点是要解释《九歌》为何有11篇这个问题,其曰:"然《九章》之篇数皆合于九,而兹《九歌》乃十有一篇,何也?曰,末一篇固前十篇之乱辞也。""故总以《礼魂》题之。前十篇祭神之时,歌以侑觞,而每篇歌后,当续以此歌也。"[①] 这种说法很是牵强。《九歌》与《九章》不同。"九章"原非专用名称,朱熹说得有理:"《九章》者,屈原之所作也。屈原既放,思君念国,随事感触,辄形于声,后人辑之,得为九章,合为一卷,非必出于一时之言也。"[②]"九歌"是古曲名。汪氏在《离骚》注中写道:"《九歌》,九德之歌,禹乐也,见《尚书·大禹谟》。"[③] 为何到《九歌》注中就非要说这"九"就一定是具体的篇数了呢?另外,《九歌》是屈原对民间祭歌的再创造,每首歌都具有相对的独立性。从艺术完整性的角度看,说《礼魂》为前10首"第篇歌后当续以此歌"就很不合适。查屈原作品中有"乱辞"的是以下几篇:《离骚》《涉江》《哀郢》《抽思》《怀沙》和《招魂》。在这些篇章中,"乱辞"与主体天然吻合,是一个完整的有机体。而如果在《九歌》前10首歌的最后加上"乱曰"二字,再缀上《礼魂》一歌,就显然觉得有"前后两张皮"之感。因为细读前10首歌,其基调,特别是各篇结尾,有些是群舞狂欢,如《东皇太一》《东君》等,这类歌后再另上《礼魂》,岂非重复多余或画蛇添足?另一类是独唱,感情或绝望痛苦,或忧愁无奈,这类歌后突然加上《礼魂》,那种热烈欢腾的群舞场面,岂非反差太大,冲淡了全歌的气氛?总之,《九歌》前10歌的基调尤其是情感氛围,大多与《礼魂》不配,汪瑗硬要将它们搭配在一起,颇有"乱点鸳鸯谱"的意味。我们认为,《礼魂》与前10歌的关系,是总分关系。因为《九歌》前10歌都有一个祭主,唯《礼魂》没有,既然从艺术完整性的角度看,其不可能是前10首每歌之后的"乱辞",那么它就是对前10首祭歌的总结。《九歌》仿佛是一个祭祀文艺联欢会,在前10个节目结束之后,必然要有一个"闭幕曲",犹如现代文艺晚会一般都要有的《难忘今宵》。

---

① 汪瑗:《楚辞集解》,北京:北京古籍出版社1994年版,第144页。
② 朱熹:《楚辞集注》,上海:上海古籍出版社1979年版,第73页。
③ 汪瑗:《楚辞集解》,北京:北京古籍出版社1994年版,第61页。

　　汪瑗的《楚辞集解》除以上几个根本问题上大发谬论外，还在对一些个体篇章的解读上频发谬论。

五

　　汪氏对《涉江》评论说："其作于遭谗之始，未放之先与？……但不能考其为何年之作。"① 周按：既"不能考其为何年之作"，又要猜测说"其作于遭谗之始，未放之先"，岂非自相矛盾？他既看到诗中有云"年既老而不衰"，从而想到"其在顷襄王之时与"，而还要坚持"其作于遭谗之始，未放之先"，这又是前言不搭后语。《涉江》明言"乘鄂渚而反顾"，即与《哀郢》"背夏浦而西思"，"至今九年而不复"相联系，可知其作于第二次被逐九年之后，而汪氏还说"其作于遭谗之始，未放之先"，足见其对《涉江》一诗根本没有看懂。

　　更不可容忍的是汪氏对《涉江》一诗思想内容的解读是大错特错的，其云："大抵《涉江》之作，欲隐而去，故从容冲雅，怨而不怒，哀而不伤，有甘贫苦安淡泊，若将终身焉之意，可谓善于处穷，能于避谗而从容乎退以义者矣。"② 《涉江》诗云："世混浊而莫余知兮，吾方高驰而不顾。""哀南夷之莫吾知兮，旦余济乎江湘。""苟余心之端直兮，虽僻远兮何伤？""吾不能变心而俗兮，固将愁苦而终穷！""余将董道而不豫兮，固将重昏而终身！"这些如火山喷发一样的愤怒之情，居然被汪瑗说成是"怨而不怒，哀而不伤"！特别是《涉江》"乱"词曰："鸾鸟凤凰，日以远兮；燕雀乌鹊，巢堂坛兮；露申辛夷，死林薄兮；腥臊并御，芳不得薄兮。阴阳易位，时不当兮；怀信侘傺，忽乎吾将行兮！"对当时楚国黑暗腐朽政治如此尖锐无情的揭露，汪氏居然说这是"避谗从容"，"退以义者"！若非不懂、无知，便是有意歪曲。好好一篇《涉江》，中国古代文学中少见的一颗明珠，就这样让汪瑗糟蹋了！

六

　　汪瑗评论《怀沙》曰："此篇所言不爱其死者，亦以己之谪居长沙，长沙卑湿，自以为寿不得长，乃作此篇。"③ 周按：汪氏没有看懂《怀沙》，根本不懂屈原。屈原到长沙的原因，《渔父》中已经说清："宁赴湘流葬于江鱼之腹中，安能以皓皓之白，而蒙世俗之尘埃乎？"此明言自己是要到长沙附近去自沉，而汪氏却要说屈原是"谪居长沙"，简直笑话至极！《怀沙》明言因为党人鄙固、汤禹久远，所以"知死不让"，宁

---

① 汪瑗：《楚辞集解》，北京：北京古籍出版社 1994 年版，第 62 页。
② 汪瑗：《楚辞集解》，北京：北京古籍出版社 1994 年版，第 170–171 页。
③ 汪瑗：《楚辞集解》，北京：北京古籍出版社 1994 年版，第 194 页。

折不弯。这是饱含血泪的呐喊，震撼人心，汪瑗却要说屈原是因为"长沙卑湿，自以为寿不得长，乃作此篇"，此非大错特错！《怀沙》最后大声疾呼："知死不可让兮，愿勿爱兮。明告君子，吾将以为类兮！"此处"愿勿爱"的对象是生命，语意十分明白，而汪氏却说"但不爱其死者，屈子之所能也；怀沙砾以自沉者，屈子之所不为也。"①这纯粹是在睁着眼睛说瞎话，完全是一派"想当然"之语，而不是真的在解读屈原作品。

七

汪瑗解读《思美人》一诗曰："《哀郢》乃作于顷襄王二十一年……而尚望其还也。此则……盖历年永久，非复可纪，安于优游卒岁，而无复望还之心矣。是此篇作于《哀郢》之后无疑也。虽不可考其作之年，要之在襄王之时，而非怀王之时则可必也。"②周按：关于《思美人》的创作时间，我在《楚辞解析》等论著中有论证，明确指出其作于怀王被扣秦国、顷襄即位初年，故此处不再赘言。汪瑗没有看出《思美人》前后思想内容的突变，只是根据此诗在后世《九章》版本中位于《哀郢》之后的次序，竟敢断言"是此篇作于《哀郢》之后无疑也。"这种推断类似小儿之读楚辞！倘如汪氏所言"《哀郢》乃作于楚襄王二十一年"，则屈子此时已经五六十岁，据蒋骥测算："按原之死，大约在顷襄十五六年"③，而《思美人》"作于《哀郢》之后"，且"历年永久"，那么，屈原此时至少也要六七十岁，这与诗歌内容及史籍所载屈原生平不符。又，若依汪氏逻辑，《思美人》排在《怀沙》之后，应在其晚年所谓"谪居长沙"之时，而怎能有"开春发岁兮，白日出之悠悠。吾将荡志而愉乐兮，遵江夏以娱忧"之事？另外，从治学角度说，汪氏前言"不可考其所作之年"，后语"要之在襄王之时而非怀王之时则可必也"，即由"不可考"居然能推出"则可必"，这就是汪氏的治学风格！

八

汪瑗解读《惜往日》一诗曰："洪氏又考原初放在怀王十六年，然则此篇其作于此时与？朱子以为临绝之音，非也。"④他在《楚辞蒙引》"美人"条下又曰："《惜往

① 汪瑗：《楚辞集解》，北京：北京古籍出版社 1994 年版，第 204 页。
② 汪瑗：《楚辞集解》，北京：北京古籍出版社 1994 年版，第 205 页。
③ 蒋骥：《山带阁注楚辞》，上海：上海古籍出版社 1984 年版，第 136 页。
④ 汪瑗：《楚辞集解》，北京：北京古籍出版社 1994 年版，第 226 页。

日》据《史记·屈原传》当作于怀王。"① 周按：屈原一生仕途，主要在怀王时代，所以说《惜往日》主要回忆怀王时代自己的怀抱、遭际，这是没有问题的；但此诗中所记载的创作地点及所表现的感情，则与屈原在怀王时代初放时的毫无关联。从地点说，此诗云："临沅湘之玄渊兮，遂自忍而沉流。"这里明确无误地交代此诗写作之时作者身处湘水流域。而屈原于怀王时代的被逐地点是在汉北，离湘水流域一南一北，距离十分遥远。仅此一事，即可断定汪氏之说之谬误。另从思想感情角度说，《惜往日》所表现的那种充满绝望的感情，与屈原于怀王时代初放时的完全迥异。这里有个参照系，即《离骚》。《离骚》作于怀王时代屈原初次被逐之后，屈子在此诗中大声高唱，"路曼曼其修远兮，吾将上下而求索"，等等，其对生命、对事业的热烈追求之情溢于言表。如依汪氏之论，《惜往日》作于怀王时代屈原"被放之初"，满心"上下而求索"的屈原焉可有"临沅湘之玄渊兮，遂自忍而沉流"的想法？清人蒋骥对《惜往日》的解读比较正确，其云："《惜往日》，其灵均绝笔与？夫欲生悟其君不得，卒以死悟也……故大声疾呼，直指谗臣蔽君之罪，深著背法败亡之祸，危辞以撼之，庶几无弗语也……《九章》惟此篇词最浅易，非徒垂死之言，不暇雕饰，亦欲庸君入目而易晓也。"② 要之，《惜往日》如朱熹所云为屈子"临绝之音"，而非汪氏所猜之"初放"之作。

结　语

过去，我多次读汪瑗《楚辞集解》，曾认同金开诚先生之见③，肯定汪氏此书，且颇欣赏其若干新奇之见，当然也对其"屈原未尝自沉"等谬论嗤之以鼻。今年春节期间，我摒绝一切应酬往来，闭门再次攻读《楚辞集解》，深悟汪氏此书尽管有若干新奇之见可资借鉴，但其谬论流毒甚广，必须加以驳斥方可利于楚辞研究之深入。故而操觚，以成此文，还盼方家指正。

① 汪瑗：《楚辞集解》，北京：北京古籍出版社 1994 年版，第 311 页。
② 蒋骥：《山带阁注楚辞》，上海：上海古籍出版社 1984 年版，第 137 页。
③ 金开诚：《汪瑗和他的楚辞集解》，《文史》，第 19 辑。

林云铭的遗民情结与《楚辞灯》的创作

金陵科技学院　刘树胜

【摘　要】　林云铭有浓重的遗民情结。作为明代遗民，其思想经历了两次大的转折：明亡后向往用世，用世后愤世嫉俗；黜落后厌世愤世，继而产生了浓重的怀旧情绪。这一发展轨迹，正是始而跃跃欲试，继而屈居下僚，终而无路可走而复归反叛或怀旧的一类遗民的成长轨迹，这也是林云铭热爱楚辞、创作《楚辞灯》的主要原因。

【关键词】　林云铭　楚辞灯　遗民情结

林云铭，字道昭，号西仲。福建闽县人。生于明崇祯元年（戊辰年 1628 年 8 月 28 日），卒于康熙三十六年（丁丑年 1697 年 7 月 19 日），享年 69 岁。

论者多认为林云铭是一个充满了忠君爱国之思、体恤民生疾苦的文人，《四库全书总目·挹奎楼选稿提要》即谓："耿精忠之叛，云铭方家居，抗不从贼，被囚十八月，会王师破闽，始得释，其志操有足多者。"[①] "志操"两字下得颇耐寻味。论者又依据其诗文，坐实其忠君爱民的价值取向。照此看来，林云铭所爱之国是清廷，所忠之君是清君了。虽然其文章中也有个别地方将清朝称为"圣朝"，但从不称顺治、康熙为"圣天子"，除《四芝歌》与《楚辞灯》外，极少提及此两朝年号，甚至连创作时间也只采用干支纪年。而对明代的亡国之君崇祯，非但不直呼其庙号，反而尊称其为"怀宗"。那么，论者所谓林云铭的"忠君爱国"就成了问题，值得认真思考。细读其《挹奎楼选稿》及《楚辞灯》，不难发现深隐于其中的故国遗民之思。兹从以下几点予以论证，以就正于方家。

一、从其生平经历来看，林云铭应是明朝的遗民

关于"遗民"，有许多不同的解释，或指亡国之民，或指改朝换代后不仕新朝的人，或指劫后余留的人民，或指后裔、隐士、百姓等。而习惯上人们把亡国之民和改朝换代后不仕新朝的人叫作遗民。顾炎武为明末诸生，曾出任南明小朝廷官员，参加

---

　　① 永瑢等：《四库全书总目·挹奎楼选稿提要》，北京：中华书局 2003 年版，第 1648 页。

义军抗清，明亡，屡辞征召，终身不仕。以上二者，显然是指那些恪守不仕二朝的人而言；陆游《秋夜将晓出篱门迎凉有感》"遗民泪尽胡尘里，南望王师又一年"里的"遗民"，指的则是普遍意义上的亡国之民。那么，林云铭算不算遗民？在诸多的类型中，林云铭又属于哪一类遗民？这要从相关文献中找证据。

从出生年月看，林云铭应该是大明遗民。关于林云铭的生年，其《癸卯小像自赞》云："萧萧花发暗中催，三十六年一梦回。"其下自注云："时年三十有六，为黄冠之服。"① 癸卯年为1663年康熙二年，由此上推36年是1628年崇祯元年；其《丁巳小像自赞》又云："五十年来，拂乱颠蹶愈出愈奇。"② 丁巳年为1677年康熙十六年，由此上推五十年也是1628年；而其次年所作的《戊午初度》诗则云"五十年来又一春"，似乎与上引矛盾。其实，这是对诗句中的理解问题，诗句的意思不是五十年后的一个春天，而是五十又一年，再者，林云铭的生日是秋天不是春天。戊午年是1678年康熙17年，由此上推五十一年，也是戊辰年1628年崇祯元年；其《自塑小像记》云："余行年三十有八，历宦者七载。"③ 其《损斋记》云："己巳春，林子行年三十有八。"④ 己巳年是1665年康熙四年，由此上推三十八年，亦为戊辰年1628年崇祯元年；其《狱中祝灶文》又云："乙卯冬十又二月丁丑之夕……今行年四十有八。"⑤ 乙卯年是1675年康熙十四年，由此上推四十八年还是1628年。由此可以断定，林云铭生于戊辰年1628年明崇祯元年，至清朝建立的甲申年1644年顺治元年，时年满16岁。而清政府对福建的管辖是在隆武二年1646年秋8月，博洛率清军进入福建，擒杀南明隆武帝之后。如果以此为节点计算，林云铭作为大明子民的时间还要由此向后推迟两年，此时18岁的他已是一个血气方刚的年轻人，应该是严格意义上的大明子民了。关于林云铭在这一时间段里的情况，其诗文中的记录甚少，并相当模糊。其《述怀歌》对此时期内的描述只是这样一段模棱两可的话："我生不知何所缘，长唫矻矻称书颠。眼光到处必钩玄，奇文赏罢问青天。三旬九食饱云烟，潦倒丹崖不记年。"⑥《四库全书总目·楚辞灯提要》谓："王晫《今世说》称：云铭少嗜学，每探索精思，竟日不食。暑月家僮具汤请浴，或和衣入盆。里人皆呼为'书痴'。"⑦ 只涉及了其少年嗜书成癖的情景。对此，《四书存稿自序》里的记述相对丰富一些："余十余龄学为制艺，即嗜先正诸大

① 林云铭：《挹奎楼选稿》，见《四库全书存目丛书》，济南：齐鲁书社1997年版。
② 林云铭：《挹奎楼选稿》，见《四库全书存目丛书》，济南：齐鲁书社1997年版。
③ 林云铭：《挹奎楼选稿》，见《四库全书存目丛书》，济南：齐鲁书社1997年版。
④ 林云铭：《挹奎楼选稿》，见《四库全书存目丛书》，济南：齐鲁书社1997年版。
⑤ 林云铭：《挹奎楼选稿》，见《四库全书存目丛书》，济南：齐鲁书社1997年版。
⑥ 林云铭：《挹奎楼选稿》，见《四库全书存目丛书》，济南：齐鲁书社1997年版。
⑦ 林云铭：《挹奎楼选稿》，见《四库全书存目丛书》，济南：齐鲁书社1997年版。

家传文……未几，受知于督学毛萱鞠先生，以克期伏地五作，补弟子员。"① 此处所云"受知于督学毛萱鞠先生"及"补弟子员"的经历，都是其十八岁明亡以前的情形。从亡国之民这个角度考量，他的遗民类型应该属于较宽泛的亡国之民。如果循着这一发展轨迹推下去，他应该是一个不再与新政权合作的严格意义上的遗民，因为他所受的传统儒家教育至他"补弟子员"时应已定型。

但实际上，他还是接受了清人的铨选与俸禄，采取了与统治者合作的态度，这说明他对满清统治者还抱有一定的幻想，也正是他在《楚辞灯·序》中所说的"少痴妄，不达时宜，私谓用世可以得行其志"，这种矛盾的心理，是导致他失志后"动辄失声痛哭"的根本原因②。他参与了戊子顺治五年的乡试、壬辰和乙未两次会试，并于戊戌顺治十五年举进士，出任了九年的徽州司理。仇兆鳌《把奎楼选稿序》谓："晋安林西仲先生，少秉殊质，绩学嗜文，登戊戌科进士，早以诗古文蜚声都下，始任新安司理。丁未后退居建溪。"③ 其《述怀歌》谓："二十摘髭银案前，三十跃马曲江边。明刑南国司蒲鞭，迂疏不惯卖娇妍。……同时巧宦多超迁，我独九载空萦牵。"④《四书存稿自序》亦谓："即际国朝鼎革，戊子宾兴，复受知于闵中介先生，录科第一，随领乡荐。皆谓余文法脉独真，余尚未敢自信。己丑决计不上春宫，键户平远之麓……壬辰、乙未两闱，俛得复失……戊戌缀附南宫，方拟点窜问世，遽膺一命司理新安。"⑤ 其庚戌年所作《袁雪山订感应篇序》谓："余与袁雪山同领戊子乡荐，时皆少壮，义气豪宕，睥睨一世。乙未岁别于京师，各宦一方，南北异地，不相通问者十有六年。"⑥ 己酉1669 年《损斋焚余自序》、乙丑1685 年《吴山戮音自序》对此也有零星记录。以上资料证明，林云铭早在二十岁时（戊子顺治五年）已经接受了清王朝的科举，于30 岁进士及第并任职新安。从这一经历来看，林云铭似乎并没有恪守明代遗民的不合作精神，反而醉心于异族朝廷的功名。这种状态一直持续到他丁未年黜落回乡，定居建宁。从这一点上考虑，他似乎只能属于亡国之民的遗民类型，不属于改朝换代后不仕新朝的遗民。

从林云铭的整个人生经历来看，他的遗民性格真正形成于被黜落及闽变烽火之后。虽然他被大军从耿逆的牢狱中解救出来，但他非但对大军没有丝毫感激，反而从此看破世事，走上了一条与统治者不合作的遗民之路。自此以后的三十余年间，从丁未年

① 林云铭：《把奎楼选稿》，见《四库全书存目丛书》，济南：齐鲁书社1997 年版。
② 刘树胜：《楚辞灯校勘》，保定：河北大学出版社2011 年版，第2-3 页。
③ 林云铭：《把奎楼选稿》，见《四库全书存目丛书》，济南：齐鲁书社1997 年版。
④ 林云铭：《把奎楼选稿》，见《四库全书存目丛书》，济南：齐鲁书社1997 年版。
⑤ 林云铭：《把奎楼选稿》，见《四库全书存目丛书》，济南：齐鲁书社1997 年版。
⑥ 林云铭：《把奎楼选稿》，见《四库全书存目丛书》，济南：齐鲁书社1997 年版。

（1667）优游建溪到至死避地杭州，林云铭一直远离官场，成了一个真正的大明遗民。仇兆鳌《挹奎楼选稿序》谓："丁未复退居建溪，结庐治圃，思优游泉石，以大肆其著述。甲寅闽逆起，家历兵燹，田卢一空。而逮冤狱……进而间关抵杭，营书舍，□典坟，日与四方名士往来唱和。"① 其优游泉石、大肆著述、结交名士的生活内容，已初具遗民典型。其《述怀歌》谓："四十朝议汰冗员，武夷有约峰头眠。或随羽客谈神仙，或偕山僧参五禅。私幸重负已释肩，放言物外任謏謑。无端闽疆烽火燀，焚林竭泽难图全。"退居建溪后，多了与缁流、羽流的交往，有了放言物外的自由。"五十归来建水沿，劫灰万卷无存编。……故国扰扰百忧煎，重萌西湖路数千。……起视银河星斗悬，搔首狂叫天何偏。……且看梅花雪里娟，一寒彻骨孤山巅。呼起君复共流连，仰天长笑动星躔。"② 而避地西湖后，更多了一种遗民的孤傲和疏狂。

需要注意，林云铭在诗文中，有意回避自己在明代十八年青少年时代的所作所为，不得已时则轻描淡写，这是容易理解的。因为时当文字狱极其炽烈的清代，而其自身又是大明遗民，自然应该小心翼翼。虽然，他还是在字里行间，自然地流露出作为遗民的悲哀。

二、《挹奎楼选稿》中诗文创作的遗民特征

厌世情绪及不与统治者合作的孤高态度。在他尚任新安司理的康熙四年所作的《四芝歌》里，已经有了"宦海风涛不可量，牛马奔驰坐背芒。何日拂衣水云乡，内芝郁郁自徜徉"的慨叹③，表达了厌倦官场、拂衣归隐的愿望；乙丑年作于狱中的《七歌》悲叹："丈夫生当为乱堪悲酸，虚名桎梏高蹈难。忍死佯狂干戈里，长蛇短蚿争摧残。泰山鸿毛总归尽，寂寞身后增长叹。呜呼！七歌兮，歌变征，茫茫千古知谁是！"④ 身经世乱，看破了虚名桎梏，看透了价值功业；丙辰九月出狱时所作的《醉时歌》发出"人生短景如蜉蝣，千古能知几度秋……此后余年安可冀，且向天上寄却愁。白眼衔杯期长醉，放怀未得空憔悴。时事于我何有哉？接篱倒着迷山隈。安能世外寻乐土，荷锸勿忧无处埋"的感慨⑤，表现出强烈的厌世情绪，亮明了放达狂简的人生追求；而《林和靖墓》一诗，借对北宋遗民林逋孤高性格的赞美，表明了自己与统治者不合作的态度和遗世独立的价值取向："直把孤山当首阳，世缘辞却许他狂。诗成弃稿无人和，客至开笼有鹤将。豫结生前闲冢墓，耻为死后佞文章。白杨疑逐清魂住，尽作梅花一

---

① 林云铭：《挹奎楼选稿》，见《四库全书存目丛书》，济南：齐鲁书社 1997 年版。
② 林云铭：《挹奎楼选稿》，见《四库全书存目丛书》，济南：齐鲁书社 1997 年版。
③ 林云铭：《挹奎楼选稿》，见《四库全书存目丛书》，济南：齐鲁书社 1997 年版，第 171 页。
④ 林云铭：《挹奎楼选稿》，见《四库全书存目丛书》，济南：齐鲁书社 1997 年版，第 174 页。
⑤ 林云铭：《挹奎楼选稿》，见《四库全书存目丛书》，济南：齐鲁书社 1997 年版，第 175 页。

段香。"① 在《荆南墨农全集序》中，林氏借题发挥，将自己与古今文人同视为"天之弃人"，并解释了自己的创作多涉恸哭、谩骂的原因："古今文人，其始皆天之弃人。方其弃也，颠倒困厄中无可措意，往往有疑而问天，急而呼天，穷而怨天，甚至无可如何，反强颜自解，以为天之所以兴我者非偶然……然鄙性难驯，间有所作，多涉于淋漓恸哭、感愤谩骂，不堪示人，无论传后。"② 其中，劳苦倦极、人穷则反本而呼天的描述，与《史记·屈原列传》所描述的情景几无二致，这也正是林云铭倾慕屈原、醉心《楚辞》并创作《楚辞灯》的重要原因。厌世情绪是遗民对现实无可奈何的一种曲折表达。

九年的宦海生涯，林云铭对当时的官场有了深入的了解，其《贺武平卫邑令左迁序》谓："夫仕宦虽以有才为贵，然在今日，不必患其少，而正苦其才多。"出语出人意表，惊世骇俗。所以如此，原因是"才少，但不能尽其职之所当为；才多，则于所职之外，将无所不为。其贱行有不可以告妻子也，其忍心有不可以慰幽独也，其私意邪营有不可以对天地鬼神也，乃复强颜自解曰：'时势使然，吾亦非出于己意也。'此所谓良有司"③。对所谓的良吏的贱行、残忍、私念和虚伪予以了无情的嘲讽，流露出鄙薄功名、绝意仕宦的遗民情绪。而其《游黄山不果》之"丹房久厌墨痕腥，不许文人题新句"④，除去自嘲不得游黄山的意思外，似乎也有委婉地讥刺文字狱的意思。那么，《嘲鸣蝉》是否可以理解为对明末自命清高的文人们的讽刺呢？"啾啾不已山头树，日夜虚縻树间露。自命清高第一流，不知朽木身中附。无端夏去忽变声，苦向金天陈时务。惹得寒风朔北来，大家口结如冰锢。"⑤ 无知文人，清谈误国，徒縻俸禄，自命清高，而不知大明江山已如朽木，一旦改朝换代，则恬然改节，而北来文祸一至，则噤若寒蝉，不再作声。而《萤》则或有讥讽清朝统治者起身荒野、依草附木、目不识丁、侥幸通灵而作色吓人之意："出身微贱本荒垌，腐草无知幻作形。才过园林依古木，忽登台阁乱明星。青燐照野能为鬼，黄卷披囊不识丁。休讶逢人频作色，此时大火藉通灵。"⑥ 在文祸倡炽的康熙时期，发出并保留下这样的诗文，不能不说是一个意外。

对忠君死节之士的歌颂。林云铭对历史上的死节之士，尤其是那些在王朝存亡关头或受异族压迫时代为国为君而死的志士，以极大的热情予以了歌颂。究其原因，除

---

① 林云铭：《挹奎楼选稿》，见《四库全书存目丛书》，济南：齐鲁书社 1997 年版，第 181 页。
② 林云铭：《挹奎楼选稿》，见《四库全书存目丛书》，济南：齐鲁书社 1997 年版，第 36 页。
③ 林云铭：《挹奎楼选稿》，见《四库全书存目丛书》，济南：齐鲁书社 1997 年版，第 26 页。
④ 林云铭：《挹奎楼选稿》，见《四库全书存目丛书》，济南：齐鲁书社 1997 年版。
⑤ 林云铭：《挹奎楼选稿》，见《四库全书存目丛书》，济南：齐鲁书社 1997 年版。
⑥ 林云铭：《挹奎楼选稿》，见《四库全书存目丛书》，济南：齐鲁书社 1997 年版。

了与其所处的明清易代的时代背景有关之外，还与其黜落之后又遭遇闽变的痛苦经历有关。它表明，林云铭此时已产生了浓重的遗民意识。在其《徐巨翁忠节录序》里，林云铭提出了"纲常"二字："纲常为世道之柱维。吾儒读圣贤书，知大义在天壤间，本无可逃。"并指出徐巨翁所以全家舍生取义，皆出于对纲常的维护："元制人十等，儒列娼丐之间。世道之变已极，人道之灭几尽，道存与存，道亡与亡。故不惜一身一家，为千古纲常之寄，非有迫于是，非有慕于名，非有激于气，成仁取义，其心安焉。"① 南宋恭帝德祐二年，伯颜兵临城下，此时距宋亡已不满七年。在此风雨飘摇之际，徐巨翁为一失道之君、失道之朝，尚然以身殉国，足见其对"纲常"的恪守。而南宋王朝与元蒙王朝之间的矛盾，又是汉族正统与异族夷狄之间的矛盾，维护正统、为其殉节也包括在林氏所说的"纲常"之中。明清之际的情况与徐巨翁所处的背景极为相似，明乎此，林云铭所以极力标榜"纲常"的目的也就显而易见了。又如，《人文大观》是陈海士编写的一部明代名人传记，林云铭在《序》中有如下阐述："有明三百年中，人才辈出，其为文亦各成一家……其中非理学名儒，则忠节正士；非经济硕辅，则俶傥高人。"② 为其立传的目的就是使之"与后人心眼相遭，其精神不可磨灭"。再如，《岳王坟》是一首凭吊怀古之作，最见深情。它将一腔亡国遗民的怨恨借助对历史的咏叹发泄出来："金牌招致虎臣休，半壁山河尽献仇。土壤时亡犹可复，孤忠既丧与谁谋。茫茫宋室桑田改，郁郁滕城大地留。荒草白杨今古月，黄昏长照栢南楸。"③ 岳飞抗击的是北方的异族，岳飞死后，朝廷把半壁江山献给了曾经掳走大宋皇上的金人。而曾经朗照南宋荒草白杨的明月，如今又照在了尽付异族的大地上。与其说此诗是吊古之作，不如说是伤今之作，他借古说今，抒发的是山河易主、受制夷狄、无人收拾的感伤情绪。而《赏菊》其二又以三闾大夫的知己自居，赞美了菊花傲骨凌霜的晚节："瘦骨凌霜晚节荣，不随众卉望秋零。餐英孰是君知己？只有三闾醉独醒。"④ 林云铭劫后余生，放情山水，逸志典坟，不再与统治者合作，益发体现了遗民的本色。

与明代遗民的唱和及对反清志士的倾慕。在《挹奎楼选稿》中，林云铭提及并与之有过从的明代遗民，数量非常可观：其中有毛先舒、应嗣寅、王晫、丁澍、沈疷庵、吴宝崖、汤念平、唐济武、林璐、黎媿曾、龚华茂、吴相如、茅于纯、罗补庵、游子六等。这些人都是明代遗民，而且多为不与满清合作的人，林云铭与他们都有较频繁的书信往还。如毛先舒，清代仁和人，明诸生。生于明光宗泰昌元年（1620），深得抗清志士陈子龙的赏识，并师事陈子龙，后又随学者刘宗周游。明亡后，不求仕进。《挹

---

① 林云铭：《挹奎楼选稿》，见《四库全书存目丛书》，济南：齐鲁书社 1997 年版。
② 林云铭：《挹奎楼选稿》，见《四库全书存目丛书》，济南：齐鲁书社 1997 年版。
③ 林云铭：《挹奎楼选稿》，见《四库全书存目丛书》，济南：齐鲁书社 1997 年版。
④ 林云铭：《挹奎楼选稿》，见《四库全书存目丛书》，济南：齐鲁书社 1997 年版。

奎楼选稿》中有《与毛稚黄》的书信传世；又如林璐，钱塘人，明末诸生。性情倜傥，以慷慨好客著称。林氏丙寅作《岁寒堂存稿序》谓："余宗鹿庵，一代高士，好倜傥大节，于学无所不窥。嗣以贫落流离。往往纵酒谩骂，视世俗龌龊，无一当其意者。坐是得狂名，益踽踽寡合。"① 其文章，被林氏目为"文中龙虎"；再如王晫王丹麓，钱塘人，明诸生，入清不仕。吴舒凫《王丹麓传》载纳兰成德绍介毛先舒、王晫二人事："成侍卫德，素未通问，特致书顾太守岱，称毛稚黄、王丹麓两人文行为西陵第一。时开馆修郡志，毛令其子通谒，遂延入馆。王终不往。"② 固守遗民节操，不可夺志，由此可见王晫之为人。庚申 1680 年林氏作《南窗文略序》谓："王子丹麓，早岁即谢举子业。数十年中深思苦学，悉发为古文词。凡当代作者，靡不赏识，接纳恐后。"进而追悔自己"少失之括帖，壮失之簿书，复苦于功之不专。四十以后方知决策还山"的痛苦经历③，显然是以王晫为同调。而《赠王丹麓》诗又对王晫高蹈不仕、混迹渔樵的遗民情怀予以了热情歌颂，并表示愿意追随其后："投迹朱门世所喜，羡君独求天下士"，"晋安野叟头半白，为避烽烟作逋客。因叹当今著作者，朝华暮萎何多也。千秋大业还有谁，古云名下无虚假。愿言读尽君传书，从君百尺楼头下。等闲结得海内交，含毫谈笑扶风雅"，④ "岂峕为友室，空谷亦怡情。坠露供朝饮，孤芳问屈平"。⑤ 对其为人，倾慕有加。再如沈瘃庵，早年应顺治乡试，其后屡试不中，遂绝意仕进，以著书立说自娱，与林璐相友善，并与林云铭结交，"每纵酒剧饮，鹿庵辄乘醉谩骂，瘃庵则娓娓辩论理学，无少差失。余以为皆当世奇士，陶然与晨夕留连，颠倒而不厌"⑥。观其经历，皆为明代遗民，又皆心存怨愤，容易惺惺相惜。

如果以上这些资料透露的信息，还仅限于对明代遗民的倾慕而视为同调的话，那么，他写给郑郏和郑牧兄弟的《赠皆山子》诗，却明显地流露出了遗民反抗意识！郑郏字奚仲，一字皆山，莆田人。生于明万历四十四年（1615），崇祯末岁贡生，与兄郑郊同为督学李长倩所赏识，首拔食饩。崇祯五年（1632）、十三年（1640）、十六年（1643）从抗清民族英雄黄道周游。崇祯十七年（1644）明亡之际，郑郏以明经贡于朝廷，未及任用。顺、康以来，郑郏举家隐遁于莆田壶麓山，又先后在溪泉、青山、卢峰、横塘等地流离转徙。尽管如此，郑郏始终关注抗清事业。虽然我们无法考证郑郏在明亡以后近二十年里从事的具体活动，但从他所结交的诸多爱国志士来看，毫无疑

① 林云铭：《挹奎楼选稿》，见《四库全书存目丛书》，济南：齐鲁书社 1997 年版。
② 转引上海图书馆历史文献研究所编《历史文献》之谷辉之《毛先舒年谱》。
③ 林云铭：《挹奎楼选稿》，见《四库全书存目丛书》，济南：齐鲁书社 1997 年版。
④ 林云铭：《挹奎楼选稿》，见《四库全书存目丛书》，济南：齐鲁书社 1997 年版。
⑤ 林云铭：《挹奎楼选稿》，见《四库全书存目丛书》，济南：齐鲁书社 1997 年版。
⑥ 林云铭：《挹奎楼选稿》，见《四库全书存目丛书》，济南：齐鲁书社 1997 年版，第 39 页。

问，郑郊充当着联络抗清义师的角色。六十岁以后，郑郊过着隐居读书、著书自乐的生活。晚年，郑郊还徒步丹霞、梁山，吊古兴怀，抒发了"恨招魂之无术，叹残生之多泪"的无奈之情。林氏在《赠皆山子》诗里，称扬郑氏兄弟的胸罗万卷和高风亮节："郑君兄弟瑚琏姿，胸罗万卷卧山陬。屏迹城市三十载，高风同为海内仪。"热情地歌颂了郑牧屈原般的忠君情怀，并明确肯定了其韬光养晦、等待时机、弘扬正义的志向："季方读骚广骚义，养晦待时宣正义。……近采忠烈系诗句，此志堪争日月光。"表达了对郑氏兄弟的倾慕向往之情："我昔拂衣神交早，避地无由通纮缟。忽值鼠斗干戈横，无端滞落壶山道。……喜君相遭恨见晚，促膝忘形披情愊。"并自认是郑氏兄弟的知己，表示愿意与他们一同实现扫清天宇的理想："高谈尽是济时资，知君虽遁意甚远。安得与君纵酒频相过，我为起舞君浩歌。醉后拥彗登碧落，扫除欃枪净天河。世路纷纭不足恤，屠龙技成用有日。"并对郑氏兄弟予以规劝，希望他们谨慎小心："为我寄问伯子意若何，未遇知音休扪虱。"① 其中"养晦待时宣正义"，"高谈尽是济时资，知君虽遁意甚远。……醉后拥彗登碧落，扫除欃枪净天河。世路纷纭不足恤，屠龙技成用有日"等句，反清复明的意思极为明显，这在当时是犯杀头之罪的。显然，林云铭借《赠皆山子》诗，表达了强烈的遗民复仇情绪。林氏的这一情绪，由郑氏兄弟的所作所为可以得到印证。

三、其《楚辞灯》创作集中体现强烈的遗民意识

《楚辞》向来就是忠臣烈士、遗民节士的传统教科书。从《楚辞》自身的发展规律看，时代鼎革带来的精神刺激，造成了《楚辞》研究的崛起。这种刺激往往出现于朝代更迭前后，或造成末世志士爱国热情的高涨，或造成前朝遗民怀旧情绪的膨胀，或造成乱世文人无可奈何的潦倒，或造成新朝文人的心平气和。正如梁启超《清代学术概论》所云："当时诸大师，皆遗老也。其于宗社之变，类含隐痛，志图匡复，故好研究古今史迹成败，地理厄塞，以及其他经世之务。"②

明清易代之际，满清政府的屠戮和思想文化领域的钳制，给生于忧患、命途坎坷的遗民林云铭带来的刺激是很大的，这种刺激可能造成了他无可奈何的潦倒，可能引发了他的遗民怀旧情绪，也可能造成了他末世志士爱国情绪的高涨，其《挹奎楼选稿》反映出来的思想动态，证明了这种种可能。在这一背景下，《楚辞》所蕴含的忠贞不渝的气节，与其明末遗民的怀旧情绪产生了强烈的共鸣，唤起了他用屈原精神表达个人愤慨和民族气节的热情，进而投身于《楚辞灯》的创作。

① 林云铭：《挹奎楼选稿》，见《四库全书存目丛书》，济南：齐鲁书社1997年版。
② 梁启超：《清代学术概论》，见《梁启超学术论著四种》，湖南：岳麓书社1985年版，第40页。

作为遗民，林云铭虽出任过满清政府的地方官吏，为官清正爱民，但"宦海风涛不可量，牛马奔驰坐背芒"的官场黑暗，使他不久就产生了无可奈何、潦倒度世的想法。在作于1663年的《庄子因序》中，林云铭进行了深刻的自我剖析，自认"支离成性"，其性情与庄子相近，有一笠一瓢了此一生的想法，这正是一种典型的遗民思想。而自从参加了清政府的科举，其思想发生了变化，"俾畏人之鹪鹩，难以自遂，不得不知效一官，舍鹏飞而效晏笑。自是以后，为樊鸡，为庙牺，为昆陵异鹊，求其俯仰而不得罪于人"①，一旦低头，则失去了自我，成为统治者的牺牲。而在经历了九年的宦海风波和无端的黜落之后，其思想再次发生了巨变，他对新朝彻底失去了幻想，重又回归到遗民的原点，甚至比以往任何时候都要来的激进，并将这一状况持续到生命的终结。根据《楚辞灯·序》的描述，林云铭"读《骚》"始于新安为官时期，而注《骚》当始于被黜回乡卜居建溪之后，"或作或辍，其稿悉没于闽变烽火中"。寓居杭州后，"再注未就，又毁于回禄"②。在他去世前的丙子年十月，重新开始了对屈原全部作品的注述，并于第二年丁丑年正月完成。由此看来，林氏是一直把屈原的《楚辞》当作疗救心灵创伤、表达愤郁不平的遗民情怀的精神载体的。

在《楚辞灯·序》中，他自述"少痴妄，不达时宜，私谓用世可以得行其志。及筮仕后，所见所闻，皆非素习，以故动罹谴诃"③，所谓"少痴妄，不达时宜，私谓用世可以得行其志"，指的应该是其在明亡至进士及第前的情况，而"筮仕"则是戊戌1658年进士及第后任新安司理。在此，林氏自悔少年时代的入世理想是痴心妄想，其所经历的宦海浮沉，绝非想象中的光明世界。因此痛定思痛，转而在屈骚的世界里寻找寄托，而"每当读《骚》，辄废书痛哭，失声仆地"④，显然是在《骚》中发现了自己的影子。"余谓屈子之文，尝自言'世莫知'，及赋《怀沙》，则云'愿志之有像，明告君子，吾将以为类'，是欲以当身之不见知，庶几传之后世，或有同类而共知之也"⑤，认为屈原因不为时人所知，故撰文传于后世，企图于后世找到同类与知己。显然是以屈原的知己自居。在遭遇了闽变烽火、流寓杭州后，他重新开始了《楚辞灯》的著述。在此期间，他更自信地认为，自己就是屈原两千年以后的那个知己："余虽乏《骚》才，然老惫异域，贫窭不能自存。且以四海之大，无一人能知余之为人者。而毕生不逾跬步之志，九死不悔，在屈子未必不引以为类。"⑥ 他借助对屈原生不逢时、志

① 林云铭：《挹奎楼选稿》，见《四库全书存目丛书》，济南：齐鲁书社1997年版。
② 刘树胜：《楚辞灯校勘》，保定：河北大学出版社2011年版，第2—3页。
③ 刘树胜：《楚辞灯校勘》，保定：河北大学出版社2011年版，第2—3页。
④ 刘树胜：《楚辞灯校勘》，保定：河北大学出版社2011年版，第2—3页。
⑤ 刘树胜：《楚辞灯校勘》，保定：河北大学出版社2011年版，第2—3页。
⑥ 刘树胜：《楚辞灯校勘》，保定：河北大学出版社2011年版，第2—3页。

不获展的不幸遭遇的同情，抒发了自己命途多舛的感慨，并认为屈原的作品就是为自己这个"后人"所写的"意中事"，这实际上是借古人的酒杯浇自己的块垒："屈子以王者之佐，生于乱国宗族，志无所伸，义无所逃，不得已以一身肩万世之纲常，寄之于文以自见。……若知世风递降，而树立存乎其人。去流俗之见，以意逆志，则各篇中层折步骤，恍觉有天然位置，不啻为后人写意中事。"① 这种自信，应该是基于作为明代遗民文人身上的一种潜质，也就是他屡屡提到的"孤忠"。一篇序文，主要讲了以下几个问题：屈原是千古奇忠，屈原作品是可与日月争光的奇文；自己是屈原的知己和同调；屈原所处的"乱国宗族"是大国争霸楚国将亡，而自己所处的"乱国宗族"，不只是新旧两个朝廷的交替，更主要的是异族统治取代了汉人正统。明白了这一点，林云铭创作《楚辞灯》的用意也就不难理解了。

　　需要注意，序文中所谓"以一身肩万世之纲常，寄之于文以自见"的"纲常"，就是他在《徐巨翁忠节录序》提出的"纲常为世道之柱维……不惜一身一家，为千古纲常之寄"的"纲常"②，也就是"君为臣纲"，具体讲就是一臣不事二主的遗民"纲常"。从这一意义上看，屈原倡导的忠君思想，在林云铭那里应该不是对满清朝廷的忠，而是对朱明朝廷的忠，这一点由前面内容的分析可以证明。所以，他作《楚辞灯》的初衷就是要扫除两千年来的"千层雾障"和"旧诂迷阵"，为楚辞的"长夜暗室"点亮一盏"灯"，"将千古奇忠所为日月争光奇文"烛照无遗，使得"万世之纲常有赖"③。

---

① 刘树胜：《楚辞灯校勘》，保定：河北大学出版社 2011 年版，第 2-3 页。
② 林云铭：《挹奎楼选稿》，见《四库全书存目丛书》，济南：齐鲁书社 1997 年版。
③ 刘树胜：《楚辞灯校勘》，保定：河北大学出版社 2011 年版，第 2-3 页。

徐昂《楚辞音》中的注音资料①

南通大学　费鸿虹　周远富

【摘　要】　徐昂是民国时期南通的音韵学家，其代表作《楚辞音》蕴含了徐氏的古音理论，其中的注音材料，共 147 条，包括反切、直音等形式，我们从注音角度、注音形式以及声、韵、调三个方面进行研究。

【关键词】　楚辞音　徐昂　注音资料

据统计，徐昂《楚辞音》中涉及的注音共有 147 条，其中反切 10 字例，10 条；直音 21 字例，24 条；注声母 99 字例，113 条；注声调或韵等 20 字例，26 条。这些注音材料有助于我们深入了解徐氏古音理论。我们主要从注音目的、注音形式、注音的声、韵、调等方面进行考察。

一、注音目的

徐氏注音目的，我们总结为以下几点：

（一）阐明韵字的古本音，说明协韵及韵字归部情况。

1. 有些韵字中古音读来相协，徐氏仍加注反切。如：

> 屈心而抑志兮，忍尤而攘诟。
> 伏清白以死直兮，固前圣之所厚。（《离骚》）
> 诟，古音故或作诟；厚，古音户。

诟，中古音为去声候韵开口一等；厚，中古音为上声厚韵开口一等，只是声调之别，两字的中古音十分相协，今音读来也协韵。但徐昂仍分别注以直音。故，中古音

---

①　基金项目：国家社科基金重大项目"东亚楚辞文献的发掘、整理与研究"（13&ZD112）、国家社科基金一般项目"大型历时语文辞书音义关系研究"（14BYY129）、江苏省社会科学基金项目"清代楚辞著述论考"（12ZWD019）、江苏高校哲学社会科学研究项目"韩国《楚辞》版本的发掘、整理与研究"（2015SJB619）。

为去声暮韵合口一等；户，中古音为上声姥韵合口一等。暮韵与姥韵也只是声调之别。徐昂以此注音来说明诟、户的上古音即为故、户的中古音。

　　　　子交手兮东行，送美人兮南浦；
　　　　波滔滔兮来迎，鱼鳞鳞兮媵予。（《九歌·河伯》）
　　　　行，音杭；迎，音昂。

　　行，中古音为平声庚韵开口二等；迎，中古音为平声庚韵开口三等。虽两者音有侈敛，但中古音同韵同调，应是相协的，今音读来也协。徐昂仍注以直音。杭、昂，中古音皆为平声阳韵开口一等，相协。徐昂的注音说明行、迎的上古音即为杭、昂的中古音。
　　此两例说明徐昂对古本音的认识是比较深刻的，在韵文中即使中古音或今音读来相协的字，只要确定语音发生变化的必注以古音。
　　2. 有些韵字中古音读来不协，注音以说明协韵情况、归部情况。如：

　　　　朝发轫于天津兮，夕余至乎西极。
　　　　凤皇翼其承旃兮，高翱翔之翼翼。（《离骚》）
　　　　旃，音芹。

　　津，中古音为平声真韵，属阳声韵；旃，中古音为平声微韵，属阴声韵。韵相差较远，不相协。徐昂注旃为芹。芹，中古音为平声欣韵，与真韵相近，可通，徐昂皆归为根摄。

　　　　餐六气而饮沆瀣兮，漱正阳而含朝霞。
　　　　保神明之清澄兮，精气入而粗秽除。霞，音胡。（《远游》）

　　霞，中古音为上声麻韵；除，中古音为平声鱼韵。两韵读来不协。徐昂注霞为胡，胡的中古音为平声模韵，则与鱼韵相通，皆属祕摄。
　　此两例都说明这些中古音读来不协的韵，极有可能是古今音发生了变化，通过注音来还原其上古音的面貌，有助于理解其韵协情况。
　　（二）说明协声的情况。
　　有些韵字不仅协韵而且协声，在分析韵的同时兼论声的情况；有些字不协韵，但协声。徐昂专门对这些协声的情况进行了分析。

1. 协韵且协声

　　　九天之际，安放安属？
　　　隔隈多有，谁知其数？（《天问》）
　　　际、有二韵属祓摄齿音；属、数二韵数祓摄唇音。

　　已经说明了际、有协韵，属、数协韵，又发现际、有同为齿音，属、数同为唇音。通过注明声母五音归属，来说明声韵皆协的情况。

　　　登立为帝，孰道尚之。
　　　女娲有体，孰制匠之。（《天问》）
　　　帝、体二韵属祓摄，发声皆舌头音；尚、匠二韵属冈摄，发声皆齿音。

　　已经说明帝、体协韵、尚、匠协韵，又发现帝、体发声皆为舌头音，尚、匠发声皆为齿音。故注明五音情况来说明声韵皆协。

　　2. 协声不协韵

　　这是上文讨论韵例时详细介绍的声韵隔协例，即单句尾字协声，偶句尾字协韵的情况。如：

　　　余以兰为可恃兮，羌无实而容长。
　　　委厥美以从俗兮，苟得列乎众芳。（《离骚》）
　　　恃，正齿音；俗，齿头音。发声古今相通。
　　　心郁郁之忧思兮。独永叹乎增伤。
　　　思蹇产之不释兮。曼遭夜之方长。（《九章·抽思》）
　　　思、释，齿音协声。思，齿头音；释，正齿音，发声古今相通。

　　这两例都强调了正齿音和齿头音的发声的古今相通，故通过注以发声情况来说明协声。

　　（三）表音兼别义。

　　很多字在《广韵》中所表现的中古音往往有多个音，大都表义不一。对于这部分字音，徐昂通过注音加以区别，在表音的同时区别意义。如：

　　　朝搴阰之木兰兮，夕揽洲之宿莽。
　　　日月忽其不淹兮，春与秋其代序。（《离骚》）

莽，莫补反。

莽，在《广韵》中有两读：莫古反（姥），摸朗反（荡）。且意义不同，前者为"宿草"，后者为"犬善逐兔于草中，又姓"。徐昂所注"莫补反"与"莫古反"音同，但所注古音并非在中古已经消失，仍然为一义项保留，故此例注音兼有别义作用。

二、注音形式

徐氏给这些韵字注音主要用直音、反切。所用术语为"（古音）某某反""（古）音某""某摄某音""某音""某摄（某等）入声""读某声""某纽"等。

（古音）某某反，如：

丘，古音去其反；奇，古音渠禾反；麾，古音许戈反；莽，莫补反。

（古）音某，如：

大，古音泰；下，古音户；迎，古音昂；右，古音以；索，音素。

某摄某音，如：

訽、厚，祓摄唇音；右、期，祓摄齿音。

某音，如：

衣、已，喉音；水、涕，齿音；恃，正齿音；俗，齿头音。

某摄（某音某等）入声，如：

度、作，祓摄入声；极、翼，祓摄齿音入声；直、得，祓摄一二等入声。

（读）某声，如：

恶，读去声；赫、穆、极、设，入声。

某纽,如:

婪,来纽;人,日纽;直,澄纽,古音读定纽。

三、声母考

我们从徐昂注音材料中的反切、直音及单注五音声母几方面进行分类列表比较,对比江有诰《楚辞韵读》、陈第《屈宋古音义》的注音,参考王力《楚辞韵读》的拟音来总结徐氏对上古声母的理解。(表1,表2)

表1 徐昂《楚辞音》注音材料声纽比较分析表

序号	被注字	《广韵》反切	声母	徐昂注音	声母	江有诰注音	声母	陈第注音	声母	王力注音	声母
1	莽	莫古切 摸朗切	明 明	莫补反	明	姥/莫补切	明	姥/莫补切	明	mɑ	m
2	野	承与切 羊者切	禅 喻四	上与反	禅	宇/王矩切	匣/喻三	暑/舒吕切	审三	jy.ɑ	j
3	马	莫下切	明	满补反	明			姥/莫补切	明	meɑ	m
4	夜	羊谢切	喻四	羊茹反	喻四	御/牛倨切	疑	裕/羊戍切	喻四	jyɑk	j
5	丘	去鸠切	溪	去其反	溪						
6	乐	五教切 卢各切 五角切	疑 来 疑	五教反	疑			捞/鲁刀切	来	lôk	l
7	榭	辞夜切	邪	祥豫反	邪						
8	奇	渠羁切	群	渠禾反	群	渠荷反	群	觭/去奇切	溪	giɑi	g
9	麾	许为切	晓	许戈反	晓					xiuɑi	x
10	明	武兵切	微	谟郎反	明					myɑng	m
11	索	山戟切 苏各切	审二 心	素/桑故切	心	素/桑故切	心	素/桑故切	心	sɑk	s
12	詢	胡遘切	匣	故/古暮切	见					xo	x
13	厚	胡口切	匣	户/侯古切	匣					ho	h

续　表

序号	被注字	《广韵》		徐昂		江有诰		陈第		王力	
		反切	声母	注音	声母	注音	声母	注音	声母	注音	声母
14	属	之欲切 市玉切	照三 禅	注/之戍切	照三	去声		注/之戍切	照三	tjok	t
15	下	胡雅切	匣	户/侯古切	匣	上声		虎/呼古切	匣	hea	h
16	旂	渠希切	群	芹/巨斤切	见						
17	错	仓故切 仓各切	清	错/仓故切	清	醋/仓故切	清			tsak	ts
18	同	徒红切	定	调/徒吊切	定			调音同		dyu	d
19	行	户庚切	匣	杭/胡郎切	匣			杭/胡郎切	匣		
20	迎	语京切	疑	昂/鱼两切	疑						
21	有	云久切	匣/ 喻三	以/羊已切	喻四						
22	救	居祐切	见	教/古孝切	见			窍/苦吊切	溪	kiu	k
23	右	云久切	匣/ 喻三	以/羊已切	喻四	以/羊已切	喻四	以/羊已切	喻四	hiua	h
24	戏	香义切	晓	虚/许鱼切	晓	呼/荒乌切	晓			xia	x
25	霞	胡加切	匣	胡/户吴切	匣	胡/户吴切	匣	敷/芳无切	敷	hea	h
26	离	吕支切	来	罗/鲁何切	来					liai	l
27	罢	符羁切	奉	婆/薄波切	並	婆/薄波切	并			biai	b
28	卿	去京切	溪	羌/去羊切	溪	羌/去羊切	溪			khyang	k
29	择	场伯切	澄	铎/徒落切	定	徒/同 都切， 入声	定			deak	d
30	大	徒盖切	定	泰/他盖切	透						

表 2　徐昂《楚辞音》单注声纽性质分析

序号	被注字	《广韵》						徐昂《楚辞音》音注
		反切	声纽	七音	清浊	等	呼	声纽／七音
1	婪	卢含切	来	半舌音	清浊	一	开	来纽
2	人	如邻切	日	半齿音	清浊	三	开	日纽
3	志	职吏切	照三	齿音（正齿音）	清	三	开	齿音
4	直	除力切	澄	舌音（舌上音）	浊	三	开	齿音
5	詢	胡遘切	匣	喉音	浊	一	开	唇音
6	厚	胡口切	匣	喉音	浊	一	开	唇音
7	衣	于希切	影	喉音	清	三	开	喉音
8	已	羊已切	喻四	喉音	清浊	三	开	喉音
9	水	式轨切	审三	齿音（正齿音）	清	三	合	齿音
10	涕	他计切	透	舌音（舌头音）	次清	四	开	齿音
11	马	莫下切	明	唇音	清浊	二	开	唇音
12	女	尼吕切	泥	舌头音	清浊	三	开	唇音
13	驱	岂俱切	溪	牙音	次清	三	开合	唇音
14	属	之欲切	照三	齿音（正齿音）	清	三	开合	唇音
15	具	其遇切	群	牙音	浊	三	开合	唇音
16	夜	羊谢切	喻四	喉音	清浊	四	开	唇音
17	御	牛倨切	疑	牙音	清浊	三	开	唇音
18	下	侯古切	匣	喉音	浊	二	开	唇音
19	予	以诸切	喻四	喉音	清浊	四	开	唇音
20	伫	直吕切	澄	舌音（舌上音）	浊	三	开	唇音
21	妒	当故切	端	舌音（舌头音）	浊	一	开合	唇音
22	拙	职悦切	照三	齿音（正齿音）	清	三	合	唇音
23	发	方伐切	非	唇音（轻唇音）	清	三	合	唇音
24	固	古暮切	见	牙音	清	一	开合	唇音
25	恶	乌路切	影	喉音	清	一	开合	唇音
26	寤	五故切	疑	牙音	清浊	一	开合	唇音
27	古	公户切	见	牙音	清	一	开合	唇音
28	慕	莫故切	明	唇音（重唇音）	清浊	一	开合	唇音

序号	被注字	《广韵》						徐昂《楚辞音》音注
		反切	声纽	七音	清浊	等	呼	声纽/七音
29	女（汝）	人渚切	日	半齿音	清浊	三	开	唇音
30	宇	王矩切	匣	喉音	清浊	三	开合	唇音
31	极	渠力切	群	牙音	浊	三	开	齿音
32	翼	与职切	喻四	喉音	清浊	三	开	齿音
33	戏	香义切	晓	喉音	清	三	开合	喉音
34	怀	户乖切	匣	喉音	浊	二	合	喉音
35	乡	许良切	晓	喉音	清	三	开	喉音
36	行	户庚切	匣	喉音	浊	一	开	喉音
37	巧	苦教切	溪	牙音	次清	二	开	颚音
38	曲	丘玉切	溪	牙音	次清	三	开	颚音
39	下	侯古切	匣	喉音	浊	二	开	喉音
40	合	侯閤切	匣	喉音	浊	一	开	喉音
41	同	徒红切	定	舌音（舌头音）	浊	一	开	舌头音
42	调	奴弔切	泥	舌音（舌头音）	清浊	四	开	舌头音
43	恃	时止切	禅	齿音（正齿音）	浊	三	开	正齿音
44	俗	似足切	邪	齿音（齿头音）	浊	四	开合	齿头音
45	枝	章移切	照三	齿音（正齿音）	清	三	开合	齿音
46	子	即里且	精	齿音（齿头音）	清	四	开	齿音
47	苦	康杜切	溪	牙音	次清	一	开合	唇音
48	芜	武夫切	明	唇音（重唇音）	清浊	三	开合	唇音
49	雨	王矩切	匣	喉音	浊	三	开合	唇音
50	度	徒落切	定	舌音（舌头音）	浊	一	开	唇音
51	作	则落切	精	齿音（齿头音）	清	一	开	唇音
52	际	子例切	精	齿音（齿头音）	清	四	开	齿音
53	有	云久切	喻四	喉音	清浊	三	开	齿音
54	数	所据切	审二	齿音（正齿音）	清	二	开合	唇音
55	帝	都计切	端	舌音（舌头音）	清	四	开	舌头音
56	体	他礼切	透	舌音（舌头音）	次清	四	开	舌头音

续　表

序号	被注字	《广韵》						徐昂《楚辞音》音注
		反切	声纽	七音	清浊	等	呼	声纽／七音
57	尚	时亮切	禅	齿音（正齿音）	浊	三	开	齿音
58	匠	疾亮切	從	齿音（齿头音）	浊	四	开	齿音
59	舞	文甫切	明	唇音（重唇音）	清浊	三	开合	唇音
60	肤	甫无切	帮	唇音（重唇音）	清	三	开合	唇音
61	山	所间切	审二	齿音（正齿音）	清	二	开	正齿音
62	肆	息利切	心	齿音（齿头音）	清	四	开	齿头音
63	至	脂利切	照三	齿音（正齿音）	清	三	开	齿音
64	丘	去鸠切	溪	牙音	次清	三	开	齿音
65	如	人诸切	日	半齿音	清浊	三	开	唇音
66	思	息兹切	心	齿音（齿头音）	清	四	开	齿头音
67	释	施只切	审三	齿音（正齿音）	清	三	开	正齿音
68	夜	羊谢切	喻四	喉音	清浊	四	开	喉音
69	远	云阮切	喻四	喉音	清浊	三	合	喉音
70	犹	以周切	喻四	喉音	清浊	二	开	喉音
71	容	余封切	喻四	喉音	清浊	三	开合	喉音
72	颂	似用切	邪	齿音（齿头音）	浊	四	开合	齿头音
73	遂	徐醉切	精	齿音（齿头音）	清	四	合	齿头音
74	直	除力切	澄	舌音（舌上音）	浊	三	开	舌头音（澄纽，古音读定纽）
75	通	他红切	透	舌音（舌头音）	清	一	开	舌头音
76	暮	莫故切	明	唇音（重唇音）	清浊	一	开合	唇音
77	故	古暮切	见	牙音	清	一	开合	唇音
78	义	宜寄切	疑	牙音	清	四	开合	颚音
79	遌	五各切	疑	牙音	清浊	一	开	颚音
80	晟	承政切	禅	齿音（正齿音）	浊	三	开	正齿音
81	妖	于乔切	影	喉音	清	三	开	喉音
82	廱	于容切	影	喉音	清	三	开合	喉音
83	后	胡口切	匣	喉音	浊	一	开	唇音

序号	被注字	《广韵》						徐昂《楚辞音》音注
		反切	声纽	七音	清浊	等	呼	声纽/七音
84	右	云久切	喻四	喉音	清浊	三	开	齿音
85	期	渠之切	群	牙音	浊	三	开	齿音
86	纪	居理切	见	牙音	清	三	开	齿音
87	止	诸市切	照三	齿音（正齿音）	清	三	开	齿音
88	流	力求切	来	半舌音	清浊	三	开	半舌音
89	怜	落贤切	来	半舌音	清浊	四	开	半舌音
90	语	鱼巨切	疑	牙音	清浊	三	开	唇音
91	曙	常恕切	禅	牙音	浊	三	开	唇音
92	驱	岂俱切	溪	牙音	次清	三	开合	颚音
93	旂	渠希切	群	牙音	浊	三	开	颚音
94	鸡	古奚切	见	牙音	清	四	开	颚音
95	狗	古厚切	见	牙音	清	一	开	颚音
96	酪	卢各切	来	半舌音	清浊	一	开	唇音
97	薄	匹各切	滂	唇音（轻唇音）	次清	一	开	唇音
98	磬	苦定切	溪	牙音	次清	四	开	颚音
99	气	去既切	溪	牙音	次清	三	开	颚音
100	大	徒盖切	定	舌音	浊	三	开	舌头音
101	壇	徒干切	定	舌音	浊	一	开	舌头音

表 1、表 2 中，徐氏注音与《广韵》注音的比较，反映徐氏注音的声母特点：

1. 唇音声母表现为重唇音

表 1 例 10 与例 27《广韵》注以轻唇音的徐昂皆注以重唇音。

2. 舌音声母表现为舌头音

表 1 例 29《广韵》注以舌上音的徐昂注以舌头音。表 2 例 64 "直" 的声纽，徐昂直接指出 "澄纽，古读定纽"。且表 2 中徐氏所注舌音皆为 "舌头音"。

3. 唇音与齿音之他转

整理表 2 中徐注与《广韵》注不同例，所注声母与中古音不同的有 38 例。我们将这 38 例进一步整理。（表 3）

表 3　徐昂《楚辞音》被注音字声纽之转表

声转类型	被注字
唇转喉	詢、厚、夜、下、予、恶、宇、雨
唇转舌	女、佇、妒、度
唇转牙	驱、具、御、固、寙、古、苦、故、语、曙
唇转齿	属、拙、作、数
唇转半齿	女（汝）、如
唇转半舌	酪
齿转舌	直、涕
齿转牙	极、丘、期、纪
齿转喉	翼、有、丘

这 38 例都是祴摄字，即这些字是徐昂认为的声谐韵协的字。根据《广韵》声纽，这 38 例中有 29 例唇音字，9 例齿音字，结合徐昂所析声纽，我们分析为唇与舌、牙、齿，齿与舌、牙、喉的转，这是徐昂声转理论的具体化，通过摄、等、呼的分析，我们发现都是祴摄唇音、齿音的间隔式相协，多为等韵转纽。

从表 1、2 中的比较可以看出其优点与不足。

1. 注音声纽的不统一

徐昂直注的声母（五音）主要为颚音、喉音、舌音（舌头音）、齿音（正齿音和齿头音）、半舌音、半齿音、唇音。其中，颚音即我们通常所说的牙音。综观两表中的被注音字，发现信息不统一。（表 4）

表 4　徐昂《楚辞音》被注音字所属五音表

五音	被注直音字	被注五音字
颚音	丘、乐、奇、詢、旃、迎、救、霞、卿	巧、曲、义、遽、驱、旃、鸡、狗、磬、气、丘、乐、奇
喉音	夜、麾、厚、行、有、右、戏、下	衣、已、戏、怀、乡、行、下、合、夜、远、犹、容、妖、麾
舌音	同、择、大	同、调、直、通、大、壇
齿音	野、榭、索、属、错	恃、山、释、晟、俗、肆、思、颂、遂、直、水、涕、极、翼、枝、子、际、有、尚、匠、至、丘
唇音	莽、马、明、罢	詢、厚、马、女、驱、属、具、夜、御、下、予、佇、妒、拙、发、固、恶、寙、古、慕、女（汝）、宇、苦、芜、雨、度、作、数、舞、肤、如、暮、故、后、语、曙、酪、尊
半舌音	离	娄、流、怜
半齿音		人

这些注音情况，存在两类矛盾。

一类是同一字既注直音又说明所属五音情况，但相异：

丘，按注当属颚音，而归属齿音；

詢，按注当属颚音，而归属唇音；

夜，按注当属喉音，而归属唇音；

厚，按注当属喉音，而归属唇音；

有，按注当属喉音，而归属齿音；

右，按注当属喉音，而归属齿音；

下，按注当属喉音，而归属唇音；

另一类是同一字在不同篇目所属五音情况相异：

下，既注为喉音，又注为唇音；

驱，既注为颚音，又注为唇音；

夜，既注为喉音，又注为唇音。

第一类的矛盾可能在于徐昂以反切、直音进行注音的时候重点关注韵的变化，而忽视了声的转变，没有对反切上字或注音字加以说明。就从目前的论述看是混乱的。第二类表面上看是多音字等情况，但仔细辨别意义与这些字本身具备的读音，排除了多音字一说。徐昂把语音变化在同一个共时平面来表现，没有从系统的角度作出解释，这是一大失误。

2. 徐注与江、陈等注的分歧

从表6-1中比较几家注音声母，大同小异。其中莽、索、右三字读音几家一致。声母分歧有以下几种情况：

一是三家皆注，徐、陈相同或相近，江异。野、夜两字如是。徐、江相同或相近，陈异。奇、霞两字如是。

二是或徐、陈注或徐、江注，只有"乐"一例分歧。

野，徐、陈皆注为正齿音，江注为喉音。

夜，徐、陈皆注为喉音喻四母，江注为牙音疑母。

奇，徐、江皆注为牙音群母，陈注为牙音溪母。

霞，徐、江皆注为喉音匣母，陈注为唇音敷母。

乐，徐注为疑母，陈注为来母。

这几例的分歧我们结合《广韵》所代表的中古音来看，徐注较为可靠。

四、韵母考

徐昂对韵母的理解主要集中在反切和直音这两种注音方式上，我们对比江有诰《楚

辞韵读》、陈第《屈宋古音义》、参考王力《楚辞韵读》拟音，列表进行分析。（表5）

表5 徐昂《楚辞音》注音材料韵母比较分析表

序号	韵字	《广韵》音注		徐昂《楚辞音》音注		江有诰《楚辞韵读》音注		陈第《屈宋古音义》音注		王力《楚辞韵读》音注	
		反切	韵母	注音	韵母	注音	韵母	注音	韵母	注音	韵母
1	莽	莫古切 摸朗切	姥 荡	莫补反	姥	姥/莫补切	姥	姥/莫补切	姥	ma	ɑ
2	野	承与切 羊者切	语 马	上与反	语	宇/王矩切	麌	暑/舒吕切	语	jy.ɑ	ɑ
3	马	莫下切	马	满补反	姥			姥/莫补切	姥	mea	eɑ
4	夜	羊谢切	禡	羊茹反	御	御/牛倨切	御	裕/羊戍切	遇	jyak	yɑ
5	丘	去鸠切	尤	去其反	之						
6	乐	五教切 卢各切 五角切	效 铎 觉	五教反	效			捞/鲁刀切	豪	lôk	ô
7	榭	辝夜切	禡	祥豫反	御						
8	奇	渠羁切	支	渠禾反	戈	渠荷反	歌	觭/去奇切	支	giai	iɑi
9	麾	许为切	支	许戈反	戈					xiuɑi	iuɑi
10	明	武兵切	庚	谟郎反	唐					myɑng	yɑng
11	索	山戟切 苏各切	陌 铎	素/桑故切	暮	素/桑故切	暮	素/桑故切	暮	sak	ɑ
12	訽	胡遘切	厚	故/古暮切	暮					xo	o
13	厚	胡口切	厚	户/侯古切	姥					ho	o
14	属	之欲切	烛	注/之戍切	遇	去声		注/之戍切	遇	tjok	jo
15	下	胡雅切	马	户/侯古切	姥	上声		虎/呼古切	姥	hea	eɑ
16	旂	渠希切	微	芹/巨斤切	欣						
17	错	仓故切 仓各切	暮 铎	错/仓故切	暮	醋/仓故切	暮			tsak	ɑ

续　表

序号	韵字	《广韵》音注		徐昂《楚辞音》音注		江有诰《楚辞韵读》音注		陈第《屈宋古音义》音注		王力《楚辞韵读》音注	
		反切	韵母	注音	韵母	注音	韵母	注音	韵母	注音	韵母
18	同	徒红切	东	调/徒吊切	啸			调音同		dyu	yu
19	行	户庚切	庚	杭/胡郎切	唐			杭/胡郎切	唐		
20	迎	语京切	庚	昂/鱼两切	唐						
21	有	云久切	有	以/羊已切	止						
22	救	居祐切	宥	教/古孝切	效			窍/苦吊切	啸	kiu	iu
23	右	云久切	有	以/羊已切	止	以/羊已切	止	以/羊已切	止	hiuə	iuə
24	戏	香义切	寘	虚/许鱼切	鱼	呼/荒乌切	模			xia	ia
25	霞	胡加切	麻	胡/户吴切	模	胡/户吴切	模	敷/芳无切	虞	hea	ea
26	离	吕支切	止	罗/鲁何切	歌					liai	iai
27	罢	符羁切	支	婆/薄波切	戈	婆/薄波切	戈			biai	iai
28	卿	去京切	庚	羌/去羊切	阳	羌/去羊切	阳			khyang	yang
29	择	场伯切	陌	铎/徒落切	铎	徒/同都切，入声	模			deak	ea
30	大	徒盖切	泰	泰/他盖切	泰						

　　上表反映了徐昂古韵分部的特点，我们总结以下几点：

　　1. 鱼、虞、模与支、脂、之、微同属祇摄，祇摄三四等韵与二等韵间隔相协，变等而不变摄，犹之一韵

　　例 24 就是支韵注入鱼韵。

　　2. 祇摄支韵半入歌摄

　　例 8、9、26、27 都是支韵注入歌摄。

　　3. 歌迦结摄麻韵半入祇摄鱼、虞诸韵

　　例 3、4、7、15、25 都是麻韵注入鱼、虞诸韵。例 2 马字在《广韵》中的二读正体现了这种语音变化，三家皆选择了鱼虞韵，也是符合麻韵入鱼虞的规律的。

　　4. 侯韵入祇摄三四等

　　例 12、13 都是厚韵注入模韵。

5. 尤韵半入高摄，半入祴摄二等

例 22 是尤韵注入高摄肴韵。例 5、21、23 是尤韵注入祴摄支韵。例 6 乐字在《广韵》中有三读，觉韵与尤韵同属钩摄，也有入高摄、入祴摄的现象，暂且可视为同一种语音转变方式，从徐、陈注音来看，选择的是入高摄肴韵的读音。

6. 庚韵属庚摄而半入冈摄

例 10、19、20、28 都是庚摄庚韵注入冈摄阳唐韵。

7. 陌、铎韵入模韵

例 11、17 都是注入暮韵，例 29 存在分歧，徐注陌入铎，江注陌入模，从对应关系看，铎与暮的主要元音的相近的，主要看上下文的协韵情况，参考王力的注音，例 11、17 都是阴声韵，例 29 有入声尾，是入声韵，与徐昂的判断一致。

8. 烛韵入虞韵

例 14 注烛入虞韵，且几家认识相同。

9. 其他

还有两例值得讨论的就是例 16 与例 18。例 16 是注微韵入臻韵，阴声韵入阳声韵，这两韵的主要元音相近，可能发生了韵尾脱落后旁转，从 ［a］ 转向 ［e］，元音向前转。例 18 是同与调的读音问题，历来意见不一。徐、王认为同从调，注为阴声韵，江有诰认为调从同读。我们从徐昂注音的角度分析，这又是一例阴声韵与阳声韵之间的转变，而且是看韵后读入为东韵，这与例 1 莽字《广韵》中存在的两读情况有相似，姥韵是先起音，荡韵是后起音。这种音变机制存在一类现象，值得我们搜集更多文献材料做深入讨论。

上述几点徐昂在《等韵通转图证》中略有论述 "祴摄二十陌、二十一麦、二十二昔，古有与鱼虞模韵协者，此亦变等之例。二十三锡、十八药、十九铎，古有与萧、宵、肴、豪韵协者。钩摄一屋，古有与祴摄支脂之微齐韵协者，与尤韵古或协祴摄之例相同。一屋、二沃、四觉，古有与鱼虞模韵协者。三烛古协鱼虞模韵，与侯韵古协鱼虞模韵同例。一屋、二沃、四觉，古有与萧宵肴豪韵协者，与尤幽韵古协高摄同例"。徐氏的古韵理论与韵文材料的分析都体现了徐氏的古音系统，虽多言协音，但却是从考求古本音的角度出发的，注音与江有诰、陈第的注音较为一致。从这 30 字来看，只有 60% 为重合，主要原因一方面是选篇问题，陈第的《屈宋古音义》并无选录《天问》《大招》，而这些字中的 "麇" "明" "有" "卿" "择" "大" 出自这两篇；另一方面是韵例问题，江有诰、陈第主要关注的还是偶句韵为主，而徐昂关注的则是间隔式的韵字，角度更细致。最后，需要说明的是 "大" 字虽为直音，但却是为了说明声母的变化。

五、声调考

徐昂所注的声调集中表现为对入声的关注，我们结合江有诰《楚辞韵读》、陈第《屈宋古音义》的相关注音情况，列表统计。（表6）

表6-6　徐昂、江有诰、陈第对《楚辞》注音材料声调比较

序号	被注字	《广韵》	徐　昂	江有诰	陈　第
1	拙	入声	入声		
2	发	入声	入声		
3	恶	入声、去声	读去声	去声	音污
4	恶	入声、去声	读去声	上声	音污
5	极	入声	入声		
6	翼	入声	入声		
7	度	入声、去声	入声	入声	
8	作	入声、去声	入声		
9	得	入声	一二等，入声	丁力反	音的
10	殛	入声	一二等，入声		
11	极	入声	一二等，入声		
12	得	入声	一二等，入声		
13	直	入声	一二等，入声		
14	得	入声	一二等，入声		
15	戒	入声	入声	音棘	音棘
16	得	入声	入声		音的
17	月	入声	入声		
18	达	入声	入声	他悦切	
19	赫	入声	入声		
20	穆	入声	入声		
21	极	入声	入声		
22	设	入声	入声		
23	酪	入声	入声		
24	尊	入声	入声		
25	薄	入声	入声		
26	择	入声	入声	入声	

在徐昂所注的这些入声字中，除了恶字，并无分歧，只是注音的方式有差别，本质都是表示入声。徐氏关注入声主要由于其古韵部入声不独立，但入声有颇具特殊性，所以不得不加以说明，这也正说明了入声独立是有必要的。

六、余　论

徐昂的注音是反映徐氏古音理论的一方面，通过声韵调的分析，与上文用韵、协声的理论是相合的，可见徐昂对古音的理解是成系统的，并且是一个以通转为基础的系统，以强调古本音，强调古今音变化的系统。通过与江有诰、陈第等的相关注音的比较，我们可以看到徐昂注音的特点以及合理性。上文的分析是站在徐昂的注音材料角度展开的，在做比较的过程中（以徐昂所选文本为范围），我们还关注到一些徐昂没有注音，但江、陈二人皆注的情况。（表7）

表 7　徐昂未注音韵字示例

被注字	江有诰	陈　第
薆	如果反	音里
纚	音縒	音蓰
好	呼叟反	音嗅
巧	苦叟反	音窍
古	去声	音故
乘	平声	平声
志	平声	平声
闻	叶音	音烟
患	音悬	音弦
期	上声	音纪
岁	雪去声	音试
挢	入声	音叫
山	音仙	音仙

这些字的注音一些主要说明韵母情况，一些则是说明声调，包括平声、上声、去声，关于韵母的如薆、纚等未加注明是徐昂的缺失，好、巧等是析韵的分歧。关于声调，徐昂一般只对一字多音的去、入作区分，并不涉及其他声调，这是他注明声调的重点。

综观徐氏注音材料的声纽、韵母，声纽之转与韵之转相关，只注声纽的注音中发生声转之例皆为祗摄唇音或齿音。这也是徐昂深入隔协式研究的发现，《诗经》中祗摄三四等韵与二等韵间隔相协者甚多，变等而不变摄，犹之一韵也。而《楚辞》中不止祗摄三四等与二等韵间隔相协，唇音、齿音间隔相协者亦甚多。

论游国恩先生的楚辞研究

陕西师范大学 刘生良

【摘 要】 游国恩是 20 世纪著名楚辞学家，他青年时期所写的《楚辞概论》这一专著，运用"历史的方法和考据的精神"，对楚辞的来源和影响，作者的事迹和作品的创作时地，以及《离骚》等作品的题意和相关词语诸问题，提出了一系列新颖独到的见解，从《楚辞概论》到《楚辞论文集》，再到《屈原》，游国恩先生走过了一条由勇于开拓、大胆创新而不尽审慎，进而静心思考、拓展深化并修正完善，最后精选提炼、审慎总结而归于成熟平正的楚辞研究之路，这在 20 世纪的楚辞学史以及整个学术史上都是具有一定的代表性和典型意义的。

【关键词】 游国恩 楚辞研究 楚辞概论 楚辞论文集 屈原

游国恩（1899-1978），字泽承，江西临川人。1926 年毕业于北京大学，曾执教于江西多所中学，后历任武汉大学、山东大学、华中大学教授，1942 年起任北京大学教授。新中国成立后先后任政协全国委员会委员、九三学社中央委员，并担任中国科学院文学研究所学术委员、北京大学中文系副主任等职。他是 20 世纪著名楚辞学家，早在大学学习期间就开始从事楚辞研探，著有《楚辞概论》。30 年代著有《读骚论微初集》；新中国成立初又有《楚辞论文集》《屈原》先后出版。其后多年从事《楚辞注疏长编》的编撰修订工作，逝世后由金开诚等补辑、参校，编成《离骚纂义》《天问纂义》出版。本文主要就其《楚辞概论》《楚辞论文集》和《屈原》作以评述和简论。

一、《楚辞概论》

《楚辞概论》是青年游国恩在北京大学上学期间写成的一部楚辞研究专著，1926 年由北新书局出版，1928 年被商务印书馆收入《万有文库》和《国学小丛书》，先后再版。全书分为六篇二十三章，其篇次为：第一篇：总论（包括楚辞的名称，楚辞与北方文学，楚辞与南方文学，楚辞与楚国，楚辞在文学史上的位置五章）；第二篇：
《九歌》（包括《九歌》的历史与分章，《九歌》的作者与时代，《九歌》的意义与艺术
三章）；第三篇：屈原（包括屈原传略，屈原的作品，《天问》，《离骚》，《九章》，《招
魂》，《大招》，《卜居》及《渔父》，《远游》九章）；第四篇宋玉（包括宋玉传略及其
作品，《九辩》二章）；第五篇：楚辞的余响（包括总说，贾谊及淮南小山，庄忌及东
方朔，王褒、刘向及王逸四章）；第六篇：《楚辞》的注家。篇首有陆侃如作的《序》，
序后有作者的《叙例》，篇末附有《楚辞传注存目》和《本书参考书目索引》。

　　这部专著对《楚辞》作了比较全面系统的研究，其最大的特点，正如陆侃如所言：
"是把《楚辞》当作一个有机体，不但研究它本身，还研究它的来源和去路。这种历史
的眼光，是前人所没有的。"（《序》）所谓"来源"和"去路"，分别指楚辞产生的原
因和其对后世的影响。就前者而言，游氏认为，楚辞的产生分别受到了北方文学、南
方文学和楚地民俗歌舞、山川地理的影响。他把《诗经》和《楚辞》中的相关作品加
以比较，探索其间的渊源关系，得出《楚辞》不少章句由《诗经》演化而来的结论。
他又把楚辞和南方文学结合起来加以考察，认为老子《道德经》韵文是楚辞形式的先
驱，《庚癸歌》《沧浪曲》《越人歌》等与楚辞同脉相传，关系密切。他还把相关史料
与楚辞作品对照引证，从民俗、音乐、地理探讨楚辞的渊源，认为楚地的巫风祭祀、
音乐歌舞与楚辞的产生有深切关系，而楚地山水则是孕育楚辞的摇篮。就后者而言，
游氏认为楚辞这种新文体，开启了后世汉赋、六朝骈文以及五七言诗的先河。游氏的
这些重要见解，有许多后来被酌采写入了由他等五教授主编而长期使用的《中国文学
史》教材中，后起的一些文学史教材也大多相继承传与发挥其见解，从而成为学界普
遍接受和认可的共识，其价值和重要性是不言而喻的。

　　这部专著的又一特点，是"对于作者的事迹，作品的时代和地点等问题，一步不
肯放松"（陆侃如《序》）。首先值得肯定的，是游氏对《离骚》创作年代的考证。对
此问题，前代学者较多依据《史记·屈原列传》的有关记载，以为《离骚》是"王怒
而疏屈平"后的怀王十六年所作，而游氏则从《离骚》中的内证和《史记》《汉书》
《新序》《风俗通》中的辅助材料两方面旁征博引，提出了《离骚》作于屈原被顷襄王
放逐之后的观点，这对后来的治《骚》者颇多启发。其次，是对《远游》作者的考证。
游氏从《远游》中所表现的思想与屈原当时的思想不相符合这一点出发，将该篇中
"登仙""曾举""登仙""不死""求正气""漱正阳""保神明"等话语与秦汉方士和
魏伯阳《参同契圣贤伏炼章》加以比较，发现其从思想到章句都如出一辙，从而证明
《远游》为西汉人伪托。此外，又如对《大招》作者的考证。对此问题，前人或曰屈
原，或曰景差，莫衷一是，游氏对此一一辩驳，尤其是抓住篇中"青色直眉"一语，
根据《礼记·礼器》"或素或青，夏造殷因"和郑玄"变白黑为素青者，秦二世时，

赵高欲作乱，或以青为黑，黑为黄，民言从之，至今语犹存也"的注文，认为"《礼记》出于汉人的手，所以为黑为青，若《大招》是战国时的产品，决不作秦以后语"，从而断定《大招》是"西汉初年一位无名氏的作品"。此亦可谓言之有理。

此外，游氏在本书中对《离骚》《惜诵》篇名的解释，对"灵修"与"哲王"，"灵"与"灵保"等名词的区分，都很有新意。特别是对《离骚》题意的新解，更是见解独到，发前人之所未发。他说：《离骚》这个名词的解释，也不是楚言，也不是离忧，也不是遭忧和别愁，更不是明扰，乃是楚国当时一种曲名，即《大招》"劳商"之音转，是一个连绵词，大意相当于"牢愁""牢骚"。这一见解新颖独特，曾作为现代楚辞学的一个代表性观点，在较长时间内影响学界。

总之，"历史的方法和考据的精神，便构成此书的价值"（陆侃如《序》），较充分地体现了在新文化感激下一代青年学子勇于开拓、锐意创新的勃勃英气和精神。当然，本书中也存在较明显的缺点和不足，最主要的是不少论断出于臆测和武断，不够审慎。如受胡适等人影响，认为《九歌》不是屈原的作品，甚至认为《卜居》《渔父》的艺术成就高于《离骚》诸篇，实在离谱而近于荒谬。在讨论楚辞产生原因时，把北方文学的影响置于首位，而这种观点甚至还反映在或影响到后来他主编的文学史教材中，明显颠倒了内外因的主次关系，不够合理妥当。尽管本书存在一定缺点和不足，然作者的创新精神仍是可贵的和值得充分肯定的。而且有不少方面在游氏后来的《楚辞论文集》中得到了较好的修改和订正。

二、《楚辞论文集》

《楚辞论文集》是游国恩继《楚辞概论》之后20多年间研究《楚辞》的专题论文集。全书分上下两卷，计收论文18篇。上卷9篇，作于1931年到1933年，曾题为《读骚论微初集》，1937年由商务印书馆出版过。除对原书个别地方重加校订，删去《叙目》外，全集收入。下卷9篇，作于1943年到1953年，曾发表在各种报刊上，除开首6篇亦为专题论文外，后3篇是为纪念屈原逝世2230年而作的介绍文章。卷末有作者所写的跋文。本书约19万字，有上海文艺联合出版社1955年版和古典文学出版社1957年版。现绝大部分收入中华书局1989年出版的《游国恩学术论文集》一书中。

本书上卷9篇（即《读骚论微初集》）目次为：

（1）屈赋考源；

（2）论屈原之放死及楚辞地理；

（3）论九歌山川之神；

（4）离骚后辛菹醢解；

（5）天问题解；

（6）天问启棘宾商九辩九歌何勤子屠母而死分竞地解；

（7）天问昏微遵迹有狄不宁何繁鸟萃棘负子肆情解；

（8）天问古史证》（二事）；

（9）楚辞讲疏长编序。

下卷9篇目次为：

（1）楚辞女性中心说；

（2）论屈原文学的比兴作风；

（3）楚辞用夏正说；

（4）说离骚秋菊之落英；

（5）楚辞九辩的作者问题；

（6）读楚辞随笔三则；

（7）纪念祖国伟大的诗人屈原；

（8）伟大的诗人屈原及其文学；

（9）屈原作品介绍。

由于本书不是《楚辞概论》那样分章节有系统全面研究《楚辞》的著作，而是由单篇研究论文组成的论集，便于展开论述，因而本书对屈赋的来源和艺术特征、屈原的身世及楚辞地理等以前没有充分展开的问题，作了深入细致的阐发，对有关作品中的具体问题及历来各家的注解，亦详加辩证考释，提出了一些颇为精到的见解，并对《楚辞概论》中的某些观点作了适当修正，标志着游国恩楚辞研究的进一步深入和发展，也因而成为其楚辞研究的标志性成果。

对屈赋的来源、屈原的放死及楚辞地理的考论，是本书上卷的主要内容。关于屈赋的来源，游氏首先指出："照前人的说法，赋生于诗，但是屈原的文章自有他的来路，决不是如此简单。如果我们要彻底明了他的来源，还得从古代学术思想的流别中探究。"并说明他从前在《楚辞概论》里论楚辞的起源曾举出的三点，即"关于北方文学的"，"关于南方文学的"，"关于楚国的——风俗的、音乐的、地理的"，"都与本文注重内容的思想者无关"。古者九流之学各有所自出，辞章之学也有所自出。在他看来，"楚辞家者流，主要出自民间，但多少受些史官及羲和之官的影响"。游氏指出了屈赋中的"四大观念"：一、"宇宙观念"；二、"神仙观念"；三、"神怪观念"；四、"历史观念"，以此探考屈赋的学术来源。宇宙观念"就是自然的观念"，这种观念"以《天问》中为最多，《离骚》及《远游》次之"。屈原何以会想到关于宇宙的许多问题呢？这是和他的"家世"以及"后来的经历"分不开的。因为楚乃司天司地的重黎之后，"屈原的思想是有了古代天文学家的渊源，而与出于羲和的阴阳家邹衍同出一源的"。（羲和亦重黎之后，都是颛顼苗裔）战国时"齐国阴阳家言极盛，屈子屡使于齐，势必直接受其影响"。神仙观念就是"出世的观念"，"屈赋中表示这种思想最明白的便是《远游》"。屈子的出世观念"一方面与道家有关，一方面又与阴阳家有关。与道家的关系，是庄周的恬漠虚静、导引养生的工夫；与阴阳家的关系，便是邹衍的"深观阴阳消息"。而"由天文学家的宇宙观念的边际上，一涉足便极容易走到神仙一条路上去。"神怪观念"全是幻想的观念"，这种观念"以《招魂》中为最多，《天问》次之"。它"与上述的宇宙观念和神仙观念是互为因果的"，因而"与道家和阴阳家也有密切的关系"。历史观念"也可说是善恶因果的观念，或教训劝戒的观念"，这在屈赋中"随处都可以看出的"。道家出于史官，阴阳家有"五德终始"学说，对"古往今来的政治得失，也能了如指掌"。屈子与二家的关系既如上述，"则他的辞赋处处征引历史，自然是应有的事了"。游氏还特别指出："屈原的辞赋虽与阴阳家和道家都有关系，但详细推究一番，他与阴阳家的关系较深。"又从铺张性质和讽谏作用两方面论述了辞赋与齐国的关系及其源流变迁，说明"由齐人的夸诞而变为铺张的辞赋，由齐楚的'隐语'而变为讽喻的辞赋；更由讽喻的辞赋而变为诙谐嫚戏的辞赋，而辞赋家遂与滑稽家合而为一。这个变迁的线索是极清楚的，然而都与齐国有密切的关系"。游氏从学术思想的流别中探索屈赋来源，认为其与齐国阴阳家关系深切，可谓别开新径，见解深卓，为前人所未及。

关于屈原的放逐时地，游氏认为："屈原之放，前后凡两次：一在楚怀王朝，一在顷襄王朝。怀王时放于汉北，顷襄王时放于江南。汉北之放盖尝召回；江南之迁一往不返。考之史籍，参之《楚辞》，前后经历固不爽也。"若说史传"叙次未明，颇致后人疑误"，《新序·节士篇》述此则"最明晰可据"。"其言虽与《史记》稍有出入，然其载屈原之两次放逐，固已彰彰明甚。今更以《楚辞》各篇证之，盖知汉人之言大抵可信。特前后事实有不尽符者"。作者经过详细考辨，从"纵约之离合"推知"屈子初放之时，当在怀王二十四年"。此前屈子"不过以排挤而见疏，因见疏而落职而已"，后怀王"复起用屈原"，使复齐楚之交。"迨怀王二十四年，复背齐而合秦"，"斯必又因党人得志，连横之势复张之故"。"屈子君臣之间早有瑕衅，上官之徒，久怀怨愤，则其因绝齐而又谏，因屡谏而愈撄众怒，进而逐之朝外，以永杜其阻挠，其必在斯时矣"。屈子初放之地，史籍不载，"考之《楚辞》，则在汉北也"（汉北盖今郧襄之地）。《抽思》"有鸟自南兮，来集汉北"云云，"即述此事"。汉北之放，"历时四五年。其召回也，盖在怀王之二十九年，此亦考诸史实而可知者"。此说与清人林云铭不谋而合，对当代研究者影响颇巨。

游氏又修正旧说，谓屈子之"再放江南，约在顷襄王之十三四年"。"按《九章·哀郢》一篇自叙再放之迹甚详，而其作此篇时，已闻白起破郢，故有'不知夏之为丘，孰两东门之可芜'之言。考白起之入郢，在顷襄王二十一年。今其文曰：'忽若不信兮，至今九年而不复。'从二十一年逆推之，则屈子再放当在顷襄王十三年。"这一见解之首创者，当属明人汪瑗。游氏著述时或许未见汪氏《集解》，而其见如出一辙，亦屈学研究中之有趣现象。游氏还指出，"此次迁逐之由，虽曰因嫉子兰所致，实亦合纵连横之争"。屈子再放之地，"其自述亦甚详，备见于《哀郢》《涉江》两篇中。"据《哀郢》"当陵阳之焉至今，淼南渡之焉如"，知其东迁所至，"迄于陵阳而止也"。屈子之居陵阳，九年而不见召，"于是浪迹江湖，纵意所之，转溯湖湘，以入辰溆"。不久"秦复拔楚黔中，适当其栖息之地，故又下沅水而入于湖湘"，欲赴长沙。"是时楚日以削，屈子不忍亲见亡国之祸，又冀以一死悟其君，故遂赴汨罗之渊而自沉焉。"

　　与屈子的身世相关，游氏又对楚辞地理详加辩证，并绘有略图。他列举大量证据，批驳钱穆关于《楚辞》沅湘洞庭诸水皆在江北的谬说，力证沅湘洞庭诸水断在江南。概言之，贾谊乃汉初之人，"已谓三闾自沉之地，在长沙之汨罗，若非确有明征，岂可轻议其诬?"《楚辞》中"济沅湘以南征兮，就重华而陈辞"及所言"洞庭"之水、"怀沙"之意，皆"可证知沅湘洞庭水确在江南"。至于"《楚辞》中凡云'南'者，除《抽思》一篇外，其余大抵皆指郢都而言，此尤足以证其所纪地理多有在江南者"。

　　为完善其说，游氏还据理批驳了"屈原死于怀王入秦以前"，"《离骚》从彭咸非必效其水死"，"云中君谓云梦泽之水神"，"《九章》不尽屈子之辞"，"《哀郢》未必屈原之作"等种种异说。并对《哀郢》的创作背景、内容及其中"民""故都"的旨意作了辨析考释，阐明此篇是"屈子再放九年"，"闻秦人入郢之所作"，"所纪乃迁逐于陵阳，而非迁都于陈"，指责王船山"迁陈"之说乃"不考事实，不察文义"之"卤莽"。此说虽非尽善，然实为后人进一步批驳王说，谓《哀郢》之作与"破郢"无关之嚆矢。

　　对楚辞艺术特征的论述，是本书下卷的主要内容。其中最引人注目的，是游氏独创的"楚辞女性中心说"。游氏指出："《诗经》中显然看得出的比兴材料真不少"，"可是没有'人'，更没有'女人'。文学用'女人'来做比兴的材料，最早是《楚辞》。他的比兴材料虽不限于'女人'，但女人至少是其中重要材料之一。所以我国文学首先与'女人'发生关系的是《楚辞》，而在表现技巧上崭新的一大进步的文学也是《楚辞》。"他说"屈原《楚辞》中最重要的比兴材料是'女人'，而这'女人'是象征他自己，象征他自己的遭遇好比一个见弃于男子的妇人"。"屈原愿意以妇女作比兴的材料，至少说明他对于妇女的同情和重视。何况他事楚怀王，后来被逐放，这和当时的妇人的命运有什么两样呢? 所以他把楚王比作'丈夫'，而自己比作弃妇，在表现技巧上讲，是再适合也没有的了。"又说"屈原对于楚王，既以弃妇自比，所以他在《楚辞》里所表现的，无往而非女子的口吻"。"如果我们明白此义，不但《楚辞》的许多问题迎刃而解，还可以进一步认识他的文艺"。游氏还逐条提出并分析了《楚辞》中所言"美人""香草""荃荪""昏期""女婴""灵修""求女""媒理"以及多用"嫉""妒"二字、常常喜欢哭泣、喜欢陈词诉苦、求神问卜、指天誓日等，说明"凡此种种，都是描写十足的女性"，从而论证了"以女性为中心的楚辞观"，其中不乏精妙之论。举其要者，如谓"美人""一面指自己，同时也指楚王。指自己的当然是美女子的意思，指楚王就是美男子的意思，换言之，他是夫妻两方面相互的称呼"。谓"女人最爱的就是花，所以屈原在《楚辞》中常常说装饰着各种看香花，以比他的芳洁；又常常以培植香草来比延揽善类或同志。"屈原为什么把"荃荪"当作楚王的代名词呢？"我以为这是表示极其亲爱的意思，犹之乎后世江南人呼情人为'欢'及词家的'檀郎'之类"。"黄昏为期的话，说得干脆一点，与《西厢》的'月上柳梢头，人约黄昏后'的黄昏也没有两样"，不过一为"正式"一为"非正式"罢了。"'女婴'不过是一个假设的老太婆——与他有相当关系的老太婆。说得文雅一点，只是师傅保姆之类罢了"。"修本是美人，谓之灵者，大概是因为那时怀王已死的缘故吧？就字面说，犹言先夫；就意义说，犹言先王"。因为"至顷襄王时，屈原的境遇正如同弃妇更变成寡妇了"。"所谓求女者，不过是想求一个可以通君侧的人罢了。因为他既自比弃妇，所以想要重返夫家，非有一个能在夫主面前说得到话的人不可。又因他既自比女子，所以通话的人当然不能是男人，这是显然的道理，所以他所想求的女子，可以看作使女婢妾等人的身份，并无别的意义"。"媒理的作用无非想请来替他说话，替他帮忙，如同上面所求的'女'"。又说"《楚辞》尽管讲'女人'，但都是借为政治的譬喻，而并非真讲'女人'"，这正像所谓"《国风》好色而不淫"一样。游氏还说："与其说'风骚'代表《诗经》和《楚辞》，倒不如说代表女性。因为它们都是喜欢谈女人的。"并指出"汉魏诗之所以爱谈'女人'，必是因为时代和'风骚'接近，而容易受其影响的缘故"。后来"一切寄托于妇人女子以抒写作者情意的诗篇都是屈原这当种关心并重视妇女的作风的承继"。这些说法，皆发前人之所未发。

其次是全面而深入地论述了屈原文学的"比兴"作风。游氏云：屈赋"所用的比兴材料除了以女性为中心外，仍极广泛"。"倘若需要一一指出屈赋中关于比兴的文辞，恐怕'遽数之，不能终其物'了。"他列举其显而易见的例子有十种：

一、"以栽培香草比延揽人才的"；

二、"以众芳芜秽比好人变坏的"；

三、"以善鸟恶禽比忠奸异类的"；

四、"以舟车驾驶比用贤为治的"；

五、"以车马迷途比惆怅失志的"；

六、"以规矩绳墨比公私法度的"；

七、"以饮食芳洁比人格高尚的"；

八、"以服饰精美比品德坚贞的"；

九、"以撷采芳物比及时自修的"；

十、"以女子身份比君臣关系的"。

此外还有"通篇以物比人的"，"以游仙比遁世的"，"以古事比现实的"，其中又有"比中的比"，至于"各篇中尚有虽非正式用比兴，而其词句之间有意无意仍隐含比兴意味者尤不可胜举"。由此看来，"屈原的辞赋差不多全是用比兴法写的了，其间很少有用'赋'体坦白的、正面的来说的了。""后来许多作家，从宋玉到两汉，甚至于更后，都一直承袭着这种作风，而成为辞赋中甚至于我国文学中的一个特殊的风格"。关于屈赋比兴作风的来源，游氏指出："它一面与古诗有关，一面又与春秋战国时的'隐语'有关。"但两者相较，"后者关系或更密切些"。他说："从文学的性质和技巧上说，辞赋与诗歌根本没有什么不同。所以王逸谓屈原依诗人之义而作《离骚》；所以班固谓屈赋有恻隐古诗之义而目之为'古诗之流'。"还有屈赋中"从容辞令""婉而多讽"的比兴作风，与春秋时"赋诗与歌诗"的"微言相感"也很有关系。而"'隐'的性质无论为体为用，其实都与辞赋相表里。所谓所谓'遯辞以隐意，谲譬以指事'的讽谏方法与屈赋中惯用的比兴作风初无分别。它们简直是一而二、二而一的讽刺文学"。"从春秋到战国，设隐讽谏已经成为风气，尤其在齐楚两国特别流行，所以屈原文艺的作风直接受其影响是不足怪的"。游氏还进一步指出："战国时一般的赋乃至其他许多即物寓意、因事托讽的文章几乎无不带有'隐'的意味。"推而论之，后世一切文学也"莫不与'风骚'的比兴及战国时滑稽优倡者流所乐道的'隐语'同源而分流，殊途而同归"。"于此，不但'风骚'和'隐语'的关系我们看得极其清楚，就是'比兴'及'隐语'与我国一切文学的关系也是极其清楚的了。"指明屈赋的比兴作风与"隐语"有密切关系，这无疑是游氏的一大发现。

在《楚辞概论》的基础上，对楚辞作品中的有些具体问题进行深入探考，也是这部论文集的重要方面。其上下卷均有这方面的内容。关于《天问》，游氏探讨了以下问题：

一是《天问》题解。从来注《楚辞》者，莫不以《天问》为问天之义。游氏认为这都"未免皮相之论"，而谓"天问者，举凡天地间一切显象事理以为问，犹今人曰自然界一切之问题云尔"。也就是说，"天问"就是"天的问题"。"盖天统万物，凡一切人事之纷纭错综，变化无端者，皆得摄于天道之中，而与夫天体天象天算等广大精微不可思议者同其问焉，此天问之义也。"

二是对"启棘宾商，九辩九歌；何勤子屠母，而死分竟地"四句的解释。游氏云："盖棘者急也"；"宾者，宾客也，或借作嫔；商者，或为'帝'之讹字，帝谓天帝也；

或为'高'之误文，高亦谓天也"；"又或即以同音借为'上'，上亦天也"。此句"言启急于宾于天帝也。《山海经·大荒西经》：'夏后启上三嫔于天，得《九辩》与《九歌》以下。'即其事也。"禹勤劳天下，故"勤子者，谓启也"；"屠母者，盖启生时，其母化石而石裂事"；"死者，古通作'屍''尸'"；"竟地犹言遍地"。此乃"问启之生，何以屠剥其母，使其母之尸分散满地也"。"统观此文，但谓启事"，"疑其说之不经也。"此条旧解多指为"禹"，唯朱熹疑指涂山氏孕启事，游氏此说对朱熹之说更作了精到的阐发。

三是对"昏微遵迹，有狄不宁；何繁鸟萃集，负子肆情"的新解。游氏旧解从王国维之说，"以为此仍述王子亥事"。今"以意推之，疑此乃周襄王纳狄后事耳"（见《国语·周语中》）。"此条之意，盖谓襄王违正道而婚狄女，卒以此来狄祸，不得宁居，何竟有上不畏千夫所指，纵其淫乐为禽兽行，如王子带与隗后之事者乎？怪其无耻之甚也"。（其谓"微，非也；迹者故迹，谓旧礼也"；"繁鸟萃集"者，乃"暗用《墓门》诗辞以斥之"；"负子"即"负兹"，"兹者，蓐席也"。）四是以古史证《天问》中所述二事。即以战国古书所载"启之事"，辩明"有扈非有易之误"，并对"该秉季德"、"有扈牧竖"两小节重加解释。五是对《天问》作期及价值之看法的修正。游氏在《楚辞概论》中认为《天问》"大概是屈原头一回被谗去职以后放于汉北以前所作"，"在他的作品中，这篇要算最早"，而其"文学价值，在《楚辞》中为最低"。到本书下卷介绍《天问》时，其看法明显改变。他说："《天问》可能也是放逐时作的。如果这个推测不错，那么再放比初放更有可能，因为《天问》后半篇的历史鉴戒录与《离骚》陈词的用意完全相同，估计它们写作的时间当亦相去不远。"又说"《天问》中有很多极其重要的问题"，"又大量吸收了民间流行的神话和传说"，"它不是单纯的客观事物的反映，而是通过他的主观意识表示他对于宇宙和人生的看法"；"如果说屈原的作品《离骚》最伟大，那么《天问》就最奇诡"。

关于《九歌》，本书上卷除辩《云中君》非祀水神外，又论《九歌》山川之神，谓湘君湘夫人乃湘水"配偶之神"，"此则民俗相传，附之以虞舜之事也"。谓《河伯》之文"确为咏河伯娶妇之事"。"河伯娶妇者，不过假人神配偶之名，其势亦必至杀人，故此风实用人以祭之变而已"。谓"《山鬼》之词断为作者故作山鬼思其配偶语气"，是"设为山鬼思其山公，有如生人婚姻之故者"。下卷又解释"《湘君》之词既为湘夫人语气，何以不曰捐袂遗褋？《湘夫人》之词既为湘君语气，何以不曰捐玦遗佩，而必颠倒言之？"曰："玦也，佩也，男子之所赠也；袂也，褋也，女子之所赠也。夫彼此既心不同而轻绝矣，故各弃其前此相诒之物，以示诀绝艺意。"特别值得重视的，还是游氏对《九歌》作者问题看法的根本改变。他在《楚辞概论》中认为屈原与《九歌》毫无关系，对朱熹"故颇为更定其词，去其泰甚"的说法也加以批评。而本书下卷介绍《九歌》时则说："依我的看法，《九歌》起初本是民间的口头创作，后来才经过屈原写定或修改的。""所以我还是同意朱熹的意见。""这种修改润色之功属于谁的呢？传说把它属于屈原——当然最可能最恰当的就是屈原。""屈原的作品与《九歌》的词句二者之间多半相同的关系"，"就说明屈原与《九歌》有着深切的关系"。这一修正，显然比原先的断言更为科学且接近事实。

关于《离骚》《九章》和《招魂》，上卷除辩《离骚》从彭咸确为水死外，又说其"美政"即"合纵以摈秦之政"，还详考其"后辛菹醢"，以驳正梁玉绳"指菹醢为武王斩纣之事"的误解。下卷说其"秋菊之落英"，就"落"作陨落训，批驳宋人的拘泥之论，从文学原理上破惑释疑。对《九章》，除上述《九章》辩疑、《哀郢》辩惑外，还对《悲回风》的作期作了更正，由原来的"与《抽思》同时"改列于《哀郢》之后。对《招魂》之"篝缕绵络"，谓"'秦篝齐缕'者，栖魂之具；'郑绵络'者，招魂之衣。皆下文所谓'招具'也"。并证之以西南招魂之民俗。此外，游氏还注明"曩辨《远游》非屈原所作，未审。"将其创作权又归之于屈原；又以"抄袭屈赋的地方特别多"为据，考定《九辩》的作者为宋玉；还考证了《楚辞》所用历法为夏正，并对屈原所处时代及屈作的思想性、艺术性等也作了论述。

此书的内容，还涉及对楚辞研究方法的探索，游氏植根乾嘉，又深受"古史辨派"考据学、民俗学之方法的影响，"尝谓居今日而言《楚辞》，其要有五：一曰校其文，二曰明其例，三曰通其训，四曰考其事，五曰定其音"（见上卷《楚辞讲疏长编序》）。这在其前期的论著中均有体现。到写作本书下卷后几篇文章时，作者已开始学习用马克思主义的世界观和方法论来研究屈原和楚辞。他在跋文中说："我是热爱屈原的作品的，这是我数十年来写成这些论文的动力。但如果想得到正确的结论，必须依靠正确的思想方法。""屈原求索的苦闷也同样反映在历来《楚辞》的研究工作上。这一层我是深深理解的。这种苦闷，我相信，只有一经掌握马克思列宁主义，便不复存在了。"由于研究方法的改进，其文风也由才气勃发、锋芒毕露而趋于平正通达、周密深厚。

综观此书，游氏创立新说，则广征博引，信而有征；驳诘异议，则论据充分，理直气壮。其结论皆经过认真推敲，论述精审，颇多前人未发之创获，充分反映出作者博学卓识的深厚功力和造诣。其中对自身某些观点的勇于修正和研究方法的反省与探索，更体现了作者在治学上孜孜不倦的追求和科学求实的精神。本书是游氏研究楚辞的代表性著作，其地位在新中国成立初足与郭沫若《屈原研究》、林庚《诗人屈原及其作品研究》鼎足而立，在学术界影响深广。当然其中也有些说法，犹嫌未能深考。如论《哀郢》作年，仍据"白起破郢"立说，定为顷襄十三年，总嫌证据不足，似不如林庚之说圆通。据此上推屈子"再放"之时，下论屈子晚年行踪及以身殉国事，也很难令人信服。谓《离骚》"求女"为求"通君侧"者，"媒理"的作用如同所求之"女"，虽自成一说，似也不尽恰切。

三、《屈原》

游国恩先后写过三本题名《屈原》的小册子：新中国成立前写过一本，1953 年由三联书店出过一本，最后写定的这本《屈原》，是 1963 年由中华书局作为《知识丛书》之一种出版的。关于本书的写作，游氏在 1962 年 9 月所写的《后记》中说："由于目前我不可能腾出一整段时间来从事这本小书的写作，所以在确定了章节安排、主要论点和全部内容以后，我请助手金申熊同志以我在 1953 年生活·读书·新知三联书店出版的《屈原》为基础，参考解放前写的另一本《屈原》，1957 年古典文学出版社出版的《楚辞论文集》以及我近年来写的有关论文，进行整理加工，在 1961 年寒假和 1962 年暑假中写出了初稿。而我则利用休息时间和夜晚逐章逐节地审阅，反复修改，越旬日而后定稿。"1980 年本书作为中国文学史知识读物再版，此前作者又作了一些必要的修改。

本书除《后记》外，共有五章及附录一篇，分别是：第一章：导言。第二章：战国的形势和楚国的内政与外交。第三章：屈原的生平（包括诗人的降生，斗争和矢败，放逐和自沉三节）。第四章：关于屈原作品的一些问题（包括楚辞的来源，屈原的作品及其写作年代两节）。第五章：屈原作品的思想内容和艺术成就（包括屈原作品的思想内容，屈原作品的艺术成就，屈原作品对后世文学的影响三节）。附录：楚辞注本十种提要（此篇后收入 1989 年中华书局出版的《游国恩学术论文集》一书中）。全书约 6 万多字。

此书虽为普及读物，但是游氏认为，"知识丛书，顾名思义，是要把经过选择的、正确的知识介绍给读者，所以属稿时必须着重在这一方面。我近年来对屈原及其作品多少有点新的理解，今天也想借此机会把它包括进去"（《后记》）。可见作者对此书的撰写是颇为重视且认真的。

此书的特点大体有三：首先，本书是作者对自己屈原研究的成果比较系统而简要的小结。在此之前，游氏已出版了《楚辞概论》《读骚论微初集》《楚辞论文集》（上卷全采《读骚论微初集》）等专著，还发表了一些论文。《楚辞概论》是一部系统研究楚辞的著作，提出了许多创见，但也有不少疏失。《楚辞论文集》则对一些未能展开的问题作了深入阐发和详细辩证，对《楚辞概论》中的一些观点和材料也有所修正和补充，但又缺乏系统性。本书的写作，显然是想借此机会，对自己屈原研究的成果作较为系统的清理和总结，精选出"正确的知识"介绍给读者。所以，本书实则是以前论著中有关部分的融合和萃选，这在三至五章中表现得尤为明显。如关于屈原的生平，就主要是将《楚辞概论》中的《屈原传略》以及《楚辞论文集》中的有关文章加以综合取舍重新组织而成。关于楚辞的来源、屈原作品的写作年代以及比兴手法、语言形式、对后世文学的影响等，也都采用以上两书中的有关论述整理加工而成。这就使本书带有了学术小结的性质。

其次，本书也多少包括了作者当时对屈原及其作品的"新的理解"。其主要表现是：

一、对屈原之真正价值的认识和强调。游氏云："虽然前人对屈原的研究也曾作出不少的成绩，但在旧社会中，他的真正价值却始终不能被人充分认识。"他指出："屈原是一位热爱祖国、关怀人民、坚持进步理想、憎恶黑暗现实的伟大诗人。"这一观点虽然在1953年所写的纪念文章中已曾提出，但只有到了本书中，它才成为贯穿全书的基本认识和鲜明主题。举凡对所有问题的讨论，无不是围绕这一主题而展开的。

二、对屈原作品思想内容的深刻揭示和阐述。书中以"崇高的爱国思想和坚贞不屈的战斗精神"为核心，论述了屈原作品的深刻思想性。作者指出："《离骚》和屈原的其他许多作品，都通过一个崇高的爱国主义者和一群贪人败类的斗争反映了当时楚国政治舞台上进步与反动两种势力的矛盾，而斗争的结果则直接影响着国家的命运。""屈原坚持着'美政'的理想"，"向楚国贵族统治集团进行了坚决的斗争。""在揭露贵族统治集团的同时，对作为最高统治者的楚王也没有放过"，"对人民群众表现了深刻的关怀与同情。"并通过对作品实例的分析，说明屈原"从言词到行动都表现了崇高的爱国主义精神"。这较之于以前论述，显然更集中而深刻了。

三、对屈原作品浪漫主义艺术特色的论述。这一点游氏在以前还没论述过，而本书则将它作为屈原作品艺术成就的第一方面展开论述，可谓抓住了其最重要的特色。作者指出："屈原作品富于奔放热烈的感情、优美新奇的幻想，同时还常常吸收神话传说的素材，因而在艺术表现手法上就带有浓厚的浪漫主义色彩。"又指出了屈原对想象与夸张手法的极大发展，运用神话素材"和后世辞赋骈文中的隶事用典有很大不同"，从而说明了屈原浪漫主义艺术手法的鲜明个性特色。此外，本书还对屈原的籍贯作了考证，认为"现今湖北省的秭归县就是屈原的老家。"又说"'美政'不外是内政外交两项。内政方面，大概是举贤授能，修明法度。"这就对以前单就外交一项立说，谓"美政"乃"合纵以摈秦之政"的旧说作了修正。此书还就屈原为何会写《远游》作了解释，说是屈原"一时受了刺激，才作此愤然出世之想。《离骚》中不是好几处说到往观四荒、浮游逍遥吗？《远游》干脆来一个专题发挥。而归根到底，这只不过是暂时的矛盾心理的反映"。还以《九章》之"惜往日之曾信兮，受命诏以昭诗"作为探寻《九歌》写定时间的补证。对"求女""抽思"的阐释，也较以前恰当、合理。凡此种种，都值得重视。

再次，是历史唯物主义观点和方法的成功运用。本书从分析战国的形势和楚国的内政外交入手，始终把屈原及其作品放在特定的历史环境中加以考察，指出其进步意义和影响。作者认为："屈原反对贵族特权的政治主张，是符合当时历史发展的趋势的，因而也是进步的。"其"联齐抗秦"的外交主张，也"已由历史的事实证明了它的正确性"。他还揭示了屈原的斗争与创作实践和楚国人民群众的关系，指出"屈原作品中强烈的爱国当主义精神，正是集中表现了楚国人民的思想感情"。其高度的艺术成就，也与"善于向人民创作学习"分不开。"他的作品，成了我们全体人民的宝贵财富"。对一些具体问题的分析论述，也无不贯彻着历史的、客观的、实事求是的科学精神。

另外，此书附录的《楚辞注本十种提要》也具有重要学术价值。文中所介绍的十种《楚辞》注本是：

一、王逸《楚辞章句》；

二、洪兴祖《楚辞补注》及《楚辞考异》；

三、朱熹《楚辞集注》及《楚辞辩证》；

四、汪瑗《楚辞集解》及《蒙引》《考异》；

五、王夫之《楚辞通释》；

六、钱澄之《楚辞屈诂》；

七、林云铭《楚辞灯》；

八、王邦采《离骚汇订》及《屈子杂文笺略》；

九、蒋骥《山带阁注楚辞》及《馀论》《楚辞说韵》；

十、戴震《屈原赋注》及《通释》并附汪梧凤《音义》。

对每种注本，大体上是先介绍著者生平、著作内容、体例及撰述过程，然后指出其特点，辨析异同，评判得失。其指点辨析，清晰明了，历历如数家珍；其评价也较公允而中肯。如谓王逸注本"存在不少的缺点"，"但其书时代较早，字句训诂多有可取"；谓洪氏之书"考证详审，征引宏富，不仅《楚辞》文义时有阐发，且对旧解多所驳正，是一部极有价值的《楚辞》注本"；于汪氏之书，不同意《四库提要》的评论，谓其"新说""有些固然是'臆测之见'，但也有不少卓越见解"；谓蒋氏之书"在屈原生平事迹及作品创作时地的考证方面，用力最深；有许多地方考据颇为精确，值得我们参考"等等，都较恰当。

由于作者"采取十分严肃的态度，从观点、内容、结构、段落，以至一字一句的推敲，都付出了相当的劳动"（《后记》），所以本书虽篇幅不长，文体有别，但体系较为完整，内容亦较精要，尤以语言平易浅近、简练明畅，文风平正周密、深入浅出而见长，是一部融学术性与知识性为一体的高质量普及读物。当然，也因此少了作者早年那种学术创新的英锐之气。

综上所述，从《楚辞概论》到《楚辞论文集》，再到《屈原》，游国恩先生走过了一条由勇于开拓、大胆创新而不尽审慎，进而静心思考、拓展深化并修正完善，最后精选提炼、审慎总结而归于成熟平正的楚辞研究之路。这是一个较为典型的治《骚》为学的"三部曲"。这一学术历程体现出个人素质、生涯与时代学风相结合的特色，在20世纪的楚辞学史以及整个学术史上都是具有一定的代表性和典型意义的，甚至在一定程度上可以视为20至60年代学术研究的缩影。

周建忠与楚辞本体研究①

南通大学　施仲贞

【摘　要】　周建忠在楚辞本体研究方面，知难而进，重拳出击，仔细考察楚辞本体研究的历史和现状，综合运用双向互证、多重比较、追源溯流、以意逆志、宏微并用等多种研究方法，从容自若地由一个论题转入另一个论题，破旧立新，辨异析同，洞幽察微，解疑释惑，品文论艺，从而对屈原及其作品作了全面深入的分析和扎实细腻的探究，在当代楚辞学史上占有举足轻重的地位。

【关键词】　周建忠　楚辞　本体　屈原

当代楚辞学界，出现了一大批有成就的楚辞研究专家，留下了一系列有价值的楚辞研究论著，从而呈现出一种欣欣向荣的可喜局面。应当说，不管是从深度上看还是从广度上看，当代楚辞研究都可称得上我国楚辞学史上的一个高峰期。而周建忠就是当代楚辞研究专家中的一位杰出代表，在当代楚辞学史上占有举足轻重的地位，引人侧目。汤炳正称他"是一位相当有气魄有毅力的开拓者，但又是一位非常深邃缜密而又慎审谦虚的探索者"②。

三十余年来，周建忠凭借其执着的精神、非凡的气魄、独到的眼光、严谨的态度和丰富的学识，自觉融汇诸多学科于一炉，全面打通文、史、哲的界限，努力探索楚辞研究的新方法，积极构建楚辞研究的新模式，不断开拓楚辞研究的新领域，从而为当代楚辞研究树立了一个良好的典范。目前，他已主持完成国家社科基金一般项目"五百种楚辞著作提要"，正主持研究国家社科基金一般项目"楚辞文献语义化研究"、国家社科基金重大项目"东亚楚辞文献的挖掘、整理与研究"。

---

①　［基金项目］江苏省社会科学基金项目"清代楚辞著述论考"（12ZWD019）；江苏高校哲学社会科学研究项目"楚辞在日本的传播和影响"（2015SJB617）；江苏高校"青蓝工程"优秀青年骨干教师培养对象资助项目（2014）。

②　汤炳正：《渊研楼屈学存稿》，北京：中国社会科学出版社、华龄出版社2004年版，第224页。

一、从事楚辞研究的原因

周建忠云："楚辞的世界，博大精深；楚辞的世界，色彩斑斓；楚辞的世界，令人神往！但是，要走进这个'世界'，竟是如此的困难：由于时代的隔阂、事实的冥昧、文句的艰奥、词旨的婉曲，导致了疑义纷纭，久讼莫断。或囿于旧说，难脱藩篱；或游谈臆说，羌无实据；或治丝愈棼，遂成死结。"① 此论颇具卓识，既生动地形容了楚辞自身的伟大成就，又准确地道出了楚辞研究的现实困境。事实上，研究楚辞的道路并非一马平川，畅通无阻，而是崇山峻岭，举步维艰。因此，如想在楚辞研究方面有所成就，就必须拥有惊人的勇气和超凡的毅力，就必须付出百倍的努力和海量的汗水。

朱炳祥云："周建忠正是在这样的情况之下应答了时代的呼唤，提出了'同步进行'之说。我们之所以看重'同步进行'之说，主要的原因在于"同步进行"之说是对楚辞研究与楚辞学研究两者之间的辩证关系的一种清醒认识，是将学术研究与学术学研究结合起来的理论表述。正是这一种清醒，才使他的立足点站得较高，有着建立当代楚辞学的总体构想。"② 三十余年来，周建忠始终坚持楚辞本体研究与楚辞学史研究"同步进行"，在楚辞研究领域做出了新颖可贵的探索和可圈可点的贡献。至今，他已出版《当代楚辞研究论纲》《楚辞论稿》《楚辞与楚辞学》《兰文化》《楚辞考论》《楚辞学通典》《楚辞讲演录》《五百种楚辞著作提要》等 10 余部楚辞研究专著，在《历史研究》《文学评论》《文学遗产》《北京大学学报》等刊物上发表 160 余篇楚辞研究论文，并获得省政府哲学社会科学优秀成果一等奖 2 项、二等奖 2 项、三等奖 2 项，省高校哲学社会科学研究优秀成果一等奖 1 项、二等奖 1 项。同时，他还从事楚辞数据库建设及应用研究，创办世界上第一个楚辞研究与教学的专门网站（http：//chuci. ntu. edu. cn），为楚辞文献构建网络检索、知识关联的新系统，为楚辞学者提供查阅资料、交流切磋的新平台。

那么，究竟是什么原因促使他愿意花费自己三十余年的心血，而心无旁骛地专注于楚辞研究，并取得令人称赞的学术成就呢？概括起来，主要有四个方面的原因。

（一）地域影响　潜移默化

周建忠，1955 年 10 月出生，江苏靖江人。江苏靖江，是他青少年时期生活的地方，而青少年时期又是人格形成的关键时期。从地理位置上来说，它处于长江中下游。而长江中下游又属于古楚文化的区域，在那里一直流传着浓郁而古老的楚文化因子。

---

① 周建忠：《当代楚辞研究论纲》，武汉：湖北教育出版社 1992 年版，第 1 页。

② 朱炳祥：《评〈当代楚辞研究论纲〉——兼论周建忠的"同步进行"说》，《上海大学学报》1995 年第 4 期，第 107 页。

"长江，赋予我坚毅执着，敢于弄潮的性格。长江的洗刷、陶冶，奠定了我一生与长江与楚文化难分难解的情缘!""而研究楚辞、研究屈原，又常常使我的思绪逆流而上，郢都江陵、洞庭五渚、汨罗水急、秭归岳阳——都是我反复考察、魂牵梦萦的地方。正是，研究楚辞，怎能离开长江? 怎能不面对长江?"① 作为一名生于斯、长于斯的学者，周建忠自然会日益受到古楚文化的熏染，故不可能不钟情于古楚文化的精华——《楚辞》。或许，由于受到长江那古楚文化潜在而强烈的制约、影响，他才如此痴迷于楚辞研究，稳扎稳打，步步为营，终于写出一篇又一篇高水平的学术论文，推动楚辞研究不断向前发展，从而成为当代楚辞学界引人瞩目的翘楚之一。

（二）外部推入　身不由己

周建忠在《治学心得：二十年楚辞研究回顾与反思》② 一文中提到，他研究楚辞的主要原因，一不是出于爱好，二不是主观选择，而是身不由己的外部推入。他在大学读书阶段，"竟一下子喜欢上了'李白'。从李白而屈原，纵向的追溯转换为横向的透视，平生第一篇论文的内容正是屈原、李白浪漫主义关系的研究"，"从那时起，屈原、以屈原作品为主体的楚辞，成了我的主要研究对象，而李白，只是一个呼应、一个向往、一个起点、一个梦想"。1978 年，他从扬州大学毕业，被分配至南通师专中文系任教，主讲自己的"弱项"段——先秦文学领域。于是，"开始一本一本地阅读先秦文献，计划花一年时间读'先秦诗歌'"，"第二学期读《楚辞》，我找来 40 多种版本比较、摘录，进程缓慢，发现原本《楚辞》很难读懂、读通，且诗无达诂、人言言殊现象尤为突出，疑义纷纭，久讼难断。但愈读，愈感到楚辞世界博大精深，引人入胜。于是一头'栽'进去，再也没有能够走出来"。对于他来说，其外部推入的动力，一方面来自科研的推进，另一方面来自教学的开展。也许，正是这种身不由己的外部推入，才促使他孜孜以求，力排众议，一门心思地长期致力于楚辞研究，而没有像有的学者那样于楚辞研究奉行打一枪放一炮就走的做法。

（三）屈原情结　异代同调

周建忠出身于长江中下游的一个农民家庭，从小就养成吃苦耐劳、坚毅执着、力争上游的性格。一旦他决定做什么，他就决不服输，决不气馁，决不放弃，总是为之奋勇争先，百折不挠，呕心沥血。或许，这种性格正是促成他引屈原为同调的内在原因，而屈原精神又成为他专心致力于楚辞研究的力量源泉，"屈原，已从遥远的往世走到我的面前、我的周围、我的心中、我的梦里! 漫漫长夜，有屈原相伴;茫茫人海，有屈原同行。屈原，似乎无处不在，似乎始终就在我身旁，向我倾诉衷肠，接受我的

---

① 周建忠：《楚辞论稿》，郑州：中州古籍出版社 1994 年版，第 329 页。
② 周建忠：《楚辞讲演录》，桂林：广西师范大学出版社 2007 年版，第 570-572 页。

解剖，期望我的理解。屈原的爱国情、进取心，屈原的正直高洁，屈原的深层意蕴与心理节奏，不仅激励我深入研究，持之以恒，也影响我的人生与为人"①。日月不淹，春秋代序，在三十余年的漫长岁月里，他虽出入经史，涉猎百家，但目的只有一个，那就是为了揭开楚辞这座迷宫的神秘面纱，展现屈原这位伟人的内心世界。为此，他日夜苦读楚辞，精心思考楚辞，竭力研究楚辞。"一分耕耘，一分收获"，三十余年来，他始终带着信心与激情，奋然前行，不断开拓，终于在楚辞这块宝地上收获了一批又一批令人啧啧称奇的硕果。

（四）学术传承　继往开来

楚辞研究无疑是一个相对狭小的学术领域，但又是一块不可或缺的学术领地。因此，从事楚辞研究的学者，必须怀有淡泊名利的学术心态，怀有无私奉献的传承精神。否则，就难以长期坚持楚辞研究，更不用说要在楚辞研究方面取得杰出的成就。而周建忠一生从教，始终怀有淡泊名利的学术心态，怀有无私奉献的传承精神。他坚信学术研究应当是一个长期发展的过程，只有依靠一代又一代学者的学术传承，才能不断推进学术发展。否则，就会造成学术中断，而"这种学术中断，是最令人痛心、伤感的"②。为此，他广收弟子，热心指导，时常倾心地教导弟子如何做人、如何为学，不断真诚地告诫弟子既要做到有始有终又要做到尽善尽美，经常夜以继日地亲自操笔为弟子修改论文，积极主动地向各种刊物推荐发表弟子的论文，不辞劳苦地向弟子传递学术知识和学术道德的薪火，体现出谦谦然君子之气度、蔼蔼然长者之风范。在他的言传身教下，大部分弟子都毫不犹豫地选择楚辞作为自己学术研究的对象。目前，由他独立指导的硕士学位论文有 14 篇，博士学位论文有 4 篇。兴许，正是这种学术传承的责任感和紧迫感，才促使他将自己宝贵的青春年华都付于楚辞研究，始终站在楚辞研究的学术前沿。

二、楚辞本体研究的成就

楚辞，是以屈原及其作品为主体。因此，研究楚辞本体，必须首先研究屈原及其作品。两千多年来，历代学者一直对楚辞本体作了艰苦卓绝的研究和赓续不断的探索，为我们留下了汗牛充栋的论著。可以说，前人的论著已几乎涉足到楚辞本体研究的方方面面，正如褚斌杰所言："凡是值得思考的问题，前人差不多都有人思考过、探讨过、论证过，要再前进一步实在很不容易。"③ 因此，要想对楚辞本体再作突破前人成

---

① 周建忠：《楚辞论稿》，郑州：中州古籍出版社 1994 年版，第 330 页。
② 周建忠：《当代楚辞研究论纲》，武汉：湖北教育出版社 1992 年版，第 214 页。
③ 褚斌杰：《楚辞选评》，西安：三秦出版社 2004 年版，第 13 页。

说的新的挖掘和开拓，实在是非常困难，不免令人望而却步，不敢问津。

然而，周建忠却深刻认识到楚辞研究不管用什么材料，用什么方法，其最终目的都是为了读懂楚辞本体，理解楚辞本体。基于此，他以高度的责任感和使命感，知难而进，重拳出击，在仔细考察楚辞本体研究的历史和现状后，结合自身长期的教学感悟和丰富的从政经历，大胆地对屈原及其作品作了全面深入的分析和扎实细腻的探究。由于他全力以赴、精益求精、持之以恒地从事楚辞本体研究，故能不断推陈出新，从容自若地由一个论题转入另一个论题，纵横驰骋，烛隐发微，探骊得珠，最终撰写出一系列令人刮目相看的论著。概括起来，周建忠从事楚辞本体研究主要有五个方面的成就。

（一）双向互证　破旧立新

关于屈原生平的考证，是楚辞本体研究中争议较大、成果较多的问题，也是楚辞本体研究中最基础、最关键的问题。可以说，唯有大致弄清屈原的生平，才能正确解读屈原作品的内涵，才能全面认识屈原时代的特色。

近年来，不断涌现的出土文献不仅为屈原生平研究提供了丰富多彩的"新材料"，而且还为屈原生平研究带来了前所未有的"新问题"。对此，周建忠并没有消极回避，置若罔闻，也没有人云亦云，鹦鹉学舌，而是积极参与，高度重视，巧妙运用出土文献与传统文献双向互证的方法，竭力对与屈原生平相关的传统文献、出土文献进行系统的梳理和科学的归纳，本着有根有据、"宜粗不宜细"的原则，做到去伪存真、破旧立新，提出许多令人大开眼界的新见解，从而对屈原的生平有一个近真的基本符合历史事实的描述。

目前，周建忠已撰有《荆门郭店一号楚墓墓主考论——兼论屈原生平研究》《屈原仕履考》《三闾渊源考》《屈原"流放江南"考》等论文，这些论文论辩详审，多有发明，受到学术界的好评，堪称屈原生平研究的集大成式的扛鼎之作。在《荆门郭店一号楚墓墓主考论——兼论屈原生平研究》① 一文中，周建忠对庞朴《古墓新知》②、李学勤《先秦儒家著作的重大发现》③、高正《论屈原与郭店楚墓竹书的关系》④ 等论文予以批驳。他根据金文、包山楚简、曾侯乙墓竹简、望山楚简、信阳楚简、郭店楚简、帛书不同写法的比较，考定漆耳杯铭文应为"东宫之杯"，而非"东宫之师"；通过对

① 周建忠：《荆门郭店一号楚墓墓主考论——兼论屈原生平研究》，《历史研究》2005 年第 5 期，第 21-32 页。

② 庞朴：《古墓新知》，《中国哲学》第二十辑，辽宁教育出版社 1997 年版，第 7 页。

③ 李学勤：《先秦儒家著作的重大发现》，《中国哲学》第二十辑，辽宁教育出版社 1997 年版，第 14 页。

④ 高正：《论屈原与郭店楚墓竹书的关系》，《光明日报》1999 年 7 月 2 日，第 7 版。

《周礼》《礼记》《吕氏春秋》有关"杖"的礼制考释，论定所谓"八十九十，加赐鸠杖"之礼始于汉代，而楚系墓葬中出土的各种"杖"的形制特点，亦可证明此墓"鸠杖"不是手杖；又通过对官职和礼制材料的分析论证，论定郭店一号楚墓墓主并非"东宫之师"，且与屈原无关，事实上屈原也没有当过太子太傅。庞朴完全同意该文的考证与结论，并致函作者，希望在《历史研究》发表前在他主持的"简帛研究"网站首发。李学勤阅该文后，直言"这些意见使我重新考虑有关问题"，并撰写《关于"东宫之师"的讨论》① 一文对"漆耳杯铭文"的诠释作了申说，但对"鸠杖"的考证没有发表不同意见。在《屈原仕履考》②、《"三闾"渊源考》③ 两文中，他对屈原的从政经历进行了谨慎周密的考释，认为王逸所谓"三闾之职，掌王族三姓，曰昭、屈、景。屈原序其谱属，率其贤良，以厉国士"④ 的解释是有根据的，而汤炳正所谓"'左登徒'之省称，'左徒'与'登徒'是一个官职的两种不同的简称"⑤ 的说法则只是推测；"左徒"是楚国专门官职，与"登徒"没有关系，其职掌也不等同于"三闾大夫"；屈原的政治生涯的高峰是任"左徒"之职，而"三闾大夫"则与屈原政治生涯相始终。在《屈原"流放江南"考》⑥ 一文中，他通过传统文献与出土文献双向互证的方法，证明了《哀郢》《涉江》所记载的屈原流放江南路线是比较真实的，带有明显的"自传性"。由此可见，利用出土文献与传统文献互证方法来研究屈原的生平事迹，既不能过于穿凿附会，也不能过于翔实周到。否则，不仅无助于解决旧问题，而且还会制造新障碍。

同时，周建忠还一再呼吁在楚文化与楚辞两个密切相关、交叉叠合，又相对独立的研究领域，利用楚辞与楚文化双向互证的方法，来突破楚辞和楚文化研究的现实困境，推进楚辞和楚文化研究的同步发展。在《屈原考古研究的时代内涵与实证基础》⑦、《出土文献·传统文献·学术史——论楚辞研究与楚文化研究的关系与出路》⑧ 两文中，他指出屈原是楚文化中"精神文化"的集中代表，《楚辞》是楚文化中"物质文化"研究的文献依据，而这对于丰富楚文化的内容、破译楚文化的疑难具有不可估量的

---

① 李学勤、谢桂华：《简帛研究 2001》，广西师范大学出版社 2001 年版，第 44-45 页。

② 周建忠：《屈原仕履考》，《文学评论》2005 年第 2 期，第 5-14 页。

③ 周建忠：《"三闾"渊源考》，《江汉论坛》2005 年第 2 期，第 65-68 页。

④ 洪兴祖：《楚辞补注》，北京：中华书局 1983 年版，第 1-2 页。

⑤ 汤炳正：《屈赋新探》，济南：齐鲁书社 1984 年版，第 48-54 页。

⑥ 周建忠：《屈原"流放江南"考》，《文学遗产》2007 年第 6 期，第 1141-16 页。

⑦ 周建忠：《屈原考古研究的时代内涵与实证基础》，《河北师范大学学报》2004 年第 6 期，第 65 页。

⑧ 周建忠：《出土文献·传统文献·学术史——论楚辞研究与楚文化研究的关系与出路》，《文学评论》2006 年第 5 期，第 108-115 页。

价值。

(二) 多重比较 辨异析同

比较法, 是楚辞学者普遍运用的一种研究方法。然而, 有些楚辞学者在运用比较法时过于随心所欲, 其研究结果并非尽如人意, 其研究结论也未令人信服。刘熙载《持志塾言·为学》:"辨疑似, 谨细微, 这里若无工夫, 终不可语精义之学。"① 陈寅恪《与刘叔雅论国文试题书》:"盖此种比较研究方法, 必须具有历史演变及系统异同之观念。否则古今中外, 人天龙鬼, 无一不可取以相与比较。荷马可比屈原, 孔子可比歌德, 穿凿附会, 怪诞百出, 莫可追诘, 更无所谓研究之可言矣。"② 的确, 惟具有"工夫", 才能真正达到"辨疑似, 谨细微"的效果; 惟具有"历史演变及系统异同之观念", 才能正确选择比较对象。

跟有些楚辞学者不同, 周建忠具有"历史演变及系统异同之观念", 在选择比较对象时十分审慎, 认真鉴别, 坚持多重比较, 既寻求比较对象之间的共同性, 又查找比较对象之间的差异性。同时, 他在运用比较法时, 具有"功夫", 先透过自己独到的眼光, 来发现和找出比较对象之间特别值得比较的地方; 再通过自己细心的工作, 来收集和罗列比较对象之间一切相同或相异的资料; 后凭借自己深厚的学识, 来提出和论证自己通过比较对象所获得的观点。

目前, 周建忠已撰有《屈原思想: 有儒有法 然非儒非法——论以诸子研究屈原思想之失兼与李凤仪先生商榷》《寻找近真的"屈原"与"陶潜"》《关于"端午节"申遗》等论文。这些论文既论述得精细入微, 又论证得有法有度, 是不可忽视的学术贡献。在《屈原思想: 有儒有法 然非儒非法——论以诸子研究屈原思想之失兼与李凤仪先生商榷》③ 一文中, 周建忠通过对屈原与儒家、屈原与法家多重比较, 对李凤仪《试谈屈原思想的基本倾向——兼评屈原为"儒家"说》④ 一文中所谓"屈原的思想基本上属于法家"的观点进行了细致有力的批驳。他指出, 屈原的思想既有与儒家、法家相同的地方, 也有与儒家、法家相异的地方, 因此不能简单地用诸子某家思想来框定屈原的思想, 否则就不能正确认识屈原思想的丰富性和整体性。可以说,"这篇论文不仅在研究屈原思想上值得称道, 而且具有方法论意义"⑤。在《寻找近真的"屈原"

---

① 刘熙载:《刘熙载文集》, 南京: 江苏古籍出版社 2001 年版, 第 11 页。

② 陈寅恪:《金明馆丛稿二编》, 北京: 生活·读书·新知三联书店 2001 年版, 第 252 页。

③ 周建忠:《楚辞论稿》, 郑州: 中州古籍出版社 1994 年版, 第 38-65 页。

④ 李凤仪:《试谈屈原思想的基本倾向——兼评屈原为"儒家"说》,《克山师专学报》1982 年第 1 期。

⑤ 张庆利:《高屋建瓴 独辟蹊径——周建忠楚辞研究述评》,《绥化师专学报》1991 年第 4 期, 第 50 页。

与"陶潜"》① 一文中，跟其他学者往往把屈原和陶渊明视作两种不同文化——载道与闲情、儒家与道家、进取与隐逸的代表来作比较的做法不同，他则重点比较了屈原与陶潜的"异"中之"同"：在出身与来历上，他们均为远世显赫，当代没落；在才能与志向上，他们均对政治仕途期望过高，对自身才能估价过高，结局都怀才不遇，抱负难展；在矛盾与斗争上，他们均经受过无数次的矛盾与斗争，他们的伟大不在于表层上的选择与坚持，而在于他们心理自我调节、自我平衡、自我净化、自我升华的胜利与成功；在寂寞与孤独上，他们均是寂寞、孤独的伟大诗人，希望在古代圣贤中寻找知音；在理想与死亡上，他们均具有浓厚的死亡意识、生死反思，流露出对黑暗现实的深沉愤慨，对美好理想的无限眷恋。张鹤对该文给予高度评价，认为"该文如行云流水，娓娓道来，既含蕴文献学的精深素养，又具有丰富渊博的历史感和理论抽象的能力"②。在《关于"端午节"申遗》一文中，他针对国内学术界关于韩国的"江陵端午祭"申遗事件的评议现象，通过对韩国进行实地考察，把中国的"端午节"与韩国的"江陵端午祭"作了全方面的比较，指出那种认为中国的"端午节"与韩国的"江陵端午祭"完全等同的看法是不准确的，而那种认为中国的"端午节"与韩国的"江陵端午祭"完全无关的说法也是违背历史的，其演变发展的序列应为中国的端午节—韩国的端午节—韩国的端午祭—韩国的江陵端午祭，这是四个既相互关联又相对独立的概念。应该说，周建忠的观点较为客观，更加符合事实。

（三）追源溯流　洞幽察微

追源溯流法，是楚辞学者运用较多的一种研究方法。章学诚《文史通义·诗话》："论诗论文，而知溯流别，则可以探源经籍，而进窥天地之纯，古人之大体矣。"③ 的确，通过追源溯流的方法，可以有力地揭示楚辞的源头，可以深入地挖掘楚辞的影响。

周建忠以深邃的历史眼光，巧妙地运用追源溯流法，自觉地把楚辞放在中国文学发展的历史长河中加以观照和评判，凸显楚辞对前代文学的传承与超越，以及后代文学对楚辞的接受与创新。跟有些楚辞学者不同，周建忠决不满足于泛泛而谈，而坚持有的放矢，决不满足于炒冷饭，而坚持加新料，脚踏实地搜集零星琐碎、残缺不全的材料，高屋建瓴提出启人心智、发人深省的观点，从而围剿了一个个看似不起眼却始终绕不开的问题。

目前，周建忠已撰有《"伯夷"通考——兼论屈原与"夷齐"之关系》《〈楚辞〉

---

① 周建忠：《楚辞考论》，北京：商务印书馆 2003 年版，第 175–190 页。

② 张鹤：《楚辞研究与楚辞学研究同步进行——评周建忠的〈楚辞考论〉》，《黄冈师范学院学报》2005 年第 1 期，第 71 页。

③ 叶瑛：《文史通义校注》，北京：中华书局 1985 年版，第 559 页。

黄昏意象发微》《“兰意象”原型发微——兼释〈楚辞〉用兰意象》《兰花栽种历史考述兼释〈楚辞〉之"兰"》《曹植对屈赋继承与创新的动态过程》《屈原赋与贺铸词》等论文。这些论文征引广博，逻辑谨严，论析透辟，既立足于作家、作品的内在因素，又联系文学史、文化史的外在背景，其结论可谓新颖、深刻。

　　王国维《屈子文学之精神》："而大诗歌之出，必须俟北方人之感情，与南方人之想象合而为一，即必通南北之驿骑而后可，斯即屈子其人也。"① 的确，博闻强识的屈原是南方文化和北方文化的集大成者，而以屈原及其作品为代表的楚辞就明显受到南方文化和北方文化的双重侵染。对此，周建忠则进一步指出"《楚辞》的上源是复杂、多元的，应包括保留下来的神话传说、《诗经》中的'陈风'、'二南'及楚地民歌、《老子》等，同时亦包括中原历史散文、哲理散文"，并通过具体个案分析来证明楚辞受到前世文学的影响。在《"伯夷"通考——兼论屈原与"夷齐"之关系》② 一文中，他遍考先秦古籍、汉代典籍，探讨了"伯夷"其人及其传说故事的流传演变，认为先秦所传"伯夷"有两个，一是"唐虞名臣"，一是商末贤人；而屈赋所用"伯夷"决非尧时名臣"伯夷"，而是战国作品的"伯夷"，其主要情节为商末避乱孤处、奔西伯养老、拒受武王爵禄而饿死首阳，绝无《史记》所述"孤竹君之子""兄弟让国""叩马谏周"及《古史考》所记"惊女采薇"之事迹，从而论定《天问》"惊女采薇，鹿何佑"绝非用孤竹伯夷事。潘啸龙高度赞扬此文，云："此文考辨周翔，见解独到，可谓解决了《天问》研究中一大疑案。"③ 在《〈楚辞〉黄昏意象发微》④ 一文中，他指出楚辞汇聚了浩大多元的"黄昏形象"，"日出而作，日入而息"的农业文明特征是屈原创作关系不大的"真实"背景，"娶妇以昏时"的婚胡习俗仅是屈原借以抒情表白的"外在"形式，宫廷官府丰富多彩的"夜生活"与过多的夜间祭祀活动，才是屈原政治生活的直接背景，而屈原那敏感多愁、长夜难眠的心理特征才是《绝辞》"黄昏意象"的灵感触发与主体倾向，至于楚民族和屈原对太阳的崇拜以及对大阳神话系统的熟悉、坚信则真正成为《绝辞》"黄昏意象"的"原型"。在《"兰意象"原型发微——兼释〈楚辞〉用兰意象》⑤ 一文中，他认为兰花作为一种源远流长、内涵丰盈的文化，曾经有过"图腾"的辉煌；到了春秋战国时期，兰文化已经逐渐渗透到贵族生活的各个方面，兰花作为个人的保护神，有着"致兰得子、秉兰祓邪、纫兰为饰、喻兰明德"的

---

① 王国维著，吴无忌编：《王国维文集》，北京：燕山出版社 1997 年版，第 239 页。
② 周建忠：《楚辞论稿》，郑州：中州古籍出版社 1994 年版，第 1-20 页。
③ 潘啸龙：《屈原与楚辞研究》，合肥：安徽大学出版社 1999 年版，第 266 页。
④ 周建忠：《〈楚辞〉黄昏意象发微》，《云梦学刊》1995 年第 2 期，第 1-8 页。
⑤ 周建忠：《"兰意象"原型发微——兼释〈楚辞〉用兰意象》，《东南文化》1999 年第 1 期，第 96-99 页。

功能，而《楚辞》之兰就带有明显的兰图腾特征。

托·史·艾略特《传统与个人才能》："我们心满意足地大谈特谈这个诗人和他的先辈尤其是他的前一辈的不同之处；我们为了欣赏，力图找出一种可以孤立起来看的东西。反之，我们不抱这种偏见来研究一个诗人，我们将往往可以发现，在他的作品中，不仅其最优秀的部分，而且其最独特的部分，都可能是已故的诗人、他的先辈们所强烈显出其永垂不朽的部分。"① 的确，一个伟大的作家往往在文学史上具有承前启后的作用，不仅继承了前人，而且影响了后人。在周建忠看来，屈原就对后人产生了极为深远的影响，云："屈原，作为中国文学史上的第一位大诗人，是一座跨越时空的丰碑，也是一个丰富、复杂的'模式'载体。他给予后代知识分子阶层的，竟是长久而深远的双重投影。"② 为此，周建忠专门选取了文学史上的两位大家曹植、贺铸，来论析他们对屈原的继承与创新。在《曹植对屈赋继承与创新的动态过程》③ 一文中，周建忠指出曹植在建安、黄初、太和三个不同时期的思想与作品"明显地呈现出一个对屈赋的继承与创新的动态过程"，作为建安时期的"贵公子"，他对屈骚的摹仿融汇，显然是传统文化素养的自然体现；而作为黄初时期的"圈牢之养物"，他对屈骚的点化发展，完全是出于自身的深刻感受与抒情言志的现实需要；作为太和时期"求自试"而"终不见用"的失意"壮士"，他对屈赋精神的重新建构，则源于他整体思想素质的升华；而曹植本身对屈骚传统的继承、发展，又反过来对屈原的影响与地位起了过渡、中介、强化、扩张作用。他通过对曹植继承、发展屈骚艺术传统的努力与贡献的动态性考察，揭示了曹植在楚辞学史上对屈原的影响与地位所起的作用。在《屈原赋与贺铸词》④ 一文中，周建忠通过对具体作品的分析，深入挖掘出贺铸词与屈原赋在貌、意、神、源四个方面的承传关系。显然，周建忠在论述过程中，既强调后人对屈骚传统的继承，又注重后人对屈骚传统的发扬，既探求两者的共性，又区别两者的个性，故持论较为公允、客观。对此，毛庆不吝赞美之词，云："尽管这两位名诗人在文学史上的成就为人所熟知，他们对楚辞的继承也早为诗论家们所注意，但《论稿》作者以独特的研究视角和方法，在文学史家熟知的事实中发现新的蕴意和价值。"⑤

（四）以意逆志　解疑释惑

刘熙载《游艺约言》："文，心学也。"⑥ 可以说，屈原作品就是屈原内心活动的外

---

① 托·史·艾略特：《托·史·艾略特论文选》，上海：上海文艺出版社 1962 年版，第 2 页。
② 周建忠：《楚辞论稿》，郑州：中州古籍出版社 1994 年版，第 75 页。
③ 周建忠：《楚辞论稿》，郑州：中州古籍出版社 1994 年版，第 161–170 页。
④ 周建忠：《楚辞论稿》，郑州：中州古籍出版社 1994 年版，第 171–178 页。
⑤ 毛庆：《一部独具特色的楚辞学专著》，《江西社会科学》1997 年第 7 期，第 107 页。
⑥ 刘熙载：《刘熙载文集》，南京：江苏古籍出版社 2001 年版，第 751 页。

在显现，就是屈原思想情感的忠实记录。基于此，周建忠反复涵咏屈原作品，如同身历其世，面接其人，与屈原进行心灵对话，从而探知屈原情志，达到解疑释惑之目的。

伽达默尔《真理与方法》："对一本文或艺术品真正意义的发现是没有止境的，这实际上是一个无限的过程。不仅新的误解被不断克服，而使真理得以从遮蔽它的那些事件中敞亮，而且新的理解也不断涌现，并提示出全新的意义。"① 的确，阐释者在探究作者情志时，往往会不可避免地带有个人经验及时代烙印。对此，周建忠自然也不例外。但由于他不是凭空想象，主观臆断，而是以史料为依据，以作品为桥梁，秉承"知人论世"的精神，综合探究屈原情志，故其立论具有突破性、可信性、启发性。

目前，周建忠已撰有《屈原与楚怀》《屈原模式与民族精神》《〈国殇〉祀主辨》《〈涉江〉、〈哀郢〉、〈怀沙〉新论》等论文。这些论文细致精微，破中求因，破中有立，得到学术界的关注与认同。在《屈原与楚怀》② 一文中，周建忠反对一些楚辞学者将楚怀王视为一无是处的昏君，而主张实事求是、恰如其分地评判楚怀王。周建忠认为"比起《战国策》《史记》等史籍来，屈赋的记述评说更加深刻广泛，逼真可信"，故他着重考察屈原作品，并结合相关史料记载，指出楚怀王"头脑简单，刚愎自用；昏庸糊涂，反复无常；好谀听谗，良莠不辨；好矜不让，康娱淫游，是一个对自己、对楚国不负责任的国君，是一个水平不高、谋略不多的、志向不大的庸君——庸碌之君"，"但他决不是桀、纣那样的残暴之君，屈原写桀、纣决不是直接的影射，而是反面的告诫"。潘啸龙高度赞扬此文，云："这一分析较之于有些研究者对楚怀王的一概否定，显得更为客观和中肯。"③ 在《屈原模式与民族精神》④ 一文中，周建忠将"屈原模式"分为三种模式，即忠君爱国、独立不迁、上下求索、好修为常的进取模式（主模式），忧国忧民、忠君表白、斥佞扬己、用古谏君的消释模式（副模式），自负感、失意感、孤独感、压抑感的心理模式（潜模式）；他认为，"屈原'进取模式'影响于后人者，主要是一种精神、一种难以企及的境界……但对于文人，更多的还是停留在向往、敬佩、认可的阶段。相反，其'心理模式'、'消释模式'却在后代文人中有着特殊的实践意义"。可见，周建忠采取辩证的方法，在极力赞扬屈原崇高品格的同时，也如实指出屈原的人格缺陷。在《〈国殇〉祀主辨》⑤ 一文中，周建忠发挥蒋骥的

① 伽达默尔：《真理与方法》，上海：上海译文出版社1992年版，第215页。
② 周建忠：《楚辞论稿》，郑州：中州古籍出版社1994年版，第21-37页。
③ 潘啸龙：《屈原与楚辞研究》，合肥：安徽大学出版社1999年版，第266页。
④ 周建忠：《楚辞论稿》，郑州：中州古籍出版社1994年版，第66-76页。
⑤ 周建忠：《楚辞论稿》，郑州：中州古籍出版社1994年版，第140-146页。

观点，从古代车战的特征、《九歌》的完整性、诗篇本身的描写来进一步论证《国殇》的祀主既不是"战士"，也不是"将士"，而应是一位"主将"；而这位"主将"不应实指某人，而是屈原从楚国遇难将领中概括提炼出来的形象。在《〈涉江〉、〈哀郢〉、〈怀沙〉新论》一文中，周建忠认为《涉江》"是一篇线索明了、水陆并行的游记，也是一篇悲愤凄怆、见景生情的苦难历程记，更是一篇诗人一生'上下求索'、宁折不弯的行记"，《哀郢》"是思乡，又是恋阙；是怨君，又是忧国。家、国、君，使'郢'成了诗人的聚焦点"。

（五）宏微并用　品文论艺

学术研究，既离不开微观的细密探索，也离不开宏观的整体把握。可以说，没有微观的细密探索，其宏观的整体把握将如同"空中楼阁"，没有坚实的基础；反之，如果没有宏观的整体把握，其微观的细密探索将如同"瞎子摸象"，缺乏系统的观照。

周建忠在解读屈原作品时，采取"宏微并用"的研究方法，不仅从字、词、句进行微观注释，而且从旨意、艺术进行宏观阐述，如《楚辞讲演录》《〈楚辞〉注评》等专著。这些专著往往具有精深细致、宏博融通的格局，具有感染同辈、启迪后人的气韵。在《楚辞讲演录》中，周建忠并没有对屈原的每篇作品一一进行讲解，而是对有代表性的部分屈原作品进行重点阐释。由于《楚辞讲演录》在微观注释方面能博采众长，择善而从，体现出深厚的小学功底与独特的思辨能力，故其对屈原作品的宏观阐述也就自然显得更为中肯而精彩。如对《离骚》的讲解，周建忠认为《离骚》中的"老冉冉其将至兮，恐修名之不立"一句是判断《离骚》写作年代的主要依据，并指出这种"老"的心态一般可分为三个阶段，"20 到 30 岁的人说'老'，是少不更事，是没有生活的体验；40 到 50 岁的'老'是精神煎熬的老，政治理想难以实现的老；70 岁以上的'老'是经过了人生历练，是一种平和的、儿童的、向童年回归的一种心态"，"《离骚》里面'及年岁之未晏兮，时亦犹其未央'，讲时间还来得及，我判断《离骚》写于 45 到 50 岁这个阶段，根据古代人的心理状态、从政的追求以及一生的发展历程，大概是这样一个年龄状态。说他 60 多岁写《离骚》，显然是不对的"①。又如对《湘夫人》的解读，周建忠认为湘夫人与湘君之所以最终没能见面，一是因为屈原受到了虞舜和他的两位妻子娥皇、女英不能见面悲剧故事的制约，二是因为屈原受到了民歌悲愁、惆怅、迷茫基调的影响，"这表达了屈原自己的很多很多错位的经历、感受、痛苦以及无奈，当然也有憧憬、渴望、期待，他觉得人生本来就有很多错位"②。

---

① 周建忠：《楚辞讲演录》，桂林：广西师范大学出版社 2007 年版，第 270-272 页。
② 周建忠：《楚辞讲演录》，桂林：广西师范大学出版社 2007 年版，第 369-400 页。

再如对《橘颂》的讲解，周建忠认为《橘颂》"屈原的早年之作，是屈原登上政治舞台的第一次人格'亮相'。最令人感动的是那深固难徙的乡国之情、汲汲自修的自励美质、独立不迁的人格保持"，"《橘颂》所表现的是一种性格、一种气质、一种纯洁的向往、一种清醒的信念、一种人生的宣言。而屈原一生的悲剧，正源于对楚国的过分爱恋与对人格美的全力保持——《橘颂》从此揭开了屈原漫长而艰难的人生序幕"①。

同时，周建忠所采取的"宏微并用"的研究方法，还体现在他有时虽以某一个案为研究对象，但能以点带面，由小及大，为整体研究服务，表现出开阔的视野和全局的观念，如《"椒兰"辨——兼论〈离骚〉之香草》《论〈离骚〉中三处神话建筑的文化象征意义》等论文。这些论文对症下药，驳正谬误，廓清了长期以来屈原作品所蒙受的一些误解。在《"椒兰"辨——兼论〈离骚〉之香草》② 一文中，周建忠指出，有些学者"把《离骚》的所有草木都比喻为'子兰、子椒、靳尚和他们的派系'"是远离作品的实际，是很不确切的。他认为《离骚》中的香草具有丰富的内涵，或比喻自己好修的品质，或比喻楚国忠佞易位的黑暗现实，或比喻自己对美好理想的追求，或比喻所树人才的变节，而"'椒兰'之用，仅是偶同人名，绝非具体喻指，或有所影射"。对此，潘啸龙予以肯定，云："这一总体性的考辨，在匡正《离骚》研究中的草木比附之说上，无疑具有相当的说服力。"③ 在《论〈离骚〉中三处神话建筑的文化象征意义》④ 一文中，周建忠指出阊阖、春宫、瑶台是屈原求索过程中提及的三处神话建筑；阊阖寄寓诗人故园家国之思，春宫承载诗人对未来的希望，瑶台则寄托诗人对先祖的向往与崇拜；三处神话建筑以特有的文化象征意义记录了诗人精神探索历程的艰难与希望、失败和寄托，反映了其理想与现实的矛盾。此文别开生面，令人耳目一新。

总之，正是在潜移默化的地域影响、身不由己的外部推入、异代同调的屈原情结、继往开来的学术传承四重因素的共同作用下，周建忠才一直甘于寂寞，乐于奉献，踵武前贤，开拓创新，在长达三十余年的楚辞研究生涯中，不仅只停留在楚辞学史的研究，而且也十分注重楚辞本体的研究，不断开辟出一块又一块属于自己的新园地。如今，他已留下几百万字的论著。这些宝贵的精神财富，无疑是十分有意义的，后辈学者自可从中获得某些启迪。

---

① 周建忠：《楚辞讲演录》，桂林：广西师范大学出版社 2007 年版，第 479 页。

② 周建忠：《"椒兰"辨——兼论〈离骚〉之香草》，《许昌师专学报》1985 年第 4 期，第 29-35 页。

③ 潘啸龙：《屈原与楚辞研究》，合肥：安徽大学出版社 1999 年版，第 266 页。

④ 周建忠、张佳：《论〈离骚〉中三处神话建筑的文化象征意义》，《江海学刊》2010 年第 5 期，第 182-187 页。

日本楚辞学研究

日本学者石川三佐男先生的楚辞研究①

复旦大学　　徐志啸

【摘　要】　日本秋田大学已故教授石川三佐男先生，是日本著名楚辞研究专家，其《楚辞新研究》等研究成果，蜚声日本和中国，他将考古出土文物资料与楚辞研究相结合，以独特的视角，探讨《九歌》为中心的楚辞的产生及其内涵，具有自身的特点与研究思路，可资中国学者参考。

【关键词】　日本学者　石川三佐男　楚辞研究

石川三佐男（1945-2014），日本秋田县出生，东京二松学舍大学毕业，文学博士。1997年任日本秋田大学教育文化学院教授，2010年退休，任秋田大学名誉教授。主要从事中国古典文学教学、研究工作，长期致力于《诗经》《楚辞》研究，尤以楚辞研究用力甚勤，著有《楚辞新研究》一书，并在日本和中国多地发表学术论文及文章近百篇。

先引用一段我撰写的《石川先生》一文中的内容：

我和石川先生的初次相识，是在九十年代中期的一次国际学术研讨会上。那天早晨，刚起床，被子还来不及叠，有人敲门了，进来的是两位先生，一位是中国翻译，另一位就是石川先生，他个子不高，五十开外，头发却花白了，一边很恭敬地说着日语，一边向我递上一本论文油印本。中国翻译对我说，这是石川先生在日本发表的有关楚辞研究的论文，文中两处引用了你的观点，他特地赠送给你，希望得到你的批评，也同时作为一个纪念。我当时既惊讶，又感动，因为在此之前，我还不曾与日本学者直接打过交道，更没有一位日本朋友，石川先生的这一举动，无疑向我发出了友好的信号，我庆幸自己可能遇上了一位对中国学者真诚友好而又喜爱中国古代文化与文学的

---

①　基金项目：国家社科基金重大项目"东亚楚辞文献的发掘、整理与研究"（13&ZD112）。

日本学者。①

　　果不出我所料，石川先生是位酷爱中国古代文化与文学的日本学者。他毕业于以汉学研究著称于日本的东京二松学舍大学，修完博士课程后，任职于秋田大学，又以《楚辞新研究》一书荣获博士学位。石川先生的硕士生导师是加藤常贤教授，他曾是二松学舍大学校长，著名的汉字学专家，被称为日本的"汉字学之祖"，加藤教授治学主张实事求是，他的治学方法与中国清代的高邮学派王念孙父子很相似——对传统文献不满足于仅仅作解释，一定要追根穷源，加藤教授在日本的学术地位很高，被誉为"西有吉川幸次郎，东有加藤常贤"。石川先生的博士生导师是赤塚忠教授，他是一位专长甲骨文、金文和《诗经》《楚辞》研究的专家，石川先生因此而将自己的研究方向定在了《诗经》《楚辞》研究，他说，自己的治学受导师的影响非常大，以至于决心终生投身于中国先秦文学的研究，先是《诗经》，后是《楚辞》，而尤以后者用力更勤，成果也多。

　　石川先生送给我的论文，是他研究《楚辞·九歌》的专题论文，他毕生在《九歌》研究上花费精力最多，《楚辞新研究》一书十三章中，研究《九歌》的内容占了一半，包括马王堆汉墓出土的帛画及《九歌》十一篇比较考论、《大司命》《少司命》《湘君》《湘夫人》各篇主题论、《河伯》篇"美人"与《山鬼》篇"美人"关系考、从考古出土资料看《九歌》产生时期、由《思美人》篇看"美人"实体、《橘颂》篇的意蕴、《九歌》的名称及其篇数考，等等。我很佩服石川先生的钻研精神，为了考察《九歌》的起源和九神内涵，他大量地搜集了中国上古时期的出土文物资料，其中特别对帛画、铜镜等汉墓出土文物，作了精心考辨，发表了一系列属于他个人独立思考的论见——从考古出土文物视角研究楚辞，这在中国现时的楚辞学者中也不多见。我在他的研究室里看到了几乎可称"叠床架屋"般的大量资料，其中大多是中国一流的文物考古出版物及精装版的图籍，处身于他的这间面积不算大的研究室里，仿佛置身于"书山"之中，有时连转身都感到有些困难。他对我特别"开恩"，在他邀请我到秋田大学访问讲学的日子里，为了方便我查阅他拥有的日本楚辞文献资料，他专门为我配了一把他个人研究室的钥匙，让我随时可以到他的资料库中查阅任何一部书，正由于此，我在秋田的一个半月中，除了完成学术演讲任务外，空余时间查遍了他研究室中所有关于日本楚辞研究的资料，这为我回国后顺利完成独立申请的国家社科基金项目《日本楚辞研究论纲》打下了扎实的基础。

　　以下，拟对石川先生的楚辞研究，从两个方面作些阐述，主要结合他对屈原和楚

---

① ［日］石川三佐男：《楚辞新研究》，日本汲古书院出版，平成十四年版。

辞的宏微观认识，以及相关的研究方法。

一、对屈原和楚辞的总体认识

作为一个日本学者，石川先生对中国古代文化和文学有着浓厚的兴趣，并以几乎毕生的心血和精力从事这个学术领域的学习、教学与研究工作（以先秦文化与文学为主攻方向）——从大学本科开始，到攻读硕士和博士学位，以及毕业后从事的教学与研究工作，乃至退休后依然如故的研究兴趣与热情投入，这对一个日本学者来说，绝对是难能可贵的。据笔者对国外从事汉学研究人士的了解，凡是将汉学研究作为自身长期工作或研究的对象者，他（她）一定对中国是持有友好态度的（有的甚至可称热爱），至少不会怀有完全的敌意。仅此，笔者以为，石川先生对中国，对中国古代文化和文学，尤其是对《诗经》和《楚辞》（以《楚辞》为主），实在是抱有十分的喜爱和热情，这是毋庸置疑的。笔者曾在访问日本期间，专门应石川先生邀请，与其他两位中国学者一道，前往他在东京远郊的埼玉县寓所做客，亲眼看到他的寓所旁边，另建了一栋小屋，这是他专门从事学术研究的处所和作为藏书的书屋，门口挂着"楚辞研究所"的牌子，可见，石川先生在秋田大学退休后，并不打算从此解甲归田享受安逸的退休生活，而是还要继续他十分喜爱的、视作第二生命的楚辞研究，这是他毕生追求的事业——这让我们这些中国学者感慨不已。这里特别要说的是，石川先生对中国文学有着与一般日本学者和民众不一样的认识，他认为：中国文学不仅仅是中国的文学，它乃是世界文学的一个重要组成部分，也是古老中国文明的一个组成部分；中国是一个有着悠久历史文化的古国，如果连中国文学都不好好研究，那就太说不过去了；作为一个日本学者，如果要从根本上理解日本文化，必须对中国文化做研究，而这当中，特别要对中国古代的《诗经》《楚辞》以及汉代文学、唐代文学等作深入研究，因为它们对日本的汉诗文产生了深刻影响，日本的汉诗文中充分体现了这些中国文学遗产的传统风格和艺术特征，如不对中国的这些古代文化和文学作深入研究，就无法全面理解日本文化。石川先生说，中国、韩国、日本同处于亚洲的东部，也都（曾）共同使用汉字，三国同属于东亚汉字文化圈，应该理所当然地花大力气研究中国的汉文化和汉文学。这里，还应特别一说的是，石川先生曾说，日本很多学者研究楚辞时感觉非常亲切，甚至有学者会将楚辞作为日本的本国文化来研究，这恐怕会让我们中国学者大吃一惊——虽然中日两国的文化交流和联系堪称源远流长，至少在唐代已开先源，而后延续不断，两国文化之间甚至可以说是我中有你、你中有我，尤其对日本文化而言，但将中国传统文化的典型代表之一楚辞，视为日本的本国文化，这在中国人看来似乎有些不可思议。但在日本，这并非故作惊人之语，笔者曾收到过一位叫大宫真人学者寄赠的著作，该书中，这位日本学者经过自己的实地考察，提出了一个十分大胆而又惊人的观点，说屈原曾经到过日本，其理由是，《九章》乃写成于日本的九州。为证明此观点，这位日本学者从楚辞的语音和九州地名发音的对照与考证入手，指出《九章》中写及的一系列地名，其发音与今日九州地方许多地名的发音极为相似，且屈原流放途中所经之地，按诗篇所写的地理顺序排列，与今天日本九州各地相应地理位置的排列顺序相同，作者以此为据，得出了屈原曾到过日本九州的结论。可见，石川先生视楚辞为日本本国文化的看法，并非空穴来风，在日本学界，这种看法可能有一定的市场，这大概也是石川先生本人会以《楚辞》作为他大半生心血与精力投注对象的重要原因之一吧。

对中国的楚辞和楚辞研究，石川先生有着非常浓厚的兴趣，他专门撰写了《楚辞》学术史论考，系统梳理、叙述了中国楚辞研究的发展历史，从资料的多样性入手，沿循历史的轨迹，分别阐述了汉代、魏晋南北朝、隋唐、宋代、明代、清代，直至近代和现代，历朝历代楚辞研究的状况和特点，其中贯穿了属于他个人与学界传统看法不完全合一的观点。他认为，楚辞研究在中国已有近二千年的历史，它是中国古代保存下来的一份宝贵的文化遗产，不仅中国学者在研究，许多中国本土以外的学者也对它有着浓厚的兴趣，并在进行着研究，可见楚辞的影响力已跨越了国界。但是对于与楚辞密切相关的历史人物屈原，石川先生却有着与中国大多数楚辞研究者不同的看法，这看法某种程度上与中国楚学史上一些否定屈原其人的观点有些相似，但又不尽类同。依据《史记·屈原列传》及一些相关的历史传说资料，石川先生认为楚辞与我们今天概念上的历史人物屈原没有直接的关系，他说，过去和今天许多学者研究的结论，大多是他们本人的主观认识或观点，并非客观的历史事实，客观的历史事实是楚辞与屈原其人没有多大关联，屈原这个人物是中国学者想象中的理想人物和文学形象，他们特别受了汉代王逸的影响，以王逸的解释作为依据，很可能是王逸的受害者，王逸的《楚辞章句》影响了中国学界将近二千年（应该也包括日本学界的相当部分学者），至今人们还没有摆脱王逸观点的认识圈子。石川先生以为，应该从文学发生论的角度看这个问题，也就是要从文学作品的起源上作推本溯源的分析，从楚辞作品本身来看这个问题的实质。他指出，对楚辞的文学发生论，中国的学者似乎尚未引起足够重视，或至少还认识得不够。在石川先生看来，屈原这个人物中国历史上可能存在过，但他与楚辞并不发生关系，理由是司马迁的《史记》所记载的史料不可信（包括文字的前后自相矛盾和多处借引他人资料），而迄今尚无任何出土文物或文献资料可以令人信服地证明楚辞确为屈原所作。石川先生认为，楚辞的问世年代应该在汉代，因为它的作品中典型地体现了汉代才有的魂魄二元论的观念，对此，他由对《离骚》和《九歌》《远游》等作品的分析（其中特别是《九歌》），结合历年考古出土的文物资料，作了一系列的分析和判断。其中，他特别对长沙马王堆汉墓出土的"升仙图"发生浓厚兴趣，将其与《九歌》十一篇的关系逐篇予以对照、考辨。与此同时，他对西汉墓出土的"太一将行图"、河南出土的"天公行出镜"以及后汉《鲁诗镜》等铜器铭文，兴趣也十分浓厚，将它们与《九歌》各篇一一作综合的考察分析，从中探讨它们之间的内在联系。他认为，《九歌》中应该还有"魂魄篇"，它体现于整个《九歌》的体系中，而对《大司命》《少司命》《湘君》《湘夫人》等篇主题，他则逐一作了辨析，尤其对《河伯》篇的"美人"和《山鬼》篇的"美人"，专门探讨了它们之间的区别与联系。他认为，今天很多学者的楚辞研究（包括中国与日本），从方法论上看，恐怕大多属于关联性或可能性的研究，还不是实证性的现代化科学研究，而如从考古出土文物资料上作研究，则或许可以更科学地解决这个问题，更切近事物的本相，从而更具有说服力。石川先生对楚辞和屈原的这些认识看法，大约未必能为中国学者所全部认可或接受，有些还需进一步考证或商榷，但作为一个日本学者，在研究中国古代文化和文学时，能够从他本人实际认识和研究的角度，实事求是地阐发对一系列问题的认识与看法，应该说这还是非常难得的。

二、楚辞研究的方法与角度

石川先生研究楚辞，由于受两位导师的影响，特别对考古出土资料发生兴趣，他感到历史上的楚辞文献资料，历来学者的研究已经相当深入了，而对出土的考古资料，特别是最新的出土文物，学术界似乎重视还不够。我们当代的许多中国楚辞学者，这方面确也存在一些不足。对于考古出土文物，一般来说，从事考古和历史研究的学者都十分看重，而楚辞学界的学者，实事求是说，相对而言，确关注不够或较少，人们比较多地依据文学文本和历史文献资料说话，较少对考古出土文物资料予以密切关注，如能将出土文物资料与历史文献资料结合起来，探讨楚辞的本源及其文本涵义，或许发现的问题会更多些，收获也会更大些。这方面，石川先生显示了他的独特之处（虽然他由此得出的结论，中国学者未必能予以完全认可和接受），他特别对湖南马王堆出土的帛画、汉墓出土的铜镜、四川三星堆出土的文物，以及上海博物馆的竹简等，兴趣浓厚，且花了很大功夫。为了证明他的魂魄二元论观点，说明《离骚》诗中魂的升天，他以河南新野县发现的"天公行出镜"为中心，结合洛阳卜千秋墓出土的铜镜、北京故宫博物院所藏"龙虎纹镜"以及陕西淳化县发现的菱形铜镜等为例，予以详细阐发，而他所作的《离骚考》则从天路、香草、美人三个角度予以考察，显示了与中国学者不完全合一的思路轨迹。这很自然地牵涉到了楚辞研究的方法和角度问题，石川先生的研究，显然是不拘于文献学一个学科角度，而是结合了民俗学、民族学、宗教学、考古学等多学科、多角度，他试图努力将图像资料、出土文物与文献资料结合起来，作综合的考察研究，从而在拓宽视野的基础上，得出尽可能令他自己满意的结论。

对于研究的方法问题，石川先生还有自己的一些看法。他认为，对像楚辞这样的上古时代的文学遗产，不能仅仅采用文献学的研究方法，因为时代和历史的种种因素，决定了仅凭传世的文献，恐怕难以真正认识楚辞的原本面目。为此，他特别以《九歌》为例加以说明，他说，《九歌》有一个非常重要的问题，即篇中的主人公是谁？对这个问题，历来诸说纷纭，可谓"百人百说"，但一般均从《九歌》诗篇的文字内容出发来阐述和发表见解，由于作品本身是诗歌形式，诗人在诗篇中比较多地运用了想象的手法和比喻性的语汇，如仅仅从文本的文字出发作诠释，往往容易给人"雾里看花"的感觉。他认为，如果从民俗学、宗教学、文化学的角度看问题，作切合时代与文化背景的探讨，得出的结论或许可更切合楚辞的原貌，更符合历史的真实。与此同时，由于石川先生特别注重考古出土文物，这就自然引来了对方法问题的认识，从楚辞研究来说，日本学者和中国学者在研究方法与角度上，有一个比较明显的区别，日本学者很少或几乎没有做宏观研究的，他们的研究论文中看不到对屈原爱国主义作评价和讨论的文章，也很少有谈楚辞作品思想内涵的，石川先生以为，中国学者有些谈宏观问题的文章，似乎缺少些个人独到的研究心得和看法，给人同出一门、人云亦云之感。笔者以为，石川先生的这一看法，虽然话说得有些过激，这某种程度上反映了他对中国国情的缺乏了解，但对我们中国学者而言，这话本身或许不无提醒作用，我们做学问，确应该在扎实的学术功力上多花功夫。

石川先生在楚辞研究方面，还有一个特点，他比较注重在别人不太注意的地方发掘材料、提炼见解、开发新义，这也是他特别重视文物考古资料的原因之一。他希望自己不局限于文献学一个角度，而是要运用多学科，从交叉学科的交融点上挖掘新材料，发现新东西，提出新观点，运用图像学研究马王堆帛画即是典型一例。他说自己是先研究考古出土资料，而后对照楚辞文本作解释，而不是相反，他很为自己这一与众不同的研究方法感到欣慰，他说，至今尚未见日本和中国学者中有按他这个思路轨迹作研究的。由此，综合上述，笔者以为，石川先生重视运用考古出土资料研究楚辞，对于我们中国学者来说，确实值得借鉴，我们往往比较多地看重文本本身，以及与历史时代和作者身世经历相关的历史文献资料，忽略或不是很重视考古出土文物，其实后者常常会有令人意想不到的发现，有时这种发现甚至可能是颠覆性的——不过，据笔者近些年所知，目前这个状况已大有改观，不少楚辞学者已经在这方面做出了努力，相继问世了一系列可喜的研究成果。

（谨以本文悼念石川三佐男先生）

石川先生楚辞新论探析

淮北师范大学　　郭全芝

【摘　要】　石川三佐男先生在 2011 年发表的《古代楚王国国策与〈楚辞〉各篇及战国楚竹书等文献的关系》一文具有作者楚辞研究的一贯特点，勇于探索原文的创作之意；讲究贯通融汇考古文物材料与传统文献，利用它们的相同相似之处论证新看法，观点独特，方法新颖，但材料的选择上也有可商榷之处。

【关键词】　石川先生　楚辞新论　日本楚辞学

　　日本学者石川三佐男先生的楚辞研究，持续时间较长，但其方法有贯穿一致的特点，观点也以新颖、独特著称。对石川先生研究的这种观点和方法的新颖性问题，王钟陵先生早在 2000 年、徐志啸先生也在 2004 年就分别有专文揭示。王文为《评石川三佐男教授的〈诗经〉〈楚辞〉研究》（见《苏州科技学院学报（社会科学版）》2000 年第 1 期），徐著则其专著《日本楚辞研究论纲》（学苑出版社 2004 年出版）中第十章《考古资料与传统文献的结合》为专门论述石川三佐男的《楚辞新研究》；书中第五章为徐先生和石川先生在 2003 年就现代楚辞研究展开的对话，也涉及石川先生的有关研究。徐先生认为："《楚辞新研究》的价值不在于它是否提出了可以推翻被前人认可的传统观点的一整套新结论——尽管作者本人的研究出发点乃在于此，而在于作者运用了学术研究的新思路、新视角、新方法——将考古文物资料与传统文献有机结合，由此提出大胆见解。"[1] 指出了此后，石川先生的研究仍然呈现这种特点。就中国学者而言，可以说，这是一种具有代表性的看法。由于石川先生新成果中的结论和研究方法仍然特殊，笔者拟就此抒发一己之见。探究的具体对象是石川先生在 2011 年于中国屈原学会第十四届年会上所发表的新论：《古代楚王国国策与〈楚辞〉各篇及战国楚竹书等文献的关系》（以下简称"关系"）。这是一篇长篇论文，中文 4 万多字，另外还有"提要" 5000 余字。

---

① 徐志啸：《日本楚辞研究论纲》，北京：学苑出版社 2004 年版，第 164 页。

一、探索原文的创作之意，结论新奇

重视探索原文的创作之意，是日本学者研究中国先秦诗歌的重要特征。无论是他们的《诗经》研究还是楚辞研究，大多如此。石川先生也是这样。此外，日本学者多接受西方学术思想的影响，思维活跃，敢于直抒胸臆，而不受中国传统《楚辞》解释的制约和束缚，故往往呈示出新的见解。石川先生的楚辞研究也具有这一重要特征。作者重视原典提供的材料，且对原典的解读表现出不人云亦云、对传统注释不盲从的特点。他的这篇论文提出的观点是：《楚辞》各篇及战国楚竹书等文献体现出一个共同内容即楚国国策。而楚国国策在作者看来即楚国谋图天命招来和统一天下。这是石川先生解读出的《楚辞》各篇的作意，结论不但与众不同、与传统不同，也与作者本人以往的研究不同。在此之前，石川先生认为："《楚辞》是祈祷死者魂魄上天，是人死后灵魂上天形魄归地，或形魄灵魂同上天的汉代魂魄二元论的表现"，它是葬送文学的体现①。

《关系》一文中，石川先生分析了他所认为的楚辞作意（谋求招来天命和天下统一）在《楚辞》各篇的具体情况，结论如下：

"《天问》篇不是某个个人抒发怀才不遇的作品，本来的主题是楚国谋图天命招来天下统一的内容。"②"《楚辞·天问》篇成书于春秋末期"，"是楚辞各篇的原点"，作者不是屈原。

"战国中期楚地编制的楚辞各篇以及现在陆续发现的战国楚竹书等出土文献文物等都不可离开楚国的天命招来问题和谋图天下统一的国策……"这里的战国中期"楚辞各篇"包括《离骚》《九歌》十一篇、《九章》九篇、《招魂》《大招》《卜居》《远游》《九辩》等。石川先生为此分别以各篇原文为据而加以说明。

首先，他认为"《楚辞》各篇的主人公升天可能与楚王国的天命招来问题有着密切的联系"，为此指出了一个明显的事实："《离骚》篇的主人公、《远游》篇的主人公、《九辩》篇的主人公都升天至天界遨游。"《九歌》十一篇稍微特殊一些，是"是祭主等祈祷借助众神的灵威将死者的魂送至天界实现永恒为主体的系列歌群"，所以，"《九歌》的主人公当然也是以升天为目标的"。他还说到《九章》也是如此："《九章》《九歌》的主人公经过在地上彷徨至岷山获得了飞翔的能力，这也说明其目的是升天。"又指出《招魂》《大招》也不例外："《招魂》篇与《大招》篇也是以'魂'的升天为前

---

① 徐志啸：《日本楚辞研究论纲》，北京：学苑出版社 2004 年版，第 163 页。
② 本文所引文献若无特别注明，都出自石川三佐男：《古代楚王国国策与〈楚辞〉各篇及战国楚竹书等文献的关系》一文。

提的。"故此，"《楚辞》各篇的主人公都以游历天界为目标"。到这里，石川先生的见解还和他之前认为《楚辞》各篇主题即死者之魂达至天界一致，没有天命招来、统一天下的内容。

但之后，在《关系》一文里，作者就指出《楚辞》各篇主人公游历天界的目的，是接受天命以使楚国最终统一天下。在之前的研究上更深入了一步。他说："综合考虑《离骚》篇主人公升天的目的、《远游》篇主人公升天的目的、《九辩》篇主人公都升天的目的、《九歌》十一篇祭主等借助众神等灵威将死者的魂（诗中的美人）送至天上的世界，祈求得到永恒的目的、《九章》九篇的主人公经过地上的彷徨，到了岷山获得飞翔力的目的等，综合来看，很明显这些（是）与楚王国的天命招来问题和天下统一问题紧密关系的。"

这种自我更新的情况体现出石川先生探究原文创作之意的不懈努力。

石川先生的楚辞研究对象，本是文学性很强的诗赋作品，故中国文学史撰著者一般都从内容主题、抒情主人公形象、浪漫色彩、比兴手法等方面加以论述。石川先生的研究多不从这一角度，其研究成果中很少涉及对楚辞的审美欣赏内容。《古代楚王国国策与〈楚辞〉各篇及战国楚竹书等文献的关系》探讨的是战国时期产生的楚辞作品的创作之意，而因为作品产生时代的遥远、作品本身体裁上的特点，这种探讨无疑是有难度的①；特别是他的结论又与传统不同，前人的很多研究成果有时无法利用，无疑更增加了论说的难度。

石川先生之所以不避艰苦，勇于探索一部以难懂著称的中国古代作品的创作原意，与他对于这部古籍的喜爱是有关系的。在与徐志啸先生有关楚辞研究的对话中，他曾讲到"日本很多学者研究楚辞时感觉非常亲切，甚至会将其作为自己本国文化来研究"②。所以作者在已经发表了《楚辞新研究》专著之后，还在孜孜于楚辞典籍的原意。继续写有关文章是一方面，在日本，石川先生为研究生开设的课程也多与楚辞有关（笔者曾在夏传才先生和石川先生的帮助下，赴秋田大学拜师石川先生作研究，因此有幸聆听了石川先生为本科生和研究生开设的多门课程。这些课程无一例外都与中国传统文化有关，研究生课程更无一例外与楚辞有关）。

坚持探索楚辞创作原意，更与石川先生不满意于前人的解释有关。石川先生认为

---

① 文学文本的诠释难度，艾柯曾有论说："一个创造性的文本总是一个开放的作品。创造性本文中语言所起的独特性作用——这种语言比科学本文飞语言更模糊、更不可译——正是出于这样一种需要：让结论四处漂泊，通过语言的模糊性和终极意义的不可触摸性去削弱作者的前在偏见。"见艾柯等著：《诠释与过度诠释》，三联书店 1997 年版，第 30 页。

② 石川先生与徐志啸先生的对话，见徐志啸：《日本楚辞研究论纲》第五章，北京：学苑出版社 2004 年版，第 80 页。

中国古代学者虽然在楚辞研究方面取得了很多成果，但它们不能令人满意，今人却深受这些成果的影响并往往以之为依据。例如王逸的《楚辞章句》，石川先生说"现在我们研究楚辞很大程度上都以王逸的解释作为依据"，但"在这里我想大胆讲一句，我们很可能是王逸的受害者"①。王逸的楚辞研究有一个特点，即将作品视为准经典，对作品的解释呈现出经义化的特点。例如他说"《离骚》之文依五经以立义"，作者乃"依诗人之义而作《离骚》。上以讽谏，下以自慰"②。因此其解释也就多将原文经学化，如解释《离骚》：

> "帝高阳之苗裔"，则《诗》"厥初生民，时维姜嫄"也；"纫秋兰以为佩"，则"将翱将翔，佩玉琼琚"也；"夕揽洲之宿莽"，则《易》"潜龙勿用"也；"驷玉虬而乘鹥"，则"时乘六龙以御天"也；"就重华而陈词"，则《尚书》咎繇之谋谟也；"登昆仑而涉流沙"，则《禹贡》之敷土也。③

王逸对楚辞其他篇章的解释也多从道德伦理角度。所以石川先生的反应是有一定道理的。不受前人研究的制约，用于探索真相，这是石川先生研究结论常常出新的必要因素。

石川先生对不少学者仅以文献学的方法来研究楚辞也不同意。他的研究除了利用文献学方法之外，还结合民俗学、宗教学、文化学等多种学科的方法，其研究结论出人意外，显得十分特别，与此有紧密关系。

楚辞研究要运用综合方法，早已是学界共识。姜亮夫先生早在1980年就曾举《离骚》"高阳"一词，说明要有历史学、古地理学、民族学等方面的知识才能较好解释④。而这些方法，其实都离不开文献或文物材料。石川先生在综合运用多种研究方法时，最引人注目的就是广泛利用多领域的材料为论证依据、以文献或文物与研究对象之间所具有的相同或相似的内容为论据，这是其与众不同的地方。

二、引证材料丰富多元，视野开阔

从上节论述可以看出，石川先生的楚辞研究对象实际上是学界通常所认为的屈原全部作品以及《大招》《卜居》《远游》等篇，但石川先生论说的范围或者说论说的材

---

① 石川先生与徐志啸先生的对话，见徐志啸：《日本楚辞研究论纲》第五章，北京：学苑出版社2004年版，第80页。

② 王逸：《楚辞章句·离骚序》，见洪兴祖：《楚辞补注》，北京：中华书局1983年版，第49页。

③ 王逸：《楚辞章句·离骚》，见洪兴祖：《楚辞补注》，北京：中华书局1983年版，第3页。

④ 姜亮夫：《楚辞今绎讲录》，北京：北京出版社1981年版，第22页。

料并不仅限于《楚辞》，还有《楚辞》类作品以及表现楚文化的其他文献和出土文物，甚至还有显示出中原文化特点的文献。因而展轴视之，石川先生的文章引证的材料极为丰富，可以说是竭泽而渔，其论据之多往往给人一种铺天盖地的特殊印象，其论据所自也属于多种领域，作者正是以此对其观点作了多方论证。

例如《关系》这篇论文引述的光是标有序号的"正式"的"事例"（论据）就达89 条，论文涉及的原典除了来自《楚辞》各篇的相关引文之外，还有各种先秦典籍如《尚书》《诗经》《左传》《国语》《孟子》《庄子》《秦诅楚文》《山海经》《竹书纪年》，汉代及其之后的典籍如《礼记》《韩诗外传》《淮南子》《独断》《汉书》《史记》《甘泉赋》《西都赋》《郊祀歌》《焦氏易林》《潜夫论》《博物志》《神仙传》（葛洪）、《水经注》《艺文类聚》《太平御览》《太平广记》《册府元龟》《毛诗名物解》及王逸《楚辞章句》、成玄英《庄子》疏解、汪瑗《楚辞集解》、戴震《屈原赋注》、今人黄灵庚《楚辞章句疏证》、曹锦炎《楚辞新知》……出土文献文物如清华大学藏战国竹简、上博楚简、长沙子弹库出土《楚帛书》，及新蔡葛岭楚墓、包山楚墓、荆州熊家冢楚墓、徐州西汉楚王陵墓出土的文物，还有如山东汉画像石等其他相关文物及纹饰图案等。

引证材料丰富而多元（有传世文献，也有出土文献和文物），是石川先生为文的一贯做法。徐志啸先生曾指出过过石川先生论述《楚辞》"美人"时，就将《楚辞》篇章"分别写到的'美人'"，"与考古出土文物资料相对照"，从而"提出了他个人的大胆理解与诠释"①。石川先生在 2012 年将《楚辞新研究》（日本汲古书院 2002 年出版）中的第五章"《九歌》研究——《河伯》篇中'美人'与《山鬼》篇中'山鬼'的关系"发表于浙江师范大学学报（2012 年第 3 期，题为"《河伯》篇中'美人'与《山鬼》篇中'山鬼'的关系"）时，在本来资料引证就很多的状态下，"另外又增补了一些新出的考古资料"②。其结果，光是出土文物，石川先生就描述了安徽淮北和河南南阳的"河伯出行"汉画像石、武汉的东汉鲁诗镜、河南的《天公行出镜》、长沙马王堆汉墓出土的帛画、长沙砂子塘一号汉墓出土的外棺漆画、四川简阳鬼头山出土的东汉岩墓中的画像石棺、四川巫山出土的汉代相关文物，以及北大未公开的竹书《魂魄赋》，等等。而在《关系》一文中，作者也表现出视野开阔的特征，除了《楚辞》各篇和出土的楚国文献、文物外，《楚辞》类作品也一并成为被解读的对象及论证的依据。而其实用作论证依据的还不止这几类材料。例如属于中原文化的《尚书·君奭》

---

① 徐志啸：《日本楚辞研究论纲》，北京：学苑出版社 2004 年版，第 162 页。
② 石川三佐男：《〈河伯〉篇中"美人"与〈山鬼〉篇中"山鬼"的关系》，《浙江师范大学学报》，2012 年第 3 期。

篇，被解读出有伊尹、保衡、伊陟、臣扈、巫咸等人升天等内容，所以也被认为与后来的《楚辞》篇章有内容关联而成为论证的依据：

> 值得注意的是，伊尹、保衡、伊陟、臣扈、巫咸等巫者升入天界的上帝的居所接受命令，其内容与《楚辞》各篇的主人公升天有直接的关系。

《君奭》篇虽然产生于西周初期，内容为周公劝说召公与自己一起辅佐君主，但的确有不少地方涉及古代辅弼之臣因天命而佑佐君王的内容，尤其是其中的"巫咸"这一形象在《楚辞》作品中也出现过，因此石川先生的引证并不显牵强（笔者后文有相关论述）。

石川先生在论证依据的选择上视域宽广，不是就《楚辞》论《楚辞》，所以内容新人耳目。这种研究方法的特点，正如石川先生自己所说，是"把因新出土考古资料的发现而面目一新的《楚辞》各篇、《楚辞类作品》、楚文化整体研究联系起来"。作者明确指出其原因："如果把古代楚王国国策（天命招来问题与天下统一问题）和《楚辞》各篇及战国楚竹书等出土文献割裂开来思考，就无法深入了解《楚辞》《楚辞》类作品和'楚文化'的深层内容。"因为一切为了研究与楚辞相关的内容，故此其研究范围虽广，运用材料种类虽多，但并未越出"楚"之范围，他的选择是有其原则的。

三、讲究贯通融汇考古文物材料与传统文献，利用它们的相同相似之处论证新看法

石川先生认为《楚辞》各篇作品在内容上应看作一个整体，它们的共同主题是楚国谋求招来天命和谋图天下统一。作者就是围绕这一认识展开论述的，所以其文章就有了探讨各篇关系的形式。

将产生于同一历史背景下的《楚辞》各篇作为一个整体看待，探讨其共同之处，无疑有其合理性；以此论证这些作品的内容紧密相关，也同随文释义的解说不同，有益于论证的有效性。而努力搜寻各种与《楚辞》相关的材料，找出它们在内容或措辞上相似的地方，石川先生因此而时有新的发现。这也成为作者特别喜欢使用的研究方法。

石川先生所运用的材料有些比较特殊，一般学者不容易将它们与《楚辞》联系起来说明问题。而石川先生的过人之处正在这里。他稍早时间的文章如《东方文化的思想和礼仪——〈岩窟藏镜〉所收〈〈渔畋文规矩镜〉新考》（载《云梦学刊》2006年

第 1 期）、《 "蟠螭纹精白镜" 铭文和〈楚辞〉》（载《云梦学刊》2008 年第 2 期，又载《中国楚辞学》第十四辑）寻找出出土铜镜上的铭文、图像等与《楚辞》的相同相似处，从而结合起来研究，就是例子。这一篇《古代楚王国国策与〈楚辞〉各篇及战国楚竹书等文献的关系》也是如此，作者将《楚辞》作品与传世文献《尚书·君奭》、楚辞类作品《李颂》以及出土文物战国楚竹书、帛书、铜镜、汉画像石等联系起来，找出了她们在内容上的相似之处，从而得出了新的结论。

这种方法的使用得当与否，也与资料的选择有关，借用赵沛霖的话，即须 "从浩瀚的资料海洋中搜集、鉴别和筛选出真正的精华"，而 "所谓资料的精华，至少必须具备这样两个条件：充分的可比性和典型性"。① 石川先生的研究也注意到这一问题，所以其资料的选择看起来特异，但往往也具有说服力。例如，作者认为属于中原文化的《尚书·君奭》篇可解开 "《楚辞》各篇主人公升天的理由"，因为 "（《君奭》篇中的）伊尹、保衡、伊陟、臣扈、巫咸等人中，巫咸与见诸《楚辞》各篇中的彭铿（彭祖）、巫咸、彭咸等人具有同一神格或同类神格"。如《尚书·君奭》篇中——

公曰："君奭！我闻在昔成汤既受命，时则有若伊尹，格于皇天。在太甲，时则有若保衡。在太戊，时则有若伊陟、臣扈，格于上帝，巫咸乂王家。②

作者将 "格于皇天" "格于上帝" 之 "格" 解为 "来" "至" "升" 一类意思，认为上引话中之意为 "伊尹、保衡、伊陟、臣扈、巫咸等巫者升入天界的上帝的居所接受命令"。按，"格" 在先秦之为 "来" "至"，确实有其依据：《尔雅·释诂》分别有 "格，至也" "格，也升" 之解，《释言》有 "格，来也" 之解。《尚书》其他篇中之 "格" 也或为 "来" "至" 之意（例如《舜典》："光被四表，格于上下。"《汤誓》："格，尔众庶。"《益稷》："祖考来格。" 等），《诗经》中之 "格" 也有这种用法（《小雅·楚茨》："神保是格，报以介福。"）此处《君奭》之 "时则有若伊尹，格于皇天" 云云前为："我闻在昔成汤既受命"，意思即是我听说从前成汤既已接受天命，所以将后面的句子解释为伊尹……巫咸等巫者升入天界的上帝的居所接受命令是说得通的。而基于伊尹、保衡、伊陟、臣扈、巫咸等人具有同一神格，故此又推断出 "《楚辞》各篇中的彭铿（彭祖）、巫咸、彭咸等人很有可能承担着升入上帝的居所听从天命和上帝意志的宗教职能，以及为此做出有效的智慧和遗训等"，并为此引证了《楚辞》各篇相关原文，及葛洪《神仙传》《庄子》和成玄英的《庄子》疏解、《淮南子》《独断》《汉书》《史记》《秦诅楚文》、西汉辞赋……还有出土文献文物战国楚竹书、《楚帛书》及一些器皿及其纹饰图案等。列举的大量文献及文物

---

① 赵沛霖：《现代学术思潮与诗经文化研究》，北京：学苑出版社 2006 年版，第 263 页。
② 阮元刻：《十三经注疏》，北京：中华书局 1979 年影印本，第 223 页。

材料本身由于具备一定的可比性（例如大都为楚地所产或与楚文化密切相关的材料）、典型性（例如从《楚辞》文辞上看，大多数篇章的确具有升天的内容），故也具有说服力。即如《君奭》篇，其通篇论述的内容都不离君主贤臣受天之命以保国安（其中"格于皇天""格于上帝"等语，如前所言按石川先生的解释是巫者升入天界的上帝的居所接受命令"也是能够说得通的），因此就石川先生的论题来说是具有可比性和典型性的。

在这篇题名为"古代楚王国国策与《楚辞》各篇及战国楚竹书等文献的关系"的文章中，因为论题的缘故，作者更是非常明确地要"把因新出土考古资料的发现而面目一新的《楚辞》各篇、《楚辞》类作品、楚文化整体研究联系起来"，而不仅仅是将《楚辞》作为一个整体看待来进行解说。这样一来，就读者角度来看，很多原先似乎不相关的材料，经过石川先生的运用和解读，显示出内容相联的关系。例如前述石川先生以为《楚辞》各篇都有主人公游历天界的内容，而上天的目的是接受天命以使楚国最终统一天下。在石川先生的解读下，就连《楚辞》类作品也有了这种内容上的关联。如战国楚竹书等出土文献，像上海博物馆藏《凡物流形》就被认为：

"《太一生水》《凡物流形》《恒先》等明显基本都是楚人编辑的道家系统的王者南面之术教科书。因此在这一意义上可以指出《凡物流形》（甲篇、乙篇）是与楚王国的天命招来问题和天下统一问题紧密相关的。"

再进一步，前文所述之长沙子弹库出土《楚帛书》、新蔡葛岭楚墓中文字、包山楚墓棺盖九层装饰品、荆州熊家冢楚王墓之"华盖附一车驾六马"、徐州西汉楚王陵墓中之人物画像镜、山东汉画像石（"楚王泗水升鼎失败"）等文物也都被解读出与楚国国策相关的意蕴。例如石川先生说《楚帛书》："《楚帛书》很有可能是楚王为了学习帝高阳和祖先神的遗训而编撰的教材。"

在广阔的范围内寻找材料，揭示它们的"相同""相似"之处，从而使之形成一个论说整体，所得结论可以是既新颖也具有说服力的，更可以开拓读者眼界。石川先生的论文无疑有这种情况。

四、对石川先生楚辞研究的一点疑惑

石川先生长期担任中国屈原学会的理事和日本道教学会理事，学养深厚。他的主要研究对象是《诗经》和《楚辞》，对于与这两部典籍相关的中国古文献及古文化的探究着力甚多，如往往大量列举相关文献和文物材料，又如对中国古代葬俗文化中蕴含的魂魄、飞天等因子都非常敏感。作者学术思想上受到文化人类学、民俗学的影响，同时对传统文献学也非常重视，治学自信而又特别能下搜集、研读文献和文物的苦功，这些情况使作者的《楚辞》研究别具一格，见解大胆、论述多方。

但对石川先生的楚辞研究，一般都称赞其敢出新论、方法也新颖，而对其所下结论则或持保留意见。而为什么不认同其结论，学者则或不言。

石川先生曾对笔者谈及他的结论，并谈到这些结论的由来是基于众多的相关材料。笔者则以为其中有的材料可能不太适用，曾当面向其表达疑惑。对《关系》一文，笔者也存在同样的疑惑，但未曾向石川先生提及。笔者以为，石川先生这篇文章重视对材料的充分搜集和运用，不过所用材料有时难免宽泛。或者说，石川先生对有些"相似"材料的解释出人意外，还需多做说明才能更令人信服。

例如石川先生认为从西周末年到战国中期，楚国君主都在"谋求招来天命和谋图天下统一"，提供的依据是能说明问题的，但又认为汉楚兴亡之际，"项羽的崛起使楚国凤愿再次降临"，然而"项羽自身的失误，他的期望被刘邦所阻，最终楚国的凤愿不了了之"。这就让人有些疑惑：项梁、项羽叔侄确实是拥戴楚王后裔而起，但是刘邦也是那位被拥戴的楚王的麾下，并且得到的信任大大超过项羽。后来，项羽杀了楚王，刘邦还为之大哭并袒衣以示忠诚。可以说，如果认为刘邦阻碍了"楚国凤愿再次降临"，项羽也没有让楚国凤愿实现的意思，后者即使能代表楚人，但他的分封列国很难说是招来天命和谋图天下统一的"楚国凤愿"。作者大概是因为从西周末年以来的历代楚国君主以及楚汉相争时期的项羽都有"楚王"之称，这种"相似"性使作者认为他们无一例外地都想让楚国实现凤愿。或者，石川先生认为项羽才是真正的可以延续战国楚人凤愿的人，其分封也是一种统一过程，毕竟当时"政由羽出"，楚人项羽还是要号令天下的，故其最终还是想真正的统一天下？否则，项羽材料的使用，难免让人心生困惑。

又如因为上博简八的楚辞类作品《李颂》有梧桐之树，"鹏鸟之所集"句，作者联系起《庄子·逍遥游》中的鹏，并根据《逍遥游》"鲲化而为鹏"的描述，而认为鹏是"巨大的阴阳的气的象征，即含意'天命'"。作者把这里的"天命"与"天命招来问题"中的"天命"看作同一个概念，但似乎还应再加论证。否则在读者看来，两个"天命"只是字面相同。作者接着又说："这个鹏鸟与上博楚简含有《有皇将起》之意的'楚有大鸟'（《左传》）有着紧密的关系。"认为先秦典籍中用以比喻楚庄王的"大鸟"，与《逍遥游》之"鹏"相关，这是看到了两者都是"大鸟"的相似之处。以这种字面相同或相似的材料作为论据，笔者也以为应加强说明，否则作为论据其选择就显得宽泛了。

从诠释学角度看，"联系"相似的材料来说明问题，有时的确会显得勉强。当代西方诠释理论家艾柯指出："从特定的角度看，每一事物都与其他事物具有某种类似、相邻或相近的关系"，但是"合理的诠释"还当甄别出微不足道的关系，"因为根据这种关系我们无法认识二者的本质"①。所以重视材料间的某一点相似之处的同时，还宜说明其本质之同。

但瑕不掩瑜，石川先生新人耳目的楚辞研究，无论是观点还是方法，无疑都会给读者以极大启发。尤其是其结论的特殊之处，还需认真对待，必要的话可助其说明。

---

① 艾柯等著：《诠释与过度诠释》，北京：三联书店 1997 年版，第 57 页。

楚辞学的国际化：日本青木正儿（Masaru Aoki）与欧美汉学家之间的学术因缘

香港中文大学　洪　涛

【摘　要】　本文研究英国学者 Arthur Waley 和 David Hawkes，以及美国学者 Gopal Sukhu 的英译《楚辞·九歌》，研究重点是三位学者如何诠释《湘君》和《湘夫人》（"二湘"）：三位学者为什么没有继承中国固有的学说，他们是师心自用还是别有依据？笔者发现，以二湘的诠释而论，"京都学派"中的杰出学者青木正儿（Masaru Aoki）是个关键人物，他的学说影响深远，有"去政治化"的作用。前贤的翻译研究极少关注英、美学者与日本汉学家之间的关系，见树不见林，不能揭示某种解读法和翻译法的来龙去脉。有见及此，笔者有意疏理史实，填空补缺。本文首先致力于考察国际间（中、日、英、美）《九歌》研究的学术传承和互动，并指出青木正儿的《九歌》论说对英美汉学者兼翻译家的译作有哪些实质的影响、三人（Waley，Hawkes 和 Sukhu）引述过青木学说的哪些要点。其次，在青木学说提出的前后，王国维、铃木虎雄（Torao Suzuki）、藤野岩友（Iwatomo Fujino）、星川清孝（Kiyotaka Hoshikawa）、赤塚忠（Kiyoshi Akatsuka）所发表的见解，笔者亦略加探讨。最后，本文顺带展示青木的"歌舞剧、对话"之论与中国现代《楚辞》研究之间的关系。

【关键词】　楚辞学国际化　青木正儿　欧美汉学　学术互动　翻译与诠释

一、引　言

英国学者 Arthur Waley（1889－1966）和 David Hawkes（1923－2009），美国学者 Gopal Sukhu（生年不详）都翻译过《楚辞·九歌》。[①] 他们既能折中前贤旧说，译法又

---

①　还有其他汉学家翻译过《九歌》。不过，本文限于篇幅不能详论。笔者将在另一篇文章中讨论本文未能顾及的课题。

推陈出新，其成果值得中国学者关注。事实上，域外学者有些新见超出中国传统注疏家的樊篱，正好印证"他山之石，可以攻玉"这句古语。

如果我们细心研究，我们会发现，英、美学者笔下所呈现的诗篇特点不是出于师心自用，而是另有缘由，例如，日本汉学家青木正儿（Masaru Aoki，1887–1964）的研究成果对英、美译家就有相当大的影响（证据见于下文）。[1] 青木的"灵感"来自前贤，例如陈本礼（1739–1818）、王国维（1877–1927），也许还有铃木虎雄（Torao Suzuki，1878–1963）。青木的可贵之处是做到青出于蓝而胜于蓝，所以几位西方汉学家引述的是青木学说（请看下文）。[2]

Waley、Hawkes 和 Sukhu 都参考过青木正儿的研究成果，他们对《湘君》《湘夫人》（以下简称"二湘"）的诠释和"青木学说"密切相关。Hawkes 的翻译和论说，有新旧两个版本（1959 年，1985 年），他在新版本中详细讨论了青木的学说。

青木正儿和西方汉学家之间的学术因缘，至今还没有引起学界的关注。有见及此，本文将以《九歌·湘君》为中心，在这方面略尽绵力。[3] 事实上，青木学说也引起日本学者（藤野岩友、星川清孝、竹治贞夫等）的关注，对中国学者或有间接的影响，这方面是下一步的研究重点。[4]

---

① 关于青木正儿的生平，读者可以参看李庆：《日本汉学史》，上海：上海人民出版社，2010年版，第363页以下。青木是铃木虎雄（长于诗文研究、文论等）和狩野直喜（1868–1947，长于通俗文学尤其是戏曲研究等）在京都大学的学生。关于青木的师承，读者还可以参看严绍璗的著作。

② 青木的文章（20世纪30年代）引述过陈本礼和王国维的言论。清人陈本礼《屈辞精义》说："《九歌》之乐，有男巫歌者，有女巫歌者，有巫觋并舞而歌者，有一巫倡而众巫和者。"（刻本卷五页一）。但是，陈本礼论二湘主旨，仍是走"事君"一路，他说"二篇皆自喻不得于其君之词，非真咏二妃也……以见求君之难耳。"语见周建忠撰，施仲贞补：《五百种楚辞著作提要》（南京：江苏教育出版社，2011年版，第130页）。另，黄仕忠指出：森槐南、幸田露伴、笹川临风对王国维的戏曲之学有若干影响。笔者发现，青木的老师铃木虎雄《支那文学研究》（东京：弘文堂，昭和三十七年（1962））录有《离骚》《九歌》的译文。铃木虎雄这些译文（1925）对青木可能有启发。

③ 笔者另撰有《〈楚辞·九歌·东君〉的"深意"与日、英、美汉学家的判断——以"指涉"（referentiality）问题为中心》一文，已提交给中国屈原学会主办的2013年西峡屈原及楚辞学国际学术研讨会。

④ 我们可以列举日本学者藤野岩友（Iwatomo Fujino）、星川清孝（Kiyotaka Hoshkawa）和竹治贞夫（Sadao Takeji）为例。请参看藤野岩友《巫系文学论》（东京：大学书房，昭和四十四年（1969）），第161页、第163页、第176页、第319页；星川清孝《楚辞の研究》（天理：养德社，昭和三十六年（1961）），第421页；竹治贞夫《楚辞研究》（东京：风间书房，1978），第798页。中国学者闻一多（1899–1946）的若干见解和青木正儿相近，闻一多也将《九歌》诗篇视为歌舞剧。由于闻氏学生孙作云翻译过青木正儿《楚辞九歌之舞曲的结构》，而孙和闻关系甚佳（据闻黎明，侯菊坤编《闻一多年谱长编》1994年版），因此，我们推测闻一多可能经由孙作云知悉青木的学说。当然，闻一多可能是上承王国维的看法。请参看闻一多撰，孙党伯、袁謇正主编：《闻一多全集》（武汉：湖北人民出版社，1993年版，第5卷，第397页以下。闻一多处理二湘时，认为"帝子"是湘君之子。此论甚少人同意，也未见西方汉学引述此论。限于篇幅，本文不开展这方面（青木之论与中国学术）的讨论。

二、湘君是谁？湘君是男是女？

我们讨论海外汉学家的见解之前，应该先对原作（《湘君》）有通盘的认识，并尽量了解前贤的种种说法。

首先，我们应该关注的是：湘君是谁？

《湘君》首句是"君不行兮夷犹"，东汉王逸《楚辞章句》解释："君，谓湘君。"其后，他又提及尧帝之二女为湘夫人。① 看来，王逸心目中的"湘君"是男性。

但是，司马迁《史记》和刘向《列女传》都认为湘君是女性，是舜帝之妻。唐代司马贞《史记索隐》则认为湘君是舜帝，湘夫人是尧帝之女（娥皇和女英）。②

另有一说，认为二湘内文写的都是女性。唐代韩愈（768－824）主张：湘君是娥皇，湘夫人是女英，都是舜帝的配偶。娥皇是正妻，称"君"，女英只能称为"夫人"。③

其实，诗中主角，甚难确指。明人汪瑗（？－约1566）认为湘君、湘夫人"俱无所指其人。"④ 清人王夫之（1619－1692）的意见是：湘夫人为舜之二妃、"娥皇为湘君，女英为湘夫人"之类，都是妄说。他的理由是"《九歌》中并无此意。"⑤

湘君是谁，是男是女，这类问题，世人至今未有共识。

三、《楚辞·湘君》被政治化：屈原之"托意"

在《楚辞》诠释史上，《湘君》除了与舜帝有关之外，也和屈原（约公元前343－前277）有关。王逸为《湘君》作注时虽然说："君，谓湘君"，同时提及帝尧之二女为湘夫人，但是，王逸显然认为屈原的角色更重要，他的《楚辞章句》说："〔屈原〕上陈事神之敬，下见己之冤结，托之以风谏。"⑥ 王逸实际上花了很多笔墨为屈原彰明"冤结"（请看下文）。

---

① 黄灵庚：《楚辞章句疏证》，北京：中华书局2007年版，第794页。

② 关于以上诸种见解，请读者参看汤漳平：《出土文献与楚辞·九歌》（北京：中国社会科学出版，2004年版，第32－33页）。二说之出处是：刘向《列女传·母仪篇》；司马贞《史记·秦始皇本纪》索隐。近人孙作云同意司马贞的说法。参看孙作云《孙作云文集》（开封：河南大学出版社，2003年版，第375页）。孙作云的言论原载于《文学遗产》增刊1961年8辑。

③ 宋人洪兴祖《楚辞章句补注》引韩愈《黄陵庙碑》。参看洪兴祖：《楚辞章句补注》，长春：吉林人民出版社1999年版，第63页。

④ 转引自熊良智：《楚辞文化研究》，成都：巴蜀书社2002年版，第319页。

⑤ 王夫之：《楚辞通释》，北京：中华书局1959年版，第31页。顾炎武《日知录》也认为二湘与舜帝等神话传说，本无关涉。顾氏言论，本文限于篇幅不能详述。

⑥ 黄灵庚：《楚辞章句疏证》，北京：中华书局2007年版，第746页。

　　从《湘君》第三句"沛吾乘兮桂舟"开始，王逸就"植入"屈原：他判定"沛吾乘"的"吾"是"屈原自谓也。"①

　　"沛吾乘兮桂舟"的"吾"是诗中的角色（一个求爱者），未必指现实世界的真实人物，"吾"只是叙述者（narrator）。王逸却认定"吾"就是作者屈原。

　　到第七行"望夫君兮未来"，王逸说："君，谓湘君。"② 但是，解释第九行"驾飞龙兮北征"时，王逸又拉出屈原，他说："屈原思神略毕，意念楚国，愿驾飞龙北行，亟还归故居也。"接着，王逸几乎将《湘君》每一句都解释得与屈原有关。

　　总之，"湘君"在王逸的眼中实际上只是个次要的象征符号，因为王逸释出的是屈原的"冤结"。诗中有一句"隐思君兮陫侧"，王逸解释为："君，谓怀王也。"③ 怀王是指楚怀王。同样，《云中君》"思夫君兮太息"这句，王逸解释为"或曰，君，谓怀王也。屈原陈序云神，文义略讫，愁思复至，哀念怀王暗昧不明，则太息增叹。"④ 如此解诗，政治化（指楚国政事）的倾向昭然若揭。我们归纳一下，可知王逸为《湘君》"释出"三个角色：

　　　· "望夫君兮未来"，"君，谓湘君。"
　　　· "沛吾乘"的"吾"，"屈原自谓也。"
　　　· "隐思君兮陫侧"，"君，谓怀王也。"

　　这样一来，屈原和怀王就成为"夺胎换骨"的角色，湘君却被边缘化。⑤ 王逸这种"托意"之说，千百年来一直有知音人，例如，宋人洪兴祖称"〔屈〕原陈己志于湘君"。⑥ 后来，注家也环绕"君主"立说，例如，清人李光地（1642-1718）说"以事神之恭，况己事君之敬"。⑦ 戴震（1723-1777）《屈原赋注》说："屈原为歌辞，托意于神既不来，巫犹竭诚尽忠思之，用输〔抒〕写其事君之幽思如是也。"⑧ 近人刘永济（1887-1966）认为："因思神与思君，从其具体的事看固有异，从其抽象的情看却无差

① 黄灵庚：《楚辞章句疏证》，北京：中华书局2007年版，第799页。
② 黄灵庚：《楚辞章句疏证》，北京：中华书局2007年版，第801页。
③ 黄灵庚：《楚辞章句疏证》，北京：中华书局2007年版，第815页。
④ 黄灵庚：《楚辞章句疏证》，北京：中华书局2007年版，第792页。
⑤ 夺胎，指夺人之胎以转生，这里是喻指在解说层面"夺《湘君》之胎"。
⑥ 洪兴祖：《楚辞章句补注》，长春：吉林人民出版社1999年版，第62页。
⑦ 见周建忠撰，施仲贞补：《五百种楚辞著作提要》，南京：江苏教育出版社2011年版，第66页。
⑧ 戴震：《屈原赋注》，北京：中华书局1999年版，第26页。

别。且爱君、爱民、爱国，又实如连环之不可分，要在读者之善于体会而已。"①

　　海外汉学家论《湘君》时，甚少继承"事君""思君"这一套传统的说法，他们大多另有所本。② 以下，我们关注 Waley、Hawkes 和 Sukhu 三家。

四、政治以外：Arthur Waley 所呈现的《湘君》

　　Arthur Waley 是英国学者，他的《九歌》专著题名为 Chiu Ko－The Nine Songs, A Study of Shamanism in Ancient China（London：G. Allen and Unwin, 1955）。《九歌·湘君》的英译（the princess of the hsiang）见于该书页 29-30。

　　Waley 以译艺高超而驰名于世，其实，他做翻译之余也兼顾学术研究，他说：I have also taken into consideration the principal modern Chinese studies of the Nine Songs, such as those of Wên I-to, Chiang Liang-fu, Ho T'ien-hsing, Wên Huai-sha, Kuo Mo-jo and Yu Kuo-ên.（p. 60）可见他下笔翻译之前做过不少研究工作。他这句话提到的都是卓有成就的《楚辞》学者：闻一多、姜亮夫、何天行、文怀沙、郭沫若和游国恩。

　　Waley 特别推崇日本汉学家青木正儿的《九歌》研究，The Nine Songs 书中有一个附录，专门谈论青木的贡献。他认为青木之论是他那个时代最重要的研究成果。Waley 的原话是：the most important modern study of the Songs。③

　　Waley 认为，《湘君》《湘夫人》同祀一神，他在《湘夫人》的译后记中提到：What strikes one at once in reading this song is that it appears to be to a large extent simply another version of Song III.［…］I cannot, however, help thinking that the Lady of the Hsiang（Hsiang Fu-jen）is merely another name for the Princess of the Hsiang（Hsiang Chun），and that the two hymns represent local variants of a hymn addressed to the same deity.④ 他这看法，前人早发其端，例如：明代周用将二湘合为一。⑤ 到了清代，蒋骥（约 1678-约1745）《山带阁注楚辞》认为《湘君》、《湘夫人》为同类。⑥ 戴震（1724-1777）

---

　　① 刘永济：《屈赋音注详解：屈赋释词》，北京：中华书局 2007 年版，第 104 页。

　　② 本书无法论及所有海外汉学家。"大多"之说，只是指作者所经眼者。又，"忠君爱国"这四个字，早见于朱熹《楚辞集注》。

　　③ 见 Chiu Ko－The Nine Songs, A Study of Shamanism in Ancient China（London：G. Allen and Unwin, 1955），p. 60.

　　④ Arthur Waley, Chiu Ko－The Nine Songs, A Study of Shamanism in Ancient China, p. 35. 按：deity 可译为"女神"。

　　⑤ 周建忠撰，施仲贞补：《五百种楚辞著作提要》，南京：江苏教育出版社 2011 年版，第83 页。

　　⑥ 蒋骥：《山带阁注楚辞》，上海：上海古籍出版社 1984 年版，第 195 页。蒋骥支持韩愈的看法。蒋骥之生卒年不详，《山带阁注楚辞》有康熙癸巳年（1713）的自序。

《屈原赋注》说："湘君、湘夫人并阴神。"①

但是，蒋骥认为《九歌》"托意君臣"、戴震读《湘君》着眼于"尽忠""事君"。Waley 不取忠君这套，他和青木学说更为"亲近"。他们都主张"男巫""阴神"之说，也都表示《湘君》《湘夫人》二篇大同小异。

青木的解释，偏重于文学形式方面，他不申说"尽忠""事君"，他专论诗篇叙述者和形式上的特点，认为：

· 《湘君》（阴神）男巫（主祭者）独唱独舞
· 《湘夫人》（阴神）男巫（主祭者）独唱独舞②

可见，除了女神，青木正儿认为诗中另一主角是：男巫（主祭者）。③ 这一点，可能也影响过 Waley 的译事（当然也不排除是巧合雷同）。

说到男巫，Waley 的书名有副题 A Study of Shamanism in Ancient China，其中，Shamanism 是指"巫文化"。《湘君》主人公被 Waley 设定为男巫（诗中的 I），全诗是 I 的独白，向读者诉说女神驾驭飞龙远去，I 则乘船四出寻找女神。

就《湘君》篇中有男巫（充当叙述者）这一点而言，Waley 可能是依从青木正儿的说法。Waley 译文有几句表露男巫的思绪，其余诗行多描写女神的行踪。

《湘君》中有些诗句的主词（subject）不明，难以确定，Waley 毅然作出自己的判断，因此，Waley 译文有些情节与其他汉学家的英译大相径庭。④ 以下，笔者列举几个例子（汉英对照）：

吹参差兮谁思？⑤
驾飞龙兮北征。

---

① 戴震：《屈原赋注》，北京：中华书局 1999 年版，第 24 页。

② 青木正儿：《楚辞九歌の舞曲的结构》一文，载《支那学》七卷一号（1933），后来收入青木正儿《支那文学艺术考》（东京：弘文堂，1942 年版）和《青儿全集》（东京：春秋社 1969 年版）。青木正儿在《中国近世戏曲史（上册）》（北京：作家出版社 1958 年版，第 3 页）也征引王国维的言论。

③ 藤野岩友解读二湘，将诗篇主角分别定为"女巫湘君""女巫湘夫人"。见《汉诗大系·楚辞》，东京：集英社，昭和五十四年（1979）年版，第 80、85 页。竹治贞夫解读二湘，推定为"男性祭巫唱"。参看竹治贞夫：《楚辞研究》，第 805 页。

④ Waley 肯定思考过这个问题。参其书第 16 页。

⑤ "吹参差"者为谁？朱熹（1130–1200）认为"望湘君而未来，故吹箫以思之也。"在两句之间增一"故"字以贯通上下文气，其意似是指叙述者在吹箫。请参看朱熹撰；蒋立甫校点：《楚辞集注》，上海：上海古籍出版社；合肥：安徽教育出版社 2001 年版，第 34 页。

邅吾道兮洞庭。

Blowing her pan-pines there, of whom is she thinking?

Driving her winged dragons she has gone to the North;

I turn my boat and make for Tung-t´ing.

"驾飞龙兮北征"（第9行）这一句没有主词，没写清楚是谁"驾飞龙"，王逸认为是屈原愿驾飞龙回故居。Waley 判断为：she 驾飞龙北上。[①] 接着，叙述者（男巫）也掉转了船头前往洞庭（第10行）。到第13行，Waley 译文又描写女神飞越大江：

横大江兮扬灵

扬灵兮未极

女婵媛兮为**余**太息

But athwart the Great River she lifts her godhead,

Lifts her godhead higher and ever higher;

Reluctant, herhandmaids follow her; for my sake heave great sighs.

其实，原著中是谁"横大江"呢？主语不明。[②] Waley 的译文却清楚显示是女神横越 the Great River（请注意译文中的 she 和 her），而且，女神的侍女（her handmaids）也追随女神远去。再往下，另有一句写"飞龙"（第26行），Waley 也认定这句是写女神离去：

飞龙兮翩翩

Those flying dragons sweep her far away.

---

①　Waley 这个看法绝非罕见。陈第、蒋骥、陈本礼、胡文英等都认为湘君驾飞龙。至于"飞龙"何所指，朱子认为："以龙翼舟"。参看朱熹撰；蒋立甫校点：《楚辞集注》（上海：上海古籍出版社；合肥：安徽教育出版社，2001），页34。近人张寿平（1923-）也同意朱子的见解。参看张寿平：《九歌研究》，台北：广文书局1970年版，第229页。今人黄灵庚说："飞龙，即龙舟，巫所以迎神，送神也。"语见黄灵庚：《楚辞章句疏证》第804页。青木正儿、星川清孝（1961：529）、郭沫若、汤漳平也同意飞龙是"舟"。但是，此"龙"，闻一多认为是驾车之龙马。英译方面，Waley 译成dragon。《涉江》还提及虬和螭（无角之龙），即"驾青虬兮骖白螭"。关于 dragon 所涉及的翻译问题和史实，此处无暇详论，请参看李奭学《细说英语词源》（杭州：浙江大学出版社2013年版）关于 dragon 的讨论。

②　这里"大江"所指为何？有人认为是汉水。孙常叙说："出洞庭，横江而北，可溯之水，其大者只有汉水。"见孙常叙：《楚辞九歌整体系解》，长春：吉林教育出版社1996年版，第332页。

在 Waley 之前，清人蒋骥《山带阁注楚辞》已认为篇中两写飞龙，皆"湘君所驾"。① 近人孙常叙认同此说。②

就诗篇情节发展而言，Waley 的译文表达的是：叙述者苦苦追寻但最终没能见到女神。Waley 说：In this song there is only an unsuccessful pursuit of the beloved，with no love-meeting，though the last lines seem to indicate that there had been a successful tryst in the past.③ 他的意思是，《湘君》篇末描写的 tryst（聚会），似乎是往昔的相聚情景。④

总之，Waley 用他自己的判断解决了"主语省缺"的翻译难题。⑤ 在 Waley 心目中，《湘君》的主旨是求爱、是约会（love-meeting），与屈原和楚国政事全不相干，英文诗篇只着力描写驾桂舟（cassia-boat）的我不断追寻乘飞龙的女神。一言以蔽之，诗旨就是"我"求爱而不得。

五、舜帝的情敌：英国学者 David Hawkes 的特别见解

David Hawkes 是英国翻译家，与 Waley 相知，他的著述也受到 Waley 的影响，两人同样上承青木学说。⑥

Hawkes 的《楚辞》全译本 *Ch'u T'zu-The Songs of the South*（1959 年）由牛津大学出版社出版。⑦ 翻译诗篇之余，Hawkes 也讨论《九歌》的各种问题。

对于二湘，Hawkes 表示：*Hsiang Fu Jen is an alternative version of Hsiang Chun*（p. 36），意即"《湘夫人》是《湘君》的变体。"他这个观点与 Arthur Waley 之论一脉相承。

实际上，Hawkes 有更具体的看法。1985 年，Hawkes 出版译作的修订本，更名为：*The Songs of the South：An Anthology of Ancient Chinese Poems by Qu Yuan and Other Poets*（New York：Penguin，1985），编入"企鹅经典丛书"。关于《湘君》和《湘夫人》的

① 蒋骥：《山带阁注楚辞》，上海：上海古籍出版社 1984 年版，第 53、54 页。同理，《湘君》"令沅湘兮无波，使江水兮安流"二句，是谁下"令"？朱子认为"恐行或危殆，故愿湘君令水无波而安流也。"但也有人认为："令沅湘二句，言我〔巫者〕令之使之也。"（参看明人周用《楚词注略》。）Hawkes 的 1959 年版也显示是巫者施令。

② 孙常叙：《楚辞九歌整体系解》，长春：吉林教育出版社 1996 年版，第 89 页。

③ Chiu Ko‐The Nine Songs, A Study of Shamanism in Ancient China（London：G. Allen and Unwin，1955），p. 31.

④ 晚清学者郑同知认为《湘君》写"见神、闻神语、逮神来"。郑同知之见解，见于周建忠撰；施仲贞补：《五百种楚辞著作提要》，南京：江苏教育出版社 2011 年版，第 529 页。

⑤ Waley 的判断和译文，只是体现一家之见。

⑥ 关于 Waley 和 Hawkes 的学术因缘，请看洪涛：《从窈窕到苗条：汉学巨擘与诗经楚辞的变译》，南京：凤凰出版社 2013 年版，第 177 页。

⑦ Hawkes 的博士论文（1955 年完成），论题是《楚辞》，重心是作者问题。

关系，Hawkes 在修订本中交代得更清楚，他谈到诗篇的变体：I believe that Songs III and IV are essentially two versions of the same hymn. I also believe，as I have said elsewhere，that they were designed for alternate use in different seasons. ①这个看法，大致和 Waley 之见解相同，但就多出"季节因素"。

Hawkes 的意见与中国旧说相配合，因为他推断"二湘"描写的是两姐妹，他说：Perhaps both songs were originally written for an undifferentiated 'Xiang Jun' and it only later became accepted that the goddess of the spring sacrifice was the elder sister and the goddess of the autumn sacrifice was the younger one.

依笔者看，所谓 the elder sister，the younger one，似是暗指娥皇、女英两姐妹。②这段话，可以视为 Hawkes 对中国旧说（韩愈）的认同。至于他提到的 the spring sacrifice 和 the autumn sacrifice，应是源自青木所说的"春秋二祠"。

Hawkes 在 1959 年的译本中似乎没有提及青木正儿，不过，我们可以肯定：Hawkes 参考过 Waley 的 Chiu Ko – The Nine Songs。

Waley 在书中推崇青木正儿的研究，而且注明青木正儿文章的出处：Shinagaku VII (1934). Reprinted in his very interesting volume of essays Shina Bungaku Geijitsu Kō. ③这对 Hawkes 应该有帮助，因为，Hawkes 在译本新修订版（1985 年）就详细讨论了青木的研究成果。④青木正儿认为：

さてかくの如く之を一組の舞曲と考へる時は重複が二個所ある、即ち"湘君"と"湘夫人"及び"大司命"と"小司命"である。そこで余の考では此四篇は之を春秋二祠に分けて其内各一曲を演奏する仕組、即ち"湘君""大司命"は春祠に"湘夫人""小司命"は秋祠に用ふるものでは無いかと思ふのである。然らば實演に際しては四篇の中二篇が選擇されるので、結局春秋各九篇が用ひられることになる。他の諸篇は春秋二祠に共用せら

---

① David Hawkes, The Songs of the South：An Anthology of Ancient Chinese Poems by Qu Yuan and Other Poets（New York：Penguin, 1985），p. 105.

② 读者另可参看竹治贞夫：《楚辞研究》，东京：风间书房 1978 年版，第 805 页。

③ 这里 Shina Bungaku Geijitsu Kō，实指一本书：《支那文学艺术考》，东京：弘文堂，昭和十七年（1942）版。这本书的作者是青木正儿。

④ 见于 1985 年版，第 100 页。

れるものと考へる。①

Hawkes 认为青木正儿这个看法甚为可信。②

综上所述，我们看清一点：Hawkes 的解说，融会了中国人和日本人的看法：韩愈（舜之二妃）和青木正儿（春秋二祠）。③

虽然 Hawkes 和 Waley 对二湘的总体看法甚为接近，但是，在诗篇的具体细节方面，他们的判断大有分歧：Hawkes 笔下的《湘君》，内容只是叙述者 I 对读者诉说自己的所思所为，完全没有描写女神的旅程。

"吹参差兮谁思"这句，Hawkes 认为是描写叙述者（即诗中的 I）在吹，这就与 Waley 所设定的不一致。④

此外，在 Hawkes 译本中，乘飞龙北上的，是叙述者本人（不是女神）。"驾飞龙兮北征"这句，Hawkes 译为：North I go, drawn by flying dragon. 其后，叙述者自己又说：my spirit does not reach her.（第 15 行）换言之，译文没有像 Waley 那样表示 I turn my boat…去追踪女神。

值得特别注意的是：Hawkes 译本有些诗行出现 you，例如：You break your tryst and you tell me you've no time.（第 28 行）这句相当于原作中的"期不信兮告余以不闲"。⑤ 笔者认为，这怨怼话语不是真的面对面（面对女神）作出控诉，而是"向远方的女神说话"。⑥ Hawkes 后来修改了这句，但是，旧版中 you 的使用，对后来的译者可能有影响（请参看下文讨论 Gopal Sukhu 的部分）。⑦

Hawkes 对王逸"二湘为配偶"之说，抱怀疑态度，他倾向"二湘为姐妹"之论。

---

① 青木正儿：《楚辞九歌の舞曲的结构》一文，载《支那学》1933 年第 7 卷 1 号，后来收入《青木正儿全集》（东京：春秋社，1969），第 2 卷，第 431 页。此文有中译，即青木正儿撰、孙作云译：《楚辞九歌的舞曲结构》，载《国闻周报》1936 年第 13 卷第 30 期。此外，闻一多《〈九歌〉古歌舞剧悬解》（1946 年），将《九歌》化为歌剧，另加布景说明。未知闻一多是否受到青木文章的启发（按：闻一多是孙作云的指导老师）。关于闻一多这篇《古歌舞剧悬解》完成的时间，请读者参看张巨才、刘殿祥：《闻一多学术思想评传》，北京：北京图书馆出版社 2000 年版，第 320 页。

② Hawkes 的原话是 most plausible theory。见其《九歌》英译的序言。

③ 青木认为二湘是天帝之二女。青木此见解，Hawkes 不从。另外，由于 Hawkes 没有记下思考的过程，因此，笔者未能掌握确凿的影响之证，笔者只能说 Hawkes 可能受青木的影响。不过，Hawkes 言论和青木之说的相同之处，细心的读者当能一一指出。

④ 笔者注意到，在 1985 年的新版中，Hawkes 改译为 she plays her reed-pipes. 第 107 页。

⑤ 第 21 行中出现：Would you gather…? 这句中的 you，应该是泛指世间之人。

⑥ 在 1985 年新版上，此句被 Hawkes 改为：She broke her tryst; she told me she had no time. 见页 107。

⑦ Sukhu 在他的 *The Shaman and the Heresiarch*：*a new Interpretation of the Li sao*（Albany：State University of New York Press, 2012），曾经引述 Hawkes 的见解。见 p.196。

王逸认为《湘君》描写追寻男神，Hawkes 不以为然，他认为：At all events I do not be-lieve, as Wang Yi seems to have done and as some scholars still do, that the Xiang Jun of this song is a male deity and the Xiang Fu-ren of Song IV his consort, though I accept that a case can be made for this, as indeed it can for several other interpretations quite different from my own.① 他认为开篇首句那 "君"，是女神（My lady/The goddess），不是男性。青木正儿则不同意 "舜二妃" 之说。②

对 "屈原作《九歌》" 之论，Hawkes 有何见解？

Hawkes 认为屈原实有所本，也就是：Qu Yuan himself must have witnessed such spectacles and been deeply impressed by them, for they provided him with the central theme of his allegory in Li sao.（1985：106）不过，Hawkes 没有就 "托意说" 加以发挥。③

屈原是《湘君》的叙述者（男巫）吗？④ 对于这个问题，Hawkes 似乎更愿意考虑 "舜求女神" 之说。他有一个大胆的诠释：the words in both of these songs are sung throughout in propria persona by a male shaman who is pretending to be out in a boat looking for the goddess among her island haunts. I do not think he is impersonating Shun, though that is a possibility. I think Shun is his rival and the probable cause of his failure to reach the goddess.（1985：106）换言之，Hawkes 认为：追寻女神的不是舜（Shun），而是舜的情敌。也就是说，Hawkes 译文呈现的内容与楚国政治不相干。

Hawkes 这个 "情敌" 之论甚为罕见。古今中外，很少人读《湘君》而联想到男巫扮演的是舜帝的情敌。笔者见闻所及，只有日本学者藤野岩友（Iwatomo FUJINO）说过：

　　　　若しかすると、従來から湘水に居た水神が舜と二妃を嬬爭ひするやうな形があつたかも知れない。とにかく、舜以外に之と對抗する者のあることは、歌詞から判斷せられる。⑤

---

① Hawkes, *The Songs of the South*: *An Anthology of Ancient Chinese Poems by Qu Yuan and Other Poets* (New York: Penguin, 1985), p. 106.

② 参看《青木正儿全集》第二卷，第 37–39 页。

③ 在 1959 年版页 36，Hawkes 表明：《九歌》不大可能出自屈原之手。Burton Watson 在 *Early Chinese Literature* (New York: Columbia University Press, 1962) 页 241 引述过 Hawkes 的意见。中国学者中，陆侃如和游国恩，都曾主张《九歌》非屈原的原作。本文限于篇幅，不能详述。

④ 汤炳正：《渊研楼屈学存稿》（北京：中国社会科学出版社 2004 年版）认为屈原不是巫官。

⑤ 藤野岩友《巫系文学论》（东京：大学书房，昭和四十四年（1969）版，第 143 页。他这段话的大意是：也许，向来就有居于湘水之神与舜争二妃的传说。无论如何，从内文可以判断：舜帝有其他竞争对手（情敌）。

世人未必同意 Hawkes 的"情敌"之论，但是，原诗篇中"吾""余"所指不明，留下了"诠释空间"，也就有各种解读的可能性，① 正如中国学者汤漳平认为《湘君》的叙述者是湘夫人，同时汤先生又指出：可能是"湘君寻找湘夫人"。②

六、美国学者 Sukhu 与对话理论（the "dialogue" theory）

Gopal Sukhu 是美国学者，出版 The Shaman and the Heresiarch：a new Interpretation of the Li sao（Albany：State University of New York Press，2012）一书。据书中简介所说，Sukhu 是美国 City University of New York 的教授。③

Gopal Sukhu 认为《湘君》描写 a male shaman 在追求 a spirit Princess。④ 他将《湘君》首两句译成：The Princess does not set forth, she lingers, /For whom, alas, is she waiting on an islet mid-river?⑤ 可见，译文一开头也写"求女"，这似乎和 Waley、Hawkes 的理解没甚分别。⑥

其实，Sukhu 译文也有自己的特点。他将《湘君》分为七段：前四段，凡涉及被追求者（the Princess），都用 she/her 来表示。但是，大约在诗篇中部，也就是第十八行，叙述者改称 Princess 为 you：

隐思君兮陫侧。

I secretly long for you, Princess, in quiet agony.

这是直接对 Princess 倾诉自己的心声。同样，最后三段也是叙述者对女神说话，埋

① 钱钟书以为"《九歌》中之'吾'、'予'、'我'或为巫之自称、或为灵之自称。"语见周建忠撰，施仲贞补：《五百种楚辞著作提要》，南京：江苏教育出版社 2011 年版，第 207 页。钱钟书说"或为……或为……"，可见，在这一点上，未有固定指涉，是个有待诠释的"空间"。游国恩《楚辞论文集》（香港：文昌书局 1974 年版，第 194 页）指"美要眇兮宜修"的"美"也是自称词。

② 《湘君》中的"吾""余"是谁？这点正是 Hawkes 发挥己见的"诠释空间"。汤漳平认为《湘君》的叙述者是湘夫人。参看汤漳平：《出土文献与楚辞·九歌》（北京：中国社会科学出版社，2004），页 37 和页 47。有些学者的说法呈绝对化，例如，林河：《九歌与沅湘民俗》（上海：生活·读书·新知三联书店 1990 年版）认为《九歌》中无女神，内容都是女巫取悦男神。褚斌杰《诗经与楚辞》（北京：北京大学出版社 2002 年版）则认为二《湘》仅出现湘水女神一人而已。

③ 笔者据此称 Sukhu 为美国学者。

④ Sukhu 的原话是：a spirit Princess is being pursued by a male shaman，见 The Shaman and the Heresiarch：a new Interpretation of the Li sao，p. 201.

⑤ The Shaman and the Heresiarch：a new Interpretation of the Li sao，p. 201.

⑥ Sukhu 的《湘夫人》篇，则和 Waley，Hawkes 设想（男追女）不同，Sukhu 的《湘夫人》是描写"女追男"。Sukhu 如此安排，与游国恩、姜亮夫的判断相近（女追男）。参看周勋初：《九歌新考》，上海：上海古籍出版社 1986 年版，第 87 页。

怨 Princess 失约：

> 期不信兮告**余**以不闲
>
> You stood me up, saying you had no time for me.

> 采芳洲兮杜若，将以遗兮下女。
>
> I gather galangal on the fragrant islet,
>
> I will take it to give to the woman under you. （p. 203）

　　总之，全诗一开始，叙述者（男巫）面对读者说话，诉说的是 she 没有现身，叙述者只好四出寻找。到第十八行，叙述者说话的对象改为 you。

　　这正是 Suhku《湘君》译文的一个特点。诗篇后半多次提及 you，都是指女神，而且似乎与《湘夫人》中的人物有关。

　　我们可以这样理解 Suhku 的译文：此诗的叙述者突然改变了说话的对象。他开始时（诗篇的前半）面向读者，描述 she 如何如何，说着说着，他又面向女神，称她为 you。换言之，自 "I secretly long for you, Princess, in quiet agony." 以下，可能是拟定以 Princess 为叙述接受者（narratee），未必预期有他人在旁听。①

　　另一种设想：如果叙述者对女神（you）说话，而信息接受者仍是读者，那么，这首译诗就多了点戏剧的意味，因为译文的读者就相当于戏剧的观众。②

　　Sukhu 为何如此安排？他没有交代清楚，我们只能自行索解。

　　Sukhu 可能接受了青木正儿的"歌剧""对唱"之论。Suhku 说：Some scholars think that some of the songs are in fact dialogues between shaman and spirit or between two shamans impersonating (or possessed by) spirits, and that they were part of a kind of religious drama. The main proponents of this theory are Aoki Masaru and Wen Iduo.③ 他把青木

---

　　① 关于 narratee 这个观念，请参看法国学者热拉尔·热奈特著，王文融译：《叙事话语；新叙事话语》（北京：中国社会科学出版社，1990 年版）。第二人称的作品，会产生"两人密语"之效。参看赵毅衡：《当说者被说的时候：比较叙述学导论》，北京：中国人民大学出版社 1998 年版，第 9 页。另，申丹《叙述学与小说文体学研究》（北京：北京大学出版社 1998 年版，第 123 页）区分"信息接受者与受话人"，读者才是真正的信息接受者。

　　② 指观念上是这样（我们看的是"剧本"）。闻一多在《什么是九歌》中认为："严格的讲，二千年前《楚辞》时代的人们对《九歌》的态度，并没有什么差别，同是欣赏艺术，所差的是，他们是在祭坛前观剧——一种雏形的歌舞剧。我们则只能从纸上欣赏剧中的歌辞罢了。"语见《闻一多全集》，武汉：湖北人民出版社 1993 年版，第 5 卷，第 351-352 页。

　　③ *The Shaman and the Heresiarch: a new Interpretation of the Li sao*, p. 196.

正儿称为 Aoki Masaru。（按，Aoki 是姓）。

虽然，Sukhu 没有采用青木学说中的 dialogues 形式，但是，诗篇中部的"转折"带出了 you，而且下半首一再提到 you，凡此种种，都可能是受青木影响所致。Sukhu 明确表示：My translation of some of the hymns <u>has been influenced</u> by the "dialogue" theory，…①所谓 the "dialogue" theory，可能是指青木学说。②

Sukhu 译诗中出现 I 和 you，已有对话的苗头（若只有 she，则无对话的条件）。简言之，I 对 you 说话，那个 you 呼之欲出。这是《湘君》的情况，如果我们结合《湘夫人》来看，二湘的关系更耐人寻味，因为 Sukhu 翻译的《湘夫人》描写主角追寻 him，这样描写"女追男"，似乎暗示"女方回顾男方"。Sukhu 本人也知道有"二湘对话"一说，因为他在书中写道：Some scholars think that…<u>the two hymns are in dialogue</u>。这一点，和日本学者星川清孝（1905-1993）的看法一致。③

Sukhu 肯定注意到青木正儿的《楚辞九歌の舞曲的结构》一文。④ 他的《湘君》译文，you 一再出现，平添了一种特别的效果——观者窃听到 I 对 you 说的私人密语。

简言之，他设定《湘夫人》是"女追男"，似乎和《湘君》的"男追女"相呼应。他笔下的二湘给人演"对手戏"的感觉，而"对唱对舞式"也是青木学说的中心。⑤

七、结 语

综上所论，英国学者 Arthur Waley、David Hawkes 和美国学者 Gopal Sukhu 都有明文提及青木正儿的《九歌》研究。青木对二湘的解说，有几个重点：

· 二湘是重复的篇章
· 叙述者是男巫（自述怎样追寻女神）

---

① *The Shaman and the Heresiarch*：*a new Interpretation of the Li sao*，p. 196.

② 另外，陈本礼提及跨篇呼应之类的说法。不过，Sukhu 书中似乎未见征引陈本礼的言论。

③ 这里，the two hymns 指《湘君》和《湘夫人》。另，陈本礼《屈辞精义》卷五《湘夫人》篇后，有"夫人答湘君""女答男"之说。明人闵齐华（《文选瀹注》）认为《湘君》写湘君召夫人，而《湘夫人》写夫人答湘君。游国恩称闵齐华此说为"千古不磨之卓识"，语见其《楚辞论文集》，香港：文昌书局 1974 年版，第 127 页。日人星川清孝：《楚辞の研究》（天理：养德社，昭和三十六年（1961）版）征引了这个说法，见于该书第 528 页。另见于星川清孝：《楚辞》，东京：明治书院，昭和四十五年（1970）版，第 73 页。星川认为《湘君》是"男神湘君が女神湘夫人を召すものであり"。

④ Sukhu 书中参考书目的第一条，就是青木正儿的文章。

⑤ 青木正儿《湘夫人》的日译，设定为对唱对舞。见于《青木正儿全集》第 4 卷，第 39 页。青木的翻译，是 20 世纪 50 年代（1957）完成的。他的观点，可能前后有变化。另一方面，星川清孝论二湘时，倾向于同意"跨篇呼应"。

　　· 二湘用于春秋二祠

　　这三点，分别在英译中和相关的解说中体现了出来。① 第一、二两点，前人早已发覆；"春秋二祠"之说，大概是青木首创，被 Hawkes 用来配合古人的"二姐妹"之说。Sukhu 也同意"春秋二祠"之说。②

　　但是，Sukhu 显然不同意"二姐妹"之说。③ 他的《湘君》译文，人称代词 you 的多次使用，略有"人物对话"的苗头，也为读者带来一点戏场（theatre）之感。

　　译诗中有人称变换（说话对象的变动），似乎和青木学说也有关系，因为青木早就关注《九歌》中的对唱。我们知道，青木之前有王国维说过《楚辞》是"后世戏剧之萌芽"，青木实是上承前人之说，但是，青木能做到后出转精，他的具体分析也得到三位西方汉学家的青睐。④

　　总之，Waley、Hawkes 和 Sukhu 都得到青木学说的沾溉，因此，讨论这几位海外汉学家演绎的《湘君》《湘夫人》，不宜忽略青木正儿的学说。⑤ 此外，青木学说不在政治伦理方面发挥，本文所论三位西方学者同样如此。

　　本文也揭示了中外学者之间的学术传承：（1）由王国维到青木正儿；（2）再由青木到 Waley 和 Hawkes；（3）最后，由 Hawkes 到 Sukhu。⑥

　　青木学说的重点，主要是解释《九歌》的文学形态（文体）。⑦ 近八十年，海内《九歌》注释本中，以古歌舞剧为说、为诗行划分"对唱"的情况甚为常见，更有人将《九歌》改为歌剧形式，例如藤野岩友译注的《楚辞》就是这样做的；⑧ 赤塚忠（Kiyoshi Akatsuka，1913–1983）更把《离骚》一并视为歌舞剧，由主人公独唱和从者独唱

---

　　① Waley 和 Hawkes 对二湘诗旨的掌握，大体上和青木之说相合（细节上有差异）。Sukhu 的《湘夫人》译文，内容是描写"我（女）追男"。换言之，在这点上，Sukhu 和前二人不同。

　　② *The Shaman and the Heresiarch*: *a new Interpretation of the Li sao*，p. 196.

　　③ Sukhu 的《湘夫人》译文显示，被追求的不是女神。

　　④ 王国维《宋元戏曲史》（1913 年初稿成）说："楚辞之灵，殆以巫而兼尸之用者也。……缓节安歌，竽瑟浩倡，歌舞之盛也。……是则灵之为职，或偃蹇以象神，或婆娑以乐神，盖后世戏剧之萌芽，已有存焉者矣。"语见王国维《宋元戏曲史》，上海：商务印书馆 1915 年版，第 2 页。1925 年春，青木正儿到清华园拜访王国维，竭力称赞《宋元戏曲史》。参看《王国维全集》，杭州：浙江教育出版社；广州：广东教育出版社 2010 年版，第二十卷附编，第 387 页。

　　⑤ Waley、Hawkes 和 Sukhu 当然有自己的判断，不全在青木学说笼罩之下，例如，Hawkes "舜帝的情敌"之类，就和青木学说无关。

　　⑥ 这三组"传承"，有明确的证据：三组之内，均见后者引述前者。

　　⑦ 青木正儿也将《九歌》翻译成日文。他的《湘君》译文出场的人物有：主祭男巫和助祭女巫。参看《青木正儿全集》。

　　⑧ 藤野岩友译注：《楚辞》，东京：集英社，昭和五十四年（1979）版，第 79-83 页。

及集体合唱构成；① 中国学者整理《九歌》，也从对唱着眼。② 凡此种种，都让人联想起青木正儿的《楚辞九歌の舞曲的结构》。③

后记：本文的初稿论及多位西方汉学家，文章甚长。考虑到文章的结构和焦点，笔者决定将初稿分拆成两篇。换言之，本文另有姐妹篇，稍后发表。另，前人也讨论过《湘君》的翻译问题，例如：CHEN Tze-yun,'Problems in Translating the Nine Songs into English, Using "Xiang Jun" as an Example',载于《国立台湾大学文史哲学报》第41 期（1994 年 6 月），页 83-147。该文作者认为湘君是男神。又，郑日男《楚辞与朝鲜古代文学之关联研究》（北京：人民出版社，2012）也值得参考。（2012 年初稿；2014 年修订；2015 年再次修订。）

　　附录："海内外楚辞研究的传承"年表

　　1915 年，**王国维**：《楚辞》是"后世戏剧之萌芽"

　　1922 年，青木正儿拜访王国维

　　1925 年，青木正儿再访王国维

　　1925 年，铃木虎雄《九歌》日译

　　1930 年，青木正儿出版《中国近世戏曲史》

　　1933 年，**青木正儿**论《九歌》舞曲的结构

　　1933 年，<u>胡浩川</u>译青木的文章，见于《青年界》4 卷 4 期

　　1936 年，<u>孙作云</u>（闻一多的学生）翻译青木的文章，见《国闻周报》13 卷 30 期

---

　　① 赤塚忠撰有《神々のあそび—"楚辞"九歌の構成とその文学史上の位置—》，见《赤塚忠著作集·第 6 卷》，东京：研文社，昭和六十一年（1986）版，第 83-128 页。尤其注意页 86。赤塚忠的《湘君》译文见于页 120-122，登场的角色有主神和司命巫。按：赤塚忠是石川三佐男的博士导师。

　　② 青木的《九歌》论说，流传甚广，一些中国《九歌》研究者可能也受到青木的影响，所以"歌舞剧"之论也甚嚣尘上，为《九歌》诗篇划分"对唱"的注释本甚多（当然，闻一多 1946 年那篇《古歌舞剧悬解》，征引者亦多），以下举几个例子：郭沫若《屈原赋今译》（北京：人民文学出版社，1953）安排《湘君》前半属"翁"，后半属"女"（页 11-15）。孙作云《孙作云文集》页 396所载录的《湘君》，安排了"女巫""男巫"对唱，以"女巫唱"始，以"男巫唱"殿后（1961年）。姜亮夫《屈原赋今译》（北京：北京出版社，1987）《湘君》篇是湘君和侍女对唱（页 54-58）。又，陈子展（1898-1990）认为《湘君》是"古歌舞悲剧"，他的译文中叙述者设为湘夫人。参看陈子展撰述：《楚辞直解》，上海：复旦大学出版社 1996 年版，第 55 页。例多不能遍举。

　　③ 日本学者也考虑中国学者的论述，例如，吉川幸次郎（Yoshikawa Kōjirō，1904-1980）就请藤野岩友参考闻一多的《九歌》研究。藤野岩友的《巫系文学论》一书中有专章（页 319 以下）讨论闻一多《什么是九歌》。藤野同意闻氏"扮演人神恋爱的故事"这种说法。另外，竹治贞夫（Sad-ao Takeji，1919-1995）也写过文章，介绍 David Hawkes 的译本（1962 年美国波士顿版，他称 Hawkes 为ホークス）。参看竹治贞夫：《楚辞研究》，东京：风间书房 1978 年版。

1942 年，青木的文章，收入他个人文集中行世

1946 年，闻一多的《〈九歌〉古歌舞剧悬解》脱稿

1948 年，《国文月刊》刊出纪庸译文《楚辞九歌之舞曲的结构》

1955 年，**Arthur Waley** 的《九歌》译本，推许青木学说

1959 年，**David Hawkes** 出版《楚辞》英译本

1961 年，孙作云论《九歌》谈及"对唱对舞体"

1961 年，星川清孝《楚辞の研究》提及青木学说

1969 年，藤野岩友《巫系文学论》多处提及青木之说

1978 年，**竹治贞夫**《楚辞研究》介绍 David Hawkes 的英译本

1985 年，David Hawkes 译文新版本，讨论青木学说

1993 年，现代舞蹈表演团体"云门舞集"上演舞剧"九歌"

2012 年，**Gopal Sukhu** 的论著面世（完）

日本楚辞文献版本的调查与研究①

山西大学　李佳玉　南通大学　陈　亮

【摘　要】　域外楚辞文献是近年来楚辞学研究的重要资源，日本楚辞文献在东亚文化圈的地位尤其值得重视。以往国内对于日本楚辞文献的研究，数量较少，研究方法集中在对近现代日本汉学界楚辞研究状况的概述上，缺乏对于日本楚辞文献版本的细节把握。本文拟从日本图书馆馆藏入手，采用多样化的调查与研究方法，发现并试图解决日本楚辞文献版本的收录问题，从而形成对日本楚辞文献的系统介绍。

【关键词】　日本楚辞　文献版本　目录　调研

　　域外楚辞文献是楚辞学研究的一大分支，日本作为东亚收藏汉籍较多的国家，其馆藏的楚辞文献十分可观，我们通过对日本楚辞文献版本的馆藏状况进行普遍的调查，长期投入统计与考辨工作，力求做出较为完整的《日本楚辞文献版本目录》。

一、日本楚辞文献的调查状况

　　日本自古以来便与我国有着割不断的文化交流历史，"根据日本学者竹治贞夫的记载，日本早在中国唐代（公元 7 至 8 世纪）即已有楚辞传入的记载"②，随着对外开放水平的提高，遣唐使将大量的楚辞典籍带回日本，至日本江户时代（公元 17 世纪），印刷技术的流行也为楚辞典籍的保存与流传提供了便利。现今日本馆藏的楚辞典籍已很丰富。

　　2014 年至 2015 年，南通大学楚辞研究中心人员多次赴日访书，影印馆藏的典籍目录和善本，为楚辞研究新课题的顺利开展做出了重要的准备工作。在此基础上，我们

　　①　基金项目：国家社科基金重大项目"东亚楚辞文献的发掘、整理与研究"（13&ZD112）、国家社科基金青年项目"欧美楚辞学文献搜集、整理与研究"（15CZW012）、教育部人文社会科学研究青年基金项目"楚辞在欧美的传播与影响"（11YJC751009）、江苏省社科基金项目"中国辞赋海外传播研究"（13ZWC014）。
　　②　徐志啸：《中日文化交流背景及日本早期的楚辞研究》，《北方论丛》，2004 年第 3 期。

对日本楚辞学文献进行调查。

　　本次调查的目的，一是整理日本楚辞著作的版本目录；二是总结日本楚辞文献版本的馆藏特点和存在的问题；三是对日本楚辞文献版本的收录提出可行性建议。为细致把握日本楚辞文献的馆藏状况，我们采用了四种研究方法。首先，通过文献调查法，我们探索了我国日本楚辞文献的主要研究领域，研读的文献有《中国古籍善本书目》①、《怀德堂文库书图目录》（昭和五十一年发行）②、《早稻田大学图书馆所藏汉籍分类目录》（平成二年印刷）③、《神户大学附属图书馆汉籍分类目录》（昭和五十年发行）④、《和刻本汉籍分类目录》（昭和五十一年十月初发行）⑤、《内阁文库汉籍分类目录》（昭和三十一年三月发行）⑥、《东北大学所藏和汉书古典类分类目录》（昭和五十年三月发行）⑦、《京都大学文学部所藏汉籍目录》（昭和三十四年发行）⑧。其次，借助社会实践法，我们走访了国内一些知名大学的域外汉籍研究所，尝试确定国内和日本楚辞文献的馆藏状况，走访的学校有北京大学、南京大学、复旦大学。本次调查最重要的方法是网络检索法，日本的图书馆网站是我们获取文献馆藏情况的简便途径，经过筛选后，我们检索了日本所藏中文古籍数据库、国立国会图书馆、东京大学东洋文化研究所、国文学研究资料馆以及大阪大学、驹泽大学、广岛大学、奈良女子大学、京都教育大学、京都大学、筑波大学等高校的图书馆网站。搜集资料后，我们做了大量的资料甄别、整理工作，最后做出了日本楚辞文献版本的馆藏目录。

　　调查过程中，我们特别注意搜索关键词的多样化，采用了"楚辞""屈原""远游""天问""九章""九歌""宋玉"等搜索词，并按照各著作各个版本的馆藏情况，编排文献目录，例如某著作某版本分别收录在国内外某大学图书馆、某市立图书馆等，最后对照《中国古籍善本书目》，对做出的目录进一步完善。

　　调查发现，当下日本馆藏的楚辞文献著作非常丰富，一部分著作源于我国对外流传的楚辞典籍，一部分著作是日本学者对楚辞典籍的研究成果，其中以大阪大学附属图书馆、国立国会图书馆、筑波大学图书馆所藏典籍种类较多。但日本关于该文献版本的收录还存在不少缺失之处，诸如出版时间不明、版本作者存在争议等问题，这无疑会对楚辞文献的研究工作造成一定的阻碍。

---

①　《中国古籍善本书目》，上海：上海古籍出版社 1996 年版。

②　《怀德堂文库图书目录》，怀德堂文库 1927 年版。

③　《早稻田大学图书馆所藏汉籍分类目录》，早稻田大学图书馆 1990 年版。

④　《神户大学附属图书馆汉籍分类目录》，神户大学附属图书馆 1926 年版。

⑤　［日］长泽规矩也：《和刻本汉籍分类目录》，汲古书院 1927 年版。

⑥　《内阁文库汉籍分类目录》，内阁文库 1907 年版。

⑦　《东北大学所藏和汉书古典类分类目录》，东北大学图书馆 1926 年版。

⑧　《京都大学文学部所藏汉籍目录》，京都大学文学部 1910 年版。

二、日本楚辞类文献统计

从日本各图书馆书目数量看，国立国会图书馆楚辞类书目约有 257 种，筑波大学图书馆约有 243 种，大阪大学附属图书馆约有 226 种，京都大学图书馆约有 191 种，京都大学人文科学研究所约有 185 种，东京大学东洋文化研究所约有 176 种，东洋文库约有 116 种，日本东北大学图书馆约有 96 种，立命馆大学图书馆约藏书 56 种，一桥大学图书馆约藏书 54 种，公文书馆约藏书 52 种，静嘉堂文库约藏书 51 种，内阁文库和早稻田大学图书馆皆藏书 40 种，广岛大学图书馆约藏书 37 种，新潟文库约有 35 种，二松学舍约有 27 种，大阪大学图书馆、神户大学附属图书馆、九州大学图书馆皆馆藏 21 种，爱媛大学图书馆约馆藏 19 种，爱知大学约馆藏 18 种，熊本大学约馆藏 9 种，此外，少数市、县图书馆也有数量较少的《楚辞》典籍。由于网络图书馆记录的数量和实际存留的典籍数量有误差，各大图书馆的具体馆藏数量有待进一步实地考证。但我们可以确定的是，《楚辞》文献在日本传播时间较长，无论是来自我国的影印版楚辞文献，还是近现代学者的研究著述，楚辞学在日本学术界占据重要地位。

三、日本楚辞类书目考辨

比对南通大学楚辞研究中心（以下简称"楚辞研究中心"）已有《楚辞》文献和《中国古籍善本书目》，我们发现日本著录的《楚辞》文献书目多有讹误，经过细心调查和多方面的资料整合，我们归纳出五类考辨信息，现论述如下，以求正于方家。

（一）版本信息纠谬

1. 《楚辞集注》八卷，附录《楚辞辨证》二卷、《楚辞后语》八卷（卷七和卷八缺），附录《楚辞附览》二卷，出自宋代朱熹《集注》，明代蒋之翘校勘并编订，明代天启六年（1626）序刊本，立命馆大学图书馆馆藏。（见于"日本汉籍库"网站）

谨按：附录的《楚辞览》应为三卷，书目录为二卷，疑有误。《中国古籍善本书目》集部楚辞类第 83 页记载有《楚辞集注》八卷的版本信息，其附录的《楚辞览》为三卷，书目具体情况如下：

（1）《楚辞集注》八卷，节选自南宋朱熹《集注》，此书由明代蒋之翘两次编订，今存有明代天启六年的蒋之翘刻本，白口，四周单边，页面半叶 9 行，每行 21 字。此版本与日本图书馆藏本相同。

（2）国内今存有明代天启六年蒋之翘刻本的《楚辞览》三卷，此书为明代蒋之翘编订，白口，四周单边，页面半叶 9 行，每行 21 字，双行小字 21 字。附录于《楚辞集注》八卷后，《楚辞集注》八卷节选自南宋朱熹《集注》，由明蒋之翘续编并评点，

《楚辞览》与《楚辞集注》八卷附录的《楚辞览》版本相同。

其中，《楚辞集注》八卷藏于国家图书馆，《楚辞览》较为常见，藏于广西壮族自治区图书馆、广东省社会科学院图书数据室、中山大学图书馆、湖南省图书馆、湖北省荆州地区图书馆、武汉图书馆、河南省图书馆、江西师范大学图书馆、浙江大学图书馆、嘉兴市图书馆、浙江图书馆、南京师范大学图书馆、南京大学图书馆、常熟市图书馆、苏州图书馆、南京图书馆、山东大学图书馆、栖霞县图书馆、山东省图书馆、甘肃省图书馆、陕西师范大学图书馆、陕西省图书馆、东北师范大学图书馆、吉林大学图书馆、山西师范大学图书馆、天津师范大学图书馆、上海辞书出版社图书馆、华东师范大学图书馆、上海图书馆、中央教育科学研究所图书馆、文化部文学艺术研究院、中国社会科学院民族研究所、中国社会科学院历史研究所、中国科学院图书馆、北京师范大学图书馆、中共中央党校图书馆、清华大学图书馆、北京大学图书馆、首都图书馆、国家图书馆、南开大学图书馆。

日本图书馆收藏的这个楚辞版本，作者与刊刻时间皆与中国国家图书馆收藏版本相同，应属于同一版本，而惟独《楚辞览》卷数不同，疑日本图书馆著录有误。

2.《离骚绮语六卷》，明张之象辑订，明凌迪知校订，万历四年（1576）刊本。（见于《怀德堂文库书图目录》第108页）

谨按：书目有误。应作《楚骚绮语》。国内北京师范大学、华东师范大学、北京大学、武汉大学等大学图书馆收藏，还有万历五年本、光绪年间本。（见于"中国高等教育文献保障系统"［CALIS］）

3.《楚辞评林八卷》，明代沈云翔订辑，崇祯十年（1637）吴郡八咏楼刊本，怀德堂文库所藏。（见于《怀德堂文库书图目录》第108页）

谨按：国内著录《楚辞评林》皆九卷，此处八卷，比对《中国古籍善本书目》（集部楚辞类第94页），我们发现日本图书馆著录有误。现将该书的出版信息、形态，补充完整如下：

"《楚辞评林》九卷，出自南宋朱熹《集注》，明沈云翔编订并评点，明崇祯十年吴郡八咏楼刻本，书页半叶9行，每行25字，双行小字25字。"

另，南充师范学校图书馆、暨南大学图书馆、河南省图书馆、福建师范大学图书馆、杭州大学图书馆、杭州市图书馆、淮安县图书馆、新疆大学图书馆、上海辞书出版社图书馆、复旦大学图书馆、上海图书馆、中国历史博物馆、中国科学院图书馆、清华大学图书馆、首都图书馆、上海图书馆有藏本。《中国古籍善本书目》著录版本与怀德堂文库版本相同，怀德堂文库所藏《楚辞评林》应为九卷。

（二）版本信息补充

1.《楚辞十七卷》，出自汉代王逸《楚辞章句》，日本刊本，由日本怀德堂文库馆

藏。（见于《怀德堂文库书图目录》第 107 页）

谨按：此项目录缺少出版时间、出版地、校勘作者、保存状态、页数等信息。我们搜索网站"日本汉籍库"，发现日本图书馆在著录目录中多次出现此类问题，如书目"《楚辞后语》六卷"，检索自大阪大学附属图书馆网站，仅介绍此书为宋代朱熹撰刊本并附录有《辨证》二卷，校订信息、出版事项未交代清楚；又如"《楚骚绮语》六卷"，《怀德堂文库书图目录》（集部楚辞类第 108 页）记载此书由明代张之象辑订、明代凌迪知校订，官版，为文政四年刊本，此书目应添加出版地信息；再如"《楚骚》五卷"，附录一卷，别名《篆文楚骚》，为万历二十八年（1600）王穉登刊本，明陆士仁撰写，静嘉堂文库、国立国会图书馆皆有馆藏，该书著录信息较详细，但责任者池永道云责任形式不明。

2.《楚辞》十七卷，明代朱燮元、朱一龙同校刊本，附有王逸《楚辞章句》，由大阪大学附属图书馆馆藏。（见于"日本汉籍库"网站）

谨按：此书目附录信息不完整，现根据黄灵庚主编的《楚辞文献丛刊》影印本补充如下：

"《楚辞章句》十七卷，本书系东汉王逸注释，明万历朱燮元、明万历朱一龙刻，白口，四周单边，书页半叶 8 行，每行 17 字，双行小字 17 字，附有《疑字直音补一卷》，明万历朱燮元、朱一龙刻本，白口，四周单边，页面半叶 8 行，每行 17 字，双行小字 17 字。"

另，该书在国内藏于国家图书馆、北京大学图书馆，清华大学图书馆、北京师范大学图书馆、中国社会科学院历史研究所图书馆、中国历史博物馆、北京市文物局、天津图书馆、山西师范大学图书馆、西北民族学院图书馆、山东省图书馆、波阳县图书馆、重庆市图书馆、云南省图书馆。《中国古籍善本书目》（集部楚辞类第 25 页）著录。

3.《楚辞》十七卷，汉代王逸标注，明代黄省曾校勘，正德十三年（1518）版本，有王鏊作序的刊本，由大阪大学附属图书馆馆藏。（见于《怀德堂文库书图目录》第 107 页）

谨按：本书国内馆藏丰富，我们略补充版本信息和馆藏信息：

"《楚辞章句》十七卷，东汉王逸注释，明正德十三年黄省曾、高第刻本，白口，左右双边，页面半叶 10 行，每行 18 字，双行小字 18 字。"

另，该书藏于国家图书馆、北京师范大学图书馆、上海图书馆、南开大学图书馆、吉林大学图书馆、山东省图书馆、波阳县图书馆、湖南省图书馆、重庆市图书馆、云南省图书馆。《中国古籍善本书目》（集部楚辞类第 16 页）著录。

（三）国内版本对照

整理日本所藏楚辞文献的目的，是为了方便国内学者查阅资料。在不能获取原有典籍时，了解我国所藏的相似《楚辞》文献很有必要。

1. 《楚辞》八卷，附录《后语》六卷、《辨证》二卷，出自宋代朱熹《集注》，朝鲜刊本。静嘉堂文库、京都大学图书馆、内阁文库、早稻田大学图书馆、怀德堂文库（见于《怀德堂文库书图目录》第 107 页）有藏本。

谨按：《楚辞卷》八卷馆藏于早稻田大学图书馆，与怀德堂文库版本相同。本书选自朱熹《集注》，附录《楚辞后语》六卷，又附录有《楚辞辨证》二卷，附录皆为朱熹撰，出版年、出版者、出版地不明，书共有 4 册，35 厘米，朝鲜装，有印记"丰山洪佑命犁顺之印"，今存有澄怀阁藏本、山口刚旧藏本（见于早稻田大学图书馆检索系统）。楚辞研究中心有复本。

2. 《离骚九歌释》一卷，由清代毕大琛撰；附录《离骚音韵》一卷，由清李篁仙撰；光绪十八年（1892）刊本。大阪大学怀德堂文库（见于《怀德堂文库书图目录》第 109 页）、东京大学东洋文化研究所馆收藏。

谨按：《离骚九歌释》一卷，清光绪十八年补学斋刻本，国内收藏单位有：中国人民大学图书馆、清华大学图书馆、武汉大学图书馆（见于"高校古文献资源库"检索系统）。《四库未收书辑刊》第 21 册亦影自光绪本。日本怀德堂文库、东京大学东洋文化研究所藏本，与国内收藏的光绪本《离骚九歌释》，版本相同。

3. 《屈原赋注》七卷，附录《通释》二卷、《音义》三卷，清戴震撰写并整理，音义卷由清代汪梧凤撰写，抄本，怀德堂文库馆藏。（见于《怀德堂文库书图目录》第 109 页）

谨按：早稻田大学图书馆藏《屈原赋注》七卷，附录《屈原赋通释》《屈原赋音义》，清代戴震撰，广州广雅书局光绪十七年出版，1891 年由柳田泉旧藏。楚辞研究中心有复本。怀德堂文库所藏抄本，与刻本之间的版本关系，待考。

4. 《屈辞精义》六卷，清代陈本礼撰，嘉庆十六年（1811）裛露轩刊本，陈氏丛书之一，怀德堂文库馆藏。（见于《怀德堂文库书图目录》第 109 页）

谨按：早稻田大学图书馆藏《屈辞精义卷》六卷，陈本礼笺订，陈代逢衡校读，江都裛露轩嘉庆十七年（1812）跋，为日本诗人土歧善麿旧藏。楚辞研究中心有复本。筑波大学图书馆亦藏《屈辞精义》嘉庆十六年裛露轩刊本。

（四）争议版本管窥

由于版本信息记载的方式不同，部分楚辞类书目表面记载不一致，实际可能是同一版本，此类争议版本有待进一步考证典籍内容，现撷拾数例，列举如下：

1. ①《楚辞》八卷，《附录》一卷，宋朱熹集注，附录梁刘勰撰，成化十一年

（1475）序刊本，怀德堂文库馆藏。（见于《怀德堂文库书图目录》第107页）

②《楚辞集注》八卷，宋朱熹撰，成化十一年序刊本，怀德堂文库馆藏。（见于《怀德堂文库书图目录》第107页）

按：可能是同一版本，都是朱熹撰写，成化十一年序刊本，皆馆藏于怀德堂文库。

2.①《天问天对解》一卷，清杨万里撰，属于《新定豫章丛书》，爱知大学图书馆藏。（见于"日本汉籍库"网站）

②《天问天对解》，宋杨万里，属于《豫章丛书》，东洋文库藏。（见于"日本汉籍库"网站）

③《天问天对解》一卷，宋杨万里撰，民国六年据江南图书局旧钞本刊，属于《豫章丛书》，京都大学人文科学研究所馆藏。（见于"日本汉籍库"网站）

④《天问天对解》一卷，宋杨万里撰，民国六年覆江南图书局旧钞本，属于《豫章丛书》之一，大阪大学附属图书馆馆藏。（见于大阪大学图书馆检索系统）

按：以上四种《天问天对解》应是同一版本，都属于《豫章丛书》，责任者皆是杨万里。

3.①《楚辞》十七卷，出自汉代王逸《楚辞章句》，日本刊本，怀德堂文库馆藏。（见于《怀德堂文库书图目录》第107页）

②《楚辞》十七卷，出自汉代王逸《楚辞章句》，出版时间为宽延三年（1750），江都书林前川左卫门刊本，东京大学文学馆、九州大学图书馆、东洋文库、蓬左文库（见于"日本汉籍库"检索系统）

按：可能是同一版本，都是楚辞十七卷，日本庄允益校本，宽延三年刊刻。

以上所列成对的书目推测皆为同一版本。我们所整理的日本楚辞文献版本目录中，此类情况很多，根据《中国古籍善本书目》，我们略作删改，省去了部分重复的书目。

四、建　议

姜亮夫先生在《楚辞书目五种》中说："这五种有关楚辞研究的书目，可能会对今天日益壮大的楚辞研究队伍起些指点线索的作用，但限于编纂的条件和能力，距离理想的标准还远。但是从起草到成书，却也经过了三十年的岁月和一再的改稿，这些情况有在这里顺便叙明的必要。"① 姜亮夫先生著录《楚辞》书目的精神和实践启人深思，我们回顾此次版本目录整理，也经历了搜集资料、筛选文献、调查考辨等艰难历程，现结合实践体会对同类目录的编纂提出建议：

---

① 姜亮夫：《楚辞书目五种》，北京：中华书局1961年版，第1页。

（一）明确著录原则，完善目录信息

制作目录的主要目的，一是了解学术渊源，二是便于研究人员查阅对应的文献。因此，制作日本楚辞文献目录首先应明确著录原则，在此建议目录按独立的书名立目，每一种书即为一目，具体录的内容至少应包括书名、撰稿人、出版人、出版地点和出版时间，顺序依次排列。其中出版时间完善至某一朝代某一年，减少部分典籍是否为同一版本的争议。

（二）细化典籍分类，改变无序状况

日本馆藏楚辞文献版本繁多，不妨作一分类，裨益于一窥文献概貌，例如，综合文献性质和地域差异，馆藏文献可分为三类：一类为原著《楚辞》；一类为楚辞译注及研究专著，个中研究型文献还可细分为中国学者著作和日本学者著作两类；另一类为文学史。立足于中日楚辞研究比较立场，此类方法比较适应现代楚辞学研究方法。各分类目录内的排序或以出版时间为序，或以典籍拼音首字母为序。我们认为可以参考姜亮夫先生的《楚辞书目五种》的分法，除却楚辞类论文和学者札记中考论楚辞的条目，可将《楚辞》文献分为书目提要、图谱提要、绍骚隅录三类，书目提要再分为辑注、音义、论评、考证四类，每一目录可依次著录书名、卷数、著者以及版本。第一类如"屈子正音，三卷，（清）方绩撰，光绪六年八月，早稻田大学图书馆馆藏"；第二类如"钦定补绘萧云从离骚全图三卷，附陈洪绶离骚图一卷，（清）萧云从，原图（乾隆四十七年）奉敕补绘，（明）陈洪绶绘，附民国十三年蟫隐庐刊本，国立国会图书馆馆藏"；第三类如"楚辞后语卷三至六，（宋）朱熹撰，村上平乐寺，一六五一年，国立国会图书馆馆藏"。

（三）提炼关键信息，注意详略得当

在制作目录前，编者应在整理的目录基础上，切合实际，适当地了解读者的心理愿望、阅读需求，突出关键信息，添加收藏典籍的重要图书馆和索书号，简略标注能够直接通过在线数据库下载的文献。

关于西村时彦治骚成就的研究综述[①]

南通大学　倪　歌

【摘　要】　西村时彦是明治大正时期的著名汉学家，嗜骚成癖，一生收藏楚辞类文献近百种，完成楚辞研究性著作四部，在日本楚辞研究史上有着重要的地位。西村之后，中日两国学者从不同角度对西村时彦及其治骚成就进行了研究，本文试从西村时彦的生平及交游研究、西村时彦的楚辞学著作研究和西村时彦的楚辞藏本研究三个方面略作总结，有助于对西村时彦治骚成就研究状况的整体性把握，为进一步探讨、总结西村时彦对楚辞学研究的贡献和影响打下基础。

【关键词】　西村时彦　楚辞　研究综述

　　西村时彦（1865-1924），字子俊，号天囚，晚号硕园，日本大隅种子岛人。早年从事新闻工作，先后就职于大阪《朝日新闻》社、主笔东京《朝日新闻》，首倡复兴怀德堂，撰《怀德堂考》。大正九年（1920）授文学博士。大正十年（1921）任宫内省行走，掌内外制诰，去世前特旨升从四位叙勋四等[②]。西村时彦是日本早期楚辞研究的翘楚大家[③]，其在楚辞研究方面的贡献有二：一为楚辞研究著作四部，即《屈原赋说》《楚辞王注考异》《楚辞纂说》《楚辞集释》；一为尽其一生采访与收藏的楚辞文献，数量近百种。

　　学界对西村时彦的研究有三种角度：一是将西村时彦置于整个日本楚辞研究史中进行观照，对其楚辞学研究成就进行总结和述评，代表人物有日本学者竹治贞夫、稻

---

　　① 基金项目：国家社科基金重大项目"东亚楚辞文献的发掘、整理与研究"（13&ZD112）、教育部人文社会科学研究青年基金项目"楚辞在欧美的传播与影响"（11YJC751009）、江苏省社科基金项目"中国辞赋海外传播研究"（13ZWC014）、江苏高校哲学社会科学研究项目"楚辞在日本的传播和影响"（2015SJB617）。
　　② ［日］陆中内藤虎：《文学博士西村君墓表》，《硕园先生遗集》卷一，财团法人怀德堂纪念会，昭和十一年（1936）。
　　③ 徐志啸：《中日楚辞研究论纲》，北京：学苑出版社2004年版，第1期。

畑耕一郎和徐志啸、王海远等；二是将西村时彦和日本怀德堂的历史联系起来研究，代表人物有周建忠师、崔富章和日本学者后醍院良正、石川三佐男、前川正名等；三是从文化史及中日关系的角度对其进行研究，代表人物有陶德民。研究内容主有以下三个方面：

一、西村时彦的生平及交游研究

西村时彦生平见于《硕园先生追悼录》①、《文学博士西村君墓表》② 和《西村天囚传》③。稻畑耕一郎在《日本楚辞研究前史述评》④ 中论及西村的楚辞学成就时仅提及西村的生卒年。2003 年崔富章与日本学者石川三佐男合作的论文《西村时彦对楚辞学的贡献》⑤ 中介绍了西村的生平，并写道："西村时彦曾两次来到中国。"对此，周建忠师据《文学博士西村君墓表》《西村天囚传》记载以及西村的诗作考证出崔氏之误，西村时彦曾"三游清国"，并非两次⑥。周建忠师还根据西村《江汉溯洄录》辑出其曾于明治三十年至明治三十一年间游历中国上海、镇江、金陵、芜湖、安庆、九江、武昌、樊口、黄冈、汉口、汉阳等地，并拜谒张之洞、赴辜鸿铭之约、会陈三立等人⑦。

汤浅邦弘、竹田健二认为西村时彦书斋命名为"读骚庐"，显然与楚辞有关⑧。崔富章也将"读骚庐"认作西村时彦书屋的名称⑨。周建忠师根据《文学博士西村君墓表》《西村天囚传》记载，指出汤浅邦弘、竹田健二之误：西村时彦的书室名为"百骚书屋"，"读骚庐"非西村时彦书斋名，而是书斋中悬挂的匾额的题词。周建忠师认为，西村时彦将收藏于"楚辞"有关的钞本、稿本命名为"读骚庐丛书"应当源于我国清代著名经学大师俞樾为其题写的匾额"读骚庐"⑩。关于西村时彦书斋的名称及"读骚

---

① ［日］后醍院良正：《硕园先生追悼录》，《怀德》第 2 号，怀德堂堂友会，大正十四年（1925）。

② ［日］陆中内藤虎：《文学博士西村君墓表》，《硕园先生遗集》卷一，财团法人怀德堂纪念会，昭和十一年（1936）。

③ ［日］后醍院良正：《西村天囚传》，日本朝日新闻社，昭和四十二年（1976）。

④ ［日］稻畑耕一郎：《日本楚辞研究前史述评》，《江汉文学》，1986 年第 7 期。

⑤ 崔富章：《石川三佐男、西村时彦对楚辞学的贡献》，《浙江大学学报（人文社会科学版）》，2003 年第 9 期。

⑥ 周建忠师：《大阪大学藏"楚辞百种"考论——关于西村时彦·读骚庐·怀德堂》，《职大学报》，2008 年第 1 期。

⑦ 周建忠师：《大阪大学藏"楚辞百种"考论——关于西村时彦·读骚庐·怀德堂》，《职大学报》，2008 年第 1 期。

⑧ ［日］汤浅邦弘、竹田健二：《怀德堂的历史回顾》，大阪：大阪大学出版社 2005 年版。

⑨ 崔富章：《大阪大学藏出此类稿本、稀见本经眼录》，《文献季刊》，2004 年第 2 期。

⑩ 周建忠师：《大阪大学藏"楚辞百种"考论——关于西村时彦·读骚庐·怀德堂》，《职大学报》，2008 年第 1 期。

庐丛书"之名的源起，王海远《日本近代〈楚辞〉研究述评》一文采用了和周建忠师同样的说法。案：尽管崔富章、石川三佐男发表论文在前（2003、3004），汤浅邦弘、竹田健二之著作出版在后（2005），但很可能崔富章、石川君的这一看法来源于汤浅邦弘，因为在《西村时彦对楚辞学的贡献》一文最后附有："本文写作过程中，曾得到大阪大学文学院文学研究科怀德堂中心汤浅邦弘教授暨井上了君的帮助"。只不过有可能汤浅邦弘的《怀德堂的历史回顾》当时还在编纂过程当中尚未出版而已。因而周建忠师在文中只提到纠汤浅邦弘、竹田健二之误。

崔富章和石川三佐男之文还对西村时彦之所以从事楚辞学研究和典籍收藏的内因进行了探讨，"……这次他在中国居留二年余，直到1902年春天才返回日本。他（西村时彦）至少在中国度过两个端午节，弥漫在大街小巷的浓浓节日气象、人文氛围、中国人心头的屈原情结、特立独行的屈原形象，可能使他受到深深的感染。"[①] 而周建忠师认为"西村时彦对《楚辞》的研究，主要源于京都帝国大学教学之需。"[②] 这是西村从事楚辞研究的外因。两种推测均有道理，可惜未能综合起来深入下去，笔者今后将另撰文探讨这个问题。

关于西村的师承与传播，大阪大学前川正名博士提出："从西村天囚与冈田正之的关系、与《楚辞百种》的关系及与东京大学的关系考虑，西村天囚对楚辞学的接受与理解，冈村甕谷起了一定的作用"[③]。周建忠师引用了这一说法。并进一步考证出：直接受到西村时彦《楚辞》学术影响的有两位学生，即藤野岩友和桥本循。

陶德民著作《明治时期汉学家与中国》[④] 论述了西村时彦等汉学家的外交策论，勾勒出了明治时期日本汉学家从"邻人"到"监护人"的对华身份意识的历史变迁，再现了帝国主义时代日本汉学家的多样化亚洲观。陶德民的《西村天囚与刘坤一》一文考述了西村时彦努力促进清末教育改革的活动。上述两部书对了解西村的思想构成有一定帮助。

二、西村时彦楚辞学著作研究

西村时彦的楚辞学著作有四：一、《屈原赋说》，现存两个版本：《屈原赋说》二册

① 崔富章：《石川三佐男、西村时彦对楚辞学的贡献》，《浙江大学学报（人文社会科学版）》，2003年第9期。

② 周建忠师：《大阪大学藏"楚辞百种"考论——关于西村时彦·读骚庐·怀德堂》，《职大学报》，2008年第1期。

③ ［日］汤浅邦弘编：《怀德堂文库的研究》（2005）共同研究报告书，大阪大学大学院文科研究科，2005。

④ 陶德民：《西村天囚与刘坤一》，《关西大学中国文学会纪要》，18号，1997年3月。

二卷，大正九年手稿本，《屈原赋说上卷未定稿》，一册，西村时彦手钞本，并有重建怀德堂排印本《屈原赋说（卷上）》；二、《楚辞王注考异》一卷；三、《楚辞纂说》四卷，手稿本；四、《楚辞集释》不分卷。

20 世纪 70 年代，日本学者竹治贞夫在其著作《楚辞的日本刻本及日本的楚辞的研究》①　一文中对西村时彦的楚辞研究著作《屈原赋说》上卷做了详细而恰到好处的述评，其中特别对"篇义""原赋""体制""辞采""道术"等篇做了较深入的阐述，并加入了自己的观点，指出了其需要修正之处。竹治贞夫对西村时彦的《屈原赋说》给予了高度评价："进入明治时期以后，真正以汉文进行的楚辞研究，是冈松甕谷的《楚辞考》和西村硕园的《屈原赋说》"，"作为楚辞概说，其（《屈原赋说》）考证的精密和规模的宏大，至今尚未见出其右者。"这一评价被多次引用，得到后来者的认可。

20 世纪 80 年代，日本学者稻畑耕一郎的《日本楚辞研究前史述评》②　认为，"日本对楚辞的研究和注释工作，是进入 17 世纪的江户时代（1603-1867）以后逐渐开始的。"稻畑氏把西村时彦定位于日本楚辞学研究史上一个承上启下的人物。他把江户时代至明治时代的楚辞研究称为"日本楚辞研究前史"。稻畑氏认为西村时彦的《屈原赋说》"考证之精密，结构之宏博，堪称日本近代楚辞研究的开山之作"，"本书虽然仍是用汉语写的，但扬弃了只停留在训诂注释之上的传统方法，标志着日本楚辞研究进入了真正的'研究'的阶段。"他在文中还提到了西村的楚辞研究手稿《屈原纂说》（应为《楚辞纂说》之误），并说"该书稿从作者所可见及之古今典籍中辑录了涉及楚辞及屈原的文字，因而显著地表现了他的博学"。但稻畑氏未提及西村时彦另外两部著作，即《楚辞王注考异》和《楚辞集释》。

崔富章、石川三佐男对西村硕园的楚辞学成果的研究最为具体。日本九天大学教育文化学部教授石川三佐男先在其论文《〈楚辞〉》学术史考》③　中简略介绍了西村时彦的楚辞学研究成果。至 2003 年，崔富章和石川三佐男经过合作研究，有成果《西村时彦对楚辞学的贡献》刊于日本《秋田大学教育文化学部教育实践研究纪要》2003 年第 25 号；中国《浙江大学学报》2003 年第 5 期。论文对西村的楚辞学贡献进行了评价，对西村的四部楚辞学研究专著进行了著录评述，补充了前人未涉及的《屈原赋说》下卷手稿的主要内容。作者认为："西村既有汉学之根底，又具宋学之精微，其文献学功夫，几臻出神入化之境。"并认为《楚辞纂说》"堪称屈原学之资料库。"但崔富章

---

①　［日］竹治贞夫，徐公持译：《楚辞的日本刻本及日本学者的楚辞研究》，湖北：湖北人民出版社，1986 年第 1 期。

②　［日］稻畑耕一郎：《日本楚辞研究前史述评》，《江汉文学》，1986 年第 7 期。

③　［日］石川三佐男：《〈楚辞〉学术史考》，《日本中国学会报》，第五十卷，1998 年 10 月。

在《大阪大学藏出此类稿本、稀见本经眼录》① 中写道："他的《楚辞纂说》四卷，堪称为最早的屈原学资料库。"多出"最早"两字，尽管《大阪大学藏出此类稿本、稀见本经眼录》一文发表时间晚于《西村时彦对楚辞学的贡献》，但从文章体例和规模来看，应该是《经眼录》成文在前。笔者推测，作者应该是本着更加严谨的学术态度而删去了"最早"二字，文中"最早"这个定义并未限定空间范围，到底是就日本国内而言还是中日两国整个楚辞研究史而言，作者没有言明，这一结论还有待考证。

徐志啸的《日本楚辞研究论纲》② 第二章《日本早期楚辞研究》中专列了"西村硕园的研究"部分，主要介绍了崔富章、石川三佐男的研究成果。王海远在其论文《近当代日本楚辞研究之鸟瞰》③ 及《日本近代〈楚辞〉研究述评》④ 中论及西村时彦的楚辞学研究成就，对《屈原赋说》的学术价值进行了评价，认为"这一著作代表了日本近代楚辞研究的高峰"。王海远还充分肯定了《楚辞集释》的学术价值，认为："本书（《楚辞集释》）作为《楚辞章句补注》与《楚辞集释》两种体例的结合体，成为《楚辞》学界绝无仅有的一个存在"。2010 年王海远在其博士学位论文《中日楚辞研究比较——以现代为重点，迄于 20 世纪 80 年代》中单列一部分，对西村时彦的楚辞学研究成就进行论述，作者认为"二十世纪初期日本学者中对《楚辞》研究最为有力者当属西村时彦"，这与竹治贞夫的看法是一致的。

三、西村时彦的《楚辞》藏本研究

西村时彦"嗜骚成癖"，一生收藏《楚辞》版本极多，其中不乏善本。

饶宗颐、姜亮夫、崔富章等人曾在楚辞目录学著作中涉及三个概念，即："西村硕园《读骚庐丛书》""怀德堂文库""大阪大学藏本"，均语焉不详。这三个概念与西村时彦有关，因而周建忠师在《大阪大学藏"楚辞百种"考论——关于西村时彦·读骚庐·怀德堂"》中，从西村时彦与怀德堂的关系入手，详细考证，厘清了三者的概念，即：西村时彦去世后，夫人将西村博士全部藏书六千八百册捐赠给怀德堂。怀德堂将西村藏书命名为"硕园纪念文库"来保存。昭和二十四年（1949），怀德堂把藏书三万六千册作为'怀德堂文库'全部捐给大阪大学，现藏大阪大学附属图书馆，其中就包括西村时彦的'硕园纪念文库'，同时将'硕园纪念文库'中的《楚辞》典籍总

① 崔富章：《大阪大学藏出此类稿本、稀见本经眼录》，《文献》，2004 年第 2 期。

② 徐志啸：《中日楚辞研究论纲》，北京：学苑出版社，2004 年第 1 期。

③ 王海远：《近当代日本楚辞研究之鸟瞰》，《苏州科技学院学报（社会科学版）》，2005 年第 1 期。

④ 王海远：《日本近代〈楚辞〉研究述评》，《北方丛论》，2010 年第 4 期。

称为'怀德堂文库'之'楚辞百种'，而'读骚庐丛书'21种则是'楚辞百种'一部分。"这一结论可谓拨云见雾，为后来学者进行相关研究时提供了清晰的线索。同时，周建忠师还在文中列出了西村时彦搜集的《读骚庐丛书》21种书目，纠正了崔富章"辑《读骚庐丛书》二十六种"的说法，并指出：《读骚庐丛书》并不是"《楚辞》著作"，而是与《楚辞》有关的著作21种，因为至少有三种不是专门的《楚辞》典籍，即：宋代钱希言撰《楚小志》，清代余萧客撰《文选纪闻抄》，清代张云璈撰《选学胶言抄》。①

崔富章、石川三佐男认为"西村时彦的'读骚庐'中收藏着一百余部《楚辞》类典籍，就规模而言，几乎无人能与之匹敌，就质量而言，则更是可观。"《西村时彦对楚辞学的贡献》（崔富章、石川三佐男合作）和《大阪大学藏出此类稿本、稀见本经眼录》（崔富章）两篇论文详细介绍了西村收藏"楚辞"典籍的版本信息、西村罕见藏本的文献学价值，文中列出西村收藏的《楚辞》类典籍包括：中国明代刊本十六部；清代刻印本四十余种；抄本二十七种；民国时期的刻本、影本、印本十五种。其中三十种是中国国家书目中的"善本"类图书。作者还指出，西村时彦所藏抄本《王注楚辞翼》三卷（题北越董鸥洲著）是目前所知的唯一传本。王海远在《日本近代〈楚辞〉研究述评》②中补充了西村的《楚辞》藏本，即：日本的刻印本12种，抄本十余种，朝鲜刻本16种。另，周建忠师经考证认为崔富章的说法有误，应为："西村时彦的书室'百骚书屋'收藏楚辞类典籍，习惯称'楚辞百种'，实际上并没有一百种，云'一百余种'，亦不确。"③

朱光潜有言，"推动学术发展可以通过发现过去未知的东西来实现，也可以通过把已经说过的话加以检验、重新评价和综合来实现。"④对西村时彦的研究已被一些学者关注，但不够全面，对其思想人格和精神境界挖掘不够，对其楚辞学研究的背景、研究方法和成果产生的原因未作出深入细致的探究。西村时彦在日本楚辞学史上的地位、其楚辞学研究的贡献和影响还值得我们进一步总结和探讨。

---

① 周建忠师：《大阪大学藏"楚辞百种"考论——关于西村时彦·读骚庐·怀德堂》，《职大学报》，2008年第1期。

② 王海远：《日本近代〈楚辞〉研究述评》，《北方丛论》，2010年第4期。

③ 周建忠师：《大阪大学藏"楚辞百种"考论——关于西村时彦·读骚庐·怀德堂》，《职大学报》，2008年第1期。

④ 朱光潜：《悲剧心理学》，南京：江苏文艺出版社2009年版。

日本江户时期九州学者对楚辞的态度

日本九州　野田雄史

【摘　要】　广濑淡窗是日本江户时代九州的学者，他的日记反映出了他对《楚辞》的态度。淡窗没有把《楚辞》作为讲义的对象，并认为《楚辞》很难，反映了江户时代的学者对《楚辞》的基本态度。

【关键词】　日本　江户时期　楚辞

　　在去年的西峡大会上我报告过，我们几个日本学者现在正在共同研究日本江户时代到明治时代学者的楚辞学。其中我本人主要从事对江户末期福冈儒者龟井昭阳的研究。昭阳有一本叫《楚辞玦》的注本，而且昭阳在日记里也言及到自己研究楚辞的情况。那么同期的其他学者和楚辞有怎样的关联呢？我调查了当时其他日本学者的日记，先看一下广濑淡窗的日记。

　　广濑淡窗是日田（现在九州大分县山间部）的学者，他开的私塾咸宜园很有名。龟井昭阳生于1773年，死于1836年，广濑淡窗生于1782年，死于1856年。两人几乎是同一时代的人。而且淡窗年轻时候去福冈跟龟井昭阳和其父龟井南冥学习过，也善于吟诗作文，文化背景和立场很相似，所以容易进行对比。

　　在本人所看完的从1831年到1847年的十七年间的广濑日记中，有很多讲课的内容涉及如下的汉籍：

　　　经
　　　周易　孟子　论语　大学新注　古大学　大学　中庸　诗经　礼记　左
　　传　尚书　小雅　孝经

　　　史
　　　史记　汉书　国语　宋名臣言行录

　　　子
　　　庄子　老子　家语　世说　蒙求　王阳明文录　伤寒论　朱子家训　近

思录　汇善编　阴骘录

集

苏文　赵云松诗　陶诗　杜律　唐宋诗　文选　唐诗选　高青邱诗　古
文真宝　苏诗

白诗　文章轨范　李白诗　杜甫诗　韦苏州　柳柳州　韩诗　黄山谷诗
杨诚斋诗

陆放翁诗　盛明百家诗　沈德潜诗　赵瓯北诗　张船山诗　随园诗　百
家诗　白香山诗

柳诗　古诗十九首　古今诗抄　古今杂抄　赤壁赋　琉球佛兰西往复书

其他

远思楼诗集　约言　析玄　义府　小学　诗触　无逸　自监录　五种遗
规　诗醇

讲课的内容基本上跟我们所认同的经典古籍是差不多的，而令人印象颇深的是其
中有不少明清时代的文学作品。我们知道在江户时代，明清时代的诗文作为"当代文
学"随时流传进来，很受大家的欢迎。而在咸宜园成为讲义的内容，这表明江户时代
的文人对明清诗文抱有广泛而深厚的兴趣。另外，领主、富豪等也会邀请讲义，并选
择他们自己感兴趣的书。另一方面，我们能注意到淡窗没有把楚辞作为讲义的对象。
讲授唐诗和明清诗文，却没讲重要的文学作品《楚辞》，就也许跟江户时代的人们不重
视《楚辞》的情况有关。

淡窗在日记中除了讲课的内容以外，很少言及汉籍，十七年中只有如下几处：

"亲作论语会头。"（天保七年四月晦日）
"作老子第二章国字解。"
"陶诗抄写成。"
"尚书卒业。自注：今文中数篇。愈读而愈不可通。晦庵作楚辞参同契
解。而不及尚书。有故哉。"（天保九年二月二十九日）
"质迂言。"

这些记载尽管不是讲课的内容，但也跟讲课有关。比如说所写的老子、陶诗，都

为讲课的课本或为讲课而准备的。其中我最感兴趣的是有关楚辞的部分。这部分的日记本文是"尚书卒业"。意思是讲完尚书了。后面有自注说，《尚书》只看几篇。但是艰涩难懂。朱熹注过《楚辞》和《参同契》，从来没有注过《尚书》，原因如此。也就是说，《楚辞》和《参同契》虽然很难也可以附注，但《尚书》难解连朱熹也不能附注的。淡窗想说明《尚书》特别难，比《楚辞》《参同契》更难。就是说《楚辞》也十分难，所以跟《楚辞》来加以比较。朱熹除了《楚辞集注》以外，还有《诗集传》很有名。而且《诗》《书》同为从西周初期流传下来的文献。但这里用以比较的不是《诗经》，而是《楚辞》。由此可见淡窗认为《楚辞》比《诗经》还要难解得多。

《尚书》如此难懂，但由于是五经之一，所以再难也要讲。那么《楚辞》呢？没有五经重要，所以淡窗可能不列入讲课内容。而且这种情况可能是江户时代的人不重视《楚辞》的主要原因。那么昭阳呢？从讲课到附注，再加上创作了辞赋体的《东游赋》，由此名声大作。可以说他的楚辞能力是相当高的。

日本楚辞学的内驱力①

武汉大学　张思齐

【摘　要】　楚辞很早就传播到了日本。日本学者研究楚辞认真而努力，他们不仅研究楚辞的文本，也研究楚辞的作者如屈原和宋玉等人。日本学者不仅研究楚辞的汉文本，还将楚辞注解为一般日本人能够读懂的通用的版本，也作有楚辞的日文译本。虽然日本研究楚辞起步很早，但是日本的楚辞研究，其主要的成就还是出现于现代阶段。日本现代楚辞研究的特色主要有五点，其中最为突出的是将楚辞与日本民族和国家的起源联系起来这一点。使用楚辞为材料以证明日本为神国，这是日本楚辞研究的内驱力。以楚辞证明日本为神国，此内驱力一直存在，而且在现代益发突出，只不过随着时代的进步，日本学术界的楚辞研究采取了更加学术化的表现形态。

【关键词】　日本国　楚辞学　神国形象　内驱力

楚辞研究是日本学术的一个组成部分。楚辞产生于中国，后来流传到日本。与其他中国学术一样，楚辞引起了日本学术界的浓厚兴趣。从世界范围内考察，就日本楚辞研究的规模和所达到的高度而言，我们有理由称日本的楚辞研究为日本楚辞学。

一、传入甚早

楚辞流传至日本甚早，它属于首批抵达日本的中国典籍。

本来，日本与大陆相连。后来，出现日本海。从此，日本逐渐脱离大陆。大约距今一万年以前，形成了今天的日本列岛。当日本与大陆相连的时候，人类的祖先猿人出现了。猿人也在日本一带活动。猿人使用旧石器，在日本有许多旧石器时代的遗址。日本海形成的时候，猿人进化为现代人。现代人使用新石器。在新石器时代的后期，心灵手巧的日本人学会了制作绳文陶器。他们在器皿的泥土坯子上，先用绳子压印出

①　本文为国家社会科学基金一般项目"杜诗比较批评史和杜工部集英译"的（项目编号：11BZW020）的阶段性成果之一。

花纹，然后才放在火中烧制，这样生产出来的陶器较为美观，称为绳文陶器。以此之故，日本的新时期时代又称为绳文时代。狭小的岛国日本，本身会发展，但是速度不快。日本的发展，有赖于大陆尤其是大陆最强盛的国家中国之发展。大海分隔，日本与大陆的联系不容易，因而日本长期以来社会发展的程度都比较低下。公元 618 年，唐朝建立。唐朝是中国封建社会的鼎盛时期。当中国已经进入封建社会鼎盛期的时候，日本还处于奴隶社会的后期。不过，这时候日本出现了一位伟大的人物厩户皇子，他大有作为，被尊称为圣德太子（574—622）。为了国家有统绪，圣德太子制订了冠位十二阶和"宪法十七条"。《日本书纪》第二十二卷"丰御食炊屋姬天皇推古天皇十二年"：

夏四月丙寅朔戊辰、皇太子亲肇作宪法十七条。一曰、以和为贵、无忤为宗。人皆有党。亦少达者。以是、或不顺君父。乍违于邻里。然上和下睦、谐于论事、则事理自通。何事不成。二曰、笃敬三宝。々々者佛法僧也。则四生之终归、万国之禁宗。何世何人、非贵是法。人鲜尤恶。能教从之。其不归三宝、何以直枉。三曰、承诏必谨。君则天之。臣则地之。天覆臣载。四时顺行、万气得通。地欲天覆、则至怀耳。是以、君言臣承。上行下靡。故承诏必慎。不谨自败。四曰、群卿百寮、以礼为本。其治民之本、要在礼乎、上不礼、而下非齐。下无礼、以必有罪。是以、群臣礼有、位次不乱。百姓有礼、国家自治。五曰、绝飨弃欲、明辨诉讼。其百姓之讼、一百千事。一日尚尔、况乎累岁。顷治讼者、得利为常、见贿厅谳。便有财之讼、如石投水。乏者之诉、似水投石。是以贫民、则不知所由。臣道亦于焉阙。六曰、惩恶劝善、古之良典。是以无匿人善、见恶必匡。其谄诈者、则为覆二国家之利器、为绝人民之锋刃。亦佞媚者、对上则好说下过、逢下则诽谤上失。其如此人、皆无忠于君、无仁于民。是大乱之本也。七曰、人各有任。掌宜不滥。其贤哲任官、颂音则起。奸者有官、祸乱则繁。世少生知。克念作圣。事无大少、得人必治。时无急缓。遇贤自宽。因此国家永久、社稷勿危。故古圣王、为官以求人、为人不求官。八曰、群卿百寮、早朝晏退。公事靡监。终日难尽。是以、迟朝不逮于急。早退必事不尽。九曰、信是义本。每事有信。其善恶成败、要在于信。群臣共信、何事不成。群臣无信、万事悉败。十曰、绝忿弃瞋、不怒人违。人皆有心。々各有执。彼是则我非。我是则彼非。我必非圣。彼必非愚。共是凡夫耳。是非之理、讵能可定。相共贤愚、如镮无端。是以、彼人虽瞋、还恐我失。我独虽得、从众同举。十一曰、明察功过、赏罚必当。日者赏不在功。罚不在罪。执事群卿、宜明赏罚。十二曰、国司国造、勿收敛百姓。国非二君。民无两主。率土兆民、以王为主。所任官司、皆是王臣。何敢与公、赋敛百姓。十三曰、诸任官者、同知职掌。或病或使、有阙于事。然得知之日、和如曾识。其以非与闻。勿防公务。十四曰、群臣百寮、无有嫉妒。我既嫉人、々亦嫉我。嫉妒之患、不知其极。所以、智胜于己则不悦。才优于己则嫉妒。是以、五百之乃今遇贤。千载以难待一圣。其不得贤圣。何以治国。十五曰、背私向公、是臣之道矣。凡人有私必有恨。有憾必非同、非同则以私妨公。憾起则违制害法。故初章云、上下和谐、其亦是情欤。十六曰、使民以时、古之良典。故冬月有间、以可使民。从春至秋、农桑之节。不可使民。其不农何食。不桑何服。十七曰、夫事不可独断。必与众宜论。少事是轻。不可必众。唯逮论大事、若疑有失。故与众相辩、辞则得理。

推古天皇（592-628 在位）十二年为公元 604 年。推古（すいこ）为日本第 33 代天皇的号，他的名字叫做丰御食炊屋姬（とやみけかぎやひめ）。符号"々"用来重复前面的那个汉字，"々々"用来重复前面的两个汉字，余类推。直至 20 世纪 60 年代，在我们中国也有不少人在日常应用文书信和日记中使用这样的符号。传统日文，只用顿号和句号两种标点。这十七条被称为宪法，乃就其所起的历史作用而言。它们实际上是一些道德的诫条，与基督宗教的摩西十诫（the Decalogue）类似。

在圣德太子宪法十七条的第五条有这样的语句："有财之讼、如石投水。乏者之诉、似水投石。"这一段话出自《文选》卷五十三李萧远《命运论》："张良受黄石之符，诵《三略》之说，以游于群雄，其言也，如以水投石，莫之受也；及其遭汉祖，其言也，如以石投水，莫之逆也。"[1] 由此可知，十七条宪法的第五条化用了《文选》中的语段。值得注意的是，《文选》中选录有大量的楚辞作品。《文选》卷三十二收录屈原的《离骚》全文和《九歌》的前四篇《东皇太一》《云中君》《湘君》和《湘夫人》。《文选》卷三十三收有屈原《九歌》的第六篇《少司命》和第九篇《山鬼》，《九章》的第二篇《涉江》，还收有《卜居》和《渔父》。可以说《文选》收录了大部分屈原赋。《文选》收录了宋玉的许多作品，它们是《风赋》，见《文选》卷十三；《高唐赋并序》《神女赋并序》《登徒子好色赋并序》，见《文选》卷十九；《九辩》五首和《招魂》，见《文选》卷三十三；《对楚王问》，见《文选》卷四十五。《文选》收录了刘安《招隐士》一篇，见《文选》卷三十三。这些作品都属于楚辞的大范畴。《文选》还收录了贾谊和东方朔的作品各两篇。虽然这四篇文章不属于辞赋文体，但是

---

① 萧统编，李善注《文选》，长沙：岳麓书社 2002 年版，第 1583 页。

贾谊和东方朔却是辞赋的名家。贾谊《惜誓》和东方朔《七谏》俱为《楚辞》一书某些版本中的名篇。这说明楚辞早已传播到了日本，而且得到了有效的接受。

圣德太子宪法十七条的第十条，讲到民生和臣民的性格。这使人联想到《离骚》第125—126句："民生各有所乐兮，余独好修以为常。"它还使人联想到《离骚》第276—277句："民好恶其不同兮，惟此党人其独异。"它再使人联想到《九章·怀沙》第69—72句："民生禀命，各有所错兮。定心广志，余何畏惧兮。"

圣德太子宪法十七条的第十四条，讲嫉妒的危害，它使人联想到楚辞的地方则更多。《离骚》第59—60句："羌内恕己以量人兮，各兴心而嫉妒。"《离骚》第211—212句："世溷浊而不分兮，好蔽美而嫉妒。"《离骚》第303—304句："惟此党人之不凉兮，恐嫉妒而折之。"《九章·哀郢》第55—56句："众谗人之嫉妒兮，被以不慈之伪名。"《九辩》第八章第11—12句："何险巇之嫉妒兮，被以不慈之伪名？"《哀时命》第61—62句："俗嫉妒而蔽贤兮，孰知余之从容？"[1] 在圣德太子宪法十七条的第十四条中有这样的语句："千载以难待一圣。"此出自《文选》卷卷四十七袁宏《三国名臣序赞》："夫万岁一期，有生之通涂；千载一遇，贤智之嘉会。"又，"诜诜众贤，千载一遇。"这里明显地化用了《文选》中的语段。这也说明楚辞早已传播到了日本，而且得到了有效的接受。

圣德太子宪法十七条中的语句，能够在楚辞中觅得如此多的例证，绝非偶然。因此，不少学人认为圣德太子在阐释民性和嫉妒这些范畴的时候，实际上化用了楚辞。既然楚辞在日本得到化用，那么就说明，早在圣德太子之前很久，楚辞就已经传播到日本了。

楚辞是楚地的产物。楚地是一个广大的范围，古人将之区分为西楚、东楚和南楚三部分。《史记》卷一二九《货殖列传》：

　　越、楚则有三俗。夫自淮北、沛、陈、汝南、南郡，此西楚也。其俗剽轻，易发怒，地薄，寡于积聚。江陵故郢都，西通巫、巴，东有云梦之饶。陈在楚夏之交，通鱼盐之货，其民多贾。徐僮、取虑，则清刻，矜已诺。彭城以东，东海、吴、广陵，此东楚也。其俗类徐、僮。朐、缯以北，俗则齐。浙江南则越。夫吴自阖庐、春申、王濞三人招致天下之喜游子弟，东有海盐之饶，章山之铜，三江、五湖之利，亦江东一都会也。衡山、九江、江南、豫章、长沙，是南楚也。其俗大类西楚。郢之后徙寿春，亦一都会也。而合肥受南北潮，皮革、鲍、木输会也。与闽中、干越杂俗，故南楚好辞，巧说

① 黄寿祺、梅桐生：《楚辞全译》，贵阳：贵州人民出版社1984年版，第230页。

少信。江南卑湿，丈夫早夭。多竹木。豫章出黄金，长沙出连、锡，然堇堇物之所有，取之不足以更费。九疑、苍梧以南至儋耳者，与江南大同俗，而杨越多焉。番禺亦其一都会也，珠玑、犀、玳瑁、果、布之凑。

这里所说三楚的范围，不尽准确，历代学者多有辩证。尽管如此，三楚的范围毕竟大致勾勒出来了。越和楚，合在一起讲，称为越楚。唐张守节正义："越灭吴则有江淮以北，楚灭越则有吴越之地，故言'越楚'也。"西楚，这是三楚的核心部分，楚国的首都郢都就在西楚，屈原的家乡秭归也在西楚。东楚，这是楚国势力拓展以后的一片广袤的统治区域，它包括今日极其富足的长江三角洲，也包括今日的淮河流域。狭义地看，今日江苏似乎不属于楚，而属于吴。不少人有这样的错误认识。其实不然，实际上今日之江苏位于东楚的大范围之中。今日中国楚辞学研究的重镇南通也在东楚。南通大学有一群莘莘学子，翘翘然，昂昂然，他们研究楚辞而成绩斐然，良有以也。南楚，包括今日之海南省以及越南的北部。南海的正式名称叫作南中国海，良有以也。

东楚对于日本具有明显的地理区位优势。这是因为，东楚的东部边界就是大海了，而日本列岛悬于大海之中。东楚太大了，可区分为南北两部分。东楚的南部，风俗与越国相同。东楚的北部，风俗与齐国相同。有趣味的是徐福的出生地在东楚的范围之内。《史记》卷六《秦始皇本纪》："既已，齐人徐市等上书，言海中有三神山，名曰蓬莱、方丈、瀛洲，仙人居之。请得斋戒，与童男女求之。于是遣徐市发童男女数千人，入海求仙人。"[1] 徐市（在这里念 fú），一作徐福，字君方，为秦琅琊（今山东胶南琅琊台西北）人。徐福东渡之后，定居日本，今日本福冈等地尚有徐福庙。虽然中日两国历史学者多不相信此说，但是徐福作为一个历史符号却是可信的。"齐人徐市等"一语透露了其中的信息：倡议东渡日本的并非只有徐福一人，而是徐福等诸人。此一"等"字说明了在秦代确曾发生过这样的历史事件。至于那个东渡日本的人究竟叫什么名字，从文化史的角度看，其实并不重要。同样从文化史出发，笔者认为，《楚辞》一书随着《论语》和《诗经》等典籍同时流传到日本，属于第一批抵达日本的中国典籍。这是因为，就文化传播的一般规律而论，在开始阶段文化较低的一方只能对文化较高的一方笼统地加以接受。在文化较高的一方看来，文化较低的一方的各种典籍都是瑰宝，于是就采取拿来主义，统统加以接受。至于对那些典籍加以区分，还需等待相当长的一段时间才有可能。待到接收方已经提升自己的文化地位之后，它才会对早先接受的各种典籍加以区别，以便根据自身发展的需要而进行研究。在接受方与来源方的文化发展程度大致相当的那一个时期内，接收方还会谦虚地继续加以接受，

---

① 司马迁：《史记》，北京：中华书局 2006 年版，第 45 页。

以便丰满自身，以便弥补疏漏。待到接收方超越来源方的文化发展程度的时候，就会发生逆向的文化传播，早先的接收方变成来源方，早先的来源方变成接收方。文化交流是双向的。逆向的文化传播说明，历史的运动是一个辩证的过程，它从本质上促进了人类文化的整体发展。

二、长期沉寂

此后千余年日本的楚辞研究相对沉寂。

公元718年，在日本为元正天皇养老二年，在中国为唐玄宗开元六年，在日本出现了《养老律令》。"藤原不比等ら，养老律令撰修。"① ら，日文名词复数的词尾。这是以年号命名的天皇敕令。当时日本属于律令制国家，因而《养老律令》具有法律的权威性。《养老律令》是日本古代的法典。《养老律令》分为律和令两部分。律十卷，大约五百条，大半散佚。令十卷953条，大半残存。《养老律令·选敕令》秀才进士条：凡秀才，取博学高才者。明经，取学通二经以上者。进士，取明闲时务，并读《文选》《尔雅》者。明法，取通达律令者。皆须方正清循，名行相符。以上为《选叙令》的第二十九条。简言之，在《养老律令·选敕令》中规定了日本科举取士的标准：士子须熟悉《文选》和《尔雅》，才有资格中进士。换句话说，楚辞成了日本科举考试的必考内容。通过《文选》在日本所受到的重视，也可以间接地看出在律令制时期日本对楚辞的重视。

公元730年，在日本为圣武天皇天平二年，在中国为唐玄宗开元十八年，在日本出现了奈良正仓院文书《书写杂用帖》，其中著录有《离骚》。《书写杂用帖》收入东京大学史料编纂所编《大日本古文书》（东京大学出版会，1968）卷一之中。

公元735年，在日本为圣武天皇天平七年，在中国为唐玄宗开元二十三年，有通《文选》的中国学者去日本，并且担任了官职。黄遵宪《日本国志》卷三十二《学术志一》："有唐人袁晋卿者，于天平七年从遣唐使来归，通《尔雅》《文选》音，因授大学音博士。"袁晋卿，生卒年不详，在日本史书中称为清村宿弥晋卿，或清村晋卿。公元778年（日本光仁天皇宝龟九年）为从五位上大学头，此年又为玄藩头，并获天皇赐姓为清村宿弥。从785年（日本桓武天皇延历四年）起，历任安房守等职。

在藤原佐世（828-898）奉敕撰《日本国见在书目录》三八"楚辞家"（又作《本朝现在书目录》）著录了《楚辞》及相关的书籍六种。

---

① 井上光贞、笠原一男、儿玉幸多：《详说日本史》（新版），东京：山川出版社1990年版，第362页。

　　　　楚辞家卅二卷，如本。

　　　　楚辞十六，王逸。楚辞音义二，尺智骞撰。楚辞集音，新撰。离骚十，
　　王逸。离骚音二。离骚经问一。

　　第一行的"卅二卷"指六种书籍的总卷数。书名后的数字指该书的卷数。《楚辞集
音》没有标注卷数，即为一卷。新撰，意味着日本人自己撰写的著作。

　　在藤原佐世奉敕撰《日本国见在书目录》册"惣集家"著录了《文选》及相关的
书籍九种。

　　　　惣集家千五百六十八卷，如本。

　　　　文选卅，昭明太子撰。文选六十卷，李善注。文选钞六十九，公孙罗撰。
　　文选卅，文选音义十，李善撰。文选音决十，公孙罗撰。文选音义十，释道
　　淹撰。文选音义十三，曹宪撰，文选抄韵一，小文选九。

　　在《日本国见在书目录》中一共著录了总集类书籍一千五百六十八卷，以上仅为
与《文选》相关的书籍目录，前后还有其他的总集，故而以省略号表示。《楚辞》一书
传入日本之后，日本人进行了注释、翻译和普及的工作。原来日本人阅读汉文典籍有
一套办法，那就是在汉字的旁边加上格助词和一些符号，这样一来读者就可以明白汉
字所充当的各个句子成分及其在日文中的语序了。这就是训读和反点。

　　自此之后，日本的楚辞研究沉寂了很久，直到江户时代才渐有起色。

　　通过训读和反点来阅读中国古代典籍，这是日本人研究中国学的一大发明，这也
是日本人编撰中国古代典籍的一种重要的方法。"在楚辞的译介方面，早在1651年，
日本就印行过训读本《注解楚辞全集》，1798年林云铭《楚辞灯》等印行之时，均附
有训读。"① 在江户时代（1600-1867），有不少日本人士在研究楚辞。其中比较著名的
下面这样一些。

　　林罗山（1583-1657），江户前期的儒学者。他本名信胜，通称又三郎，字子信。
林罗山为著名学者，他以自己的地位，大力提倡日本人研究楚辞。林罗山在日本读书
界的地位，犹如英国的约翰逊博士（Dr. Johnson，1709-1784）一般。林罗山一生的最
大业绩是接受朱子学，普及朱子学，并将朱子学改造为神儒一致的学说。朱熹喜欢楚
辞，林罗山也喜欢楚辞。林罗山既尊重中国文化，又尊日本为神国。

　　浅见䌹斋（1652-1711），江户中期的儒学者，他初名顺良，后名安正，通称重次

━━━━━━━━━━━━━━━

① 　马祖毅、任荣贞：《汉集外译史》，武汉：湖北教育出版社1997年版，第550页。

郎，号望南楼。浅见䌹斋著有《楚辞师说》八卷和《楚辞后语》六卷。浅见䌹斋最重要的著作是《靖献遗言》。据说此书使读者勃然沛然而生忠义之心。在这部书的目录中有：《离骚怀沙赋》屈平。浅见䌹斋毕生提倡忠义，他之所以研究屈赋，因为他为屈原的人格所感动，他决心用屈原的作品去感动更多的日本人，让他们都成为忠义之人。

芦东山（1696-1776），江户中期的儒学者，他本名德林，通称幸七郎。芦东山十五岁的时候，曾在仙台向田边整斋学习儒学。其间他受到过富商久田郎的帮助，并获赠书籍《楚辞》一部。之后，他又到京都和江户继续求学。1721 年他到仙台藩的伊达家供职。1738 年，他因刚直的性格而获罪，在加美郡的宫崎村度过了二十余年的囚禁生活。在囚禁期间，他想起了少年时代曾从久田郎获赠书籍《楚辞》一事，良多感慨，他说：今日之我，正与屈原同，原来那件赠物就是预言啊！从此，芦东山发愤著述，撰成《楚辞评园》一书。这是日本学者中以自己的人生体悟而研读《楚辞》一书并获得成就的典型例子。《楚辞评园》系《楚辞》一书的汇评本，不过这是一部未完成稿。关于芦东山的生平，可参见佐岛直三郎《东山芦幸七郎德林の生涯》（《岩手史学研究》60，1975）

秦鼎（1761-1831）翻刻林云铭《楚辞灯》，并且撰写了序言，添加了注释。秦鼎的翻刻本叫作《楚辞灯校读》。

龟井昭阳（1777-1836），江户后期的儒学者，他本名昱，字元凤，通称昱太郎，别号空石，又号天山。龟井昭阳出生于西学世家，他的父亲龟井南冥（1741—1814）系江户中后期的儒学者，东学西学俱佳，曾创办藩校东西学稽古所，又曾担任福冈藩西学甘棠馆的总受持。1798 年西学甘棠馆因火灾被烧毁，龟井南冥被免职。龟井昭阳著有《楚辞玦》两卷。龟井昭阳自幼继承父学，他是融贯中西方学问而研究楚辞的日本学者。

木村孔恭（1776-1802）主要是一位藏书家，他拥有江户时期的楚辞写本多种。这些楚辞写本为楚辞学在日本的勃兴准备了物质基础。木村孔恭也以自己的地位大力提倡日本人研究楚辞。

本来，十三经中的各种文献在日本受到的重视程度远远高于《楚辞》一书。不过，这种情形在江户时代逐渐发生了变化。在江户时代，日本人开始重视楚辞研究了。人们不禁要问，为什么到了江户时代日本人逐渐重视楚辞研究了呢？这可以从江户时代日本楚辞研究的特色而得到说明。原来，江户时代的日本楚辞研究，总是围绕着一个核心而展开，那就是儒学。而且，江户时代的日本楚辞学家几乎无一例外地都是儒学者。江户时代的儒学实际上就是朱子学，因而江户时代的楚辞学家也都是朱子学者。江户时代的日本学者对楚辞的态度是随着朱熹对楚辞的态度而转移的。那么，就让我们看看朱熹是怎样对待楚辞的吧。

在中国图书的传统分类中，楚辞类文献属于集部而不属于经部。《四库全书总目》卷一四八《集部总序》："集部之目，楚辞最古，别集次之，总集次之，诗文评又晚出，词曲则其闰余也。"根据楚辞而收录的文章，作者不止一家，自然属于总集性质。四库馆臣将楚辞类著作置于集部之首，这透露出他们这样的认识：楚辞类著作与其他集部之书不同。事实上，集部这一概念产生得很早。《隋书·经籍志》已将楚辞别为一门，这也透露出其作者的认识：楚辞类著作与其他集部之书不同。最早编辑楚辞为书的是刘向，《四库全书总目》卷一四八《集部一·楚辞类》："哀屈、宋诸赋，定名《楚辞》，自刘向始也。"然而，流传至今的最早的楚辞类书籍不是刘向的原本，而是王逸《楚辞章句》十七卷。王逸《楚辞章句》是刘向所辑《楚辞》一书的改编本。实际上，王逸《楚辞章句》也是见不到的。《四库全书总目》卷一四八《楚辞章句十七卷》提要："自宋以来，已非逸之旧本。"我们今日能普遍见到的《楚辞》，实际上是宋代洪兴祖撰《楚辞补注》和朱熹撰《楚辞集注》。当代学人所编、著、注、译的《楚辞》大都以这两部书为依据。王逸《楚辞章句》原本虽然不可见，然而王逸对《离骚》的定位却启迪了后人。《四库全书总目》卷一四八《楚辞章句十七卷》提要："然洪兴祖考异，于离骚经下注曰：释文第一，无经字。而逸注明云：离，别也；骚，愁也；经，径也。则逸所注本，确有经字，与释文本不同。"那么，究竟在何时由何人称《离骚》为"经"呢？关于这一问题，今人已将研究范围扩大得很宽了。尽管如此，我们所能看到的实际上还是保存在《楚辞章句》十七卷中王逸的看法。尽管王逸称《离骚》早已为"经"，但是真正将《离骚》、屈赋和宋玉等人的赋作，尊为儒家经典的人，还是朱熹。

朱熹《楚辞集注》由三部分组成。第一部分为《楚辞集注》本体八卷，前五卷按照王逸本编次，计七题二十五篇。卷第一为屈原所自作之《离骚》本身，他称之为"离骚经"。卷第二至卷第五，亦为屈原所自作的作品，他在每篇之前均冠以"离骚"二字。卷第六至卷第八，录宋玉、不明作者、贾谊、庄忌和淮南小山一共五人的作品，计八题十六篇，他在每篇之前均冠以"续离骚"三字。在"续离骚"中，朱熹增补了贾谊《吊屈原》和《服赋》两篇佳作。至于王逸本原有的《七谏》《九怀》《九叹》《九思》等篇，朱熹认为它们意不深切而无足观，于是就把它们删除了。第二部分为《辩证》上下，其中有文字一百一十余条。它们涉及《楚辞集注》中一些较为宏观的问题，为了避免注释文字繁难枝蔓，朱熹特意将它们集中在一起。第三部分为《楚辞后语》六卷。这是对晁补之《续楚辞》和《变离骚》两书加以改造的结果，其中选录了自荀子至吕大临的辞赋五十二篇。由此而观之，在朱熹的心目中，《离骚》属于经。其他屈赋也属于经。至于屈原之外其他作者的辞赋，只要它们符合《离骚》的精神，那么就仍然属于经。简言之，在朱熹看来，《楚辞集注》中的七题二十五篇辞赋，具有与十三经等同的儒家经典价值。由于朱熹《楚辞集注》与传本《楚辞》一书中的篇目绝大部分是相同的，因而粗略地说，《楚辞》一书具有儒家经典的价值。

江户时代的日本，急需整顿全国人民的思想，因而需要具有修身齐家治国平天下之功能的儒学。于是我们看到，在这一时期的日本思想家中许多都是儒学者。不过，这时的儒学，已经与日本当初向中国唐朝学习时的儒学有了很大的不同。这是一种新的儒学，日本引入之后，又将它加以改造，不过它毕竟以中国朱熹的学说为宗，因而称为朱子学。朱子学的主要代表正是喜好楚辞的林罗山等人。"在德川前期的学术思想界，儒学占统治地位，尤其是朱子学作为'官学'达到鼎盛阶段。由于朱子学提倡维护封建等级秩序的'大义名分论'，因而在镰仓时代随禅宗传到日本时就受到统治阶级的欢迎，但当时及其后很长一段时间是与禅宗混合在一起的。"所谓江户时代，亦称德川时代，它因德川家族取得政权并在江户建立幕府而得名。德川家康通过一系列战争而取得对全日本的统治。长期的战争之后，民生凋敝，人心大乱。朱子学正好成了整顿全体日本人民思想的精神武器。朱熹的学说在中国具有国家哲学的品格，朱子学在日本也是这样。不过，我们还需注意，朱熹的学说传到日本形成朱子学之后，已经与原来有了很大的不同，其根本区别在于朱熹主张理性，而日本的新儒学即朱子学始终和神道纠结在一起，无论如何不肯放弃由日本神道典籍所传递的日本精神，亦即所谓大和魂。

盛唐与隆宋，标志着中国文化的两座高峰。通过向唐朝学习，日本有了专门的楚辞研究。通过向宋朝学习，日本的楚辞研究渐有起色。中国的古代文化在宋朝登峰造极。南宋版图缩小，中国北方与日本的交通受到阻隔。然而，依靠强大的科学技术，南宋仍然是当时世界上最发达的国家。欧阳修《居士外集》卷四《日本刀歌》："歌昆夷道远不复通，世传切玉谁能穷？宝刀近出日本国，越贾得之沧海东。鱼皮装贴香木鞘，黄白间杂鍮与铜。百金传入好事手，佩服可以禳妖凶。传闻其国居大岛，土壤沃饶风俗好。其先徐福诈秦民，采药淹留丱童老。百工五种与之居，至今器玩皆精巧。前朝贡献屡往来，士人往往工词藻。徐福行时书未焚，逸书百篇今尚存。令严不许传中国，举世无人识古文。先王大典藏夷貊，苍波浩荡无通津。令人感激坐流涕，锈涩短刀何足云！"由于海运的发达，南宋与日本的联系依然紧密。慷慨的中华民族乐于传播自己的文化。优秀的日本民族善于学习。于是我们看到，中日双方的良性互动推动了亚洲的总体进程。日本刀和《离骚》经，它们都是中日文化发展的见证。总的说来，江户时代的日本楚辞研究，大体尾随中国的楚辞研究而进行。训读和反点，的确具备日本特色，不过它主要还是一种阅读方法。江户时代的日本楚辞研究，其独立的学术品格还不充分，其成就主要是文本的准备。

三、现代勃兴

在现代，楚辞研究在日本勃兴，并取得了全方位的成就，从而形成了日本楚辞学。

研究日本诸问题，必须根据日本的实际情况来进行。对于日本历史的分期，也必须根据日本的实际情况来进行。世界各国现代化的进程有先有后，因而不能以同一个年代来确定各国现代史的起点。1854 年 3 月日本和美国签订了《日美亲善条约》（神奈川条约），开放伊豆的下田和北海道的箱馆（函馆），美国在此两港口设领事。从此，日本结束了闭关锁国的局面。日本学者称闭关锁国的结束为开国。广义的开国，不仅指一个历史事件，而是一个长达五十七年的时代。它以明治维新为标志，往上可回溯至幕末的被迫对外开放，往下可延伸至整个明治时代（1867-1911）。广义的开国，并不是说此前的日本没有统一的国家，而是指从明治维新起，日本走上了现代化的发展道路。由此而观之，日本现代史应以明治维新为起点。这一认识，可从井上靖《日本现代史》一书中得到支撑。该书共三卷，第一卷就叫作《日本现代史·明治维新》。日本明治时代所在的那一个时段，在中国属于近代史的范畴。明治时代是日本飞速发展的时代。一国强梁，其学必显。这是一个普遍的规律。日本的楚辞研究亦然。

日本的现代化有两个突出的特点，一是急追世界先进的国家，一是坚守原有优秀的传统。中国古典学术是日本思想文化的重要来源之一。日本学术界素来重视中国古典学术的研究。客观地说，楚辞研究是日本现代学术研究中建树较多的一个领域。

明治维新后，尽管日本学术界多数人对当时落后的中国持鄙视的态度，但是也有不少有识之士认识到中国文化博大精深，中国文字不可动摇，中国文学是日本文学的源头之一。不仅有人提倡西学，而且有人坚持汉学。在明治维新后有关汉字的争论中，最终是汉字得到保留。迄今为止，汉字仍然是日文表记系统的基础构件。至于那时的汉学，则蔚为大观，它仍然是日本重要的学术领域。1881 年，在加藤弘之的主持下东京帝国大学设置了古典科，而楚辞是古典科讲课的内容之一。这是怎么回事呢？难道是当年帝国大学的教授迂腐吗？不是的。其实，这是由国际汉学的大形势所决定的。1852 年在维也纳出版了普费兹梅尔博士（Dr. August Pfizmaier, 1808-1887）的《楚辞》德文译本。1870 年，在巴黎出版了德尔维侯爵（Marquis d' Hervey de Saint Denys, 1822-1892）的《楚辞》法文译本。1879 年在《中国评论杂志》第二卷上发表了派克（Edward Harper Parker, 1849-1926）的《离骚》英文译本。1881 年翟理斯（Herbert Allen Giles, 1845-1935）在上海出版了英文版《中国文学精华》，其中包含屈原的《卜居》《渔父》和《山鬼》三篇赋作。世界各国的汉学，或曰中国学，归根结底受到各国的国家利益所制约。西方列强尚且如此重视楚辞，日本焉能弃置其本来就有根基的楚辞研究？随着日本国家的现代化进程之推演，在日本从事楚辞研究的人越来越多，其成就也越来越大。日本的楚辞研究逐渐形成一门专门的学问，即日本楚辞学。日本楚辞学是全面发展的，既有考据、注释等传统的研究形式，又有单篇探析、综合考察、作家研究、文类研究、文学发生论、翻译研究、神话研究、宗教研究等新领域的开拓。有的学者还把楚辞当作史料来运用，从而取得卓越的成果。不少日本楚辞学家的论文和著作选题，至今对于中国楚辞学界诸君，尤其是相关方向的博士研究生，具有重要的参考价值。明治时代之后为大正时代（1912-1925），然后是昭和时代（1926-1989）。在这两个时代的日本楚辞学中，涌现出不少名家和大家，主要有如下一些。

林木虎雄（1878-1963），字子文，号豹轩，1878 年出生于新潟县。林木虎雄出生于汉学世家，由于自幼耳闻目染，其学问有深厚的根基。林木虎雄曾到中国留学，后来又到欧洲留学，从而具备了东西方学文的双重背景，因而其楚辞研究视野宏阔。1924 年，林木虎雄发表了论文《论骚赋的生成》。这是从文学发生论的角度研究屈赋。除了研究楚辞之外，林木虎雄还研究唐宋文学，尤其长于杜甫诗歌的研究。1936 年，林木虎雄有专著《赋史大要》《支那诗史论》《支那文学研究》等，这些都属于综合研究。林木虎雄《赋史大要》将中国的辞赋顺次区分为六个时期，它们是骚赋时期、古赋时期、俳赋骈赋时期、律赋时期、文赋时期和股赋时期。古赋，中国学者也有这样的说法，主要指汉代的大赋。股赋，指明清时期八股文化的赋。比较一下中国学者所著的辞赋史一类著作就可以知道，林木虎雄对于辞赋史的分期的确嘉惠我们中国学界不少。至于骚赋部分，则是对屈原和宋玉的研究。林木虎雄的学术盛年，正值第二次世界大战期间。在此大背景之下，林木虎雄对于当时日本政府进行的大东亚战争持支持的态度。

青木正儿（1887-1964），字君雅，号迷阳，1887 年出生于山口县。青木正儿是活跃于日本大正昭和年间的著名中国文学研究者。他从小喜欢中国的书法、绘画、戏曲和音乐等艺术，对于中国的饮食和风俗也很着迷。1911 年青木正儿于京都大学毕业，毕业论文的题目为《元曲研究》。深厚的艺术素养使得青木正儿的楚辞研究富有灵气。青木正儿英语极佳，曾任同志社大学英文科讲师，这使得他能够深切地阅读英文著作，故而其楚辞研究得以吸收英美学术界的养分。1919 年青木正儿任同志社大学文学部教授。1923 年底青木正儿辞去同志社大学教授之职，前往东北大学任助教授。一个人，先在某大学任教授，而后去更好的大学任副教授，这不容易，这需要勇气，同时这表明了他本真的学术追求。1925 年至 1926 年青木正儿在中国留学。此外，青木正儿一生中还多次前往中国，往往居留数月之久。对于中国典籍，青木正儿提倡汉文直读，即直接用中国音来进行阅读。从学生时代起青木正儿就开始研读《楚辞》一书，后来长期讲授楚辞方面的课程。1957 年青木正儿《新译楚辞》出版，此书是他对比研究王逸

《楚辞章句》、朱熹《楚辞集注》和蒋骥《山带阁楚辞注》的结晶。

　　桥川时雄（1894-1982），出生于福井县，从小在其父的指导下修习汉文。1913 年他从福井师范学校毕业，之后曾任该县小学教员。桥川时雄是长期在中国生活的日本汉学家。从 1918 年起至 1945 年，桥川时雄除了有时因工作需要返回日本之外一直生活在中国。桥川时雄在日本人办的多家报社和出版社工作过，也担任过教职，不过他主要在日本人办的东方文化事业总委员供职。桥川时雄喜欢屈原、陶渊明和杜甫，其学术研究多围绕此三者进行。1931 年桥川时雄撰写《陶集版本源流考》。1937 年，桥川时雄《荆楚岁时记注考》出版。1942 年桥川时雄《楚辞》一书在东京由时事评论社出版。1945 年日本投降，桥川时雄将该总委员会的办公大楼、图书资料等一并移交给了中国政府。一国专家对他国的研究，越具有学术性，则越具有价值。一国专家对他国的研究，如果迎合本国的政策，则其研究成果必然是伪成果，毫无价值。毫无疑问，桥川时雄在中国的工作性质是为当时的日本政府服务，不过他的楚辞研究具有学术性，属于真成果。回到日本后，桥川时雄继续从事中国学的研究。1952 年，桥川时雄担任大阪市立大学教授，并于同年创办了红楼梦研究会。1955 年，桥川时雄翻译为日文的冯至《杜甫传》在东京由筑摩书房出版。1957 年，桥川时雄获关西大学文学博士学位，学位论文为《中国文学史序说第一篇读骚篇》，参考论文为《陶集版本源流考》。1958 年桥川时雄担任二松学舍大学讲师。1959 年桥川时雄担任二松学舍大学教授，直至 1971 年退休。

　　藤野岩友（1898-1984），生于东京，1922 年毕业于日本国学院大学日本文学科，1927 年毕业于大东文化学院高等科支那专攻。自 1929 年起历任日本明治大学教授、国学院大学教授、京都大学讲师、庆应义塾大学讲师。藤野岩友，毕其一生，主要从事楚辞研究。他的主要论文有《楚辞九辩考》（载《汉文会报》14 号，1968），主要著作为《巫系文学论》（大学书房，1951）、《楚辞》（集英社，1965）。藤野岩友的楚辞研究，其特色是集中在神学的层面之上，因而他对宗教、民俗、祭祀、道教、墓葬、灵魂、占卜、颂神歌唱等一系列问题十分重视。藤野岩友在其《巫系文学论》一书中指出，巫本来是一种职业，而此职业以女性为中心，女巫优先于男巫，男女的颂神唱和是中国文学的起源，因为巫的本意是神灵。他进而按照巫的作用及其在文本中的表现形式，将楚辞中的各篇为五种类型。第一种类型是设问文学，以《天问》为代表。第二种类型是自序文学，以《离骚》和《九章》为代表。第三种类型是问答文学，以《卜居》为代表。第四种类型是神舞剧文学，以《九歌》为代表。第五种类型是招魂文学，以《招魂》和《大招》为代表。藤野岩友的楚辞研究，在方法论上显然借用了基督教圣经旧约文学的研究方法。

　　星川清孝（1904-1993），生于佐贺，毕业于东京帝国大学支那哲学文学科。毕业后，他曾在天理外国语专门学校和松本高等学校等教中文。1950 年星川清孝任茨城大学教授。1959 年星川清孝获文学博士学位，学位论文为《楚辞研究》。星川清孝涉及楚辞研究的主要著作为《历代中国诗的精神》（养德社，1950）、《楚辞研究》（养德社，1963）、《屈原——中国的思想家》（劲草书房，1963），主要论文为《上代支那的神话传说和楚辞》（载《汉学杂志》2 卷 1 号，1934）、《现代支那楚辞研究之一斑》（载《斯文》20 号，1938）。星川清孝的楚辞研究是在与藤野岩友的学术论争中发展起来的，不过也有它自身的特点。星川清孝将藤野岩友的巫系文学发展为巫祝文学，从而扩大了研究范围，加深了对楚辞的历史文献性质、叙事学特征和神学指向性的理解。

大矢根文次郎（1903-1981），生于北海道苫前郡，1932 年毕业于早稻田大学高等师范部国语汉文科，历任早稻田大学、女子圣学院大学短期教授，1970 年获文学博士学位，学位论文为《陶渊明研究》。大矢根文次郎涉及楚辞的主要论文为《历代的屈原观和离骚》（《学术研究》18 号，1955）。

赤冢忠（1913-1983），出生于茨城县，1936 年毕业于东京帝国大学文学部哲学科。1937 年赤冢忠进入东京帝国大学大学院学习，由于战争而于 1941 年研究生肄业。赤冢忠于 1962 年获文学博士学位，从 1964 年起任东京大学教授。赤冢忠的主要著作为七卷本《赤冢忠著作集》（研文社，1988）。赤冢忠的楚辞研究，其特色是从思想史的角度研究《楚辞》，其著作集第六卷为《楚辞研究》，其中包括《诸神的游戏——〈楚辞·九歌〉的构成及其在文学史上的位置》等文章。赤冢忠十分重视《楚辞》和《诗经》的关系、《楚辞》的悲剧性质、《离骚》的文类特征、文学与历史的关系等问题。在赤冢忠的学术生涯中，其国际联系较多，其楚辞研究的比较文学特色甚为浓郁，具有明显的跨学科特征。

目加田诚（1904-1994），出生于山口县，1929 年毕业于东京帝国大学文学部。1933-1936 年，目加田诚在中国留学。自 1938 年起目加田诚担任九州大学教授。1967 年目加田诚从九州大学退休。同年，目加田诚任早稻田大学教授，直至从该校 1974 年再度退休。目加田诚涉及楚辞研究的主要著作有《诗经楚辞》（平凡社，1960）、《屈原》（岩波书店，1967）。1971-1975 年间，目加田诚担任日本中国学会理事长。1982 年目加田诚到复旦大学出席《文心雕龙》国际学术研讨会。目加田诚对中国古代文学的研究比较全面。他的楚辞研究，其长处在于楚辞的日文翻译，其译文明白晓畅，格调高雅。这对于楚辞在日本的普及起到了巨大的作用。

此外，还有人研究《楚辞》中的神话。比如，伊藤清司（1924-2007）就是如此。他考察了《楚辞·天问》和苗族创世歌之间的关系。

四、原因探索

兹就日本现代时期楚辞学勃兴的原因尝试探索如下。

第一，日本国家发展的方向决定了现代日本楚辞学的勃兴。如果我们考察一下源自中国的学问在日本的发展情形，就可以看出，长期以来日本的诗经研究，远远比日本的楚辞研究，来得成就巨大。黄遵宪《日本国志》是一部影响广泛的日本史著作，该书卷三二和卷三三为《学术志》，其中著录了大量的诗经类著作，而未言及楚辞类著作。究其原因，乃是因为《诗经》属于经，而《楚辞》不属于经。如前所述，楚辞一系的著作在日本受到重视，与朱子学有密切的关系。这是因为朱熹视《楚辞》为经。朱子学在日本再度兴盛于江户时代的后期。大隈重信（1838-1922）主持编撰的《日本开国五十年史》是五十余种专门史的集合，其中有井上哲次郎（1855-1944）撰《儒教》一书。井上哲次郎在论述"朱子学派之复兴"时说："宽政年间有异学之禁，而朱子学复振。所谓异学之禁者，以朱子学为正学，而排斥其余，皆视以异学也。此时柴田栗山（1734-1807）、尾藤二洲（1745-1813）、古贺精里（1750-1817）等继承顺菴、鸠巢之血脉，仕于幕府，以林家为中心而活动，图统一海内教育之旨义，遂至禁异学。朱子学再得势力于幕府，而各藩仿之，厘革学制者不少。于是海内学风，一新其面目。"① 宽政（1789-1800）为日本光格天皇的年号，这已经是德川后期（1716-1845）了。长期沉寂之后渐有起色的日本楚辞研究正是发生在这一时期。在此时期日本的生产关系发生了重大的变化，资本主义因素出现了，手工业工厂出现了，全国市场也出现了。那么，我们不禁要问，渐有起色的日本楚辞研究还需要发展吗？

答案是肯定的，日本的楚辞研究还需要继续发展。大约就在朱子学再度兴盛的时候，日本出现了另一位思想家本居宣长（1730-1801）。本居宣长集日本国学之大成。他认为，日本的国学应该包括自古以来日本的一切学问。在本居宣长看来，包括朱子学在内的整个儒学毕竟是从中国传来的学问，儒学的核心是"汉意"，而"汉意"从根本上说并不切合"和情"亦即日本人的心情。在日本人的内心深处始终潜藏着一股汹涌的流，那就是日本人固有的情感世界。日本人虽在一千多年的时间里接受了儒学，但那只不过是表面的接受而已，自始至终日本人的心并没有因为接受中国事物而发生过什么根本的动摇。日本人的情感世界，贮藏在日本人的心中，因而日本情也就是日本心。日本心也可以称为大和心。至于大和心，说得更通俗一些，就是大和魂。德川后期之后是德川末期（1845-1867）。在此时期，各种社会矛盾总爆发，原来的社会秩

---

① ［日］大隈重信：《日本开国五十年史》，上海：上海社会科学院出版社 2007 年版，第705 页。

序维持不下去了，全日本上上下下都在寻找出路。向资本主义强国学习！让自己的国家富强！这样的认识逐渐成为大多数日本人的共识，于是日本终于出现了明治维新这一划时代的变动。

在这样的时代背景之下，在日本楚辞作为日本思想界人士工作资料的一部分而必然得到与以往一千余年间不同的对待。

第二，从明治维新起，日本的国家发展方向有了根本的变化，那就是一心一意要做世界上的资本主义强国。为了实现这一目标，日本知识界甚至有人提出过脱亚入欧论。主张日本脱离亚洲而进入欧洲的代表人物是福泽谕吉（1835-1901）。他的原话是这样的："我国不可犹疑，与其坐待邻国之进步而与之共同复兴东亚，不如脱其行伍，而与西洋各文明国家共进退。对待支那、朝鲜之办法，不必因其邻国而稍有顾虑，只能按西洋人对待此类国家之办法对待之。"① 福泽谕吉的这段言论，刊登于1885年3月16日《时事新报》上，而那一年正是在朝鲜半岛发生甲申事件的翌年。"1885年，福泽谕吉发表《脱亚论》，提出了著名的'脱亚入欧论'，主张日本应该按照西方各国对待殖民地的方式对待中国、朝鲜等邻国。"② 明治维新之后，日本在政治制度上逐渐西化，在经济上赶上和超越了多数西方国家，可以说日本脱亚入欧的愿望是部分地实现了。由于日本的国土位于亚洲，因而彻底地脱亚入欧，对于日本来说实际上并无可能。在这种情况下，日本统治阶级首先想到的是称霸亚洲。此外，明治维新之后，日本还奉行国内矛盾国外解决的外交路线，因而积极介入亚洲事务成了日本的首选。"经略亚洲"，这是日本人常说的话，此话较诸"侵略亚洲"好听一些，而二者本质上并无差别。学术研究须符合日本国家发展的方向，这就是明治维新以来日本学术各领域发展的大格局。

现代日本楚辞学正是在这种时代潮流中应运而生的，于是我们看到现代日本楚辞研究已经悄然发生了很大的变化。以前，日本的楚辞研究大都局限在文学的范畴之中。现代日本楚辞研究则突破了这一藩篱。不少日本学者已经不再从文学的角度研究楚辞了，而是在历史、神话、民俗、宗教等与国家命运联系更加紧密的领域中研究楚辞。这方面的突出例子是内藤湖南（1866—1934）的楚辞研究。

内藤湖南在其《中国上古史》一书中直接言及《楚辞》的地方仅有两次。内藤湖南在其《中国上古史》一书中，在论及尧舜传说的构成的时候指出：

> 另外，《尧典》中记录了共工的事：当尧问道有谁能胜任自己的事时，驩

---

① 吴廷璆主编：《日本史》，天津：南开大学出版社1994年版，第456页。
② 王新生：《日本简史》，北京：北京大学出版社2005年版，第119页。

兜回答说：只有共工最合适。对此，尧是这样说的："帝曰：畴咨，若予采。驩兜曰：都共工方鸠僝功。帝曰：吁静言庸违，象恭滔天。"惠栋、孙星衍、皮锡瑞等人就此中的"静言庸回"做过研究，认为在《左传·文公》十八年中是"靖谮庸回"，"庸回"有时也写成"康回"。《楚辞·天问》中有"康回冯怒、地何故以东南倾"这句话。王逸认为康回是共工的名字。皮锡瑞认为《尚书》中的"庸违"即是"康回"，理解成共工的名字为宜。皮锡瑞认为这与《楚辞》中的话不是一回事。《楚辞》中的话，讲的是颛顼时女娲修补被共工击毁的天地的事。尧时有共工，颛顼时还有共工，总有共工是个怪事，不过是把共工击毁天地一个传说分成了几种说法。可见这种击毁天地的传说也收进《尧典》。也可以说这是古代传说的成分进入《尧典》的一个具体例子。

此为内藤湖南在其《中国上古史》中第一次言及《楚辞》。《尧典》是《尚书》中的一篇。《尚书》为十三经之一。从以上议论可以看出，在内藤湖南的心中，"经"未必正确，而十三经以外的其他中国典籍却有很大的用处。内藤湖南不愧是卓越的历史学家，他熟练地将《楚辞》当作史料来运用并且解决了中国上古史中的难题。

内藤湖南在其《中国上古史》一书中，在论及文化中心的转移的时候指出：

> 继稷下而昌盛者，是出春申君的所在之地，即原吴国。荀卿也自齐来到此地。吴在阖闾时代昌盛，复昌盛于春申君时代。若论楚文化，有《楚辞》流传至今，不过春申君时代要稍晚于以《楚辞》为中心的屈原、宋玉时代。关于《楚辞》的编纂年代，历来认为是在屈原、宋玉时代，但楚文化的昌盛，莫如说在春申君时代。从荀子也作赋这点看，《楚辞》的编纂也许正是在这一时代。《楚辞》原本非经一人之手而成，它汇集了如《九歌》《招魂》《大招》等有关古代祭祀的民谣，以及如《天文》等来自中原的开辟传说诸内容，如果它编纂于屈原、宋玉之后，则正好相当于春申君时代。继楚之后的秦，吕不韦聚集学者而著述。这种文化中心的转移，不久便成为趋向统一的原因之一。

此为内藤湖南在《中国上古史》一书中第二次言及《楚辞》。内藤湖南熟练地将《楚辞》当作史料来运用并且解决了中国上古史中的更大的难题：战国时代的中国文化中心的转移。

必须指出，我们探讨日本楚辞学的时候，所谓"日本"并不是一个地理概念，而主要是一个国家概念。由于这个原因，《楚辞》在日本的命运就与日本的国家发展方向密切地联系在一起了。这是国运影响学术的一个突出的例子。日本的楚辞研究一直与日本的国家命运息息相关，并且最终在日本现代大历史学家内藤湖南的身上得到了集中的体现。诚然，内藤湖南对于《楚辞》并没有留下专门的著作，但是他把《楚辞》作为史料来运用却是到了出神入化的地步。这是值得我们注意的。这就好比德国哲学家黑格尔（Georg Wilhelm Friedrich Hegel，1770–1831）。虽然黑格尔的研究集中在哲学上，然而他的思想方法几乎影响了德国所有领域的学者。内藤湖南的学生宫崎市定（1901–1995）发展了他的老师之学说，并将之运用到了炉火纯青的地步，从而精辟地解决了亚洲史上和中国史上的许多难题。简言之，内藤湖南的研究集中在历史之上，然而他的思想方法几乎影响了日本所有的楚辞研究者。从方法论上说，内藤湖南的楚辞研究是现代日本楚辞学的总的源头。从方法论上突破，这是日本楚辞学者们的强项。日本的楚辞学者们深深地知道，如果按照传统的门径来研究楚辞，老是在那里说版本、加注释、做笺注，那么他们是很难超越中国的同行们的。然而，从方法论上突破，日本学者大有优势。这是因为，即使在明治维新以前，日本虽然闭关锁国，然而兰学（Dutch studies）的传统却从未中断。"1648 年，随着《威斯特法伦合约》的签订，荷兰才最终从德意志民族神圣罗马帝国中脱离出来，成为主权国家。在这个国家，除了少数使用弗里西亚语的语言飞地之外，其他地区都只是用荷兰语。顺理成章地，荷兰语成为国语，并且从德语中分离出来成为一门独立的语言。"人类通过语言来思维。语言的相似意味着思维方式的相似。兰学与德国学术本来就属于一个系统。日本人经过对欧美二十余国的周密考察，最终决定明治维新后的政体以德国为主要的样板，良有以也。"二战"结束以后，由于日本受到美国的占领，才较多地采用了美国的制度。自明治维新以来日本人接触外国较多，大多数日本学者，无论出国留学与否，都接受过严格的西学训练。这就是为什么日本楚辞学者能够迅速地采用新的体系并不断地开拓新的研究领域的原因。这就是为什么现代日本楚辞学具有强烈的比较文学色彩之缘故。

第三，神国意识始终支配着日本学人的楚辞研究。久米邦武（1839–1931）《神道》："日本有神国之名由来颇古。神功皇后之征新罗（350 年），新罗王惊愕曰：'东有神国日本，今见攻者，神兵必来自其国耳。'百济王卓淳亦云：'日本为贵国，谓其可畏敬。'由是观之，韩人夙视日本以为神孙君临之国，可以知矣。"进入 20 世纪 60 年代之后，尽管日本楚辞学的研究兴趣发生了新的转移，日本人心中的神国意识却依然存在。桥川时雄注重楚辞产生的地域和民俗，荆楚民俗成了他研究的重点。藤野岩友将楚辞归结为巫系文学的代表，侧重从神学的角度来研究楚辞。星川清孝关注楚辞和中国古代传说的关系。赤冢忠把楚辞看成诸神游戏的记录。伊藤清司研究楚辞和苗族创世歌的关系。《九歌·河伯》之所以受到不少日本楚辞学家的关注，乃是因为河伯是神。比如，赤冢忠在《殷代的祭河及其起源》一文中指出，在《古史纪》中可以找到类似《九歌·河伯》的语句，在《日本书纪》中也可以找到类似《九歌·河伯》的语句。总之，20 世纪 60 年代以后的日本楚辞学家对楚辞和诸神的兴趣大增。这一现象说明了什么呢？

日本楚辞学家关注楚辞和诸神的关系，这表明自 20 世纪 60 年代以来，楚辞及其神学的意义增大了。究其根本原因，乃是因为自古以来日本人便认为日本是神的国度，而日本人是神的后裔。产生于公元 712 年的《古事记》和公元 720 年的《日本书纪》是日本最早的历史文献，它们记载了日本的起源。男性神伊邪那岐和女性神伊邪那美为兄妹，他们一道创造了日本列岛。然后他们结成夫妇，他们的长女名叫天照大神，即太阳神。后来，天照大神的孙子琼琼杵尊降临人间。他随身带了三件宝贝，铜镜、铁剑和勾玉。琼琼杵尊的玄孙从九州北上，征服了畿内即奈良附近的平原地区，并于公元前 660 年建立了日本的第一个国家。于是琼琼杵尊的孙子被尊为皇帝。由于他是天神的后裔，又像神圣的武士一样建立了日本国，因此他被尊为神武天皇，而铜镜、铁剑和勾玉则成为皇权的象征。《古事记》和《日本书纪》出现的时候，中国已经是盛唐时期。日本人编造出如此的创世神话，其目的是什么呢？美国东亚史专家罗兹·墨菲指出：“其目的似乎是要给当时的统治家族以可与中国相媲美的漫长历史——日本人当时急切地采用中国的渊博文明——于是便整合各种各样相互矛盾的神话。”[①] 吾师罗兹·墨菲还把《古事记》和《日本书纪》称为“神话般的史籍”（mythical histories）。由此可见，日本古史的神话特征是十分明显的。在楚辞中包含着丰富的神话。在楚辞中还建构了一个庞大的神系，而且其中的诸神后来都为中国的本土宗教道教加以吸收。日本国土狭小，资源匮乏。要想在竞争剧烈的现代社会立于世界民族之林，日本主要依靠异常坚韧的刻苦奋斗，而刻苦奋斗需要精神的支撑。谁可以创造奇迹呢？所有的宗教史都表明，在万千奇迹的创造者中，最可靠的还是神！神的子孙，当然是神。古话说，人人皆可为尧舜。这句话本来也含有向神明学习的意思，只不过中国人多半将这句话看作励志的比喻罢了，并不把尧舜看成是可以效法的天神，而是看作共同的祖先、伟大的人。日本人自然知道这个道理，而且他们走得更远，日本人认为：在神国里全民皆神。研究楚辞正可以增强日本人的神国意识。以神国子孙自居的日本人珍视楚辞这一座神话的宝库，就是很自然的了。

在日本楚辞学家中，有不少人否定屈原的存在，比如冈村繁、林木修次、白川静、稻田耕一郎等都持这样的主张。冈村繁（1922-2008）认为，楚辞是围绕屈原的传说，

[①]　Rhoads Murphey, *East Asia*, *A New History*, fifth edition（New York：Pearson Education Inc. 2010）208.

由不确定的多数人集约而成的文艺作品。林木修次认为，屈原是想象中的作家。白川静（1910-1996）认为，屈原是肩负着楚巫命运的人，而楚辞中的作品为巫者们集体创作。在中国也有学者持屈原否定论，比如廖平（1852-1932）、胡适（1891-1962）、等人，就是如此。日本楚辞学家否定屈原，与中国楚辞学家否定屈原有所不同。两者之间的根本区别在于，中国学者大多从研究历史的角度来考证是否屈原的确是屈赋的作者，日本楚辞学家大多把屈原归类为巫者。换言之，在屈原否定论上中国楚辞学家采取的是历史的立场，而日本楚辞学家采取的是神学的立场。这是很有趣味的一个话题。在中国学者看来，屈原是一个历史人物。在《史记》等许多文献中都有关于屈原的记载。屈原具有伟大的人格，屈原只是在死后才被人们作为神来祭祀。《太平广记》卷二九一录梁·吴均《续齐谐记》："屈原以五月日投汨罗水，而楚人哀之。至此日，以竹筒贮米，投水以祭之。汉建武中，长沙区曲，白日忽见一士人，自云三闾大夫。谓曲曰：'闻君当见祭，甚善。但常年所遗，恒为蛟龙所窃。今若有惠，可以楝叶塞其上，以彩丝缠之。此二物，蛟龙所惮也。'曲依其言。今世人五月五日作粽，并带楝叶，及五色丝，皆汨罗水之遗风。"屈原死后，人们以祭祀水神的方式来祭祀屈原。由此可知，在广大民众的心目中，屈原早已变质为神了。人格和神格这两者在屈原身上统一了起来。至今在不少地方人们还立祠供奉屈原，尊之为神。在河南省西峡县有屈原岗，岗上至今立着纪念屈原的碑亭。在湖南省溆浦县一带，民间信仰至今仍将屈原奉作驱瘟之神。在台湾南部，人们仍将屈原奉作守护神，民众相信屈原能护民济福，消灾解祸。在《楚辞》中被人们称为屈赋的那些作品，其作者就是屈原。对此，日本楚辞学家当然清楚。在中国的民间信仰中，屈原被当作神而受到供奉。对此，日本楚辞学家当然也清楚。面对一部皇皇作品而否认其作者为历史人物，这说明了什么呢？这只能说明，在持屈原否定论的那些日本楚辞学家的心目中屈原是神。这一点可借助基督宗教对《圣经》作者的看法而得到说明。在信仰基督宗教的人们看来，《圣经》是上帝启示的，也就是说，尽管《圣经》中的篇什也可能通过别人来加以记录，然而《圣经》的作者，从根本上说还是上帝。《楚辞》是一部皇皇巨著，当然有作者。既然说《楚辞》的作者不是历史人物屈原，那么《楚辞》的作者就只能是神了。由此亦可见，西学对日本学人的渗透，真可谓深入骨髓。日本学人对基督教的神学原理，大都理解得相当深。日本楚辞学家正是如此，他们要么明确地将楚辞的作者归为巫者。巫者，通神者也。要么断言屈原为想象中的人物。想象，在此指灵性思维，亦即神学的思维。无论如何，就是要人们相信，楚辞的作者就是神。这才是20世纪60年代以来那些持屈原否定论的日本楚辞学家的初衷。

不可否认，日本楚辞学家都是热爱屈原的。不过，日本楚辞学家热爱屈原还有更为深刻的原因，那就是屈原的人格与武士品格之间具有相似性。武士作为一个阶层早已随着历史的进步而退出了日本的社会，然而进入现代社会之后日本的发展依然需要武士的精神。这就是为什么日本的文艺作品那么热衷于描写武士、颂扬武士、提倡武士品格的缘由。这也是日本楚辞学重视屈原的缘由。在中国，民间信仰尊屈原为神。在日本，主张神道教的日本人也尊屈原为神。不过，在这两者之间毕竟具有本质的区别。久米邦武《神道》："观察历史者以辨别异同为要务。日本之神道不同于支那之神道。以后世之思想推测古世，不无误谬。如事之关于宗教者，非冷静头脑则不能识其真相。"要言之，自汉武帝罢黜百家独尊儒术以来，中国人的宗教观念较为淡漠而于实际事物较为关切。至于日本人，虽然不断从世界各国摄取新事物新思想，却始终不肯放弃其固有的神道，始终坚守其神国的意识。

五、结　语

日本楚辞学的发展符合东方文学发展的一般规律，即马鞍形。《楚辞》一书与其他中国文献一道传入日本甚早，如一石投水，激起层层涟漪。日本社会迅速地接受了楚辞，不仅文人在其作品中化用楚辞的语句，就连宪法、政令也化用楚辞中的语句。这是日本楚辞研究的第一个波峰。此后日本经历了漫长的封建时代，日本的楚辞研究长期处于波谷样态。江户时代后期，日本社会逐渐转型，日本的楚辞研究也随同朱子学的发展而渐有起色，于是波谷的曲线开始上扬。明治维新以后，日本一跃而进入现代社会，日本的楚辞研究迎来了第二个波峰。两头高，中间宽平而且低，是以谓之马鞍形。自明治维新以来，日本的楚辞研究全面发展并取得了骄人的成就，它完全可以称为日本楚辞学。日本国家的现代化发展方向决定了现代日本楚辞学的快速发展。神国意识是日本楚辞学发展的内驱力。当然，此系就一般情形而言。神国意识在有的学者那里较为强烈，在有的学者那里较为淡薄，而且也有一些日本学者不以神国意识为然。尽管如此，由于神国意识始终在日本社会中涌动，故而在相当长的一个时期内日本楚辞学者断难排除其影响。因为中日两国是近邻，所以中日之间的文化交流自古以来就很多。大致说来，宋代以前主要是日本大量照搬和模仿中国的文化。此后，日本在消化吸收中国文化的基础之上发展逐渐发展出自己的民族文化。宋代以后，日本文化反过来对中国文化发生逆影响。在文化交流史上，这种现象称为文化的逆向传播。这样的事情是很多的。基督教文献从欧洲大陆传到英国，又传到爱尔兰。后来由于战火，不少基督教文献在欧洲大陆丧失了，在爱尔兰却保存完好，于是它们又从爱尔兰传回英国，再从英国传回欧洲大陆。佛教从印度传到中国，而在印度本土却衰亡了，后来不少佛经又从中国传回去。这些都是文化逆向传播的佳话。文化的逆向传播，乃是早先的接受国引为自豪的事情。当然，早先的传输国也为此而高兴。现代日本楚辞学发达，尤其在选题上具有示范性。我们愿意虚心学习现代日本楚辞学。至于日本要走什么样的国家发展道路，我们尊重日本人民自己的选择。只有一点我们坚决反对，那就是绝对不允许日本重蹈军国主义的老路而侵略我们的国家。

韩、朝、德、越等国的楚辞文化与楚辞学研究

论韩国古代端午的活动内容及特点

——兼与中国古代端午相比较①

南通大学　徐　毅　李姝雯

【摘　要】　端午是中韩两国重要的传统节日。在同为儒家文化的背景下，两国端午习俗既有各自独特的内容，也有相似的部分。韩国古代的端午文化内容丰富，特征明显，既有墓祭祖先、穿白苎衣、秋千之戏、角抵、石战、击球等具有本土民族特色的习俗；又有深受中国文化影响而有的风俗内容，如饮菖蒲酒、悬挂艾草、沐浴兰汤、儿童菖蒲作带、食用角黍、粉团、宴会、进端午帖、游玩等。此外，韩国古代端午习俗的内容和特征，随着时间的推移、地域的差异而有不同程度的发展与变化。

【关键词】　韩国　中国　端午祭　端午节

一、引　论

端午是中国、韩国重要的传统节日，韩国的江陵端午祭、中国的端午节分别在2005年和2009年被列为世界非物质遗产，可见两国端午文化在人类文明史上的地位和意义。古代中韩两国的端午节均源于天中节。② 在同为儒家文化的背景下，其风俗既有自己独特的内容，也有相似的部分。为了更清楚地辨明两者间的区别和联系，本文以

---

①　本文是国家社科基金重大项目"东亚楚辞文献的发掘、整理与研究"（编号13&ZD112）、江苏省2014年"青蓝工程"科技创新团队"中国古典文化的域外传播与影响"、江苏省高校哲学社会科学重点研究基地重大项目"关于韩国楚辞文献的整理与研究"（编号2012JDXM020）的阶段性成果。

②　[朝] 李植《答倭人问目》载："五月五日，谓之端午。端，始也；午者，五月所建也。《古记》以五月五日午时，谓之天中节，盖五数居十数之中故也。荆楚俗，以屈原五月五日沉江死，故有饭筒投水之祭，然非天中节日所从出也。" [朝] 李植：《泽堂先生别集》卷一，《韩国文集丛刊》第88册，首尔：民族文化推进会1992年版，第294页。此道明屈原的沉江，并不是两国端午的最初来源。

韩国古代的端午文化为切入点，采用"诗史互证"的方法，分析其内容和特点，并与中国古代的端午习俗作一定的比较，以期探求两国端午文化的独特价值，消除现代一些民众对两国端午文化的误解。

二、古代韩国端午所独有的风俗

（一）墓祭祖先的传统

韩国古代端午盛行在墓地祭祀先祖的习俗。朝鲜初期文人崔瀣有云："国俗以端午日祭其先。"① 许谪有诗句云："我邦最重天中节，奠享丘茔上下同。"② 此虽非古礼，但在高丽朝，其俗已行。李圭景《墓祭辨证说》有云：

> 东俗四节日上墓享祭。先贤诸先生亦从俗行之。寒食即天下通行，而余节于古未见。高丽之制，大夫士、庶家，四仲月正祭外，如正朝、端午、仲秋，宜献时食，又俗节上坟，许从旧俗。寒食者，本为上墓日，而正朝等三节，则庙与墓俱有事也。③

其文亦指出端午墓地祭祖，实源出于驾洛国首露王金氏后裔仇衡，有云：

> 法兴王十九年，仇衡降于新罗，初立始祖庙于首陵之侧。（在庆尚道金海郡）享祀必于孟春三日七日、仲夏重五、仲秋五日十五日（俗名嘉会，即秋夕也）。逮仇衡失位，有英规阿干夺庙享而淫祀，当端午致告，梁压而死。后圭林继世。年八十八而卒，其子间元，续而克禋，端午日谒庙之祭据此（按，《星湖僿说》曰：端午日谒墓，墓之祭据此。）则端午及仲秋十五日上墓，自驾洛始也，而以端午为尤重。入国朝，正朝、寒食、端午、秋夕，毋论士大夫、庶人，并上墓而祭。④

这种源于新罗时期的端午上墓祭奠传统，在高丽王朝传播，一直延续到朝鲜朝。李德洞《竹窗闲话》也指出："四时墓祭虽非古礼，但礼宜从厚，自三国以来已成风

　　① ［高丽］崔瀣：《有元高丽国故重大匡金议赞成事上护军判总部事致仕谥忠顺闵公墓志》，《韩国文集丛刊》第 3 册，首尔：民族文化推进会 1990 年版，第 8 页。
　　② 《端午日奉香祝诣祭献陵》，《水色集》卷六，《韩国文集丛刊》第 69 册，首尔：民族文化推进会 1991 年版，第 105 页。
　　③ ［朝］李圭景：《五洲衍文长笺散稿》，首尔：东国文化社影印本 1959 年版。
　　④ ［朝］李圭景：《五洲衍文长笺散稿》，首尔：东国文化社影印本 1959 年版。

俗，是日贵贱坟茔无不设祭。"① 是日欢宴，不忘先祖，韩国古代端午墓祭的传统除了有其自身的历史渊源，其还是祭祀者心理得以慰藉的途径。正如曹好益在《答郑清允》中指出："端午、秋夕等俗节，通天下以为名辰，而具肴羞以为宴乐，则人情不能不思享其祖考。"②

在朝鲜文人的端午诗作中多有对墓祭的描写，此为墓祭在端午盛行的重要证据，如：郑弘溟写有《端午祭亡妻墓》、李健有《端午墓下》等③，李奎报《端午郭外有感》云"今日子孙争奠酒，可能一滴得沾唇。"④ 元天锡《端午拜先茔》云："三酹虔心拜陇头，陇头云影唤悲愁。"⑤ 李安讷《端午》有云："天明齐上冢。"⑥ 等。当然，朝鲜的故国王陵墓在端午之日，一般也会得到拜祭。如李桢写有《孝陵端午祭》⑦。即使是客居异乡、或由于其他原因而不能祭扫墓地的文人，在端午这天也多思及先人或已故亲友，如李恒福写有《端午思先墓》，云："忠孝传家及此身，爷娘常戒汝为人。龙荒是日天连海，每听林乌哭令辰。"⑧ 一种不能亲及父母墓地祭扫的悲伤力透纸背。又如，金涌《端午日留仁川寓怀》有云："佳节易生丘墓感，羁魂难与弟兄亲。"⑨ 郑晔《端午书怀》云："荒草雨沾谁上墓。"⑩ 有时，富于情感的诗人在端午之日，也会追忆逝去的故友，如李庆全《尹醉竹挽》中写道："怊怅年年端午节，不堪庭竹谩荒

① ［朝］李德洞：《竹窗闲话》，首尔：韩国中央国立图书馆藏本。

② ［朝］曹好益：《芝山先生文集》卷二，《韩国文集丛刊》第 55 册，首尔：民族文化推进会1990 年版，第 476-477 页。

③ ［朝］郑弘溟：《畸庵集》卷四，《韩国文集丛刊》第 87 册，首尔：民族文化推进会 1992 年版，第 46 页。［朝］李健《葵窗遗稿》卷三，《韩国文集丛刊》第 122 册，首尔：民族文化推进会1994 年版，第 60 页。

④ ［朝］李奎报：《东国李相国全集》卷第十六，《韩国文集丛刊》第 1 册，首尔：民族文化推进会 1990 年版，第 462 页。

⑤ ［朝］元天锡：《耘谷行录》卷五，《韩国文集丛刊》第 6 册，首尔：民族文化推进会年版，第 204 页。

⑥ ［朝］李安讷：《东岳先生集》卷二十一，《韩国文集丛刊》第 78 册，首尔：民族文化推进会 1991 年版，第 402 页。

⑦ ［朝］李桢：《龟岩先生文集》卷一续集，《韩国文集丛刊》第 33 册，首尔：民族文化推进会 1989 年版，第 477 页。

⑧ ［朝］李恒福：《白沙先生集》卷一，《韩国文集丛刊》第 62 册，首尔：民族文化推进会1991 年版，第 183 页。

⑨ ［朝］金涌：《云川先生文集》卷一，《韩国文集丛刊》第 63 册，首尔：民族文化推进会1991 年版，第 35 页。

⑩ ［朝］郑晔：《守梦先生集》卷一，《韩国文集丛刊》第 66 册，首尔：民族文化推进会 1991年版，第 469 页。

凉。"① 一种人间地下两相隔的凄凉，甚是感人。

关于墓祭的程序和过程，金宗直《先公祭仪第五》有载：

> 墓祭从世俗。以元正、端午、仲秋前期四五日，卜日上墓，率子弟绕茔
> 域三匝，芟薙草木。祭毕，盘桓眺望，如有求而不得，至暮乃归。当其日，
> 祭于祠堂，如四仲仪。②

显见，墓祭需于端午之前四五日间"卜日"而行，祭祀完毕后"盘桓眺望"，"至
暮乃归"。节日当天，还要在祠堂行祭祀。可见端午墓祭仪式较为隆重。据洪大容《墓
祭仪》，其具体的程序为：

其一，端午墓祭前一两日所要做的准备是：主人斋戒清心，奴仆更衣盥濯具馔，
《墓祭仪》云：

> 前期一日斋戒，饮酒不得至乱，食肉不得茹荤，不吊丧不听乐。凡凶秽
> 之事，皆不得预墓人。男女凡有事于具馔者，亦令更衣盥濯，净洗釜鼎，务
> 令清洁。具馔。③

所准备的祭品较寒食、秋夕两节，相对简单，"只具时果三器，脯、醢各一器"。④
其二，上墓布席、陈馔。洪大容《墓祭仪》载：

> 厥明上墓陈馔，夙兴出祭器，监濯具毕，舆上于墓所，布席于阶前，主
> 人即位再拜，用净水涤石卓铺油纸。与执事者，皆盥手设馔。

其三，参神、降神，单献不读祝，不祭土地。洪大容《墓祭仪》载：

> 参神：设馔毕，主人复位，与在位者皆再拜。

---

① [朝] 李庆全：《石楼遗稿》卷一，《韩国文集丛刊》第73册，首尔：民族文化推进会1991
年版，第340页。

② [朝] 金宗直：《佔毕斋集》彝尊录，《韩国文集丛刊》第12册，首尔：民族文化推进会
1988年版，第474—475页。

③ [朝] 洪大容：《湛轩书》内集卷一，《韩国文集丛刊》第248册，首尔：民族文化推进会
2000年版，第7页。

④ [朝] 洪大容：《湛轩书》内集卷一，《韩国文集丛刊》第248册，首尔：民族文化推进会
2000年版，第7页。

降神：主人就桌前焚香再拜，执事者斟酒于盏，就主人之右。主人跪，执事者亦跪。主人受盏盘灌于地，以盏盘授执事者，俛伏兴再拜。

初献：主人进奉考位盏盘，就桌前东向立。执事者西向斟酒于盏，主人奉奠于故处，次奉妣位盏盘亦如之。就桌前北面跪，祝取板跪于主人之左，读毕，主人再拜复位。

需要强调，墓祭祖先是古代韩国端午特有的习俗。黄宗海在《四时墓祭》一文中指出：

　　寒食，本介子推事，天下共行先祖墓祭，中原人一年墓祭止此，而我国亦行之。端午，屈原沉江之日也。楚俗于是日，纳饭于竹筒，投之江中，以酹屈原之魂。其后，中国人以为俗节，行荐礼于家庙，未闻上冢，而我国则例行墓祭。①

中国古代墓祭祖先多行于寒食、清明。而端午节时虽有祭祀祖先、先圣、神灵的风俗，但多行于家中及祖庙，并无墓祭传统。

（二）衣白纻习俗

韩国古代端午是日，还有穿新制白纻衣的习俗。李安讷《端午》诗注有云："国俗，端午例着新制纻衣。"诗句云："新裁白纻试熏笼。"② 其他朝鲜文人文集中多有这方面的记载，如徐居正《端午书怀寄金子固》有云："阔袖裁成白纻新。"③ 丁寿岗《端午呈君度》云："衣从白纻裁。"④ 高敬命《端阳日感怀》云："新衣白纻衬身裁。"⑤ 此习俗应与朝鲜尚白和祭礼的服制规定有关。朝鲜半岛自高丽朝就俗尚白，后朝廷虽也曾试着改变服色传统，但一直未能成功，成海应《东方服色》指出："我国俗

──────────

　　① ［朝］黄宗海：《朽浅先生集》卷五，《韩国文集丛刊》第 84 册，首尔：民族文化推进会 1992 年版，第 496 页。

　　② ［朝］李安讷：《东岳先生集》卷十一，《韩国文集丛刊》第 78 册，首尔：民族文化推进会 1991 年版，第 185 页。

　　③ ［朝］徐居正：《四佳诗集》卷四十六，《韩国文集丛刊》第 11 册，首尔：民族文化推进会 1988 年版，第 71 页。

　　④ ［朝］丁寿岗：《月轩集》卷二，《韩国文集丛刊》第 16 册，首尔：民族文化推进会 1988 年版，第 209 页。

　　⑤ ［朝］高敬命：《霁峰集》卷一，《韩国文集丛刊》第 42 册，首尔：民族文化推进会 1989 年版，第 5 页。

白衣。自前朝已然。而前后屡禁而终不得禁。习俗之难变如此。"① 祭祀之服的规定，也是端午需着白纻衣的重要原因。金宗直在《先公祭仪》第五中就指出："俨若承祭时，吉祭则衣用朝服，忌祭则着白纻、凉衫、黔巾、素靴也。"②

（三）秋千之戏的习俗

韩国古代端午之日还有秋千之戏的习俗，其又名"荡花板戏"。其游戏形式在李玄锡《荡花板诗》中有较为详细的记载，云：

> 东方之俗，年少女儿以岁时有跃板之戏。厝软藁于地，高几尺许，置板其上，板腰当藁，南北相倾，有似冶者之按鼓风板，然板长可四五尺许。两头各立一少娥，明妆艳服，彼此对跃，迭上迭下，飘飘乎舞蝶争高，闪闪然风朵互扬，殊可观也。若流传歌咏，当不下秋千，而偏邦俗戏，莫繇见称于中华。③

显然，秋千的结构比较简单，主要由软藁系木板构成，此当是此游戏在民间都以盛行的重要原因之一。文中还描写了两女秋千争竞的场景，当然也有一人玩耍的情况。此云秋千"莫繇见称于中华"，似为偏颇之语。秋千实由山戎所创，后传入中国与朝鲜半岛。中国唐朝时已有秋千之戏。李学逵《端午秋千》一文指出：

> 秋千，本山戎之戏，齐威公伐山戎，此戏始传中国。《涅盘经》谓之罥索。唐天宝，宫中至寒食节，竞蹴秋千，宫嫔辈嬉笑以为乐，帝呼为半仙之戏。④

古代韩国端午荡秋千的活动何时传入，待考，但至迟在高丽时期已有开展，《高丽史节要》卷十四载："崔忠献以端午设秋千戏于柏子井洞宫。"⑤ 徐居正《五月三日偶

---

① ［朝］成海应：《研经斋全集》外集卷五十八，《韩国文集丛刊》第278册，首尔：民族文化推进会2001年版，第57页。

② ［朝］金宗直：《佔毕斋集彝尊录》，《韩国文集丛刊》第12册，首尔：民族文化推进会1988年版，第473页。

③ ［朝］李玄锡：《游斋先生集》卷五，《韩国文集丛刊》第156册，首尔：民族文化推进会1995年版，第382页。

④ ［朝］李学逵：《洛下生集》册二十，《韩国文集丛刊》第290册，首尔：民族文化推进会2002年版，第621页。

⑤ ［朝］金宗瑞等：《高丽史节要》卷十四，首尔：首尔大学奎章阁藏本。

吟》中亦指出："鲁经书夏五，丽俗戏秋千。"① 秋千作为一种简单易行的游戏，在朝鲜朝的端午之日，特别盛行，金宗直《端午》有"广城无陌不秋千"② 之句，苏世让《端午》有"树树扬秋千"③ 之句，金涌《端阳日路上口占》有"树树舞秋千"④ 之句，申濡《松都五日》有"万户秋千习俗仍"⑤ 句等。

伴随着荡秋千者的轻矫身姿和观览者的浓厚兴趣，秋千游戏往往总是洋溢着欢声笑语。金宗直《汉阳端午》："画桥彩索争欢笑，遮莫田家半菽空。"⑥《端午同府尹看秋千》："梅月轩中重午日，笑看大尹课秋千。"⑦ 李湜《端午日途中口占》："日暮隔林闻笑语，街头游女戏秋千。"⑧ 申光汉《端阳节偶吟》："门外女郎喧笑语，绿槐摇影送秋千"⑨ 等，正是秋千之戏带给人们愉悦的形象描绘。

秋千作为韩国古代端午的游戏不仅为民间所喜爱，而且在士大夫家庭中也较为盛行。如成伣写有《端午日如晦奉太夫人设酌于春晖亭，令儿女队为秋千戏，亦有比丘尼来参者》，云："万树绿阴遮院宇，三行红粉竞秋千。才看珠履拖平地，忽骇螺鬟扬半天。"⑩ 参与者的兴奋，观览者的欣喜，被描摹得惟妙惟肖。

秋千之所以是被文士所看重的端午习俗，一方面固然它是此节俗的代表游戏，能给人们带来快乐。另外一方面还有更深层的意义，在某些文士的心目中，其反映出国家的太平兴盛。秋千，顾名思义，有千秋恒远的寓意。李万�、李宗熿等撰《祭文》

---

① ［朝］徐居正：《四佳诗集》卷十三，《韩国文集丛刊》第 10 册，首尔：民族文化推进会 1988 年版，第 393 页。

② ［朝］金宗直：《占毕斋集》卷四，《韩国文集丛刊》第 12 册，首尔：民族文化推进会 1988 年版，第 237 页。

③ ［朝］苏世让：《阳谷先生集》卷六，《韩国文集丛刊》第 23 册，首尔：民族文化推进会 1988 年版，第 386 页。

④ ［朝］金涌：《云川先生文集》卷一，《韩国文集丛刊》第 63 册，首尔：民族文化推进会 1991 年版，第 17 页。

⑤ ［朝］申濡：《竹堂先生集》卷七，《韩国文集丛刊》续第 31 册，首尔：民族文化推进会 2007 年版，第 467 页。

⑥ ［朝］金宗直：《占毕斋集》卷六，《韩国文集丛刊》第 12 册，首尔：民族文化推进会 1988 年版，第 255 页。

⑦ ［朝］金宗直：《占毕斋集》卷二十二，《韩国文集丛刊》第 12 册，首尔：民族文化推进会 1988 年版，第 380 页。

⑧ ［朝］李湜：《四雨亭集》卷下，《韩国文集丛刊》第 16 册，首尔：民族文化推进会 1992 年版，第 562 页。

⑨ ［朝］申光汉：《企斋别集》卷四，《韩国文集丛刊》第 22 册，首尔：民族文化推进会 1988 年版，第 439 页。

⑩ ［朝］成伣：《虚白堂补集》卷三，《韩国文集丛刊》第 14 册，首尔：民族文化推进会 1988 年版，第 370 页。

中有云：“水丽山明，大人攸葬。秋千岁亿，永绥休祥。”① 沈彦光《登清心台见石上孤松有感示李希程》有云：“秋千不改风霜面，半死犹存雨露心。”② 柳思规《端午道中即事》有云：“江村处处秋千戏，想得升平欲断肠。”③ 诗人由秋千触景生情，言及“永绥”“雨露心”“升平”，秋千寄寓久远的意义是十分清晰的。在韩国端午，这个以祭祀祖先为主的节日里，这个意义更为明显。故金欣《端午秋千》有云：“袅袅连空飞彩索，翩翩掠地曳红裙。轮蹄驰逐多于簇，士女喧阗烂似云。最觉太平还有象，独题新句纪云云。”④ 在金欣看来，端午秋千之戏的快乐，是太平有象的表征。此外，韩国古代寒食、清明节也多有秋千之戏，其除了继承了中国古代荡秋千以娱乐的传统外，在此节日盛行的原因，恐亦与秋千之戏的深层寓意有关。

秋千之戏是韩国端午独有的风俗，中国古代节俗虽也有荡秋千，主要是在寒食节或清明节，如唐杜甫《清明诗》：“十年蹴鞠将雏远，万里秋千习俗同。”韦庄《寒食诗》：“好是隔帘花影动，女娘撩乱送秋千。”宋陆游《三月二十一日》诗：“秋千楼外两旗斜。”但在中国端午之日，与朝鲜朝不同的是，荡秋千并未成为一项风俗性活动。尹愭《又记东俗》指出：“秋千自古在寒食，东俗天中乃设之。”⑤ 李植《端午日独坐无聊欲就德余索饮先此奉问兼托意累叔》诗有：“秋千虽异俗，昌歜似中州”⑥ 之句。金光炫《秋千》诗云：“秋千戏本出山戎，万里今看习俗同。不作寒食作端午，只应夷夏自殊风。”⑦ 指出正是由于华夏与古代韩国风俗认同的不一样，秋千之戏仅为韩国古代端午特别流行的一项风俗，而在古代中国的端午则无此盛况。

（四）角抵、石战、击球的习俗

韩国古代端午还有角抵之戏的传统。角抵是类似于摔跤的一种游戏，丁若镛《与

---

① ［朝］李贤辅：《聋岩先生年谱》卷二，《韩国文集丛刊》第 17 册，首尔：民族文化推进会1988 年版，第 482 页。

② ［朝］沈彦光：《渔村集》卷二，《韩国文集丛刊》第 24 册，首尔：民族文化推进会 1988 年版，第 121 页。

③ ［朝］柳思规：《桑榆集》下，《韩国文集丛刊》续第 4 册，首尔：民族文化推进会 2005 年版，第 343 页。

④ ［朝］金欣：《颜乐堂集》卷一，《韩国文集丛刊》第 15 册，首尔：民族文化推进会 1988 年版，第 221 页。

⑤ ［朝］尹愭：《无名子集》诗稿册三，《韩国文集丛刊》第 256 册，首尔：民族文化推进会2000 年版，第 61 页。

⑥ ［朝］李植：《泽堂先生集》卷三，《韩国文集丛刊》第 88 册，首尔：民族文化推进会年版，第 44 页。

⑦ ［朝］金光炫：《水北遗稿》卷二，《韩国文集丛刊》续第 21 册，首尔：民族文化推进会2006 年版，第 297 页。

犹堂全书》载云："又凡角抵戏，较脚力。"① 此习俗在高丽朝时期已有，《高丽史节
要》卷二十五"忠惠王"载：癸未四年"春二月，幸本阙，观角抵戏。"② 此后每逢端
午之日，角抵一般都是朝鲜朝青少年人群中较为流行的游戏。苏世让《端午》诗有云：
"今日是端午，戏游群少年。街街争角抵，树树扬秋千。"③ 张维称李恒福："甫成童，
雄健喜勇，善少年之戏，角抵蹴踘。"④ 可见，角抵确是当时青少年所热衷的一项端午
活动。其角斗花样名目甚多，据赵秀三《五月五日》载："其名有挑锄、翻关、打膝、
掷腹，以第一无敌者终场。"⑤ 而参加者，则以自由参与为主。金中清《苟全先生文
集》别集载："角抵勿论闲良人，听其自来，随力作偶，胜者为。"⑥ 其他朝鲜文人端
午诗作关于角抵的记载也较多，如柳梦寅《端阳日》："白面横行游侠场，秋千角抵作
端阳。"⑦ 李安讷《端午》："角抵秋千验土风。"⑧ 金正喜《端阳》："端阳角抵尽村魁，
天子之前亦弄才。"⑨ 等等。

　　韩国古代端午，在高丽时期就有"石战"的习俗。其情形《高丽史节要》卷三十
一有载："国俗于端午时，市井无赖之徒，群聚通衢，分左右队，手瓦砾相击，或杂以
短梃以决胜负，谓之石战。"⑩ 石战之戏持续的时间较长，李穑《端午石战》云："马
市川边朝已集，僧斋寺北暮方还。"⑪ 早晨群顽在马市川边、僧斋寺北集合，日暮才各
自离去。

　　关于端午石战的来源，主要有两种说法，一是据李圭景《石战、木棒辨证说》，其

　　① ［朝］丁若镛：《与犹堂全书》第五集，《韩国文集丛刊》第 286 册，首尔：民族文化推进会
2002 年版，第 144 页。
　　② ［朝］金宗瑞等：《高丽史节要》卷二十五"忠惠王"癸未四年。
　　③ ［朝］苏世让：《阳谷先生集》卷六，《韩国文集丛刊》第 23 册，首尔：民族文化推进会
1992 年版，第 386 页。
　　④ ［朝］张维：《李恒福行状》，《白沙先生集》附录，《韩国文集丛刊》第 62 册，首尔：民族
文化推进会 1992 年版，第 461 页。
　　⑤ ［朝］赵秀三：《秋斋集》卷八，《韩国文集丛刊》第 271 册，首尔：民族文化推进会 2001
年版，第 534 页。
　　⑥ ［朝］金中清：《苟全先生文集》别集，《韩国文集丛刊》续第 14 册，首尔：民族文化推进
会 2006 年版，第 238 页。
　　⑦ ［朝］柳梦寅：《于于集》后集卷一，《韩国文集丛刊》第 63 册，首尔：民族文化推进会年
版，第 470 页。
　　⑧ ［朝］李安讷：《东岳先生集》卷十一，《韩国文集丛刊》第 78 册，首尔：民族文化推进会
1991 年版，第 185 页。
　　⑨ ［朝］金正喜：《阮堂先生全集》卷十，《韩国文集丛刊》第 301 册，首尔：民族文化推进会
2003 年版，第 193 页。
　　⑩ ［朝］金宗瑞等：《高丽史节要》卷三十一，辛禑［二］，辛禑六年，大明洪武十三年。
　　⑪ ［朝］李穑：《牧隐诗藁》卷二十九，《韩国文集丛刊》第 4 册，首尔：民族文化推进会 1990
年版，第 417 页。

源于中国《汉书》中的"投石拔距"事，云：

> 我东京乡有所谓偏战之戏。如遡其源，则亦有考据辨证者。按，《芝峰类
> 说》，《汉书·甘延寿传》投石拔距注：投石，以石投人，其戏亦久矣。我国
> 安东犹于正月十六日，金海于四月八日及端午日，丁壮毕会，分左右队，投
> 石以决胜负，虽死伤不悔，谓之石战。①

显然，在李圭景生活的时期，金海端午日仍然盛行石战。另一来源，则据《唐
书·高丽传》，则来源于浿水"水石相溅掷驰逐"之戏。成海应《少华风俗考》载云：

> 《唐书·高丽传》曰：每年初，聚戏于浿水之上，以水石相溅掷驰逐，再
> 三而止。今俗上元石战。亦此类。②

端午石战之戏在高丽朝屡次被禁止，如李学逵引《高丽史·刑法志》云："忠穆王
元年五月，禁端午掷石戏。恭愍王二十三年，禁击球石战戏。"③ 但在朝鲜时代初期，
此俗仍旧比较流行。李穑《端午石战》有云："年年端午聚群顽，飞石相攻两阵间。"④
但此后不久，石战的习俗有所衰减。出现了地区化的特点，而不是在全国流行，举行
的时间也由端午而易为上元，端午石战的习俗就此衰微。李学逵《石战》一文指出：
"石战，惟京城及开城盛行。""其俗一如今之所睹，但古以端午，今以上元，不知何
意。"而且他又指出，此旧俗一直延续到正祖以后，云："健陵之世，饬有司屡禁，不
止。"⑤

韩国高丽时期和朝鲜朝早期，端午节还有击球、观击球的风俗。击球之戏作为端
午时的重要活动，至迟在高丽忠烈王己丑十五年已有，《高丽史节要》卷二十一载：
"端午，王及公主宴于凉楼，观击球，时牧丹花落尽，以彩蜡作花，缀于枝条。"⑥《高

---

① ［朝］李圭景：《五洲衍文长笺散稿·经史篇》论史类·风俗。
② ［朝］成海应：《研经斋全集》外集卷五十三，《韩国文集丛刊》第 277 册，首尔：民族文化
推进会 2001 年版，第 473 页。
③ ［朝］李学逵：《石战》，《洛下生集》册二十，《韩国文集丛刊》第 290 册，首尔：民族文化
推进会年版，第 627 页。
④ ［朝］李穑：《牧隐诗藁》卷二十九，《韩国文集丛刊》第 4 册，首尔：民族文化推进会 1990
年版，第 417 页。
⑤ ［朝］李学逵：《洛下生集》册 20，《韩国文集丛刊》第 290 册，首尔：民族文化推进会年
版，第 627 页。
⑥ ［朝］金宗瑞等：《高丽史节要》卷二十一，忠烈王［三］，己丑十五年，元至元二十六年。

丽史节要》卷二十八亦有载恭愍王："端午，御帐殿于高罗里，观击球。"① 朝鲜初期，此戏仍然流行，其得到一些国王的青睐，诗人李穑写有《端午日，宰枢观击球。结棚临广陌，凡击球者，皆上所落点，非此莫敢与，是以宰相亦出击。予与上党君至市傍，遇新平君，登市楼共寓目焉。明日有雨，喜而歌之》，有云："圣上龙飞今七年，二度寓目飞球前。"② 七年之中，国王两度于端午之日，观看击球。且击球人员均由国王点定，国王对击球之戏的喜好程度可见一斑。此戏进行形式据文献所载，大约为骑马将士争球为先，李穑《追记端午日》载有云："千步场中马并驰，飞球一点欲从谁。分明是个无心物，逢着高才若有知。"③

　　角抵、石战、击球等之所以受到民众欢迎，一方面，这些活动富于对抗性，有惊人心魄的魅力，具有观赏性。如描写石战，李穑诗云："石战生风斗势顽，高楼俯视亦心寒。如今白发尤相肯，记得当时酒上颜。"④ 描写角抵，赵缵韩诗云："端阳令节好角抵，力如任鄙任颠委。"⑤ 击球的激烈程度并不亚于角抵、石战，李奎报在《又大楼记》一文中形象地描绘了击球之戏的激烈，有云："则顾可以壮其观畅其气者，莫若击球走马之戏也。于是乎命善驭如王良、造父之辈，乘十影之足，跨千里之蹄，翕忽挥霍，星奔电掣，将东复西，欲走反驻。人相丛手，马相攒蹄，争球于跳转灭没之中。譬若群龙扬鬣奋爪，争一个真珠于大海之里，吁可骇也。"⑥ 李穑的《观击球》亦有描写云："飞星莹莹球最疾，逐电翩翩蹄欲决。风生火迸未及瞬，街溢巷填皆踊跃。"⑦ 以"风生火迸""街溢巷填"写出了此活动的激烈程度和观者如堵的情形。

　　这些端午游戏之所以受到欢迎，另一方面还与其能在一定程度上起到练兵、选拔勇士的作用有关，因而它们也得到了朝廷和王公大臣的支持。如《高丽史节要》卷二十五"忠惠王"载："王与高龙普御市街楼观击球及角抵戏，龙普之请也，赐勇士布无

① ［朝］金宗瑞等：《高丽史节要》卷二十八，恭愍王［三］，己酉十八年，大明洪武二年。
② ［朝］李穑：《牧隐诗薹》卷二十三，《韩国文集丛刊》第 4 册，首尔：民族文化推进会 1990 年版，第 312 页。
③ ［朝］李穑：《牧隐诗薹》卷九，《韩国文集丛刊》第 4 册，首尔：民族文化推进会 1990 年版，第 69 页。
④ ［朝］李穑：《绝句》，《牧隐诗薹》卷二十三，《韩国文集丛刊》第 4 册，首尔：民族文化推进会 1990 年版，第 312 页。
⑤ ［朝］赵缵韩：《汉阳侠少行走赠罗守让》，《玄洲集》卷二，《韩国文集丛刊》第 79 册，首尔：民族文化推进会 1991 年版，第 241 页。
⑥ ［朝］李奎报：《东国李相国全集》卷第二十四，《韩国文集丛刊》第 1 册，首尔：民族文化推进会年版，第 537 页。
⑦ ［朝］李穑：《牧隐诗薹》卷八，《韩国文集丛刊》第 4 册，首尔：民族文化推进会 1990 年版，第 55 页。

算。"① 李穑《端午石战》"只为朝廷求勇士，残伤面目亦胡颜。"② 石战在冷兵器时代确实起到了强兵的作用。一些石战之士的参军，对敌军具有威慑作用。李睟光《芝峰类说》卷十八载云："中庙朝征倭时，募为先锋，贼不敢前。至壬辰则贼用鸟铳，故不得力云。"③ 至于击球之戏的练兵、观兵价值，李穑也有诗云："中央高幙管弦咽，两府开筵亲考阅。"④

三、古代韩国与中国端午文化有关联的端午习俗

申之悌《端阳日有感述长短律各一篇》云："俗传荆楚遗风旧。"⑤ 就道明了韩国古代的一些端午习俗与中国端午传统有着不同程度的关联。有的来源于楚地的端午传统，流入古代韩国后，发生了一定的改变；有的则完全承袭了中国古代的端午习俗。

（一）饮菖蒲酒、悬挂艾草的风俗

在古代韩国，端午之日饮菖蒲酒、悬挂艾草是一项由来已久的风俗，徐居正《儿子辈皆带艾诗以为戏》："菖歜古风今寂寞，青蒲细切泛轻觞。"⑥ 此风气至迟在高丽朝与朝鲜朝之交已有。无论是宫廷，还是民间，都会奉行此项活动。成伣《慵斋丛话》卷二有云："五月五日曰端午，悬艾虎于门，泛菖蒲于酒。"⑦ 此风俗应来源于中国的楚地端午习俗。范庆文《端午》有云："艾虎相传荆土俗。"⑧

朝鲜文士端午诗中往往会有菖蒲酒的描绘，亦可见此风俗的普遍。如李穑《端午》："菖花和蚁入金卮"⑨ 徐居正《端午二首》："年年蒲节酒，自可养衰残。"⑩ 李宜

---

① ［朝］金宗瑞等：《高丽史节要》卷二十五"忠惠王"癸未四年。

② ［朝］李穑：《牧隐诗藁》卷二十九，《韩国文集丛刊》第 4 册，首尔：民族文化推进会 1990 年版，第 417 页。

③ ［朝］李睟光：《芝峰类说》卷十，赵钟业编《韩国诗话丛编》第 2 册，首尔：太学社 1996 版。

④ ［朝］李穑：《观击球》，《牧隐诗藁》卷八，《韩国文集丛刊》第 4 册，首尔：民族文化推进会 1990 年版，第 55 页。

⑤ ［朝］申之悌：《梧峰先生文集》卷四，《韩国文集丛刊》续第 12 册，首尔：民族文化推进会 2006 年版，第 454 页。

⑥ ［朝］徐居正：《四佳诗集》卷三十一，《韩国文集丛刊》第 11 册，首尔：民族文化推进会 1988 年版，第 28 页。

⑦ ［朝］成伣：《慵斋丛话》卷二，《韩国诗话丛编》第 1 册。

⑧ ［朝］范庆文：《俭岩山人诗集》卷二，《韩国文集丛刊》续第 94 册，首尔：民族文化推进会 2010 年版，第 603 页。

⑨ ［朝］李穑：《牧隐诗藁》卷三，《韩国文集丛刊》第 3 册，首尔：民族文化推进会 1990 年版，第 545 页。

⑩ ［朝］徐居正：《四佳诗集》卷八〇，《韩国文集丛刊》第 10 册，首尔：民族文化推进会 1988 年版，第 337 页。

茂《仁粹王大妃殿端午帖字》："蒲泛金樽艳，艾悬朱户开。"① 成运《五月五日与钟山老人饮于松亭》："一樽对酌菖蒲酒，高戴纱巾两白头。"② 李景奭《天中日书怀》："家人定作菖蒲酒"③ 等等。

　　古代韩国端午饮菖蒲酒的传统，一方面当受到中国端午习俗的影响。柳道源《见敬甫云云》就有载："蒲酒，《宋史》：'端午为菖蒲酒，菖华泛酒。'"④ 另一方面，食用菖蒲确实有延年益寿之功效。《答李刚而问目》载："菖蒲，一名菖歜。生石间，一寸九节者佳，能乌髭益寿。"⑤ 因而，端午向他人，特别是向国王进劝菖蒲酒，成为了祝寿、祝福的美好举动。如，洪贵达《端午》有云："寿觞又进蒲花酒。"⑥ 沈彦光《大殿端午帖字》有云："香蒲期圣寿，得见海筹添。"⑦

　　艾草同样是韩国端午重要的用物。在端午日，家家门户悬挂艾草成为了一道独特的风景，朝鲜文人端午之作中多有这方面的记载，如李穑《端午》云："艾叶扶翁上琼户。"⑧ 元天锡《端午》云："熏风微软气清新，万户千门挂艾人。"⑨ 金麟厚《大殿端午帖》云："玉漏千门艾虎悬。"⑩ 更是直接写出千家万户在门户上悬挂扎成人形或虎形的艾草。还如，李宜茂《仁粹王大妃殿端午帖字》云："艾悬朱户开。"⑪ 李籽《端

　　① ［朝］李宜茂：《莲轩杂稿》卷二，《韩国文集丛刊》第 15 册，首尔：民族文化推进会年版，第 318 页。

　　② ［朝］成运：《大谷先生集》卷上，《韩国文集丛刊》第 28 册，首尔：民族文化推进会 1988 年版，第 10 页。

　　③ ［朝］李景奭：《白轩先生集》卷七，《韩国文集丛刊》第 95 册，首尔：民族文化推进会 1992 年版，第 463 页。

　　④ ［朝］柳道源：《退溪先生文集考证》卷八，《韩国文集丛刊》第 31 册，首尔：民族文化推进会 1989 年版，第 429 页。

　　⑤ ［朝］柳道源：《退溪先生文集考证》卷五，《韩国文集丛刊》第 31 册，首尔：民族文化推进会 1989 年版，第 369 页。

　　⑥ ［朝］洪贵达：《虚白先生续集》卷二，《韩国文集丛刊》第 14 册，首尔：民族文化推进会年版，第 165 页。

　　⑦ ［朝］沈彦光：《渔村集》卷二，《韩国文集丛刊》第 24 册，首尔：民族文化推进会 1988 年版，第 122 页。

　　⑧ ［朝］李穑：《牧隐诗藁》卷三，《韩国文集丛刊》第 3 册，首尔：民族文化推进会 1990 年版，第 545 页。

　　⑨ ［朝］元天锡：《耘谷行录》卷二，《韩国文集丛刊》第 6 册，首尔：民族文化推进会年版，第 149 页。

　　⑩ ［朝］金麟厚：《河西先生全集》卷十，《韩国文集丛刊》第 33 册，首尔：民族文化推进会年版，第 192 页。

　　⑪ ［朝］李宜茂：《莲轩杂稿》卷二，《韩国文集丛刊》第 15 册，首尔：民族文化推进会年版，第 318 页。

午帖子》云："万门垂缕艾花香。"① 等等。

以艾蒿悬门、绘红色符字贴门左右均是为了辟瘟邪，洪万选《辟瘟》载："端午日，以艾为人，悬门上。簹 箹 蒲 籧 四字，以朱砂大书，贴门左右边。"② 申钦《端午过街上记见》一诗也清晰地描绘了悬艾草于门户上乃是为了驱病邪，有云："闾巷家悬辟病符。"③ 金富伦《端午中殿帖子代人作》诗中亦有类似说法，云："妖邪避艾户。"④

在古代中国，饮菖蒲酒、悬挂艾草也是端午节时普遍的习俗。李《燕行记事》便记载了他闻见的中土端午习俗，有云："五月五日，悬蒲插艾。幼女佩灵符，簪榴花曰女儿节，日中合家饮菖蒲酒，以雄黄涂耳鼻避虫毒。"⑤

（二）沐浴兰汤的习俗

韩国古代端午还有浴兰汤的习俗，每逢是日，无论宫廷，还是民间，一般情况下，人们都会沐浴兰汤。金南重有诗句写道："家家有蒲酒，处处沐兰汤。"⑥ 徐居正《次韵子固端午见寄二首》有云："自有兰汤新沐发。"⑦ 金时习《端午》有云："佳辰相喜浴兰汤。"⑧ 洪贵达《端午》有云："正是兰汤浴出时。"⑨ 可见浴兰汤习俗的普遍，苏世让甚至将端午称"兰汤佳节"⑩。此风俗的作用是为了去除沴气，丁寿岗《端午帖子》就有"不用兰汤除沴气"⑪ 之句。

---

① ［朝］李籽：《阴崖先生集》卷一，《韩国文集丛刊》第 21 册，首尔：民族文化推进会 1988 年版，第 98 页。

② ［朝］洪万选：《山林经济》，首尔：民族出版社 1983 年版。

③ ［朝］申钦：《象村稿》卷十八，《韩国文集丛刊》第 71 册，首尔：民族文化推进会 1991 年版，第 484 页

④ ［朝］金富伦：《雪月堂先生文集》卷二，《韩国文集丛刊》第 41 册，首尔：民族文化推进会 1989 年版，第 33 页。

⑤ ［朝］李：《燕行记事》，林基中《燕行录全集》第 53 册，首尔：民族文化推进会 1990 年版，第 221 页。

⑥ ［朝］金南重：《端午》，《野塘遗稿》卷二，《韩国文集丛刊》续第 27 册，首尔：民族文化推进会 2006 年版，第 52 页。

⑦ ［朝］徐居正：《四佳诗集》卷十三，《韩国文集丛刊》第 10 册，首尔：民族文化推进会 1988 年版，第 394 页。

⑧ ［朝］金时习：《梅月堂诗集》卷三，《韩国文集丛刊》第 13 册，首尔：民族文化推进会 1988 年版，第 144 页。

⑨ ［朝］洪贵达：《虚白先生续集》卷二，《韩国文集丛刊》第 14 册，首尔：民族文化推进会 年版，第 165 页。

⑩ ［朝］苏世让：《南仲设饯于路上诗以谢之》，《阳谷先生集》卷十，《韩国文集丛刊》第 23 册，首尔：民族文化推进会年版，第 453 页。

⑪ ［朝］丁寿岗：《月轩集》卷二，《韩国文集丛刊》第 16 册，首尔：民族文化推进会年版，第 206 页。

　　韩国古代端午"浴兰汤"的风俗当来源于中土。早在中国现存最早的月令《大戴礼记·夏小正》中，便有"五月，……蓄兰为沐浴也"的记载。屈原《九歌·云中君》："浴兰汤兮沐芳，华采衣兮若英。"南朝梁人宗懔《荆楚岁时记》也是将五月五日直接称为"浴兰节"。李明汉写给明末将领毛文龙的端午贺帖中就有云："兰汤蒲酒，旧俗犹存。"① 又据李珥《节序策》，浴兰之俗源自周制，后传入朝鲜半岛。其有云："周制使人蓄兰沐浴，此不过澡涤身心，以承天中之节也。楚词所称浴兰汤者，亦以此也。"② 此又点出，浴兰汤在朝鲜文人的心目中有着洁德修身的寓意，如洪贵达《端午》就指出："汤兰浴德心源洁，蓄艾医民国祚延。"③ 沈尚鼎《大殿端午帖七律》云："浴去兰汤更澡心。"④ 洪乐仁《大殿端午帖》云："兰汤浴洁新明德。"⑤ 任天常《大殿端午帖》云："洁兰汤德日光"⑥ 等。

　　（三）儿童菖蒲作带的习俗

　　朝鲜端午是日，服饰为白纻外，儿童还腰间编艾，菖蒲作带。成伣《慵斋丛话》卷二载：端午"儿童编艾，菖蒲作带，又采蒲根以为须。"⑦ 其目的如《海东杂录》所云："国俗端午，则儿童等编菖蒲作带，以辟邪。"⑧ 徐居正有《儿子辈皆带艾诗以为戏》诗，有云："望渠长自浴兰汤，艾已盈腰最可伤。"⑨ 南龙翼《端阳日记实》有云："多事儿孙蒲作带。"⑩ 徐益《端午》亦有云："少日欣逢端午来，新成白纻衬身裁。菖蒲作带横垂地，狂拂秋千几百回。"⑪ 都清楚地写出朝鲜端午童稚以艾服腰，菖蒲作带

　　① ［朝］李明汉：《毛都督前端午贺帖》，《白洲集》卷十二，《韩国文集丛刊》第97册，首尔：民族文化推进会1992年版，第413页。
　　② ［朝］李珥：《栗谷先生全书》拾遗卷五，《韩国文集丛刊》第45册，首尔：民族文化推进会1989年版，第555页。
　　③ ［朝］洪贵达：《虚白先生续集》卷二，《韩国文集丛刊》第14册，首尔：民族文化推进会年版，第165页。
　　④ ［朝］沈尚鼎：《梦悟斋集》卷一，《韩国文集丛刊》续第62册，首尔：民族文化推进会2008年版，第204页。
　　⑤ ［朝］洪乐仁：《安窝遗稿》卷二，《韩国文集丛刊》续第99册，首尔：民族文化推进会2010年版，第37页。
　　⑥ ［朝］任天常：《穷悟集》卷四，《韩国文集丛刊》续第103册，首尔：民族文化推进会2010年版，第314页。
　　⑦ ［朝］成伣：《慵斋丛话》卷二，《韩国诗话丛编》第1册。
　　⑧ ［朝］权鳖：《海东杂录》"成伣"篇。
　　⑨ ［朝］徐居正：《四佳诗集》卷三十一，《韩国文集丛刊》第11册，首尔：民族文化推进会1988年版，第28页。
　　⑩ ［朝］南龙翼：《壶谷集》卷八，《韩国文集丛刊》第131册，首尔：民族文化推进会1994年版，第148页。
　　⑪ ［朝］徐益：《万竹轩先生文集》卷一，《韩国文集丛刊》续第5册，首尔：民族文化推进会2005年版，第191页。

的传统。此外，儿童头上往往也插上菖蒲以辟邪。赵秀三《五月五日》载："儿女浴菖蒲水，戴菖蒲簪。"① 朴准源诗句云："笑看稚子夸新服，唐髻菖蒲一寸斜。"② 尹愭诗亦有云："良节五月五，儿童采菖蒲。煮叶沐其发，裁根插其颅。"③ 都鲜明地指出了端午儿童戴菖蒲簪的习俗。

在古代中国，端午是日儿童也有蒲簪的做法。李安讷诗云："粽艾方言异，钗蒲土俗同。"④ 正是明确指出粽艾、钗蒲等端午名物虽然两国发音不同，但是都有着相同的节俗用途。崔锡鼎《沈阳遇端午》："蒲觞送贺欢惊少，艾户迎祥异俗同。"⑤ 也是指出两国饮菖蒲酒，悬挂艾蒿习俗的相同。

（四）食用角黍、粉团的习俗

韩国古代端午在饮食方面还有一定的特点，此日食用角黍、粉团、樱桃等物。金宗直《端午同府尹看秋千四首》中就有"粉团角黍聊随俗"⑥ 之句，显然，民间有在端午日食用粉团、角黍的习俗。柳正源《东朝端午帖》亦有云："角黍香团处处皆，吹得燕宾嘉会曲。"⑦ 古代韩国端午食用角黍的风俗当来源于中国楚地祭祀屈原的传统。如沈之汉《大殿端午帖》就有"角黍香芦传楚俗"⑧ 之句。李瀷《答郑汝逸家礼问目》亦有云：

> 角黍者，沅湘间吊屈原之遗俗也，以菰叶缠包糯米饭云云，则今之重五尚有其制，以面煎作团叶搽，以豆屑或菜果为馅，卷叶围绕，岂非所谓角黍

① ［朝］赵秀三：《秋斋集》卷八，《韩国文集丛刊》第271册，首尔：民族文化推进会2001年版，第534页。

② ［朝］朴准源：《端阳夕还家涉园小望》，《锦石集》卷一，《韩国文集丛刊》第255册，首尔：民族文化推进会2000年版，第22页。

③ ［朝］尹愭：《又记即事》，《无名子集》诗稿册三，《韩国文集丛刊》第256册，首尔：民族文化推进会年版，第61页。

④ ［朝］李安讷：《端午》，《东岳先生集》卷十五，《韩国文集丛刊》第78册，首尔：民族文化推进会年版，第240页。

⑤ ［朝］崔锡鼎：《明谷集》卷五，《韩国文集丛刊》第153册，首尔：民族文化推进会1995年版，第519页。

⑥ ［朝］金宗直：《占毕斋集》卷二十二，《韩国文集丛刊》第12册，首尔：民族文化推进会1988年版，第380页。

⑦ ［朝］柳正源：《三山先生文集》卷一，《韩国文集丛刊》第219册，首尔：民族文化推进会1998年版，第360页。

⑧ ［朝］沈之汉：《沧洲集》卷一，《韩国文集丛刊》续第26册，首尔：民族文化推进会2006年版，第441页。

之遗耶？①

　　但需要指出的是，古代韩国端午食用的角黍与中国端午角黍是两种完全不同的食物，丁若镛《角黍》一文就清晰指出：

　　　　角黍者，粽也。楚俗备见诸书，吾东乃以煎饼裹馅者谓之角黍，非矣。其法以面作饼，为大叶，馅之以肉屑菜鯟，卷叶裹之为两角，名曰角黍。（楚俗作角黍，或用菰叶，或用芦叶，或用楝叶，或用粽心草，今纯用米面，岂真黍乎？）其小如松叶饽子者，名曰造角，谓有两角，如角黍而犹是假作也。（今又音转为造握，是本造角也。）②

　　可见，两国角黍的不同之处主要在于制作食材的完全不同，古代韩国是"以面作饼，为大叶，馅之以肉屑菜鯟，卷叶裹之为两角，名曰角黍。"古代中国则"楚俗作角黍，或用菰叶，或用芦叶，或用楝叶，或用粽心草。"韩国古代无中国的角黍食材，故无中国之角黍——粽子。权尚夏《答姜光甫》中有云：

　　　　角黍，粽也。《风土记》："以菰叶裹糯米，五月五日，祭汨罗之遗俗也。""糯米，黏米也。"《家礼辑览》所记如此，而我国所无之物，未识其详。③

　　因此，韩国文人端午诗作中所提角黍，当分韩国、中国两种。郑梦周《端午日戏题》："此日不宣沉角黍，自家还是屈原醒。"④ 所提的沉"角黍"，当是中国风俗中的粽子，此是为了纪念屈原。此风俗，韩国古人也是有知晓的，金隆《通礼》中就指出："角黍，粽也。《风土记》：以菰叶裹糯米，五月五日，祭汨罗之遗俗，又裹糯米为粽，以象阴阳相包裹未分散。"⑤

------

① ［朝］李瀷：《星湖先生全集》卷十，《韩国文集丛刊》第 198 册，首尔：民族文化推进会1997 年版，第 223 页。
② ［朝］丁若镛：《与犹堂全集》第一集杂纂集第二十四卷，《韩国文集丛刊》第 281 册，首尔：民族文化推进会 2002 年版，第 529 页。
③ ［朝］权尚夏：《寒水斋先生文集》卷十，《韩国文集丛刊》第 150 册，首尔：民族文化推进会 1995 年版，第 206 页。
④ ［高丽］郑梦周：《圃隐先生文集》卷一，《韩国文集丛刊》第 5 册，首尔：民族文化推进会1990 年版，第 574 页。
⑤ ［朝］金隆：《勿岩先生文集》卷三，《韩国文集丛刊》第 38 册，首尔：民族文化推进会1989 年版，第 516 页。

　　粉团也是端午是日古代韩国人所食用的食物。"粉团，米粉为饼，细切入水者也。"① 但值得注意的，韩国古人端午诗中关于粉团的记载远不如角黍来得多，显见，角黍是古代韩国人端午食用的更为代表性的食物。

　　（五）宴会、进端午帖、游玩的风俗

　　端午这天，古代韩国宫廷之内还会举行宴会，这种形式至迟在高丽高宗安孝大王时期已经出现，《高丽史节要》卷十四载："崔忠献以端午设秋千戏于柏子井洞宫，宴文武四品以上三日。"② 朝鲜王朝端午宴较为隆重，李宜茂《仁粹王大妃殿端午帖字》有云："歌钟长乐宴，争献万年杯。日永宫闱迭绮筵，水沉消尽袅祥烟。"丁寿岗的《端午帖》也是描绘宫廷绮筵献寿的情形，有云："金殿香烟袅，瑶墀白日昭。菖醿恭献寿，仙乐奏箫韶。"③ 其《端午帖子》亦有云："九节菖蒲酒，恭擎万寿杯。"④ 其庆祝的目的也正如丁寿岗《戊寅端午帖子》所云："年年端午庆，瑞气满空虚。"⑤ 实为求天下祥瑞之象，以祝太平万年，此种宴会持续时间较长，当是隆重的体现，李宜茂诗云："日永宫闱迭绮筵"，丁寿岗《戊寅端午帖子》所云"侍臣宴罢凭瓷枕，梦入通明殿里归"，⑥ 即是明证。除了朝廷有宴会，民间也有欢宴，曹好益《答郑清允》有云："端午、秋夕等俗节，通天下以为名辰，而具肴羞以为宴乐。"⑦

　　在宴会庆享的同时，大臣们往往有敬献端午帖的举动。端午帖多为诗歌的形式。李裕元《端午帖》就有云："年年端午进清词，兰帖青阑堆玉墀。"⑧《韩国文集丛刊》350 册及《续集》150 册中以端午帖为题的诗篇就将近 300 首，几乎占了其所涵盖的端午诗的三分之一。此习俗在高丽朝时期已经出现，成宗二十二年（1491）年弘文馆直提学金应箕等上箚字曰："我朝遵用古事，立春延祥，端午帖字，令知制教制五言绝

---

　　① ［朝］李瀷：《祭式》，《星湖先生全集》卷四十八，《韩国文集丛刊》第 199 册，首尔：民族文化推进会 1997 年版，第 381 页。

　　② ［朝］金宗瑞等：《高丽史节要》卷十四，《高宗安孝大王》丙子三年。

　　③ ［朝］丁寿岗：《月轩集》卷一，《韩国文集丛刊》第 16 册，首尔：民族文化推进会 1988 年版，第 182 页。

　　④ ［朝］丁寿岗：《月轩集》卷一，《韩国文集丛刊》第 16 册，首尔：民族文化推进会 1988 年版，第 182 页。

　　⑤ ［朝］丁寿岗：《月轩集》卷二，《韩国文集丛刊》第 16 册，首尔：民族文化推进会 1988 年版，第 208 页。

　　⑥ ［朝］丁寿岗：《月轩集》卷二，《韩国文集丛刊》第 16 册，首尔：民族文化推进会 1988 年版，第 208 页。

　　⑦ ［朝］曹好益：《芝山先生文集》卷二，《韩国文集丛刊》第 55 册，首尔：民族文化推进会 年版，第 476 页。

　　⑧ ［朝］李裕元：《嘉梧藁略》册二，《韩国文集丛刊》第 315 册，首尔：民族文化推进会 2003 年版，第 52 页。

句，择其尤者一首，刊贴宫门。近年以来，命聚文臣于阙庭，分韵备成五、七言律绝以进，遂成格例。"① 从朝鲜朝早期一直到后期，这种敬献举动几乎没有停过。这些端午帖风格雍容典雅，内容以颂太平、祝王寿为主。如，赵纬韩《端午帖子》有云："看取太平何事业，一时欢抃八方同。"② 洪柱国《大殿端午帖》有云："却把吾王无疾颂，更逢佳节贺天中。"③ 任天常《大殿端午帖》亦有云："复有衢樽蒲酒绿，侍臣齐祝寿而昌"④ 等。

此外，端午是日，古代韩国还有外出游玩娱乐的习俗。观石战、击球，赏秋千，或郊游，或逛都市，家人相聚，朋友相会，三五结群，时时呈现出欢声笑语，一派祥和的景象。李载毅《端阳日吟成五绝送呈厨院直中》云："兰汤浴罢插菖华，处处游人日未斜。"⑤ 写出了端午的游人之众。曹伟《端午秋千》云："恰逢佳节赏年光，陌上游人笑语狂。"⑥ 端午成群结对郊游的欢快尽兴。金净《端午帖字》云："游人斗百草，不觉日西斜。"⑦ 写出游人沉醉在"斗百草"游戏的欢乐之中。申光汉《次端午日小作五首韵》云："蒲带旧时芳，佳会人俱胜。"⑧ 写出了友朋相聚的畅快。在朝鲜朝的太平之际，端午确是一个热闹而欢愉的佳节。"欢娱均远迩，圣德正无边"正是极好地概括出古代韩国端午具有娱乐的这个特点。

而在古代中国，端午节同样有这些习俗。在唐代端午节逐渐定型后，这些习俗也多有呈现，如赐宴。唐玄宗《端午三殿宴群臣探得神字》云："方殿临华节，圆宫宴雅臣。"⑨ 张说亦有《端午三殿侍宴应制探得鱼字》。⑩ 显见端午节时宫廷设宴、君臣唱和的景象。而自宋代首次出现端午帖子词后，这种五七言四句诗体便被馆阁词臣大量创

---

① 《朝鲜王朝实录》成宗 260 卷。

② ［朝］赵纬韩：《玄谷集》卷八，《韩国文集丛刊》第 73 册，首尔：民族文化推进会年版，第 253 页。

③ ［朝］洪柱国：《泛翁集》卷四，《韩国文集丛刊》续第 36 册，首尔：民族文化推进会 1989年版，第 244 页。

④ ［朝］任天常：《穷悟集》卷四，《韩国文集丛刊》续第 103 册，首尔：民族文化推进会年版，第 314 页。

⑤ ［朝］李载毅：《文山集》卷二，《韩国文集丛刊》续第 112 册，首尔：民族文化推进会 2011年版，第 40 页。

⑥ ［朝］曹伟：《梅溪先生文集》卷二，《韩国文集丛刊》第 16 册，首尔：民族文化推进会年版，第 301 页。

⑦ ［朝］金净：《冲庵先生集》卷二，《韩国文集丛刊》第 23 册，首尔：民族文化推进会年版，第 124 页。

⑧ ［朝］申光汉：《企斋集》卷十二，《韩国文集丛刊》第 22 册，首尔：民族文化推进会年版，第 362 页。

⑨ ［朝］彭定求等：《全唐诗》卷三，北京：中华书局 1999 年版，第 28 页。

⑩ ［朝］彭定求等：《全唐诗》卷八十八，北京：中华书局 1999 年版，第 960 页。

作，应用于宫廷进献。据《岁时广记》载："学士院端午前一月，撰皇帝、皇后、夫人阁门帖子，送后苑作院，用罗帛制造，及期进入。"① 这些端午帖子词在《全宋诗》中有大量收录。与古代韩国略有不同的是，古代中国端午时多为朝廷君臣参与游赏，游赏活动主要为射柳、诗歌唱和、观龙舟等。总体上，从时间先后及相似程度来看，古代韩国宴会、进端午帖、游玩的端午风俗当不同程度地受到古代中国文化的直接影响。

四、古代韩国端午习俗内容的差异性

古代韩国端午习俗的内容，由于时代的不同，有的得到沿袭，有的发生一定变化，有的甚至消亡。尹愭有诗云："标名端午节天中，古昔相循俗异同。"② 正是概括地描写了这种变迁。如上文所论的端午石战习俗，在朝鲜早期就逐渐衰微，不再是全国盛行的风俗，仅在某些区域流传，而且举行的时间由端午改为上元。甚至一些传承已久的端午习俗，由于受到政令的禁止，也会出现暂时停歇的状态。如成伣《慵斋丛话》卷二载：

> 五月五日曰端午，悬艾虎于门，泛菖蒲于酒。儿童编艾，菖蒲作带，又采蒲根以为须。都人树棚于衢市，设秋千之戏，女儿皆靓妆姣服，闹于坊曲，争扶彩索，少年群来推挽之，淫谑无所不至。朝廷禁而戢之，今不盛行也。③

朝廷将秋千之戏视为淫谑之举，禁而戢之，在成伣生活的时代出现了大衰微的现象。又如，李穑有诗题曰："端午日击球，前例也。主上殿下忧念兵荒民多流亡，方致仄席弭灾之志。宰相上体圣心，禁群饮，发仓振济。故于是日，亦罢击球。臣穑感激之至，吟成一首以志。若其子弟习驰骋，私聚为乐，必□不禁也，谁能招我共观乎。"④ 此交代了端午日击球是以前惯行的风俗，而在此年罢去的原因在于荒民多流亡，故而"禁群饮"，"亦罢击球"。显见，韩国端午风俗，由于政令的干预，在不同的时期或阶段而有所增免。以上二例清楚表明韩国古代端午的习俗由于时代的不同，加以历史上的多种原因，其风俗的内容经历了一个发展变化的过程。

古代韩国端午习俗的内容，由于地区的差异，它也会呈现出不同的内容和特点。

---

① 陈元靓：《岁时广记》，文渊阁四库全书本。
② ［朝］尹愭：《五月五日记故事》，《无名子集》诗稿册三，《韩国文集丛刊》第 256 册，首尔：民族文化推进会 1992 年版，第 61 页。
③ ［朝］成伣：《慵斋丛话》卷二，《韩国诗话丛编》第 1 册。
④ ［高丽］李穑：《牧隐诗藁》卷二十九，《韩国文集丛刊》第 4 册，首尔：民族文化推进会 1990 年版，第 417 页。

韩国古代端午，各地除了奉行一般的习俗外，如墓祭祖先、饮用菖蒲酒、悬挂艾草等。其他一些活动内容在各个地区有所侧重，在边地甚至有完全不同的情况。如，朴宜中在蓬莱驿过端午，有诗句云：“此中风俗殊不同，空馆寥寥人迹绝。”① 李安讷在边邑，则发现此地的端午习俗与朝鲜内地迥然不同，艾叶未悬户，也不饮菖蒲酒。故而有云：“明时一逐客，殊俗两端阳。艾叶谁悬户，菖华未泛觞。”② 其《五月五日》又有云：“异俗三端午，颓龄一病身。”③ 显见边地端午习俗与他所知见的相比，差异明显。而在古代韩国各地区中，最具有代表性的端午习俗无疑是江陵端午祭。相较于在其他地区更加普遍的墓祭风俗，江陵地区奉行的则是全村祭祀，即“洞祭”。其由按祭官的笏记奉读祝祷词的“儒教式祭仪”和通过歌舞戏剧表演举行在庆典活动氛围中的“巫俗祭仪”两种形式组成。此外，江陵端午祭还有一项独特的节日活动——民俗戏，包括官奴假面舞剧、江陵风物游艺和民谣演唱等。究其原因，江陵在古时自然条件恶劣的韩国岭东地区中，相对适宜人类居住，因此各阶层、各地区人们会聚于此，积累了两班文化、巫术文化等文化成果，从而缔造出了别具特色的江陵端午祭习俗，这是其他任何地区文化所无法比拟的，此无疑是古代韩国端午习俗具有地域差异性的最佳证明。

五、结　论

古代韩国端午文化在其长期的发展过程中有着自身的发展体系，形成了一些独特的具有本民族特色的风俗，主要有墓祭祖先、穿新制白纻衣、秋千之戏、角抵、石战、击球等。而饮菖蒲酒、悬挂艾草、沐浴兰汤、儿童菖蒲作带，食用角黍、粉团；宴会、进端午帖、游玩等等，这些习俗则承袭了中国古代的端午习俗。此外，韩国古代端午习俗的内容和特征，亦随着时间的推移、地域的差异而有不同程度的发展与变化。

总之，无论是韩国的端午习俗，还是中国的端午习俗都内容丰富，都有着本民族、本区域鲜明的文化特点，都是人类文化遗产的瑰宝。

---

① ［高丽］朴宜中：《蓬莱驿有感》，《贞斋先生逸稿》卷一，《韩国文集丛刊》第 8 册，首尔：民族文化推进会 1990 年版，第 512 页。

② ［朝］李安讷：《东岳先生集》卷十六，《韩国文集丛刊》第 78 册，首尔：民族文化推进会 1991 年版，第 262 页。

③ ［朝］李安讷：《东岳先生集》卷十七，《韩国文集丛刊》第 78 册，首尔：民族文化推进会 1991 年版，第 283 页。

世虽云远，如接音响①

——论朝鲜文士金时习的屈原情结

南通大学　李姝雯　徐　毅

【摘　要】　金时习是朝鲜早期学习屈原的典范。人生经历与屈原的相似、对忠贞的恒守以及现实社会与其美政理想的巨大落差，是他崇屈尚骚的主要原因。其主要从精神节操、文学艺术两方面继承和发展了屈原精神和艺术技法。在精神层面，继承了屈原追求美政、忠诚国家的高洁情操以及与奸邪势不两立的刚正品质，而其表达的方式则有了新发展和变化，主要表现为采取佯狂以醒人心和归隐以洁其身的举动。在文学层面，继承了屈原"发愤抒情"的文学主张和"香草美人"的比兴手法，在此基础上，他又扩充了比兴的范围，将常见的系列事物纳入比兴之中，还把"引类譬喻"发展成组诗、系列文章等创作的构思和方法。

【关键词】　金时习　屈原　楚辞　梅月堂集

屈原是中国古代第一位爱国主义诗人，其创作的楚辞，发轫了中国文学的源头，被《四库全书总目提要》列为集部之首。它所体现出的儒家忠贞正直的品质、不懈追求理想的精神，以及澎湃瑰奇的强烈抒情方式、独具特点的"香草美人"的比兴手法，极大地影响了后来一大批文士伟岸精神的构筑，启发了感人肺腑又独具艺术魅力的文学杰作的产生。其波澜所至，不惟中国历朝历代，而且在古代的朝鲜半岛也有着较大的影响。

楚辞作品最早约在隋唐之际，依托于《史记》《汉书》《文选》等文献传入朝鲜半岛，元明又有"楚辞"文本传入，逐渐为韩国古代文人所了解、喜爱。模拟楚辞诗体

---

①　本文是国家社科基金重大项目"东亚楚辞文献的发掘、整理与研究"（编号 13&ZD112）、江苏省 2014 年"青蓝工程"科技创新团队"中国古典文化的域外传播与影响"、江苏省高校哲学社会科学重点研究基地重大项目"关于韩国楚辞文献的整理与研究"（编号 2012JDXM020）的阶段性成果。

进行创作，继承和发展楚辞爱国忠贞精神、诗歌艺术技巧等的朝鲜半岛各时期诗人不胜枚举，如金时习（1435-1493）、李荇（1478-1534）、朴仁老（1561-1642）、郑澈（1536-1593）、张维（1587-1638）、李瀷（1681-1763）、申维翰（1681-?）、黄景源（1709-1787）、成海应（1760-1839）等。在这些拟骚诗人中，金时习是较早受到楚辞影响的著名诗人，其在韩国古代思想史上的崇高地位和在文学史上的艺术成就，实与其一生所怀有的深切的屈原情结密不可分。深入理解二人在精神、诗文创作间的关系，是解读金时习作品的关键，此有利于把握其诗文作品产生的实质，也更有利于深入理解随着金时习盛名的传播，其诗文所承载的屈原爱国忠贞精神在朝鲜朝产生较大影响的原因，也是以别样一只眼观照屈原精神、楚辞魅力永恒流传的新视角。

目前，中韩学界研究金时习与屈原关系的论文不多，韩国学界未有专篇论及，中国学界仅见吴绍釚《屈原与韩国诗人金时习之比较》（《东疆学刊》2003年7月第20卷第3期）、牛月贺《金时习"拟屈原诗"研究——兼与屈原诗歌比较》（延边大学硕士学位论文，2012年）等，其研究尚有深入挖掘和探索的空间，故本文围绕金时习的屈原情结，探析他在思想、文学等方面对屈原精神、楚辞艺术的继承和发展，以求教于方家。

一、崇屈尚骚的主要表现

（一）在诗文中多次提及屈原、楚辞以及《楚辞》作品《离骚》《怀沙》等，并专门写有咏怀、哀悼屈原的诗文

金时习喜爱"楚辞"、屈原，此在其诗文中多有证据。《梅月堂集》直接提及"楚辞"二字的诗文有5处①，提及"楚词"2处②。提及《离骚》一诗的诗句共10处③，提及《天问》2处④、提及《怀沙》4处⑤，提及"屈原"（含屈子、灵均、正则、三闾等）的诗文有25处⑥。

金时习有时亦在诗句中直接引用或化用楚辞、楚地民歌中的诗句，如"荃不察其

① 分别参见《早行》《拟楚辞九歌》《读楚辞》《因兴谩成》《天形第一》。
② 分别参见《咏岷山花丛》《怀沙赋正义》。
③ 10处提及"离骚"语分别参见《秋思》《感怀》《扫叶》《悲秋》《闻青鸟声有感》《赠安生员》《排闷十三韵》《壮志》《自叹》《因兴谩成》。
④ 分别参见《题剪灯新话后》。
⑤ 《因兴谩成》《楚屈原赞》《汨罗渊赋》（2处）。
⑥ 25处提及"屈原"处，分别参见《甘泉》《排闷十三韵》《鬼神第八》（4处）、《深黄菊》《旅夜》《嘲二钓叟》《忆旧》《夜吟》《小歌》《怀沙赋正义》《和还江陵夜行途中》《哀贾生赋》《壮志》《汨罗渊赋》《因兴谩成》《十月初吉见残菊寒蜂有感》《题剪灯新话后》（2处）、《美菊》《哀贾生赋》《学诗》《自语》。

中情兮，反信谗而齐怒"（《汨罗渊赋》）直接引用《离骚》中的成句，仅将原文中的"余"改成"其"；"忍见宗国之颠亡兮，宁远则乎彭咸"（《汨罗渊赋》）则化用"既莫足与为美政兮，吾将从彭咸之所居"（《离骚》）；"半生涉江海，余年拟首丘"（《漫成》）化用"狐死必首丘"（《哀郢》）；"濯缨濯足从吾好"（《濯清泉以自洁》），则是化用楚地民歌"沧浪之水清兮，可以濯我缨；沧浪之水浊兮，可以濯我足"等。

　　为了更为完整而热烈地表达自己一如屈原的强烈情感，金时习有时索性直接对楚辞进行摹写，如其《悲秋》有云："试拟离骚不自聊，庭梧雨打声萧萧。"而其确实写有《拟离骚》一诗。其他拟骚之作有《上王祭阁招魂辞》《拟楚辞〈九歌〉（四首）》《拟〈天问〉》等。

　　除此之外，金时习还专门写有《楚屈原赞》，又有《感怀·屈原》《咏三谏臣·屈原》《拟吊湘累》《汨罗渊赋》等，为专门追思屈原之作。如《感怀》：

　　　　湘江如练月如盘，遥想灵均意不阑。雨过平洲芳杜若，风来别岸泛崇兰。
　　　　江南日暮思公子，郢北云遮怨上官。今古疾贤如此耳，不堪搔首涕汍澜。

又如，《咏三谏臣·屈原》：

　　　　湘江千古吊幽魂，憔悴行吟为底冤。若使先生遭盛世，汨罗应欠断肠猿。

此诗表达出对屈原不尽的缅怀，并对其含冤自沉有着一种千古同情与惋惜。

　　（二）金时习在诗文中不仅仅提及屈原、楚辞等，还对其有着较为深刻的评价和认识

　　金时习以屈原的楚辞作为抑郁之情的寄托和归宿，并非偶然。他不仅仅熟读楚辞，更是对楚辞有着精深的理解。如他不赞同司马迁所云《九歌》的创作之旨为"蝉蜕于浊秽之中，以浮游尘埃之外，不获世之滋垢"，而指出："如太史之言，屈子当斥之矣。乃何竭诚祀事，至于制作乐章，如此其勤乎? 清寒子曰：'屈原既不遇若主，放逐湘南，自不能陈其情志，乃托淫祀之歌，以抒忠臣不获明主之情，冀悟君心，而终不省也。'"① 明确指出《九歌》创作正是为了表白忠君爱国之心。他尚友屈原，诠释屈原作品的忠贞之心，以此为屈原精神的核心，并且认可屈原所云"贤者失志，古来如此"

---

　　① ［朝］金时习《鬼神》，金时习《梅月堂集》，《韩国文集丛刊》第13册，首尔：民族文化推进会1988年版，第354页。

而来达到慰藉自己的目的。①

金时习一生对《楚辞》的注疏仅有《〈怀沙赋〉正义》一篇，可见金氏对《怀沙》的偏爱。在正义中，金氏认为，屈原在孟夏之时被贬斥湖南而作《怀沙》，而屈原投江之日在 5 月 5 日。此外，金氏《汨罗渊赋》言："素月皎洁，青灯明灭。披《列传》于古史，咏《怀沙》之一篇。"此句不仅说明，金氏认为《怀沙》与屈原汨罗沉江有关联，而且可以看出金氏是从《史记·屈原贾生列传》中来阅读《怀沙》的。正因如此，其《〈怀沙赋〉正义》原文以《史记·屈原贾生列传》中所收《怀沙》篇为底本。如"曾吟恒悲兮，永叹慨兮。世既莫吾知兮，人心不可谓兮"，仅见于《史记》之《怀沙》篇。多数治骚者认定以上内容为后人所加，并非原文。而金氏于此仍将其收录在原文中。同时，金氏又根据各家版本的异同，对《怀沙》原文进行再次校正。如，"冤结纡轸兮，离愍而长鞠"一句，金氏注，"冤结"一作"郁结"。又如，"诽骏疑杰兮，固庸态也"一句，金氏注，"诽骏，一作非俊。"

金时习在为《怀沙》释义时虽少有新见，但与其他治骚者相比，金氏喜用儒家之道来诠释屈原的请神，反映出其崇儒的人生志向。如"怀瑾握瑜兮，穷不得余所示"一句，金氏引用"子贡问孔子曰：'今有美玉于斯，韫匵而藏诸，求善价而沽之。'子曰：'沽之哉，沽之哉，我待价者也。'"释之。又如"邑犬群吠兮，吠所怪也"一句，金氏用文王遭崇侯虎之赞囚于姜里，孔子遇桓魋之难畏于匡之事，说明自古圣贤尚且如此，更何况于他人。再如"世既莫吾知兮，人心不可谓兮"一句，金氏用"《大学》篇云：'小人闲居，为不善，无所不至。见君子，然后掩其不善，而着其善。人之视己，如见其肺肝然。'"释之。

（三）金时习在诗文中多以屈原自比，楚辞成为了他精神的重要依托

尚友于屈原，将自己遭逢乱世、怀才不遇、美政落空的抑郁心境从楚辞中找到得以慰藉的归宿，在诗歌中时有表现，如"客路身多病，无端咏楚辞"（《早行》），"古人如可重相见，欲把《离骚》问宋生"（《秋思》），"愁肠频向课骚新"（《述怀》），"楚辞一卷风前乱，昌歇千茎雨后香"（《因兴谩成》）。困顿之时，阅读楚辞无疑成为了其心灵得以寄托的主要途径。

屈原在金时习的诗文中，不仅是同情、讴歌的对象，② 更是他忠贞、正直精神的化身，他常以屈原自比，如"还嗟人世事，谁识屈原醒"（《甘泉》），"命穷正则赋骚

---

① 屈原《涉江》有云："忠不必用兮，贤不必以。伍子逢殃兮，比干菹醢，与前世而皆然兮，吾又何怨乎今之人！"林家骊译注，《楚辞》，北京：中华书局 2010 年版。

② 如《赠安生员》有云："夜静读离骚，孤忠何惨怛。"《梅月堂诗集》卷六，《韩国文集丛刊》第 13 册，首尔：民族文化推进会 1988 年版，第 182 页。

章"(《壮志》),"正则孤忠岂有愆"(《有怀》),"节物峥嵘人已老,感时骚客心悠哉"(《感时》),"还似三闾犹恋楚,沅湘泽畔守忧思"(《十月初吉见残菊寒蜂有感》),"吊三闾以自明,何琼佩之偃蹇"(《哀贾生赋》),"慷慨如王粲,离骚似屈原"(《排闷十三韵》),"因怀林处士,恨不如屈平"(《和还江陵夜行途中》),将自己的穷困处境和忠贞精神与屈原相类比,并表示将会像屈原一样通过文字的抒写来表达内心的怨悱。其笔下的屈原已不仅仅是历史上的屈原,更多地是附着了金时习理想、志向、品性的"屈原影像",是其伟岸、正直、忠贞精神的载体。

除去以屈原形象作为自己精神的依托,金时习也以伯夷形象作为传达一己正直不阿个性的媒介,如,"愿得伯夷贫"(《百年》),"恶色望望效伯夷"(《患眼》)。而此也正是屈原诗歌所运用的,如屈原有云:"行比伯夷,置以为像兮"(《橘颂》),"求介子之所存兮,见伯夷之放迹"(《悲回风》)。可以推断,对伯夷的推崇可视之为金时习对屈原精神的间接赞扬。

二、崇屈尚骚的主要原因

(一)相似的人生经历

金时习与屈原有着许多相似的人生经历,具体内容如下表1:

表1:屈原与金时习人生经历对比表

人生经历	关于屈原的文献	关于金时习的文献	相似的特点
出身	帝高阳之苗裔兮,朕皇考曰伯庸。 (屈原《离骚》)	新罗阏智王之裔,有王子周元,邑于江陵,子孙仍籍焉。(李珥《金时习传》)	出身高贵,都为帝王后裔
出生地	主要有江陵、秭归二说	金时习字悦卿,江陵人。(李珥《金时习传》)	若从汤炳正之"江陵"说,则二人出生地名有共通之处
天资	摄提贞于孟陬兮,惟庚寅吾以降。 (屈原《离骚》)	生禀异质,离胞八月,自能知书。(李珥《金时习传》)	天质异俗,秉质特异。屈原三正生日,金时习五岁被目为神童
名字	皇览揆余初度兮,肇锡余以嘉名。 (屈原《离骚》)	崔致云见而奇之,命名曰时习。(李珥《金时习传》)	都有嘉名,寓意深刻,寄寓着高洁正直品质日修以进的美好期许
修身	纷吾既有此内美兮,又重之以修能。 (屈原《离骚》)	穷理修身,斯学之大。明命赫然,罔有内外。德崇业广,乃复其初。昔非不足,今岂有余。(金时习《学》)	都重视后天的修养

续　表

人生经历	关于屈原的文献	关于金时习的文献	相似的特点
国君	楚怀王末年被囚于秦并卒于秦。	世宗薨，世子立，未几又薨，世孙立，是为鲁山君。居数年。叔父首阳大君，靖内难，即王位，后为世祖，迁鲁山君于宁越清泠浦，寻杀世宗旧臣朴彭年、成三问等，鲁山君亦薨。时习方在汉东水落山中，闻变大哭，尽焚其书，裂儒衣，削发为僧。（李建昌《清隐传》）①	都经历所忠国君的非正常死亡
理想	彼尧舜之耿介兮，既遵道而得路。（屈原《离骚》）	彼尧舜之钦明兮，既遵路兮皇猷。（金时习《拟离骚》）	都希望天下大治
恒操	亦余心之所善兮，虽九死其犹未悔。（屈原《离骚》）	实余心之所善兮，虽九死其难抛。（金时习《拟离骚》）	对于己志都有至死不渝的坚守
他人态度	众女嫉余之蛾眉兮，谣诼谓余以善淫。（屈原《离骚》）	从前已识鸡群詫（《放鹤》）、未免被他苦谣诼。（《蜂钻纸》）嗟人之心不与余心同，既詫余以袭馨兮，芳酷烈之戎戎，又诉余以藏珍兮。（金时习《拟离骚》）	两人之操守均不被世人理解，受到谣言的攻击
处境	世溷浊而莫余知兮（屈原《涉江》）、世溷浊莫吾知，人心不可谓兮。（屈原《怀沙》）、国无人莫我知兮（屈原《离骚》）	世道多险巇，仰视羲皇时。愿言文不丧，斯道常在兹。世无周与孔，敷衽陈我疑。已矣莫我知，取醉人扶持。（《和渊明饮酒诗》）	国家溷浊，对于两人的追求、操守，国中无人了解、支持

　　由上表可见，金时习在出身、名字、天资、理想、境遇等方面与屈原有着诸多相似之处。这可以说是他与屈原心志相通的基础，也是其能尚友于屈原的一个精神平台。因而，其常常在诗文中指出自己与屈原的神气相契。除了精神上的共鸣共感，屈原及其楚辞是其在理想世界中找到的不可多得的知音。如"缅怀楚些章，不觉声呜咽"（《怪事》），"无端起我悲秋兴，细读《离骚》心未平"（《扫叶》），"放臣逐客在湘南，细读《离骚》鸣不平"（《闻青鸟声有感》），"杜甫思君句，灵均爱国辞。朗吟终

---

　　① ［朝］李建昌《明美堂集》卷十六，《韩国文集丛刊》第 349 册，首尔：民族文化推进会 2005 年版，第 230 页。

不寐，介志竟难移"（《旅夜》），"咏怀沙之一篇，渺余思之无穷"（《汨罗渊赋》）等，这些无不是金时习情感与屈原诗情的强烈共鸣，体现出超越时空界限的心志相通。

（二）对于"忠贞"理念的执着追求

金时习对"忠贞"的恒守，是其崇屈尚骚的精神源泉和核心。他思想的核心内容就是"忠贞"，这在其《梅月堂集》中得到集中体现。一方面，文集中除诗人自身形象外，出现最多的就是历史上的忠诚正直之士。对这些人士他极为倾慕。此类作品在《梅月堂集》中俯拾皆是，如其专门写有《古今忠臣义士总论》。又如，在"赞"这一文体共31篇作品中，就有《夏关龙逢赞》《商王子比干赞》《箕子赞》《伯夷叔齐赞》《栾成赞》《宁俞赞》《齐王蠋赞》《楚申包胥赞》《楚屈原赞》《张良赞》《苏武赞》《龚胜赞》《李业赞》《武侯赞》《岳飞赞》《文天祥赞》等16篇，所赞的历史人物无不是忠贤、忠义的典范。另一方面，在现实生活中的为人处世上，金时习倡导的亦是"忠贞"原则，其有云："道之以忠信，行之则贞吉。"（《古风》）"居处恭，执事敬，与人忠，之蛮貊，之贫贱，之患难，之富贵，无入而不自得。"（《不义富贵如浮云辨》）

此外，围绕"忠"字，金时习诗文中出现的语词就有"孤忠""忠诚""精忠""忠武""忠义""忠直""忠信""忠烈""忠贞""忠恕"等。此在某种程度上亦可证明，"忠"可谓是《梅月堂集》的主旋律。

（三）社会现实与个人理想的尖锐冲突

社会的浑浊、政治的乱伦不治与金时习的美政蓝图形成了强烈的反差，这是直接引发他崇屈尚骚的社会政治动因。

朝鲜世宗对金时习有着知遇之恩，期待他成人之后，成为国家的辅弼之臣。① 据李建昌《清隐传》载，金时习五岁之时，世宗便召之试之，目为神童，并顾世子、世孙语时习曰："是而君也，善识之。"② 因而，君臣之义分早早地就在金时习幼小的心灵埋下了种子。而世宗薨后，首阳大君（鲁山君叔父）篡夺世宗之世孙（即鲁山君）王位，将其流放到宁越清泠浦，寻杀世宗旧臣朴彭年、成三问等人，后又赐死鲁山君。这一乱伦事件对金时习的打击极大，他失去了世宗所嘱咐其所要效力的国君，失去了太平之世，其持守的一腔忠心无所依托，其辅君求大治的壮志还未开始展露，便陷入了无从实现的绝境，故而"闻变大哭，尽焚其书，裂儒衣，削发为僧，自名雪岑，或称清

① ［朝］郭说《西浦日录·诗话》载庄宪王教旨，表明将来启用金时习之意。下教曰："予欲亲见，恐骇俗听。宜勖其家，韬晦教养，待其学成，将大用之。"《韩国文集丛刊续集》第6册，首尔：民族文化推进会2005年版，第152页。

② ［朝］李建昌《清隐传》，《明美堂集》卷十六，《韩国文集丛刊》第349册，首尔：民族文化推进会2005年版，第230页。

寒子"。① 在以后的人生中，其忠诚于世宗的精神至死不改，赵远期专门写有《金时习》一诗，有赞云："九死丹心不改移，紫宸召见在儿时。绀园落发非其意，千载东方有伯夷。"② 成汝信也指出其佯狂逃禅实出于忠君之意，有云："年才五岁擅文章，晚节佯狂岂是狂。逃禅谁识逃禅意，只为旧君终不忘。"③ 显然，金时习有着非常人所能知晓的巨大精神苦痛，而屈原的忧国、念君、心系天下的精神，正可作为其排遣忧愁、寄托理想、抒发愤懑的自比形象，因而，他在诗文中多有涉及屈原或楚辞作品的内容，这也是其写作仿骚诗的重要原因。

三、对屈原"高其行义""玮其文采"的继承和发展

（一）对"高其行义"的继承与发展

屈原的"忠贞"精神和高尚节操被金时习很好地继承，成为其《梅月堂集》内容的主旋律。他认为屈原精神的核心就是"忠贞"，可从其撰写的《楚屈原赞》中得以窥探，有云：

> 楚有屈原，与国同姓，仕于怀王，三闾从政。出入王陛，万事是正，图议决定，嫌疑政令。监察群下，应对专命，谋行职脩，王甚珍敬。同列大夫，上官靳尚，妒害其能，赞诉于上。王疏屈原，屡遭众谤，犹纳谠言，冀君采亮。王不听从，卒死秦诳，襄王继立，更重迷妄。复用谗言，江南乃放，哀哉正则，志甚贞谅。宗社将危，不忍见丧，遂怀沙石，鱼腹是葬。眄彼汨罗，伤心摇浪，千秋万岁，忠魂谁访。有汉贾生，赴吊惆怅，曰遭不祥，措直举枉。细读离骚，中心漾漾，世虽云远，如接音响。那堪阅史，曾歔悄慌。

整篇赞围绕"忠贞"来写，屈原达时，一切尽职尽力，"万事是正"。当其遭谗见疏，仍屡进谏言，即使是被放逐江南之际，忠诚正直之心依旧不改。最后国家将倾，投身汨罗，以表忠魂。这种忠贞感染了汉代的贾谊，也引起了作者金时习的万般感慨。显见，金时习认为"忠贞"是屈原精神的核心。在其他直接抒写屈原精神的诗文中，"忠贞"也多被视为讴歌的最重要内容。如《读楚辞》开篇就写道："汨罗当日葬忠

① ［朝］李建昌《清隐传》，《明美堂集》卷十六，《韩国文集丛刊》第349册，首尔：民族文化推进会2005年版，第230页。

② ［朝］赵远期《九峰集》卷一，《韩国文集丛刊续集》第39册，首尔：民族文化推进会2007年版，第454页。

③ ［朝］成汝信《茸长寺》，《浮查先生文集》卷一，《韩国文集丛刊》第56册，首尔：民族文化推进会1990年版，第77页。

魂，千古江山暗结冤。"

具体而言，金时习对屈原忠贞精神的继承主要表现在如下两个方面：

其一，屈原对美政的矢志不渝，对国家、国君的忠诚不二，"虽九死其尤未悔"的精神，是他忠贞的重要内容。金时习的众多诗作体现出其继承屈原这种高尚情操的心志：

如对于儒道衰微，不能承继前圣的担忧："虞唐法天运，玉衡齐七政。都俞一堂上，未施民先敬。奈何周衰后，贸贸趋华竞。素王如不作，谁能继前圣。""大道自此歧，纷然异端起。"（《古风》）其所追求的是圣化无私、普被天下的大平之世，故其《放言》有云："春风无私心，普被于大小。""岂独春风然，圣化流亿兆。"又如，对国家大治的期许，于兹不得，远游求道的追求："上古结绳治，民物何熙皞。天地相交泰，日星垂颢颢。圣人继天极，从容履中道。""弹琴杏坛下，郁郁扬儒风。吁嗟道不行，拟欲浮海东。"（《古风》）

再如，对"精忠"精神的推崇，金时习在《精忠旗》一诗提及自己对"精忠"二字的感受，有云："平生素负气，此日馨吾心。"其咏史诗作多有对忠谏之人，为国为民之人的讴歌，有鲁仲连、比干、屈原、伍员、岳飞、夷齐、文天祥、诸葛亮、苏武等人。[1] 认为这种精神于世不朽，而有云："爷爷莫恨生无状，留与忠诚没后看。"（《岳王庙》）显然，"精忠"是金时习继承屈原忠贞精神的重要内容。

更难能可贵的是，同屈原的忠诚如出一辙，金时习即使身在江湖，仍心系魏阙。如："早晚逶迤过长坂，长安日下望情人。"（《因兴谩成》）"恋主孤忠死不亏，北风歌罢去迟迟。"（《美蜂》）"情人不来，吾谁适从。"（《和靖节〈停云〉》）"情人犹不来，缺月移西廊。"（《此时此夜难为情》）等。即使归隐，但心系社会、苍生的情感同样难以忘怀，此亦是他追随屈原忠贞精神而导致抑郁痛苦的根源之一。如《毁誉》云："仍闻下界风波恶，半是欢娱半是颦。"而《自贻》云："宦路若逢清隐子，草堂萝月更移文。"移文这种文书多用于劝喻训诫，"更移文"明确表达了其虽身在山林，而仍心存强烈的用世之心，又如："丈夫在世间，胡不展怀抱。"（《世故》）惟是世道的混乱，身不逢时，不能用世罢了。

其二，屈原对贞直的坚守，与邪恶、奸猾之人事等的势不两立，"宁溘死以流亡兮，余不忍为此态也"（屈原《离骚》），是其忠贞精神的另一重要内容。于此，金时习与屈原的正直不阿一脉相承。

对世事污浊的痛恨，如："汤武之心本为民，衆心总括尽吾身。"（《观史有感》），"蛇豕纵横迷道路，豺狼跳踯暗风尘。""毒手老拳交四海，豺声狼目遍中州。"（《因兴

---

[1] 参见《梅月堂诗集》卷二，咏史诸篇章以及《武侯庙》《岳王庙》。

谩成》）是对于贼党横行、利欲熏心的愤慨。"毋投与狗骨，集类乱喋喈。不独其群戾，终应与主乖。尊周专战伐，安汉弑婴孩。莫若严名分，勤王作止偕"（《述古》）则是对首阳大君篡位表现出强烈的愤怒和不满。

又如，表达与奸邪的势不两立，有"燕雀处堂相与乐，麒麟跳网孰能羁。见机而作惟君子，危乱之邦不入宜。"（《王莽》）"不与尘世竞豗争，剩得造物无尽藏。"（《据梧》）"赘疣自笑无机巧，块独常夸少辱荣。"（《感怀·自叙》）为了集中表达洁身之志，金时习又专门写有《君子小人辨》。

需要指出，对屈原的忠贞，金时习并不是全部吸收，而是有所发展和变化。其忠贞行为表达的方式有别于屈原。他钦佩屈原的忠诚精神，但对于其投江自沉以表其忠的做法，其实是不赞成的。《梅月堂集》卷六《感怀三篇后序》载：

> 或问于余曰："子已赞中庸于前，而今又赞屈原于后，原之忠，无已太过乎？且时君不用则已，何必湛身为哉？扬雄已非其死，而作反骚。班固亦讥露才扬己。颜之推又病显暴君过。原纵尽忠以死，何益于君？"余答曰："子不见太史司马公论原曰：'蝉蜕于浊秽之中，以浮游尘埃之外，不获世之滋垢，皭然泥而不滓者也，推此志也，虽与日月争光可也。'宋朝朱氏亦曰：'屈原之过，过于忠者也，屈原之忠，忠而过者也。'论其大节，其他可以一切置之而不问。原之不合乎中庸，先儒已尽论之，夫复何缕缕哉？但取处世之变，其所尽力，非世间偷生幸死可及，故以赞美，而复赋诗以想情款。"

由此，显见金时习也是不赞成屈原以死殉国的举动，认为其忠而过者。但对于此举动所表现出的忠的精神，他又给予了肯定，认为此非偷生幸死者可及。因而，当他面对乱世之时，并没有模仿屈原殉国的举动，而是采取了佯狂以醒人心和归隐以洁其身的举动，因而"狂"和"隐"成为其诗作极为常见的字眼，如："闲人放浪由来事，那计清贫拙与狂。"（《饱食》）"后人应笑我，天地一清狂。"（《漫游》）"千首轻侯应有分，狂歌醉墨自澜翻。"（《戏为》）等等。"人谓我能狂，我愿人不迷"（《和渊明饮酒诗》）则直接点出其狂言狂行的真正目的恰在于醒人不迷。归隐也是他面对乱世时洁身与醒世的另一途径，这是其诗作有众多此方面内容的重要原因。古代著名的隐者如伯夷、陶渊明等常常成为其诗作歌咏的对象，如："碧山清隐好称君，愿住高峰卧白云。"（《自贻》）"山阿真隐前生愿，云水仙游此日欢。"（《十年》）"细和渊明诗，乘化以归尽。"（《草盛豆苗稀》）"恶色望望效伯夷，如今司眼谢尘机。"（《患眼》）等等。金时习还写有一系列和陶诗，表达出对陶渊明的追效之意，如《和渊明〈饮酒诗》《和靖节〈停云〉》《和靖节〈时运〉》《和靖节〈劝农〉》等20首①，可以说是其洁身与忠贞不同于屈原之处的最好诠证。

（二）对"玮其文采"的继承和发展

屈原楚辞的巨大艺术成就，被东汉王逸誉为"玮其文采"。对此，金时习有着深刻的理解，并准确地把握住其楚辞得以流传不息的成功关键，并加以继承和发展，主要体现在两个方面：

其一，对屈原"发愤以抒情"文学主张的继承。

心画心声，相应地表现在文学创作上的相似性，一是"发愤以抒情"。屈原虽然没有留下明确的文学主张的直接记载，但其楚辞作品无不是其内心的强烈感触，甚至是郁闷、悲愤的外泄。其诗歌强烈的抒情性、触物兴感的比兴手法、"乱"对情感和志向的高度概括等，都是其楚辞具有"发愤以抒情"创作动因的极好证据。而金时习的诗文创作动机，与屈原的"发愤以抒情"有着高度的契合。据前文他与屈原相似的人生经历和精神追求可知，其一生大多时间也如屈原一样，处于失志与困顿之中，甚至可以说是常在郁闷和愤慨之中。如"老大将何适，翛然一室空。"（《漫成》）"一身迹如寄，江湖四十年。"（《一身》）理想不得实现、不得其所的孤苦伶仃之感，在这些诗句中表现得尤为明显。而清明社会的愿望、济世的追求、灰飞烟灭后的极大苦楚，在其诗作中亦常有抒发，如"四十三年事已非，此身全与壮心违"（《感怀》）。虽是如此，而对高洁志向的追求却为金时习一直所坚守，"从今陟觉归欤处，雪竹霜筠老可依"（《感怀》），对经霜雪之竹筠的依恋，恰是恒守节操的鲜明体现。理想信念越是坚定，也越引发金时习不得不一吐为快的慷慨和苦痛。诗文的抒写，便成了他寄托心灵、安生立命的主要途径。因而，当面对着天下混浊而吾独醒的艰难处境，他自然联想起历史上的诸多忠贞不渝之士，写下了数量不菲的咏史诗和历史人物赞，明确表达出自己将以所颂人物为则，至死不悔的志向。同时，为了表达自己不愿与世俗同流合污的高洁人格，他写下了大量的田园诗、咏物诗、咏怀诗和和陶诗等，充分展示出自己归隐以独善其身的儒家志趣。金时习对屈原"发愤以抒情"文学主张的继承是明显的。其在困顿之中对忠贞情感的成功抒写，也得到了其他朝鲜文士的充分肯定，如李山海《梅月堂集序》指出：

　　　　其为诗也，本诸性情，形于吟咏，故不事锻炼绣绘而自然成章。长篇短
　　什愈出而愈不窘。其或忧愁慷慨之极，轮囷磊块之胸，无以自畅，则必于文

─────────

① 参见《梅月堂诗集》卷八"和陶"，《韩国文集丛刊》第13册，首尔：民族文化推进会1988年版，215-219页。

字焉发之。①

李珥在《金时习传》更是对这些抒写不平之气的诗文有赞云：

想见其人，才溢器外，不能自持，无乃受气丰于轻清，啬于厚重者欤。虽然，标节义，扶伦纪，究其志，可与日月争光。闻其风，懦夫亦立。则虽谓之百世之师，亦近之矣。②

其二，对屈原"香草美人"比兴手法的大量继承。

屈原楚辞作品的比兴手法一直为后人所推崇和模仿，关于其特点，汉代王逸《离骚序》有云："《离骚》之文，依《诗》取兴，引类譬谕，故善鸟、香草、以配忠贞，恶禽臭物，以比谗佞；灵修、美人，以譬于君。"显然，王逸所云的"香草美人"比兴手法是一个成体系的象征手法，即其所说的"依《诗》取兴，引类譬谕"。其有植物系统、动物系统、人物系统和事物系统，分别有不同的寓意，可以把抽象的含义借助于具体的形象而委婉地表达出来，从而给人留下深刻的印象。金时习的诗歌也喜用比兴，主要也是为了把抽象的意识品性、复杂的现实关系生动形象地表现出来，表明自己的喜爱与厌恶、是与非等理性判断，从而使得诗作不落于枯燥的说理，既富有情感，又有发人深省的意蕴。此与屈原用比兴的目的，如出一辙。

金时习对于屈原比兴手法的继承还集中体现在，他的比兴同样是"引类譬喻"，同样是由一系列成类别的意象所构成的象征系统，在这一方面，可以说他很好地领会了屈原比兴的精神实质，继承和发展了屈原楚辞"香草美人"的手法。他的比兴同样包含有植物系统、动物系统和人物系统，如：

具有象征意义的植物系统意象有：蓬（比喻飘零生涯）（《蚕室》）、"松"（比喻高洁品性）（《初寒》）、"荷"（比喻高洁之物）（《书感》）、"竹"和"菊"（比喻高洁之物）（《偶吟》）、"兰"（比喻高洁之物）（《悠悠》）、"甘英"（比喻美好之物）（《十年》）、"芝兰"（比喻高洁）（《有惠斑箸鞋者谢之》）、"梅"（比喻美好之物）（《自叹》）、"杨花"和"杏"（比喻轻薄小人）（《开窗寓言》）、"荆棘"（比喻世路的险恶）（《世故》）等等。

---

① ［朝］李山海《梅月堂集序》，《韩国文集丛刊》第13册，首尔：民族文化推进会1988年版，第55-56页。

② ［朝］李珥《金时习传》，《韩国文集丛刊》第13册，首尔：民族文化推进会1988年版，第59-62页。

具有象征意义的动物系统意象有："鸣禽"（比喻鼓噪之小人）、"孤鸿"（比喻孤苦伶仃的自己）（《狄城岭》）、"刍狗"（比喻极其普通一般的人物或事物。）"涸鳞"（比喻处于困境，急待援助的人或事）（《寓叹》）、"攫鼠鸢"（比喻恶势力），"冲天鹤"（比喻胸怀壮志之人）（《述古》）、"栖木鸟"（比喻自己的懒性）、"上竿鲇"（比喻上升艰难）、"燕雀"（比喻得势小人）、"麒麟"（比喻失志贤人）（《王莽》）、"蛇豕"和"豺狼"（比喻邪恶势力）（《因兴谩成》）、"豺虎"（比喻恶势力）（《感兴》）、燕子、蛙儿（比喻奸佞小人的轻佻、恣肆）（《鼓岩泥滑》）等。

具有象征意义的人物系统意象有：杨妃、越女、西施、仙姝、美人（比喻花之美，花之引人入胜）（《咏岘山花丛》）、佳人（比喻海棠的幽美）（《海棠》）、君子和情人（比喻故友，亦隐含有贤君明主的意味）（《和靖节〈停云〉》）、情人（比喻贤君明主）（《竹枝词》《因兴谩成》《二月十三日看月》《此时此夜难为情》）此外，其诗文中一系列中国历代的忠贞之士的形象，如具有象征意义的事物系统意象有：明珠（比喻纯洁无瑕之人）（《途中》）、浊浪、青泥（比喻世俗的险恶、浑浊）（《鼓岩泥滑》）、"危峰"和"层冰"（比喻人生道路上的艰险）、"江枫"（比喻经历打压愈加刚强之士）（《逾毘岭》）、"云遮日"和"雪覆松"（比喻恶势力对贤才的打压）（《翳翳》）、"浮云"（比喻奸佞小人）、"日"（比喻光明磊落之人）、"霜风"（比喻恶势力）（《岳王庙》）等。

由上可见，金时习确实继承了屈原引类譬喻的传统，无论是用于象征的植物、动物、人物还是事物系统，都与屈原所用比兴一样，具有明确的正邪之分、鲜明的爱憎之情。

需要进一步指出，金时习的引类譬喻就屈原的比兴而言，还是有所变化的，他的诗文创作极大地扩充了比兴的范围，将常见的系列事物纳入比兴之中，这是其诗文比兴的重要特征。

屈原比兴所用意象除植物系统外多为神话传说中的意象，人物系统如"灵修""美人""东皇太一""云中君""湘君""湘夫人""大司命""少司命""东君""河伯""女嬃""百神""九疑""五帝""六神""厉神"。动物系统如"龙""飞龙""蛟""天狼""螭""白鼋""青虬""白螭""凤皇"等。金时习的存世诗文较屈原楚辞数量要多出很多，其用于比兴的意象要比屈原所用宽泛许多，一些意象是屈原作品中所未涉及的，如"蛇豕""豺狼""青蛙""岳飞""文天祥""诸葛亮"等。这些意象具有一个显著的特征，即都以历史上或现实中确实存在的人物、动物、事物为主。他的比兴手法之所以有此变化，在于屈原所用比兴的意象往往具有鲜明的楚地风俗的特色。如果照搬这些楚辞意象，其内容将不符合朝鲜诗文的地域文化特征，也不利于读者的理解。因而，金时习将"香草美人"的比兴作必要的改动和扩充的做法，是值得肯定的。他不再拘泥于神话传说，而将人们熟知的一系列人物、动物、事物等随手拈来，寄寓自己的理性判断和情感，可以说是对"引类譬喻"所作出的一大改变。

金时习发展了屈原"香草美人"的比兴系统，另一鲜明表现是：他不惟在诗歌创作中选取一系列具有象征意义的意象，而且他还把"引类譬喻"发展成其系列诗歌、文章等创作的总体构思和方法，写出了成组的咏史诗、咏物诗、和陶诗、忠贞之士赞等。如《梅月堂诗集》卷二中《读唐史》《王莽》《汉宣帝》等 17 首咏史篇章。这些诗文的内容在总体上都具有象征意义，寄寓了诗人的独到见解，又常常围绕一个中心来写，情理兼具。

四、结　论

屈原所创造出的楚辞一体，是中国古典文化的典型和瑰宝。其不惟影响了中国历朝的仁人志士，为他们忠贞精神的铸炼提供了榜样，为文学艺术水平的提升提供了借鉴。而且其影响之大，一直波及古代朝鲜半岛。金时习是朝鲜朝早期学习屈原的典范。

其崇屈尚骚并不是偶然的，经历、情感等与屈原的相似，是其具有屈原情结的精神基础。对忠贞的恒守，是其尚友屈原的精神源泉和核心。而现实社会的混浊与其美政理想的巨大落差，是其自比屈原，借助楚辞抒怀的社会动因。

基于此，金时习主要从精神节操、文学艺术两方面继承和发展了屈原精神和艺术技法。在精神层面，继承了屈原追求美政、忠诚国家的高洁情操以及与奸邪势不两立的刚正品质，而其表达的方式则有了新发展和变化，主要表现为采取佯狂以醒人心和归隐以洁其身的举动。在文学层面，继承了屈原"发愤抒情"的文学主张和"香草美人"的比兴手法，在此基础上，他又扩充了比兴的范围，将常见的系列事物纳入比兴之中，还把"引类譬喻"发展成组诗、系列文章等创作的总体构思和方法。

读骚、评骚与拟骚：朝鲜文人的楚辞活动[①]

南通大学 张 佳

【摘 要】 楚辞文字很早便传入朝鲜半岛，到朝鲜时期，东国文人接受楚辞的程度更为广泛，不仅通过吟咏楚辞吸取创作的语句词汇和表达方式，更有以屈原为异代知音，抒发同病相怜之情。他们读骚、评骚、拟骚，以至在个人的日常生活和形迹上都融入了楚辞因子。而某些步和《登楼赋》之作，亦从形式和情致上追韵楚辞，可看作是拟骚的变格。

【关键词】 楚辞 读骚 评骚 拟骚

一般认为，楚辞随着萧统的《文选》而传入朝鲜半岛[②]。从金富轼（1075-1151）所撰《三国史记》的《实兮列传》《强首列传》，以及《旧唐书·高丽传》中所提及有关屈原和《文选》的资料表明，公元600年前后，海东半岛便开始接受楚辞文学[③]。当然，如果从《史记》著录的《渔父》《怀沙》等文字算起，楚辞之传入朝鲜半岛还可往前追溯至公元4世纪前后[④]，距今1600余年，说明楚辞与这片土地的结缘之深。到了高丽朝（918-1392），《文选》受到更多文人青睐，楚辞也因之更被重视，以致出现"高丽文士，皆以诗骚为业"（成俔《慵斋丛话》卷一）的现象。这一时期，文人吟诵屈骚、尊崇屈原独立不迁的人格，在诗文中广涉楚辞。到朝鲜朝（1392-1910），人们接受屈骚的程度更进一步，不仅通过吟咏楚辞吸取创作的语句词汇和表达方式，更有以屈原为异代知音，抒发同病相怜之情。他们读骚、评骚、拟骚，以至在个人的日常生活和形迹上都融入了楚辞因子。就创作体式言，最直接表现朝鲜古代文人对楚辞接

① 基金项目：国家社科基金重大项目"东亚楚辞文献的发掘、整理与研究"（13&ZD112）、国家社科基金青年项目"欧美楚辞学文献搜集、整理与研究"（15CZW012）、江苏省社科基金项目"中国辞赋海外传播研究"（13ZWC014）、江苏高校哲学社会科学研究项目"韩国《楚辞》版本的发掘、整理与研究"（2015SJB619）。

② 徐在日：《屈原与〈楚辞〉对韩国古典文学之影响》，《当代韩国》，1998年第3期。

③ 郑日男：《楚辞与朝鲜古代文学之关联研究》第一章，北京：人民出版社2012年版，第4-9页。

④ 参龚红林：《屈原作品韩国传播考》，《云梦学刊》，2010年第3期，第47页。

受现象的莫过于拟骚赋的写作，而某些步和《登楼赋》《归去来兮辞》之作，从仕宦和隐逸两个角度解读文人出处与时代遇合，可看作是拟骚的变格。

至朝鲜朝，楚辞在文人心目中的地位是空前的。他们不仅在各种文学体裁中广泛引用、评论、摹仿楚辞，甚至因喜爱屈骚而将之点缀于生活之中。如李春元（1571-1634）"其所好最著于楚辞，深得骚人之趣。"他爱好楚辞之深，以至生子均以"楚"字命名，"生五男三女：男长早卒，次楚材，楚老县监，楚望都事，楚奇业儒。"① 而他的诗文集《九畹集》，名称也取自《离骚》"余既滋兰之九畹兮"一句。李德懋（1741-1793）喜欢屈骚，曾自号为"蝉橘堂"或"蝉橘轩"，谓"余尝爱欧六一、屈左徒之为人，喜读其文。于欧取《蝉赋》，于屈取《橘颂》，窃有所感焉！"② 可看出他对屈原贞洁人格的崇尚。与之类似，朴齐家自号"楚亭"也是深爱屈骚之故，正如其言"取《大学》之旨而名焉，托《离骚》之歌而号焉。"③ 不惟如此，朴齐家平时还随身携持《离骚》，吟咏诵读，"扁舟无一物，鼓枻诵《离骚》"④。在作者看来，屈原的《离骚》是怨慕之作，但这种"怨慕"不同于悲愤哀怨，而是以忠君忧国为基础的幽忧慷慨。按，朴齐家乃首举"北学"之旗帜者，他曾出游北京，回国后撰写著名的《北学议》，主张积极学习中国等外来的先进技术和文化来发展本国的落后经济，可谓当时实学主义的先觉者。但他的意见未被当时的朝廷采纳实践，其本人也仅任微职，1801年更受牵连发配。这种怀抱理想却仕途失意、无法施展才华的经历和屈原的苦闷相似，所以他要"兼葭愁绝处，拟赋续《离骚》"⑤，尽管他从未写过《续离骚》之类的诗赋，但屈原、《离骚》、楚辞意象在他的举止和创作中留下了很深的痕迹。他手口不离屈骚，即是把读骚作为化解苦闷、消除忧愁的方式。而对于同样历经蹉跎人生的朝鲜朝其他文人，吟诵抒写怨懑的屈骚成了他们进行情绪宣泄和自我标榜的共同行为。

一、读骚的三个动因

朴齐家读骚以悲悼其坎坷不遇的人生，而金时习接受楚辞则与其所处的黑暗年代有很大关系。金时习天赋异禀，幼年被誉为神童，才华横溢，对未来曾有一番憧憬。但在1455年，世祖篡位其侄端宗，此事件在士人看来显然违背了君臣忠义之道，于是

① 尹舜举：《九畹先生形状》，《九畹集》附录，《韩国文集丛刊》第79册，第196页。
② 李德懋：《蝉橘轩铭并序》，《青庄馆全书》卷四《婴处文稿》，《韩国文集丛刊》第257册，第87页。
③ 朴齐家：《小传》，《贞蕤阁集·文集》卷三，《韩国文集丛刊》第261册，第649页。
④ 朴齐家：《九日同李炯菴放舟洗心亭下》五首之一，《贞蕤阁集·初集》，《韩国文集丛刊》第261册，第444页。
⑤ 朴齐家：《自温阳还》二首之二，《韩国文集丛刊》第261册，第453页。

在韩国古代历史上出现了反对这一行径而惨遭杀害的"死六臣"和以归隐方式表达不满的"生六臣"。作为"生六臣"之一的金时习，从此浪迹江湖，而吟咏楚辞也成为他孤高峻洁人格的象征，寄寓着对现实的怨怒。《早行》诗云："客路身多病，无端咏楚辞。"①"无端"一词凸显出诗人与屈原之间自然无隙的联系，楚辞的幽忧悱恻已经内化为其自我的心绪。《读楚辞》一首褒扬屈原的忠肝义胆，并将屈原的悲剧归结为君王不察、时事不合，矛头直指是非颠倒的社会群像：

> 汨罗当日葬忠魂，千古江山暗结冤。天下纷纷莘不察，全身何似括囊坤。
> 夜深蟋蟀鸣西堂，起坐吾伊三四行。太息慨慷不能寐，梧桐月影侵书床。龙
> 战山河不可期，如公无死得无危。春申纳妃负乌虏，亦是先生肠断时。②

夜读楚辞，感受着蟋蟀鸣叫和梧桐疏影，诗人不免心生悲凉，以至不能入眠。全诗充斥着烦郁愁闷的感情，流露出作者内心的焦灼和愤懑。屈原对楚国的依恋以及他在作品中反复致意，对楚王既怨又劝，这在儒家文化占据主导地位的朝鲜朝具有典型的普遍意义，此时的文人诵读楚辞既歌咏屈原的忠义形象，又带着对屈原怀冤沉江的惋惜，语气中多少含有感慨人生的意味，与朴齐家、金时习等人的读骚动机相一致。如李荇（1478-1534）《读离骚》云："早起有忙事，焚香读楚辞。文章变风亚，忠义后人悲。岁月莫吾与，椒兰从俗移。重华难再遭，湘水但清漪。"③ 尹愭（1741-1826）《读楚辞》说："湘江流不尽，屈子怨无穷。楚声留万古，萧瑟起秋风。"④

屈原的伟大，与其所处现实的黑暗氛围相比，尤为显明。他的对立面，是"世幽昧以眩曜兮"（《离骚》），而自己却能保持"举世皆浊我独清，众人皆醉我独醒"（《渔父》），其独立不迁的人格与超越世俗的行为被后人当作名士风度的载体之一，受到追捧⑤。如《世说新语·任诞》载王恭言："名士不必须奇才，但使常得无事，痛饮酒，熟读《离骚》，便可称名士。"⑥ 而在朝鲜朝，读骚也被视为名士的符号。丁若镛（1762-1836）《为尹惠冠赠言》云："或妻酿佳秫劝之，欣然一醉，读《离骚》《九歌》，以畅幽郁，足称名士也。"⑦ 林泳（1649-1696）《斲冰辞序》："族弟得之甫访余

① 金时习：《梅月堂集·诗集》卷一，《韩国文集丛刊》第 13 册，第 91 页。
② 金时习：《梅月堂集·诗集》卷十二，《韩国文集丛刊》第 13 册，第 273-274 页。
③ 李荇：《容斋先生集》卷五，《韩国文集丛刊》第 20 册，第 435 页。
④ 尹愭：《无名子集·诗稿》册一，《韩国文集丛刊》第 256 册，第 3 页。
⑤ 参见李中华、邹福清：《屈原形象的历史诠释及其演变》，《武汉大学学报》，2008 年第 1 期。
⑥ 徐震堮：《世说新语校笺》，北京：中华书局 1984 年版，第 410 页。
⑦ 丁若镛：《与犹堂全书》第一集《诗文集》卷十八，《韩国文集丛刊》第 281 册，第 385 页。

天台之居，留止句日，读《离骚》《九歌》以归。"① 所述潇洒之风亦可想见。但以上记载仍显简略，朝鲜文人读骚的情景到底如何？金鑢《题玄同赋稿卷后》有一段文人酬酢间唱咏楚骚场景的描述：

> 昔甲辰年间，余与玄同李平子安中会诏于京师水桥，今尚书西渔权公之第，时德水李鲁元太和在座。夜阑灯火也，平子高声读《楚辞》一遍，音响浏亮，神形超越。居然作三十余年，平子已在鬼录。②

李平子吟咏的气概、音响尽得骚人气韵，独具会心，令作者三十余年后仍历历在目，说明诵读者当时气度非凡。

还有一部分文人，他们熟读楚辞，是为了吸取作品中的艺术技巧，从而提升创作水平。多读前人之作，在吟咏之际体会作者的锦绣文心，以便在自己的写作中参酌资用，点铁成金。这样的学习之法，高丽时期李奎报就已点明，他于《答全履之论文书》一文写道：

> 凡效古人之体者，必先习读其诗，然后效而能至也，否则剽掠犹难。……古之诗人，虽造意特新也，其语未不圆熟者，盖力读经史百家古圣贤之说，未尝不熏炼于心，熟习于口。及赋咏之际，参会商酌，左抽右取，以相资用。故诗与文虽不同，其属辞使字，一也，语岂不至圆熟耶？③

到朝鲜朝，由于科试古赋，楚辞的重要性在举子的习业课程里卓然提高；而楚辞浪漫的艺术手法和香草美人之喻的象征体系，在文人笔下也具备效仿借鉴的典型意义，所以读骚成了文人接受优秀文学传统的一种手段。比如朝鲜王朝的世宗（1419－1450在位）以好学著称，熟读楚骚便是他好学的表现之一。徐居正《笔苑杂记》卷一载：

> 世宗天性好学，其未出阁，读书必百遍。于《左传》《楚辞》又加百遍。尝违豫，亦不辍读。

申叔舟诗赋俱佳，颇受出使东国的使臣倪谦赞美，谓其咏诵楚辞而能得句法之妙

---

①　林泳：《沧溪集》卷二，《韩国文集丛刊》第 159 册，第 60 页。
②　金鑢：《薄庭遗稿》卷十，《韩国文集丛刊》第 289 册，第 538 页。
③　李奎报：《东国李相国全集》卷二六，《韩国文集丛刊》第 1 册，第 557-559 页。

云：“倪学士送画松簇子于公，题画面云：‘大平馆里雕阑曲，曾倚清阴读楚辞。’亦服公妙于骚词，而夺换楚法也。”① 此外，口诵楚辞还有助于科试制赋的写作，如许篈（1551-1588）《呈惺斋书》云：“令子近读楚辞，至《九章》第二篇，顷试制赋数首，宛是楚调，而句法精致，不意其能速化至此也，行文亦渐进于古法。”② 从朝鲜时期存有众多骚体辞赋来看，当时文人确实对楚辞相当重视，在取法上也颇得会通之处。

以上从三个方面介绍了朝鲜时期文人读骚的三类主要动因，概而言之，即通过读骚的方式，试图消解个人理想与现实之矛盾而产生的忧愁；标榜屈原相较于“众党人”的特立独行、脱颖而出，显示出追慕屈原的名士风度；或效学屈骚自铸伟辞的文学手法，获得艺术创作的技法和准则。

二、评骚的四类文献

东国文人在学习、诵读的同时，就不可避免要对楚辞及其作家有所评述，此或为异域文士之一己私见，但又有与中国传统学问相勾连处。若以汉文化圈为整体来审视，东国文人的楚辞评论亦为楚辞学的重要组成部分。

在了解朝鲜时期文人的楚辞论述之前，有必要先提及高丽时李奎报《屈原不宜死论》一文。此文乃对屈原的专论，而作者又是当朝文宗，故其论说态度之坚决，尤显特殊。该文以“屈原不宜死”为论点，基本是贬抑屈原自沉殉国之举。李奎报认为屈原之死，非但无以救国，反而显露楚王之过；而《离骚》怨诽讥刺，众人相传，更有显君之恶的嫌疑。若屈原不死而远遁，则楚王之昏聩既不大露于世，又有惭悔之机，这才是名副其实的舍生取义，像商代的比干、夷齐等。作者站在儒家的立场，以中庸之道评判屈原的行为，这与汉代贬抑屈原论的思想基础是一致的。

李奎报的《屈原不宜死论》是韩国古代文学史上一篇罕见的屈原专论。至朝鲜时期，虽有释义楚辞的专篇，在各种文体中也可见楚辞文学的影响，但就楚辞评论而言，几无专文，只是零散存见于各类文献中，待人掘发。笔者就目验之楚辞评论稍加整理，归类于四种文献形式：书目、序论、诗话和诗赋，对前三种文献的评论资料曾撰有论文进行评述，可参阅③。为了叙述的完整，现将这四类资料合于一处讨论，已见之文则简述为要。

（一）书目

朝鲜时代的书目多受中国目录学的影响，常在各书之尾缀以解题，内容虽然多节

---

① 任元濬：《保闲斋集序》，见《保闲斋集》卷首，《韩国文集丛刊》第 10 册，第 6 页。
② 许篈：《荷谷先生杂着补遗》，《韩国文集丛刊》第 58 册，第 395 页。
③ 拙文《1392 至 1910 朝鲜时代的楚辞评论》，《南京师范大学文学院学报》，2013 年第 4 期，第 142-146 页。

抄自中国目录学著作，但去取增删之间仍能探见其对一些问题的看法。洪奭周（1774-1842）《洪氏读书录》编纂于正祖十年（1810），是作者为其弟所编的推荐书目录，所以不仅有指明"应读何书，书以何本为善"的功用，而且解题中常加论断，欲以辨章学术、考镜源流。本书著录楚辞两种，其一为"《楚词集注》八卷，《后语》六卷，《辨证》二卷"，介绍了《楚辞后语》的内容构成，并且指出朱熹注《楚辞》的直接原因："先生所著述皆圣贤大训，于辞赋之学盖未暇数数然也，岂其年之将耄而顾反废于无益哉？盖是时先生遭谗以去国而钩党之祸方始，先生之心即屈子之心也。"① 宋宁宗庆元间，韩侂胄独擅专权，将赵汝愚为首的五十九人指爲逆党而贬谪远逐，朱熹亦被列其中。与中国文人所论《楚辞集注》乃感赵汝愚之事而"为之注《离骚》以寄意焉"② 不同，洪奭周更强调朱熹自我经历对其注书的影响。在他看来，朱熹晚年遭遇韩侂胄的政治迫害，是其一生不遇的缩影，他注《楚辞》是以屈原观己，把自己比作屈原，用注屈的方式来表达自我理想与道义，所以朱子对屈赋的阐发寄寓深刻，不能等闲视之。

朱熹《楚辞集注》《辩证》以及《楚辞后语》是朝鲜时期传播最广的楚辞文献，这与朱子学在古代韩国儒学中占据统治地位息息相关。朱子的楚辞观也常被朝鲜目录学家采纳。但对于朱熹楚辞学自相矛盾的地方，朝鲜文人却并不盲从。如徐浩修（1736-1799）受命撰《奎章总目》，著录奎章阁所藏中国本图书，"总集类"录有"《楚辞》二本"③，题下引朱熹《楚辞集注序》以阐释大义，几乎全文照搬，惟朱熹责备屈原"不知学于北方，以求周公、仲尼之道，而独驰骋于变风、变雅之末流，以故醇儒庄士或羞称之"一句不录，可见作者对朱熹囿于儒家中庸之道而批评屈原的看法并不赞同。其实对朱熹的这种评价，中国文人也多有批评，但与中国文人直陈己见不同，徐浩修则通过文字的删录表达自己观点，体现了其比较进步的文艺思想。

可见，书目解题往往包含著录者的学术观点，朝鲜文人的楚辞观体现在书目中，或是稍加按语，以述己意，或通过对前人论断的去取表达自我的态度，其特点是简要含蓄。

（二）序论

朝鲜时期的序论包括序跋、杂说、专论和尺牍等文体，这些文献评论楚辞的内容主要有：1. 楚辞的起源和文体性质。东国文人虽然很早就将楚辞与《诗经》并列为文学经典，但具体论述楚辞的起源，多认为是《诗经》的嬗变而归之于诗体，河仑

① 张伯伟编：《朝鲜时代书目丛刊》，北京：中华书局2004年版，第4313页。
② 周密：《齐东野语》，北京：中华书局1983年版，第45页。
③ 张伯伟编：《朝鲜时代书目丛刊》，北京：中华书局2004年版，第288-291页。

(1347-1416)《圃隐集序》云："《诗》变而为《骚》,《骚》变而为词赋,再变而五七言出,至于律诗,则诗之变极矣。"[1] 即总结出了《诗经》→楚辞→辞赋→五七言古诗→律诗的古今诗歌流变体系,楚辞在这一体系中承接《诗经》的风雅之义,而具有对后代诗赋的典范意义。2. 楚辞的情感特征。楚辞"发愤而抒情"的特点基本被朝鲜文人采纳,成俔(1439-1504)《文变》说:"屈、宋肇悲怨之词"[2],并在《富林君诗集序》一文里分别用穷而后工、不平则鸣的诗学理论阐释楚辞怨懑的抒情特点:"尝观于水,夫安流无涛,冲瀜演迤,其深无穷而不可测;其或遇惊飙,触崖几,哮吼奋激而不能止。安流是水之本性,而奋激岂水之性乎? 特值其不平而为之变耳,骚人之辞亦犹是。"[3] 准确形象地揭示了骚辞悲哀愤悱之情的创作由来。3. 楚辞的社会功用。在儒家学者看来,诗歌如果只有怨忿的情感,而没有对社会的教化功能,则有乖于道而流于淫靡。朝鲜时期的文论家也作如是观,他们用孔子的诗教来解读楚辞,把楚辞的个人抒怀转化为社会训诫。如洪良浩《与宋德文论诗书》云:"楚人之骚,《小雅》之变也;西京之赋,雅颂之流也,皆是以发舒情志,感动人心,有裨于风教。"[4] 洪奭周《原诗》:"及其奋然而作,潸然而涕,令人神逴而不知,则《离骚》《九歌》《易水》《秋风》,固未尝无兴观群怨之美也。"[5] 这又从孔子"兴观群怨"的诗用观出发,把楚辞纳入为社会政治服务的范畴。桂德海(1708-1775)《经说·诗》:"《国风》好色而不淫,《小雅》怨而不乱,离骚兼有之,信矣哉。每言男女之情必荐借以香物,连缀以雅语,男女乍见相悦而不涉于淫亵之境,《离骚》亦同。"[6] 孔子论诗,曾"一言以蔽之"曰"思无邪",认为作品"发乎情,止乎礼",对男女欢爱之词要排斥邪思而看出其中的美刺之义。桂德海以此标准理解楚辞中的男女之喻,故有此语。

(三)诗话

韩国诗话多受宋代欧阳修"以资闲谈"态度的影响,论诗而涉及各种人事、说辞、杂录,体制与笔记杂说颇为接近,所以论楚辞内容也驳杂多面。詹杭伦曾对韩国诗话中的楚辞论述作过详细评点,可参看[7]。但其采录和评述的著作以李齐贤《栎翁稗说》、车天辂《五山说林》、李晬光《芝峰类说》、张维《谿谷漫笔》、宋相琦《南迁日录》、李宜显《陶谷杂著》、李瀷《星湖僿说》七种诗话为主,对其余诗话中的材料并未涉

---

① 《韩国古典批评资料集》(第一册),第110页。
② 成俔:《虚白堂集·文集》卷十三,《韩国文集丛刊》第14册,第532页。
③ 成俔:《虚白堂集·文集》卷八,《韩国文集丛刊》第14册,第476页。
④ 洪良浩:《耳溪集》卷十五,《韩国文集丛刊》第241册,第261页。
⑤ 洪奭周:《渊泉集》卷二四,《韩国文集丛刊》第293册,第538页。
⑥ 桂德海:《凤谷桂察访遗集》卷五,《韩国文集丛刊续》第78册,第487页。
⑦ 詹杭伦:《韩国诗话论楚辞述评》,《中国楚辞学》(第七辑),北京:学苑出版社2005年版,第253-280页。

猎。如果再加翻检，仍有可为补遗者。如金昌协《农岩杂识·外篇》所载对屈原名字的释义正源、申景濬（1712-1781）在《诗中笔例》"切叙缓结之例"条赞赏《招隐士》的笔法义理、李圭景（1788-?）《诗家点灯·续集》批评屈、宋辞赋中的男女爱情描写有失诗人之旨、开后世诬诳的先例，这些材料记录了海东文人对楚辞的认识，反映了楚辞对于域外人士的影响，可以帮助我们了解楚辞在整个汉文化圈内的接受情况。

（四）诗赋

朝鲜一朝，文人还通过以诗赋发论的形式，表达对屈原及楚辞的看法，尤其是在歌咏屈原的诗歌和摹拟楚辞的赋作中，往往能透露出作者的楚辞观。

屈原在谗佞满朝的楚国独立不迁、孤芳自持，他以"众人皆醉我独醒"形容自己好修不污的政治道德。这一点在东国受到众多文人关注，但与屈原坚持"独醒"精神不同，这些诗人更愿意取淡然超脱、诗酒自乐的人生观，醉醒之间态度截然。如徐居正《日休叙昨日江楼之会》："常思杜甫江头醉，不学灵均泽畔醒。"① 郑澈（1536-1593）《江村醉后戏作》："应同浮海志，不比赴湘人。"② 闵齐仁（1493-1549）《同福路中咏怀》："宁辞陶令醉，不学屈原醒。"③ 诗句中所云不学屈原的"独醒"并不表示对屈原人格立场的否定。自古有识文人没有谁能坚持"独醉"的，他们往往在失意时隐而待时，一遇明君后又俨冠入世，与屈原一样对社会政治怀抱理想而不与世同流。海东文人的所谓"醉"是乱世或不遇时的无奈反抗，是另一种形态的"醒"。所以朴齐家说："落落低看百代豪，《反离骚》是学《离骚》。"④ 为扬雄所作《反离骚》表面反骚实际学屈的特点进行申辩。关于扬雄《反离骚》，曾一度是中国楚辞学史上争论的焦点，有批评者，亦有为其辩诬者。朝鲜时期慎天翊（1592-1661）《反反离骚》也对此有过一番思辨。《反反离骚》是一篇摹拟《反离骚》而作的骚体赋，从篇题看主要是反驳扬雄的观点，如"吾苟容夫珍髦兮，虽鬻九戎而不纍"是对《反离骚》"姆娃之珍姒兮，鬻九戎而索赖"的回应；"椒兰之好嫉而难并兮，岂吾纍之不豫瘝?"则是对扬雄质疑"灵修既信椒、兰之唼佞兮，吾累忽焉而不蚤睹?"的反击。但是作者并非一味地批判原作，而是从扬雄本人出发，一方面指责扬雄软弱文人的个性，另一方面也在不断思考：扬雄这样一个淡泊自守的儒家文人何以会专作一篇《反离骚》来责备屈原。他说："默浑凝而渊静兮，骄独步而高麾。方初服之揭揭兮，宜尔歉乎纍之所爲。胡反纍之至行兮，实乖张而错施。"这就比纯粹批评《反离骚》及扬雄的观点更为深刻，而

① 徐居正：《四佳集·诗集》卷九，《韩国文集丛刊》第 10 册，第 349 页。
② 郑澈：《松江集》原集卷一，《韩国文集丛刊》第 46 册，第 149 页。
③ 闵齐仁：《立岩集》卷二，《韩国文集丛刊》第 25 册，第 411 页。
④ 朴齐家：《为酒所使走成十叠》，《贞蕤阁集》二集，《韩国文集丛刊》第 261 册，第 509 页。

有了"同情之了解"。最后，作者提出"执两端而折衷兮，聊奋策而陈辞"的"折中"说，认为《反离骚》固然要批驳，但也要站在扬雄的立场分析其作赋的深层原因，这是比较公允和进步的楚辞观。

朝鲜时期有众多的拟骚赋，其中像《反反离骚》这样蕴含了作者主观品评的作品亦不在少数。李种徽（1731-1797）《续招隐》："重华既以遵兮，鲧何幸直而亡躬。皇穹无私阿兮，君独上下而彷徨。"将所招隐士分明指向屈原，这是对王逸解释《招隐士》为招屈原说的继承，反映了作者的意见。郑弘溟（1582-1650）《续招》序言："余每读《招魂》《大招》，悲其辞旨清越。效颦为此文，窃附于宋、景诸生，招屈原之义云。"《招魂》《大招》的主题一直是楚辞学史上的公案，至今尚无定论①。郑氏此作，盖禀王逸"宋玉、景差作赋以招屈原生魂"之说而发挥衍义。金平默（1819-1891）《吊楚三闾大夫屈灵均》云："伊忠义与中行，既无憾于称停。顾武关之辙迹，曰有悔兮靡及。"通过屈原谏止怀王武关会秦的历史事迹，高度赞扬了屈原卓越的政治眼光和存君兴国的质量。

有些拟骚赋，赋前载有长篇序文，几可作为一篇专论看待。如好作赋序的张维，写有《续天问》，其序称：

> 昔者屈原既放，彷徨山泽，作为《天问》之篇。盖托于问天，以自纾其忧思感古之怀。其事怪其理淫，而其文特奇甚，其志又可悲也，故先儒亦不以其淫怪而斥之。余尝读之，喜其文而赏其志，未尝不慨然以叹，端居览物，乃益有所感发，遂效其体作一篇。凡造化之玄奥，物理之丛杂，斯文之兴丧，道术之邪正，幽明祸福之故，世道人心之变，参错缪鳌，可惑而可忧者，皆举以为问、句而韵之。而荒诞神怪，与屈子之所已问者一无及焉。总四十章，而为韵者九十有二。以其效天问而作，题曰《续天问》云。

该序文透露了五点信息：其一，作者认为《天问》乃屈原舒忧感怀之作；其二，《天问》的特点表现于事怪理淫，而文辞华瞻奇特，情感哀悯；其三，作者喜爱《天问》，有所感发而续其文曰《续天问》；其四，交代了续文的大概内容及篇章结构；其五，指斥《天问》中的神话传说为荒诞神怪之词，续篇不涉及之。对此，崔锡鼎《对续天问》也指出："昔屈原作《天问》以抒其忧悲瓌怪之辞。……近谿谷张子又演屈子

---

① 《招魂》的作者，汉代就有屈原、宋玉两说；所招魂灵对象，也有屈原招楚怀王、宋玉招屈原魂、屈原自招魂灵等诸多说法；关于所招魂灵生死，又有招生魂、死魂之说。王逸《楚辞章句》的意见是把《招魂》视为宋玉招屈原生魂之作。参见张庆利《〈招魂〉研究述评》，《绥化师专学报》1987年第2、3期。而《大招》的题旨也存在上述问题。

之意，作《续天问》。凡造化幽明之故、物理人事之变，皆举以为问，而淫怪之说亡及焉。盖欲矫昔人之流遁而归之大中也。"可见，朝鲜时期的拟骚赋建立于作者对原作的深刻理解之上，融创作与评论于一炉，是一种间接的楚辞批评。

三、拟骚的三种类别

文人拟骚，基本出于借屈骚寄寓己怀的目的，姜亮夫言拟骚中的上乘之作乃"探灵均孤忠之核，以得其慨感幽深之志，多出于贤人失志之所为。"① 朝鲜时期的文人读骚、评骚，善体屈子之志，感慨一己之身，其拟骚亦不外如是。金养根（1734-1799）《次九歌赋》序云："屈子此篇，即因荆俗事神之心，以寓吾爱君忧国之义者也。事神不答而巫自不能忘其敬爱，事君不答而原自不能忘其忠赤。嗟乎！千载之下有余悲矣。落拓多年，无以自遣，有时曼声吟讽。复此步韵，如曰至方不能加矩，则岂足爲知我也！"道出了其读、评、拟骚系列活动的一贯性。

当然，朝鲜时期受楚辞沾溉的辞赋很多，为了显示其时追摹屈原的特殊性，使论说更具说服力，这里所谓"拟骚赋"，仍取其狭义的界定，即全篇以楚骚的文体形式构篇，明确地以《楚辞》或汉代拟骚赋为摹写模板，写屈原故事以咏怀的作品。这样，所取狭义标准下的朝鲜时代拟骚赋计有 26 篇之余，根据摹拟对象的区别和咏屈形式的多样性，大致可分为三类：

第一，摹拟屈原作品或屈作以外的《楚辞》名篇，基本仿造原篇形式，借鉴楚辞的句式、语词，赋名标以"拟""和""次""续"等显示性质。主要集中于对屈原《离骚》《九歌》《天问》，宋玉《九辩》《招魂》，淮南小山《招隐士》的拟作。这些拟赋主题接近原作，在作者身上通常可以找到屈原式的伤怨。

第二，仍以某一骚赋为模板进行摹写，但主旨或有延伸，或反意而作，表现出对原作的突破。如洪裕孙《次贾谊吊屈原赋》、申光汉《拟招隐士》分别在叙述内容和文章题材上有所扩展；权斗经《反招隐酬李仲玉》、慎天翊《反反离骚》都是对原作意旨的反拨。《次贾谊吊屈原赋》从"顾余眇末，后千载生"的角度叙说了作者读"二十五年之离骚兮，愤伊郁兮不得语"的感情。赋文由情入理，分析了屈、贾罹祸的原因："畏途当前，胡莫折车。众轵并辙，势无持久。出身当先，畴任厥咎。"并确切地指出世道昏蔽贤人失志的必然性："机不可兮不知，宜夫子之罹此辜也。世蔽美而夸蚩兮，于何矜子之都也。世忘高而处卑，子胡不能而下之。事有固然而或不可兮，箕子为奴微子去之。"《反招隐酬李仲玉》一篇，据作者所说是有意"依汉小山之词而反其意"，

---

① 姜亮夫：《楚辞书目五种》，《姜亮夫全集》第五册，昆明：云南人民出版社 2002 年版，第438 页。

故其与《招隐士》所述内容相对。《招隐士》通过山中幽深险仄环境的描写，使人顿生怖惧之情，以此劝诱王孙"不可以久留"。《反招隐酬李仲玉》则写居于幽山，以芳草为食，与山禽游戏，乐享其中而澹然忘归；与之相衬，山之外乃恶草满盈、枭鸟鸣世，风雨飘摇；于是，宁作山中人，自洁自娱，优游终生："山中人兮聊淹留，饮石泉兮代流觞。"这类拟骚赋还包括蔡彭胤《拟招哀睦尚书》、洪奭周《招隐士赋》等借原赋结构写个人目的的作品。

第三，无具体摹拟范作，但辞赋的主旨为咏屈、吊屈，内容通常都涉及屈原事迹或作品。如金时习《拟吊湘纍》《汨罗渊赋》，一目了然皆为吊屈之作，"湘纍"是后人对屈原的一种称呼，扬雄《反离骚》："因江潭而往记兮，钦吊楚之湘累"，颜师古《汉书》注引李奇云："屈原赴湘死，故曰湘累也"①。汨罗，为屈原自沉之水名，《史记·屈原列传》载其"怀石遂自投汨罗以死"②。申光汉《二妃祠赋》，谓"二妃祠"，所祠即尧之二女、舜之二妃，古代学者基本认为屈原《九歌》中的《湘君》《湘夫人》所述为舜二妃故实。朴泰淳（1653–1704）《竹筒祭汨罗》将民俗与悼屈、怀屈结合起来，说明了祭屈的广泛性。梁代吴均《续齐谐记》："屈原五月五日投汨罗水。楚人哀之，至此日，以竹筒子贮米，投水以祭之。"③该赋则假设贾谊、渔父之问答，借渔父之口道出汨罗当地端午节以竹筒贮米投水祭屈原习俗的由来，高度赞扬了屈原忠君爱国的政治品德和坚贞不屈的人格魅力。此类拟赋虽不以"拟""和"某篇为写作手段，但赋文无不关涉拟骚的主体——屈原，与其他二类赋一起，体现了朝鲜时代拟骚形式的多样化。

一个颇值得玩味的现象是，某些题为拟骚的作品表现出对屈原情感的淡化和一己体认的彰显，而同作者在步和其他赋作的拟赋中却体现出对屈原精神的强烈共鸣。如申光汉《和离骚经》以寻求儒家中庸之至道、五德之至理代替《离骚》中向往的君臣遇合，从而消解了屈骚悲天悯人的忠怨之感，而代之以性命学的体悟和追索，可谓拟骚赋中的奇葩。而他在步和王粲《登楼赋》的同题赋作中却直追屈原情致。申氏《登楼赋》题下自注："用仲宣韵"，说明他是主动步韵《登楼》，且直用原题，但赋中所抒之情并非怀土之忧，而以屈原为追诉的对象，感伤其人。赋中云："异仲宣之作赋兮，怀旧土以讴吟。惟世臣与宗人兮，固殊体而同心。"表明登楼作赋虽同为抒忧泄懑，但其所发之感与王粲流落异乡怀才不遇的士子心境不同，而是源于臣子对国家兴亡的道义担当和存君兴国的政治理想，与屈原"同心"，故此赋多袭楚辞句法，内容上

---

①　班固：《汉书·扬雄传》，北京：中华书局 1962 年版，第 3516 页。

②　司马迁：《史记》，北京：中华书局 1982 年版，第 2490 页。

③　吴均：《续齐谐记》，《景印文渊阁四库全书》第 1042 册，台北：台湾商务印书馆 1986 年版，第 558 页。

也极力摹仿屈骚。如赋中"纫兰蕙以为佩兮，缀芙蓉以为襟。""纷既承此厚德兮，重以揽荸于芳洲。岂不奔走以汲汲兮，岁去我其如流。""风袅袅兮云悠悠，想汨罗兮波深。屈子之自湛兮，中既激而难禁。岂离骚之贰故兮，死犹遗其楚音。"等，或用楚辞原句为屈子代言，或以第三人称追思屈原。赋末尾更有一段飞征叩阍的描写，情节、意象均取自《离骚》：

> 纵不能怀沙以赴渊兮，愿周流乎四极。驾文驷而先后兮，骥岂称乎其力。掇秋菊以具餐兮，把灏气以充食。朝扶桑之将暾兮，夕咸池之未匿。吾将乘此以上征兮，愿一见敷腴之色。天门邃兮九关，望旬陈而太息。

无论从形式还是情感主题看，申光汉《登楼赋》更像是一篇拟骚作品。

就前后继承关系而言，中国文学作品绝不是壁垒森严的。以屈骚为代表的楚辞作为中国文学的源头之一，抒写的是所有士大夫普遍的心灵世界，具有典型的意义。而"'典型'的意义最后并不只是停留在具体事件上，而是一种超越时空的共鸣传响，可以振动与系连每一个真正的知识分子。"① 何况《登楼赋》所表现的忧戚之心既部分来自于楚辞，又与屈原的悲愿相叠合②，本身可以视为楚骚的流变。申光汉步和《登楼赋》而写骚旨，在抒情的主体感受上仍是一以贯之的。

---

① 郑毓瑜：《性别与家国——汉晋辞赋的楚骚论述》，第 186 页。
② 曹虹：《王粲〈登楼赋〉及其对文学史的意义》，载《风起云扬——首届南京大学域外汉籍研究国际学术研讨会论文集》，北京：中华书局 2009 年，第 548-550 页。

印度文化对于《天问》的影响

——孔好古《天问》研究评述①

德国哥廷根大学　徐美德

【摘　要】　德国莱比锡学派叶乃度（1891-1958）于1931年整理发表了其师孔好古关于《天问》的研究成果。孔好古在翻译以及注释《天问》的过程中，大量引用了印度文献，尤其是佛教文献。本文对其中的几条诗文所引用的印度学材料进行了比较深入的发掘，以期对印度佛教文献于《天问》的影响有个比较明晰的认识。

【关键词】　天问　汉译佛经　印度文献

孔好古（August Conrady，1864-1925），德国汉学莱比锡学派的创始人。1906年他在《德国东方学协会杂志》上发表了一篇题为《公元前四世纪印度对中国的影响》②。文章多次提到屈原，在第247页，他写道：

> 我们有屈原的一首独特的而又很少被注意到的诗歌，即《天问》。在那里，除了许多神奇的事物，他还对道教的宇宙观、神话以及历史进行了提问。根据一个古老的解释，这首诗是他在流放期间誊抄了一个废弃官殿上面的壁画，并以提问的方式来表达。

受此观点的影响，他在后来研究《天问》的时候，对诸如顾菟、驮岛的乌龟、吞舟鱼等所做的考证均大量引用了梵语文献。为了更好地研究印度文化对于中国古代文化的影响，笔者通读了一下他的学生叶乃度编纂完成的《中国艺术史上最古老的文献

①　基金项目：国家社科基金重大项目"东亚楚辞文献的发掘、整理与研究"（13&ZD112）、国家社科基金青年项目"欧美楚辞学文献搜集、整理与研究"（15CZW012）、教育部人文社会科学研究青年基金项目"楚辞在欧美的传播与影响"（11YJC751009）、江苏省社科基金项目"中国辞赋海外传播研究"（13ZWC014）。

②　Conrady, A. *Indischer Einfluß in China im 4. Jahrhundert* v. Chr. Zeitschrift der Deutschen Morgenlandischen Gesellschaft 60（1906）335-351.

——〈天问〉》①，决定将以下材料拿来探讨。

一、夜光与顾菟

V17　夜光何德，死则又育

V18　厥利维和，而顾菟在腹

Welche Tugend (Zauberkraft?) hat die Leuchte der Nacht, dass sie wiederum geboren wird, wenn sie gestorben?

Was ist ihr Gewinn, dass der rückschauende (rücksichtsvolle?) Hase in ihrem Bauche ist? (p. 121)

汉译：夜光（夜里的发光体）有什么品德（魔力?），以至于她死了以后又出生了？什么是她的收益，回顾的（体贴的）兔子在她的腹中？

首先，孔好古根据朱熹的注，把"夜光"解释成"明月之珠"，认为应该来自于印度的宝石 Candrakānta 或者śaśikānta（像月亮一样可爱的）。而翡翠（Smaragd）源于古希腊语的 Smaragdos，根据语源分析，孔好古认为这个希腊语词源于梵语的 marakata②。（p. 168-170）

其次，关于顾菟，可以参看贾捷的《楚辞天问顾菟考》③。兔子跳进火堆来供养一个丛林中饥饿的婆罗门，这个故事在佛经文献中十分常见。比如巴利文《生经》Sasa-Jātaka（316）。梵语文献见于 Avadānasārasamuccaya No. 6，《百缘经》（Avadāna? ataka）No. 37，《菩萨本缘》（Bodhisattvāvadanakalpalatā）No. 104 以及《本生鬘论》（Jātakamālā）No. 6，和田文的《本生经赞》（Jātakastava）No. 3。汉译佛经，《六度集经》21、《菩萨本缘经》6、《生经》31、《菩萨本生鬘论》6、《一切智光明仙人慈心因缘不食肉经》《僧伽罗刹所集经》《撰集百缘经》38、《杂宝藏经》11、《旧杂譬喻经》45 以及《大唐西域记》第七卷第 907 页。

在上述文献中，有时候兔子是作为兔王出现，有时候是跟其他动物在一起，不过主题都一样。孔好古据此把"顾菟"翻译为体贴的兔子，还是有相当说服力的。梵语里śaśa 是兔子，而śaśin（有兔子的）、śaśadhara、śaśabhṛt、śaśalakṣaṇa、śaśalakṣman、śaśānka（śaśa-anka）都是月亮的意思④，跟汉语的"月兔"类似。

---

① Conrady, A. *Das älteste Dokument zur chinesischen Kunstgeschichte T´ien-Wen: Die "Himmelsfragen" des K´üh Yüan.* Leipzig 1931.

② 梵语还有 harinmaṇi、gārutmata 以及 aśmagarbha，都是同义词。

③ 贾捷、周建忠：《楚辞天问顾兔考》，《文学遗产》2009 年第 6 期，第 122-123 页。

④ 参看季羡林《比较文学与民间文学》，北京：北京大学出版社 1991 年版，第 100 页。

二、虬龙负熊

V48　焉有龙虬，负熊以游

Wo gibt es den jungen Drachen, der den Bären spazierenträgt (auf den Rücken nimmt), um herumzuwandern (zu schwimmen)？(p. 123)

汉译：哪里有小龙，背着熊来回游动的？

孔好古写道："龙（或者更贴切的说是鳄鱼）背着熊是一个印度本生经中的材料，并且几乎被大半个地球接受。这个故事除了印度跟东亚（韩国），还在中亚以及希伯来（Talmud）、在德国中世纪的童话文学和希腊寓言（猿猴与海豚）中也有发现。(p. 219 -220)"。不过他没有对这个材料进行展开讨论，笔者在撰写博士论文的过程中对这个动物寓言进行了比较系统的文献收集：首先，印度名著《五卷书》(Pañcatantra) 第四卷中有这个故事，是海豚背着猕猴①。同属这一系列的还有《故事海》(Kathāsaritsāgara) 第 63 章第 97-124 节②，《织机小故事》(Tantrākhyāyika) 第四章③，《鹦鹉书》(śukasaptati) 梵文本第 67 则④，马拉提语 (Marāthī) 本第 64 则⑤，以及中世纪 Johann von Capua 从希伯来文翻译成拉丁语的 Directorium vitae Humanae 第六章⑥，只不过是鳖驮着猕猴，跟汉文本一致。

在其他佛经文献中一般都是鳖驮着猕猴。比如巴利文《本生经》Sumsumāra-Jātaka (208)⑦，梵语《大事记》(Mahāvastu) II246, 3-250, 13⑧。汉译佛经见于《六度集经》(T152) 36⑨，《生经》(T154) 10⑩以及《佛本行集经》(T190) 卷 31⑪。有趣的

①　Schmidt, R. *Das Pañcatantram (Textus Ornatior)：eine alte indische Märchensammlung.* Leipzig 1901. p. 252-256.

②　Penzer, N. M. *The Ocean of Story*, being C. H. Tawneys Translation of Somadevas Kathā Sarit Sāgara. Patna 1968. V127-130.

③　Hertel, J. *Tantrākhyāyika die Älteste Fassung des Pañcatantra*, aus dem Sanskrit übersetzt mit Einleitung und Anmerkungen. Leipzig 1909. p. 140-143.

④　Schmidt, R. *śukasaptati*, Das indische Papageienbuch. München 1913. p. 111-114.

⑤　Schmidt, R. *Die Marāthī-übersetzung der śukasaptati Marāthī und Deutsch.* Leipzig 1897. p. 139-140.

⑥　Geissler, F. *Beispiele der alten Weisen des Johann von Capua*, übersetzung der hebräischen Bearbeitung des indischen Pañcatantra ins Lateinische. Berlin 1960. p. 254-263.

⑦　Dutoit, J. *Jātakam das Buch der Erzählungen aus früheren Existenzen Buddhas.* Leipzig 1908-1921. II 184-186.

⑧　JONES, J. J. *The Mahāvastu.* London 1949. II 232-236.

⑨　［日］大正一切经刊行会：《大正新修大藏经》第三册，1983 年版，第 19 页。

⑩　［日］大正一切经刊行会：《大正新修大藏经》第三册，1983 年版，第 76-77 页。

⑪　［日］大正一切经刊行会：《大正新修大藏经》第三册，1983 年版，第 798-799 页。

是，在《佛本行集经》里出现的是龙，而不是鳖。

韩国类似的故事请参阅 GRAYSON，The Rabbit Visits the Dragon Palace. A Korean A-dapted Buddhist Tale from India. *Fabula* 45（2004）69-91。而藏文故事见于 O'CON-NOR，*Folk-Tales from Tibet* p. 141-146。

三、雄虺九首

V49　雄虺九首，倏忽焉在

Die männliche Schlange mit neun Köpfen, die blitzgeschwinde, wo haust sie? （p. 125）

汉译：有九个头的像闪电一样迅速的雄性蛇，他住在哪里？

孔好古写道："第一次看见雄虺这个童话动物，完全的非中国化。这个应该与印度想象中的蟒蛇（Cobra）类似，在 Bharhut 中的三头，而在 Sānchi 神庙中则有七头。而在《出曜经》（Abhiniṣkramaṇa-sūtra）的汉译中出现的也是九头。"（p. 221）

Bharhut 以及 Sānchi 是印度两个著名的印度教圣地，这里保存有大量的印度教的神话雕塑。而他说的《出曜经》是指《佛本行集经》第四十一卷迦叶三兄弟品中的毒龙："时彼毒龙，九头大项，引颈欲向优娄频螺迦叶身边。"[1]

·四、灵蛇吞象

V52　灵蛇吞象，厥大何如

Die göttliche Schlange, die Elefanten verschlingt, wie steht's mit ihrer Größe? （p. 125）

汉译：可以吞噬大象的、神一般的蛇，他的大小怎么样？

在此，孔好古先是引用了《山海经》中的修蛇以及朱熹注中的巴蛇。然后他进一步引用（p. 226）："Ktesias 报告了一种七埃伦（Ellen）长的、吞食公牛、驴和骆驼的印度蛇（Dunker, Geschichte des Altertums II 274，脚注 5）。在 Plinius 的《自然历史》中写到 'Megasthenes scribit in India serpentes in tantam magnitudinem adolescere, ut solidos hauriant cervos taurosque'（Megasthenes 写道在印度有如此巨大的蛇，以至于吞食了整个的鹿和公牛。见 Plinius, Historia Naturalis VIII 36）。在 Diodor（II 10）中，就像其他的许多印度文献一样，提到了在埃及有一种可以吞象的蛇。而吞象的还见于阿拉伯传说以及希伯来文文献 Talmud 的传说，一种蛇吞食了一只跟一座城市一般大的青蛙（Benfey, Orient und Occident II 236 以及 III353）。"孔好古博古通今，熟悉各种古典文

---

① ［日］大正一切经刊行会：《大正新修大藏经》第三册，1983 年版，第 843 页。

化，对这个吞象蛇的注释值得研读。

五、鲮鱼与魁堆

V55　鲮鱼何所，魁堆焉处

An welchem Orte ist der Ling-Fisch（Walfisch），und wo lebt der K'i-tui?（p. 125）

汉译：在什么地方有鲮鱼，哪里生活着魁堆？

在这里，孔好古不大赞同原来的注释。他认为所谓的鲮鱼与原注中的鲤鱼应该完全不相干，而是应该来自于印度的影响。他引用了 1544 年出版的《异鱼图赞》，认为这里的鲮鱼及指彼书中的陵鱼，亦即吞舟之鱼。他写道："这样的鱼，不仅仅在印度的本生经中经常出现，而且在印度最古老的雕塑（Bharhut 中的塔）中、公元前 3 世纪的《吕氏春秋》以及《列子》中也出现了。这样的动物后来也从印度传到了希腊以及整个欧洲（Rhode, Der griechische Roman II 209）。而且在希伯来语文献 Talmud 中出现过的一个传说'来自印度的拉比 Jehudah'中也出现了（Benfey, Orient und Occident III 354）。"（p. 228-229）

六、背岛的龟

V83　龟载山抃，何以安之

Wenn die Schildkröte, die die Inseln tragen, die Füße regen, wodurch beruhigt man sie?（p. 129）

汉译：当驼着岛的乌龟移动她的脚，用什么来安定她？

这里所作的注释是叶乃度的，他的注释就简单了很多。他说驮着岛的东海乌龟，首先出现在《列子》一书。然后叶氏认为这个也来自于印度的思想，虽然这个也见于美洲（Delawaren）。（p. 244）

孔好古在《公元前四世纪印度对中国的影响》这篇论文里提到了一个生有灵芝的极乐岛（蓬莱?），并且根据屈原的说法，认为这个岛是由乌龟驮着的。然后他说："这个解释可能只是印度式的想法，即当驮着岛的乌龟动他们的脚的时候，就产生了地震。"[1]

关于此，有必要对于印度文献进行一些考证。在《摩诃婆罗多》第三册第 191 章，

[1]　Conrady, A. *Indischer Einfluß in China im* 4. *Jahrhundert* v. Chr. Zeitschrift der Deutschen Morgenlandischen Gesellschaft 60（1906）343-344.

有乌龟叫 Akūpāra[①]，即后来的毗湿奴（Viṣṇu），被当作了最古老的动物，他在 Indrady-umna 祀火之前，被放在祭坛最底层，已经有了背负整个祭坛的含义[②]。在同书第 1 册第 15-17 章也出现过："神和巨人请求 Akūpāra 来完成 Mandara 山的基础工程，他遵守了"[③]。关于这个话题，苏雪林有《屈赋论丛》[④]，可以参看。

七、关于昆仑

V40-41　　昆仑县圃其尻安在增城九重其高几里

V42-43　　四方之门其谁从焉西北辟启何气通焉

Der K' un-lun und die hängenden Gärten, wo ist ihre Stätte?

Die getürmte Stadt, die neunstöckige, wie viel Meilen ist ihre Höhe?

Die Tor der vier Himmelsgegenden, wem folgen sie?

Wenn (die Tore im) Westen und Norden sich öffnen, welcher Hauch dringt hervor? (p. 123)

汉译：昆仑跟悬着的花圃，他们的场所在哪里？九层的、累积的城市，他的高度是多少里？谁来跟从四方的门？当西北大门开的时候，什么样的气息会冲进来？

在此，孔好古先是对于昆仑进行了一些描述，提到了他自己的一篇论文《关于斯文赫定 Sven Hedin 在楼兰发现的汉文手稿以及其他的断片》[⑤]。然后他把昆仑山跟印度的 Meru（Sumeru）山进行了一些比较。他写道："在 Meru 山上有 Indra 的城市，周长 800 里，40 里高（据《摩诃婆罗多》）。而且正是使用里来计算一个城墙的高度是真正的印度式而非中国的。如果我的记忆是正确的话，印度的城市也是多层累加的。不管怎么样，印度雕塑中的上帝之城都是四层的。那里还有 Indra 的花园 Mandana，那里生长了一种愿望树（Pārijāta-vrkṣa），根据其他的描述，也有比如在《淮南子》及《吕氏春秋》中出现的长生树。根据比较古老的印度文献婆罗门书（Brāhmanas），我们知道 Indra 的守门人是如何从极乐城中逃跑和对他无阻碍的放入。"（p. 210-211）

---

①　这个词的本义是没有界限的意思，词中的 pāra 来自于梵语词根 pr（运载，跨度），后来也成为乌龟的通称。而 kacchapa 在梵语里是乌龟的意思。Kaccha 是龟甲或者嘴巴的意思，pa 是动词词根：保护。

②　参看 Clouston, W. A. *The Legend of the Oldest Animals.* The Academy 860 (27. Okt. 1888) 274

③　参看 Rüping, K. *Amṛtamanthana und Kūrma-Avatāra.* Wiesbaden 1970. P. 8-14.

④　苏雪林除了著有《屈赋论丛》以外，还著有《楚骚新诂》《屈原与九歌》《九歌中人神恋爱问题》《天问正简》以及《昆仑之谜》。

⑤　Conrady, A. *Die chinesischen Handschriften-und sonstigen Kleinfunde Sven Hedins in Lou-lan.* Stockholm1920. p. 154-159.

这里提到的 Meru 即汉译佛经中经常见到的须弥山，这个也是印度教及其他印度宗教的圣山。至于他提到的婆罗门书，指 Jaiminīya Brāhmaṇa①。关于 Pārijāta，参看 Christopher Austin 2013 年发表的一篇论文②。

八、时代背景及结语

1786 年，英国东方学家威廉琼斯（William Jones，1746-1794）在新成立的孟加拉国亚洲协会上的演讲指出梵语与拉丁语和希腊语有惊人的相似之处。以此为开端，欧洲兴起了比较语言学。随着欧洲学者对于梵语的不断深入的研究，他们也对印度的语言、宗教、童话、史诗进行了全面研究。通过印度文明与古希腊文明的比较，当时的西方学者一般认为西方的很多动物寓言来自印度。比如德国著名的印度学家、历史学家 Albrecht Weber（1825-1901）主持编纂的《印度研究》（Indische Studien），他自己也写了一篇论文来讨论印度寓言与古希腊寓言的联系③。受此思潮的影响，孔好古也采用这一方法来研究印度文明对于中国古代典籍的影响。

在楚辞学史上，孔好古的《天问》研究引起了中西方学者广泛的兴趣，也同时引起了巨大的争议④。如果我们结合中国古代文献中的各家注释，同时采纳一下西方学者的各种研究成果，将有利于融会贯通、扩大视野。孔氏的某些观点未必恰当，但是他精通汉学、印度学以及欧洲古典文化，他以及他学生的翻译以及注释必定会在《天问》的研究史上占有一席之地。

致谢：在撰写此论文的过程中，我得到了博士导师，哥廷根大学印度学系主任 Thomas Oberlies 教授的诸多文献上的帮助，比如第 22、25、26 条的注释。另外，衷心感谢陈亮师兄允许我阅读并且引用他的博士论文，这篇论文也是在他的启发与鼓励下才得以完成的。

---

① Bodewitz，H. W. *Jaiminīya Brāhmaṇa* I，1-65，Translation and Commentary with a Study Agnihotra and Prāṇāgnihotra. Leiden 1973.

② Austin，C. *The Fructification of the Tale of a Tree：The Pārijātaharaṇa in the Harivaa and Its Appendices.* Journal of the American Oriental Society 133（2013）249-268.

③ Weber，A. *über den Zusammenhang indischer Fabeln mit griechischen.* Indische Studien 3（1855）327-373.

④ 详见陈亮博士未发表的博士论文《欧美楚辞学论纲》上篇第三章第三节以及下篇第七章。

屈原对越南伟大诗人阮攸创作的影响①

越南河内人文与社会科学大学　　范文兴（PHAM Van Hung）

【摘　要】　　阮攸是越南民族最有代表性的古典诗人，也是越南民族的伟大诗豪。屈原对阮攸创作的影响表现在作品内容及艺术形式。在作品内容上，屈原对社会及人生的态度及孤独并渴望知己的情感对阮攸有影响；在艺术形式上，屈原作品的艺术手法以及常见用语方面对阮攸有明显影响。

【关键词】　屈原　阮攸　越南

在历史上，由于地理、政治的关系，越南古代时期的作家们不断吸收了中国古代文学的精华来创作自己独特的作品。对于越南古代文学，中国先秦时期的古代文学具有巨大的吸引力，其中对越南古代文学影响很大的中国古代诗人之一就是屈原。在越南诗人当中，阮攸就是深受屈原思想影响的人。

阮攸（1765-1820），是越南民族最有代表性的古典诗人，也是越南民族的伟大诗豪。仅汉字诗就有249首了，喃字诗几百首。其中，最有名的著作为《断肠新声》（另称为《金云翘传》），是借鉴中国清初时期的青心才人的章回小说《金云翘传》的故事内容来创作的。屈原对阮攸创作的影响表现于两个方面：作品内容及艺术形式。通过对这两位有名诗人作品的研究对比，我们对中国和越南这两个国家古代文学的关系，可以初步得出以下若干结论。

一、屈原对阮攸创作在作品内容方面的影响

（一）对社会及人生的态度

在屈原时代，屈原是个不能实现自己梦想的失意人。他的政治理想、道德理想最终不能成现实。屈原常以忧伤的失望态度提到"众人"，"举世"，"党人"，"民"，"邑犬"等这些词语。

---

①　基金项目：国家社科基金重大项目"东亚楚辞文献的发掘、整理与研究"（13&ZD112）、江苏省社科基金项目"中国辞赋海外传播研究"（13ZWC014）。

在屈原眼里，当时的社会道德正在衰退下去，人们追求谄媚阿谀，奉承讨好等这种卑鄙的生活方式，屈原曰："推夫党人之偷乐兮"，"众女嫉予之娥眉兮"，"世并举而好朋兮"，"世混浊而不分兮"，"举世皆浊我独清，众人皆醉我独醒"。生活在不断发生变动的18世纪末19世纪初的越南社会里，深受屈原思想的影响，阮攸对人生、对人情世态也充满悲观及担忧，阮攸曰："异乡养拙初防俗，乱世全生久畏人"，"白头无赖拙藏身"。在阮攸诗中，"才命两相妨"这种说法是出现得很多，很普遍的主题："高才每被文章妒"，"本无文字能憎命——何事乾坤错妒人?"。如果屈原曾经害怕时间过得太快："恐年岁之不吾与"，"恐修名之不立"，"恐美人之迟暮"，那么阮攸也有同样的担忧："白头多恨岁时迁"，"壮士白头悲向天"，"生未成名身已衰"。如果屈原多次提到死，如："宁赴湘流，葬于江鱼之腹中"，"宁溘死以流亡兮"，那么阮攸也多次提到死，如："百年穷死文章里"，"十旬牢狱死生心"，"凡人愿死不愿贫"。可以说"死"这个主题已经把屈原和阮攸连接起来，而其中不是没有中介因素。屈原写"妺嬉何肆，汤何殛焉?"阮攸写"自是举朝空立仗，枉教千古罪倾城"。

（二）意识到孤独并渴望找到知己

屈原是位大人格、大贤才，他自己也意识到这一点。然而，就是那个与众不同的崇高品质已经把他推到了出众贤才者比较普遍遇到的悲哀处境，那就是孤独。屈原在政治活动中被孤立，而就是政治人的孤独已经深刻地影响到了其个人及其诗人："鸷鸟之不群兮，自前世而固然"，"兰芷幽而独芳，予独好修以为常"，"独立不迁"，"吾独穷困乎此时也"，"独处乎山中"。阮攸也这样写："天台山前独闭门"，"歌舞空遗一人在"，"丞相孤忠万古传"，"千古谁人怜独醒——四方何处托孤忠?"，"独出风尘"。这两位大诗人都希望找到知己知音。屈原写道："国无人莫吾知兮"，"谁知吾之廉明"，"人之心不与吾心同"，"世混浊莫吾知"。阮攸也这样写道："我有寸心无与语——鸿山山下桂江深"，"不知三百余年后——天下何人泣素如"。屈原和阮攸这两位名人虽然都不生活在浪漫主义时代，就是又有大希望又有大失望的时代中，可是每个人本身都含有失望的破裂因素了，所以遇到符合的环境时，他们将自己认识到自己的孤独，自己的单枪独马。

二、屈原对阮攸创作在艺术形式上的影响

之所以屈原影响到阮攸创作的内容，是因为两位有相同的创作兴趣及创作背景。可以说：相同的感情和思想会导致大家找到相同的表达方式。因为在内容范围内所发生的相同点也将在艺术形式上找到类似的。这时候，要根据其原有的完整性来评价其影响程度。

（一）常用的艺术手法

屈原和阮攸这两位伟大诗人都是充满浪漫主义的。凡是本身含有这种浪漫主义的人，即使他们没有表露出自己正在寻找真正理想，但是通过他们创作的作品，我们都可以看到这一点。正是因为渴望达到崇高的理想，所以他们一直把世界分为两个极其相反的。

这些"白头"，"白发"，"孤"，"独"，"嫉"，"妒"等形象就是诗歌的重叠性。那就是深刻了艺术印象的手法。这些《楚辞》里的"花""宁溘死""嫉妒"等形象的重叠是阮攸全部创作的直接启发。

在文章结构方面，如果屈原的《离骚》是《九章》的归纳，那么在阮攸的创作作品中《反招魂》是《太平卖歌者》，《湘潭吊三闾大夫》，《所见行》，《辩贾》，《五月观竞渡》等作品的归纳。

（二）一些常见的词语

屈原："朝饮木兰之坠露兮，夕餐秋菊之落英。"

阮攸："灶头终日无烟火，窗外黄花秀可餐。"

屈原的《天问》写了170多个疑问句。

阮攸写了"壮士白头悲向天"，"天高何处问"，"古今恨事天难问"。

除了上述的这些主题及形象以外，阮攸还受屈原的一些说法的影响，如："世路尘埃信混浊"，"丞相孤忠万古传"，"何事醒清看世事"等。

三、若干结论

借鉴及受影响就是艺术创作的最短途径，因为各篇文献就是相关文献（可以称为联文献）；

相同及受影响的原因取源于地理、教育、情感及时代等相同因素；

越南和中国文学历史上受"不平则鸣"观念的影响；文章创作的影响可以与真正人格品质的影响并行。屈原抱石跳河自杀，而阮攸为快点死去不肯吃药，也不肯接受治疗。

阮攸创作跟屈原与楚辞有关的七首诗

五月观竞渡

怀王归葬张仪死，

楚国词人记佩兰。

天古招魂终不返，

满江争竞太无端。

烟波渺渺空悲怨，

罗鼓年年自笑欢。

魂若归来也无托，

龙蛇鬼蜮遍人间。

湘潭吊三闾大夫其一

好修人去二千载，

此地犹闻兰芷香。

宗国三年悲放逐，

楚词万古擅文章。

鱼龙江上无残骨，

杜蘅洲边有众芳。

极目伤心何处是，

秋风落木过沅湘。

湘潭吊三闾大夫其二

楚国冤魂葬此中，

烟波一望渺何穷。

直交宪令行天下，

何有离骚继国风。

千古谁人怜独醒，

四方何处托孤忠。

近时每好为奇服，

所背椒兰竟不同。

反招魂

魂兮魂兮魂不归

东西南北无所依

上天下地皆不可

鄢郢城中来何为

城郭犹是人民非

尘埃滚滚污人衣

出者驱车入踞坐

坐谈立议皆皋夔

不露爪牙与角毒

咬嚼人肉甘如饴

君不见湖南数百州

只有瘦瘠无充肥

魂兮魂兮率此道

三皇之后非其时

早敛精神返太极

慎勿再返令人嗤

后世人人皆上官

大地处处皆汨罗

鱼龙不食豺虎食

魂兮魂兮奈魂何

辩贾

不涉湖南道，

安知湘水深。

不读怀沙赋，

安识屈原心。

屈原心湘江水，

千秋万秋清见底。

古今安得同心人，

贾生一赋徒为耳。

烈女从来不二夫，

何得栖栖相九州岛。

未必古人知有我，

眼中湘水空悠悠。

长沙贾太傅

绛灌武人何所知，

孝文澹泊悍更为。

立谈不展平生学，
事职何妨至死悲。
天降奇才无用处，
日斜异物有来时。
湘潭咫尺相邻近，
千古相逢两不违。

湘阴夜

满目皆秋色，
满江皆月明。
寂寥今夜望，
迁谪古人情。
秋水从西来，
茫然通洞庭。
静夜息吟啸，
无使蛟龙惊。

楚辞英译与数字化研究

《楚辞》英译的隐美与秀美①

南通大学　严晓江

【摘　要】　《楚辞》之美在于重旨、复意之隐美以及独拔、卓绝之秀美的和谐统一。杨宪益与戴乃迭、孙大雨、许渊冲、卓振英的《楚辞》英译本在展示原文的隐秀天成方面具有一定的共通性，体现了"中和之美"的翻译观。译者们在深刻理解原文哲理情思以及深远意境的基础上，不同程度地采用了模糊化翻译和显化翻译再现隐美与秀美，其目的是在彰显中国文化特色的前提下，使《楚辞》以一种更加便于目的语读者接受的方式存在于异域文化语境中。

【关键词】　楚辞　隐美　秀美　模糊化翻译　显化翻译

一、引　言

　　"隐"与"秀"的审美观念是刘勰在《文心雕龙·隐秀》中提出来的，所谓"隐也者，文外之重旨者也；秀也者，篇中之独拔者也。隐以复意为工，秀以卓绝为巧，斯乃旧章之懿绩，才情之嘉回也。"②（刘勰，转引自古敏 2001：389）也就是说，文章的精华有隐有秀，"隐"是言外之意，"秀"是较突出的言语。"隐"和"秀"讲究自然天成，隐美不是晦涩难懂，秀美不是辞藻华丽，隐美与秀美都是作者才情的显露。隐秀审美观不仅适用于文学创作和鉴赏，而且对《楚辞》英译也有一定的借鉴意义。《楚辞》这部浪漫主义诗歌总集隐中有秀，秀中有隐。自 19 世纪以来，一些中外译者曾选译过若干篇目。杨宪益与戴乃迭、孙大雨、许渊冲、卓振英的《楚辞》英译本是 2000 年以后在国内出版的比较完整的版本。翻译家们对原文"隐"与"秀"的处理方

　　① 基金项目：国家社科基金重大项目"东亚楚辞文献的发掘、整理与研究"（13&ZD112）、国家社科基金一般项目"20 世纪前期中国美学精神对西方的影响研究"（13BZW017）、国家社科基金青年项目"欧美楚辞学文献搜集、整理与研究"（15CZW012）、教育部人文社会科学研究青年基金项目"楚辞在欧美的传播与影响"（11YJC751009）。
　　② 刘勰：《文心雕龙·隐秀》，北京：北京燕山出版社 2001 年版。

式异中有同，模糊化翻译和显化翻译相得益彰。

二、《楚辞》之隐美与模糊化翻译

"隐"的审美价值在于引人深思、耐人寻味。《楚辞》的隐美主要有两个因素：一是文本本身的多义性特征；二是《楚辞》在阐释过程中出现了仁者见仁、智者见智的解读。诗人因物起兴，感物动情，情感是《楚辞》的灵魂，又是一种模糊体验。"对于翻译者来说，从一般意义上认识文学作品中模糊语言的功用和价值并不足够，还必须从跨语言、跨文化的角度来认识这种功用和价值，即必须认识文学中模糊语言的艺术功能和价值如何从一种语言文化转移到另一种语言文化，并认识文学翻译过程中应当采取何种对策才能正确处理和检测目标文本与源文本之间的对应模糊度，等等。"① （谭载喜 2010：12）杨宪益与戴乃迭、孙大雨、许渊冲、卓振英在作者、文本和读者之间进行协调，不同程度地采用了模糊化翻译，对《楚辞》中的比兴、象征、隐喻等隐美风格特征进行了适当留白。

原文：

兰芷变而不芳兮，荃蕙化而为茅。何昔日之芳草兮，今直为此萧艾也？

杨宪益、戴乃迭译文：

E' en Orchids changed, their Fragrance quickly lost, //And midst the Weeds Angelicas were tossed. //How could these Herbs, so fair in former Day, //Their Hue have changed, and turned to Mugworts grey?② （杨宪益、戴乃迭 2001：27）

孙大雨译文：

Eupatory and angelica spread sweets naught, //Acorus and coumarou have changed into reeds. //Why is the odorous herbage of yesterdays //Turned directly into artemesias today? （孙大雨 2007：335）

许渊冲译文：

---

① 谭载喜：《翻译·模糊法则·信息熵》，《中国翻译》，2010 年第 4 期。
② 杨宪益、戴乃迭译：《楚辞选》，北京：外文出版社 2001 年版。

Sweet orchids have lost fragrant smell, oh! //Sweet grass turn to weeds stinking strong. //How can sweet plants of days gone by, oh! //Turn to weeds and wormwood unfair?① （许渊冲 2008：37）

卓振英译文：

The Orchid and Angelica lose their perfume. //And th' form of Wild－Grass th' Magnolia does assume. //Oh, why do the old－time flowers let themselves sink//To th' status of such grasses as th' Moxa which stink? ②（卓振英 2006：27）

这几句诗选自《离骚》，是屈原对兰芷和荃蕙变质所提出的质疑："兰芷都已改变而失去芬芳啊，荃蕙也都成了无用的茅草。为何昔日的香草，现在都成了萧艾之流的贱草？"《楚辞》中的香花美草意象群不仅是楚地的自然之物，而且象征中国文化中"美"和"净"的力量。"文化母体约束了文化意象的互文性，由于所属文化圈的隔膜，互文性的关联往往不为其他文化体系中的人们所熟悉，从而成为翻译中的'超语言因素'，构成理解与交际的障碍。但由于人类经验的普遍性，文化意象的互文性又可扩展至人类文明的母体中，并以其文化特色构成对其他文化母体的吸引和渗透，使文化意象跨越语际文本和文化成为可能。"③（顾建敏 2011：111）杨宪益与戴乃迭、孙大雨、许渊冲、卓振英将香草"兰芷"与"荃蕙"分别译成："orchids；angelicas"，"eupatory and angelica；acorus and coumarou"，"sweet orchids；sweet grass"，"the orchid and angelica；th' Magnolia"，将恶草"茅"和"萧艾"分别译成："the Weeds；mugworts"，"reeds；artemesias"，"weeds；weeds and wormwood"，"wild－grass；th' moxa"。"兰芷"与"荃蕙"代表屈原人格高尚峻洁，杨宪益与戴乃迭、孙大雨、卓振英以直译为主，尽量使用英语中相对应的词翻译这些植物，虽然与原文或多或少有些出入，但是目的语读者可以联想到诗人借香草表明自己具有质性香润的秉性。许渊冲用"sweet"概括"兰芷"与"荃蕙"的共同特征，表示美好的事物。"荃蕙"对现代读者来说并不熟悉，"grass"一词则较为模糊。同样，"茅"和"萧艾"也被进行了模糊化处理，

---

① 许渊冲译：《楚辞》，北京：中国对外翻译出版公司 2008 年版。
② 卓振英译：《楚辞》，长沙：湖南人民出版社 2006 年版。
③ 顾建敏：《关联理论视域下的文化意象互文性及其翻译》，《外语教学》，2011 年第 5 期。

这两种植物易在荒野滋生。"香草"与"恶草"相对，暗指"忠贞贤臣"与"奸人佞臣"。昔日同道之人，而今变为奸臣，实在令人悲伤。可见，模糊化翻译往往是用比较接近原文内涵而外延较大的词来传达深刻的意蕴，这样可以给目的语读者留下一些审美想象空间。

原文：

鸾皇为余先戒兮，雷师告余以未具。吾令凤鸟飞腾兮，继之以日夜。

杨宪益、戴乃迭译文：

Before，the royal Blue Bird cleared the way；//The Lord of Thunder urged me to delay.//I bade the Phoenix scan the Heaven wide；//But vainly Day and Night its Course it tired.（杨宪益、戴乃迭 2001：19）

孙大雨译文：

Phoenix is flying before as my van-courier//Thunder sayeth he's not ready the trip to make；//I let those sacred birds arise，soar and hover，//And do so continually by day and night.[①]（孙大雨 2007：327）

许渊冲译文：

To clear the way the phoenixes soar，oh！//The Lord of Thunder bursts in laughter.//I order giant birds to fly，oh！//All day long，by night as by day.（许渊冲 2008：25）

卓振英译文：

The Phoenixes as vanguards are to clear the way，//But the Thunder apologizes for his delay.//At my instruction the Phoenixes soar and fly //And hover unceasingly day and night in th'sky.（卓振英 2006：19）

_____

① 孙大雨译：《英译屈原诗选》，上海：上海外语教育出版社 2007 年版。

这几句诗选自《离骚》，是屈原在美政理想不能实现的情况下，幻想驾驭神鸟遨游天际，向天帝倾诉他对楚国的热爱和对楚王的衷心："鸾凰替我在前面警卫啊，雷师走来告诉我还未准备就绪。我便命令凤凰展翅高飞啊，日日夜夜不作停留。""鸾凰"这一意象具有隐喻意义，与屈原志存高远、不与世俗同流合污的形象相符合。杨宪益、戴乃迭将其意译成"the royal Blue Bird"，凸显了高贵的特性，达到了功能相似的效果。孙大雨、许渊冲、卓振英译成"phoenixes"，与"鸾凰"意象的内涵有相交迭之处。卓振英曾对汉英语言中概念之间的相互关系以及如何翻译做出总结："语言是个概念系统，不同的语义代表不同的概念。概念不是绝对和固定不变的。根据外延有无重合及重合的多少，概念间可有全同、交叉、属种、矛盾、反对等五种关系。在诗歌的某一特定模糊语义单位的翻译中，我们可以直接从译文语言中寻找'模棱两可'，即具有语义兼容性的语符，也可以适当地使某一语义概念的边界延展至与另一个语义概念相交迭，从而构成'亦此亦彼'的特殊概念，以负载多种含义。这种方法姑且称为'模糊化翻译法'"。①（卓振英 1997：45-46.）《楚辞》言有尽而意无穷，它的意义和价值是由读者在阅读过程中实现的，译者们并没有拘泥于描述一个精确的概念世界和情感世界，而是注重引发感兴和想象，促使读者超越目的语文化背景进行解读，这与"诗无达诂"的创作理念息息相通。

三、《楚辞》之秀美与显化翻译

"秀"的审美价值在于形象鲜明、情感浓烈。翻译过程中的"秀"是指一种显化表达，柯飞指出："作为一种翻译现象，显化不应只是狭义地指语言衔接形式上的变化，还应包括意义上的显化转换，即在译文中添加了有助于译文读者理解的显化表达，或者说将原文隐含的信息显化于译文中，使意思更明确，逻辑更清楚。这也是翻译特有的现象。"②（柯飞 2005：306）译者应在解读《楚辞》文本显性语义的基础上把握其隐性含义，然后对这些信息进行整合，用符合目的语习惯的方式进行表述。翻译家们运用语内显化翻译和语用显化翻译的方法尽可能再现《楚辞》的内涵和意境。

原文：

朝发轫于天津兮，夕余至乎西极。

---

① 卓振英：《诗歌的模糊性及翻译的标准和方法》，《福建外语》，1997 年第 3 期。
② 柯飞：《翻译中的隐和显》，《外语教学与研究》，2005 年第 4 期。

杨宪益、戴乃迭译文：

I went at Dawn high Heaven's Ford to leave; //To Earth's Extremity I came at Eave. (杨宪益、戴乃迭 2001：31)

孙大雨译文：

At morn, setting off from the Celestial Ferry, //Before dusk, I reach the western extremity. (孙大雨 2007：337)

许渊冲译文：

At dawn I start from Heaven's Ford, oh! //At dusk I reach the Western End. (许渊冲 2008：41)

卓振英译文：

At dawn from th' Heavenly Ford of the Milky Way//I start out, destin'd in th' eve for th' Western Extreme. (卓振英 2006：31)

这两句诗选自《离骚》，意思是说："清晨我从天河出发啊，傍晚我便来到了西方辽远之地。""朝"与"夕"并用显示出时间的流动性和紧迫感，"发"与"至"分别连接"天津"与"西极"，句子结构对称，语义环环相扣，诗境缘景而生。中国古诗注重诗缘情，语义结构往往具有言约意丰的特点，英语诗歌则更加注重逻辑推演和构架严整。此外，由于英语有时态、语态、语气、人称等方面的形式变化，译者就必须使用相应连接手段进行组句，使时间、地点、事物、人物之间的关系变得清晰明了。"翻译显化表现在语言形式方面可以理解为，译文语言比使用此种译入语作为自然语言写作更加凸显语法、词法、句法和篇章等层面的准确性和科学性，或者阐释性，更注重读者的阅读期待。"① （陈吉荣，赵永青 2012：122）四种译文以主语"I"与不同动词组合成主谓结构展开，分别添加了"at""from""to""before""for"等介词作为形式衔接手段，修饰成分置于前后，层次分明，形式标记明显，充分体现了英语的形合特

---

① 陈吉荣、赵永青：《论文摘要英译的翻译显化》，《西安外国语大学学报》，2012 年第 1 期。

点。可见，语内显化翻译符合目的语读者的阅读习惯。译者应在整体考虑原文的修辞手段、遣词造句、风格特点等基础上，运用译语最恰切的表达手段再现原文的内容和形式。

原文：

皇览揆余初度兮，肇赐余以嘉名：名余曰"正则"兮，字余曰"灵均"。

杨宪益、戴乃迭译文：

When first upon my Face my Lord's Eye glanced, //For me auspicious Names he straight advanced, //Denoting that in me Heaven's Marks divine// Should with the Virtues of the Earth combine. （杨宪益、戴乃迭 2001：3）

孙大雨译文：

My late parental lord bestowed on me names fine：//He gave me Ts'en-tse, Upright Rule, the good name formal, //And for easy use, Ling chun, Ethereal Poise, did assign. （孙大雨 2007：311）

许渊冲译文：

My father saw my birthday bright, oh! //He gave me an auspicious name.// My formal name was Divine Right, oh! //I was also called Divine Flame. （许渊冲 2008：3）

卓振英译文：

Auspicious names were given to me by my sire, //For I as a newborn baby did him inspire. // My personal name Zhengze does mean "Just and Square", //And the other name Lingjun denotes "wise and Fair". （卓振英 2006：3）

这几句诗选自《离骚》，是屈原对自己高贵出身的独白："父亲揣度我出生时的情形啊！开始给我取个好的名和字。为我取名叫正则啊！给我取字叫灵君。""正则"与

"灵均"暗示诗人所具备的敦厚、灵秀、不屈不挠的美好品质。杨宪益与戴乃迭、孙大雨、许渊冲、卓振英采用音译、意译和解释性翻译相结合的方法，将其分别译成"Heaven's Marks divine；the Virtues of the Earth"，"Ts'en-tse, Upright Rule；Ling chun, Ethereal Poise"，"Divine Right；Divine Flame"，"Zhengze does mean 'Just and Square'；Lingjun denotes 'wise and Fair'"。这四种译文分别添加了"Divine""Virtues""Upright""Just""Fair"等本土化的解释性成分，突出了"中正"的意蕴。姓名不仅仅是个人的指称符号和身份象征，而且还体现本民族的文化习俗和历史传统。语用显化翻译主要采取化隐为显的方法，以便目的语读者理解原文的历史人物、神话传说以及宗教信仰等中国文化因素。翻译家们对读者对象及其所属文化语境进行了充分考虑，用直接、明晰的语言再现姓名的文化内涵，体现了原文的秀美风格。也就是说，当文化背景较为复杂时，译者可以采取相应的补偿方法，例如语内释义或文外加注。乔治·斯坦纳曾提出翻译的四个步骤，即：信任、渗透、吸收、补偿。（Steiner 2001：preface）其中第四步"补偿"的概念为语用显化翻译提供了理论依据。尽管不同民族在价值观念、思维方式、语言表达等方面存在很大差异，但是毕竟人们情感相通，语用显化翻译有助于缩短由于缺乏理解甚至误解所产生的障碍和距离。

四、隐秀天成与"中和之美"的翻译观

"尚中尚和"是中华民族崇尚的审美观，它的实质在于尊重差异，倡导和谐统一。不同文化之间既有个性，又有共性。译者要在保持自身文化特色的前提下与异域文化进行审美折中。模糊化翻译与显化翻译相辅相成，模糊化并不意味着语言浅显，显化并不意味着言辞华美，二者都力求恰切适度的表达，目的是提高可读性。《楚辞》的抒情性铸造着中国传统美学"感物起兴"与"触物起情"的审美意识。译者应领会屈原的坎坷经历所引发的哀叹时世之感，传达《楚辞》的美学要素。杨宪益与戴乃迭、孙大雨、许渊冲、卓振英以信实于原文的精神实质为根本翻译原则，从整体着眼、局部着手，模糊化翻译与显化翻译交织互补，体现了"中和之美"的翻译观，使《楚辞》的隐美与秀美以一种更加便于目的语读者接受的方式存在于异域文化语境中。

霍克思《楚辞·离骚》英译注释的学术价值

宁波大学　杨成虎

【摘　要】　霍克思《楚辞》英译本（企鹅丛书，1985 年版）是多家《楚辞》英译本中最重视注释的译本，各篇均带尾注，作品前有题解，与中文版《楚辞》注释本体例相仿，反映了该译本的学术价值和楚辞学性质。本文研究其《离骚》英译注释的有关问题。霍译《离骚》注释共 40 条，18 个页码（大 32 开本）（而《离骚》英译本身只占 11 个页码），注释内容分为神话、古史、天文、历法、人物、民俗、地理、音乐等，包含了楚辞注释的各方面要素。虽然霍译《离骚》的注释比王逸、洪兴祖、朱熹等诸家注释简单，但仍反映了传统楚辞学的特色，传播了中国传统文化。值得注意的是，霍译注释将中国传统文化与西方传统文化联系起来，寻求其共同点，从中发现楚辞文化的普世价值。霍译《离骚》将注释作为译本的有机部分，并有意将中西传统文化联为一体，这一做法显示了楚辞传播学的学术价值。同时，霍译对注释的重注对当今中华文化走出去的典籍翻译工作具有方法论的意义。

【关键词】　霍译　楚辞　注释　中西文化　楚辞传播学

一、引　言

本文研究霍克思《楚辞·离骚》英译注释的学术价值问题。关于翻译注释这一问题，学者们的看法并不一致。① 王宏志（1999：52）认为，译文加注是译者的无能，无法在正文中将意思充分表达出来，加注使得读者在正文与注释之间来回跳脱，损害了他的阅读乐趣。这一代表性观点对普通作品，尤其是普通文学作品翻译阅读来说，是有道理的；而对经典作品的翻译来说，则未必如此。学科性和知识性的作品翻译，尤

———————————

① 王宏志：《重释"信达雅"：二十世纪中国翻译研究》，上海：东方出版中心 1999 年版，第 52 页。

其是经典作品的翻译，加注应是自然之事。① 马祖毅（1998：28-29）考察了中国佛经翻译史，发现译文加注始于三国时支谦。而在西方，最早的翻译加注也始于《圣经》的译文，产生了 exegesis（圣经译注）的概念②（肖安法 2014）。这说明，在宗教典籍的翻译中，译者不约而同地采用了加注的方式。而在经典文学翻译中，加注也得到了实践家和理论家应有的认识和评价。③ 张谷若是哈代和狄更斯作品的汉译名家。他（1989：453）认为，注释是翻译的必要工作，未作翻译先要作注释。经过历史考验的经典作品是值得认真研究的，翻译时不作注释是未尽翻译之责。他的译文加了大量注释并取得了成功。这说明，即便是在最讲究流畅阅读的文学作品翻译中，只要是经典的，其中就含有严肃的各科知识和深刻思想，加注起到了增进知识和深化译文的作用，会受到严肃读者的欢迎，而非相反。④ 孙迎春（2004：82）、刘伟（2014）均研究了张谷若翻译的注释，认为，张的注释是将翻译与研究结合起来。⑤ 刘伟（2014）从译者和读者两个方面总结了翻译注释的作用。通过注释，译者充分表达了作者的思想和隐含的相关知识，对作者负责，是作者的知音；同时，读者可以获取更多文化信息，得到同读原文一样的感受。肖安法（2014）认为，在翻译是改写和再创造的前提下，译者使用加注方法来处理不同文化现象，使原文的隐性知识化为译文的显性知识，由此创造译文新的语境，这是翻译的必要方法。⑥ 张群星（2010）认为，注释是翻译中文化缺省的补偿策略。他通过对《格列佛游记》三种译本有无注释的比较，发现一味追求流畅而对原文大量文化信息和知识没有加注的译文已经从文学经典降格为一般通俗读物。这说明，在经典作品的翻译中，注释是必要的方法，是翻译的必要组成部分。

在现有的《楚辞》英译本中，霍克思译本和孙大雨译本均有注释，而杨宪益译本、许渊冲译本和卓振英译本均无注释。在杨译本和许译中，大量文化信息和知识均作了简化处理，这样做虽然可以省去注释之劳，但也降低了《楚辞》作为经典作品的地位，而卓译虽然保留了诸多原文的概念（如将"帝高阳"译为 Zhuanxu，颛顼），但不做注释，使读者不知所云。⑦ 杨成虎、周洁（2008：81-92）对孙译的加注进行了讨论，认

① 马祖毅：《中国翻译简史》，北京：中国对外翻译出版公司 1998 年版，第 28-29 页。

② 肖安法：《翻译中的注释问题》，《无锡商业职业技术学院学报》，2014 年第 5 期。

③ 张谷若：《谈我的翻译生涯》，见王寿兰编：《当代文学翻译百家谈》，北京：北京大学出版社 1989 年版，第 453 页。

④ 孙迎春：《张谷若翻译艺术研究》，北京：中国对外翻译出版公司 2004 年版，第 82 页。

⑤ 刘伟：《张谷若翻译注释探析》，《赤峰学院学报》2014 年第 9 期。

⑥ 张群星：《注释：文化缺省的翻译补偿策略——从注释看〈格列佛游记〉三译本：是讽刺经典，还是通俗读物?》，《长春理工大学学报（社会科学版）》，2010 年第 4 期。

⑦ 杨成虎、周洁：《楚辞传播学与英语语境问题研究》，北京：线装书局 2008 年版，第 81-92 页。

为孙译体现了多科性知识，对楚辞传播发挥了应有的作用。霍译《楚辞》（Hawkes[①] 1959；Kawkes[②] 1985）虽然在西方产生了较大影响，受到了读者普遍的欢迎（参见王丽耘、朱珺、姜武有 2013），但对霍译《楚辞》的注释问题，因为各种原因，一直以来很少有人去研究。本文从楚辞传播学以及《楚辞》翻译的角度选取霍译《离骚》的注释进行研究，目的是讨论翻译注释对经典作品翻译的作用，指出其楚辞传播学的学术价值。

二、霍译《离骚》的注释情况

《离骚》是霍克思（1923-2009）最早研究和翻译的一部中国先秦诗歌作品。根据[③]王丽耘、朱珺、姜武有（2013）的考察，他在牛津读本科时开始研究《离骚》[④]（参见 Chan1999），读研究生时，用半年的时间完成《离骚》的英译。1947 年来华，1948-1951 年在北大攻读研究生，1951 年回国后，继续攻读研究生，至 1953 年毕业。从 Hawkes（1985）的版本来看，霍译《离骚》采用了尾注的方式对《离骚》有关方面进行了研究性的和知识性的解释。

（一）霍译《离骚》注释的分类

霍译《楚辞》的注释有两种，一为脚注，一为尾注。根据霍译《楚辞》1985 年企鹅丛书版，本文主要讨论《离骚》尾注。百度百科对霍译注释的评价性文字说：

> 尾注极详，颇有学术价值。如《离骚》"荃不揆（杨按：一般版本均为"察"字）余之中情兮"一句里的"荃"，霍克思译为 the Fragrant One（芳馨神君）。尾注对此解释说，"这里所用的中文词'荃'是一种花名……在这一段上下文里，它通常用来比喻诗人的国王，按照大多数注释家的看法，也即楚怀王。"接着他就介绍了"五四"以后这一传统的"政治譬喻说"为"爱情譬喻说"所代替的情况，同时又提出"爱情譬喻说"仍有不足之处，因为《离骚》的绝大多数篇幅都是有政治内容的。最后霍克思又联系《九歌》的用法，审慎地作了保留："'荃'这个花名，当作譬喻的符号，我还不是完全有

---

① Hawkes, David. *English Translations of Ch'u Tz'u*. London：Oxford University, 1959.

② Hawkes, David. Ch'u Tz'u, *The Songs of the South：An Ancient Chinese Anthology*. Harmondsworth：Penguin Books Ltd, 1985.

③ 王丽耘、朱珺、姜武有：《霍克思的翻译思想及其经典译作的生成——以〈楚辞〉英译全本为例》，《燕山大学学报》2013 年第 4 期。

④ Chan, Connie. *The Story of the Stone's Journey to the West：a Study in Chinese-English Translation History*（doctoral dissertation）. Hongkong：The Hongkong Polytechnic University, 1999.

把握……照我的看法，它在这一段里是指诗人的国王，多少尚可存疑。"就这样，霍克思又对"摄提""女婆""灵修""椒兰"等专名，作出了相当全面的解释与说明。

以上文字说明，霍译是研究加翻译，而非普通的翻译，研究加翻译对经典作品来说，是至关重要的，由此可以保持经典的崇高地位，而不致降低到通俗读物的位置上。

霍译《离骚》注释共40条，占18个页码，在篇幅上超过了译文本身（只占11个页码）。按内容分类，有神话、古史、人物、天文、历法、地理、民俗、音乐等八个方面，包含了楚辞注释的各方面要素。下面以列表的方式来统计一下各条目的情况（见表1）。

表 1 霍译《离骚》注释内容分类表

神话	彭咸（巫咸）、玄圃、羲和、咸池、白水、阆风、丰隆、宓妃、春宫
古史	帝高阳、有娀（亦包括与人物有关的古史知识）
人物	尧、舜、禹、三后、桀、纣、重华、鲧、汤、伊尹、皋陶、（傅）说、武丁、吕望、宁戚、齐桓、女婆
天文	摄提
历法	庚寅
地理	沅、湘、九嶷、流沙、赤水、不周（山）
民俗	正则、灵均、美人、江离、辟芷、荃、灵修、灵氛、兰、椒
音乐	九歌、韶、乱

（二）霍译《离骚》注释与中文原注本的比较

百度百科说，霍译《楚辞》根据汉代王逸《楚辞章句》一书的内容，翻译了楚辞18篇，包括王逸断为屈原所作的《离骚》《九歌》《天问》等，还有宋玉《招魂》、景差《大招》等。霍译采取了逐字逐句与自由翻译之间的中间道路。诗句的韵律固然重要，为了精确地传达意义，他不惜为了意义而牺牲韵律。霍克思这种严谨的治学态度，无疑有助于英国读者更深入地了解"楚辞"的内容与特点。依靠不止一代英国汉学家的努力，以屈原为代表的"楚辞"，终于以其完整的面貌，出现在英国人民眼前。全书还采用两种注释方式：脚注和尾注。这段文字隐含有这样的意思：霍译采用了传统楚辞学的各种注本，并对它们有所研究。这里，我们王逸《楚辞章句》、[①] 洪兴祖《楚辞

---

① 洪兴祖：《楚辞补注》，北京：中华书局1983年版，第1–47页。

补注》（洪兴祖 1983）和朱熹《楚辞集注》①（朱熹 2003）这两个最有影响的注本来比较一下它们之间的异同（见表 2、表 3）。

表 2　王逸《楚辞章句·离骚》与洪兴祖《楚辞补注·离骚》注释内容分类表

神话	彭咸（巫咸）、玄圃、羲和、咸池、白水、阆风、丰隆、宓妃、春宫、望舒、飞廉
古史	帝高阳_{兼考楚国先祖来源和屈氏来源}、有娀（氏）、有虞（氏）
人物	尧、舜、禹、桀、纣（后辛）、重华、鲧、汤、伊尹、皋陶、（傅）说、武丁、吕望、宁戚、齐桓、女婴、伯庸、三后、五子、羿、浞、浇、少康
天文	摄提_{细考名称来源}、九天、下土、扶桑、若木、天津、吉日
历法	庚寅_{细考该名称之义}
地理	沅、湘、九嶷、流沙、赤水、不周（山）、羽（山）、苍梧、崦嵫、穷石、昆仑
民俗	正则、灵均、美人、荃、灵修、灵氛、秋兰、幽兰、椒、初度、内美、修能、江离、辟芷、秋兰、佩、木兰、宿莽、申椒、菌桂、蕙、畹、留荑、揭车、杜衡、芳芷、菊、薜荔、胡绳、规矩、芙蓉、衣裳、凿、衽、轫、薆茅、筳篿、艾、萧、茅、椴
音乐	九歌、韶、乱、九辩
动物	骐骥、虬、凤鸟、鸩、鸩、犹、狐、鹈鴂、鸾、蛟龙

表 3　朱熹《楚辞集注·离骚》注释内容分类表

神话	彭咸（巫咸）、玄圃、羲和、咸池、白水、阆风、丰隆、宓妃、春宫、望舒、飞廉
古史	帝高阳_{兼考屈氏来源}、有娀（氏）、有虞（氏）
人物	尧、舜、禹、桀、纣（后辛）、重华、鲧、汤、伊尹、皋陶、（傅）说、武丁、吕望、宁戚、齐桓、女婴、伯庸、三后、五子、羿、浞、浇、少康
天文	摄提_{细考辨该名称之义}、初度、九天、下土、若木、天津、吉日
历法	庚寅_{细考辨该名称之义}
地理	沅、湘、九嶷、流沙、赤水、不周（山）、羽（山）、苍梧、崦嵫、穷石、昆仑
民俗	正则、灵均、美人、荃、灵修、灵氛、秋兰、幽兰、椒、内美、修能、江离、辟芷、秋兰、佩、木兰、宿莽、申椒、菌桂、蕙、畹、留荑、揭车、杜衡、芳芷、薜荔、胡绳、规矩、芙蓉、衣裳、凿、衽、轫、薆茅、筳篿、艾、萧、茅、椴
音乐	九歌、韶、乱、九辩
动物	骐骥、虬、凤鸟、鸩、鸩、犹、狐、鹈鴂、鸾、蛟龙

---

① 朱熹：《楚辞集注》，上海：上海古籍出版社 2003 年版，第 1—13 页。

以上列表显示，原文注释（以夹注出现）的数量大大超出译文注释，而且在原文注释中，动物名称多作了解释（本文分类中，将植物名称归入民俗类，主要考虑到其民俗的含义），主要表现在对原文文意的梳理和阐发，引入的文献较多。就王逸和洪兴祖的注本来说，他们将《离骚》作为经书来注，体现了经学思想主张；就朱熹的注本来说，他还说明了他的理学思想主张。此外，在语言文字和词语的注释上，原文注本也花去了大量篇幅，而对此，霍译本则是通过英译文本身来处理此类文字理解性注释，故不显示在专门的注释中。

（三）霍译《离骚》注释与孙译《离骚》注释的比较

有趣的是，孙大雨英译的《离骚》①（孙大雨1996）也有大量的注释。作为中西不同文化背景的译者，他们的注释侧重点有何不同是值得讨论的。下面从孙译的注释条目数量以及分类两方面来作一比较。孙译注释的数量远大于霍译的数量。前者共151条注释，而后者为40条，前者比后者多111条。在内容分类上，孙译除了涵盖霍译内容以外，还增加了其他方面，如对楚辞大量名物的考证，所征引的文献大大超越了传统的楚辞注本，吸收了历代（包括现当代）的研究文献，可谓旁征博引。简言之，在名物考证而外，孙译注释也有对神话、天文、历法、古史、地理、民俗、人物、音乐等较为翔实的解释（他还善于运用《楚辞》本身文献的内证作解），其中还包括对原文语言文字及其英译法的解释。

统观这些注释，一个明显的特色仍为从译者身为中国学者和译者的角度向西方介绍中国文化和中国楚辞学研究成果，其中一个贡献就是突破了传统楚辞学，吸收了现当代楚辞学研究的成果，同时，注释对译文的文意疏通也很着力。但孙译注释很少从中西文化比较，或寻找共同之处来着眼。相比之下，霍译注释在打通中西文化，寻找共同之处这一点上有着特殊的学术价值。

三、霍译《离骚》注释的学术价值

上文所提的霍译注释特色在40条中也并非每条都是这样。但是，霍克思作为英国文化成长的译者，有着天然地联系中西文化的倾向。他是站在西方人的视角来介绍中国文化，在概念术语和文化渊源上运用了西方文化，在中西文化中找到了共同点。下面，本文从古代天文历法和巫术两个方面来讨论。

（一）有关"摄提"等古代天文历法概念的注释

霍译《离骚》注释关于天文历法的只有第2、3两条，分别注释"摄提"（She

---

① 孙大雨：《屈原诗选英译》，上海：上海外语教育出版社1996年版，第204–231、366–430页。

Ti）、"孟陬"（meng zou）和"庚寅"（geng-yin）。但是，霍译的注释已将古代诸注本的不同观点及其产生的原因进行了解释，颇有学术深度。不像孙译注释大量引用中文原著文献的书目名称，霍译使用平易语言，将学界对"摄提"的不同理解进行了中国天文学发展及流变的解释，指出了"摄提格"与"摄提星（座）"的流变，还特别提到了王逸所处的东汉时代，"摄提"已从斗柄前面的摄提星东指转化为岁星新一周期的开始（即摄提格）。他进一步指出了对这一变化的模糊认识导致了历法计算的混乱以及对屈原生辰计算的错误。他还援引了司马迁《史记》关于三苗叛乱造成孟陬失序、摄提停指的历史记载。在对"庚寅"的解释中，他首先将十天干与十二地支相配构成六十甲子的周期以及十二地支与十二宫进行了具体介绍，并指出"庚寅"在南方楚国文化中的特殊意义，考证了火正祝融在庚寅日上任的史实，由此明确这是一个吉日。关于中国古代历法，他指出，中国古代最早历法是将北斗星座升起的太阳升起之日定位为元日的，摄提星垂直下指东北方地平线这一点叫作"寅"，标志一年之始，也是春之始。以上注释似乎与西方天文文化没有直接联系，但是霍译在关键概念术语中来对应中国古代天文学术语。他使用 Arcturus in Boȯ tes（牧夫星座）的左三星和右三星来对应"摄提星"，并将该六星作为 the Plough's handle（斗柄）的延伸。他使用 Jupiter 来指岁星，用 shadow Jupiter 或 Counter-Jupiter 来指太岁，用 the duodenary Jupiter-cycle 来时岁星十二年回归周期。他使用 animal equivalents 来表示"生肖"，用 week 表示十天干和十二地支的周期，用 cycle 表示岁星周期和六十甲子的周期，这些西方概念的使用为介绍中国古代天文历法提供了很多方便。值得一提的是，霍译在使用西方概念的同时，也使用了 She Ti（"摄提"）、meng zou（"孟陬"）、geng-yin（"庚寅"）等音译来表示中国天文文化的固有概念，并将这些概念进行了明确的解释。这种音译加意译的双轨制在他的《楚辞》英译中得到了普遍运用。

（二）有关"彭咸"等中国古代巫术概念的注释

霍译《离骚》的第12条注释是关于"彭咸"（Peng Xian）的。他指出，王逸将"彭咸"解释为一人的名字有误，现代学者多将"彭咸"认为是"巫彭"和"巫咸"两人，并引《离骚》第279行出现的"巫咸"作为内证，同时又引《山海经》有"巫彭"和"巫咸"作为外证，又引汉代扬雄（前53-18）的《反离骚》以及《前汉书·扬雄传》为证。最后，他又征引《吕氏春秋》的记载说，巫彭为医药之祖，巫咸为卜算之祖。但他同时又指出，也有可能，在《离骚》中，"彭咸"是另外一个巫师，他身兼医药和卜算两种巫术，在《离骚》诗句中，将"彭咸"理解为一个人在上下文语境中显得很自然，认为"彭咸"为一人和"彭咸水死"应是很古老的传闻，不一定是王逸"独创"的说法。这些说明文字虽然并未有什么明确的结论，但显得颇为严谨和公允。

在讨论中国古代巫术时，霍译使用的是 Shaman（萨满教巫师）这一英文名称，而非我 wizard 或 sorcerer，这不是简单的词语选用问题，而是霍译对这一文化现象的深入研究和深刻理解的问题。他有对萨满教在人类各民族和各地区发展和流变情况的专门研究，认为中国古代的巫术属于萨满教的流行范围，由此选用了这一术语。这一术语的选用体现了他有意将楚国巫术文化视作人类萨满教文化一部分的观点。

在他严谨的治学和翻译注释中，他时常在中国古代文化中找到与希腊文化的共同之处。在论述"彭咸"的术语名称时，因为他们是医药之祖和卜算之祖，后人遂将他们的名字代称医药和卜算。他将这一点与古希腊医药之神阿斯克勒庇俄斯（Ασκληπιο?）相比拟，后人也将他的名字代指医药（见后尾注）。类似的注释还有关于神话"羲和"第 19 条。他指出，在古代中国和古代希腊神话中均有太阳被驾在车上赶过天空的传说，只是在中国神话中，羲和是女性形象，生了十个太阳，而在希腊神话中，驾车者为男性。这些注释中，霍克思均找到了中西文化的共同之处。这些共同之处也为他研究《离骚》并寻找最为合适的翻译方法找到了坚实的依据。由此可知，他的翻译在西方获得认可，取得了巨大成功是由他深厚的内在学术功力所致，绝非偶然，更非一般译者所及。

四、结　语

霍译《离骚》虽然是在他学生（本科和研究生）时代完成的，但已经具有相当的水平和研究与翻译的深度，体现了他集翻译与研究于一身的特色，绝非一般译者所可比拟，他的《离骚》研究和英译为他日后成为伟大的学者兼翻译家奠定了基础。本文就霍译《离骚》的注释问题进行了讨论，将他的注释进行了统计，并就内容予以分类，同时与原文本的注释以及孙译本的注释进行比较，指出其特色。在此基础上，本文特别讨论了霍译《离骚》注释在打通中西文化方面的特别贡献，并就古代天文文化和宗教（萨满教和巫术）文化两个方面进行了专门讨论。他的翻译注释体现了学术性翻译的特色，已经成为他翻译的必要组成部分，是他译文的延伸。当然，本文的研究是十分初步的，许多问题还有待于深入探讨。

说明：

阿斯克勒庇俄斯，医神，太阳神阿波罗（Apollo）和塞萨利公主科洛尼斯（Coronis）之子。科洛尼斯怀孕时，又爱上了凡人伊斯库斯（Ischys），惹怒了阿波罗，他遂派遣妹妹月亮神阿耳忒弥斯（Artemis）射死了她。火化时，阿波罗从其尸体中救出尚未出生的阿斯克勒庇俄斯，并交给了贤明的马人喀戎（Chiron）。喀戎将阿斯克勒庇俄斯抚养成人，教他医术和狩猎。阿斯克勒庇俄斯医术精深。他从智慧女神雅典娜

（Athena）那里得到了一小瓶蛇发女妖戈耳工（Gorgon）不可思议的血液：从左边的血管取，就可令人致命；从右边的血管取，就可令人起死回生。宙斯（Zeus）对此十分震怒，因为这威胁到了只有神才拥有的"不朽"，于是用雷劈死了阿斯克勒庇俄斯。阿波罗为子报仇，射死了为宙斯煅造雷矢的独目三巨人库克罗珀斯（Cyclopes）。宙斯大怒，将阿波罗罚往特洛伊为凡人修筑城墙，却也将阿斯克勒庇俄斯升上天空，化为蛇夫座（Ophiuchus），从此人们将阿斯克勒庇俄斯奉为医神。

领域语义词典与专题数据库

——以楚辞语义词典为例①

南通大学　端木艺　涂中群　龚　斌

【摘　要】　专业领域语义词典是收集某一领域词语，揭示词间语义关系的机型词典。本文研究根据楚辞词语的特点开发楚辞语义词典，建成集语言研究、文学研究、信息处理于一体的多功能网络版词典，并与专题数据库整合，实现语义关联检索。

【关键词】　语义词典　语义检索　楚辞　专题数据库

一、引　言

自然语言处理需要语义词典作为基础，近年来，语义词典的研究和建设已取得显著成果，通用的语义词典 "hownet（知网）" "现代汉语语义词典（SKCC）"、同义词词林（扩展版）等，经不断改善，应用于自然语言的语义处理中，如文本分析、信息检索、文献标引、自动翻译等。语义技术在互联网、移动通讯中也有很好的研究和应用②③。

南通大学楚辞研究中心开发研制的 "楚辞语义词典" 是一个多功能新型数字化词典，楚辞研究语义词典不同于综合性语义词典，也不同于一般的领域语义词典。该词典是以楚辞研究为对象的古代文学领域语义词典。楚辞自产生两千年来，研究文献非常丰富，尤其是当代，新成果源源不断。我们研发这个词典，着力于对楚辞研究知识

---

①　基金项目：国家社科基金重大项目 "东亚楚辞文献的发掘、整理与研究"（13&ZD112）、国家社科基金一般项目 "大型历时语文辞书音义关系研究"（14BYY129）、国家社科基金青年项目 "欧美楚辞学文献搜集、整理与研究"（15CZW012）、南通市社会科学基金项目 "基于本体的 '江海文化' 文献知识组织体系构建研究"（2015CNT027）。

②　孙晓、叶嘉麒、龙润田、任福继：《基于情感语义词典与 PAD 模型的中文微博情感分析》，《山西大学学报（自然科学版）》，2014 年 4 月，第 580-587 页。

③　王惠、詹卫东、俞士汶：《"现代汉语语义词典" 的结构及应用》，《语言文字应用》，2006 年 1 月，第 134-141 页。

的深度揭示，便于计算机理解处理古代文学文献，有利于楚辞文献的研究、保持和
传播。

二、楚辞语义关系词典

（一）收词范围

用于机器自动翻译的"现代汉语语义词典（SKCC）""hownet（知网）"等是综
合性语义词典，主要收录现代汉语语词，收通用的知识。①② 中科院中信所主持开发的
用于文献标引和信息检索的汉语主题词表网络版主要收录理工农医等学科的名词。③④
领域语义词典，如农学、商品等专业领域的词表⑤已有研发应用。地方文献的语义词典
也有建设，如笔者 2012 年开发的张謇研究语义词典（建设中）⑥，主要收录与张謇有关
的名词，是一个基于同义词集合的义类词典。古代文献数据库建设数量不少，恕笔者
孤陋，先秦文学研究的语义词典，目前尚未见到有关的开发和成果应用。楚辞中的大
量古代词语在一般综合性语义词典中不包含，在现有的各种专业领域语义词典中也未
包含。因此，我们开发研制了楚辞语义词典。

一般综合性语义词典收录名词、形容词、动词，叙词表主要收录名词、形容词、
名词性词组。楚辞语义词典收录《楚辞》文本中的所有词。因为对楚辞研究来说，不
仅仅是实词，楚辞作品中的每一个词都是研究的对象。一期建设只收《楚辞》原文，
后续将选择性增加主要注本的注释。

（二）楚辞词语的多义性

科学领域的语义词典主要是同义词词集为基础的义类词典。为自动翻译所编制的
语义词典，让机器识别复杂的语义，主要通过句法标注、语篇标注来作语义消岐。但
是这对于楚辞作品中的词语则行不太通。文学语汇不同于科学词汇，科学词汇定义明
确，文学语汇则有模糊性、多义性的特点。

文学作品中的词汇可以有多解。古代作品中有大量的通假、词类活用等情况，使
同一词形的词语在具体语境中有不同的语义，不同的词性。如："户服艾以盈要兮，谓

---

① 赵静：《大规模汉语语义词典建构》，哈尔滨工业大学，2011 年。
② 董振东、董强、郝长伶：《知网的理论发现》，《中文信息学报》，2007，21（4）：3-9。
③ 曾建勋等：《网络环境下新型〈汉语主题词表〉的构建》，《中国图书馆学报》，2011，37
（194）：043-049。
④ 乔晓东：《重新思考词表在科技文献服务中的作用》，2014 年中国索引学会年会暨学术讨论
会，北京，2014 年 11 月 20 日。
⑤ 陆文豪：《基于关系数据库的专业领域语义词典构建研究》，复旦大学，2009 年。
⑥ 南通大学图书馆，张謇研究特色数据库 [DB/OL]．http：//zjyj．ntu．edu．cn/ [2012-10-
20]。

幽兰其不可佩", 句中 "要" 为 "腰" 的原字, 名词。"巫咸将夕降兮, 怀椒糈而要之", 句中 "要" 通 "邀", 动词。在文学作品由于修辞手段的运用, 使得本来没有同义关系的词语在具体作品中临时具有同义关系, 只在具体作品中同义。如唐代李白诗句 "小时不识月, 呼作白玉盘", 白玉盘和月就具有临时同义关系。而楚辞在中国文学史上影响巨大, 楚辞中的一些比喻义除临时修辞义之外, 还有的固化为后代文学作品的意象。如楚辞中以芳草比喻美德、贤士, "众芳" 就和 "群贤、贤士" 成为同义词, 这个意象一直沿用至今。

　　古代文学作品中词语的多义和歧义还表现在后人的阐释。对古代文学作品中词语的语义, 历代学者有不同的解释, 今人的研究也有不同看法, 没有定论。例如楚辞中有大量词语存在不同注解。不仅仅是对同一词语的解释不同, 对同一词形的双音节或多音节词语, 有的学者看作一个词, 有的学者看作两个词。如《天问》"夜光何德, 死则又育? 厥利维何, 而顾菟在腹?" 屈原对于月亮及月中阴影的提问, 后人给出不同的解答。有人认为顾菟是两个词, 如: "顾", 顾望 (王逸)、却望 (汪仲弘)、照顾 (金开诚); "菟", 同兔 (王逸、洪兴祖、金开诚等)。有人认为 "顾菟" 是一个词, 如: 兔之名号 (朱熹)、月中暗影似兔者 (王夫之), 顾菟是 "於菟", 即老虎 (汤炳正)。因此在文本标注时, 自动分词就有问题, 需要切成 "而 | 顾 | 菟 | 在 | 腹", "而 | 顾菟 | 在 | 腹 |"。我们在楚辞语义词典对这类词分别列为词条, 在释义中充分列举各类代表性的注解, 建构相应的属性和实例。

　　(三) 楚辞语义词典的结构

　　文学性词典对词形、词义作注释, 对不同语境中的词义给出书证 (例句)。古代经典作品的专书词典在词条下列举出作品中包含该词条的句子, 可以起到专书索引的作用。如《诗经词典》①、《楚辞词典》② 等。传统的印刷型逐字索引主要反映作品中每个字在作品中的位置, 如《新编楚辞索引》③。

　　数字化语义词典则主要反映词与词之间的语义关系, 如上下位、同义、近义、交叉、相关等。便于机器识别理解。

　　"楚辞语义词典" 是一个多功能新型数字化词典, 反映楚辞全文中每个字词之间的语义关系; 反映历代学者对同一词语的不同解释; 包含每个字词所属的句子, 反映字词在具体语境中的语义。因此兼具语文性词典的注音、释义, 英汉双语对照功能; 传统索引的句子索引和逐字索引的功能; 计算机用语义词典的语义关系标注、识别功能。

---

　　① 向熹:《诗经词典》, 成都: 四川人民出版社 1986 年版。杨合鸣:《诗经词典》, 武汉: 崇文书局, 2012 年版。
　　② 袁梅:《楚辞词典》, 济南: 山东教育出版社 2000 年版。
　　③ 周秉高:《新编楚辞索引》, 呼和浩特: 内蒙古大学出版社 1999 年版。

古代文献的不同版本中语句、词形都会有部分差异，楚辞文献也是如此。我们采用中华书局版的洪兴祖《楚辞补注》为底本，参校其他版本，对不同的词形另列条目，标注语义关系，在知识地图获得相应的赋值。

为便于和楚辞研究数据库整合，我们采用关系型数据库建设语义词典，数据库文件可以转换成多种文件格式。

三、楚辞语义词典在楚辞研究数字化平台的应用

我们采用 PTI6.0 平台开发楚辞研究数据库，这是一个多功能的数字化研究平台，由楚辞研究文献数据库、语义词典、知识地图、楚辞研究学者、网络资源导航、网上互动平台等模块组成，其中楚辞研究文献数据库包含 8 个子库，收集各种类型的楚辞研究文献，目前收录的各类文献已有 15000 余条记录，其中含全文 12600 余条。网络资源导航模块收集网络原生资源中的楚辞研究信息资源。

楚辞研究互动平台，设互动坛、互动问答、互动百科、互动博客等栏目。供研究者和爱好者在网上互动。基于这个平台，我们将词典与数据库整合，实现了多项检索功能。

（一）词语检索

语义词典可以单独检索，输入检索词，显示该词语的汉语拼音，对应的英语词，古今学者对该词语的代表性解释，楚辞中包含该词语的所有句子。列举词语的同义近义词、上下位词，相关词。（参见图 1）

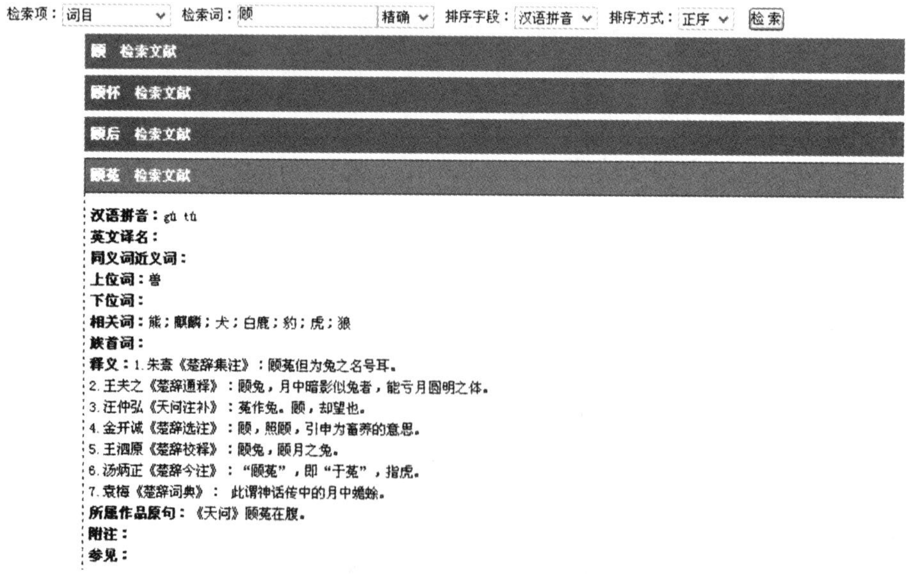

图 1　词典词目检索

（二）文献检索

在"词典检索"模块查阅词目，点击"检索文献"，跳转到文献数据库检索界面，所选字词自动填入检索框，选择相应的检索字段，实现跨库检索（参见图1），默认对文献库中的所有数据库进行检索。在单库检索界面（选择文献库模块任意一个数据库），输入检索词，系统自动显示所输入检索词的同义近义词、上位词、下位词、相关词。可以勾选所需的词语，实现相关词语同步扩检。（参见图2）

图2　语义关联检索

（三）可视化检索

语义词典是关于楚辞的知识系统，我们通过知识地图，将知识系统以可视化方式呈现。楚辞知识地图与语义词典、文献库整合，以图形网络反映词语之间的语义关系（参见图3）。知识地图中的每一个词都可选为中心词，通过中心词，扩展至相关联的词（单击鼠标左键，查看相关词）。知识地图模块可以直接检索文献库中的各类著作、论文（单击鼠标右键，自动显示所选词在词典中的释义，以及在文献库中的检索结果）。

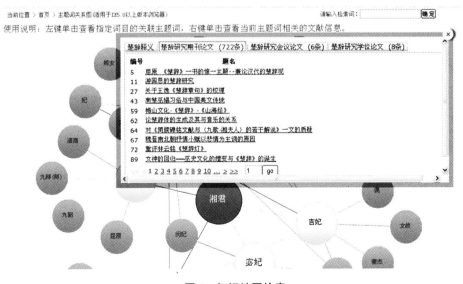

图3　知识地图检索

四、结　语

一般的领域语义词典或领域本体，只反映领域内概念之间的关系，主要是名词或名词性词组的不同词形，多为以同义词集合为基础的义类词典。数字化楚辞研究语义词典不仅仅是反映名词之间的关系，而是包含了楚辞原文的所有词语，反映这些词语的语义关系、同一词语的不同释义、词语在具体语境的实例，集文学研究、语言研究、信息检索多学科多重功能。成功实现了语义词典与文献数据库的整合，实现语义关联检索。语义词典的功能通过专题数据库得到验证，专题数据库中的信息通过语义词典得到更充分的揭示，检索更便利、多元。

楚辞语义词典的研制，取得了初步成果，我们还将继续增加和修订词目，完善其功能，使之在文献自动标引、自动翻译中有更好的应用。

基于 GATE 的楚辞知识本体识别研究①

南通大学　钱智勇　周建忠　周澍绮

【摘　要】　使用计算机切分传统文献极大地提高了楚辞数字化的效率，推动了楚辞数字化的进程。但是，由于算法本身适用性等方面的问题，切分的效果差强人意。计算机本体的研究，结合计算机处理与传统文献研究方法，制定具有特征含义的楚辞词表，基于开源平台设计制定针对楚辞文献的标注规则，利用规则和词表，对楚辞文档半自动准确标注。通过选取不同年代的楚辞，提高词表和规则的适用性，半自动构建的楚辞词表实现了楚辞注释语义标注和关联检索。

【关键词】　语义标注　GATE　先秦文献

一、引　言

时代的发展促使对古籍文献数字化、语义化的需求越来越大，索引、结构化的应用范围越来越广，这同样也使得楚辞文献信息化的研究更具有积极意义。楚辞文献数字化处理多停留在以数据库挖掘技术为基础的知识发现，即 KDD（Knowledge Discovery in Data），而发现效率较高的自然语言处理技术 NLP（（Neuro-Linguistic Programming）使用甚少。正是在这样的背景下，本文以楚辞专家周建忠教授编著的《楚辞》② 为基础语料，尝试建设一种从楚辞本身特点出发、充分考虑汉语学习习惯的语料规则库规则，抛砖引玉，借此能给中国传统文献的数字化研究带来启示。

① 基金项目：国家社科基金重大项目"东亚楚辞文献的发掘、整理与研究"（13&ZD112）、国家社科基金一般项目"大型历时语文辞书音义关系研究"（14BYY129）、国家社科基金青年项目"欧美楚辞学文献搜集、整理与研究"（15CZW012）、南通市社会科学基金项目"基于本体的'江海文化'文献知识组织体系构建研究"（2015CNT027）。

② 周建忠、贾捷：《楚辞》，南京：凤凰出版社 2009 年版。

课题组选择文本工程通用框架 GATE（General Architecturefor Text Engineering）对切分后的文本进行标注。GATE 项目开始于 1995 年英国的设菲尔德大学，GATE 系统是基于规则的信息抽取系统，GATE 的开发者认为，GATE 可以被看作是语言工程的软件架构，GATE 框架是由纯 Java 语言开发的开源软件，使用 Unicode 方式编码，同时可以支持多种不同语言编码。GATE 支持的文档类型包括 XML、RTF、Email、HTML、SGML 以及纯文本文件，经历了近 10 年的不断发展，GATE 已经被应用于广泛的研究和项目开发。利用 GATE 对楚辞文献信息抽取的系统不仅仅需要改善中文分词切分不准确的问题，还需要提供比较全面的先秦文献词表作为后续语料库的训练语料。在利用 GATE 标注平台时，我们需要使用 GATE 中的规则组件 JAPE。JAPE[①] 的全称是 a Java Annotation Patterns Engine，Java 标注模式引擎。JAPE 提供了基于正规表达式的标注有限状态转换，是 CPSL（Common Pattern Specification Language）的一个版本。项目组通过编写 GATE 能够识别的 JAPE 语言规则，来进行较准确的命名实体识别。通过 JAPE 语言的定义，我们可以设置出比较精确的规则来帮助实现准确的命名实体识别。用 JAPE 针对中文特点重写抽取规则来提高命名实体识别的准确率。

二、相关研究

汉语作为孤立语，没有英语一样现成的分词，中文自动切分算法有以最短路径算法如隐马尔科夫算法为代表，其中以中科院开发的 ICTCLAS 系统为典型。ICTCLAS 系统凭借着高精度分词与高速度分析在众多开放分词测试中遥遥领先。该系统适用切分标注常用白话文本，是切分词研究学习不可忽视的成果；但是 ICTCLAS 系统在中国传统文本，特别对楚辞等先秦古籍文献的切分结果不尽如人意。所以项目组在楚辞语料库建设中努力寻找一种标注改进方法来提高楚辞文献的识别率。

近年来，针对中国古典文献领域的识别方法的创新和改进工作遍地开花：有利用注疏切分《左传》[②]，有利用音韵切分宋诗[③]，利用量子化中药信息提高中药信息切分的准确率[④]，有互信息的应用推动红学的发展[⑤]；人们在对提高古文识别率的努力从未

① Dhaval, Thakker, Taha, Osman. GATE JAPE Grammar Tutorial Version 1.0 ［J/OL］.

② 徐润华、陈小荷：《一种利用注疏的〈左传〉分词新方法》，《中文信息学报》，2012 年第 2 期，第 3-5 页。

③ 穗志方、俞士汶、罗凤珠：《宋代名家诗自动注音研究及系统实现》，《中文信息学报》，1998 年第 2 期，第 3-6 页。

④ 方晓阳、梅军、朱江：《TF 型中药数据库的建立与应用》，《中国中药杂志》，2002 年第 5 期，第 2-3 页。

⑤ 罗凤珠：《以"互动观念"建立"红楼梦网路资料中心"对红学发展之影响》，《红楼梦学刊》，1997 年，第 S1 期，第 2-5 页。

停滞，新改进算法的出现总能给同领域的学者以全新感受，不同时代不同体裁的文献之间的处理方法工具也具有学习和借鉴意义。

课题先使用 ICTCLAS 系统对《楚辞》进行切分，因为此书同时具有古文（横版），现代汉语注释，现在汉语评注，所以能够对切分词算法多方面性能进行评测。ICTCLAS 系统在《楚辞》一书中的现代汉语评注，注释，原文切分，经过测试，结果如表 1 所示：

表 1　《楚辞》切分测试结果

	现代汉语评注切分			注释切分			原文切分		
	准确率	召回率	F 值	准确率	召回率	F 值	准确率	召回率	F 值
封闭测试	98.20%	96.40%	97.30%	81.90%	80.40%	81.10%	15.90%	7.90%	10.60%
开放测试	81.40%	88.60%	84.80%	52.20%	56.80%	54.40%	5.10%	11.50%	7.10%

表 1 数据显示，内容离现在越远，切分的效率越低，同一内容，开放测试准确率低于封闭测试。现阶段程序和方法切分效果无法达到半自动构建语料库的基本要求。

现阶段，语料库预处理技术主要分为字典搭配和语料库分析两种；前者通过举例搭配，频率搭配，互信息等计量学算法推测词组搭配；而后者通过自然语言学习规则找到不同语境下，语素之间的关联和上下位关系，以典型规则推演到普通语境的方式，提高机器识别语料的准确率。基于规则的方法性能优于基于统计的方法。

通过研究分析不同楚辞语料（横版古文，竖版古文，双行夹注，矮字注释，标引注释，白话评论等多种古籍格式），发现不同语料间的排版、行文都存在较为明显的差异，所以我们可以预见使用统计方法的效率较低，而通过规则处理过的语料不仅具有准确性和有效性优势，而且便于二次加工。

三、基于 GATE 的楚辞知识本体识别

为了提高标注的准确率，课题组对切分工具进行个性化开发[①]，在逻辑和算法上针对楚辞的切分技术进行优化，以提高计算机对古文半自动切分的准确率。经优化的楚辞切分词工具可以提高计算机半自动分词的准确率。楚辞知识库的建设以楚辞特征词切分为基础，但是，项目组发现仅仅利用隐马尔夫模型和数据平滑技术对楚辞及其注释切分效率并不高，而基于词典的切分词表的扩展性有限。因此需要在切分词的基础上寻找可行的方案以提高楚辞知识的抽取效率。

---

① 钱智勇、周建忠、童国平等：《基于 HMM 的楚辞自动分词标注研究》，《图书情报工作》，2014 年第 4 期，第 105–110 页。

项目组根据语料库建设需求，对切分后的文本特征分析，结合 GATE 和 JAPE 规则，对识别过程进行控制和修正。设计出的切分识别流程，具体如图 1。

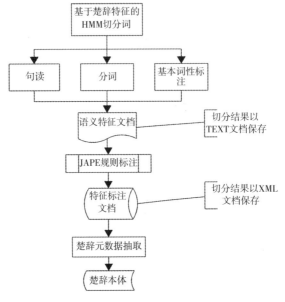

图 1　楚辞知识本体建设流程

如图 1 所示，经过 HMM 切分词工具处理后的文本将楚辞文本进行句读，词性区分，基本词性区分，以形成语义特征文本。具有语义特征的文本，通过 GATE 中不同的映射词表与 JAPE 句法规则进行二次标注，生成较为标准的楚辞标注文档，通过领域专家校对存档，以备后期元数据抽取以形成楚辞本体。实验过程中我们发现对楚辞文本的二次标注不仅仅是有助于楚辞知识的抽取与发现，减少后期校对的错误率，标注过的楚辞文档也是楚辞语料库的初始材料。

（一）语义分析

楚辞文本的标注需要寻找合适楚辞的语料规则，而规则的设置通常从楚辞的用词结构与楚辞的行文语境两点入手。

1. 楚辞的用词结构

根据现代汉语中词的用法划分，将常用词分为实词、虚词、叹词、拟声词等四大类十一个小类。现有分词技术仍以这十一个小类为基础①。本课题根据语料库建设需求，在原有汉语用词的基础上分为两类关联：注释关联类和知识关联类。注释关联类：以体词、谓词、加词为主，指具有具体含义的实用性名词，包含子类：专有名词、方位名词、形容词、加词（区别词），此类词具有可以解释的具体含义，可以追根溯源。知识关联类：以不可量名词、谓词中动词以及全部副词为主。此类词主要以抽象指代

---

① 齐沪扬：《对外汉语教学语法》，上海：复旦大学出版社 2005 年版。

含义为主，同一个词在不同的语境中所指代的含义不同，以这两类词为基础，根据上述汉字分类和楚辞常用字字典改进 GATE 自带词表设立新的楚辞常用词表，增加虚词、专用名词字库，以《楚辞》中《离骚》《九歌》《九章》等 21 篇句式整齐的文本作为训练集，切分原文、注释、评注，经领域专家校对修改，建成初始语料库。

2. 楚辞的行文语境

楚辞专家对楚辞的语法句式研究成果累累。根据成文的楚辞句式对楚辞句法分析[1]，根据创作时期对《楚辞》各篇进行区分，楚辞在不同的时代有不同的研究版本，根据历代楚辞注和疏的版本，专家学者研究成果，我们以《楚辞》的作者（屈原、宋玉等）、成文时代（怀王、顷襄王等）、写作风格（说理型，散文型等）等不同的元素为参考，对《楚辞》的语境行文进行研究分析，寻求适合利用计算机处理的方法。

根据分析，将楚辞的行文语境分为句式型、虚词型、特殊词语三类，详细分类如下：

一、句式型：（1）"离骚型"（《离骚》，《九章》）：两句一韵，上句末尾用"兮"；百神翳其备降兮，九疑缤其并迎。皇剡剡其扬灵兮，告余以吉故（离骚）；惜诵以致愍兮，发愤以杼情（惜诵）。（2）"橘颂型"（《橘颂》《涉江》《抽思》《怀沙》《乱辞》）：两句一韵，"兮"字位于下句末；后皇嘉树；橘徕服兮。受命不迁，生南国兮（橘颂）。（3）"九歌型"（《九歌》各篇）：两句一韵，前后皆在句中用"兮"，且兮字都在每句的倒数第三个字；灵偃蹇兮姣服，芳菲菲兮满堂（东皇太一）。

二、虚词型：楚辞利用虚词将先秦四言拓展为长句，所以我们根据上述语法规则，将楚辞断为不同的语段，减少句子的长度更易于标注。如"兮"多做虚词，用于表达颂唱和歌唱的节奏，所以"灵偃蹇兮姣服，芳菲菲兮满堂"。就可以根据虚词句式，分为灵偃蹇、姣服、芳菲菲、满堂。

三、特殊词语：在文学辞赋中，连绵词，双声叠韵的使用较为频繁，这些词在标注过程中，常会遇到因为句读不正确而造成大量的歧义；将所有连续出现即 ABB 结构的词都统一标注，单独列出重言（叠词），连绵（双声连绵，叠韵），并列复合词，类义并列复合词，反义并列复合词等特殊词语。

（二）GATE 词表映射与 JAPE 句法规则

从上文分析的先秦楚辞中会出现的一些语法特点，我们可以看到，不同的时代的楚辞文献不仅仅在内容和背景上有显著不同，在语法构成上也有明显的差异。项目组根据上文所述楚辞词类、句法、虚词和特殊词语四类语境特征等诗歌体例制定不同的

标注方法。

1. 标注主体的识别

GATE 组件通过一个索引文件（lists. def）来访问这些文件，lists. def 文件将 lst 文件和该文件中实例的类别连接起来。经过处理过后，文档中所有出现在词典文件中的单词或词组都会被标注出来（Lookup），标注的特征集合反映了标注对应的单词所属的类型（types）。在 GATE 里，所有命名实体识别的规则都被编写为后缀名为 . JAPE 的文件，统一放在 grammar 文件夹中。

楚辞标注主体是指楚辞行文中的具体的或抽象的实体，如人名（字、号）、官职、地名、动植物名、神灵名等，通常用唯一的标志符（专有名称）表示，如屈平、薜荔、地名等，而这一类词主要存在于注释关联类中。

对这一类词所涉及的内容总结整理的工作主要分为两方面，一方面是先秦楚辞文献中的词收集处理，这里笔者的主要工作是将楚辞中的实体进行收集分类，具体分类如下表 2，表 3：

表 2　注释关联类词表汇总

词表名称	词表数量
人，特指	102
人，泛指	34
动物	55
植物	92
称谓名词	143
作品名	71
国名	31
星宿名	132
官名	44
乐器及乐曲名	16
情感名词	33
天地日月星辰	17
宗教	9
其他普通名词	89
陆地地名	111
时间名词	76
河流地名	33

表 3 楚辞名词分类

类　别		举　例
专有名词	人，特指	巫阳，颛顼，启
	人，泛指	君，举世，百姓
	动物	蝮蛇，封狐
	植物	蕙，兰，辟芷，揭车
	称谓名词	父，皇考
	作品名	九歌，九辩，楚辞章句
	全身名	齿，朱颜
	国名	商，周，齐
	星宿名	角宿
	官名	掌梦，妃
	乐器及乐曲名	竽瑟，鼓
	情感名词	忧愁，伤心
	天地日月星辰	日，星
	宗教	社，尊食
	其他普通名词	花期，祭祀
方位名词	陆地地名	高山
	时间名词	薄暮，少，四时节气
	河流地名	雷渊，梦

在设定规则过程中，还需要对已有词表的修改，GATE3.0 以上版本中已经带有简单的中文处理组件，可以对中文进行极其简单的信息抽取，但是在针对楚辞和先秦文献的文档过程中的处理结果却并不能令人满意。其中的原因之一就是词表不专业化。同时楚辞主要创作于距今较久远的先秦，现有用词会存在古今异义，如：妻子在古文中表示妻子与子女，而今意只存在夫人一意。妻子作为词义的缩小作为示例，在古今语法的变化中，还有词义的扩大，变更。所以我们就需要从前人已有的中文词表，选出古今异义用法差异的词进行删剔、修改。

根据上文规则对楚辞词性分类后，我们需要将文本按照规则 JAPE 中词表设定的规则在 GATE 中实现，JAPE 中每条规则由左侧和右侧两部分组成，通常由 --> 间隔；左侧部分（LHS：LeftHandSide）是一个包含正规表达式操作符（比如 *，?，+）的标注模式。右侧部分（RHS：Right Hand Side）包含了标注集操作描述。与左侧部分（LHS）匹配上的标注集将会按照右侧的操作执行。

以下我们就以楚辞中的地点名词为例做解释：

Rule：AddressChuci_ cn

//识别类似"夏水"的古地点词

（（｛Lookup. minorType＝＝addresshill｝｜｛Lookup. minorType＝＝addressriver｝）

//addresshill. lst 词表中记录了楚辞中出现地名，如昆仑；addressriver. lst 词表中存有常见的古河流名词，比如河（黄河），夏（夏水、夏浦），江（江介、江水）等。）

：loc

-->//左右侧区分符

：loc. TempLocation＝｛kind＝"location_ noun"，rule＝"Address_ CN"｝

2. 楚辞句法规则实现

屈原利用"兮"字将四字变为六字甚至七字的长句，所以在利用计算机处理楚辞文档时，我们着重"兮"字在句段中的地位。正确标注楚辞上下句的逻辑，将六七字的长句切分为正确的词段。《九歌》各篇，以"兮"为点断句为短语，离骚型和橘颂型，以"兮"为点断句。我们将断句后的楚辞短语按照现有短语分类对号入座，分为并列型、偏正型、动宾型、方位型、介宾型四类。

根据这四类短语设置 JAPE 规则：

其一：并列型

并列型以基本短语出现在楚辞中，句法结构简单，在知识抽取过程中准确率高，关系关联明确。

并列型句式主要形式：名词+兮+名词（苏桡兮兰旌《少司命》，秋兰兮麋芜，罗生兮堂下《少司命》）

Rule：coo

//并列结构

（（｛Lookup. minorType＝＝Noun｝｛Lookup. minorType＝＝Noun｝｛Token. string＝＝"兮"｝｜｛Lookup. minorType＝＝verb｝｛Token. string＝＝"兮"｝｛Lookup. minorType＝＝verb｝）

//Noun. lst 楚辞中并列短语中基本名词；verb. lst 楚辞中并列短语中基本动词。）

：loc

-->

：loc. phrase＝｛kind＝"syntax"，rule＝"paralleling"｝

其二：偏正型

偏正型由两部分组成，并且这两部分是修饰和被修饰的关系。修饰部分叫作修饰词语；被修饰部分叫作中心词语。我们标注其中心词语为有效知识。

偏正型句式主要形式：名词+形容词（鱼隣隣，波滔滔《九歌·河伯》）。

Rule：headword//偏正结构（中心词结构）

（（{Lookup. minorType＝＝Noun}　　{Lookup. minorType＝＝Binding}　　{Lookup. minorType＝＝"兮"}　）

//Binding. lst 连绵词（包括单一语素的叠韵词）；楚辞中名词起双声连绵词收的词都认为是偏正结构）

：loc

-->

：loc. phrase＝{kind＝"syntax"，rule＝"headWord"}

其三：动宾型

动宾结构就是两个成分组在一起，前置位是谓词（动词为主），后置位是体词。

动宾句式主要形式：谓词+体词（名词或代词）（鸣篪兮吹竽《九歌·东君》）。

Rule：vob//动宾结构

（（{Lookup. minorType＝＝Verb}　{Lookup. minorType＝＝Noun}　{Token. string＝＝"兮"}　{Lookup. minorType＝＝Verb}　　{Lookup. minorType＝＝Noun}　|　{Lookup. minorType＝＝Verb}　{Lookup. minorType＝＝Pronoun}　{Token. string＝＝"兮"}　{Lookup. minorType＝＝Verb}　{Lookup. minorType＝＝Pronoun}　）

//Pronoun. lst 代词词表（余，朕）

：loc

-->

：loc. phrase＝{kind＝"syntax"，rule＝"vob"}

其四：方位型

方位型是附着在别的词或短语的后面所构成的短语。

楚辞中方位结构句式：灵何为兮水中（《九歌·河伯》）。

Rule：direction//方位结构

（（{Token. string＝＝"兮"}　{Lookup. minorType＝＝locate}　{Lookup. minorType＝＝locatenoun}　|　{Lookup. minorType＝＝locate}　{Lookup. minorType＝＝locatenoun}　{Token. string＝＝"兮"}　）

//locate. lst 地点泛指名词词表（水，江）locatenoun. lst 方位动词（中，下）

//楚辞中方位结构兮字前后位关系不定

：loc

-->

：loc. phrase＝{kind＝"syntax"，rule＝"direction"}

四、讨论和总结

（一）测试实验

以 HMM 分词工具结果为初始文本，按照上述语义分析与规则处理。利用 GATE 平台以 XML 格式导出存储，不仅仅有利于知识的查询和表示，更方便学者将文档按照标注的格式抽取并导出存储。

导出的 XML 文档会根据不同的词表和规则右侧规则 RHS 即-->下方的动作带有相应的标注。

附带标注的楚辞文本以 XML 格式进行存储。不同的短语以不同的标注形式展现，结果如图二所示

帝/高阳/之苗裔兮[vob] 朕/皇考/曰伯庸 [vob] [1]
摄提/贞于孟陬兮 惟/庚寅/吾以降 [2]
皇览/揆余/初度兮[vob] 肇/锡余/以嘉名：[vob] [3]
名余曰/正则兮[vob] 字余曰/灵均 [vob] [4]
纷吾/既有此/内美兮 [vob]又重之/以修能 [vob] [5]
扈江离/与辟芷兮 纫秋兰/以为佩 [6]
汩余/若将/不及兮 恐年岁/之/不吾与 [7]
朝/搴阰/之木兰兮 夕/揽洲/之宿莽[vob] [8]
日月/忽其/不淹兮 春与秋/其代序 [9]
惟/草木/之零落兮 [vob]恐/美人/之迟暮 [vob] [10]
不抚壮/而弃秽兮 [vob]何不改乎/此度 [11]
乘骐骥/以驰骋兮 [vob]来/吾道夫/先路 [vob] [12]
昔/三后/之纯粹兮 固/众芳/之所在 [13]
杂申椒/与菌桂兮 岂维/纫夫/蕙茝 [14]
彼尧、舜之/耿介兮 既/遵道/而得路 [vob] [15]
何/桀纣之昌/披兮 夫/唯捷径/以窘步 [16]
惟夫/党人/之偷乐兮 [vob]路/幽昧/以险隘 [headWord][17]
岂/余身/之惮殃兮 恐/皇舆/之败绩 [vob] [18]
忽/奔走/以先后兮 及/前王/之踵武 [19]
荃/不察/余之中情兮 [vob]反/信谗/以齌怒 [20]
余/固知/謇謇/之为患兮 忍/而不能舍也 [21]
指九天/以为正兮 [vob]夫唯/灵修/之故也 [22]
曰/黄昏/以为期兮 羌/中道/而改路 [23]
初既/与余/成言兮 [vob]后/悔遁/而有他 [24]
余既/不难夫/离别兮 伤/灵修/之数化 [25]
余既/滋兰/之九畹兮[vob] 又/树蕙/之百亩 [vob] [25]
畦留夷/与揭车兮 [vob]杂杜衡/与芳芷 [26]
冀枝叶/之峻茂兮 [headWord]愿俟（si）时/乎吾将刈 [27]

图二　《离骚》短语标注结果

（二）总结和展望

本文在前人的基础上就楚辞语法进行归纳总结，将文学中的语法转换为计算机语言中的语义规则。利用开源平台，准确分析楚辞数字文本，提高抽取程序对切分文本的精准标注。同时也提出了一种新的思路来构建先秦文献数字化平台，进一步推进楚辞的语义化程度。

我们可以看到，楚辞乃至先秦语义化平台的研究还刚刚开始，很多工作还仍然在探索阶段，就本文而言，楚辞语料库规模太小而导致数据稀疏，这一点我们不仅仅需

要不断地积累数字文档，更需要在数据平滑技术的使用上加以努力。本文所涉及的JAPE 规则皆作为全局规则进行实施，缺乏对楚辞不同版本的覆盖力，所以要加强对不同时期、不同体裁楚辞注本的标注和抽取研究。同时，由于缺少经验和全局观，致使研究方法粗糙，成果也只是初步的，今后还有许多需要进一步研究和有待解决的问题。

基于语义的个性化关联检索模型构建研究[①]

——以"楚辞研究数据库"的实现为例

南通大学　涂中群　端木艺

【摘　要】　依据语义检索的特征和文本概念的挖掘，通过"楚辞研究数据库"的语义实践，提出一种以本体知识库建设为核心，由本体开发、资源管理、检索服务三层架构组成，融语义词典、知识地图，跨库查询和专题搜索于一体的个性化关联语义检索模型。力图使当前的语义检索研究跳出实验的框架，促进相关领域文献知识的组织开发与检索利用。

【关键词】　语义检索　模型构建　个性关联　文本挖掘　本体楚辞

一、引　言

语义（Semantics）是指语言符号所负载的一切信息，这些信息不仅具有多种表达的形式，而且包含有在这些表达形式之间相互产生或形成的多种复杂隐层关系[②]。例如在图书情报工作中，主题法各主题词之间就具有同义、属分、相关等多种语义关系；分类法各类目之间也具有等级、层次、参见等多种语义关系。语义检索（Semantic Retrieval）就是建立在这样一种基础之上的信息检索，其检索的对象主要是网络信息，其实现的是一种基于对网络信息资源语义处理的更高效率的检索。

区别于传统的关键词检索容易产生大量的误匹配和漏查现象，语义检索采用的是概念匹配的方法，即通过检索系统对文档概念的自动抽取和标引，使得用户可以在检索系统的辅助下选择合适的词语来表达自己的信息需求，两者之间执行概念匹配，最终得出在语义上相同、相近或相包容的检索结果[③]。然而，要实现这样一种语义检索，

---

①　基金项目：国家社科基金重大项目"东亚楚辞文献的发掘、整理与研究"（13&ZD112）、国家社科基金一般项目"大型历时语文辞书音义关系研究"（14BYY129）、国家社科基金青年项目"欧美楚辞学文献搜集、整理与研究"（15CZW012）、南通市社会科学基金项目"基于本体的'江海文化'文献知识组织体系构建研究"（2015CNT027）。

②　王绍平、陈兆山、陈钟鸣等：《图书情报词典》，上海：汉语大词典出版社1990年版。

③　李朝葵、陶卫国：《语义检索》，《情报科学》，2002年第11期。

目前仍存在两大障碍因素：一是如何才能更有效地实现语义概念的个性化关联；二是如何才能更有效地推进语义检索向实用化转变。事实上，纵观当前各种语义检索系统，在如何满足客观现实中同一种概念可能有多种不同表达方式，而同一种表达方式又可能指向多种不同概念的这种极具个性化的信息需求方面，始终存在着程度不同的困扰，许多系统还停留在理论的研究和实验的阶段，有些更是技术复杂且难以理解，如何突破这些障碍，还需要我们做出艰苦的努力与探索。

为此，南通大学楚辞研究中心和图书馆依据语义检索的特征，通过对楚辞文献语义的分析和文本概念的挖掘，提出了一种以语义的个性化关联为基础，以本体知识库建设为核心，融语义词典、知识地图，跨库查询和专题搜索为一体的实用型语义检索模型，并试图从这样一个侧面对上述问题做出回答。

二、模型构建依据

（一）模型特征分析

语义检索模型的架构离不开对其特征的分析。传统的基于关键词匹配模型的信息检索系统（例如搜索引擎），使得用户往往需要采用较上位的概念或者语义开放性较大的关键词，经过冗长繁琐的检索迭代才能逐步逼近目标。Ricardo 和 Bohdan 等许多研究者曾将这些现象部分地归纳为"忠实表达""表达差异""词汇孤岛"等一系列问题[1]。语义检索概念的提出，使得此类问题有了解决的可能。维基百科和百度百科这样解释："语义检索是为了生成更相关的结果，使用语义网络中的数据来帮助区分（disambiguation）查询和网页的内容，所进行的在线检索过程"。在这里，核心是"语义"，过程是"区分"，结果是"相关"。为了更清楚地对此做出阐述，需要构建一个模型。从模型论的角度，这就是概念和关系的匹配，是一种用以分析概念、知识、逻辑关系和算法序列的表示体系。而如果从语义和模型的结合出发，其关键之处就在于要实现语义的个性化关联，显然，这就是语义检索模型构建中必须关注的焦点。例如用户查找的是"屈原"，那么"楚辞""九歌""离骚"等，就应是与之相匹配的词语。为此，基于语义的检索模型需要具备与此相对应的如下重要特征，即：①能够基于某种语义关联进行知识组织体系的构建；②能够以知识库为基础对资源对象进行语义标注；③能够采用自然语言分析处理用户的提问和文档信息内容；④能够进行多维语义的推理和动态链接的学习[2]。

① 吴定峰：《基于本体的语义搜索模型研究》，北京：中国农业科学院 2012 年版。
② 金燕、张玉峰：《基于中文自然语言理解的知识检索模型》，《中国图书馆学报》，2004 年第 30 期。

（二）建模方法现状

语义检索的上述特征，使得本体作为一种能够在语义和知识层次上描述信息系统的概念模型建模工具进入了人们的视野，并在语义检索模型的构建中起着十分关键的作用。究其原因，这不仅仅是由于本体本身就是一种描述概念的建模工具，更重要的是它具有层次和分类的结构，其概念集还可随着领域的发展而更新和进行动态性的局部调整①。这将使得知识组织或者专业领域在结构上是开放的，在概念间关系和复杂语义关系表述上也更为细致和全面。然而需要关注的是，目前本体建模方法众多，应用场景也各不相同。特别是由于这些方法一般均诞生于具体的本体建设项目，因此几乎每个系统的开发都会导致出现一些不同的本体建模方法。无论是用于自然语言处理的SENSUS法、基于知识重用的KACTUS法、提供本体开发指导方针的骨架法、集成商业和公共企业本体的企业建模法，还是在结构化分析方法基础上发展起来的IDEF5法、专用于构建化学本体的METHONTOLOGY法和主要运用于领域本体构建的七步法，这些方法都只是在相应的项目中得到实践，且未经过权威标准化机构认证，因此应用领域有限，多数理解困难且技术手段不同②，需要在实际的建模过程中加以多方比较和慎重修正。

（三）概念关系挖掘

构建基于语义的个性化关联检索模型，还必须利用文本挖掘（Text Mining）技术进行语义中概念关系的知识发现和个性关联，以利于实现关键词自动标引、自动摘要、自动分类、文献相似度分析等。如果没有这种对知识概念的挖掘，本体的构建就将无从谈起，也就无从实现计算机对文档的理解和对用户检索意图的识别。这是一个为了发现知识，从文本数据中抽取隐含的、以前未知的、潜在有用的信息的智能分析过程。例如，我们在对楚辞文献的研究中就定义了这样一种文本。

挖掘流程（如图1所示）：

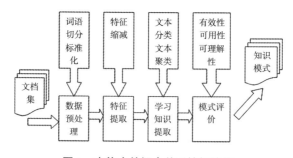

图1　本体中的概念关系挖掘流程

---

① 闫晓妍：《基于语义 Wiki 的知识检索研究》，《图书馆学研究》，2010 年第 7 期。

② 李恒杰、李军权、李明：《领域本体建模方法研究》，《计算机工程与设计》，2008 年第 2 期。

通过这样一种流程，可以达到以下目的：①实现人名、地名、机构名、专有名词等命名实体的辨识和自动提取；②将大量散乱的文本和知识自动归类，自动梳理；③对检索结果进行自动聚类或者对未知类别的文本进行分析归类；④根据需求对动态的信息流进行过滤，仅保留用户感兴趣的信息；⑤在篇章结构和内容分析的基础上按照句数或者比例抽取摘要；⑥通过统计语言学和机器学习的手段为文本自动标引关键词；⑦使用关联规则分析实现系统自动推荐主题词或者分类规则；⑧进而形成语义检索的本体知识模式。然而需要注意的是，与一般数据挖掘以关系、事务和数据仓库中的结构数据为研究目标不同，类似于楚辞领域这样的文本挖掘所研究的数据，来自于各种数据源大量的文档，包括研究著作、学术论文、会议报告、新闻文章、Web 页面等等，这些文档大都使用自然语言，计算机很难处理其语义[①]。因此，在这样的一个概念知识挖掘的过程中，必须高度重视领域专家的参与和协作。

三、模型结构设计

（一）整体框架构造

上述分析实际指出了语义检索模型构建中存在的疑难之处。结合楚辞研究数据库的语义研究实践，我们最终提出了一种以本体知识库建设为核心，由本体开发系统、资源管理系统、检索服务系统三层架构组成，基于语义的个性化关联实用性检索模型。这种模型区别于与其他实验性的语义检索模型，不仅专注于本体系统的开发研究，还力图构造出一种在传统关系模型基础上实现全新数据构造，各层次之间承上启下，相互贯通，同时又能表达自然语言复杂关系的可定制的语义数据处理流程。下面是该模型简化后的一个示意图（如图2所示）。

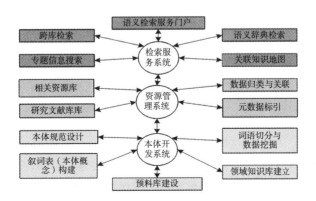

图 2 基于语义的个性化关联检索模型

① 袁军、朱东华、李毅等：《文本挖掘技术研究进展》，《计算机应用研究》，2006 年第 2 期。

其中本体开发系统着重于领域知识库的构建，强调的是个性化；资源管理系统着重于知识归类和数据的标引，强调的是关联性；检索服务系统着重于知识和概念关系的展示，强调的是实用性。三者相辅相成，进而通过一个融跨库检索、搜索引擎、语义词典、关联知识地图为一体的检索界面，引导用户由此及彼、由表及里地进入相关领域知识的斑斓世界。

（二）层次功能布局

在这样的一个模型中，各层次功能相互关联。其中：本体开发系统基本遵循领域本体构建的七步法，即：①确定本体的专业领域和范畴；②考察复用现有本体的可能性；③列出本体中的重要术语；④定义类和类的等级体系；⑤定义类的属性；⑥定义属性的分面；⑦创建实例，但又有所改进，并将其归纳为语料库建设、本体规范设计、本体叙词表构建、词语切分与数据挖掘、领域知识库建立等五个方面；资源管理系统继承本体开发系统，又向其不断输送新的内容，同时完成对相关各类元数据的标引、分类、关联和检查；检索服务系统则综合以上两个层次实现的结果进行推送，不仅提供一般意义上的跨库语义检索和专题搜索引擎，而且特别设计了一个作为中文自然语言处理基石的语义词典，和一个对个性化知识领域各种关系进行直观展示的知识地图。这种层次分明而又相辅相成的独特结构布局，对于本模型个性化关联的展示和面向实用的突破，起到了至关重要的作用。

（三）相关技术运用

目前有关语义检索系统模型的研究与构建大都采用 Ontology（本体）、XML（eXtensible Marked Language：可扩展标记语言）、RDF（Resource Description Framework：资源描述框架）这三大技术来支撑①。在本模型中，重点运用较为成熟的本体技术和 XML 语言，同时结合内容管理平台 TPI V6.0 中的 KBASE 数据库，逐步推进 RDF 技术的运用，以确保系统运行的稳定和数据访问的流畅。

需要指出的是，在本模型关于本体技术的运用方面，强调的是元本体的设计和对现有本体的复用。元本体设计高度抽象和概括，包含的元概念数目尽可能少，本体框架才能更具代表性。例如在楚辞本体库中，我们就是首先对自然语言进行定义和设计元本体，然后再定义其他本体，如实体、概念、关系、角色等，最终形成诸如"楚辞研究文献"→"楚辞书目提要……"→"辑注类、音义类、评论类、考证类…"这样一种本体序列，使得各领域知识的本体归类更为清晰。而对现有本体的复用，则可以减少开发工作量，同时又能增强与其他使用该本体的系统的交互能力。

---

① 吴根斌、丁振凡：《基于语义 Web 的搜索引擎研究》，《计算机与现代化》，2012 年第 8 期。

关于 XML 语言的运用，则主要是利用 XML 文件作为各关联数据库信息的存储介质，以方便数据库索引的建立和统一配置，区分各数据库中的个性化字段和细览页等详细信息，并对所涉及的数据库进行索引操作，从而实现对相关数据库中文本字段的全文检索。

本模型没有直接采用 RDF 形式对各种词目及相关属性进行存储，而是以基于 TPI Ver6.0 非结构化文档管理平台的 KBASE 数据库进行数据处理。之所以这样做，主要是考虑到目前的 RDF 还处于标准的制定和推广阶段，利用这样一个具有较高扩展性和灵活性并可定制的数据库平台，就有可能在今后逐步增加的检索实例基础上，不断总结和提高 RDF 技术的运用水平。随着系统二次开发的进行和相关数据库中网络资源的丰富，就将可以使得 RDF 的转换成为一种积极而又稳妥的渐进过程，最终实现完全的 RDF 文档存储和利用。

四、模型效果验证

中国文化源远流长，其中先秦时期以屈原为代表的楚国人创作的诗歌"楚辞"魅力无穷、炫目斑斓。自汉以来，历代研究者薪火相传，留下了大量宝贵的专著、论文、札记，对后世产生了极其广泛而又深远的影响①。时至今日，楚辞研究文献资源的数量更是与日激增，体系众多。面对这样一种人文渊薮，南通大学楚辞研究中心和图书馆在上述检索模型基础上构建的"楚辞研究数据库"，对于促进楚辞文献知识的组织与开发、检索与利用，已经在以下三方面得到了具体验证：

（一）跨库文献检索

在该模型的指引下，目前楚辞研究数据库已初步建成包括大量楚辞词汇，书目索引、相关古籍、研究论文、音像资料、涵盖专业词和实体词之间包含的各种关系的本体库。通过系统智能分析和语义挖掘，该模型各层次之间相互支撑，在非结构化文本数据中抽取用户需要的精简、有效、新颖、可理解、有价值的信息，发现其中隐匿的知识、事实和关联，同时赋予语义检索一种由表及里和全貌概览的功能。例如在对"兰"这个词检索时，不仅展示其在词典中的释义，而且同步展示其在多个相关数据库中的存在。

（二）语义关系词典

语义关系词典是该模型设计的重点，这不仅是由于它是自然语言处理的基石，而且是所有工作的基础，楚辞领域内容涵盖广泛，如果没有一个揭示专业词汇（关键词、

---

① 钱智勇、周建忠、贾捷：《楚辞知识库构建与网站实现研究》，《图书馆理论与实践》，2010年第 10 期。

术语、主题词等）所代表的概念之间的关系（上下位词、局部与整体、同义、反义、相关）为基本内容并动态更新的大容量词典，就不能通过程序自动训练和语义挖掘找出相关词条并通过关联规则揭示其概念关系。目前该词典经过人工审核和程序校验后，已经能够清晰地向用户提供个性化的核心知识组成。经过未来不断充实和拓展，将可以对楚辞领域进行更深入的语义关联和知识拓展。

（三）关联知识地图

一份完整的知识地图包括的内容十分丰富，它不仅提供知识资源的存量、结构、功能、存在、防伪以及查询路径，还清楚揭示了相关知识资源的类型、特征及知识之间的相互关系①。依据该模型，楚辞研究数据库建成了一种以中心词为本体词，可通过词语相关性来绘制知识网络，并可根据中心词和相关词分别进行语义相关性点击查询的可视化关联知识地图，同时还可以作为一种评估知识现状，揭示可利用资源，发现需要填补空白的工具，展露出语义检索独特的魅力（其界面如图3所示）。

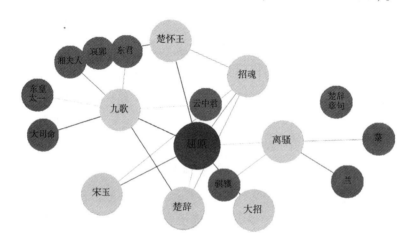

图例：■ 中心词　■ 与中心词最相关胡主题词　■ 延伸主题词
直线说明：直线连接表示两个主题词相互关联，直线长短表示两个主题词关联的紧密程度，越短表示关联度越紧密。

图3　楚辞研究数据库知识地图示例

五、结　语

实现语义检索，离不开对语义检索模型构建的研究。以"楚辞研究数据库"②为例的个性化语义关联检索模型，对此做出了初步的尝试。作为国内首个融语义词典、知识地图、跨库查询、专题搜索为一体、各有侧重的实用型语义追踪检索系统，该模型

---

①　朝乐门、张勇、邢春晓：《面向开放关联数据的知识地图研究》，《图书情报工作》，2012年第10期。
②　南通大学楚辞研究中心，南通大学图书馆，楚辞研究数据库［DB/OL］，［2013-4-16］。

以本体构造为核心，初步实现了一种从传统的由面及点、冗长迭代的检索方式，到现代的由点及面、语义关联的检索方式的转变，这对于如何更好地实现语义的个性化关联，并进而更好地推进语义检索从实验性研究向实用性的转换，是一种有益的尝试，也为当前基于语义的信息检索模型构建研究提供了一种借鉴。